*Buch*

Sophia Alexejewna ist zauberhaft, selbstbewußt – und so stürmisch wie der Wind, der über die russische Taiga fegt. Doch die freiheitsliebende Erbin aus altem Adel soll in eine Ehe gezwungen werden, die der Familie eine Zukunft in Wohlstand und unermeßlichem Reichtum sichern würde. Sie ahnt nicht, daß ihr Bräutigam, Prinz Dmitriew, diese Heirat nur aus Haß und verletztem Stolz herbeisehnt, da er Sophias Mutter liebte und seinerzeit von ihr verschmäht wurde.

Der attraktive Graf Adam Danilewsky wird als Begleiter ausgewählt, um sie sicher zum Landsitz ihres künftigen Ehemannes zu führen. Der Weg ist lang und gefährlich, und Sophia fühlt sich immer stärker zu dem verwegenen Grafen mit der geheimnisvollen Ausstrahlung hingezogen. Und auch Adam spürt, daß die eigensinnige Sophia genau das ist, worauf sein hungriges Herz seit langem gewartet hat. Doch bald müssen die beiden Liebenden erfahren, daß der Preis für eine verbotene Liebe unermeßlich hoch sein kann…

*Autorin*

Jane Feather, geboren in Kairo und aufgewachsen in Südengland, siedelte 1978 mit ihrer Familie nach New Jersey/USA um. Sie war als Psychologin in der Sozialarbeit tätig, bevor sie 1981 ihren ersten Roman veröffentlichte. Mit mehr als zehn Romanen hat sie sich mittlerweile in die Spitzenränge der Bestsellerautorinnen emporgeschrieben. Für ihre historischen Liebesromane wurde sie mehrfach mit dem Romantic-Times-Preis ausgezeichnet. Die Auflage ihrer Bücher hat bereits die Millionengrenze überschritten. Bei Goldmann sind weitere Titel von Jane Feather in Vorbereitung.

# Jane Feather

# Silbernächte

Roman

Aus dem Amerikanischen
von Elke Bartels

GOLDMANN VERLAG

Die Originalausgabe erschien unter dem Titel »Silver Nights«
bei Avon Books, New York.

*Umwelthinweis:*
Alle bedruckten Materialien dieses Taschenbuches
sind chlorfrei und umweltschonend.
Das Papier enthält Recyclinganteile.

Der Goldmann Verlag
ist ein Unternehmen der Verlagsgruppe Bertelsmann

Deutsche Erstveröffentlichung Dezember 1994

Umschlaggestaltung: Design Team München
Umschlagillustration: Pellegrino/Schlück, Garbsen
Satz: IBV Satz- und Datentechnik GmbH, Berlin
Druck: Elsnerdruck, Berlin
Verlagsnummer: 42827
Lektorat: Silvia Kuttny
Redaktion: Sabine Dolt
Herstellung: Heidrun Nawrot
Made in Germany
ISBN 3-442-42827-0

1 3 5 7 9 10 8 6 4 2

# Prolog

*Juli 1764*

Im selben Moment, als das Neugeborene mit einem durchdringenden Schrei das Licht der Welt erblickte, tat die junge Frau, die ihm dieses Leben geschenkt hatte, ihren allerletzten Atemzug.

Der Mann, der neben dem Bett stand und das Kind in den Händen hielt, stieß einen herzzerreißenden, jammervollen Klagelaut aus. Er konnte nicht fassen, daß sie wirklich tot war – seine Sophia, in all ihrer zerbrechlichen Schönheit, gestorben in dieser erbärmlichen Kammer, wo die Ratten über den festgestampften Lehmfußboden huschten und wo das Licht und die Wärme des strahlend hellen Sommertags draußen nicht durch die winzige, unverglaste Öffnung zu dringen vermochten, die sich Fenster nannte.

Die alte Babuschka, die bei der Geburt behilflich gewesen war, kümmerte sich nun um die Tote, drückte die einst so atemberaubenden dunklen Augen zu und säuberte den zierlichen Körper der Frau, die noch vor kurzem die glitzernden Paläste von Moskau und St. Petersburg geziert hatte, und nun in blutdurchtränkter Todesqual in einer elenden, verkommenen Hütte gestorben war.

»Die Soldaten waren nicht mehr als einen halben Tagesritt hinter uns. Sie werden innerhalb einer Stunde hier sein, Prinz.« In der Stimme, die von dem niedrigen Türdurchgang des aus einem Raum bestehenden Posthauses ertönte, schwang kaum verhüllte Angst mit. Ein bärtiger Riese von einem Mann in grobem, selbstgesponnenem Tuch duckte sich unter dem steinernen Türbogen, die massigen Schultern vornübergebeugt, sein Blick voller Sorge.

Prinz Alexis Golitskow wandte sich um, das Neugeborene immer noch in seinen Armen. Seine Augen blickten ausdruckslos und leer, so als sähe er die physische Welt nicht mehr. »Ich muß meine Frau begraben«, sagte er tonlos.

Boris Mikhailow betrachtete seinen Herrn kummervoll, als er die schlichte Wahrheit aussprach. »Wenn Sie noch länger hierbleiben, Prinz, wird man Sie festnehmen.«

»Und wenn wir nicht geflohen wären, würde meine Sophie noch leben«, erwiderte der Prinz. »In St. Petersburg wäre ihr ein solcher Tod erspart geblieben.«

»Wenn Sie geblieben wären, hätte die Prinzessin in der Festung St. Peter und Paul gebären müssen«, widersprach der andere störrisch, aber wahrheitsgemäß. »Sie war ebenfalls mit in den Plan verwickelt, Iwan aus dem Gefängnis zu befreien und ihn an Stelle der Zarin zum rechtmäßigen Kaiser zu proklamieren. Ihre Kaiserliche Majestät wird keine Gnade walten lassen; die Beweise, die sich gegen Sie angesammelt haben, sind derzeit unwiderlegbar.«

Er sprach eindringlich in dieser Kammer, in der der Geruch von Blut und Tod wie eine düstere, erstickende Wolke in der Luft hing. »Es hat bereits eine Hinrichtung gegeben. Sechs Männer wurden dazu verurteilt, zwischen tausend ihrer stärksten Kameraden Spießruten zu laufen. Sie wissen um diese Tatsachen, Prinz. Wenn Sie innerhalb der Grenzen dieses Landes aufgegriffen werden, wird man Sie verhaften. Wenn Sie Ihre Freiheit behalten, werden Sie zumindest die Chance haben, sich zu verteidigen.«

Alexis schüttelte dumpf den Kopf. »Warum sollte ich jetzt noch den Wunsch haben, mich zu verteidigen, Boris? Jetzt, wo mir das einzige, was meinem Leben einen Sinn gegeben hat, genommen wurde? Nein, ich werde meine Frau begraben. Aber hab keine Angst, alter Freund, Prinz Dmitriews Soldaten werden mich nicht hier fassen.« Die dunklen Schatten in seinen Augen vertieften sich noch. »Es ist ein unbegreifliches Rätsel, warum der Mann, den Sophia Iwanowa und ich unseren Freund nannten, der Mann, dem wir unsere Herzen und unser Haus geöffnet haben, das Instrument zaristischer Justiz sein sollte, ist es nicht so, Boris?«

»Es ist anzunehmen, daß Prinz Dmitriew den Befehlen Ihrer Kaiserlichen Majestät ebenso wie jeder andere gehorchen muß«, erwiderte Boris Mikhailow. »Er ist Oberst im Kaiserlichen Garderegiment.« Zwar war die Feststellung durchaus zutreffend, doch die Stimme des Mannes hatte einen beißenden ironischen Unterton.

Falls der Prinz ihn gehört hatte, so ignorierte er ihn und zuckte nur mit den Schultern, als wollte er das Rätsel damit als Nebensächlichkeit abtun. Er hielt dem anderen das Kind entgegen. »Bring die Kleine nach Berkholzskoje. Ein Neugeborenes kann nicht für die Verbrechen seiner Eltern zur Rechenschaft gezogen werden – ob sie nun wahr oder erfunden sind.«

Ein schwaches, zynisches Lächeln spielte um seine geschwungenen Lippen. »Was könnte sie schon von ermordeten Kaisern und hastigen Worten, persönlichen Feinden und geflüsterten Lügen wissen? Mein Vater wird für sie sorgen. Sag ihm, daß sie Sophia heißen soll.«

»Sophia Alexejewna«, sagte Boris und gab damit dem Kind seinen Vatersnamen, als er das winzige menschliche Bündel ergriff, das zu schreien aufgehört hatte und mit den dunklen Augen seiner Mutter zu ihm aufblickte – eine kleine Prinzessin des großen Geschlechts der Golitskows, geboren in einer erbärmlichen, von Fliegen gepeinigten Hütte, Abkömmling eines verzweifelten Paares auf der Flucht vor den Folgen einer tödlichen Intrige am Hof der Zarin Katharina, Herrscherin aller Russen.

Als Prinz Paul Dmitriew und seine Soldaten bei dem kleinen Posthaus ankamen, fanden sie die alte Babuschka vor, die ihnen eine Geschichte von Geburt und Tod erzählte, fanden ein frisches Grab und den Leichnam von Prinz Alexis Golitskow, eine Hand im tödlichen Griff um die Pistole verkrampft, die seinen Schädel zerschmettert hatte.

# 1. Kapitel

Die alte Karawanenstraße, die die Wildnis – die unendlichen, wilden Steppen des russischen Kaiserreichs – mit dem Westen verband, verlief von Kiew aus. Berkholzskoje, der Landsitz der Golitskows, grenzte an den Fluß Dnjepr, ungefähr fünfzig Werst von Kiew entfernt. Sophia Alexejewna hatte keinerlei Erinnerung an einen Ort außerhalb von Berkholzskoje, keine Erinnerung an einen anderen Vormund als ihren Großvater, Prinz Golitskow, keinerlei Kenntnis von einer Welt, in der die große Familie Golitskow einstmals einen Platz im Gefüge der Gesellschaft gehabt hatte.

Die Intrigen der kaiserlichen Paläste in Moskau oder St. Petersburg waren völlig bedeutungslos für ein Mädchen, dem die schwermütige, furchteinflößende Schönheit der Steppe immer ein Spielplatz gewesen war, dem die Romantik der alten Karawanenstraße, die in die zivilisierte Herrlichkeit Österreichs und Polens führte, Stoff für unzählige Träume lieferte, für das die Kosaken, Kirgisen und Kalmücken, die Reiter der Steppe mit ihrem langen Haar und dem wilden Lachen, die Prinzen ihrer Wunschphantasien waren, als aus dem Mädchen eine Frau wurde.

Sophia Alexejewna war ein Kind der Steppe, das, wenn es jemals über die Grenzen dieses weiten Landes hinausschaute, seinen Blick gen Westen richtete, niemals Richtung Osten ins Zentrum ihres Heimatlandes.

Aus seiner Verbitterung heraus hatte der alte Prinz Golitskow seine Enkeltochter gelehrt, ihren Blick stets vom Osten und den Höfen der Zarin Katharina abzuwenden. Er hatte ihr erklärt, daß genau jener Hof und jenes Regime ihre Eltern vernichtet hatten, hatte ihr eingeschärft, seine bloße Existenz zu ignorieren. Und während er sie all diese Dinge lehrte, ließ er nichts von seinen eigenen Ängsten laut werden, daß die Erbin des unschätzbaren Vermögens der Golitskows nicht ewig in der Abgeschiedenheit der Wildnis bleiben könnte, die sie so liebte, nicht für immer unter dem unkonventionellen Schutz eines aufbrausenden alten Aristokraten leben würde, der frühzeitig den Verpflichtungen und Vergnügungen des kaiserlichen Hofs aus dem Wege gegangen war.

Solch bittere Gedanken und düstere Zukunftsvisionen plagten Sophia Alexejewna nicht. An ihrem einundzwanzigsten Geburtstag, dem Tag, an dem sie volljährig wurde, erfuhr sie, daß sie nun Erbin von einigen siebzigtausend Seelen war, die auf Gütern verstreut lebten, die Tausende von Hektar in dem riesigen Kaiserreich umfaßten, aber Sophia war nur an Berkholzskoje interessiert. Ein derartig immenser Reichtum hatte keine Bedeutung für jemanden, der keinen Bedarf, keine Notwendigkeit dafür sah.

Sie betrachtete das weitläufige Herrenhaus, das Heer von Leibeigenen, die herrlichen Pferde und die gut bestückte Bibliothek als selbstverständlich. Ihre übliche Kleidung bestand aus einem Reitkostüm mit Hosenrock, der es ihr ermöglichte, im Herrensitz zu reiten. Sie hatte keinen Grund, ein besonderes Interesse an modischem Schick zu entwickeln, da es in den Steppen nicht gerade von Mitgliedern der Gesellschaft wimmelte und ihr Großvater nicht der Typ war, der vorbeifahrende Reisende über das Mindestmaß an verbindlicher Höflichkeit hinaus zum Bleiben ermutigte oder willkommen hieß.

Hätte man sie gefragt, hätte Prinzessin Sophia Alexejewna Golitskowa erklärt, sie sei höchst zufrieden mit ihrem Leben.

Sie hatte ihre Pferde, Unmengen von Büchern, die Gesellschaft ihres geliebten Großvaters und die Freiheit der Steppen. Die unbestimmten Sehnsüchte, die gelegentlich ihren sonst so ruhigen Schlaf beeinträchtigten, führte sie auf das zusätzliche Glas Wein oder die zweite Portion Blinis beim Abendbrot zurück.

Die Eisdecke auf der Newa war endlich im Begriff zu brechen; ein Krachen und Knacken hallte in der frühlingshaften Luft wider, als große Risse sichtbar wurden und sich zusehends verbreiterten, bis sich das Eis zu einzelnen Schollengefügen zusammenschob, die den Fluß hinuntertrieben und unter den schwachen Strahlen der Sonne langsam schmolzen.

Zarin Katharina stand am Fenster ihres Arbeitszimmers im Winterpalais in St. Petersburg und blickte auf den Fluß hinunter. In ein oder zwei Wochen würde die Stadt wieder für den Schiffsverkehr zugänglich sein; die winterliche Isolation wäre endlich vorbei, und die Außenwelt hätte wieder Zutritt zu Katharinas eiskaltem Reich.

»Es ist ein ausgesprochen alarmierender Gedanke, daß sie bereits ihre Volljährigkeit erreicht hat. Wie das Leben doch mit einem davongaloppiert, *mon ami.*« Sie wandte sich vom Fenster ab und schenkte ihr zahnloses Lächeln der anderen Person im Raum, einem Riesen von Mann Mitte Vierzig, langhaarig und einäugig und ohne das Zugeständnis einer Augenklappe über der leeren, vernarbten Höhle – ein wahrer Zyklop, als Höfling verkleidet.

Prinz Potemkin erwiderte das Lächeln. »Sie weisen aber keine Spuren eines davongaloppierenden Lebens auf, Madame.« Es war keine unterwürfige Schmeichelei. Denn er sah nicht die dicke, zahnlose kleine Frau von siebenundfünfzig vor sich; er sah immer noch seine atemberaubend sinnliche Mätresse von vor acht Jahren in ihr, und er sah die Dynamik, die grenzenlose Energie, die scharfe Intelligenz der mächtigsten und faszinierendsten Frau der zivilisierten Welt.

Katharina zog das Kompliment nicht in Zweifel. Warum sollte sie auch? Die jungen Liebhaber, die nachts in ihr Bett kamen und sie mit ihrem festen Fleisch und ihrer straffen Haut beglückten, bestätigten Katharinas Glauben in ihre eigene sexuelle Anziehungskraft.

»Der jüngste Bericht unseres Agenten in Berkholzskoje spricht von einer eher unbezähmbaren jungen Frau«, sagte sie nachdenklich. »Allem Anschein nach hat der alte Prinz sie ziemlich verwildert aufwachsen lassen. Seine eigene Menschenfeindlichkeit hat ihn dazu veranlaßt, sie vor jeglichen äußeren Einflüssen zu bewahren.« Sie wanderte ruhelos im Zimmer umher, ihr loser Kaftan aus violetter Seide raschelte bei jedem Schritt. »Ich hätte sie schon vor Jahren dort fortholen und sie im Smolny Institut unterbringen sollen, wo man ihr die Erziehung hätte angedeihen lassen, die einem jungen Mädchen ihres Standes gebührt.«

»Ich denke, Ihre Entscheidung, sie bei ihrem Großvater aufwachsen und sie die ganzen Jahre über beobachten zu lassen, war sowohl klug als auch menschlich«, erwiderte Potemkin fest. »Die Geschichte vom Tod ihrer Eltern und den Ereignissen, die dazu geführt haben, ist wohlbekannt, und es wäre grausam gewesen, eine Waise dem einzigen Zuhause und dem einzigen Angehörigen zu entreißen, die sie je gekannt hat, und sie den Spötteleien und dem Geflüster der anderen Schülerinnen auszusetzen. Sicher, sie ist jetzt eine Frau, aber immer noch jung genug, um ihr die schlechten Angewohnheiten auszutreiben.«

»General Prinz Dmitriew scheint nicht allzusehr beunruhigt von der Aussicht, sich eine Ehefrau mit schlechten Gewohnheiten zuzulegen«, meinte die Kaiserin sinnierend. »Andererseits entschädigt die Aussicht auf ein derartig großes

Vermögen natürlich für vieles.« Sie lachte mit der heiteren Gelassenheit, mit der an diesem weltlichen Hof Unabänderlichkeiten hingenommen wurden. »Er hat sich all die Jahre hindurch uns gegenüber so loyal verhalten, daß ihm wirklich eine Belohnung zusteht, und wenn die Hand und das Vermögen der Golitskowa sein ausdrücklicher Wunsch sind, wird es unseren eigenen Zwecken nur um so perfekter dienen. Ich bin überzeugt, er wird einen stabilisierenden Einfluß auf sie haben. Der alte Prinz hat anscheinend mit beispielhafter Aufmerksamkeit für ihre Schulbildung gesorgt, auch wenn man sie nicht gelehrt hat, die Lasten und Verpflichtungen einer Prinzessin aus dem Hause Golitskow zu akzeptieren. Prinz Dmitriew wird in der Lage sein, ihr diese Dinge beizubringen, und sie wird als Ehefrau eines reichen Edelmannes der allerersten Kreise in die Gesellschaft von St. Petersburg eintreten. Die Umstände ihrer Geburt und ihrer Erziehung werden damit gegenstandslos.«

Potemkin kaute an einem Fingernagel, der bereits blutig und bis auf die Haut abgebissen war. »Es erscheint seltsam passend, daß sich jemand, der so unmittelbar in die Schande ihrer Eltern verwickelt war, verantwortlich für die gesellschaftliche Rettung der Unschuld verpflichtet fühlt.«

»Wir wünschen nicht, an diese schreckliche Sache erinnert zu werden!« Katharina war plötzlich wieder ganz Kaiserin. »Es war eine tragische Verschwendung zweier junger Menschenleben. Sie hatten keinen Grund, so Hals über Kopf zu fliehen. Wenn die Anschuldigungen auf einem Mißverständnis beruht hätten, hätten wir es herausgefunden. Aber das war vor vielen Jahren. Die Angelegenheit ist längst erledigt, Punktum.«

Potemkin verbeugte sich zum Zeichen, daß er den kaiserlichen Wunsch respektierte – während er sich insgeheim fragte, ob sich seine Kaiserin daran erinnerte, mit welch kalter Unbarmherzigkeit sie all jene bestraft hatte, die in den schlecht organisierten Plan verwickelt gewesen waren, den entthronten Iwan den Sechsten aus der Festung von Schlüsselburg zu befreien – ein Plan, der zu der höchst zweckmäßigen Ermordung des jungen Mannes durch seine Wächter geführt hatte.

Es ging das Gerücht um, Katharina hätte den Versuch, ihn zu befreien, eigenhändig angezettelt. Ein solcher Versuch stellte sicher, daß gewisse geheime Befehle Ihrer Majestät auch tatsächlich in Kraft gesetzt wurden: Der entthronte Zar sollte nicht etwa fliehen können, sondern getötet werden. Um jeden etwaigen Verdacht im Keim zu ersticken, hatte Katharina keine Gnade gegenüber denjenigen walten lassen, die mit dem Plan um seine Befreiung zu tun hatten – jenem Plan, von dem behauptet wurde, er sei im Palast des jungen Prinzen und der Prinzessin Golitskow entwickelt worden.

Geschickt kehrte Potemkin wieder zum ursprünglichen Gesprächsthema zurück. »Es ist nur schade, daß General Prinz Dmitriew gezwungen war, zur Krim zurückzukehren, um den Aufstand niederzuschlagen. Sonst hätte er nach Kiew fahren können, um Sophia Alexejewna persönlich abzuholen.«

Katharinas Lächeln wies auf eine glückliche Lösung des Problems hin. »Graf Danilewski hat um Urlaub gebeten, um seine Familiengüter in Mogilew besuchen zu können. Die Reise von dort nach Kiew ist nicht allzuweit. Ich habe die Absicht, ihn mit der Aufgabe zu betrauen, Prinzessin Sophia zu eskortieren. Schließlich ist er Prinz Dmitriews Adjutant. Es erscheint durchaus passend, daß er diese Aufgabe übernimmt.«

»Außerdem ist Adam nicht der Mann, der sich von Protesten oder weiblichen Tränen umstimmen läßt«, bemerkte Potemkin. »Falls sich sein Schützling als widerspenstig erweisen sollte...«

»Ich sehe keinen Grund, warum sie sich sträuben sollte«, warf Katharina brüsk ein. »Sie kann sich doch nicht wünschen, ein Leben lang in der Wildnis zu verkümmern, als Ehefrau irgendeines trunksüchtigen, unbedeutenden Grundbesitzers minderer Herkunft, der weder Bildung noch Manieren aufzuweisen hat.« Ihr Ton vermittelte deutlich den Eindruck, daß ein solches Bild, wie sie es gemalt hatte, eine schier unvorstellbare Zukunft für eine Prinzessin aus dem Hause Golitskow wäre. Und Prinz Potemkin konnte dem nur zustimmen.

»Es kann natürlich sein«, fuhr Katharina fort, »daß der alte Prinz Golitskow gewisse Einwände hat; er neigte schon immer zu etwas eigenartigen Ansichten. Trotzdem denke ich, er wird die Vorteile einer solchen Heirat für seine Enkelin einsehen. Aber Sie haben recht. Adam vereint überzeugenden Charme mit energischer Entschlossenheit und ist nicht im geringsten empfänglich für weibliches Gejammere.«

»Nicht seit dieser entsetzlichen Geschichte mit seiner Frau«, gab Potemkin zu. »Niemand scheint die wahren Umstände ihres Todes zu kennen.«

»Ich hatte den Eindruck, daß es ein Reitunfall war«, sagte die Zarin. »Aber noch wichtiger scheint mir, daß sich alle darüber einig sind, sie hätte zum Zeitpunkt ihres Todes das Kind eines anderen unter ihrem Herzen getragen. Der Graf hatte die vorangegangenen zehn Monate im Krimkrieg gekämpft.«

»Die Polen sind ein stolzer Menschenschlag«, warf Potemkin ein. »Sie reagieren ziemlich heftig, wenn man ihre Ehre besudelt. Adam spricht nie von seiner verstorbenen Frau, es ist, als wäre er niemals verheiratet gewesen. Er unternimmt jedoch keinerlei Anstrengung, seine Verachtung für das schwächere Geschlecht zu verbergen.«

Die Zarin, die sich ganz und gar nicht als Mitglied des schwächeren Geschlechts betrachtete, nahm keinen Anstoß daran, daß Potemkin diesen Ausdruck gebrauchte. Frauen waren im allgemeinen wehklagende, schwache und frivole Geschöpfe. In ihrem eigenen Fall war es schlicht unpraktisch, daß der Verstand eines tatkräftigen, erobernden Mannes in einem Körper untergebracht war, der alle Bedürfnisse und Impulse einer schwachen Frau aufwies.

»Wir werden augenblicklich nach ihm schicken und die Angelegenheit ins Rollen bringen«, erklärte die Kaiserin brüsk. »Es ist höchste Zeit, daß wir uns auf unsere Verantwortung gegenüber Sophia Alexejewna besinnen. Es wird Zeit, daß sie ihren Platz als erwachsene Frau in der Welt einnimmt, in die sie geboren wurde.«

An einem strahlenden Aprilmorgen sechs Wochen später brach Graf Adam Danilewski von seinen eigenen Gütern auf, die einmal zu Polen gehört hatten – bevor das Land vor zwölf Jahren von Österreich, Rußland und Preußen zum ersten Mal aufgeteilt worden war. »Kollektive Notzucht«, so hatte man diesen Vorgang genannt. Jetzt war das Gebiet als Weißrußland bekannt, und seine Bewohner lebten nicht länger unter polnischer Souveränität, sondern unter dem kaiserlichen Joch Rußlands.

Adam war unterwegs zu den Gütern der Golitskows außerhalb von Kiew. In seiner Begleitung befand sich ein Trupp von zwölf Soldaten, der schon seit seinem Aufbruch von St. Petersburg bei ihm war, und jeder einzelne der zwölf Männer hütete sich, das grüblerische Schweigen ihres Oberst zu unterbrechen. Seine Miene war wie versteinert, der Ausdruck seiner grauen Augen hart, seine Haltung bedrohlich.

Ein Besuch auf den Familiengütern bedrückte ihn jedesmal zutiefst, erinnerte ihn wieder an seine verlorene nationale Identität, an die Demütigung seines einst so stolzen Vaterlandes. Nach der Teilung hatte man ihn als Sechzehnjährigen zusammen mit anderen Nachkommen der wichtigsten polnischen Familien nach St. Petersburg gebracht, um dort seine Erziehung im russischen Sinne als Kornett im prestigeträchtigen Preobrazhensky-Regiment des Kaiserlichen Garderegiments fortzusetzen. Sie wurden mit all dem Respekt behandelt, der solch jungen Adligen zustand, tatsächlich waren sie jedoch Geiseln im Austausch für das gute Benehmen ihres annektierten Heimatlandes gewesen.

Zwölf Jahre russischer Oberherrschaft hatten dafür gesorgt, daß diese nach und nach akzeptiert wurde, und Adam Danilewski war oft nicht fähig, die Fäden seines polnischen Ichs von denen seines russischen Ichs zu trennen. Doch sobald er nach Mogilew zurückkehrte, fühlte er sich als Pole, war Oberhaupt einer polnischen Familie, Besitzer polnischer Ländereien und polnischer Leibeigener. Und dies war das erste Mal seit Evas Tod vor einem Jahr gewesen, daß er wieder die alte Heimat besucht hatte.

Er hatte Mitleid mit dem betrogenen Ehemann in jedem Gesicht gelesen, aus jedem betretenen Schweigen herausgehört. Seine Schwestern hatten mit ihrem hirnlosen, unaufhörlichen Geschwätz rücksichtsvoll dafür gesorgt, daß das peinliche Thema nicht zur Sprache kam; seine Mutter hatte abwechselnd vor Freude über die Anwesenheit ihres einzigen, geliebten Sohnes geweint und in schweigender, aber dennoch deutlich spürbarer Verzweiflung über die triste Gewißheit die Hände gerungen, daß er sich nie wieder auf eine Ehe einlassen würde und es keinen männlichen Erben für das Vermögen und den Namen dieses Zweigs der Familie Danilewski geben würde.

Sein neu erwachtes Zugehörigkeitsgefühl zu Polen, die stummen Vorwürfe seiner Mutter und der Gedanke an das verächtliche Mitgefühl seiner Freunde und Bekannten für einen Mann, der sich nicht auf die Treue seiner Frau hatte verlassen können, lasteten schwer auf Adam, als er jetzt über diese weite, unendliche Ebene ritt, die schweigsam und düster unter der Frühlingssonne dalag. Er hatte den Auftrag, eine junge Frau aus der Vergessenheit der Verbannung loszueisen – eine Frau, die niemals über die Grenzen dieser Wildnis hinausgekommen war – und sie zurück nach St. Petersburg zu bringen, wo sie die Ehefrau von General Prinz Paul Dmitriew werden sollte, eines Mannes, der dreißig Jahre älter als sie war und bereits drei Ehefrauen begraben hatte.

In seinem augenblicklich so verbitterten Gemütszustand empfand Graf Danilewski seine Aufgabe nicht als angemessene Tätigkeit für einen Oberst des Kaiserlichen Garderegiments, ob er nun Adjutant des zukünftigen Bräutigams war oder nicht. Aber man erhob nun mal keinen Einspruch gegen kaiserliche Befehle, besonders dann nicht, wenn sie als logische Bitte vorgetragen wurden. In Gedanken hörte er immer noch die betont sanfte, freundliche Stimme der Kaiserin, die ihm erklärte, wie äußerst zweckmäßig es sei, daß er gerade zu diesem Zeitpunkt die heimischen Güter aufsuchen wolle. Es wäre keine so große Entfernung von Kiew, und sie sei überzeugt, er, Adam, wäre in der Lage, eine so pikante Mission mit all der Diplomatie zu bewerkstelligen, wegen der man ihn zu Recht bewunderte.

Die Erinnerung an jene kaiserlichen Komplimente tat wenig, um seine trübe Stimmung aufzuhellen, als er und sein kleiner Trupp dem Lauf des Dnjepr nach Kiew folgten. Von dort aus schwenkten sie Richtung Süden ab, in das hohe, wehende Gras der Steppen hinein, deretwegen so viele Schlachten ausgetragen worden waren, so viele Grenzen gewonnen und verloren, wo Menschen einander im primitiven Gefecht zwischen Jäger und Gejagtem verfolgt hatten – Geächtete, die gegen Geächtete kämpften um die bloße Existenz an einem

Ort, an dem die Geister von Tataren, Kosaken und Türken inmitten der bedeutenden Konkurrenzkämpfe von Brigant und Räuber umherstolzierten.

Obwohl kein Mitglied dieses Trupps des Kaiserlichen Garderegiments es zugegeben hätte, waren sie alle erleichtert, daß ihr Zielort nicht mehr als fünfzig Werst von Kiew entfernt lag – ungefähr vierzig Kilometer, die man in einem scharfen Tagesritt quer durch die Wildnis bewältigen konnte. Die riedgedeckten Häuser des Dorfes rund um das Anwesen von Berkholzskoje waren ein willkommener Anblick in der Ferne, als die Sonne hinter einem Horizont versank, der grenzenlos in dieser schweigenden Ebene schien.

Adam, der stirnrunzelnd überlegte, wie er Prinz Golitskow sein Anliegen am besten vortragen sollte, hörte zuerst nicht die hämmernden Pferdehufe, bis ein wilder Schrei die lastende Stille der Landschaft durchbrach. Einer der Soldaten hinter ihm rief etwas. Ein Säbel wurde mit einem kratzenden Geräusch aus seiner Scheide gezogen. Ein prächtiger Kosakenhengst galoppierte auf sie zu, im Sattel eine Gestalt mit langen Haaren, die im Wind flatterten, eine Steinschloßpistole in der erhobenen Hand.

Adams erster Impuls war, seine eigene Pistole zu ziehen; dann dämmerte ihm die verblüffende Wahrheit: Es handelte sich um eine Frau mit wehenden Röcken, die anscheinend selbstmörderisch dreizehn bewaffnete Soldaten versuchte anzugreifen. Er gab den Befehl zum Anhalten und wartete voller Spannung darauf, was nun passieren würde.

»Ich bitte um Verzeihung, weil ich Sie so angeschrien habe.« Atemlos begann die Reiterin zu sprechen, sobald sie in Hörweite war. »Aber Sie streben auf diese Schlucht dort zu.« Sie wies auf eine dichte Mauer von Buschwerk und Gras vor ihnen. »Sie können es noch nicht sehen. In der Schlucht hat sich ein einzelner Wolf versteckt. Innerhalb der letzten drei

Tage hat er zwei Pferde gerissen, und ich fürchte, er ist tollwütig.«

Die junge Frau sprach Russisch, und Adam benutzte dieselbe Sprache. »Warum hat man ihn nicht erschossen?« fragte er, während er darum kämpfte, seine Fassung wiederzufinden, die beim Anblick dieser außergewöhnlichen Frau etwas aus dem Gleichgewicht geraten war.

»Ich bin im Begriff, genau das zu tun.« Sie fuchtelte mit ihrer Pistole herum. »Die Dorfbewohner haben zuviel Angst vor der Tollwut.« Sie lächelte ihn strahlend an. »Sie können die Schlucht umgehen, indem Sie ungefähr zwei Werst nach Osten ausweichen. Oder, wenn Sie es vorziehen, werde ich mich gleich mit dem Wolf befassen, dann können Sie geradewegs hindurchreiten.«

Ein Augenblick erstaunten Schweigens trat ein, während Adam die junge Frau anstarrte und geistesabwesend den Eindruck von großen, feurigen dunklen Augen in einem sonnengebräunten Gesicht in sich aufnahm. Keine Schönheit im herkömmlichen Sinne, dachte er flüchtig, aber eine atemberaubende Erscheinung. Die eine Spur zu dichten und betonten Augenbrauen, die gerade geschnittene, bestimmte Nase und die weißen, aber ein klein wenig schiefen Zähne ließen ihr Lächeln eher fragend wirken. Sie hatte ein festes Kinn mit einem tiefen Grübchen unter vollen, großzügig geschwungenen Lippen und dunkelbraunes, fast schwarzes Haar, das in einem windzerzausten Gewirr um schlanke Schultern fiel.

Ihr unkonventionelles Reitkostüm war schäbig und dick mit Staub bedeckt, als wäre sie schon stundenlang durch die Ebene gestreift; sie ritt im Herrensitz auf ihrem majestätischen Pferd – so leicht und lässig, als säße sie auf einem Pony, ihre Haltung aufrecht, die Zügel locker in einer Hand, in der anderen die Pistole, mit der sie sich so hilfsbereit anerboten hatte, ihnen den Weg frei zu machen.

»Das ist zwar mehr als freundlich von Ihnen… äh…« Er blickte sie fragend an.

»Sophia Alexejewna Golitskowa«, erklärte sie forsch. »Und übrigens, nicht der Rede wert. Es wird nicht länger als eine Viertelstunde dauern. Ich weiß genau, wo ich ihn finde.«

Sie zog ihr Pferd an den Zügeln herum, und Adam, der einen Moment lang völlig irritiert über dieses zufällige Zusammentreffen gewesen war, kam wieder zur Besinnung. Sie konnte doch nicht allen Ernstes glauben, eine Abordnung des Kaiserlichen Garderegiments würde in sicherer Entfernung zuschauen, während diese halbe Portion von einem Mädchen mit einem tollwütigen Wolf kämpfte! Aber allem Anschein nach glaubte sie es. Rasch beugte Adam sich vor und packte ihr Pferd am Zaumzeug.

»Lassen Sie sofort los!« Ihre Reitpeitsche sauste in die Höhe und traf ihn schmerzhaft auf die Hand. »Wie können Sie es wagen!« Die eben noch so freundlich lächelnde junge Frau hatte sich plötzlich in eine wilde Furie verwandelt, ihre Augen nicht länger sanft und strahlend, sondern fast schwarz vor Zorn. Wieder hob sie die Peitsche, und Adam riß instinktiv die Hände hoch, um sie abzufangen, als sie erneut niedersauste. Mit einem geschickten Griff wand er ihr die Peitsche aus der Hand.

»Nur eine Minute…«, begann er erklärend, doch sie hatte ihr Pferd bereits mit einem kaum merklichen Schenkeldruck gewendet und galoppierte auf die Schlucht zu, noch bevor Adam den Satz zu Ende sprechen konnte. Verblüfft starrte er auf seine Hand, wo sich die Striemen in der Handfläche und quer über den Fingerknöcheln abzeichneten. Es war vielleicht ein wenig eigenmächtig gewesen, ihr Pferd einfach am Zaumzeug festzuhalten, aber was für eine erstaunliche Reaktion! Er wurde sich der Männer um ihn herum bewußt, die alle der fliegenden Gestalt nachblickten.

»Vielleicht werden wir tatsächlich warten, bis Prinzessin Sophie uns den Wolf aus dem Weg geräumt hat«, sagte er mit einer Ruhe, die seine Gefährten nicht eine Sekunde täuschte. Graf Danilewski war sehr aufgebracht.

Kaum zehn Minuten später hallte ein Schuß durch die Dämmerung. Es war nur ein einziger Schuß zu hören. Die Prinzessin weiß eindeutig, wovon sie spricht, wenn es um Treffsicherheit geht, dachte Adam. Sie ließ sich nicht wieder blicken, deshalb nahm er an, daß sie ihren Weg durch die Schlucht fortgesetzt hatte. Da es auch sein Weg war, gab er das Signal, auf die Schlucht zuzureiten. Sie kamen zu der Stelle, wo die schlanke, graue Silhouette des Wolfes im hohen, welligen Gras lag. Neugierig stieg Adam aus dem Sattel, um das Tier näher zu betrachten. Es gab nur eine Schußwunde, direkt über dem Herzen. Der Tod mußte unmittelbar eingetreten sein.

Nachdenklich saß Adam wieder auf, und sie setzten ihren Ritt nach Berkholzskoje fort. Er hatte nicht gewußt, was er von der jungen Frau erwarten sollte, für die er die Verantwortung zu tragen hatte während des einen Monats, den sie brauchen würden, um nach St. Petersburg zu kommen. Er hatte angenommen, sie wäre von der üblichen Sorte, geziert und albern-dümmlich oder wie gelähmt vor Schüchternheit, auf jeden Fall ein Mädchen, mit dem man sich nicht unterhalten kann, eines, das – zwangsläufig – abstoßend bäurisch war. Er hatte damit gerechnet, mit Klagen und Gejammer über die Dauer und die unvermeidbaren Beschwerlichkeiten einer so langen Reise bestürmt zu werden.

Auf eine wilde, unabhängige, scharf reitende und schnell schießende Kosakenfrau mit aufbrausendem Temperament war er ganz und gar nicht gefaßt gewesen. Blieb noch die Frage, welche Wirkung dieser Zwischenfall auf die Aufgabe haben würde, die vor ihm lag. Es geschah auf kaiserlichen Befehl, daß er die Prinzessin aus der Obhut ihres Großvaters entfernen sollte, aber Adam verspürte keinen Wunsch, die Ausführung dieses Befehls zu erzwingen. Er hatte gehofft, Charme und Diplomatie würden den gewünschten Erfolg bringen. Jetzt war er sich da nicht mehr so sicher.

Sophie war zu Hause angekommen, noch bevor sich ihre Wut über diesen unerträglichen Griff eines völlig Fremden nach ihrem Zaumzeug genügend gelegt hatte, um sie auf die Frage zu bringen, was ein Trupp Soldaten in dieser Gegend zu suchen hatte.

Sie stellte ihr Pferd im Stall unter und marschierte dann mit energischen Schritten ins Haus, während ihre Stiefelabsätze auf den gefliesten Böden klapperten und ihr langer, weiter Hosenrock um ihre Knöchel schwang. Prinz Golitskow war in seiner Bibliothek im rückwärtigen Teil des Hauses anzutreffen, und er brauchte nur einen prüfenden Blick in das Gesicht seiner Enkelin zu werfen, ihre geröteten Wangen und das ärgerliche Aufblitzen in ihren dunklen Augen zu sehen, um zu wissen, daß Prinzessin Sophie nicht erfreut war.

»Hast du den Wolf gefunden?« wollte er wissen.

»Er war genau dort, wo ich ihn zu finden hoffte, lauerte in dem hohen Gras neben dem Pfad.« Sie legte ihre Pistole auf einem Beistelltisch ab. »Khan war so ruhig und unbeweglich wie ein Felsen, selbst als der Wolf sich plötzlich aufbäumte.«

»Und als du geschossen hast?« fragte der alte Mann, der ebenso wie seine Enkelin großes Interesse an der Zähmung und Schulung wilder Pferde hegte.

»Er hat keinen Mucks getan.«

»Was ist denn dann passiert, um dich so zu verärgern, Sophia?« Er lehnte sich in seinem Stuhl zurück und lächelte zu ihr auf. Sie gehörte zu den wenigen Menschen, die dem mürrischen Menschenfeind ein Lächeln entlocken konnten.

Sophie erzählte es ihm in wenigen Worten, während sie mit ihren gewohnt langen Schritten ruhelos in dem von Bücherregalen gesäumten Zimmer hin und her wanderte.

»Welche Uniform haben sie getragen?« Prinz Golitskow blickte nachdenklich in den leeren Kamin. Soldaten in der Gegend von Berkholzskoje verhießen nichts Gutes. Es war unwahrscheinlich, daß sie durch Zufall so weit in die Einöde geritten waren.

Sophie versuchte angestrengt, sich zu erinnern. »Dunkelgrüne Uniformröcke mit roten Tressen«, sagte sie langsam. »Und schwarze Portepees.«

»Das Preobrazhensky-Regiment der Kaiserlichen Garde. Aha...« Ein trostloser Ausdruck breitete sich auf dem Gesicht ihres Großvaters aus. Die Anwesenheit einer solchen Elitetruppe konnte nur bedeuten, daß sich das kaiserliche Augenmerk in Richtung Berkholzskoje gewandt hatte. Die Zarin würde kein Interesse an einem alten Mann von siebzig Jahren haben. Einen Moment lang ruhte sein Blick traurig auf seiner Enkeltochter, die auf eine Erklärung zu warten schien.

Prinz Golitskow wollte gerade zum Versuch einer Erklärung ansetzen, als die Bibliothekstür ohne Förmlichkeiten aufging. Anna, die alte Haushälterin, stand leicht verwirrt in der offenen Tür. »Soldaten... an der Haustür...«, stammelte sie. »Sind gekommen, um Eure Hoheit zu sprechen.« Die wäßrigen alten Augen waren mit Furcht über einen solchen Besuch erfüllt, und sie fuhr fort, entsetzt und erschrocken ihre gichtigen, von der Arbeit rauhen Hände zu ringen.

»Soldaten!« Röte kroch in Sophies Wangen, als ihr Ärger erneut aufflammte. »Dieselben von vorhin?« Sie schaute ihren Großvater an, der schweigend nickte.

»Mehr als eine dieser Truppen kann es wohl kaum hier in der Gegend geben«, erwiderte er trocken. »Bitte sie herein, Anna.«

»Ich werde sie nicht empfangen«, erklärte Sophie und machte einen Schritt in Richtung Tür.

Der Prinz seufzte. »Du mußt aber. Bleib hier!«

Sein herrischer Ton ließ sie an der Tür innehalten, und sie drehte sich überrascht zu ihm um. »Ich muß? Warum?«

»Sie sind nicht hier, um mich zu sprechen«, erklärte er ohne Umschweife. Er verschwieg ihr jedoch, daß er mit einem solchen Besuch gerechnet und nur nicht gewußt hatte, wann es passieren würde. Aber er hatte Sophie ja auch nichts von den kaiserlichen Geheimagenten erzählt, die das Gut während der letzten zehn Jahre besucht hatten, manchmal als Reisende, manchmal als fahrende Landarbeiter getarnt. Der Prinz kannte diesen Typ nur zu gut, und es hatte ihm kaum Schwierigkeiten bereitet, sie zu identifizieren. Er hatte sie jedoch nicht herausgefordert. Welchen Zweck hätte das auch gehabt?

Die Röte in Sophies Wangen verblaßte, und Fragen blitzten in ihren dunklen Augen auf, doch dafür war keine Zeit mehr. Die klare Stimme von vorhin ertönte aus dem Korridor, das abgehackte Klicken von Füßen in Stiefeln, das Klirren von Sporen. Sophie trat von der Tür weg, wich instinktiv in das Dunkel eines holzverkleideten Zimmerecke zurück.

»Prinz Golitskow.« Graf Danilewski verbeugte sich in der offenen Tür. »Oberst Graf Adam Danilewski vom Kaiserlichen Garderegiment, stehe zu Ihren Diensten.« Er sprach Französisch, die Sprache des Hofes und der Aristokratie.

Der alte Prinz erhob sich von seinem Stuhl. »Ach, tatsächlich?« murmelte er ebenfalls auf französisch. »Stehen Sie zu meinen Diensten? Manchmal bezweifle ich das. Bitte kommen Sie herein.« Er bedeutete ihm mit einer Handbewegung, den Raum zu betreten. »Ich nehme an, Sie und Ihre Männer werden für eine Weile meine Gäste sein.« Er blickte an dem Grafen vorbei zur Tür, wo Anna immer noch mit erschrockenen Augen stand. »Es gibt keinen Grund zur Panik, gute Frau«, sagte er unwirsch, wobei er wieder ins Russische zurückfiel. »Du siehst aus, als müßtest du jeden Moment aufs Schafott steigen. Mach dich wieder an deine Arbeit und kümmere dich um die Bedürfnisse unserer Gäste.«

Anna schlurfte davon, einigermaßen beruhigt von dem gewohnt gereizten Tonfall ihres Herrn. Sophie wich weiter in die dunkle Ecke zurück, doch ihr Großvater winkte sie zu sich herüber. »Sie haben meine Enkelin bereits kennengelernt, wie ich höre, Graf.«

»Ja. Ich hatte schon das ... äh ... Vergnügen«, erwiderte der Graf. »Leider bin ich nicht mehr dazu gekommen, mich ebenfalls vorzustellen.« Er hielt ihre Reitpeitsche in den Händen und reichte sie ihr jetzt mit einer ironischen Verbeugung. »Wenn wir in Zukunft zusammen ausreiten, werde ich darauf achten müssen, daß ich Handschuhe trage, Prinzessin.«

»Ich glaube nicht, daß es dazu kommt, daß *wir* zusammen ausreiten«, gab Sophie zurück, als sie ihr Eigentum wieder in Empfang nahm. »Wenn Sie mich jetzt bitte entschuldigen würden, Graf. Es gibt da noch verschiedene Dinge, um die ich mich kümmern muß, wenn wir dreizehn Gästen Gastfreundschaft bieten sollen.«

Ein *höchst* unheilträchtiger Anfang, dachte Adam, nicht sicher, was er hätte tun können, um den Lauf der Dinge zu ändern, nachdem die Sache so ungünstig begonnen hatte. Er wurde sich des prüfenden Blicks des Prinzen bewußt, in dessen Augen sich ein verdächtig bösartiger Glanz spiegelte.

»Meine Enkelin ist eine ungewöhnliche junge Frau, Graf.«

»Ja, diesen Eindruck habe ich auch gewonnen.« Er griff nach der Steinschloßpistole auf dem Beistelltisch. »Eine fähige Schützin und obendrein noch eine bemerkenswerte Reiterin.«

»Sie ist in der Steppe aufgewachsen, nicht am Hof«, erwiderte der Prinz freundlich. »Es ist kein Land, in dem man frei herumstreifen kann, wenn man nicht fähig ist, auf sich selbst aufzupassen.«

»Es ist vielleicht kein Land, um einer jungen Frau zu erlauben, frei herumzustreifen«, entgegnete der Graf mit der gleichen Liebenswürdigkeit.

Golitskow zuckte mit den Achseln. »Ich wüßte nicht, warum man es ihr verbieten sollte.« Er ging mit vom Rheuma steifen Schritten zur Anrichte. »Wodka, Graf?«

»Danke.«

Ein Moment der Stille trat ein, als der Trunk der Gastfreundschaft in einem Zug heruntergeschluckt wurde. Dann, nachdem die Formalitäten erledigt waren, füllte der Prinz erneut ihre Gläser und sagte unverblümt: »So, Ihre Kaiserliche Majestät hat also beschlossen, den Namen und die Familie meines Sohnes zu rehabilitieren.«

Adam war unendlich erleichtert. Wenigstens der alte Mann würde keine Schwierigkeiten machen. »General Prinz Paul Dmitriew bittet um die Hand Ihrer Enkelin. Ich bin als sein Abgesandter gekommen.«

Ein sardonisches Lächeln spielte um die geschwungenen Lippen des alten Golitskow. »Abgesandter?«

»Und Eskorte«, erklärte Adam, auf alle beschönigenden Worte verzichtend. Sich mit diplomatischen Nettigkeiten aufzuhalten, war bei diesem barschen alten Mann eindeutig nicht angebracht.

»Ich bin seit vierzig Jahren nicht mehr am Hof gewesen«, sagte Golitskow jetzt. »Ich kenne die Familie natürlich. Völlig einwandfrei. Aber ich bin nicht mit Prinz Paul persönlich bekannt.«

Dankbar zog Adam ein Dokument mit dem kaiserlichen Siegel aus der Tasche. Er würde nicht seine eigene Meinung über Prinz Paul äußern oder die ziemlich bewegte eheliche

Geschichte des Prinzen schildern müssen. Katharina selbst hatte ein herzliches Schreiben an Prinz Golitskow verfaßt, in dem sie Dmitriews Anliegen begeistert unterstützte und versprach, persönlich über das Wohlergehen von Sophia Alexejewna zu wachen.

Prinz Golitskow las das Schriftstück schweigend. Er gab sich keinen Illusionen hin, daß dieses so warm klingende Schreiben seiner Herrscherin ein unmißverständlicher Befehl war. Sophia Alexejewna wurde nach St. Petersburg gerufen, wo sie Prinz Dmitriew, dieses reife Muster an Gesundheit und gutem Charakter, heiraten sollte, einen General der Armee mit einem ganzen Katalog von militärischen Heldentaten, der dafür sorgen würde, daß sie den ihr gebührenden Platz in der Gesellschaft bei Hofe einnahm. Golitskow fragte sich insgeheim zynisch, welchen speziellen Dienst der General seiner Kaiserin erwiesen hatte, um mit einer solchen Erbin belohnt zu werden. Wahrscheinlich waren es keine Gefälligkeiten im Schlafgemach gewesen, da Geschmack und Appetit Ihrer Kaiserlichen Majestät nach der verjüngenden Frische und den grenzenlosen Energien der Jugend verlangten.

Aber derartige Spekulationen hatten wenig Sinn. Die Macht der Kaiserin über ihre Untertanen war ebenso vollkommen wie die eines Mannes über seine Leibeigenen, die nichts weiter als menschliches Hab und Gut waren, das seinen Wohlstand garantierte. Im Gegensatz zur Zarin hatte der Besitzer der Leibeigenen allerdings nicht das gesetzlich verbriefte Recht, die Todesstrafe über seine Leute zu verhängen, doch er konnte sie verheiraten, mit wem es ihm gefiel, sie verkaufen, sie auspeitschen oder in die Schlacht schicken. Und die Herrscherin aller Russen konnte von jedem ihrer Untertanen – ob sie frei waren oder Leibeigene – alles verlangen, was sie wollte, aus welchen Gründen auch immer, und sie mußten ihr bedingungslos gehorchen.

Golitskow blickte über den Rand des Schriftstücks zu Graf Danilewski, und das bösartige Funkeln in seinen Augen verstärkte sich noch. »Ich schlage vor, Sie sprechen nach dem Abendessen mit der Prinzessin über dieses Thema, Graf... ein kleiner Spaziergang durch den Garten wird Ihnen die perfekte Gelegenheit bieten, Ihre Aufgabe als Abgesandter zu erfüllen.«

Adam gestattete sich nicht, auch nur eine Andeutung von Mißbilligung oder Ärger zu zeigen. Der alte Mann spielte mit ihm, das stand fest. Er wußte sehr gut, daß es an ihm war, seiner Enkelin die Situation darzulegen, Gehorsam von ihr zu verlangen, und ihn – falls nötig – zu erzwingen. Die Aufgabe des Grafen wäre schon mühsam genug gewesen, hätte er einen willigen Schützling nach St. Petersburg eskortieren müssen, doch mit einer so aufsässigen jungen Frau wie Sophia Alexejewna würde es die schiere Hölle sein.

»Ich brauche Ihre Unterstützung, Prinz«, sagte Adam glatt, als hätte Golitskow das nicht selbst gewußt. »Wäre es zu schmerzlich für Sie, der Prinzessin die Situation selbst auseinanderzusetzen? Ich wäre natürlich überglücklich, dabeizusein, um mit allen zusätzlichen Informationen zu dienen, die Sophia Alexejewna möglicherweise zu wissen wünscht. Aber ich kann nicht umhin zu denken, daß der erste Ansatz von demjenigen kommen sollte, den sie kennt und dem sie vertraut.« Sein Blick schweifte zu der Pistole auf dem Abstelltisch, und die Striemen auf seinen Händen begannen erneut zu pochen.

Das hinterhältige Leuchten in Golitskows Augen flammte jetzt richtiggehend auf. »Ja«, erwiderte er mit reiflicher Überlegung. »Ich glaube, es kann durchaus sein, daß Sie meine Unterstützung brauchen.«

# 2. Kapitel

Sophie verließ die Bücherei und kämpfte gegen den Drang an, zu den Ställen zu laufen, ihr Pferd zu satteln und in die Steppe hinauszureiten, um dort die Ruhe zu finden, die ihr die elementare Wildnis und das sichere Bewußtsein ihres Platzes darin vermitteln würden. Schon seit ihrer frühesten Kindheit hatte eine solche Flucht immer nervenberuhigend gewirkt, hatte ihren Zorn beschwichtigt und ihr wieder einen klaren Kopf verschafft. Und sie konnte sich nicht erinnern, jemals ein dringenderes Bedürfnis nach Beruhigung, Entspannung und gedanklicher Klärung gehabt zu haben als jetzt. Aber aus irgendeinem unerfindlichen Grund war sie sicher, daß ihr Großvater diesmal sehr aufgebracht sein würde, wenn sie verschwände. Sie hatte seinen Ärger bisher nur bei wenigen Gelegenheiten zu spüren bekommen, doch es war ein schmerzliches Martyrium gewesen, eines, das sie auf keinen Fall noch einmal erleben wollte.

Was taten der Graf und seine Soldaten hier? Und was hatte ihr Großvater gemeint, als er sagte, sie wären nicht *seinetwegen* gekommen? Fragen über Fragen schwirrten Sophie im Kopf herum, Fragen, auf die sie keine Antwort wußte, als sie in die Küche eilte, um sich mit Anna wegen der Unterbringung von dreizehn Gästen zu beratschlagen und die Speisenfolge des Abendessens zu besprechen, das man ihnen vorsetzen mußte. Den Grafen würde sie wohl oder übel an den Tisch seines Gastgebers plazieren müssen. Ob seine Soldaten mit dem Hauspersonal in der Küche essen konnten? Wahrscheinlich nicht, entschied sie. Man müßte ihnen eigene Räume anweisen.

Sophie hatte den Haushalt geführt, seit sie sechzehn Jahre alt geworden war, und bei der Überwachung dieser häuslichen Angelegenheiten fand sie wieder ein gewisses Maß an Ruhe; die innere Ruhe war jedoch nur von kurzer Dauer, wie sie erkannte, als sie nach einer Stunde in die Bibliothek zurückkehrte, um die Herren zum Abendessen ins Speisezimmer zu bitten.

Es war ihr gar nicht in den Sinn gekommen, sich umzuziehen oder auch nur ihr Haar in Ordnung zu bringen, und eine verlegene Röte machte sich auf ihren Wangen breit, als sie sah, daß der Graf seine Uniform abgelegt hatte und jetzt in vornehmer Eleganz in Jackett und Breeches aus grauer Baumwolle gekleidet war, mit Spitzenrüschen an Hals und Handgelenken. Selbst ihr Großvater hatte sein Jackett und das Halstuch gewechselt als eine Geste der Höflichkeit gegenüber ihrem Gast, auch wenn der Besucher unwillkommen war und ihn ein – davon war Sophie überzeugt – unheilverkündender Auftrag hergeführt hatte.

»Sie müssen die Ungezwungenheit meiner Enkelin schon entschuldigen, Graf«, sagte der Prinz glatt. »Wir sind in diesem Haus nicht an Förmlichkeiten gewöhnt.« Er blickte Sophie mit hochgezogenen Brauen an. »Ich bin sicher, das Essen kann noch ein paar Minuten warten, Sophie.«

Sie ging wortlos hinaus, hochrot im Gesicht vor wütendem Unbehagen, dabei ertappt worden zu sein, wie sie dem Grafen gegenüber auf so peinliche Weise im Nachteil war. Sie kam sich jetzt wie ein gescholtenes Kind vor, und all ihre Überlegenheit, die sie bei ihrer früheren Begegnung gezeigt hatte, schwand dahin. Sie wußte zwar nicht, warum es so wichtig war, die Oberhand zu behalten im Umgang mit diesem hochgewachsenen, schlanken Aristokraten mit der hohen, intelligenten Stirn und den tiefliegenden grauen Augen; sie wußte nur, daß es so war.

Sophie stand vor ihrem spärlich bestückten Kleiderschrank und entschied sich für einen blauen Wollrock, eine langärmlige weiße Leinenbluse und eine ärmellose Weste aus grauem Samt. Die Kleider waren zumindest sauber, wenn auch nicht elegant. Sie wusch sich Hände und Gesicht und band ihr Haar mit einem Samtband im Nacken zusammen. Ein kritischer Blick in den Spiegel zeigte ihr ein Mädchen vom Lande in einem ländlichen Kleid. Sophie zuckte abwehrbereit mit den Schultern. Genau das war sie ja schließlich auch – ein Mädchen vom Lande –, und bisher hatte sie sich noch nie daran gestört.

Adam, der zu dem Entschluß gekommen war, daß er etwas tun müsse, um die Beziehungen zwischen ihnen zu verbessern, begrüßte Sophie bei ihrer Rückkehr ins Speisezimmer mit einer tiefen Verbeugung und hob ihre schmale braune Hand an seine Lippen. Sophie war überdurchschnittlich groß, mit einer schlanken, biegsamen Figur, die das schlichte Gewand noch besonders betonte. Dennoch war Adam sich ihrer muskulösen Kraft bewußt, der Geschmeidigkeit und Beweglichkeit, die körperliche Betätigung mit sich brachte und die Hand in Hand mit dem Vergnügen ging, das man, wie er aus eigener Erfahrung wußte, aus einem aktiven Leben und Höchstleistungen bei derlei Aktivitäten schöpfte.

Adam Danilewski war noch niemals einer Frau wie Sophia Alexejewna begegnet, und er war sicher, auch Paul Dmitriew kannte keine so ungewöhnliche junge Frau. Er lächelte Sophie an.

Es war ein Lächeln, das die ernsten Züge seines Gesichts vollkommen veränderte; seine grauen Augen blitzten plötzlich übermütig, Lachfältchen krausten die gebräunte Haut um jene Augen und spielten um einen – wie Sophie erstaunt feststellte – wunderschönen, sinnlichen Mund. Beinahe gegen ihren Willen erwiderte sie sein Lächeln, und er sah wieder das liebenswürdige, strahlende Geschöpf, das er zuerst in der Steppe getroffen hatte. Er verspürte ein starkes Bedürfnis, die Bekanntschaft mit jener jungen Frau zu erneuern, und brachte augenblicklich die volle Kraft des wohlbekannten Danilewskischen Charmes zum Einsatz. Er wußte, die üblichen Komplimente über ihr Kleid oder ihre Frisur konnte er ihr nicht machen, weil es scheinheilig gewesen wäre, und er hatte den starken Verdacht, daß Prinzessin Sophie mit Scheinheiligkeit nichts im Sinn hatte. Trotz des Risikos, alte Wunden aufzureißen, begann er mit dem, was er aufrichtig an ihr bewunderte.

»Ich muß Ihnen zu Ihrer Treffsicherheit gratulieren, Prinzessin«, sagte er, als sie durch die quadratische Eingangshalle in Richtung Speisezimmer gingen. »Ich habe den Wolf gesehen. Ihr Schuß war absolut brillant plaziert.«

Sophies Miene strahlte all die offensichtliche Freude aus, die eine Debütantin am Hof von St. Petersburg bei einem Kompliment über ihr Kleid oder ihre Art zu tanzen gezeigt hätte. Nein, schön im landläufigen Sinne ist sie nicht, dachte Adam erneut, aber atemberaubend, unglaublich faszinierend.

»Es war nicht weiter schwierig, weil ich auf ihn vorbereitet war, Graf«, erwiderte sie und lächelte dankend, als er ihren Stuhl für sie zurechtrückte. »Wissen Sie, in den letzten Tagen hat er immer nach dem gleichen Schema angegriffen. Ich hatte den Vorteil, das Schema zu kennen.«

»Natürlich«, murmelte er. »Leider hatte ich nicht die leiseste Ahnung von Ihren Fähigkeiten oder Ihrem Wissen. Daher auch meine ritterliche Besorgnis, Ihnen bei einer Sache zuvorzukommen, die ich irrtümlicherweise mehr als meine Angelegenheit betrachtet habe denn als die Ihre.«

Sophie musterte ihn mit leisem Argwohn, doch in dem Gesicht, das sich über sie beugte, war nur Offenheit zu lesen und ein Lächeln, das sie aufzufordern schien, die lächerlichen Streitigkeiten zu vergessen und den Vorfall als Scherz zu nehmen. »Ich dulde es grundsätzlich nicht, wenn mir jemand in die Zügel greift, Graf«, erklärte sie vorsichtig. »Aber ich habe ein ziemlich aufbrausendes Temperament, und ich fürchte, ich habe vielleicht etwas überreagiert.«

»Vielleicht sollten wir uns darauf einigen, die Sache zu vergessen«, schlug er vor.

»Mit Vergnügen«, entgegnete Sophia Alexejewna. »Möchten Sie nicht von dem geschmorten Hecht probieren, Graf? Er wird in unseren eigenen Flüssen gefangen.«

Das Abendessen nahm seinen Fortgang bei angenehmer Unterhaltung und geschickt angebrachten Komplimenten, während Prinz Golitskow mit dem dürftigen Appetit der älteren Leute aß und mit sardonischer Belustigung zuhörte, wie Graf Danilewski sich bemühte, das Vertrauen der Prinzessin zu gewinnen. Golitskow war sich durchaus bewußt, daß Sophie – obwohl sie mit ein wenig mehr als simpler Höflichkeit auf das umgängliche Geplauder ihres Gastes reagierte – mißtrauisch war und auf eine Erklärung wartete, von der sie wußte, daß sie sie betraf.

Aber der alte Prinz war zu dem Entschluß gekommen, sie noch eine Weile im ungewissen zu lassen. Er war interessiert zu sehen, wie sie sich unter dem Druck und der Anspannung verhielt, ob ihr kühler Kopf, der ihr bei physischen Gefahrensituationen so gute Dienste leistete, ebenso gut funktionieren würde, wenn die Spannungen sozialer und gefühlsmäßiger Natur waren. Denn sollte dies so sein, so würde er weniger Angst um Sophie haben, wenn sie für ihn verloren war, versunken in dem politischen Morast, der ihre Eltern zerstört hatte.

Aber Alexis ist naiv gewesen, dachte sein Vater kummervoll. Er hatte vertraut, hatte mit begeisterter Überzeugung die Sache anderer zu seiner eigenen gemacht, hatte keine der Gefahren erkannt, die in diesem Land und in dieser Zeit auf jene lauerten, die sich intellektuellem oder gefühlsmäßigem Engagement für Menschen oder Ideen hingaben. Aus welchem anderen Grund würde sich ein Mann von dreißig Jahren in eine ambivalente politische Lage bringen, gedankenlos fliehen und sich dann umbringen, weil seine Frau im Kindbett gestorben war? Für den alten Pragmatiker war und blieb ein solches Verhalten völlig unverständlich.

Gewarnt durch diese bittere Erfahrung, hatte Prinz Golitskow seine Enkelin auf ganz andere Weise erzogen als damals ihren Vater. Er hatte ihr beigebracht, nur auf ihre eigene Stärke zu vertrauen, nur an die Tatsachen ihrer physischen Umgebung zu glauben. Jetzt beobachtete er das Mädchen, spürte ihre Selbstbeherrschung, die Art, wie sie jedes Wort sorgfältig abwägte und sich niemals den Luxus einer unbedachten Erwiderung gestattete. Sie benahm sich, als ritte sie einen halbwilden Hengst, dessen nächste Bewegung vorauskalkuliert werden mußte. Mit geradezu diebischer Schadenfreude spürte Prinz Golitskow auch die Verwirrung seines Gastes, konfrontiert mit dieser anscheinend in ländlicher Umgebung aufgewachsenen jungen Frau, die ein tadelloses Französisch sprach, als befände sie sich in einem der Salons in St. Petersburg oder Moskau, und die dennoch in kein herkömmliches Schema paßte.

Wie würde der unbekannte General Prinz Paul Dmitriew auf seine erwählte Braut und Belohnung wohl reagieren? Die Belustigung des Prinzen erstarb augenblicklich. Es war eine Sache, sich daran zu ergötzen, das Benehmen seiner Enkelin bei einem Mann zu beobachten, der – außer für eine kurze Zeitspanne – keinerlei Mitspracherecht in ihrem Leben haben würde. Es war eine völlig andere Sache, über Sophies Verhalten einem Mann gegenüber nachzudenken, den er, Golitskow, nicht kannte, und dessen Frau und somit Leibeigene sie werden würde. Vielleicht sollte ich sie nach St. Petersburg begleiten, überlegte der Prinz. Aber er war alt und steif vom Rheuma und müde, und er war seit vierzig Jahren nicht mehr am kaiserlichen Hof gewesen. Welche Hilfe konnte er schon für eine junge Frau sein, die ein neues Leben begann?

»Fühlst du dich nicht ganz wohl, *Grandpère*? Ich habe den Eindruck, dich beunruhigt etwas.« Sophie sprach quer über den Tisch, dessen poliertes Holz in den milden gelblichen Lichtschimmer der Öllampen getaucht war, der das Silber und das kostbare Porzellan blinken und blitzen ließ. Die plötzliche Trostlosigkeit im Ausdruck ihres Großvaters brachte Sophie ihre dunklen Vorahnungen auf einmal mit aller Macht zum Bewußtsein, und sie stellte die Frage, ohne darüber nachzudenken.

Prinz Golitskow seufzte und schob seinen Stuhl zurück. »Laßt uns in die Bibliothek zurückgehen. Ich denke, es ist an der Zeit, die Angelegenheit zu klären.« Er schaute dabei den Grafen an, und Sophies Blick wanderte unwillkürlich zu der Gestalt neben ihr.

»Ein Hinausschieben hat wohl wenig Zweck«, gab Danilewski zu, den Blick des Prinzen erwidernd, bevor er sich zu Sophie umwandte. Seine grauen Augen wirkten ruhig, doch mit einem Hinweis auf etwas, was sich hinter dieser Ruhe verbarg. War es Mitgefühl... Bedauern?

Sophie fröstelte plötzlich, hörte ihre eigene Stimme, als käme sie aus weiter Ferne, schwach und fast flehend. »Ich verstehe nicht.«

»Laßt uns in die Bibliothek gehen«, wiederholte der Prinz und bewegte sich mit seiner gewohnten Steifheit vom Tisch fort.

Die Frühlingsnächte in der Steppe waren kühl; im Kamin

war ein Feuer geschürt worden, die Lampen angezündet, die Vorhänge vor den Fenstern zugezogen. Sophie schaute sich in dem Zimmer mit all seiner vertrauten Wärme und Behaglichkeit um, und ein böses Vorgefühl legte sich wie ein Eispanzer um ihre Seele. Ihr Herz zog sich schmerzlich zusammen.

»Ich glaube, du solltest den Brief lieber selbst lesen«, begann der Prinz und reichte ihr das Dokument mit dem kaiserlichen Siegel.

Sophie drehte es unschlüssig in den Händen, betrachtete das Siegel, erkannte einen Moment nicht, was es war. Sie blickte ihren Großvater voller Verwirrung an. Er befahl ihr leicht ungeduldig, den Brief zu öffnen und den Inhalt zu lesen. Sophie tat es, aber zuerst ergaben die Worte einfach keinen Sinn, schienen ihre Verwirrung nur noch zu verstärken. Das Ticken der Standuhr hörte sich auf einmal so laut an wie Kirchenglocken in dem stillen Zimmer, das Knistern der Flammen, das Geräusch eines fallenden Holzscheits so durchdringend und alarmierend wie ein Waldbrand.

Die Buchstaben tanzten auf dem Papier, als wollten sich die Worte ihren Augen entziehen, so wie sich die Bedeutung dieser Worte Sophies Verständnis entzog. Sie war sich bewußt, daß ihre Hände zitterten, und begann, im Zimmer auf und ab zu gehen, während sie das Schreiben einmal und gleich noch ein zweites Mal las. Körperliche Aktivität hatte immer eine beruhigende Wirkung auf sie, und als ihr schließlich die volle Bedeutung des Briefes aufging, wurde sie von einer tiefen inneren Ruhe erfüllt.

»Ich werde *nicht* nach St. Petersburg gehen«, sagte sie ruhig, faltete das Dokument zusammen und hielt es ihrem Großvater hin. »Es ist völlig absurd. Ich bin kein Stück Besitz, das man nach Belieben an einen anderen Ort schaffen und weggeben kann. Etwas so Lächerliches ist mir im ganzen Leben noch nicht begegnet.« Sie schaute den Prinzen an, wartete auf eine Bestätigung ihrer Worte, doch was sie auf seinem Gesicht sah, versetzte ihrer gelassenen Zuversicht einen Stich. »Du... du verstehst das doch, *Grandpère*, nicht wahr? Du verstehst doch, warum ich nicht gehen kann?« sagte sie mit plötzlichem Zögern.

»Ich verstehe nur, warum du nach St. Petersburg gehen *mußt*«, antwortete er. »Vielleicht kann Graf Danilewski dir den wirklichen Sachverhalt erklären.«

»Er?« Sophie drehte sich mit unverhüllter Geringschätzung zu dem Grafen um. »Warum sollte er mir etwas erklären? Er ist nichts weiter als ein Laufbursche, aber dies hier ist ein Auftrag, den zu erledigen ihm nicht gelingen wird.«

»Mein Auftrag lautet, Prinzessin, Sie zu übernehmen und Sie bei guter Gesundheit bei der Zarin in St. Petersburg abzuliefern.« Ihre ärgerliche Verachtung erzürnte ihn nicht, da er sich nur zu deutlich über die Wahrheit ihrer Position im klaren war. »Natürlich würde ich es vorziehen, Sie mit Ihrem Einverständnis nach St. Petersburg zu bringen.«

Sophie erblaßte bei der unmißverständlichen Drohung, die diese nüchterne, emotionslose Feststellung barg. Sie schaute wieder den Prinzen an. »Ich bleibe hier bei dir. Sag es ihm, *Grandpère*.«

Der alte Mann schüttelte den Kopf. »Du bist Untertanin Ihrer Kaiserlichen Majestät, der Zarin Katharina«, erwiderte er brüsk, wohl wissend, daß die leiseste Andeutung seines eigenen Kummers und seiner Angst um Sophie ihr einen sehr schlechten Dienst erweisen würde. »Dieses Dokument ist ein kaiserlicher Befehl. Du hast ihm zu gehorchen.«

Sophie sah ihn an, so wie man einen Verräter ansehen würde. »Nein... nein, das kann nicht dein Ernst sein.«

»Es ist mein voller Ernst«, gab er zurück. »Ich habe immer geahnt, daß diese Aufforderung eines Tages kommen würde...«

»Aber du hast immer gesagt, daß der Hof ein Ort der Intrige und des Betrugs sei, daß er meine Eltern zerstört hat, daß...«

Er fiel ihr ins Wort. »Richtig, ich habe all diese Dinge gesagt. Und sie sind die Wahrheit. Wenn du dich an diese Wahrheiten erinnerst, dann wirst du besser in der Lage sein, mit jener Welt fertigzuwerden, als es dein Vater damals war. Nein, laß mich weitersprechen.« Er hielt gebieterisch eine Hand hoch, als Sophie den Mund öffnete. »Kein Mensch will dir irgendwelchen Schaden zufügen. Diese Heirat, die für dich arrangiert wurde, ist einzig und allein zu deinem Vorteil und zum Vorteil der Golitskows. Sie wird der Familie wieder einen Platz in der Gesellschaft sichern, etwas, wozu ich zu alt bin. Du mußt Kinder haben, Sophie. Sonst wird die Familie mit dir aussterben. Und du mußt diese Kinder mit einem Mann deines Standes haben. Es wird Zeit für dich, in die Welt hinauszuziehen. Die Kaiserin weist ausdrücklich darauf hin, daß sie – sobald du mein Haus verläßt – persönlich die Verantwortung für dich übernehmen wird, bis du unter das Dach deines Ehemannes ziehst. Es ist eine große Ehre.«

»Es ist keine Ehre!« fauchte Sophie. »Es ist Tyrannei, und du weißt das genausogut wie ich. Du würdest mich verraten und alles, woran du glaubst!« Sie wirbelte zu Adam Danilewski herum. »Ich gehe nicht mit Ihnen, Sir!« Dann stürmte sie hinaus, schmetterte die Tür mit einem so heftigen Knall ins Schloß, daß das Feuer im Kamin zischend aufloderte und die Lampe unruhig flackerte.

Prinz Golitskow seufzte und regulierte den Lampendocht, bis die Flamme wieder ruhig brannte. »Eine weniger vehemente Reaktion habe ich auch nicht erwartet. Der Rest ist jetzt Ihre Sache, Graf.«

Adam blickte ihn entgeistert an. »Sie schlagen doch wohl nicht etwa vor, sie als Gefangene von hier fortzubringen, oder? Ganz sicher können Sie Ihre Enkelin beschwichtigen und sie zu einer Einsicht bringen. Oder zumindest Ihre Autorität einsetzen und darauf bestehen, daß sie sich fügsam zeigt.«

Der Prinz lächelte. »*Meine* Autorität, Graf Danilewski? Ich hatte den Eindruck, daß Sophia Alexejewna jetzt unter Aufsicht der Kaiserin steht und daß *Sie* Repräsentant dieser kaiserlichen Autorität sind.«

»Herrgott noch mal, Mann! Was, glauben Sie, wird Ihrer Enkelin dieses sinnlose Geplänkel nützen? Wenn Sie auch nur die leiseste Zuneigung für sie empfinden, werden Sie sie dazu überreden, den wahren Sachverhalt der Situation einzusehen.«

»Stellen Sie meine Zuneigung für meine Enkelin nicht in Frage«, erwiderte der Prinz sehr ruhig. »Ich habe alles getan, was ich konnte, und ich werde Sie in keiner Weise behindern. Möglicherweise vergessen Sie, daß ich Sophie sehr gut kenne. Wir gewinnen nichts, wenn ich mich ständig wiederhole. Sie muß selbst zur Vernunft kommen und diese Dinge einsehen. Das wird sie auch irgendwann, denn sie ist eine bemerkenswert intelligente junge Frau. Aber ich weiß nicht, wie lange es dauern wird, bis sie Einsicht zeigt. Wenn Sie genügend Zeit haben, um ein paar Wochen hierzubleiben, dann wird es Ihnen und mir gemeinsam sicher gelingen, sie dazu zu überreden, ihr Schicksal zu akzeptieren und gute Miene dazu zu machen. Aber wenn Sie in Eile sind…« Er zuckte mit den Achseln und ging zur Tür. »Ich bin ein alter Mann, Graf, und gehe früh schlafen. Wir sehen uns dann beim Frühstück.«

Adam starrte ungläubig auf die geschlossene Tür. Dieser störrische, hinterhältige, bösartige alte Bastard! Er, Adam, konnte unmöglich in dieser Wildnis herumsitzen und Däumchen drehen, während er dieses aufbrausend heißblütige Geschöpf zu beschwatzen versuchte, willig mitzukommen.

Aber Adam wußte, wie Sophie zumute war, denn genauso hatte er sich gefühlt, als er vor zwölf Jahren unter militärischer Eskorte sein Zuhause und alles, was ihm lieb und vertraut war, verlassen hatte – für ein ungewisses Schicksal an einem Ort, von dem er bis dahin nur alarmierende Geschichten gehört hatte. Und Sophia Alexejewna würde die Ehefrau von General Prinz Paul Dmitriew werden.

Vor seinem inneren Auge stieg das Bild des Generals auf. Prinz Dmitriew führte ein strenges Regiment, war gefürchtet und gehaßt von jenen, die unter seinem Kommando standen. Ein Mann, der seine Macht ohne Gewissensbisse ausübte und auf niemanden außer sich selbst hörte. Dennoch gewann er Schlachten, und solange er der kaiserlichen Armee zu Siegen verhalf, stellte niemand die unglaubliche Verschwendung von Menschenleben in Frage, die brutalen Methoden, die er benutzte, um völlig verängstigte Truppen in den sicheren Tod zu schicken. Aber Sophia Alexejewna soll Dmitriews Frau werden, erinnerte Adam sich selbst, nicht Mitglied seiner Armee. Er verdrängte den unangenehmen Gedanken, daß der General den Tod seiner Ehefrauen, *reicher* Ehefrauen, ebenso gleichgültig hinzunehmen schien, wie er den Tod seiner Soldaten im Interesse des Ruhms hinnahm.

Die Wodkaflasche stand noch auf dem Beistelltisch, und Adam schenkte sich ein Glas voll, überzeugt, daß er diese Nacht nicht so leicht Schlaf finden würde. Er war Soldat und hatte bestimmte Instruktionen. Und ein Soldat hatte nicht das Recht, Befehle zu hinterfragen. Diese Prinzessin aus dem Geschlecht der Golitskows würde unter seinem Geleitschutz nach St. Petersburg reisen, und damit basta. Abgesehen von allen anderen Überlegungen war es geradezu absurd, daß eine junge Frau wie sie den Rest ihres Lebens an diesem vergessenen Vorposten der zivilisierten Welt verbringen sollte. Sobald sie erst einmal ihren rechtmäßigen Platz im kaiserlichen Zirkel eingenommen hätte, würde sie die unzivilisierte Steppe sicher schnell vergessen. Sie würde entdecken, daß es noch andere Vergnügungen gab, als halbwilde Kosakenhengste zu reiten und tollwütige Wölfe zu erschießen.

Adam zog die Vorhänge an den hohen Verandatüren beiseite und blickte in den Garten hinaus. War es denn wirklich möglich, daß Bälle, Klatsch, die fast zwanghafte Beschäftigung mit der eigenen Garderobe, die unvermeidliche Besuchsrunde durch die diversen Salons, daß all diese großstädtischen Vergnügungen einen vollwertigen Ersatz darstellten für die elementare Herrlichkeit der...

Seine Überlegungen wurden abrupt unterbrochen. Eine Gestalt hastete durch den dunklen Garten, kaum mehr als eine schattenhafte Silhouette, und dennoch unverkennbar mit diesen weitausholenden, energischen Schritten und dem wehenden Haar. Wo wollte sie hin? Zu den Ställen natürlich. Wenn sie erst einmal auf diesem Hengst saß, konnte kein Mensch wissen, wohin sie reiten würde.

Adam mühte sich mit den Riegeln der Verandatür ab, fluchte, als seine Finger in der Hast abrutschten und sich die Riegel, die während der frostkalten Wintermonate eindeutig kein einziges Mal zurückgezogen worden waren, nicht von der Stelle rührten. Er gab schließlich auf, rannte aus der Bibliothek und durchquerte die Eingangshalle, um mit der schweren Eisenstange und den Riegeln an der großen Eingangstür zu ringen. Wie, zum Teufel, war Sophie aus dieser Festung herausgekommen? Warum waren keine Leibeigenen da, um ihm behilflich zu sein? Ganz sicher durften sie sich nicht alle zum Schlafen zurückziehen. Irgendwer mußte sich doch während der Nacht um etwaige Bedürfnisse und Launen ihrer Herrschaft kümmern, oder?

Niemand kam Adam zu Hilfe, aber er schaffte es nach einer Weile, die schwere Stange vor der Tür fortzuschieben und die

Riegel zurückzuziehen. Die Nacht war kalt und still, als er hinaustrat. Er blieb einen Moment stehen und lauschte. Ein Wolf heulte in der Ferne, der Wind rauschte im hohen Gras der Steppe, ein rhythmisch raschelndes Geräusch, das eigenartig bedrohlich wirkte. Es war beinahe taghell unter dem Baldachin eines silbrigen, sternenübersäten Himmels, so klar und hell, daß es Adam einen Augenblick den Atem verschlug und er die Dringlichkeit seines Auftrags vergaß. Dann setzte er sich wieder in Bewegung, rannte zu den Ställen hinüber und erreichte den Stallhof, als das Klappern von Hufen auf dem Kopfsteinpflaster den Aufbruch seines Schützlings signalisierte.

»Bitte um Verzeihung, Herr. Kann ich Ihnen helfen?«

Adam fand sich einem Riesen von Mann gegenüber, der in die pelzverbrämte Lederjacke und die weiten Leinenhosen der Bauern gekleidet war und das lange Haar und den Bart eines Muschiks trug und dennoch mit der Würde und Autorität eines Herrn auftrat.

»Sattle ein Pferd für mich«, erwiderte Adam knapp. »Eines, das es mit dem Tempo dieses Kosakenhengstes aufnehmen kann.«

»Wir haben nicht noch so eines«, erklärte der Riese stoisch. »Khan ist der einzige seiner Art.«

Adam betrachtete den Mann genauer. Das graue Haar und der graue Bart täuschten auf den ersten Blick über die kraftvolle Gestalt und die durchdringenden schwarzen Augen hinweg, seine bäuerliche Kleidung und Manieren über die sichere Ausdrucksweise und die Intelligenz in seinen breiten Gesichtszügen. Aber nur auf den ersten Blick. Adam erkannte die Sorte Mann, mit der er es zu tun hatte. Sie waren eine seltene Spezies – der Leibeigene, der wie ein Freund behandelt wurde, ausgewählt für die ehrenamtliche Mitgliedschaft in der herrschenden Klasse. Und die Loyalität, die sie ihrem

Herrn im Gegenzug dafür bewiesen, war von einer ehrfurchtgebietenden Hartnäckigkeit, die auch Folter und Gefangenschaft nicht brechen konnten.

Adam sprach ruhig und betonte jedes Wort. »Wenn du der Prinzessin einen Dienst erweisen willst, wirst du mir ein Pferd besorgen, das mir zumindest die Chance einräumt, sie einzuholen. Ich will ihr nichts Böses tun. Aber ihre Welt ist im Begriff, sich grundlegend zu verändern, und sie kann nicht davor fliehen.«

Boris Mikhailow musterte den Höfling in Spitzen und feiner Baumwolle und sah den Soldaten in ihm. Er blickte in die tiefliegenden grauen Augen und sah ruhige Entschlossenheit und keinerlei Arglist. Er dachte an den Säugling, den er damals nach Berkholzskoje gebracht und dem er all die Treue geschenkt hatte, die er auch seinem Vater bewiesen hatte. Er kannte die Welt, aus der dieser grauäugige Mann kam, und er wußte auch – und mit ihm der gesamte Haushalt –, warum er hier war. Boris Mikhailow war sich darüber im klaren, daß sich das Schicksal seiner Prinzessin nicht umgehen ließ, ebenso wie er wußte, daß ihr nur Elend und Kummer bevorstanden, bis sie diese Tatsache akzeptierte.

»Ich werde Petruschka für Sie satteln.« Er wandte sich zu den Ställen um. »Wenn Sie dem Rat eines Mannes folgen, der Bescheid weiß, werden Sie der Prinzessin gestatten, erst einmal ihren Zorn abzukühlen, bevor Sie mit ihr sprechen. Der Wind und die Steppe haben einen selten beruhigenden Einfluß.« Er schmunzelte vor sich hin und führte dann ein ziemlich kleines Pferd aus dem Stall, das Adam als eines der schnellen, zähen Gebirgspferde erkannte, die in der polnischen Provinz Krakau heimisch waren. »Sie hat wesensmäßig mehr von ihrem Großvater als von ihrem Vater geerbt«, fügte Boris Mikhailow hinzu.

Adam war nicht sicher, welche Schlüsse er aus dieser Information ziehen sollte, aber er schwang sich mit einem Dankeswort in den Sattel des Gebirgspferdes, während er sich fragte, welche Richtung er über die grenzenlose Grasfläche der Wildnis nehmen sollte.

»Folgen Sie dem Nordstern«, sagte der Riese über seine Schulter hinweg, als er zu den Ställen zurückging. »Die Prinzessin reitet nachts immer nach Norden, zu den Hügeln von Nowgorod.«

Immer! Heilige Mutter Gottes, wie oft floh sie denn mitten in der Nacht in die Steppe hinaus? Adam war nicht zum Reiten gekleidet, und erst als er sich allein in der majestätischen Stille der unfruchtbaren Landschaft wiederfand, fiel ihm ein, daß er unbewaffnet war. Es war ein fast selbstmörderisches Risiko, das er da einging, nachts in die Wildnis hinauszureiten, ohne zumindest ein Messer bei sich zu haben, aber nachdem er nun schon ein Stück vorangekommen war, hatte er nicht die Absicht, wieder umzukehren.

Eine Stunde lang folgte er dem Nordstern, hörte das Seufzen des Windes im hohen Gras, das plötzliche Rascheln, wenn ein Mensch oder ein Tier hastig vor ihm in Deckung ging, aber von dem wundervollen Hengst und seiner langhaarigen Reiterin war keine Spur zu entdecken, bis er im schimmernden Silberlicht der Sterne eine kleine Anhöhe vor sich sah, die die eintönige Ebene unterbrach. Wie ein Scherenschnitt hob sich das stolze Kosakenpferd als dunkle Silhouette gegen den nächtlichen Himmel ab, den Kopf in Windrichtung erhoben, und bewegungslos in seinem Sattel thronte Sophia Alexejewna, den Blick nach Westen und zur polnischen Grenze gewandt.

Adams drahtiges Pferd legte die Entfernung zwischen ihnen in gestrecktem Galopp zurück, doch als er sich näherte, drehte Sophie sich zu ihm um, und ihr Gesichtsausdruck bewies grimmige Entschlossenheit. Sie hielt ihre Pistole, zielte mit sicherer Hand auf sein Herz. »Kommen Sie keinen Schritt näher.«

Adam zügelte sein Pferd. »Ich kann mir nicht vorstellen, daß der Prinz vergessen hätte zu erwähnen, daß man nicht auf einen unbewaffneten Mann anlegt, als er Ihnen das Schießen beibrachte.« Mit ruhiger Entschiedenheit trieb er sein Pferd erneut vorwärts, und sein Blick hielt ihren in einem stummen Kampf zweier unbeugsamer Naturen.

Langsam ließ Sophie ihre Pistole sinken und wandte sich von Adam ab, schaute wieder über die weite Ebene nach Westen. »Es ist töricht, unbewaffnet in die Steppe hinauszureiten«, sagte sie fast gleichgültig. »Was tun Sie hier?«

»Die gleiche Frage könnte ich Ihnen stellen«, erwiderte er ruhig. »Ich wollte mich vergewissern, daß Sie die Absicht haben, irgendwann im Laufe dieser Nacht zurückzukehren.«

Diese Bemerkung ließ sie abrupt den Kopf drehen. »Das ist nicht Ihre Angelegenheit!« Ihre dunklen Augen sprühten Blitze im Sternenlicht, und Adam fühlte das Anschwellen ihres alarmierenden Zorns. Er konnte sich jedoch nicht erlauben, sich davon einschüchtern zu lassen.

»Ich fürchte, es *ist* meine Angelegenheit. Bis wir in St. Petersburg ankommen, trage ich die Verantwortung für Sie. Ich muß dafür sorgen, daß Sie keinen Schaden erleiden und keine wilden Gedanken an Flucht in Ihrem Kopf ausbrüten.« Er war absichtlich so brüsk, wohl wissend, daß die Konfrontation unweigerlich kommen mußte, und je eher sie vorbei war, desto besser.

Sophie sog scharf den Atem ein, dann schlug sie ohne Vorwarnung mit den Zügeln auf den Hals des Pferdes, und Khan machte augenblicklich auf der Hinterhand kehrt und setzte zur Flucht an. Adam riskierte einen entwürdigenden Sturz, als er sich blitzschnell seitwärts beugte, mit einer Hand das Zaumzeug des Hengstes knapp über dem Maul packte und mit der anderen das Gelenk von Sophies Peitschenhand umfaßte. Er klammerte sich mit eiserner Entschlossenheit an beiden fest, konzentrierte sich darauf, die Oberhand über das Pferd zu gewinnen, das – falls es beschloß, loszugaloppieren – viel zu stark war, um sich von der Hand eines Mannes an seinem Zaumzeug zurückhalten zu lassen. In Bruchteilen von Sekunden wäre Adam von seinem eigenen Pferd heruntergerissen worden.

Das große Tier erzitterte in der kalten Nachtluft, Wellen der Anspannung liefen über seinen sehnigen, kraftvollen Hals. Dann, als spürte es die Verwirrung seiner Reiterin und die Willenskraft des anderen, wurde es plötzlich ruhig, senkte den Kopf und stand geduldig da, wartete auf das, was auch immer geschehen würde.

Die unglaubliche Schnelligkeit von Adams Bewegungen hatte Sophie tatsächlich irritiert, sie für den einen kostbaren Moment aus der Fassung gebracht, den sie benötigte, um ihre eigene Herrschaft über Khan zu bestätigen. Die Finger, die ihr Handgelenk umschlossen, waren einengend – nicht schmerzhaft; sie fühlte jedoch die Kraft dahinter, die ihrer so mühelos überlegen sein würde.

»Lassen Sie mich los!« zischte sie in scharfem Flüsterton. »Verdammt, lassen Sie mich los!« Die Muskeln ihres Arms spannten sich an, als sie ihr Handgelenk zu befreien versuchte, doch Adams Griff schloß sich nur noch fester um die feinen Knochen, und er spürte ihren Puls heftig gegen seinen Daumen pochen.

»Frieden«, sagte er mit ruhiger Eindringlichkeit. »Halten Sie endlich still. Glauben Sie mir, mir macht das hier ebensowenig Spaß wie Ihnen. Aber wir werden einander auf dem Ritt nach St. Petersburg mindestens vier Wochen lang Gesellschaft leisten müssen. Und ich *möchte nicht* Ihr Gefangenenwärter sein, Sophia Alexejewna.« Er wartete, um ihr Zeit zu geben, seine Worte zu begreifen, Worte, die keinerlei Verhandlungsspielraum zuließen. Sophie hatte keine Wahl, und es war sinnlos, eine Diskussion zu beginnen, die vielleicht auf eine andere Möglichkeit hindeutete.

Ein Zittern durchlief ihren Körper, erinnerte Adam an irgendein wildes Tier der Steppe, das das unausweichliche Herannahen der Gefangenschaft erkannte. Dann blickte Sophie ihn an; ihre dunklen Augen undurchdringlich. »Ich nehme an, Oberst Graf Danilewski, daß Sie Ihren Befehlen gehorchen werden und Ihre Pflicht tun wie der gute, hirnlose Soldat, der Sie sind.« Zorn schwang in ihrer Stimme mit. »*Ich* bin nicht hirnlos, Sir, und ich gebe nicht so ohne weiteres das Recht auf, selbst über mein Leben zu bestimmen.«

Im stillen verfluchte der Graf Prinz Golitskow und seine unkonventionellen Methoden der Kindererziehung. Doch er beherrschte seine Ungeduld und Verwirrung über ihre störrische Weigerung, die Aussichtslosigkeit ihres Protests einzusehen, und sagte in neutralem Tonfall: »Dann steht uns eine sehr unerfreuliche Zeit bevor, Prinzessin.«

»Dann soll es wohl so sein«, erwiderte sie mit kalter Stimme.

»Sind Sie jetzt bereit, zum Haus zurückzureiten?« fragte Adam höflich, als hätte sie nichts gesagt. »Oder wünschen Sie noch ein wenig länger mit der Natur Zwiesprache zu halten?«

»Ich möchte allein sein«, erwiderte Sophie.

»Das werden Sie – in der Abgeschiedenheit Ihres Schlafzimmers«, gab er mit derselben neutralen Höflichkeit zurück.

Wieder lief dieses Zittern durch ihren Körper, doch Sophie hatte sich jetzt fest in der Hand. Heute nacht würde sie ihn nicht mehr abschütteln können, außer hinter ihrer eigenen Tür, soviel stand fest. Für den Augenblick würde sie sich in das Unausweichliche fügen müssen. Und am Morgen wollte sie ihren Angriff auf ihren Großvater fortsetzen. Sie konnte sich beim besten Willen nicht vorstellen, daß er wirklich bereit war, sie auf dem Altar familiärer und kaiserlicher Pflichterfüllung zu opfern.

»Wenn Sie so freundlich sein wollen, mein Pferd loszulassen und Ihre Hand von meiner zu nehmen, Graf, dann bin ich vielleicht in der Lage, diese Abgeschiedenheit zu erlangen.«

»Ich habe nicht das Bedürfnis, die Nacht damit zu verbringen, Sie quer durch diese Steppe zu jagen«, antwortete er mit entschlossener Stimme.

Sophia lachte hart und spöttisch auf. »Glauben Sie wirklich, Sie könnten Khan einholen?«

»Nein«, meinte Adam schlicht. »Das glaube ich nicht. Aber ich könnte ihn in Sichtweite behalten. Eine sehr langweilige Art, die Nacht zu verbringen.« Mit einem flüchtigen Achselzucken – als wollte er ihre Bemerkung »Dann soll es wohl so sein« wiederholen – zog er seine Hände zurück.

»Vielen Dank«, murmelte Sophie leicht ironisch. »Wirklich außerordentlich freundlich von Ihnen, Graf.« Sie lenkte Khan an den Zügeln herum in südliche Richtung, drückte ihm leicht ihre Fersen in die Seiten, und das prachtvolle Tier galoppierte davon.

Adam trieb Petruschka an, sorgsam darauf bedacht, Sophie und ihr Pferd in der flachen Landschaft im Auge zu behalten, obwohl er ziemlich sicher war, daß sie nach Berkholzskoje zurückritt. Er erreichte den Stallhof, unmittelbar nachdem Boris Mikhailow Khan in seine Box zurückgebracht hatte.

»Sie haben sie also gefunden?« sagte er lakonisch und griff nach Petruschkas Zügeln.

»Das habe ich, aber ich bin mir nicht sicher, ob ich viel erreicht habe.« Adam runzelte die Stirn.

»Die Prinzessin schätzt es ganz und gar nicht, wenn eine fremde Hand in ihre Zügel greift«, bemerkte Boris über seine Schulter zurück, während er Petruschka wegführte.

»Wörtlich oder im übertragenen Sinne?« wollte Adam wissen und folgte ihm in den warmen, von Laternen erhellten Stall, wo ihm der reiche Geruch nach Heu und Pferden entgegenschlug.

»Beides«, erwiderte der Muschik schmunzelnd. »Sie erreichen überhaupt nichts bei ihr, wenn Sie sie zu etwas zwingen wollten.«

Aber hat sie mir denn überhaupt eine andere Wahl gelassen? überlegte Adam irritiert, als er wieder zum Haus zurückstrebte. *Sie* hatte den Krieg erklärt, nicht er. Er wollte den Riegel an der Vordertür zurückschieben. Doch der rührte sich nicht von der Stelle. Ungläubig rüttelte Adam daran und spürte den Widerstand der schweren Eisenstange auf der Innenseite. Wer, zum Teufel, hatte die Tür wieder verschlossen? Selbst wenn zufällig einer der Diener in die Halle gegangen war und die offene Tür bemerkt hatte, wäre er doch sicher zu der logischen Schlußfolgerung gelangt, daß, wer auch immer sie geöffnet hatte, noch draußen sein mußte. Sein Argwohn wuchs, wurde zur Gewißheit. Es konnte nur Sophia Alexejewna gewesen sein.

Sein ganzer Ärger und seine Frustration, die er seit seiner Begegnung mit ihr an diesem Nachmittag so sorgfältig beherrscht hatte, brachen schließlich aus ihm heraus. Was für ein kindischer, gehässiger Trick! Ein Beispiel typisch weiblicher Boshaftigkeit, heimlich und hinterhältig. Die Art von Streich, die Eva ihm gespielt hätte... Adam hämmerte auf den Türklopfer ein mit all der Kraft, die ihm sein aufgestauter Groll und seine Wut verliehen.

»Wer ist da?« Eine bekannte Stimme hoch über ihm durchbrach seine Trance, hervorgerufen durch seine wütenden Gedanken und das rhythmische Hämmern mit dem Türklopfer.

Adam schaute hoch und sah Sophia Alexejewnas Gesicht, bleich schimmernd im Licht der Sterne, eingerahmt von ihrem langen braunen Haar, das nach vorn fiel, als sie sich aus einem Fensterflügel lehnte. »Kommen Sie herunter und machen Sie diese Tür auf, sofort!« verlangte er in einem scharfen Exerzierplatz-Ton, dem Sophie unwillkürlich gehorchte.

Sie flog die Treppen hinunter, während sie sich fragte, was für eine Katastrophe eingetreten sein mochte. Dann zog und zerrte sie an den Eisenstangen, doch sie waren selbst für ihre drahtige Kraft zu schwer. »Ich kann nicht!« rief sie. »Nur eine Minute.«

Wenige Augenblicke später eilte sie um die Seite des Hauses, in ein dünnes Gewand über ihrem Nachthemd gehüllt, ihre Füße in einem Paar dürftiger Pantoffeln. »Was ist denn los?« Sie strich sich die Haare aus dem Gesicht, warf sie mit einer Kopfbewegung über ihre Schultern zurück, und ihre Augen zeigten ihm eine Mischung aus Entrüstung, Angst und Entgeisterung. »Sie werden den gesamten Haushalt aufwekken, und das ist nicht gerecht. Sie stehen viel früher auf als wir.«

Adam starrte sie mit offenem Mund an. Was, um alles in der Welt, redete sie da? »Wie können Sie es wagen, mich auszusperren!« stieß er zornbebend hervor. »Was für ein Akt kindischer Gehässigkeit…«

»Sie aussperren!« rief Sophie. »Warum sollte ich so etwas tun?« Die aufrichtigen dunklen Augen bewiesen schockierte Verwirrung. »Die Vordertür wird immer bei Einbruch der Dämmerung verschlossen. Es gibt Briganten in der Steppe.«

»Ich habe sie offen gelassen«, erwiderte er, jetzt jedoch leicht verunsichert.

»Dann hat Gregory sie wieder abgeschlossen«, meinte sie. »Er ist unser Nachtwächter. Er kontrolliert die Türen jede Stunde.«

Adam fühlte den Anflug eines unvermeidlichen Unbehagens. »Und wie sind Sie ins Haus gekommen?«

»Durch die Seitentür. Sie bleibt offen, bis Boris Mikhailow hereinkommt. Es ist nur eine kleine Tür, die man leicht übersieht. Haben Sie Boris Mikhailow nicht gebeten, Sie hereinzulassen?« Sophie fröstelte, als eine scharfe Windböe, die die Kälte der Steppe mit sich brachte, um die Hausecke pfiff.

»Nein, das habe ich nicht«, erwiderte Adam und kam sich auf einmal töricht vor. »Sie werden sich in Ihrem Nachthemd eine Erkältung holen.«

»Sie haben mir ja keine Zeit gelassen, meine Kleider anzuziehen«, erwiderte sie wahrheitsgemäß, immer noch auf dem Kiesweg stehend und im milchigen Licht der Sterne ernst zu ihm aufblickend. »Haben Sie wirklich geglaubt, ich würde Ihnen einen so albernen, sinnlosen Streich spielen?«

Adam wünschte von ganzem Herzen, er könnte es abstreiten. Er kam sich nicht nur töricht vor, ihn plagten jetzt auch Schuldgefühle, so als hätte er einen entsetzlichen Fauxpas begangen. Und das war es ja im Grunde auch. Das bißchen, was er von Sophia Alexejewna wußte, hätte ihm sagen müssen, daß sie zu einer so bösartigen Handlung gar nicht fähig war.

»Ich bitte um Entschuldigung«, sagte er ein wenig steif. »Ich weiß nicht mehr, was ich mir gedacht habe. Aber Sie müssen jetzt hineingehen, bevor ich zusätzlich zu meiner Ungerechtigkeit auch noch Ihre Erkältung auf meinem Gewissen habe.«

Sophie sah ihn eine Minute lang ruhig und unverwandt an. »Ich möchte keinen Teil Ihrer Welt«, sagte sie, bevor sie auf dem Absatz kehrtmachte und von ihm fortging.

Adam folgte ihr, begriff, daß er seinem Fall einen weiteren schlechten Dienst erwiesen hatte. Der Gedanke, der die ganze Zeit unangenehm am Rande seines Bewußtseins genagt hatte, trat jetzt kristallklar in den Vordergrund. Er zweifelte nicht an seiner Fähigkeit, Sophia Alexejewna der Zarin zu überbringen und somit Prinz Paul Dmitriew. Aber wenn Sophia

Alexejewna sich bis zum Zeitpunkt der Übergabe nicht wenigstens in ihr Schicksal ergeben hatte, stand ihr eine trostlose Zukunft bevor. Prinz Dmitriew duldete grundsätzlich keine Opposition oder unkonventionelles Benehmen. Er würde so etwas auch nicht bei einer Ehefrau hinnehmen – besonders nicht bei einer, die dreißig Jahre jünger war als er. Und wenn sich Sophia Alexejewna nicht freiwillig in sein Schema zwängen ließ, gab es keinen Grund zu der Annahme, daß die Methoden, die er anwenden würde, um sie sich zu unterwerfen, sanft sein würden.

# 3. Kapitel

Bis zum Morgengrauen wälzte sich Sophie unruhig in ihrem Bett herum, danach fiel sie in tiefen Schlaf und wurde von einem konfusen Wirrwarr von Träumen von Flucht und Verfolgung geplagt. Ein Paar tiefliegender grauer Augen zogen sie unerbittlich und mit magischer Kraft zu einem großen Mann mit hoher, intelligenter Stirn hin, die ein schmales, aristokratisches Gesicht dominierte und einen schönen, sinnlichen Mund. Doch jetzt zeigte dieser Mund einen Ausdruck strenger Entschlossenheit, als er sie, Sophie, der Freiheit entriß – einer Freiheit, von der sie wußte, daß sie endgültig hinter ihr lag –, ihren Körper rückwärts zerrte, obwohl ihre Seele mit aller Macht vorwärtsstrebte; dann blickte sie in ein Paar gelber Wolfsaugen, sah hochgezogene Lefzen, die messerscharfe Fänge entblößten, einen schlanken grauen Körper, der zum Sprung ansetzte.

Sophie wachte auf, ihr Nachthemd klebte schweißfeucht an ihrer Haut, als Tanja Feodorowna geschäftig mit heißem Wasser ins Zimmer eilte und die Vorhänge aufzog, um den Frühlingssonnenschein hereinzulassen.

»Es ist ein wunderschöner Tag, Prinzessin«, verkündete die Bauersfrau, die Sophies ständige Kammerfrau gewesen war, seit Boris Mikhailow die kleine Prinzessin nach Berkholzskoje gebracht hatte. Als junge Mutter eines neugeborenen Sohnes hatte Tanja damals bereitwillig ein weiteres Baby an ihrer Brust akzeptiert, wo die Milch reichhaltig floß; und als ihr eigenes Kind starb, hatte sie all ihre mütterliche Liebe und Fürsorge auf ihren Schützling übertragen, hatte Sophie über Kindheits-Wehwehchen, Schrammen und Kümmernisse hinweggetröstet, Wutanfälle mit entsprechender Strenge kuriert und sie mit der ihr eigenen praktischen, nüchternen Lebensklugheit durch die Verwirrung der Pubertät gelenkt. Mit eben dieser Bodenständigkeit weckte sie Sophie.

»Bei allen Heiligen!« rief sie und betrachtete mißbilligend Sophies bedrückte Miene und die schlafverquollenen Augen. »Sie sollten Ihrem Ehemann am Hochzeitsmorgen besser nicht so ein langes Gesicht zeigen! Ein Mann hat gern das Gefühl, er hätte seine Ehefrau beglückt und sie nicht den Qualen der ewigen Verdammnis unterworfen!« Sie eilte zum Kleiderschrank hinüber und bemerkte dabei über ihre Schulter: »Natürlich sind die Chancen einer Frau, beglückt zu werden, nicht besonders groß, trotzdem will ein Mann das Gefühl haben, es sei ihm gelungen.«

»Wenn man ihnen die Tatsache bewußt machte, daß es ihnen nicht gelungen ist, würden sie sich vielleicht mehr Mühe geben.« Sophie stellte fest, daß sie auf ihre übliche Art reagierte, trotz ihres Elends. »Und überhaupt, Tanja Feodorowna, ich werde nicht heiraten.«

»Da habe ich aber etwas ganz anderes gehört«, sagte Tanja, während sie die Falten eines geblümten Musselinkleids ausschüttelte. »Je eher Sie aufhören, dagegen anzukämpfen, Sophia Alexejewna, desto glücklicher werden Sie sein.« Sie legte das Kleid aufs Bett. »Nun beeilen Sie sich. Der Prinz wartet in der Bibliothek auf Sie. Sie haben sogar das Frühstück verschlafen.«

Sie goß Wasser in die Waschschüssel. »Welche Kleider wollen Sie mitnehmen? Ich bin mir nicht sicher, ob Sie überhaupt irgend etwas Passendes für St. Petersburg haben. Ich habe leider auch keine passende Kleidung ... auch Boris Mikhailow nicht.«

»Wovon redest du?« Sophie schwang sich aus dem Bett, stand einen Moment schlaftrunken in einem hellen Flecken von Sonnenlicht. »Du und Boris...«

»Nun, wir beide werden Sie natürlich begleiten«, erklärte Tanja heiter. »Du meine Güte, Sie haben doch wohl nicht geglaubt, der Prinz würde Sie *ohne* uns den ganzen weiten Weg ziehen lassen?«

Sophie schloß die Augen unter einem schmerzhaften Pochen hinter ihren Schläfen und einer plötzlichen Woge von Verwirrung. Es schien, als wären in den wenigen Stunden, die sie geschlafen hatte, bereits eine ganze Reihe von Dingen ohne ihr Zutun entschieden worden. »Ich werde nicht nach St. Petersburg gehen, Tanja.«

Tanja schnaubte verächtlich. »Beeilen Sie sich mit dem Anziehen. Ich hole Ihnen Kaffee und frisches Brot.« Die schwere Tür fiel mit dem energischen Schwung ins Schloß, mit dem die Kammerfrau gewöhnlich ihre Meinung ausdrückte, ihr ehemaliges Ziehkind sollte lieber aufhören, Unsinn zu reden, und mit all der gebührenden Geschwindigkeit zur Vernunft kommen.

Sophie dämmerte das erschreckende Bewußtsein, daß sie mit dem Lauf der Ereignisse einfach nicht mehr mitkam; es ging alles viel zu schnell, um es zu begreifen. Sie hatte sich am vergangenen Abend mit der Bemerkung von ihrem Großvater getrennt, daß sie sich nicht dem kaiserlichen Befehl fügen würde. Aber anscheinend traf ihr Großvater Vorbereitungen, ohne ihrer Feststellung irgendwelche Aufmerksamkeit zu widmen, so als wäre die Entscheidung bereits gefällt und als käme eine Diskussion nicht in Frage.

Wenn Tanja Feodorowna glaubte, die Prinzessin wäre im Begriff, nach St. Petersburg und zu ihrem zukünftigen Ehemann aufzubrechen, dann würde es der gesamte Haushalt glauben. Der erste Ansturm echter Panik bohrte sich wie ein

Dolch in Sophies Herz. Bisher hatte sie nicht ernsthaft angenommen, daß es tatsächlich zu diesem entscheidenden Schritt kommen würde. Ihr Großvater würde doch ihre Position verstehen – mußte einfach. Selbstverständlich würde er sie in ihrem Entschluß unterstützen, oder? Jetzt kräuselte ein Hauch von Bedenken die Oberfläche der Gewißheit, der sich zu einem gewaltigen Sturm des Zweifels zu entwickeln drohte. Konnte es wirklich sein, daß sie völlig allein dastand, niemanden auf ihrer Seite hatte?

Tanja brachte ihr Kaffee und frisches Brot, um sie für das verpaßte Frühstück zu entschädigen. Sophie trank den Kaffee, der so stark war, wie Tanja wußte, daß sie ihn gern mochte, und hoffte, das kräftige Gebräu würde sie richtig wach machen und ihr einen klaren Kopf verschaffen. Der Kaffee half ein wenig, doch Sophie war immer noch blaß und hatte dunkle Ränder unter den Augen, als sie die Treppe hinunter in die Bibliothek ging.

Prinz Golitskow saß mit seinem Rechtsbeistand und Graf Danilewski um die mit Leder bezogene Schreibtischplatte, in eingehende Beratungen vertieft. Er blickte auf, als seine Enkelin hereinkam, unterzog sie einer strengen Musterung, der nichts entging. »Du siehst nicht aus, als hättest du gut geschlafen, Sophie.«

»Das habe ich auch nicht«, erwiderte sie. »Tanja Feodorowna sagte, du wolltest mich sprechen.« Sie nickte dem Anwalt zu, den sie gut kannte, und wünschte dem Grafen, der sich bei ihrem Eintreten von seinem Platz erhoben hatte, kühl einen guten Morgen. Er war wieder in Uniform, sein schwarzes Haar zu einem ordentlichen Zopf im Nacken zusammengebunden. Seine grauen Augen hielten ihren Blick für einen langen Moment, und Sophie erinnerte sich plötzlich wieder an die unerbittlichen grauen Augen und das Schreckgespenst des Wolfes in ihrem Traum. Warum waren die beiden Bilder irgendwie untrennbar miteinander verknüpft? Graf Adam Danilewski hatte auch nicht im entferntesten etwas Wolfsähnliches an sich.

Er verbeugte sich und lächelte, als er einen Stuhl für Sophie heranzog. »Es tut mir leid, daß Sie so eine schlechte Nacht verbracht haben, Prinzessin.«

Sophie tat die höfliche Platitüde mit einer ungeduldigen Handbewegung ab. Adam war sich durchaus bewußt, daß er mehr als nur teilweise für ihren gestörten Schlaf verantwortlich war. Sie schenkte dem Stuhl keine Beachtung und ging zu der Verandatür, um in einem Flecken wärmenden Sonnenlichts stehenzubleiben. Das Licht betonte ihre Blässe und die dunklen Ringe unter den Augen, brachte jedoch auch den reichen kastanienbraunen Glanz in ihrem Haar zur Geltung, das wie eine dunkle Woge um ihre Schultern lag.

Adam preßte die Lippen zusammen bei dieser brüsken Unhöflichkeit. Er hatte gehofft, seinen Irrtum vom vergangenen Abend wiedergutmachen zu können, aber Prinzessin Sophie fand offensichtlich keinen Trost in seinem versöhnlichen Lächeln und seiner freundlichen Miene.

Der alte Prinz kam ohne Umschweife auf den Kernpunkt zu sprechen. »Wir setzen gerade den Ehevertrag auf, Sophie. Ich möchte, daß du dir anhörst, welche Dispositionen ich getroffen habe.«

Es gibt tatsächlich kein Entrinnen, dachte sie in dumpfer Verzweiflung. Sie würden sie nach St. Petersburg schaffen und mit einem völlig Fremden verheiraten; ein Schicksal, von dem nur der Tod sie erlösen würde. Es war unvorstellbar, unfaßbar, und dennoch wußte sie, daß es durchaus nichts Außergewöhnliches war. So wurden derartige Angelegenheiten nun mal gehandhabt. Sie öffnete den Mund, um ihre strikte Weigerung, nach St. Petersburg zu gehen, zu wiederholen, überlegte es sich dann jedoch anders. Was nutzte ihr das jetzt noch? Sie konnte sich nur weigern, bereitwillig an diesem Verkauf ihres Körpers, ihrer Seele und ihres Vermögens teilzunehmen.

»Es interessiert mich nicht«, sagte sie und ging zur Tür zurück. »Ich bin mit keinem Teil dieses Vertrags einverstanden.«

»Sophia Alexejewna!« Ihr Großvater sprach mit der strengen Autorität, die er ihr gegenüber nur selten benutzte. »Ich bestehe darauf, daß du hierbleibst und dir anhörst, was ich zu sagen habe.«

Mit einem flüchtigen Schulterzucken gehorchte Sophie, blieb aber mit dem Rücken zum Raum stehen, eine Hand auf dem Türknauf.

Adam verzweifelte innerlich bei dem Gedanken daran, wie er mit Sophie fertigwerden sollte auf einer einmonatigen Reise voller Beschwerlichkeit, die an Entbehrung und unermeßliche Langeweile grenzte. Es war klar, daß er ihr nicht würde trauen können, sobald sie außer Sichtweite wäre, und die Aussicht erfüllte ihn mit Verdruß und Beklommenheit. Wenn es kein Vertrauen zwischen ihnen gab, wie konnte er dann hoffen, ihr zu der Einsicht zu verhelfen, ihr Schicksal besser anzunehmen – eine Einsicht, die dieses Schicksal wiederum wesentlich erleichtern würde?

Es war totenstill im Zimmer, als Prinz Golitskow zu sprechen begann. Er erklärte seiner Enkelin, daß sie unter dem Geleitschutz des Grafen am folgenden Morgen aufbrechen und daß sie Boris Mikhailow und Tanja Feodorowna als ihre persönlichen Bediensteten mitnehmen würde. Sie wurden ihr als Teil des Ehevertrags überschrieben. Ihr Erbe würde in den Besitz ihres Ehemannes übergehen, mit Ausnahme von Berkholzskoje, das beim Tod ihres Großvaters ausschließlich ihr selbst und ihren Erben gehören würde. Auf diese Weise würde sie ein gewisses Maß an Unabhängigkeit behalten.

Er verfiel in Schweigen, wartete auf eine Reaktion der reglosen Gestalt. Es kam aber keinerlei Reaktion, bis Sophie den Riegel an der Tür hob und das Zimmer verließ.

Golitskow blickte den Grafen mit dem inzwischen vertrauten, leicht hinterhältigen Funkeln in den Augen an. »Ich habe meinen Teil erfüllt, Graf. Bringen Sie sie nach St. Petersburg. Lassen Sie sie diesen Prinzen Dmitriew heiraten. Aber sie wird hier immer ein Zuhause haben, verheiratet oder nicht.« Er trat an einen Rollschreibtisch und nahm eine schwere Geldkassette heraus. »Ich wollte das hier meiner Enkelin anvertrauen, aber ich glaube nicht, daß es Ihnen Ihre Aufgabe erleichtern wird, wenn sie die finanziellen Mittel hat, um Ihrer Begleitung zu entwischen.« Ein sardonisches Lächeln spielte um seine Mundwinkel. »Ich habe gesagt, ich würde Sie in keiner Weise behindern, richtig?«

Er reichte Adam zwei schwere Lederbeutel und ein Bündel Banknoten. »Sie wird ein Hochzeitskleid brauchen... und auch noch einige andere Dinge. Sorgen Sie dafür, daß sie das hier erhält, wenn sie in St. Petersburg ankommt.«

Adam nahm das Geld in Empfang. »Ich werde Ihnen eine Quittung ausstellen, Prinz.«

»Das ist nicht nötig«, erwiderte Golitskow. »Sie wird übrigens auch Khan mitnehmen. Boris Mikhailow wird die Verantwortung für das Tier tragen.«

Der Gedanke brachte Adam ein besonders dringendes Anliegen in Erinnerung. Voller Ingrimm schnitt er das Thema an, das seine größte Sorge war, seit er Sophie am Abend zuvor in die Steppe hinaus gefolgt war.

Golitskow hörte ihm zu, bis er zu Ende gesprochen hatte. »Ich nehme an, wenn Sie das Gefühl haben, Sie müssen so handeln, dann müssen Sie«, erwiderte er langsam. »Aber ich wünschte, Sie würden sich das noch einmal durch den Kopf gehen lassen. Sophie wird todunglücklich sein.«

»Nennen Sie mir eine andere Möglichkeit.« Adam kam zu dem Schluß, daß er genug von den Spielchen des alten Prinzen hatte. Einerseits erklärte ihm Golitskow mit diesem höchst gehässigen Funkeln in den Augen, er, Adam, müsse nun selbst mit der Sache zurechtkommen; wenn ihm dann jedoch die unerfreulichen Aspekte dieses Zurechtkommens dargelegt wurden, unterstellte er Adam, so gefühllos wie der strengste Gefängnisaufseher zu sein.

Der alte Prinz schüttelte den Kopf, und einen Moment lang zeigte sich der tiefe Kummer auf seinen Zügen, den er beim Gedanken an seinen Verlust empfand. Er sah plötzlich wie ein müder alter Mann aus, jeglicher Entscheidungsgewalt und der Waffe seines scharfen Witzes beraubt. »Tun Sie, was Sie tun müssen«, sagte er und schlurfte niedergeschlagen aus dem Raum.

Der Anwalt räusperte sich diskret, um Adam an seine Gegenwart zu erinnern. »Ich werde dann das Dokument aufsetzen, Graf, und es Ihnen morgen vor Ihrer Abreise zu treuen Händen übergeben.«

Adam nickte. »Wir brechen beim ersten Hahnenschrei auf.« Er eilte aus dem Zimmer, um sich auf die Suche nach dem Feldwebel seines Trupps zu machen. Feldwebel Ilja Passek fand sich im sonnigen Hof auf der Rückseite des Hauses, seine Pfeife rauchend und in lockere Tändelei mit einer pausbäckigen jungen Küchenmagd vertieft. Beim Herannahen seines Vorgesetzten kam er klugerweise wieder zur Besinnung, und man merkte deutlich an seinem nervösen Gesichtsausdruck, daß er sich nicht sicher war, ob sein außerdienstliches Benehmen einen Verweis nach sich ziehen würde.

»Die Zeit zum Flirten ist vorbei, Feldwebel«, sagte Graf Danilewski trocken. Er schickte die junge Magd mit einer ungeduldigen Handbewegung fort, und das Mädchen entfernte sich, nicht ohne jedoch seinem Freier noch ein schnippisches Lächeln zu schenken.

»Bitte um Vergebung, Herr Oberst, aber wir hatten keine Befehle…«, begann der Soldat.

»Jetzt haben Sie einen«, fiel Adam ihm ins Wort. »Sie werden die Männer im Haus und um das Anwesen herum postieren, um sicherzustellen, daß Prinzessin Sophia bis morgen früh nicht die unmittelbaren Grenzen des Grundstücks verläßt. Wenn sie weiter hinausgehen möchte, werden Sie sie mit aller Höflichkeit daran hindern, bevor Sie sie zu mir bringen.«

Feldwebel Passek salutierte und marschierte davon, während Graf Danilewski in niedergedrückter Stimmung durch die Gärten wanderte und geistesabwesend die effektvolle Landwirtschaft bemerkte, die blühenden heimischen Buscharten, üppige Gemüsebeete und fachmännisch gestutzte Apfel- und Birnbäume in den Obstgärten. Die Steppe lieferte nicht gerade die ertragreichste Erde für derartige Fruchtbarkeit, es war also anzunehmen, daß hier ein tüchtiger Gärtner am Werk war.

Er traf auf Sophia Alexejewna, die – in Schürze und Handschuhen, eine Rosenschere in der Hand – vor einem Beet im Rosengarten kniete. Sie schien sich seiner Gegenwart nicht bewußt zu sein, und Adam zögerte; es widerstrebte ihm, ihre Versunkenheit zu unterbrechen, und dennoch zog es ihn beinahe gegen seinen Willen zu der schlanken, biegsamen Gestalt hin. Vielleicht konnte er irgend etwas sagen, was ihre Unnachgiebigkeit milderte, etwas, was die Maßnahmen, die er sonst während der Reise zu treffen gezwungen wäre, unnötig machen würde.

»Ich habe mir schon gedacht, daß hier jemand eine große Vorliebe für Gartenarbeit haben muß«, sagte er liebenswürdig und näherte sich ihr auf dem schmalen Pfad zwischen den Rosenbüschen.

»So, haben Sie das?« Sophie wandte noch nicht einmal den Kopf nach ihm um.

Keine ermutigende Reaktion. Er versuchte es noch einmal. »Ich bin überrascht, daß Sie in der Lage sind, bei so magerem Boden solche Erträge herauszuwirtschaften.«

»Sind Sie das?« Die große Schere machte »klick«, und ein grüner Schößling fiel auf den Boden, abgetrennt von dem dikken grauen Stengel, dem er andernfalls Saft und Lebenskraft entzogen hätte.

Störrisches, arrogantes Weibsbild! dachte Adam mit einem Anflug von Wut. Na schön, wenn sie es so haben wollte, dann mußte sie auch die Konsequenzen ihrer Dickköpfigkeit tragen. »Entschuldigen Sie, daß ich Sie gestört habe, Prinzessin.« Er salutierte, machte auf dem Absatz kehrt und strebte zum Haus zurück.

Sophie ging in die Hocke und strich sich nervös mit dem Handrücken über die Augen. Warum hatte sie das seltsame Gefühl, daß sie die Gesellschaft des Grafen unter anderen Umständen als diesen sogar sehr genossen hätte? Und warum machte sie sich noch die Arbeit, diese Rosen zu beschneiden, wenn sie gar nicht mehr hier sein würde, um sie in voller Blütenpracht zu sehen? Warum tat sie heute überhaupt etwas? Jeder Anblick, jedes Geräusch, jede so vertraute Handlung des täglichen Lebens waren wie ein weiterer Messerstich ins Herz, und sie blutete innerlich schon mehr als genug.

Sophie erhob sich und ging durch den Garten zum Haus zurück, wo ihr Anna entgegeneilte, laut über den Verlust einer Schüssel mit Piroggen jammernd, die für das Dinner gedacht waren und nur noch darauf gewartet hatten, in den Backofen geschoben zu werden. Einer der Hunde hatte sowohl Schüssel als auch Inhalt in einem unbeobachteten Moment vom Küchentisch gestohlen.

Sophie konnte kein Interesse für das Schicksal jener mit

Hackfleisch gefüllten Brötchen aufbringen oder für das des schuldigen Hundes, der mitleiderregend in einer Ecke des Hofes jaulte, nachdem Anna mit gutem Erfolg ihren Besenstiel geschwungen hatte.

»Schön, und was sollen wir statt dessen auf den Tisch bringen?« fragte die Haushälterin und warf verzweifelt die Hände hoch. »Es muß ein komplettes Abendessen für das Speisezimmer hergerichtet werden, Essen für die Soldaten, Essen für das Hauspersonal... und keine Piroggen!«

Ab morgen wird Anna ohne meine Hilfe mit solchen Angelegenheiten fertigwerden müssen, dachte Sophie. Aber dann wäre auch nur noch der alte Prinz zu versorgen... Tränen brannten in ihren Augen, und sie rannte aus der Küche, ließ Anna vor sich hinschimpfend und kopfschüttelnd zurück.

»Sophie!« Prinz Golitskow erschien in der Tür zur Bibliothek. »Ich muß mit dir sprechen, *ma petite*.«

Sophie zeigte ihm ihr tränenüberströmtes Gesicht, und er breitete liebevoll die Arme aus. Sie klammerten sich einen Moment trostsuchend aneinander fest, dann zog er Sophie ins Zimmer und schloß leise die Tür.

»Ich weiß, du denkst, ich sei hart und streng, *ma chère*«, begann er. »Aber die Wahrheit ist nun mal, daß du gehen *mußt*. Wenn dir dieser zukünftige Ehemann nicht gefällt, mußt du mit der Kaiserin sprechen. In mancherlei Hinsicht ist sie durchaus eine aufgeklärte Despotin.« Er lächelte mit einem Anflug von Sarkasmus. »Man behauptet, sie regiere mit der Waage der Gerechtigkeit in der einen Hand und einer Knute in der anderen. Ich weiß zwar nicht, inwieweit das zutrifft, wenn es um persönliche Angelegenheiten geht, aber ich halte sie nicht für völlig tyrannisch. Ich glaube nicht, daß sie dich zu einer Heirat mit einem Mann zwingen wird, den du abstoßend und widerlich findest.«

»Warum muß ich überhaupt nach St. Petersburg gehen?«

»Weil du die letzte Golitskow bist. Du kannst nicht ewig in dieser Abgeschiedenheit leben. Ich habe es immer gewußt, und die Kaiserin hat dich seit deiner frühesten Kindheit beobachten lassen.« Als er Sophies Verwirrung sah, berichtete er ihr von den Geheimagenten und ihrer Überwachung.

»Warum hast du mir nicht schon längst etwas davon gesagt?« In ihrer Konfusion und Entgeisterung empfand Sophie alles als Verrat. »Du hast keinen Versuch unternommen, mich vorzubereiten auf...«

»Nein, so ist es nicht. Ich wollte dir nicht die Freude an dem Leben nehmen, das du führtest«, entgegnete der alte Prinz traurig. »Vielleicht war es falsch von mir, aber ich habe geglaubt, es sei nur zu deinem Besten.«

Er ging zum Sekretär und nahm wieder die schwere Metallkassette heraus. »Ich werde dich nicht ganz schutzlos in diese Welt hinausschicken. Du wirst Boris Mikhailow bei dir haben. Wenn du Kummer oder Schwierigkeiten hast oder irgend etwas brauchst, kannst du ihn mit einer Nachricht zu mir schicken. Er versteht das. Er wird dir dienen, nicht deinem Ehemann.«

Sophie hörte stumm zu und schöpfte ein gewisses Maß an Trost aus seinen Worten.

»Hier sind die Juwelen der Golitskows«, fuhr ihr Großvater fort. »Auch sie gehören ausschließlich dir.« Der Prinz stellte eine silberne, mit Einlegearbeiten in Perlmutt verzierte Schatulle auf den Schreibtisch. »Wenn du nach deiner Eheschließung Geld brauchen solltest, kannst du dir mit diesen Juwelen hier die nötigen Mittel beschaffen, und du hast meine ausdrückliche Erlaubnis, sie zu benutzen, wie oder wann auch immer du es für nötig hältst.«

Sophie wußte, was die Schatulle enthielt – Edelsteine im Wert von mehr als dreihunderttausend Rubel. Sie waren seit Generationen in der Familie, und diese außergewöhnliche

Blankovollmacht, von dem Erbe Gebrauch zu machen, wie sie es für richtig hielt, zerstörte ihr Gefühl des Trostes und verstärkte irgendwie ihre unbestimmte panische Angst. Sie blickte ihren Großvater in verständnisloser Verzweiflung an.

»Und schließlich«, sagte er ruhig, »wird dir auch Berkholzskoje gehören, wie ich dir heute morgen schon gesagt habe. Und es wird immer eine Zuflucht für dich sein. Aber zuerst mußt du gehen und dieses neue Leben versuchen, eine Welt, in der du einen Platz haben solltest.«

»Wie kann denn eine Frau ihren Ehemann verlassen?« wollte Sophie wissen. »Du sagst mir, ich hätte diese Möglichkeit, aber ich weiß nicht, wie man sie in die Tat umsetzen könnte.«

»Solltest du dich in einem so verzweifelten Zustand befinden, daß dieser Schritt notwendig würde, dann bist du einfallsreich genug, um mit den Werkzeugen, die ich dir gegeben habe, einen Weg zu finden«, erwiderte der Prinz. »Ich habe dir beigebracht, einfallsreich zu sein, auf dich selbst aufzupassen. Wende die Regeln der Wildnis auf den kaiserlichen Hof an, *ma chère*, dann kannst du nicht allzuviel falsch machen.«

Sophie griff nach der Schatulle. Ihr Großvater hatte ihr alles gegeben, was er konnte, der Rest lag jetzt bei ihr. Als sie sich umwandte und zur Tür ging, gab er ihr noch einen letzten Rat. »Laß dich nicht auf einen Kampf mit Adam Danilewski ein, Sophie.«

Sie drehte sich nicht um. »Ich gehe nicht freiwillig, und ich werde auch nicht so tun, als wäre es so.«

Prinz Golitskow seufzte. Er hatte sein Bestes getan. Die beiden mußten die Sache untereinander ausfechten. Bei einem fairen Kampf wären sie wahrscheinlich ebenbürtige Gegner, aber hier handelte es sich kaum um einen fairen Kampf.

Sophie bemerkte den Soldaten des Kaiserlichen Garderegiments, als sie die Eingangshalle durchquerte und zur Treppe ging. Er stand neben der Haustür, seine Haltung die eines Wachtpostens. Stirnrunzelnd, immer noch die Schatulle an die Brust gedrückt, ging Sophie um das Haus herum. An jeder Tür, die nach draußen führte, stand ein Wachtposten. Sie eilte wieder in die Halle zurück.

»Entschuldigung.« Mit einem angedeuteten Lächeln stieß sie die Hintertür auf und trat hinaus auf die kiesbestreute Einfahrt. Es hinderte sie keiner daran, und der Wachsoldat rührte sich nicht von seinem Posten. Aber als sie zu den Ställen lief, tauchte ein weiterer Soldat auf und folgte ihr.

Sophie wirbelte zu ihm herum. »Verfolgen Sie mich etwa?«

»Bitte um Verzeihung, Prinzessin, aber so lautet der Befehl des Obersten.«

Sophie blieb stehen, fühlte den Sonnenschein wärmend auf ihrem Rücken, die unendliche Weite der Steppe, die sich nach allen Seiten ausdehnte und mit dem Versprechen von Freiheit und Frieden lockte. Aber in dem dünnen Musselinkleid und mit einer Schatulle im Arm, die ein nicht unbeträchtliches Vermögen enthielt, war Sophie wohl kaum entsprechend ausgerüstet, um den Geschmack dieser Freiheit zu kosten und es mit dem Mann aufzunehmen, der sie daran zu hindern versuchte. Sie ging wieder ins Haus zurück.

Im Hof ertönte der große Gong, der auf dem gesamten Gut die Stunde der Abendmahlzeit verkündete. Handwerker und Landarbeiter legten ihr Werkzeug nieder und eilten in ihre Unterkünfte oder in die Küchen der Gemeinschaftshäuser; die Hausbediensteten versammelten sich in der großen Küche des Herrenhauses, die Soldaten suchten den Salon auf, der für ihre Zwecke hergerichtet worden war; Graf Danilewski und Prinz Golitskow trafen sich im Speisezimmer.

»Wo ist Sophia Alexejewna?« fragte der Prinz Anna, die gerade eine Platte mit Schweinebraten auf den Tisch stellte.

Die Haushälterin rümpfte die Nase. »Kann ich nicht sagen, Herr. Dort sind Borschtsch und Salzgurken auf der Anrichte. Die Piroggen sind vor die Hunde gegangen.«

»Was, zum Teufel, redest du da, Frau?« fuhr der Prinz sie an.

»Einer der Hunde hat die Piroggen aus der Küche gestohlen«, erklärte Sophie von der Tür her. »Ich hoffe, die Herren werden entschuldigen, wenn ich ihnen keine Gesellschaft leiste. Ich habe keinen Appetit und würde es vorziehen, auszureiten.«

Beide Männer drehten sich überrascht um. Sie trug ihr Reitkostüm, ihr Haar war zu einem Knoten im Nacken geschlungen. Sophie warf Adam einen Blick unsäglichen Widerwillens zu. »Welcher Ihrer Soldaten ist dazu abkommandiert, mir zu folgen, Graf? Ich werde ihn von meinem Aufbruch informieren.«

Die grauen Augen des Grafen blitzten vor Wut über ihren Blick und ihren Tonfall. »Entschuldigen Sie mich, Prinz.« Er verbeugte sich vor seinem Gastgeber, dann marschierte er an Sophie vorbei in die Halle.

»Soldat!« Er winkte den Posten an der Tür zu sich her. »Bringen Sie Prinzessin Sophia zu den Ställen. Wenn Boris Mikhailow verfügbar ist, um sie auf ihrem Ausritt zu begleiten, dann können Sie bis zu ihrer Rückkehr hier warten, um sie anschließend wieder ins Haus zu bringen. Falls Boris Mikhailow nicht verfügbar ist, werden Sie Ihre Hoheit ohne Verzögerung wieder zu mir zurückeskortieren.«

Er marschierte wieder ins Speisezimmer. »Sollte dieser Umstand eintreten, werde ich irgendein anderes Arrangement treffen, um Ihnen zu dienen, Prinzessin.« Er verbeugte sich spöttisch vor Sophie.

»Sie sind wirklich zu freundlich, Graf. Ihre großzügige Rücksichtnahme überwältigt mich förmlich.« Sie knickste, um ihre Lippen spielte ein ironisches Lächeln. »Ich nehme an, ich sollte mich geschmeichelt fühlen, daß Sie zwölf Männer für nötig halten, um mich zu überwachen. Ich habe mich selbst gar nicht als so schrecklich gefährlich eingestuft, wie ich gestehen muß. Im allgemeinen erschieße ich nur tollwütige Wölfe.« Sie fegte aus dem Zimmer.

Mit einem wütenden Ausruf machte Adam einen Schritt hinter ihr her, wandte sich dann jedoch wieder zum Tisch um. Der alte Prinz schien ganz und gar nicht beunruhigt über den Auftritt seiner Enkelin.

»Es tut mir leid, Prinz, aber ich habe das Gefühl, daß Sie Ihre Pflichten, was Sophia Alexejewnas Erziehung betrifft, bedauerlich vernachlässigt haben«, erklärte der Graf heftig.

»Schon möglich«, erwiderte Prinz Golitskow lächelnd. »Sie hat wirklich ihren eigenen Kopf, nicht wahr? Gestatten Sie mir, Ihnen den Braten zu reichen.«

# 4. Kapitel

Dem ersten frohlockenden, prahlerischen Schrei des Hahns auf dem Hof folgte schnell das Echo seiner Genossen auf den Höfen im Umkreis von Kilometern. Die Hennen begannen mit ihrem geschwätzigen Gackern, und der neue Tag dämmerte heran.

Sophie war schon seit einer Stunde angekleidet. Sie saß auf der Fensterbank ihres Schlafzimmers, schaute zu, wie Tanja sich an dem Handkoffer zu schaffen machte, Kleidungsstücke hineinlegte und sie dann wieder herausnahm, wobei sie ununterbrochen ärgerlich vor sich hinmurrte. Die Kammerzofe hatte es schon lange aufgegeben, irgendwelche Entscheidungen oder Unterstützung von Sophia Alexejewna zu erwarten, und begnügte sich mit diesem zornigen Geschimpfe, das allerdings nicht den geringsten Eindruck auf seine beabsichtigte Empfängerin machte.

An der Tür war das mit Furcht erwartete Klopfen zu hören. Sophie, immer noch fest entschlossen, keinerlei Anzeichen von Zustimmung und Bereitschaft zu dieser erzwungenen Reise zu zeigen, hatte sich geweigert, aus freien Stücken im Erdgeschoß zu erscheinen. Tanja öffnete Prinz Golitskow die Tür.

»Es ist Zeit«, sagte er leise. »Mach es uns beiden nicht noch schwerer, als es ohnehin schon ist.«

Sie hatten bereits am Abend zuvor voneinander Abschied genommen, und Sophie hatte all die Tränen geweint, die sie weinen mußte. Jetzt erhob sie sich schweigend und ging an ihrem Großvater vorbei, schritt die Treppe hinunter in die Eingangshalle, wo sich der gesamte Haushalt versammelt hatte, in einer Atmosphäre, in der sowohl Bedrückung als auch Aufregung mitschwang. Sophia Alexejewna würde nach St. Petersburg reisen, zur Zarin. Sie würde Rußlands »Mütterchen« kennenlernen und einen großen Prinzen heiraten! Eine solch glanzvolle Aussicht versetzte all jene, die für die Prinzessin gesorgt hatten und sie hatten heranwachsen sehen, in nachempfundene Begeisterung.

Sie umarmten Sophie der Reihe nach unter Tränen und Küssen, und Sophie sagte ihnen allen Lebewohl. Ihre eigenen Tränen waren inzwischen versiegt, und es gelang ihr, die Fassung zu bewahren, bis sie auf das kiesbestreute Rondell vor dem Haus trat.

Die zwölf Männer des Preobrazhensky-Regiments saßen bereits im Sattel, ihre Pferde in Reih und Glied vor der Tür aufgestellt. Ihr Oberst war zu Fuß, sein Pferd wurde von einem Bediensteten gehalten. Boris Mikhailow saß auf einem seiner kleinen Gebirgspferde und hielt den ungesattelten Khan an einer Führungsleine. Eine geschlossene Kutsche, gezogen von sechs Pferden aus den Ställen der Golitskows, stand bereit und wartete auf ihre Passagiere.

Graf Danilewski verbeugte sich höflich vor der Prinzessin, bevor er auf die Kutsche zuging. »Wenn Sie so freundlich sein wollen einzusteigen, Prinzessin.« Seine Miene war ausdruckslos, seine Stimme gelassen.

Sophies Wangen nahmen eine wächserne Blässe an, ihre dunklen Augen wurden noch größer in dem glatten Oval ihres Gesichts. »Ich werde nicht in der Kutsche fahren«, sagte sie gepreßt. »Ich kann nicht... Sie können nicht von mir verlangen...«

»Ich bin untröstlich, Ihnen Unbequemlichkeiten zu bereiten, Prinzessin, aber ich muß darauf bestehen«, erwiderte er weiterhin gelassen. »Würden Sie bitte einsteigen? Ihre Zofe fährt mit Ihnen.«

»Aber... aber Sie verstehen ja nicht...« Ihre Augen waren jetzt weit aufgerissen vor Verzweiflung. »Ich muß reiten. Mir wird übel in einer schaukelnden Kutsche. Ich kann nicht reisen, wenn ich auf diese Weise eingesperrt bin.« Sie blickte hilfesuchend ihren Großvater an, doch obwohl Mitgefühl aus seinen Augen sprach, konnte er ihr keine Hilfe bieten. Schon seit gestern hatte er gewußt, daß dies die Absicht des Grafen war, und nüchtern betrachtet konnte er es ihm noch nicht mal verübeln.

»Ich kann Ihnen nicht gestatten, dieses Pferd zu reiten«, sagte Adam. »Sie haben deutlich zum Ausdruck gebracht, daß Sie nur unter Zwang mit mir mitkommen werden. Ich kann Ihnen unmöglich das Mittel zur Flucht in die Hand geben.« Er wies auf die Kutsche. »Bitte steigen Sie ein. Wir haben heute noch eine große Strecke vor uns.«

Immer noch stand Sophie in der Einfahrt, rührte sich nicht von der Stelle. Und wieder erinnerte sie Adam an ein kleines, wildes Tier, qualvoll gefangen in einer Falle von Menschenhand. Das Bild war so deutlich, ließ seine eigene Rolle bei dieser Entführung in einem so erbärmlichen Licht erscheinen – denn genau das war es, wozu Sophie die Sache durch ihre Widerspenstigkeit machte: zu einer gewaltsamen Entführung –, daß Adam Wut in sich aufsteigen fühlte. Er marschierte auf sie zu, seine Stimme klang streng. »Muß ich Sie in die Kutsche setzen?«

Mit einem entsetzten Ausruf drängte sich Prinz Golitskow dazwischen, und Sophie schien endlich aus ihrer Trance zu erwachen. Sie berührte ihren Großvater leicht am Arm, dann ging sie an ihm vorbei, um in die Kutsche zu klettern. Tanja, beladen mit Körben und Paketen, folgte ihr. Die Tür schloß sich.

»Herrgott noch mal, Mann!« Golitskow hatte auf einmal all seine Ruhe verloren, seine ironische Politur war plötzlich weggewischt, als hätte es sie nie gegeben. »Sie kann keine beengten Räume ertragen, und in einer Kutsche bekommt sie die Reisekrankheit.«

Adam verbeugte sich und schlug die Hacken zusammen, so daß seine Sporen in der kühlen Morgenluft ein klingendes Geräusch machten. »Mir bleibt leider keine andere Wahl, Prinz. Ich sage Ihnen jetzt Lebewohl, und vielen Dank für Ihre Gastfreundschaft.« Die höflichen Phrasen gingen ihm leicht von der Zunge in seiner Hast, dieser qualvollen Szene ein Ende zu bereiten. Je länger sie hier standen, desto schmerzlicher würde es sowohl für die Prinzessin als auch für Golitskow sein. Adam wandte sich ab, schwang sich auf sein Pferd, hob eine Hand zum Zeichen, daß sie aufbrachen, und die Kavalkade setzte sich in Marsch.

Sophie saß zusammengekauert in einer Ecke der Kutsche, brachte es einfach nicht über sich, aus dem Fenster zu schauen, um einen allerletzten Blick auf ihr geliebtes Zuhause zu werfen, auf den Mann, der ihr ein und alles gewesen war, solange sie sich erinnern konnte. Sie wußte nicht, daß ihr Großvater unbeweglich in der Einfahrt stand, bis die Kutsche am Ende der von Pappeln gesäumten Einfahrt außer Sichtweite verschwunden war.

»Nun machen Sie nicht so ein trauriges Gesicht«, sagte Tanja, als sie Sophies Knie tätschelte und heitere bäuerliche Lebensweisheit zum Trost anbot. »Denken Sie nicht an das, was Sie hinter sich lassen. Denken Sie an das wundervolle neue Leben, das Sie erwartet.«

»Ich bemühe mich sehr, *nicht* daran zu denken«, erwiderte Sophie, gab es dann jedoch auf. Wie sollte sie Tanja ihre Gefühle erklären, einer Frau, die vom Moment ihrer Geburt an niemals erwartet hatte, auch nur das geringste Mitbestimmungsrecht über ihr Schicksal zu haben? Tanja war das Eigentum eines anderen Menschen, war seiner Willkür auf Gedeih und Verderb ausgeliefert. Sie konnte jeden Tag von Glück sagen, daß ihr Herr ein gütiger und gerechter Mann war. Sie hatte niemals die Peitsche gespürt, hatte niemals hungern müssen. Welch größeres Glück konnte es für einen Leibeigenen geben? Und jetzt fuhr sie nach St. Petersburg mit einer Herrin, die im Begriff war, ihren Platz in der glitzernden Welt des kaiserlichen Hofes einzunehmen. Tanja sah nichts als Pracht und Glanz für die Zukunft voraus.

Der Morgen schleppte sich endlos dahin. Die Kutsche schaukelte und holperte über die schlecht gepflasterte Landstraße, die die Hauptroute nach Kiew war. Gegen Ende der ersten Stunde fühlte Sophie bereits die krampfartige Muskelverspannung im Nacken, Vorbote der heftigen Kopfschmerzen und der entsetzlichen Übelkeit der Reisekrankheit, der sie niemals entrinnen konnte, wenn sie auf diese Weise reiste, egal über welche Entfernungen. Sie hockte verzweifelt und in sich zusammengesunken in einer Ecke.

Eine Stunde später lehnte Tanja sich aus dem Kutschenfenster und rief dem Kutscher etwas zu. Er brachte die Pferde zum Stehen, und Tanja half einer sich vor Übelkeit krümmenden Sophie hinaus. Sophie stolperte hinter einen dürren Busch, der kaum Privatsphäre bot. Tanja beugte sich über sie und rieb ihr den Rücken, während sie sich kläglich erbrach und sich das Hämmern in ihrem Kopf zu fast unerträglichen Schmerzen steigerte.

»Was, zum Teufel, ist hier los?« Adam ritt an die wartende Kutsche heran.

»Die Prinzessin fühlt sich nicht wohl, Euer Durchlaucht«, erklärte ihm der Kutscher der Golitskows stoisch. »Kann das Reisen in Kutschen nicht vertragen… konnte sie noch nie.«

Adam stieß einen unterdrücken Fluch aus. Was für eine groteske, lächerliche Vorstellung, daß diese starke, schnell schießende, scharf reitende Kosakenfrau unter Reiseübelkeit leiden sollte! Er wartete, bis die beiden wieder hinter dem Busch hervorkamen, und sein Herz sank beim Anblick von Sophies geisterhaft blassem Gesicht. »Um Himmels willen, gibt es denn nichts, was du ihr geben kannst?« herrschte er Tanja an. »Du mußt doch wissen, was man dagegen tun kann.«

»Da kann man nicht viel tun, Herr«, erwiderte Tanja und strich Sophie begütigend über den Arm, als sie sie wieder in die Kutsche hineinschob. »Sobald wir die Fahrt abbrechen, wird sie wieder frisch und munter sein.«

Adam drosselte daraufhin das Tempo, und den Rest des Tages bewegten sie sich nur noch mit mäßiger Geschwindigkeit vorwärts. Adam gab bald alle Hoffnung auf, die fünfzig Werst bis Kiew in den nächsten zwei Tagen zurücklegen zu können. Er hatte gehofft, fast die Hälfte der Entfernung, ungefähr zwanzig Kilometer, bis zum Einbruch der Dunkelheit hinter sich zu bringen, aber der jämmerliche Zustand seines Schützlings besorgte und erschreckte ihn, obwohl er keine Ahnung hatte, was er tun sollte, um ihr Erleichterung zu verschaffen. Er konnte Sophie nicht erlauben, Khan zu reiten. Selbst mit einer Führungsleine würde keiner das kraftvolle Pferd an der Flucht hindern können.

Gegen Spätnachmittag wußte Adam mit Sicherheit, daß sie an diesem Tag nicht weiterfahren konnten. Sophie schien vor seinen Augen zusammenzuschrumpfen, ein bleicher, kaum wiederzuerkennender Schatten jenes strahlenden, dynamischen Geschöpfes voller Kraft und Energie, das ihn bisher immer zur Weißglut getrieben hatte.

Sie kamen zu einer Poststation, einem Haus von ansehnlicher Größe, wo Adam seinen Trupp halten ließ, bevor er hineinging, um die Unterbringungsmöglichkeiten zu inspizieren. Der Posthalter konnte ihm eine separate Schlafkammer im hinteren Teil des Hauses anbieten. Es war zwar nicht fürstlich, jedoch ein ganzes Teil weniger primitiv als viele andere Stationen, die sie auf dieser Reise erleben würden, wie Adam sehr wohl wußte.

Er ging zu der Kutsche zurück, öffnete die Tür und stieg auf das Trittbrett. Sophie, immer noch eng zusammengekauert in einer Ecke, schien sich ihrer Umgebung gar nicht bewußt zu sein. Ihre Augen wirkten matt und trübe und eingesunken in ihrem aschfahlen Gesicht.

»Kommen Sie«, sagte Adam sanft. »Im Bett werden Sie sich besser fühlen.« Als sie keine Anstalten machte, sich zu bewegen, zwängte er sich mühsam in das enge Innere des Wagens hinein und schob seine Arme unter Sophie, um sie hochzuheben. Ein Leichtgewicht ist sie nicht gerade, trotz ihrer Schlankheit und ihrer augenblicklichen Zerbrechlichkeit, dachte er flüchtig, als er einen Schritt rückwärts auf den Erdboden machte, wo er das Gewicht seiner Last verlagern konnte, so daß Sophie jetzt in seinen Armen lag.

Die langen, geschwungenen Wimpern flatterten. »Ich bitte um Entschuldigung«, sagte sie mit kaum hörbarer Stimme. »Eine dumme Schwäche, ich weiß, aber ich komme anscheinend nicht dagegen an.«

»Ich kann mir auch nicht vorstellen, daß Sie dagegen ankönnten«, bemerkte er trocken. »Wir haben alle unsere kleinen Schwächen.« Er trug Sophie in die Poststation, legte sie auf das Feldbett in der Schlafkammer. »Die Frau des Posthalters wird dir behilflich sein, falls du irgend etwas brauchst«, sagte er zu Tanja, als er den Raum verließ.

»Oh, machen Sie sich jetzt nur keine Sorgen mehr, Euer Durchlaucht«, meinte Tanja tröstend, während sie geschäftig zu dem Gepäck eilte, das in einer Ecke der Kammer aufgestapelt war. »Ich mache der Prinzessin einen feuchten Umschlag, anschließend schläft sie eine Weile, und dann wird sie sich bald wieder erholt haben und mit Appetit ihr Abendessen einnehmen, davon bin ich überzeugt.«

Adam starrte sie ungläubig an. Die Vorstellung, daß jemand, der den ganzen Tag hindurch beinahe alle zwanzig Minuten seine Eingeweide von sich gegeben hatte und danach in einem Zustand völliger Erschöpfung zusammengebrochen war, in der Lage wäre, auch nur irgendwann im Laufe der Woche wieder Essen zu sich zu nehmen, erschien ihm utopisch. Er ging nach draußen, um sich um die Unterbringung seines Trupps zu kümmern und über das Problem des folgenden Tages nachzugrübeln. Dreißig oder mehr solcher Tage wie der heutige würden selbst einen Ochsen fällen, und Sophia Alexejewna war nicht von der Sorte, trotz all ihrer agilen Kraft.

Als Adam zwei Stunden später zum Posthaus zurückkehrte, erfüllten verlockende Düfte nach Essen die Luft. Er fand Sophie in dem einzigen Wohnzimmer des Hauses vor; sie saß bereits an dem blankgescheuerten Holztisch, zwar noch recht bleich, aber ansonsten wieder wohlauf.

»Ich bin halb verhungert«, erklärte sie in nüchternem Ton, während sie eine Scheibe von dem Laib Schwarzbrot abschnitt und sich von einer Schüssel mit in Essig eingelegtem Gemüse auftat. »Der Eintopf riecht wundervoll, nicht wahr?«

Adam setzte sich auf den Platz ihr gegenüber. »Wundervoll«, gab er zu, verwirrt über diese erstaunliche Verwandlung. »Oh, danke.« Er nahm die Scheibe Brot, die sie ihm auf der Spitze ihres Messers anbot. »Anscheinend fühlen Sie sich besser.«

»O ja«, erwiderte sie fröhlich. »Ich bin nicht so ein Milchgesicht, daß ich mich nicht wieder erholen könnte, sobald die Schaukelbewegungen aufhören.«

»Eindeutig nicht. Ich weiß wirklich nicht, wie ich etwas anderes denken konnte«, murmelte er, während er nach der Schüssel mit dem eingelegten Gemüse griff.

»Es ist Hühnereintopf«, erklärte Sophie ihm durch einen Mund voller Brot. »Die Frau des Posthalters hat das Huhn Ihnen zu Ehren geschlachtet. Ich selbst bin im allgemeinen nicht so für frisch geschlachtetes Huhn. Ich denke, der Geschmack ist besser und das Fleisch zarter, wenn man den Vogel erst ein paar Stunden abkühlen läßt, bevor man ihn rupft. Aber ich schätze, die gute Frau hatte sonst nichts anderes, was ihr gut genug erschien, um es einem so wichtigen Soldaten vorzusetzen.« Ihre Stimme klang vollkommen unschuldig, dennoch hätte Adam schwören können, daß dabei eine Andeutung von Schalk in den dunklen Augen aufblitzte, die auf wundersame Weise wieder ihren strahlenden Glanz erlangt hatten.

»Ich fühle mich geehrt«, meinte er. »Noch geehrter wäre ich, wenn ich etwas zu trinken fände.« Er blickte sich suchend in dem Zimmer um.

»Hier ist Klukva.« Sophie reichte ihm einen Krug Preiselbeerlikör. »Die Frau des Posthalters macht ihn selbst. Er schmeckt wirklich recht annehmbar. Aber sie sagte, falls er Ihnen zu stark ist, könnten Sie statt dessen auch Kwaß haben.«

»Danke, aber ich mache mir nichts aus Schwachbier«, erwiderte Adam. »Sie dagegen sollten lieber keinen Likör trinken. Er ist sicher nicht gut für Ihren Magen.«

»Er wirkt ausgesprochen wärmend«, erklärte sie ungeniert. »Sagen Sie mir nicht, daß ich auf dieser Reise noch nicht einmal selbst entscheiden darf, was ich esse oder trinke, Graf.«

Das Erscheinen der Frau des Posthalters, die eine Terrine

Hühnereintopf trug, ersparte ihm eine Antwort, und während des restlichen Verlaufs der Mahlzeit enthielt sich seine Reisegefährtin jeder weiteren Provokation, außer daß sie Likör trank, als wäre ihr Aufnahmevermögen unbegrenzt. Es schien jedoch, als hätte das Gebräu keinerlei Wirkung auf sie, und Adam kam zu dem Schluß, daß diese Sorte nicht so hochprozentig sein konnte wie einige andere, die er schon einmal probiert hatte. Entweder das, oder man hatte Sophia Alexejewna beigebracht, Alkohol mit derselben Leichtigkeit zu verkraften, die sie auch im Umgang mit einer Pistole bewies. Da Adam Prinz Golitskow inzwischen zur Genüge kannte, hatte er den starken Verdacht, daß das letztere der Fall war.

Sie führte die Unterhaltung mit der Geschicklichkeit einer erfahrenen Gastgeberin, stellte ihm harmlose Fragen über sich selbst und seine Familie, ohne jedoch aufdringlich oder indiskret zu sein, sondern nur mit dem Anschein ehrlichen Interesses. Von dem erbitterten Zorn, der hartnäckigen Weigerung, ihre Situation zu akzeptieren, die Adam inzwischen von ihr gewohnt war, war nichts mehr zu spüren, und er bemühte sich angestrengt, herauszufinden, was diesen Sinneswandel verursacht hatte. Vielleicht lag es an den qualvollen Strapazen des Tages, daß sie jetzt so besänftigt wirkte.

Es schien tatsächlich, als wäre dies der Fall. Als Sophie vom Tisch aufstand, gähnte sie hinter vorgehaltener Hand und sagte: »Entschuldigen Sie, wenn ich mich jetzt zurückziehe, Graf. Ich bin ein bißchen erschöpft.«

»Natürlich«, erwiderte er, sich höflich erhebend. »Es tut mir leid, aber wir müssen im Morgengrauen wieder aufbrechen. Ich würde Kiew gern noch vor Einbruch der Dunkelheit erreichen, falls das überhaupt möglich ist.«

»Ich nehme doch an, das wird es, Graf.« Sie zuckte nicht mit der Wimper, in ihrer ruhigen Stimme schwang keinerlei Zögern mit. »Ich bin nicht aus Porzellan.« Sie machte einen

Knicks, und Adam ertappte sich dabei, wie er nach einer Andeutung von Ironie in dieser Bemerkung suchte, als er sich höflich vor ihr verbeugte. Aber er konnte nichts entdecken, und ihre Müdigkeit konnte nach einem solchen Tag auch wohl kaum vorgetäuscht sein.

Als Sophie durch die rückwärtige Tür in ihre dahinterliegende Schlafkammer verschwand, trat Adam in den jetzt empfindlich kühlen Abend hinaus. Sein eigener Schlafplatz war eher schlicht.

Da die einzige Schlafkammer für den ausschließlichen Gebrauch der Prinzessin und ihrer Kammerzofe hergerichtet worden war, hatte der Posthalter seinem vornehmen Gast nur ein Feldbett im Wohnzimmer anbieten können, es sei denn, er zöge es vor, gemeinsam mit der Familie die Zimmer im Wohngebäude hinter der Küche zu teilen. Natürlich gäbe es auch noch den Heuboden über den Ställen, wo bereits der Trupp, der Kutscher und Boris Mikhailow untergebracht waren. Adam hatte sich für das Feldbett im Wohnzimmer entschieden, konnte sich jedoch nicht entschließen, zur Ruhe zu gehen, bevor sich das starke Aroma von Hühnereintopf und Preiselbeerlikör etwas verflüchtigt hatte.

Sophie fand Tanja laut schnarchend auf der Matratze in einer Ecke der Schlafkammer liegend vor. Ein Tag, der bei Sonnenaufgang begann und bei Sonnenuntergang endete, schien ganz nach Tanja Feodorownas Geschmack zu sein. Doch Sophie wußte, daß ihre eigene Erschöpfung und Anspannung keinen Schlaf zulassen würden. Sie war an intensive körperliche Betätigung draußen an der frischen Luft gewöhnt. Statt dessen hatte sie einen Tag voller Qual verbracht, eingesperrt im dunklen, stickigen Inneren einer Kutsche, mit der Aussicht auf noch einen solchen Tag... bis die Stadtmauern von St. Petersburg sie einschließen würden – und die Gitterstäbe einer Ehe.

Sie würde dieses Schicksal nicht ertragen können. Es war die unverblümte Wahrheit, und Sophie wußte, daß sie – ohne es bewußt zu planen – an diesem Abend alles in ihrer Macht Stehende getan hatte, um ihren Aufpasser zu ermutigen, in seiner Wachsamkeit nachzulassen. Jetzt trat sie an das winzige Finster und blickte in die Abenddämmerung hinaus, während sie hastig überlegte.

Sie konnte nicht nach Berkholzskoje zurückkehren... jetzt noch nicht. Aber sie war im Besitz der Juwelen der Golitskows; ihr Großvater hatte sicher nicht beabsichtigt, daß Sophie so bald Gebrauch davon machte, doch sie waren ein mit keinerlei Bedingungen verknüpftes Geschenk gewesen. Sie hatte ihre Pistole, und sie hatte Khan, den unbesiegbaren Khan. Wenn sie erst einmal im Sattel saß, konnte sie mühelos sämtliche Verfolger abschütteln, die Grenze nach Polen überschreiten... und von dort nach Österreich gelangen. Eine Welt, in der Katharinas kaiserlicher Wille keine Macht hatte. Aber was würde ein Flüchtling dort anfangen?

Keine sehr nützliche Frage in diesem Augenblick, entschied Sophie. Sie bewegte sich leise in der kleinen Schlafkammer hin und her, suchte ein paar Sachen zusammen, die sie unbedingt brauchte: die Juwelen, ihre Pistole, einmal Kleidung zum Wechseln. Stiefel, ein Umhang mit Kapuze und Handschuhe würden Schutz gegen die nächtliche Kälte bieten. Der Gedanke an die herrlich frische, kühle Nachtluft, an das Gefühl des Windes, der an ihren Ohren vorbeipfiff, an das Geräusch von Khans Hufen, die über den sandigen Steppenboden trommelten und die Kilometer fraßen, die zwischen ihr und der Freiheit lagen, war so berauschend, daß Sophie sich einen Moment lang fast schwindelig fühlte.

In der Poststation herrschte tiefe Stille. Der Posthalter und seine Familie würden sich in ihrem Tagesablauf ebenfalls nach der Sonne richten. Wo war der Graf? Das war die alles entscheidende Frage. Die Tür zur Schlafkammer führte direkt ins Wohnzimmer, und Sophie konnte unmöglich riskieren, auf diesem Weg hinauszugelangen. Blieb also nur noch das Fenster übrig.

Zweifelnd betrachtete sie die winzige Öffnung. Sie schien kaum groß genug, um einen Erwachsenen durchzulassen, selbst wenn er sehr schmächtig war. Aber Sophie war eher groß und stämmig. Energisch warf sie ihre Habe durch das Fenster hinaus, hörte den gedämpften Aufprall, als sie auf den Boden darunter fiel. Dann schwang sie sich auf das steinerne Sims, und es gelang ihr in einer kunstvollen Verrenkung, ihre Beine durch die Öffnung zu schieben. Sie lehnte sich zurück, um nicht mit dem Kopf gegen die Oberkante des Fensters zu stoßen, und rutschte dann vorwärts, bis der größte Teil ihres Körpers in der Luft hing. Schließlich zog sie den Kopf ein, ließ sich fallen und landete unversehrt und relativ leise neben ihrem Bündel auf dem Erdboden.

Sie hielt inne, lauschte auf die nächtlichen Geräusche der Steppe. Es waren die üblichen Geräusche: das Seufzen des Windes, das Heulen eines Wolfes, nichts, was Gefahr verhieß... keine menschlichen Laute. Sophie nahm ihr Bündel auf und schlich vorsichtig um die Hausecke, wobei sie sich dicht im Schatten der Wände hielt, während sie wünschte, der Himmel wäre weniger klar. Die Sterne leuchteten so hell, daß es fast Tag hätte sein können.

Vor ihr lag das niedrige Stallgebäude, doch um es zu erreichen, mußte sie zuerst ein Stück freies Gelände überqueren. Wieder blieb sie einen Moment stehen, bewegungslos, während sie jeden Nerv und jede Faser ihres Körpers anstrengte, um die Gegenwart eines weiteren menschlichen Wesens zu erahnen. Aber wieder war nichts zu sehen, nur das in völligem Dunkel liegende Gebäude in ihrem Rücken, das weiße Band der staubigen Straße, eine Wand von Bäumen auf der anderen

Seite jener Straße und ihr Ziel vor ihr. Sie duckte sich und lief, so schnell sie konnte, über die offene Fläche.

Adam trat genau in dem Augenblick aus dem Schatten der Bäume, als Sophie die Stalltür erreichte. Einen Moment lang wußte er nicht so recht, ob er tatsächlich diese unverkennbare Gestalt gesehen hatte, oder ob es nur eine Sinnestäuschung war, hervorgerufen durch das eigenartige Licht. Dann rannte er über die Straße. Verstohlen glitt er in die pechschwarze Finsternis des Stalles hinter Sophie. Stroh raschelte, als sich die Tiere in ihren Boxen leise im Schlaf bewegten, aber man konnte in der undurchdringlichen Dunkelheit unmöglich ausmachen, welches Pferd wo stand. Sie wird die gesamte Länge des Stalls durchqueren müssen, um Khan zu finden, dachte Adam und spähte angestrengt in die Finsternis. Doch er konnte keinen Schatten entdecken, der sich von einem der anderen löste, konnte keinerlei Bewegungsgeräusche außer denen der Pferde hören. Dann ertönte plötzlich ein leises Schnalzen, das eindeutig von einem Menschen stammte. Es wurde von einem gedämpften Wiehern beantwortet, das anzeigte, daß Khan und seine Herrin ihre eigene Art der Verständigung hatten.

Das Geräusch war rechts von Adam zu hören gewesen, und er schlich auf Zehenspitzen darauf zu. Eine Silhouette trat aus dem Dunkel, hob die Hand, um die Tür zu einer der Boxen zu entriegeln.

Adam machte einen Satz vorwärts, so schnell, daß Sophie keine Zeit blieb, seine Gegenwart überhaupt zu registrieren, bevor er sie mit einem eisernen Arm um die Taille gepackt hatte, während er ihr mit der anderen Hand den Mund zuhielt. »Sie sind unverbesserlich, Sophie!« zischte er dicht an ihrem Ohr. »Geben Sie jetzt ja keinen Mucks von sich, sonst kommt der gesamte Trupp vom Heuboden herunter.«

Sophie war vor Schreck gelähmt, so daß sie keinen Widerstand leistete. Unsanft wurde sie aus der schützenden Dunkelheit hinausgezerrt und in die sternenklare Helle der Nacht gebracht.

»Was haben Sie da?« fragte Adam. Sein einer Arm lag immer noch wie ein Schraubstock um ihre Taille, während er seine freie Hand gebieterisch nach dem Bündel ausstreckte, das sie verängstigt an ihre Brüste gedrückt hielt.

Sobald er den Inhalt des Bündels sah, blieb Sophie keine Chance mehr, ihm überzeugend vorzuschwindeln, sie hätte nach der erzwungenen Untätigkeit des Tages einfach nur den Wunsch nach einem kleinen nächtlichen Ausritt verspürt. Niemals wieder würde er so nachlässig und unaufmerksam sein, ihr eine solche Möglichkeit zur Flucht zu bieten. Sophie sah ihre Niederlage ein, begriff plötzlich mit schonungsloser Deutlichkeit, daß sie geschlagen war. Sie würde unter dem Geleitschutz von Graf Adam Danilewski nach St. Petersburg fahren, und es hatte keinen Sinn, noch länger gegen diese Tatsache anzukämpfen. Wortlos reichte sie ihm ihr Bündel.

Adam durchsuchte es schweigend, pfiff lautlos durch die Zähne, als er den Inhalt der Schmuckschatulle sah. Er steckte sich ihre Pistole in den Gürtel und legte den Rest ihrer Habseligkeiten auf dem Boden ab, bevor er Sophie zu sich herumdrehte. »Was soll ich nur mit Ihnen tun, Sophia Alexejewna?« seufzte er.

Ihr ovales Gesicht, im Sternenschimmer zu ihm emporgewandt, hatte seine gesunde, blühende Farbe wiedererlangt, wie er mit schockierender Deutlichkeit feststellte. Ihre dunklen Augen leuchteten, ihr hübsch geschwungener, großzügiger Mund öffnete sich leicht, als suchte sie nach einer Antwort auf seine Frage.

Die Antwort kam aus heiterem Himmel, aus einem Impuls heraus, den Adam einfach nicht zu unterdrücken vermochte. Langsam, ganz langsam beugte er den Kopf, und seine Lippen ergriffen Besitz von ihren. Ein heftiges Zittern lief durch Sophies Körper, und sie preßte sich in einer ruckartigen Bewegung an ihn, als hätte ein Blitzschlag sie getroffen. Der Druck seiner Lippen verstärkte sich, während Sophie eine Sekunde lang versuchte, gegen einen Akt des Übergriffs anzukämpfen, der weit über ihren Mund hinauszugehen schien. Der Arm, der sie umschlungen hielt, spannte sich an, und mit einer verzehrenden, fast quälenden Sorgfalt zwang Adam ihre Lippen auseinander, um seine Zunge in einer forschenden Bewegung tief in ihren Mund gleiten zu lassen.

Es gab einen flüchtigen Moment, da dachte Sophie verzweifelt, dies sei irgendeine dämonische Form von Bestrafung; dann, in der von purpurroten Blitzen durchzuckten Dunkelheit ihrer geschlossenen Lider, kam die absolute Erkenntnis, daß etwas so wundersam Lustvolles und Erregendes unmöglich eine Strafe sein konnte. Wärme breitete sich langsam in ihrem Inneren aus, und ihr Körper schmolz mit köstlicher Trägheit gegen die muskulöse Härte des Mannes, der sie in seinen Armen hielt, ihre Lippen gaben bereitwillig nach, um seine Zunge noch tiefer in sich zu empfangen.

Als Reaktion darauf entspannte sich der Arm, der sie umschlungen hielt, wurde zu einer festen, warmen Gegenwart auf ihrem Körper. Adam legte seine Hand auf die Kurve ihrer Hüften, als er Sophie enger an sich zog und seine Zungenspitze zärtlich um ihre Mundwinkel spielen ließ. Sophie warf den Kopf zurück, bot ihm ihre schlanke, verletzliche Kehle dar. Er folgte der Aufforderung, und seine Lippen glitten tiefer, preßten sich auf die empfindliche Stelle ihres gebogenen Halses, wo ihr Puls wie die Schwingen eines Vogels gegen seinen Mund schlug, während er seine freie Hand in die Öffnung ihrer Jacke schob, die weiche, schwellende Rundung einer ihrer Brüste mit der Handfläche umschloß und die Glut ihrer Haut fühlte, die harte Knospe, die sich unter seiner Berührung erregt aufgerichtet hatte und gegen den dünnen Stoff ihrer Bluse drückte.

Die schlanke Schmiegsamkeit ihres Körpers unter seinen Händen erfüllte Adam mit Verzückung, als Sophie sich an ihn preßte, in einer Bewegung, die beinahe etwas Lüsternes und Schamloses hatte in ihrem Ausdruck unverhüllter Begierde. Adam genoß den zarten Duft ihrer Haut, ihrer Haare, einen Duft, in dem die Frische der Steppen mitschwang, und das Blut pulsierte heftig in seinen Adern, während seine Hände fiebrig über ihren Körper glitten, als Sophie sich noch fester an ihn drängte.

Urplötzlich wurde der wundervolle Traum mit der Gewalt eines Donnerschlags zerschmettert, als Adam zu Bewußtsein kam, was er da tat. Sophie war zur Braut eines anderen Mannes bestimmt! Er, Adam, war im Begriff, genau das mit ihr zu tun, was ein anderer mit Eva getan hatte... er verriet jegliches Vertrauen, das jemals in ihn gesetzt worden war. Er machte sich abrupt von Sophie frei, riß seine Hände von dem warmen, schmiegsamen Fleisch zurück, als hätte er sich verbrannt.

Sophie blickte zu ihm auf, und auf ihrem Gesicht spiegelten sich Schock und Bestürzung über diesen plötzlichen Entzug von Körperkontakt. »Was ist denn? Was ist passiert?«

Adam rang um Fassung und beherrschte seine aufsteigende Wut, die ihn drängte, Sophie als die – obgleich unabsichtliche – Ursache dieses erschreckenden Blitzes aus heiterem Himmel zu verletzen. »Wenn Sie auch nur einen Funken gesunden Menschenverstand besitzen, werden Sie das Geschehene schleunigst vergessen«, sagte er, und seine Stimme klang schneidend in der Stille der Nacht. »Was mich betrifft, so ist absolut nichts vorgefallen.«

Er bückte sich und hob ihr Bündel auf. »Wir gehen jetzt ins Haus zurück. Los, vorwärts!« Er legte eine Hand auf Sophies

Rücken, schob sie ungeduldig vor sich her, doch die Berührung hatte jetzt keine Ähnlichkeit mehr mit der zärtlichen Liebkosung von vorhin, und Sophie – verblüfft und verwirrt über den Ansturm von Gefühlen, die mit nichts vergleichbar waren, was sie jemals zuvor erlebt hatte – stolperte vor ihm her.

Eine Lampe in einer Ecke des Wohnzimmers verbreitete ein mattes Licht. Adam drängte seinen Schützling quer durch den Raum und stieß dann die Tür zur Schlafkammer so vehement auf, daß sie gegen die steinerne Wand krachte und Tanja Feodorowna mit einem alarmierten Schrei von ihrer Matratze hochfahren ließ. »Wa... wa... was ist passiert?« Sie zupfte an ihrer Nachthaube, die schief auf dem ergrauenden Haar saß. »Sophia Alexejewna, warum sind Sie nicht im Bett?«

»Die Prinzessin hatte ihre eigene Vorstellung davon, wie sie die Nacht verbringen könnte«, erklärte der Graf bissig. »Du sorgst jetzt dafür, daß sie ins Bett kommt, und anschließend bringst du mir bis auf ihr Nachthemd sämtliche Kleidungsstücke, die sie besitzt.«

»Nein!« rief Sophie entsetzt über eine so demütigende Anweisung. »Sie können mir nicht meine Kleider wegnehmen!«

»Ganz im Gegenteil, Prinzessin«, erwiderte er. »Ich kann es und werde es auch tun. Ich sehe nicht ein, warum ich einen meiner Männer seiner wohlverdienten Ruhe berauben sollte, nur um dieses Fenster zu bewachen. Und ich habe auch nicht die Absicht, selbst Wache zu stehen. Ich nehme doch an, sogar Sie werden sich nur mit einem Nachthemd bekleidet nicht so weit hinauswagen.«

Die Tür fiel mit einem Knall hinter ihm ins Schloß, während Sophie in der Mitte der schmutzigen kleinen Kammer stehenblieb, überwältigt von den Ereignissen des Abends und von dieser außergewöhnlichen Kehrtwendung – der Mann, der mit derart geschickten und zärtlichen Liebkosungen so erstaunliche Gefühle wachrufen konnte, war urplötzlich wieder zu einem strengen Aufpasser geworden. Sie fühlte sich beraubt, gedemütigt und völlig verwirrt.

»Wann werden Sie jemals klug?« knurrte Tanja, sich mühsam von ihrer Matratze erhebend. »Ein solches Theater habe ich überhaupt noch nie erlebt. Nun beeilen Sie sich!« Unter heftigem Geschimpfe half sie Sophie aus den Kleidern und in das Nachthemd hinein. »Ich werde Ihnen die Haare bürsten.« Sie griff nach der Haarbürste, doch Sophie stieß sie mit einem wütenden Ausruf fort und ließ sich auf ihr Feldbett fallen.

»Laß mich einfach in Ruhe, Tanja! Ich begreife nicht, wie du an einem solchen Ort und zu einem solchen Zeitpunkt von Haarebürsten sprechen kannst.« Diese absurde häusliche Beschäftigung kam Sophie wirklich höchst lächerlich vor, obwohl ihr klar war, daß Tanja Feodorowna ihre gegenwärtige Situation ganz und gar nicht als seltsam empfand. Was Gott und die Herren entschieden, konnte niemals seltsam sein. Man nahm es einfach hin. Sophie streckte sich auf ihrem Bett aus und beobachtete in zornerfülltem Schweigen, wie Tanja ihre achtlos hingeworfenen Kleider aufsammelte, sie ordentlich faltete und sie dann zusammen mit dem Handkoffer ins Wohnzimmer brachte.

»Hier, bitte, Herr«, sagte sie so friedlich und bedächtig, als wäre die Anweisung, die sie erhalten hatte, völlig normal.

»Danke.« Adam kramte in seinen eigenen Habseligkeiten. Er holte eine Flasche Wodka hervor und betrachtete die Frau verdrossen, während er den Verschluß aufschraubte. »Du kannst sie morgen früh wieder abholen.« Dann hob er die Flasche an seine Lippen und nahm einen kräftigen Schluck.

Tanja zuckte mit den Schultern, als sie den vertrauten Ausdruck eines Mannes erkannte, der sich im Laufe der Nacht ausgiebig mit dem feurigen Inhalt einer Schnapsflasche beschäftigen würde. Es war nun mal das Vorrecht des Mannes, und eine Frau konnte sich glücklich schätzen, wenn der übermäßige Genuß nicht zu erhobenen Fäusten und Schlägen führte. Tanjas eigener Mann war in betrunkenem Zustand ein schrecklicher Raufbold gewesen. Aber irgendwie glaubte sie nicht, daß sich dieser hier auch so aufführen würde; die Wahrscheinlichkeit lag näher, daß er bedrückt und schweigsam wäre. Nicht gewalttätig, trotz Provokation. Am Nachmittag war er mit Sophia Alexejewna in ihrem erbärmlichen Zustand recht sanft umgegangen. Jetzt mußte sie ihn jedoch mit aller Macht gegen sich aufgebracht haben, das war eindeutig ersichtlich. Kopfschüttelnd kehrte Tanja zu ihrer Matratze zurück.

Sophie lag da und starrte in die Dunkelheit. Was war passiert? Und was bedeutete das Geschehene? Warum hatte sie das Gefühl, als wäre ein Teil ihrer selbst – bis dato im Verborgenen ruhend – zu kraftvollem Leben erwacht? Sie hatte sich gewünscht, dieser wundervolle Augenblick würde bis in alle Ewigkeit dauern... hatte sich leidenschaftlich nach dem nächsten, unausweichlichen Schritt verzehrt... nach dem Gefühl seiner Hände auf ihrem Körper, ihrer Hände auf seinem. Wie mochte sich die nackte Haut eines Mannes anfühlen? Mit weit aufgerissenen Augen blickte sie zu der niedrigen, von Balken durchzogenen Decke hinauf. Das war etwas, was im Ehebett herauszufinden wäre, etwas, was sie herausfinden *würde*.

Sophie ließ ihre Hände an ihrem Körper hinabgleiten, versuchte sich vorzustellen, wie er sich für die Hände eines Mannes anfühlen würde. Ob ihm ihr Körper gefallen würde? Ein solcher Gedanke war ihr bisher noch niemals gekommen, doch jetzt nahm er die scharfen Konturen der Realität an. Am Ende dieser Reise wartete ein Ehemann. Zwar hatte Sophie ihn nicht erwählt, doch falls er nicht an einem grauenhaften Laster oder einer schrecklichen Entstellung litt, wäre es für sie nicht leicht, ihn zurückzuweisen oder den kaiserlichen Befehl zu verweigern. Tatsächlich, warum sollte sie? Es war ja nicht so, als hätte sie eine Alternative anzubieten. Es war nicht etwa so, als könnte der einzige Mann, der sie jemals geküßt hatte, ein Heiratskandidat sein. Ein Kuß bedeutete noch lange keinen Heiratsantrag.

Nur durch eine Wand von Sophie getrennt saß Adam Danilewski auf seinem Feldbett im Wohnzimmer, trank Wodka und grübelte darüber nach, was, zum Teufel, in ihn gefahren war. Er hatte keine Frau mehr geküßt, seit er Eva zum letzten Mal geküßt hatte. Mit Frauen, die Küsse erwarteten, hatte er nichts mehr im Sinn. Die einzigen Frauen, die ihn zur Zeit interessierten, waren jene, die seine Grundbedürfnisse befriedigen konnten – gegen bares Geld. Eine rein geschäftliche Beziehung gestattete keine emotionalen Bindungen, und ohne diese Bindungen gab es glücklicherweise auch nicht die Verwicklungen, die zu Verrat und Enttäuschung führten.

Diesmal war Adam allerdings kurz davor gewesen, selbst einen Akt des Verrats zu begehen. Verrat an seinen Befehlen, an seiner Stellung im Kaiserlichen Garderegiment und vor allem Verrat an dem Mann, dem er uneingeschränkte und absolute Loyalität schuldete – nicht nur, weil dieser ihn im guten Glauben in seine Vertrauenswürdigkeit mit diesem Auftrag betraut hatte, eine Vertrauenswürdigkeit, die ein Gentleman von einem anderen in einer so delikaten Mission zu Recht erwarten durfte – sondern auch deshalb, weil er Adams befehlshabender Offizier war.

Adam schaute in die Wodkaflasche und dachte über die Aussicht nach, vier Wochen lang in Gesellschaft von Sophia Alexejewna zu verbringen, die sich ihm bei jeder Gelegenheit widersetzen würde. Aber wenn sie ihn bekämpfte, war er zumindest in der Lage, Distanz zu ihr zu wahren, sich hinter der strengen Fassade eines Gefangenenaufsehers zu verbergen.

Sophie schlief schließlich ein, nachdem die Ereignisse des

Tags ihren Tribut forderten. Sie hatte ein gewisses Maß an Resignation erlangt, so wie ihr Großvater gewußt hatte, daß sie sich mit der Zeit in ihr Schicksal fügen würde, als sie aufhörte, mit ihrem Los zu hadern und gegen die Ungerechtigkeit anzukämpfen, und die Situation statt dessen mit nüchterner Vernunft zu betrachten begann.

Sophie erwachte bei strahlendem Sonnenschein. »Ich dachte, wir würden im Morgengrauen wieder aufbrechen.« Sie setzte sich blinzelnd auf und nahm die Schale Kaffee, die Tanja ihr anbot.

»Der Graf meinte, Sie brauchten Ihren Schlaf«, informierte Tanja sie mit heiterem Lächeln. Sie ließ allerdings nichts von ihrer eigenen Meinung verlauten, daß der Graf selbst Zeit benötigt hatte, um wieder einen klaren Kopf zu bekommen. »Ihre Kleider liegen bereit. Und der Graf sagte, wir würden sofort losfahren, sobald Sie angezogen sind.«

Sophie schlüpfte in ihre Kleider, versuchte gegen ihr Grauen vor dem anzukämpfen, was dieser Tag unweigerlich mit sich bringen würde. Alle Gedanken an die Verzückung und Verwirrung des vorangegangenen Abends und ihre daraus entstandenen Schlußfolgerungen wurden verdrängt von dem schrecklichen Wissen um die Erbärmlichkeit, die ihr erneut bevorstand. Mit einiger Anstrengung gelang es ihr, ihre Schultern zu straffen und energisch das Kinn zu heben, als sie in die strahlende Klarheit des frühen Morgens hinausging.

Adam ließ sich von der stolzen Haltung nicht täuschen. In Sophies Augen spiegelte sich die ruhelose Furcht einer Gefolterten wider, die die Instrumente betrachtet, die sie einmal gebrochen hatten und von denen sie wußte, daß es in Kürze wieder geschehen würde. Er ging zu ihr, als sie vor der Kutsche stehenblieb.

»Wenn Sie es vorziehen, können Sie mein Pferd an einer

Führungsleine reiten, und ich werde Khan reiten«, schlug er vor.

Es entstand ein Moment des Schweigens, als sie zu dem jetzt gesattelten Khan hinüberschaute, den Boris Mikhailow locker an den Zügeln hielt. Dann schüttelte Sophie zu Adams Verblüffung den Kopf. »Khan ist außer von mir von keinem anderen mehr geritten worden seit dem Kosaken, der ihn damals an den Sattel gewöhnt hat. Ich kann nicht erlauben, daß er von irgend jemand anderem geritten wird. Es ist eine alte Kosakenregel, wenn man sich das absolute Vertrauen eines solchen Tieres wünscht.«

»Sie haben nur diese beiden Möglichkeiten«, erwiderte er sanft drängend, unfähig, die Vorstellung zu ertragen, wie sie wieder in der Kutsche vor sich hinlitt, obwohl er wußte, daß er darauf würde bestehen müssen, wenn sie ihm keine andere Wahl ließe.

Sophie blickte zu ihm auf. Ihre Augen waren klar, ihre vollen Lippen zu einem leicht schiefen, fragenden Lächeln verzogen. »Ich glaube, ich habe noch eine dritte Möglichkeit, Graf. Ich werde Khan reiten, aber ich werde keinen Versuch unternehmen, Ihrer Begleitung zu entfliehen.«

Auch nicht den Bruchteil einer Sekunde kam es Adam in den Sinn, an ihrem Wort zu zweifeln. Es schien, als hätte ihm jemand eine schwere Last von den Schultern genommen. Er lächelte Sophie strahlend an, selbst als ihm einfiel, daß es ihm ohne den Vorwand der Rolle des Gefangenenwärters wesentlich schwerer fallen würde, eine gewisse Distanz zwischen ihnen zu wahren.

»Boris Mikhailow wird Ihnen beim Aufsitzen behilflich sein«, sagte er, sich gerade noch rechtzeitig fangend, da er kurz davor gewesen war, sich selbst für diesen Dienst anzubieten.

»Das ist nicht nötig.« Mit jenen weitausholenden, energischen Schritten, die so typisch für sie waren, ging Sophie zu Khan, streichelte seine weichen Nüstern, schmiegte ihr Gesicht an seinen Kopf und flüsterte eine Weile mit ihm, bevor sie die Zügel ergriff, die Boris Mikhailow ihr reichte, um sich dann mit muskulöser Geschmeidigkeit in den Sattel zu schwingen.

»Hat eine Zeitlang gedauert, bis Sie zur Vernunft gekommen sind, stimmt's?« meinte Boris, während er den Sattelgurt überprüfte. »Bleiben Sie lieber dabei und riskieren Sie nichts, den guten Rat erteile ich Ihnen kostenlos.«

»Dein Rat ist klug und weise wie immer, Boris«, erwiderte Sophie liebenswürdig. »Aber zu dieser Entscheidung bin ich schon selbst gekommen.« Sie setzte sich im Sattel zurecht, hob ihr Gesicht der Sonne und dem Wind entgegen und atmete tief ein.

Adam betrachtete sie, dachte, daß sie – endlich in ihrem Element – wieder diese Aura von Kraft und ungebrochenem Selbstvertrauen ausstrahlte. Er war jedoch immer noch im Besitz ihrer Pistole und hatte auch die Absicht, sie zu behalten, bis sie in St. Petersburg ankamen. Was Prinz Dmitriew mit einer Braut zu tun beschloß, die eine Pistole mit sich herumschleppte, brauchte seinen Adjutanten nicht zu kümmern... oder?

# 5. Kapitel

General Prinz Paul Dmitriew marschierte, die Hände auf dem Rücken verschränkt, die Galerie entlang, die sich über die gesamte Breite seines Sandsteinpalastes am Ufer der Newa erstreckte. Hohe Fenster öffneten sich auf den Fluß, der jetzt mit kleinen Booten übersät war, mit Schonern, an deren Masten die bunten Nationalitätenflaggen ihrer wohlhabenden Besitzer flatterten, und mit Ruderbooten, deren Ruder von Männern in farbenfrohen Jacken betätigt wurden. Das im strahlend hellen Schein der Maisonne glitzernde Wasser, der lebhafte Verkehr auf dem Fluß und den vielen Kanälen, die die verschiedenen Teile dieser Stadt – auf einem Sumpfgebiet erbaut – miteinander verbanden, alles das verstärkte noch das Gefühl der Befriedigung, das der Prinz empfand. Tatsächlich schien die ganze fröhliche Szene speziell für ihn arrangiert worden zu sein.

Seine Belohnung war in greifbare Nähe gerückt. Der Bote, der gerade angekommen war, atemlos und erschöpft nach fast vierundzwanzigstündigem Ritt, hatte erklärt, Graf Danilewski und sein Gefolge wären jetzt nur noch ungefähr eine Tagesreise von St. Petersburg entfernt. Am nächsten Morgen würde der Prinz hinausreiten, um sie zu treffen, seine Braut mit all der gebührenden Höflichkeit und Rücksicht zu begrüßen und sie höchstpersönlich zum Winterpalais zu begleiten, wo sie bis nach der Hochzeit wohnen sollte.

Ob sie so schön wie ihre Mutter ist? überlegte Prinz Paul. Es wäre vielleicht ein wenig zuviel erhofft – Schönheit *und* ein solches Vermögen. Die Zarin hatte ihn lachend gewarnt, daß die Prinzessin eine unkonventionelle Erziehung genossen hätte und möglicherweise nicht so sanftmütig wäre, wie sie sein sollte. Aber Sanftmut und Gehorsam konnten eingeimpft werden, wie der Prinz sehr wohl wußte. Er war Experte auf diesem Gebiet und verfügte über erprobte und bewährte Methoden, um sich wilde, ungebärdige Kreaturen gefügig zu machen und die gottgewollte Unterwerfung von Ehefrauen zu erzwingen.

Seine drei früheren Ehefrauen hatten sich alle hübsch gehorsam gezeigt nach einer kurzen Zeitspanne der Ausbildung. Bei der Golitskowa würde er jedoch zuerst nur Lächeln und Nachsicht beweisen, bis sie rechtmäßig ihm gehörte. Die Zarin würde sie nicht zu dieser Heirat zwingen, wie Dmitriew durchaus wußte. Zwar war Katharina unzweifelhaft eine unumschränkte Selbstherrscherin, sie war aber auch intelligent und aufgeklärt, betrachtete sich selbst als menschlich und einfühlsam. Falls Sophia Alexejewna echte Verzweiflung über die Arrangements zeigte, die man für sie getroffen hatte, würde die Kaiserin andere treffen.

Das durfte unter keinen Umständen geschehen. Prinz Dmitriews Stirn legte sich in grüblerische Falten. Die Mutter hatte sich ihm verweigert. Die Tochter würde sich ihm nicht verweigern, dafür wollte er sorgen.

Sophia Iwanowa hatte nur Verachtung gezeigt für das Herz und die Hingabe, die der junge Prinz Paul Dmitriew ihr zu Füßen gelegt hatte; sie hatte nur Augen für Alexis Golitskow gehabt, und die beiden waren so innig verliebt wie ein Turteltaubenpärchen gewesen. Prinz Dmitriews Lippen verzogen sich verbittert bei der demütigenden Erinnerung, die immer noch wie Säure an seinem Inneren fraß. Er hatte sich zum Narren gemacht, und ganz St. Petersburg hatte über ihn gelacht. Er war Sophia Iwanowa wie ein Hündchen überallhin gefolgt, seine Anbetung war so schwärmerisch und verzehrend, daß alle es sehen konnten, doch sie hatte ihn öffentlich verschmäht, um Alexis Golitskow mit großem Pomp zu heiraten. Und danach hatte ihn das Ehepaar mit derart herablassender Freundlichkeit behandelt. Alexis, der weichherzige Dummkopf, hatte ihm, Dmitriew, seine Freundschaft angeboten, die Freiheit seines Hauses, das unerträgliche Mitgefühl des Siegers. Sophia hatte nur über ihn gelächelt, hatte ihn in ihrem Salon willkommen geheißen und war so unerreichbar wie die Heilige Mutter Gottes geblieben.

Sein eifersüchtiger Haß auf Alexis Golitskow hatte sich zu einem vielarmigen Monster entwickelt, das mit jedem Tag scheußlicher wurde und in direktem Verhältnis zu seiner immer heftiger werdenden lüsternen Besessenheit von Sophia Iwanowa gewachsen war. Der Haß war wie Balsam für seinen verletzten Stolz gewesen, in lüsterner Besessenheit hatte er ein Heilmittel gegen seine Liebe gefunden. Während sich Dmitriew nach außen hin lächelnd und bereitwillig mit dem Los des Verlierers abfand und sowohl Ehemann als auch Ehefrau die Rolle des charmanten Freundes und verläßlichen Kameraden vorspielte, hatte er insgeheim auf die Chance gewartet, die irgendwann kommen mußte. Sophias Schwangerschaft hatte ihn bis ins Mark erschüttert, war sie doch der unverhohlene Beweis für das Vergnügen, das ein anderer Mann mit ihr genossen hatte. Und die beiden waren so glücklich gewesen, hatten in ihrer Übelkeit erregenden Selbstgefälligkeit so verliebt geschnäbelt und geturtelt, als hätte vor ihnen noch nie jemand ein Kind empfangen.

Als Prinz Dmitriew jetzt auf der Galerie auf und ab wanderte, konnte er wieder die Kraft seines Abscheus und seiner Eifersucht fühlen. Jedesmal, wenn er Sophia Iwanowa gesehen hatte, ihren fruchtbaren Leib unter einem der lose herabfallenden russischen Kittel, die die Kaiserin erneut in Mode gebracht hatte, waren brutale Bilder vor seinem inneren Auge aufgestiegen, hatten sein Herz klopfen und seine Handflächen feucht von Schweiß werden lassen.

Dann hatte sich diese ganze lächerliche Sache mit dem »Gefangenen Nummer Eins« ergeben. Im Jahre 1741 hatte sich Elisabeth, die Tochter Peters des Großen, Rußlands Entfremdung vom germanischen Einfluß zunutze gemacht, damals verkörpert von Anna von Braunschweig, die das Land als Stellvertreterin für ihren minderjährigen Sohn, Iwan den Sechsten, regierte. Elisabeth hatte einen Staatsstreich angezettelt und sich selbst zur Kaiserin ernannt. Mutter und Kind wurden ins Gefängnis geworfen, und seitdem war der entthronte kleine Zar als Gefangener Nummer Eins bekannt gewesen.

Der junge Mann hatte sich zu einem Idioten entwickelt, hatte niemals das Tageslicht sehen dürfen und keinerlei Bildung erhalten, dennoch bedeutete seine fortgesetzte Existenz eine unbestimmte Bedrohung für die Thronfolge der späteren kaiserlichen Regenten, deren legitimes Recht zu regieren von einem, den man unrechtmäßig entthront hatte, herausgefordert werden konnte. Elisabeth war seinetwegen beunruhigt gewesen; ihr Nachfolger, Peter der Dritte, hatte während seiner kurzen Regentschaft nicht so recht gewußt, was er Iwans wegen unternehmen sollte; und Zarin Katharina – die ihren Ehemann, Peter III., entthront und bei dem geglückten Mordanschlag auf ihn beide Augen zugedrückt hatte – war auf der Hut gewesen vor der möglichen Gefahr, die der Gefangene Nummer Eins darstellte.

Sein rechtzeitiges Ende konnte für Katharina nur eine Erleichterung sein. Doch für eine Kaiserin, deren Ehemann erst kürzlich eines gewaltsamen Todes gestorben war – ebenfalls zu ihrem Vorteil – war es eine schwerwiegende Blamage, mit Schock und Entsetzen registriert von den Höfen und Regierungen Österreichs, Preußens, Frankreichs und Englands, deren Wohlwollen eine Angelegenheit von politischer Taktik und Stolz war. Katharina hatte unverzüglich und mit äußerster Strenge reagiert, um die Gerüchte zu zerschlagen, daß die Rebellion, die zu Iwans Tod geführt hatte, von ihr selbst angezettelt worden sei; sie hatte sämtliche Personen mit drastischer Härte bestraft, die in den Plan verwickelt gewesen waren – oder unvorsichtige Worte im Salon der Golitskows hatten fallenlassen.

Dabei waren diese Äußerungen relativ nichtssagend gewesen – eine Bemerkung darüber, daß Iwan der Sechste nie Gerechtigkeit in seinem kurzen Leben erfahren hatte, die Erinnerung, daß er einmal zum Zaren bestimmt worden war und seine Entmachtung in einer Hast und Heimlichkeit vonstatten gegangen war, die auf eine Verschwörung hindeutete. Aber in dem angstvollen Klima jener Zeit konnten solche Worte aufgebauscht, als Anfänge der Verschwörung ausgelegt werden, die den rechtmäßigen Zaren aus seiner Gefangenschaft befreien sollte. Die Zarin hatte sofort die Inhaftierung der Golitskows angeordnet. Sie waren in Panik geflohen, und ihr guter Freund, Prinz Dmitriew, hatte die Aufgabe übernommen, die Flüchtenden zu verfolgen und zurückzubringen. Natürlich unter kaiserlichem Befehl und mit dem Anschein größten Widerstrebens. Aber ein Mann mußte seinem Souverän nun einmal gehorchen, nicht wahr?

Er hatte sich vorgenommen, ein Muster an Verständnis und Mitgefühl zu sein, wenn er die beiden nach St. Petersburg zurückbrächte zur Inhaftierung in die große Festung St. Peter und Paul – das bedrohliche graue Gebäude, das er jetzt am gegenüberliegenden Ufer des glitzernden Flusses sehen konnte. Er hatte sich vorgenommen, bei der Kaiserin um Gnade zu bitten, damit Sophia Iwanowa freigelassen wurde, um ihr Kind in Freiheit zu gebären. Er hatte außerdem die Absicht gehabt, sicherzustellen, daß Alexis Golitskow die Festung nicht als Lebender verlassen würde. Seine Witwe, geschwächt von Geburt, Kummer und Angst um ihre eigene Sicherheit, würde leicht zu erobern sein, wenn ihr jemand, der ihr Vertrauen genoß, seine Stärke und Unterstützung anbot.

Es war ein sauberer, erfreulicher Plan gewesen. Aber als Prinz Dmitriew und seine Soldaten jene schmutzige Hütte gefunden hatten, durchtränkt mit den Gerüchen von Blut und Tod, war sein Plan mit einem Schlag zerstört worden.

Fast zweiundzwanzig Jahre waren seitdem vergangen, und jetzt konnte er endlich all jene losen Fäden zu einem ordentlichen Ganzen verknüpfen. Er würde Kontrolle über das riesige Vermögen der Golitskows haben, das Alexis so zuversichtlich gemacht, ihm einen Platz ganz zuoberst auf dem höfischen Misthaufen gesichert hatte. Und er würde die Tochter von Sophia Iwanowa in seinem Bett haben.

Es ist geradezu perfekt, dachte Prinz Dmitriew. Er würde seine eigene persönliche Befriedigung aus dieser sonderbaren Rache gewinnen, während er sich zu den Erben verhalf, die keine seiner anderen Frauen zu empfangen in der Lage gewesen war. Sie waren kinderlos ins Grab gesunken, aber ein so frisches, junges, unberührtes Mädchen konnte doch sicher nicht ebenfalls unfruchtbar sein, oder?

Prinz Dmitriew rieb sich die Hände im Vorgefühl der Freuden, die ihn erwarteten. Morgen würde er Sophia Alexejewna Golitskowa kennenlernen, und sie würde einen schon leicht ergrauten, distinguierten General vor sich sehen, eifrig darauf bedacht, seiner zukünftigen Braut zu gefallen, beladen mit Geschenken, die für eine scheue, unkultivierte Jungfrau aus der unzivilisierten Steppe passend waren, und bereit, ihr mit dem Rat des Älteren, reifer Stärke und erfahrener Lebensweisheit durch die Kompliziertheit ihrer ersten Woche bei Hofe zu helfen. Auf diese Weise würde er sich ihre Abhängigkeit sichern und etwaige Ängste zerstreuen.

Adam warf einen Seitenblick auf seine Reisegefährtin. Es war ein verstohlener Blick, von einer Art, wie er sie sich im Laufe der letzten Wochen mit meisterhaftem Geschick angeeignet hatte. Sophia Alexejewna nur anzusehen, bereitete ihm ein ungeheures Vergnügen, dennoch durfte sie nichts davon ahnen, ebensowenig, wie er sich gestatten durfte, über die Tatsache als solche nachzudenken.

Lange Zeit hatte er sich gegen die Anerkennung dieser Tatsache gesträubt, doch schließlich mußte er sich selbst einfach eingestehen, daß er noch niemals zuvor die Gesellschaft eines anderen so intensiv genossen hatte, wie er jetzt die Gesellschaft dieser intelligenten, mutigen jungen Frau genoß, deren Verstand ebenso wachsam war wie ihr Körper. Sie trug eine Haltung zur Schau, als sähe sie mit Gelassenheit der Entdekkung und dem Genuß einer neuen Erfahrung entgegen, selbst wenn sie so offensichtliche Freude an den einfachen, alltäglichen Dingen hatte: einem Ausritt im Sonnenschein, dem Anblick eines Habichts hoch oben in der Luft, der buntschillernden Pracht eines Ziegenmelkers, einer Mahlzeit aus knusprigem Schwarzbrot und Met, wenn man hungrig und durstig war, der Wohltat, nach einem Tag körperlicher Anstrengung an der frischen Luft in tiefen Schlaf zu sinken.

Sophies Beschwerden und ihr Unbehagen waren verflogen. Tatsächlich hatte sie die vergangene Nacht in ihren Umhang gewickelt auf einem Tisch geschlafen, um dem Ungeziefer in der elenden kleinen Hütte zu entgehen, die alles gewesen war, was sie als Quartier hatten finden können. Und sie hatte über Adams verärgerte Entschuldigungen gelacht, hatte ihn mit ihren schönen dunklen, schelmisch funkelnden Augen geblendet, mit ihrem fragenden, leicht schiefen Lächeln, das ihn so bezauberte, während sie ranzigen Käse und altbackenes Brot verzehrte, als wären es Köstlichkeiten aus der kaiserlichen Küche.

Sophie spürte Adams Augen auf sich ruhen, so wie sie sie immer fühlte, obwohl sie instinktiv darauf achtete, seinem Blick nicht zu begegnen. Sie wußte nicht, warum er sie so verstohlen musterte, sie wußte nur, daß es sie in freudige Erregung versetzte. Eine Wiederholung jener leidenschaftlichen Küsse würde es nicht geben. Sie hatte dies mit der Zeit akzeptiert, ebenso wie sie im Laufe der Wochen die Unvermeidlichkeit ihrer augenblicklichen Reise zu akzeptieren gelernt hatte.

Sophie und Adam taten beide, als hätte es diesen flüchtigen Blick in den Himmel der Glückseligkeit niemals gegeben, weil so etwas natürlich nicht passieren durfte zwischen einer jungen Frau auf dem Weg zu ihrem zukünftigen Ehemann und dem Mann, der die Verantwortung für sie hatte und in den eben jener zukünftige Ehemann all sein Vertrauen setzte.

Doch die Unbefangenheit, die Sophie in Adams Gegenwart fühlte, durfte sie ganz sicher mit reinem Gewissen genießen und mit dem aufrichtigen Vergnügen, das eine Freundschaft und Kameradschaft mit einer gleichgesinnten Seele bereitete. Und dennoch – das eine Thema, das beide vermieden, war General Prinz Paul Dmitriew. Es ist schon irgendwie seltsam, dachte Sophie. Warum wollte sie Adam keine Fragen über seinen General stellen, über den Mann, der eine so wichtige Rolle in ihrem Leben spielen sollte? Und warum bot Adam nie von sich aus irgendwelche Informationen oder Beschreibungen an?

Die Straße, auf der sie ritten, wand sich durch die Ebene von Nowgorod, die sich flach und scheinbar unendlich zu beiden Seiten ausbreitete. Gelegentlich glänzten Sonnenstrahlen auf einer Wasseroberfläche, was auf einen Fluß oder See hindeutete, mit denen die weite Fläche gesprenkelt war. Khan hob den Kopf und sog prüfend den Wind durch die Nüstern ein.

»Adam?«

»Mmmm?« Er lächelte Sophie an; Lachfältchen kräuselten sich um seine Augenwinkel und spielten um seinen Mund.

»Dürfen wir galoppieren?«

»Damit Sie die Befriedigung haben, mich abzuhängen und Ihren Staub schlucken zu lassen, wie ich annehme.«

»Aber natürlich«, gab sie liebenswürdig zu. »Aus welchem Grund sonst?«

»Ein Wesen, das keine Minute stillsitzen kann«, gab er zurück. »Es ist wirklich alles andere als gemütlich, mit Ihnen zu reisen, Sophie.«

Sie lachte, faßte die Bemerkung als Erlaubnis für den Galopp auf und schnalzte mit der Zunge, worauf Khan sofort seine langen Vorderbeine anzog und einen Satz vorwärts machte. Sie lenkte ihn von der Straße fort und auf die grasbewachsene Fläche der Ebene. Adam unternahm keinen Versuch, ihr zu folgen; es wäre sinnlos gewesen. Sie würde zurückkommen, wenn sie ihre innere Unruhe abgeschüttelt hatte.

Er spähte angestrengt über das gewundene, staubige Band der weißen Straße hinweg nach vorn. In der Ferne stieg eine Staubwolke auf, die langsam auf ihn zutrieb und auf Mitreisende schließen ließ, die wahrscheinlich aus St. Petersburg kamen. Sie waren jetzt nicht mehr als einen halben Tagesritt von der Hauptstadt entfernt, selbst bei dem relativ langsamen Tempo, das von der Kutsche bestimmt wurde, in der Tanja Feodorowna als einsamer Passagier reiste.

Die Staubwolke rückte näher, und Adam versteifte sich unwillkürlich, als ihn ein warnender Gedanke durchzuckte. Es wäre sowohl natürlich als auch angemessen für Prinz Dmitriew, ihnen entgegenzureiten. Schließlich gehörte sich das so für einen eifrigen Bräutigam. Sein Bote hatte sie vor zwei Tagen erreicht und war nur gerade so lange geblieben, um das

Pferd zu wechseln, bevor er die Nachricht ihrer Position nach St. Petersburg brachte.

Bald konnte Adam erkennen, daß die vordersten Reiter die Livree des Hauses Dmitriew trugen, und dann sah er auch die aufrechte Gestalt seines Generals in Uniform, deren Silberknöpfe im Sonnenlicht glänzten. Er war gekommen, um seine Braut zu treffen. Aber wo, zum Teufel, steckte sie?

Adam ließ seinen Blick über die Ebene schweifen, suchte nach einem Hinweis, doch Sophie war schon lange hinter einer Wand von struppigem Buschwerk verschwunden, was ihren Begleiter in die peinliche Lage brachte, seinem befehlshabenden Offizier, der zufällig auch ihr erwartungsvoller Bräutigam war, erklären zu müssen, warum sich eine Prinzessin des Hauses Golitskow ohne Begleitschutz in unerforschtem Gelände herumtrieb.

Adam hatte ihr schon vor mehreren Wochen ihre Pistole zurückgegeben, deshalb war *er* nicht um ihre Sicherheit besorgt, aber wie sollte er Dmitriew eine solche Situation wohl erklären? Der Prinz würde Sophia Alexejewna sehen und sich selbst ein Urteil bilden müssen. Für Adam Danilewski wurde es Zeit, sich zu verabschieden.

Seine Lippen verzogen sich zu einem zynischen Lächeln bei dem Gedanken, daß ihm die Aussicht, sich aus Sophies Leben zu verabschieden, irgendwie nicht den Seufzer der Erleichterung entlocken konnte, den er eigentlich erwartet hätte. Diese lästige Aufgabe, Sophia Alexejewna nach St. Petersburg zu eskortieren, eine Aufgabe, die er nur mit äußerstem Widerwillen übernommen hatte, war ihm nach einer Weile in einem ganz neuen Licht erschienen. Leider hatte an dem Vergnügen, das Sophies Gesellschaft ihm bereitete, ständig das Wissen genagt, daß ihr zukünftiger Ehemann genau jene Eigenschaften, die er, Adam, an ihr so anziehend und entzückend fand, anstößig finden würde.

Als die beiden Parteien zusammentrafen, begrüßte der General seinen Adjutanten mit untadeliger Förmlichkeit, musterte dann mit dem strengen Blick des Zuchtmeisters Haltung und Uniformen der Gardisten, die sämtlich im Sattel strammsaßen und zackig salutierten. Der blinde Glanz der Uniformknöpfe, die Knitterfalten in den Jacken, der angeschmuddelte Stoff, all das wurde genauestens registriert.

»Es ist eine lange und beschwerliche Reise von Kiew bis hierher, Herr General«, sagte Adam ruhig. »Wasser, Wachs und Stiefelwichse sind nicht gerade leicht erhältlich an einigen der Orte, wo wir zu übernachten gezwungen waren.«

Der General nickte nur. Sein Blick wanderte zu der Kutsche, die am Ende der kleinen Kolonne zum Stehen gekommen war. »Prinzessin Sophia hat nicht zu sehr unter der Beschwerlichkeit der langen Fahrt gelitten, wie ich doch hoffe?«

Adam schluckte. »Sie ist bemerkenswert unverwüstlich, Herr General.«

Dmitriew blickte ihn überrascht an, dachte, was für eine seltsame Wortwahl dies doch war. Er trieb sein Pferd vorwärts zu der Kutsche, und Adam erklärte hastig: »Sophia Alexejewna reist nicht in der Kutsche, Sir. Sie kann die Schaukelbewegungen nicht vertragen, ihr wird übel davon.«

Der General hielt abrupt inne, ließ seinen Blick über den Trupp von zwölf Männern gleiten, über die Kutsche mit dem Kutscher auf dem Bock und über Boris Mikhailow, der stur und unbeweglich auf seinem Gebirgspferd saß. Schließlich wandte er sich zu Graf Danilewski um und schaute ihn an, ohne sich die Mühe zu machen, seine Frage auszusprechen.

Adam spähte angestrengt in die Ebene hinaus, dann sah er zu seiner Erleichterung eine Gestalt hinter den Büschen hervorpreschen. »Da kommt sie, Herr General. Vielleicht sollten wir ihr entgegenreiten.« Ohne sich umzudrehen, um zu sehen, welche Reaktion seine Bemerkung und sein Vorschlag auslösten, gab er seinem Pferd die Sporen.

Sophie sah die beiden Reiter auf sich zukommen, beide in der dunkelgrünen Uniform mit den roten Tressen des Preobrazhensky-Regiments. Sie erkannte jedoch sofort, daß Adams Begleiter keiner der Gardisten war; als sich der Abstand zwischen ihnen verringerte, sah sie, daß er wesentlich älter als Adam war – eine distinguierte Erscheinung mit leicht ergrautem Haar und der aufrechten Haltung des Berufssoldaten. Dann, mit einem plötzlichen Gefühl, als flatterten Schmetterlinge in ihrer Magengrube, begriff sie, wer er sein mußte.

Sie zügelte Khan, blieb ruhig im Sattel sitzen und wartete darauf, daß die beiden Männer zu ihr kamen.

»Prinzessin...« Adams Stimme klang fast reserviert. »Erlauben Sie mir, Ihnen General Prinz Paul Dmitriew vorzustellen.«

Dmitriew starrte sie verblüfft an. Als erstes hatte er bemerkt, daß sie im Herrensitz ritt, gleich darauf war ihm die Qualität ihres Pferdes aufgefallen. Jetzt musterte er den Hosenrock ihres schäbigen, staubbedeckten Reitkostüms, das wirre, vom Wind zerzauste Haar, den offenen, ehrlichen Ausdruck ihrer dunklen Augen, die seinem Blick begegneten, furchtlos und abschätzend. Er wurde sich der Energie und Dynamik bewußt, die von ihr ausging, der ruhelosen Kraft irgendeiner wilden Kreatur der Steppe, in der sie aufgewachsen war. Er betrachtete ihren sonnengebräunten, gesunden Teint, den schlanken, muskulösen Körper... und spürte unglaubliche Wut in sich aufsteigen. Dies war keine Sophia Iwanowa von exquisiter, delikater Schönheit; dies war keine zartgliedrige Tochter des naiven, vertrauensvollen, weichherzigen Alexis. Dies war eine Frau, die man nicht unterschätzen durfte, eine, die sich seinem Willen nicht so ohne weiteres unterwerfen würde.

Er verbeugte sich. »Ich habe diesen Moment mit äußerster Spannung erwartet, Sophia Alexejewna.«

»Ich war auch neugierig, Prinz«, erwiderte sie geradeheraus. Sie betrachtete seine makellose Uniform und lächelte ihr leicht schiefes, fragendes Lächeln. »Ich hoffe doch, Sie werden meinen unordentlichen Zustand entschuldigen, aber wir sind schon sehr lange unterwegs.«

»Dem wird bald abgeholfen werden«, entgegnete Dmitriew mit einer erneuten Verbeugung, gänzlich unberührt vom Charme ihres Lächelns. »Wir sind nur noch knapp vier Stunden von den Toren St. Petersburgs entfernt. Ihre Kaiserliche Majestät wartet schon voller Ungeduld darauf, Sie willkommen zu heißen.«

Sophie fühlte, wie ein Zittern sie durchlief. Instinktiv blickte sie Adam an, forschte nach einem Zeichen des Trostes in seinem Gesicht. Vergeblich. Er schien sich von der Szene zurückgezogen zu haben, seine Augen kühl und distanziert. »Wir sollten uns vielleicht wieder der Truppe anschließen, Prinzessin«, sagte er förmlich.

Jetzt bin ich also nicht mehr »Sophie« für ihn, dachte sie mit einem schmerzlichen Gefühl des Verlusts. Da sein Auftrag als Geleitschutz nun erfüllt war, würde er sich zurückziehen, nachdem er Sophie ihrem zukünftigen Ehemann übergeben hatte. Ob er noch nicht mal ihr Freund bleiben würde? Ein Schauder von Panik lief ihr das Rückgrat herunter. Sie mußte ohne Freunde in diese neue Welt gehen? Dann straffte sie die Schultern und hob energisch das Kinn. »Ja, allerdings, Graf. Ich hätte diese beschwerliche Reise gern bald hinter mir.«

»Ich sehe, Sie tragen eine Pistole, Sophia Alexejewna«, bemerkte der Prinz in neutralem Tonfall, seine Wut und seinen Schock über diese verwahrloste Gestalt, die er zu seiner Ehefrau machen sollte, sorgfältig verbergend.

Sie zuckte mit den Schultern. »Ich bin einfach daran gewöhnt, Prinz. Mein Großvater hat mich zu einer exzellenten Schützin ausgebildet, Sie brauchen also keinen Unfall zu befürchten.«

»Sie werden es nicht für notwendig halten, am kaiserlichen Hof eine Waffe bei sich zu tragen«, erklärte er, während er voll beißender Ironie an die eleganten Fächer, die zierlichen Schildpattkämme, die mit Spitzen gesäumten Taschentücher und die bestickten Handschuhe dachte, die er als passende Willkommensgeschenke für eine einfache Frau vom Lande besorgt hatte.

»Oh, nein, natürlich nicht«, erwiderte sie, jetzt ihrerseits das ängstliche Zittern bei dem Gedanken verbergend, daß er von ihrer Versicherung, wie geschickt sie im Umgang mit der Waffe war, weder beeindruckt noch getröstet schien.

Ich kann jetzt nichts mehr für sie tun, dachte Adam. Er hatte sie dazu gebracht, die Karte zu akzeptieren, die das Schicksal ihr zugespielt hatte, und diese Bereitschaft würde die Angelegenheit beträchtlich für sie erleichtern. Warum sollte er voller Besorgnis denken, sie würde *nicht* bereitwillig das Leben annehmen, das vor ihr lag, sobald sich die anfängliche Fremdheit gelegt hatte? Es würde ein Leben voller Vergnügungen sein, und wenn sie sich der höfischen Etikette entsprechend benahm, hätte Dmitriew keinen Anlaß zur Klage. Es gab keinen Grund, warum sie sich nicht anpassen sollte; Sophia Alexejewna war kein Dummkopf. In dieser Erkenntnis lag Adams einziger Trost.

Die Abendsonne spiegelte sich in den vergoldeten Kuppeln der Kathedrale von Kasan, schimmerte in blaßgoldenen Strahlen auf den glatten Wassern der Newa, als Sophie und ihre Eskorte nach St. Petersburg kamen. Alle ihre Ängste waren vergessen, als Sophie in fasziniertem Erstaunen diese riesige, quirlige Stadt betrachtete. Ihre einzige Kenntnis von Städten beruhte auf einem Besuch in Kiew vor zwei Jahren. Sie hatte die Stadt damals einfach überwältigend in ihrer lärmenden Pracht gefunden, aber das war noch nichts gewesen im Vergleich zu der majestätischen Schönheit dieser Hauptstadt. Sie ritten die schnurgerade verlaufende, gepflasterte Durchgangsstraße des Newskij Prospekts hinunter, und Sophie starrte mit offenem Mund auf die Würde und Vornehmheit der Steinhäuser, die die Straße zu beiden Seiten säumten. Lebte denn hier jeder in einem Palast?

»Haben Sie eine Villa in dieser Stadt, Prinz?« Sie wandte sich mit ihrer Frage zu Dmitriew um und war überrascht, als er lachte.

Dieses erste Anzeichen ländlicher Unschuld gefiel ihm. »Aber natürlich, Sophia«, erklärte er. »Mein Palast steht am Fluß. Sobald Sie sich von den Strapazen der Reise erholt haben, werden Sie ihn besichtigen und mir sagen, wie Sie Ihre Räume eingerichtet haben wollen.«

Da ist sie, dachte Sophie – die klare Feststellung, die etwas als Tatsache hinstellte, von dem sie gewußt hatte, daß es passieren würde, schon seit jener Nacht, als Adam sie an der Flucht gehindert hatte. Sie wollte nicht an die Ereignisse jener Nacht zurückdenken. Die Erinnerung schien eine höchst beunruhigende, irritierende Wirkung auf ihren Verstand und Körper zu haben. Nein, klüger und sinnvoller wäre es, das Beste aus dem Unvermeidbaren zu machen.

»Oh, ich brauche mich nicht erst zu erholen, Prinz«, sagte sie in schweigender Annahme seiner Einladung. »Ich bin überhaupt nicht erschöpft. Reiten ermüdet mich nicht im geringsten. Vielleicht könnte ich Ihren Palast morgen sehen.«

Dmitriew schluckte seinen Ärger über diesen zusätzlichen Beweis wenig mädchenhafter Eigenschaften hinunter und konzentrierte sich statt dessen auf die Tatsache, daß sie anscheinend keine Einwände gegen die Arrangements hatte, die für sie getroffen worden waren. Wenn er ihr nicht erst lange den Hof machen mußte, würde das die Angelegenheit beträchtlich beschleunigen; und je eher sie unter seinem Dach wohnte – der Autorität ihres Ehemannes unterworfen –, desto eher konnte er sich daranmachen, ihr diese unerfreulichen Eigenschaften auszutreiben.

»Ich verlasse Sie jetzt hier, Herr General«, erklärte Adam unvermittelt, auf ein großes graues Gebäude zu ihrer Linken weisend. »Wir sind an der Kaserne angekommen.«

»Oh, nein, nein, die Kaiserin wünscht Sie zu sehen«, erwiderte Dmitriew. »Ihre Mission ist nicht eher erfüllt, bis Sie Sophia Alexejewna in die Verantwortung Ihrer Kaiserlichen Majestät entlassen haben.« Er lächelte Sophie an. »Leider gestattet man mir noch nicht das unschätzbare Vergnügen, selbst für Sie die Verantwortung zu übernehmen.«

Er hat ein ziemlich kärgliches Lächeln, dachte Sophie, aber seine Bemerkung scheint eindeutig schmeichelhaft und herzlich gemeint zu sein. Er kann ja nichts dafür, daß er mit schmalen Lippen und diesen sehr blaßblauen Augen geboren wurde, entschied sie mit resoluter Gutmütigkeit. Man kann wirklich nicht sagen, er wäre kein einnehmende Erscheinung. So sprach sie sich selbst Mut zu, verdrängte das ängstliche Prickeln, das sie nicht identifizieren konnte, weil sie nicht herausfinden konnte, was es war, was sie an dem Prinzen so beunruhigte.

Dann blieb ihr keine Zeit mehr für Überlegungen jeglicher Art. Sie hatten einen Kai neben dem Fluß erreicht; ein riesiger Platz lag vor ihnen, und dahinter ragte der klassizistische Bau des Winterpalais mit seinem breiten Treppenaufgang an der Vorderseite auf. Diener und Stallburschen drängten sich plötzlich um sie, von denen einer nach Khans Zügeln griff.

»Nein«, sagte Sophie abrupt. »Boris Mikhailow wird sich

um ihn kümmern.« Sie schwang sich gerade in dem Moment behende aus dem Sattel des großen Kosakenpferdes, als Prinz Dmitriew Anstalten machte, ihr beim Absteigen behilflich zu sein. »Boris ist der einzige, der weiß, wie man mit ihm umgehen muß«, erklärte sie mit besorgtem Stirnrunzeln. »Würden Sie bitte dafür sorgen, daß diese Leute das verstehen, Prinz?«

Paul Dmitriew begegnete dem ruhigen Blick eines riesigen Mannes in grobem, selbstgesponnenem Tuch. »Kenne ich dich nicht von irgendwoher?« wollte er wissen.

Boris Mikhailow verbeugte sich tief, verbarg das Aufblitzen alarmierten Wiedererkennens in seinen Augen. Insgeheim hatte er die ganze Zeit sehnlichst gehofft, der Name »Dmitriew« wäre nur ein Zufall. Aber was würde es Sophia Alexejewna schon nützen, wenn er ihr eine alte Geschichte erzählte oder ihr etwas anvertraute, was hoffentlich ein unbegründetes Unbehagen war? »Ich habe Prinz Alexis Golitskow gedient, Herr«, erklärte er.

»Und seitdem hat er in meinen Diensten gestanden«, fügte Sophie hinzu. »Er und Tanja Feodorowna, die meine Amme gewesen ist, sind mir von meinem Großvater als Teil des Ehevertrags überschrieben worden.« Ihre Wangen röteten sich zart. »Aber dies ist nicht der richtige Zeitpunkt, um über solche Dinge zu sprechen. Ich bitte um Entschuldigung. Trotzdem... ich mache mir Sorgen um Khan.«

Das Pferd wird verschwinden müssen, dachte der Prinz nüchtern. Keine Dame konnte sich auf einem solchen Pferd sehen lassen, auch wenn es sich im Damensitz reiten ließe. Der Muschik und die Amme würden ebenfalls gehen müssen. Je weniger Sophie hatte, was sie an ihr früheres Leben erinnerte, desto leichter würde es für ihn sein, eine fügsame Ehefrau aus ihr zu machen. Aber dafür blieb noch genug Zeit, wenn er sie erst einmal unter seinem Dach und seiner Befehlsgewalt hatte.

»Zeig diesem Mann die Stallgebäude, wo er das Pferd unterbringen kann«, wies er einen der Stallburschen an. »Er und der Kutscher genießen die Gastfreundschaft der Kaiserin, du wirst also dafür sorgen, daß sie gut unterkommen. Und du...« Er winkte einen der Diener zu sich her. »Die Zofe der Prinzessin sitzt in der Kutsche. Laß sie in die Suite bringen, die für Prinzessin Sophia hergerichtet wurde.«

»Oh, vielen Dank.« Sophie lächelte zu ihm auf, vor Erleichterung und Dankbarkeit strahlend. »Ich wüßte gar nicht, wie ich mich um all diese Dinge selbst kümmern sollte.«

»Das erwartet wohl auch keiner von Ihnen, Prinzessin«, erklärte Adam mit einem leisen Unterton von Ungeduld in der Stimme. Mußte sie Dmitriew unbedingt wie ein Kind anschauen, dem man gerade eine Süßigkeit geschenkt hatte?

Sophie hörte die Ungeduld. Sie blickte Adam verwirrt und entrüstet an, doch er hatte sich schon wieder abgewandt und marschierte auf die breite Freitreppe zu.

»Kommen Sie«, sagte der Prinz. »Sie müssen der Kaiserin Ihre Aufwartung machen.«

»Sollte ich mich nicht zuerst umziehen und frisch machen?« fragte Sophie, ihre Hand auf den angebotenen Arm legend.

»Ihre Majestät hat Anweisung erteilt, Sie in der Minute Ihres Eintreffens unverzüglich zu ihr zu bringen«, erwiderte er, obwohl der Gedanke, der etwas heiklen Kaiserin diesen schlampigen Wildfang präsentieren zu müssen, nicht sehr angenehm war. Dann fiel ihm die Pistole wieder ein, und er schauderte bei der schrecklichen Vorstellung, daß er sie fast vergessen hätte. »Geben Sie Boris Mikhailow Ihre Pistole«, sagte er mit plötzlicher, drängender Schärfe. »Ihre Kaiserliche Majestät würde eine solche Waffe in Ihren Händen nicht billigen.«

Zehn Minuten später machte Sophia Alexejewna Golitskowa einen tiefen Hofknicks vor einer korpulenten Frau in einem losen Kaftan aus grauer Seide. Eine plumpe, weiße Hand streckte sich ihr zum Kuß entgegen, dann wurde Sophie erlaubt, sich wieder zu erheben. Zwei klare, ruhige Augen musterten sie mit freundlichem Interesse. Das Haar der Zarin war leicht gepudert und aus dem Gesicht zurückgekämmt, um eine breite, hohe Stirn zu betonen. Sie schenkte Sophie ein zahnloses Lächeln.

»Ich sehe, es macht Ihnen Freude, im Herrensitz zu reiten, Sophia Alexejewna. Es ist auch eines meiner größten Vergnügen. Allerdings ein Vergnügen, das mit einer gewissen Diskretion genossen werden sollte.«

Sophie blickte an ihrem Hosenrock hinunter. »Ich hätte mich gern umgezogen, Euer Majestät, aber...«

»Nein, nein.« Die Zarin tat ihren Einwand mit einer Handbewegung ab. »Ich wollte Sie nicht zurechtweisen, *ma chère*, sondern Ihnen nur einen gutgemeinten Rat offerieren. Aber Prinz Dmitriew wird in der Lage sein, Ihnen all die Ratschläge zu erteilen, die Sie möglicherweise in solchen Angelegenheiten brauchen, das weiß ich.« Sie lächelte dem Prinzen zu und wandte sich dann zu Graf Danilewski um.

»Wir schulden Ihnen unseren Dank, Adam. Ich hoffe doch, Sie haben Ihre Familie bei bester Gesundheit vorgefunden.« Sie zog ihn auf die Seite.

»Sophia Alexejewna.«

Sophie drehte sich um und fand sich einem großen, kräftigen, robusten Mann mit widerspenstigem schwarzem Haar gegenüber. Er hatte nur ein Auge, und dieses eine Auge strahlte sie mit feurigem Glanz an.

»Prinz Potemkin.« Er stellte sich selbst mit einem Lächeln vor, das blendend weiße Zähne in dem gebräunten Gesicht aufblitzen ließ. »Ich bin entzückt, Sie kennenzulernen.«

Sophie ertappte sich dabei, wie sie augenblicklich und unbewußt auf das Feuer in seinem Auge reagierte und ihre langen, geschwungenen Wimpern flattern ließ, als sie einen Knicks machte und eine höfliche Erwiderung murmelte.

Die Kaiserin betrachtete ihren einäugigen Löwen nachsichtig. Er hatte schon immer eine Vorliebe für die Jugend gezeigt, wenn es darum ging, seinen enormen sexuellen Appetit zu befriedigen, und er hatte keinerlei moralische Bedenken, was die Auswahl der Frauen betraf, mit denen er seinen Appetit zu stillen gedachte. Seine eigenen Nichten waren dem Verführer in Gestalt ihres Onkels alle bereitwillig genug erlegen, als sie die Pubertät erreicht hatten. Sophia Alexejewna war jedoch nicht dazu bestimmt, diesen Unterricht zu erhalten, so sanft und lustvoll er auch sein mochte.

»*Ma chère*, Sie und ich müssen eine kleine vertrauliche Unterredung führen«, sagte Katharina, während sie würdevoll auf eine Tür am Ende des Salons zuglitt. »Entschuldigen Sie uns bitte, meine Herren.«

In der ruhigen Abgeschiedenheit von Katharinas Schlafgemach wurde Sophie einer geschickten Prüfung unterzogen, die die Zarin davon überzeugte, daß die Prinzessin trotz ihrer ländlichen Erscheinung und der ungeschliffenen Manieren intelligent und sehr gebildet war und eine nüchterne Bereitschaft bewies, sich in das Schicksal zu fügen, das die Kaiserin für ihre Person gewählt hatte.

»Prinz Dmitriew ist ein Ehemann, der einer Golitskowa würdig ist«, sagte Katharina gegen Ende der Befragung. »Er ist in der Lage, Ihre Stellung bei Hofe zu sichern und Sie materiell mit allem zu versorgen, was Sie brauchen oder sich wünschen könnten. Er wird Ihnen darüber hinaus die Weisheit des reifen Alters bieten, *ma chère*, und die Erfahrung eines langjährigen Höflings. Sie werden einen solchen Ratgeber und Mentor brauchen, wenn Sie Ihren Platz in der Welt einnehmen, auf die Sie ein legales Anrecht haben. Sie konnten nicht für alle Zeiten in Berkholzskoje bleiben, und davon abgesehen haben Sie auch eine Verpflichtung Ihrem Familiennamen gegenüber.«

Sophie knickste schweigend. Die Äußerungen der Kaiserin ließen nichts anderes als Zustimmung zu.

»Sie müssen natürlich eine neue Garderobe haben«, erklärte die Zarin jetzt mit brüsker Entschiedenheit. »Ich habe gerade von Graf Danilewski erfahren, daß Ihr Großvater einen Ehevertrag aufgesetzt und Sie mit Geld für Kleider und andere notwendige Dinge ausgestattet hat. Allerdings...«, sie lächelte mit warmer Großzügigkeit, »...Ihre Verlobungs- und Hochzeitskleider werden ein Geschenk von mir sein, *ma chère Sophia.*«

Sophie brachte es fertig, die erwarteten Dinge zu sagen und ihre Dankbarkeit über diese höchst charakteristische Großzügigkeit auszudrücken, die darauf hinwies, daß die Kaiserin persönlich in diese Sache verstrickt war. Sophie überkam allmählich das Gefühl, als würde sie von einer Flutwelle davongetragen. Sie konnte nichts tun, um die Geschwindigkeit oder die Richtung ihrer Fahrt zu ändern, konnte nur abwarten, bis die Welle an irgendeinem ruhigen Strand ausrollte. Erst dann wäre sie in der Lage, sich wieder über ihr Leben klarzuwerden und es selbst in die Hand zu nehmen.

Das Gefühl verstärkte sich noch im Laufe der nächsten Wochen. Die Kompliziertheit der höfischen Etikette erstaunte Sophie anfänglich, dann verwirrte sie sie, aber die Grand Mistress, Gräfin Shuwalowa, kümmerte sich persönlich um ihre Erziehung und Unterweisung, so daß es Sophie bald vorkam, als könnte sie keinen Schritt mehr tun ohne die Zustimmung der Ersten Hofdame.

Adam sah sie kaum. Er war gelegentlich bei einer der offiziellen Veranstaltungen des Hofes anwesend und tanzte dann ein- oder zweimal mit ihr. Doch er behandelte Sophie stets mit steifer, höflicher Förmlichkeit. Denn sie sollte nicht wissen, daß er ihre Verwirrung bemerkte, spürte, wie irritiert und unsicher sie war und daß er sich schmerzlich nach ihr sehnte, während man sie mit unnachgiebiger Härte in etwas zu pressen versuchte, was den Anschein der korrekten Form hatte. Es gab Zeiten, da wäre er am liebsten aufgesprungen und hätte laut protestiert gegen das, was sie dieser aufrechten, mutigen ungezähmten Kosakenfrau anzutun versuchten; dann bemerkte er jedoch ein Funkeln in ihren dunklen Augen, ein plötzliches Sich-Versteifen ihres schlanken, biegsamen Körpers, ein energisches Vorschieben ihres Kinns, und er wußte, daß sie mit ihren Maßnahmen keinen Erfolg bei ihr haben würden.

Sophie ergab sich mit scheinbarer Bereitwilligkeit in die Verwandlung, die von ihr gefordert wurde, aber im Kern ihres Wesens blieb sie unverändert. Irgendwann würde der strahlend helle Glanz ihrer Neuheit verblaßt sein, und dann könnte sie wieder sie selbst sein; und sie beschloß, geduldig auszuharren, bis es soweit war. In der Zwischenzeit machte ihr Prinz Dmitriew gewissenhaft den Hof, war immer charmant, höflich und sorgsam darauf bedacht, jeden ihrer Wünsche zu erfüllen. Ein solcher Ehemann war keine erschreckende Zukunftsaussicht, wie Sophie zugeben mußte, wenn man bedachte, daß sie nicht die geringste Chance hatte, sich ihren Ehemann selbst auszusuchen.

Diese Möglichkeit schien *kein* Mädchen aus angesehener, vermögender Familie zu haben, wie Sophie aus ihren Gesprächen mit den Mädchen und jungen verheirateten Frauen am Hof bald erfuhr. Wenn ihr Blick häufig durch den Raum schweifte auf der Suche nach den tiefliegenden grauen Augen und der großen, schlanken, aristokratischen Gestalt von Graf Adam Danilewski, dann nur deshalb, weil sie seine Anwesenheit im selben Zimmer als tröstlich empfand. Er war schließlich ihr Freund gewesen, die einzige Verbindung mit ihrem früheren Leben.

Ende Juni fand die Verlobung zwischen Sophia Alexejewna Golitskowa und General Prinz Paul Dmitriew statt. Die Zarin persönlich steckte im Beisein des gesamten Hofes dem verlobten Paar die Ringe an den Finger, die der Erzbischof geweiht hatte, und das Dinner und der Ball, die auf die Zeremonie folgten, dauerten bis in die frühen Morgenstunden.

Sophie litt auch weiterhin an dem Gefühl, von einer Flutwelle davongetragen zu werden, wartete jetzt ungeduldig auf die Hochzeit, die sie aus ihrer Suite bei Hofe in die Freiheit ihres eigenen Hauses entlassen würde. Sobald die Hochzeit und die kurze Zeit der Flitterwochen vorbei wären, wollte sie ihren Ehemann – »Ehemann«, es war immer noch eine seltsame Vorstellung –, würde sie Prinz Dmitriew um Erlaubnis bitten, ihren Großvater besuchen zu dürfen, bevor der Winter einbrach und eine Reise unmöglich machte. Er würde ihr den Wunsch nicht abschlagen, davon war sie überzeugt. Prinz Dmitriew bewies ihr soviel Rücksichtnahme, fast als hegte er tiefere Empfindungen für sie als die üblichen Gefühle, die ein Mann für eine passende Braut hatte.

Während Sophie alle ihre Gedanken auf diesen Plan konzentrierte, tat sie folgsam, was man von ihr verlangte, lächelte stets liebenswürdig, wenn sie in Gesellschaft war, gab Platitüden von sich und wartete sehnlichst darauf, daß die Gefangenschaft ihrer Seele endlich ein Ende hatte.

Drei Wochen nach der Verlobung war Adam Danilewski, und mit ihm die gesamte Gesellschaft von St. Petersburg, in der Kathedrale von Kasan anwesend, als die große, schlanke Gestalt – kostbar gekleidet in ein zeremonielles Brautkleid aus schwerem, elfenbeinfarbenem Brokat, mit silbernen Rosenknospen bestickt und mit Silberspitze verziert – die Ehefrau von Prinz Dmitriew wurde. Sophies üppige, dunkelbraune Locken waren gepudert worden, und sie trug das prachtvolle Diamantdiadem der Dmitriews. Es ist, als wäre die lebenslustige, dynamische junge Frau, die Kosakenpferde im Herrensitz geritten und tollwütige Wölfe erschossen hatte und mit beklagenswerter Häufigkeit in Wutanfälle ausbrach, wie vom Erdboden verschluckt, dachte Adam in verwirrtem Bedauern, Ärger und einem fast unerträglichen Gefühl des Verlusts.

Sein Blick schweifte zu dem Bräutigam hinüber. Prinz Dmitriew, ebenfalls in eine kostbare zeremonielle Robe gekleidet, gestattete sich nur gerade eine Andeutung von Befriedigung in seiner Miene, als Prinz Potemkin die traditionellen Kronen über die Häupter des Paares hielt. Adam fühlte plötzlichen Ekel in sich aufwallen. Mit welchem Recht würde dieser gefühllose Soldat, dieser strenge, unerbittliche Zuchtmeister, der bereits drei Ehefrauen begraben hatte, diesen frischen, schmiegsamen Körper in seinem Bett genießen? Welches Recht hatte dieser kalte, herzlose Mann, Sophies aufgeweckten, wißbegierigen Verstand und lebhaften Geist all die Jahre hindurch zum Partner zu haben? Während er, Adam Danilewski, Witwer einer betrügerischen Schlampe, sich mit den einsamen Jahren abfinden mußte, daß er niemals wieder einer Frau genügend vertrauen konnte, um mehr als einen kurzen Moment wollüstiger, notwendiger Erleichterung mit ihr zu teilen.

Sophie schien ihren Körper nicht mehr zu bewohnen, schien sich selbst statt dessen von irgendeinem Punkt oberhalb zu beobachten, während sie die rituellen Bewegungen machte, die rituellen Antworten gab. Der schwere, süßliche Geruch von Weihrauch, die flackernden Kerzen vor den kostbaren Ikonen, die Stimmen, die sich zu mystischen Gesängen erhoben, all das trug zu dem Gefühl der Unwirklichkeit bei in dieser mit Blattgold überzogenen Welt, wo alles aus rätselhafter, unterwürfiger Ehrfurcht bestand.

Das Gefühl der Unwirklichkeit hielt auch während der Kutschfahrt zum Palast der Dmitriews an, wo der Hochzeitsempfang stattfinden sollte – mit all der üppigen Gastlichkeit, die sich für einen Bräutigam vom Format und Reichtum eines Prinzen gehörte, dessen eigenes Vermögen sich gerade um das mehr als beträchtliche Erbe seiner jungen Braut vergrößert hatte.

Die Zarin betrachtete milde lächelnd das Paar, das in der Mitte der langen Festtafel unter einem vergoldeten Baldachin saß. Sie klopfte vergnügt mit der Fußspitze auf den Boden und strahlte vor Zufriedenheit, als Braut und Bräutigam den Ball eröffneten. Prinzessin Dmitriewa machte der sorgfältigen und wohlwollenden Planung Ihrer Kaiserlichen Majestät alle Ehre. Ihre Einführung in den kaiserlichen Zirkel bedeutete die gesellschaftliche Rehabilitierung der Golitskows, und Katharina hatte das sichere Gefühl, daß, falls jene Tragödie vor so vielen Jahren irgendeinen Beigeschmack von Ungerechtigkeit gehabt hatte, dies jetzt wiedergutgemacht war.

Um zehn Uhr erhob sich die Kaiserin, immer noch lächelnd, um zu verkünden, daß es jetzt Zeit sei, Braut und Bräutigam zu Bett zu bringen – eine Zeremonie, die sie persönlich zu leiten gedachte. Es war eine große Ehre, doch Sophie war sich der Auszeichnung nicht bewußt, als sie mit einem plötzlichen Ruck aus ihrer Trance erwachte. Ihre Umgebung, die sie bisher nur wie durch einen Schleier wahrgenommen hatte, gewann wieder an Schärfe. Die blaßblauen Augen ihres Ehemannes ruhten auf ihrem Gesicht, und sie zeigten einen Ausdruck, den sie bisher noch nie gesehen hatte. Der Glanz erwartungsvoller Selbstgefälligkeit, der unmißverständliche Blick eines Mannes, der im Begriff ist, eine lange geplante, langersehnte Rache in die Tat umzusetzen, schokkierte Sophie mit der Gewalt eines elektrischen Stromschlags. Es war der Blick des Wolfes, bereit zum Sprung.

Sophies Blick schweifte in plötzlicher Panik durch den Raum; all die lächelnden Gesichter, die flackernden Kerzenflammen, die geschnitzten, vergoldeten Dekorationen des Ballsaals schienen zu einem undurchdringlichen Wirrwarr miteinander zu verschmelzen. Dann begegnete sie dem ruhigen Blick Adam Danilewskis. Sein Gesicht war wie versteinert, seine Augen völlig ausdruckslos, sein schöner, sinnlicher Mund ließ keinerlei Gefühlsregung erkennen. Blindlings und ohne über ihr Tun nachzudenken, tat Sophie einen Schritt auf ihn zu. Er wandte sich brüsk ab, bahnte sich einen Weg durch die heiter plappernde, lachende Menschenmenge und stürmte aus dem Haus.

»Kommen Sie, *ma chère Sophia.*« Die Hand der Kaiserin berührte sie leicht am Ellenbogen. »Ihr Bräutigam wartet schon voller Ungeduld.« Sie schenkte dabei dem Bräutigam ein verschwörerisches Lächeln – das Lächeln einer Frau, die die Vergnügungen des Schlafgemachs sehr wohl kannte.

Sophie fand sich von einer lachenden Menschenmenge umringt, die aufgeregt und heiter wie eine übergroße Schar Elstern durcheinanderschwatzte, während sie das Brautpaar zu den ehelichen Gemächern hinaufbegleitete. An der Tür zu seinem Schlafgemach zog sich Prinz Dmitriew in sein Ankleidezimmer zurück, um sich in Anwesenheit seiner Freunde und Trauzeugen umzuziehen. Sophie fand sich zusammen mit der Kaiserin, der Ersten Hofdame und einer Anzahl junger Frauen des Hofes, mit denen sie sich angefreundet hatte, in einem riesigen Schlafzimmer wieder – dekoriert mit smaragdgrüner Seide, erhellt von vielarmigen Kerzenleuchtern und beherrscht von einem breiten Himmelbett mit vier geschnitzten Säulen, das mit goldenen Samtvorhängen, einer goldfarbenen Seidensteppdecke und dem Wappen der Dmitriews oben am Baldachin geschmückt war. Dasselbe Wappen war auch auf die seidenen Kopfkissenbezüge gestickt.

Schon vor Wochen hatte man Sophie ihre privaten Räume gezeigt und sie gebeten, ihre Einrichtung und Dekoration ganz nach ihrem Geschmack auszusuchen. Aber dieses riesige, hallende, opulente Schlafgemach war nicht mit Rücksicht auf den Geschmack der Braut ausgestattet worden. Dies war das Schlafzimmer des Generals, und falls irgend etwas nötig war, um Sophie noch mehr einzuschüchtern, so konnte man es in diesem Zimmer finden.

Die Frauen halfen Sophie bei Entkleiden, streiften ihr das Nachthemd über, und die Zarin selbst nahm ihr das Diadem ab und zog die Haarnadeln aus den kunstvoll frisierten, gepuderten Locken. Dann wurde die Tür geöffnet; der Raum füllte sich mit Hochzeitsgästen beiderlei Geschlechts, die gekommen waren, um der Braut ihre Glück- und Segenswünsche zu entbieten. Und die ganze Zeit über wußte Sophie, daß alle Augen auf ihr ruhten, sie das Ziel jedes geflüsterten Kommentars war, ob nun anzüglich, mitfühlend, neugierig oder amüsiert, als sie in ihrem Nachthemd neben dem Bett stand.

Dank Tanja Feodorowna wußte Sophie im Prinzip, was sie in dieser Nacht erwartete, und war in dieser Hinsicht besser dran als manche andere Braut, obwohl Tanjas Erfahrungen nicht von einer Art gewesen waren, die ein Gefühl der Beruhigung vermittelten. Die Erinnerung an eine Nacht in einer Poststation an der Straße nach Kiew stieg mit schockierender Lebendigkeit in ihr auf – eine Nacht, in der sie über die Erfahrung nachgegrübelt hatte, die sie im Begriff war... zu genießen?... notgedrungen zu ertragen? In jener Nacht, als ihre Lippen noch von einem Kuß voller Leidenschaft gebrannt hatten, hatte sie sich diese bevorstehende Erfahrung nur als ein lustvolles Vergnügen ausgemalt. Doch jetzt...

Die schweren Decken auf dem Bett wurden zurückgeschlagen, und Sophie glitt unter dem Gelächter, Applaus und den Ermutigungen der Umstehenden zwischen die Laken. Wieder stieg das Bild des Wolfes vor ihrem inneren Auge auf und mit ihm das Gesicht Adam Danilewskis. Schon einmal hatte sie diese Phantasievorstellung gehabt, als die beiden Bilder miteinander verschmolzen und sie nicht gewußt hatte, warum. Jetzt wußte sie, daß es nicht Adam war, der sie an das gefährliche Tier erinnerte. Sie lag in dem riesigen Bett, bewacht wie das Lamm, das den Wolf anziehen sollte, und die Gesichter um sie herum verschwammen erneut.

Draußen vom Korridor ertönte Lärm; gleich darauf schwang die Tür auf, um den Bräutigam und sein Gefolge einzulassen. Sein Blick ruhte eine Sekunde lang auf dem Bett und seiner Insassin, und wieder flackerte dieses selbstgefällige Lächeln in seinen Augen auf. Dann wandte er sich jovial lachend ab, um auf das scherzhafte Geplänkel der Hochzeitsgäste zu antworten, während er sie aus dem Zimmer schob.

Sie waren allein. Prinz Dmitriew schloß die schweren Doppeltüren und drehte sich dann langsam zum Bett um. Eine unerträgliche Stille herrschte im Raum, als hielte die Welt den Atem an. Ihr Ehemann löste den Gürtel seines Schlafrocks und trat ans Bett, der Ausdruck seiner blassen Augen kalt und abschätzend.

»Was für eine herbe Enttäuschung, daß du nicht die Schönheit deiner Mutter geerbt hast«, sagte er. »Es ist schwer zu glauben, daß du Sophia Iwanowas Tochter bist.«

# 6. Kapitel

Die Stille in dem hohen Speisezimmer war bedrückend – Teil der Beklommenheit und Ungemütlichkeit, die den gesamten Palast wie ein schwerer Umhang einzuhüllen schien. Sophie saß auf ihrem Platz an dem massiven, kunstvoll geschnitzten Mahagonitisch, einen Bediensteten hinter sich. Es waren drei Gedecke aufgelegt, und hinter jedem Stuhl stand ein livrierter Diener. Der Butler, eine Serviette über den Arm drapiert, wartete unbeweglich und voll gespannter Aufmerksamkeit an der Tür, und sein Blick wanderte ängstlich vom Tisch zu den Dienern und dann weiter zu der Uhr, auf deren Ziffernblatt sich der Minutenzeiger gerade der vollen Stunde näherte.

Punkt zwei Uhr war das scharfe Klicken von Stiefelabsätzen auf dem gefliesten Fußboden der Eingangshalle zu hören. Sophies Magen verkrampfte sich unwillkürlich in einer inzwischen schon vertrauten Reaktion auf das Erscheinen ihres Ehemannes.

Prinz Paul Dmitriew eilte ins Speisezimmer. Sorgfältig prüfend ließ er seinen Blick durch den Raum schweifen. Der Butler begann zu zittern. Es schien jedoch, als fände der Prinz nichts zu beanstanden. Er ging zu seinem Platz am Kopfende des Tisches.

»Guten Tag, Sophia.« Er ließ sich auf dem geschnitzten Lehnstuhl nieder, den der Diener für ihn zurechtrückte. Dann breitete dieser eine schwere, cremefarbene Leinenserviette auf dem Schoß seines Herrn aus.

»Guten Tag, Paul.«

Manchmal glaubte Sophie, sie verlöre langsam, aber sicher die Fähigkeit zu sprechen; in letzter Zeit sprach sie mit so wenigen Menschen, während sie im stickigen Halbdunkel dieses Stadtpalastes vor Hitze beinahe umkam. Sämtliche Mitglieder der St. Petersburger Gesellschaft waren in ihre Sommerpaläste am Finnischen Meerbusen gefahren – bis auf die Dmitriews. Der Prinz hatte erklärt, er zöge es vor, den Sommer über allein mit seiner jungen Frau zu sein. Die Zeit, die er mit ihr verbrachte, war jedoch auf die Stunde am Dinnertisch beschränkt und auf seine nächtlichen Besuche in ihrem Schlafzimmer, wo er sich mit der Gewissenhaftigkeit, die er auf alle notwendigen Aktivitäten verwandte, ob sie nun vergnüglich waren oder nicht, an die Aufgabe machte, seinen Erben zu zeugen.

»Ich dachte, Graf Danilewski wollte uns beim Essen Gesellschaft leisten«, sagte Sophie und nahm einen winzigen Schluck Wein, während sie innerlich flehte, er würde in ihrer Stimme nicht die mächtige, düstere Welle der Enttäuschung hören, die sie überrollte; bis jetzt war der Adjutant nicht erschienen.

»Ich nehme an, er wurde aufgehalten«, erwiderte Paul gleichmütig. »Heute vormittag gab es einige wichtige Regimentsangelegenheiten zu erledigen.«

»Ich verstehe.« Wieder breitete sich Schweigen aus, nur unterbrochen vom Summen einer Fliege, dem gedämpften Flüstern eines Dieners, der im Zimmer umherging, dem leisen Klappern von Silberbestecken auf Porzellan, dem sanften Plätschern von Wein, der in Gläser eingeschenkt wurde.

Paul beobachtete seine junge Frau mit heimlicher Befriedigung. Die letzten beiden Monate hatten eine erstaunliche Verwandlung bewirkt. Jetzt begegnete sie ihm nicht mehr mit diesem stolzen, leuchtenden Blick furchtloser Offenheit, sie schritt auch nicht mehr mit rastloser Energie und Dynamik durch das Haus. Die Zeiten waren vorbei. Endgültig. Jetzt bewegte sie sich langsam, fast unsicher, hielt sich eher im Dunkel, die Augen gesenkt. Sie sprach zögernd und mit gedämpfter Stimme und auch nur dann, wenn es ihm gefiel, eine Bemerkung an sie zu richten, oder wenn sie ihn um irgendeinen kleinen Gefallen bat, den der General im allgemeinen verweigerte. Nur ganz selten überraschte er sie damit, ihre Bitte zu erfüllen.

Es war nicht so schwierig gewesen, ihr diese Sanftmut beizubringen, wie er befürchtet hatte, obwohl er bei Sophie länger gebraucht hatte als bei seinen früheren Ehefrauen. Aber schließlich waren sie auch nach einem konventionelleren Schema erzogen worden, und zu dem Zeitpunkt, als er sie geheiratet hatte, waren sie schon halb gebrochen gewesen.

Bei Anna Kyrilowna habe ich allerdings nicht so großen Erfolg gehabt, dachte der Prinz, während er den Stiel seines Weinglases zwischen den Fingern hin und her drehte. Sie war einfach unmöglich geworden mit ihren endlosen Tränen, ihren stummen Vorwürfen. Am Ende war ihm nichts anderes übriggeblieben, als sie in die Abgeschiedenheit eines Klosters zu schicken. Natürlich – wäre sie nicht unfruchtbar gewesen, hätte er sich vielleicht dazu durchgerungen, sie zu ertragen.

Wieder blickte er Sophia Alexejewna an. Er nahm nicht an, daß diese hier einen Nervenzusammenbruch erleiden würde, obwohl sie ihre frühere Überschwenglichkeit verloren hatte, das Selbstvertrauen eines Menschen, der sich sicher und geborgen fühlt in seiner Welt. Wenn die Gesellschaft in ein oder zwei Wochen wieder in die Hauptstadt zurückkehren würde, konnte er ihr ohne Bedenken erlauben, gelegentlich bei Hofe zu erscheinen, hin und wieder an der üblichen gesellschaftlichen Besuchsrunde teilzunehmen. Seine Erziehung war jetzt genügend gesichert, um einer Bloßstellung vor der Außenwelt standzuhalten.

Das Geräusch von Stimmen aus der Halle beendete die lastende Stille des Speisezimmers. Sophie hielt ihren Blick weiter auf den Teller gesenkt, selbst als ihr Herz einen freudigen Hüpfer tat und ihre Finger zu zittern begannen.

»Bitte um Verzeihung, Herr General.« Graf Danilewski erschien in der Tür. Er salutierte vor seinem Oberbefehlshaber, dann verbeugte er sich vor Sophie. »Prinzessin, entschuldigen Sie bitte meine Verspätung. Ich mußte noch auf die Ankunft einer Depesche aus Moskau warten.«

»Sie brauchen sich nicht zu entschuldigen, Graf«, erwiderte Sophie und hob die Augen, um ihn zum ersten Mal, seit er in den Raum gekommen war, anzusehen. Ihr Gesicht war ausdruckslos, ihr Lächeln nur der Form halber. »Bitte leisten Sie uns doch Gesellschaft.« Sie wies auf den dritten Platz.

Adam setzte sich. Er wußte, welche Anstrengung es Sophie kostete, diese kühle Gleichgültigkeit beizubehalten, weil er selbst den gleichen Preis bezahlte. Aber falls Dmitriew auch nur die leiseste Ahnung von den kraftvollen Strömen bekommen sollte, die zwischen seiner Frau und seinem Adjutanten flossen, würden die Folgen für Sophie katastrophal sein.

Sie war wieder in unterwürfiges Schweigen verfallen, während der General seinen Adjutanten über Angelegenheiten ausfragte, von denen der Ehemann nicht erwartete, daß sie seine Frau interessierten. Aber Adam war sich durchaus bewußt, daß sich hinter der lammfrommen Haltung, den gesenkten Augen, der stummen Respektsbezeugung ein Vulkan von Zorn und Rebellion verbarg. Was nötig sein würde, um diesen Vulkan ausbrechen zu lassen, wußte Adam nicht.

Sophie wußte es auch nicht. Sie wußte nur, daß Protest, Klagen und sogar Tränen nur wieder kalte Vergeltungsmaßnahmen nach sich ziehen würden. Als Paul ihr in der zweiten Woche ihrer Ehe erklärt hatte, er würde Tanja Feodorowna auf eines seiner Landgüter schicken, angeblich, weil sie nicht genügend ausgebildet war, um Kammerzofe einer Prinzessin zu sein, war Sophie vor Wut explodiert, hatte heftig protestiert, daß er kein Recht besäße, über ihre Leibeigenen zu entscheiden. Er hatte ihr ihre Machtlosigkeit demonstriert, indem er ihr bewies, daß ein Ehemann sich durchaus jedes Recht nehmen konnte, ganz wie es ihm gefiel. Tanja Feodorowna war über Nacht verschwunden und von einer mürrischen, schweigsamen Frau ersetzt worden, die ihre Herrin mit scharfen kleinen Augen beobachtete, mit gespitzten Ohren auf sämtliche Gespräche lauschte und die – davon war Sophie überzeugt – dem Prinzen über das Benehmen ihrer Herrin in allen Einzelheiten Bericht erstattete.

Sophie hatte vor Zorn geweint, als ihre Proteste nur auf undurchdringliche Mauern herzloser Gleichgültigkeit stießen, und der Prinz hatte nach dem Arzt geschickt. Sie hatten ihr gewaltsam Laudanum eingeflößt, wegen des »nervösen Reizzustandes ihrer Nerven«, und eine Woche lang war sie unter Beruhigungsmitteln gehalten worden und hatte in einem Zustand der Betäubung vor sich hindämmern müssen.

Sophie hatte ihre Lektion gelernt und spielte jetzt die Rolle der Demütigen, während sie wartete. Im Augenblick – praktisch eine Gefangene in diesem düsteren Palast im Herzen der ausgestorbenen Stadt – hatte sie keine andere Wahl als auszuharren. Aber irgendwann würde diese erzwungene Abgeschiedenheit ein Ende haben. Wenn der Hof vom Sommeraufenthalt auf dem Lande zurückkehrte, konnte ihr Ehemann sie nicht länger von menschlichen Kontakten fernhalten. Bis dahin würde sie fortfahren, ihren Lebenshunger immer dann zu stillen, wenn sie in Adam Danilewskis Nähe war.

Auch wenn sie es nicht wagte, ihn anzusehen, auch wenn nicht ein Wort zwischen ihnen fiel, das über die üblichen Förmlichkeiten hinausging, war sie von seiner Kraft und seiner Zuneigung erfüllt.

So war es schon seit dem ersten Mal gewesen, als er dieses Haus betreten hatte, um sie als die Ehefrau seines Generals zu begrüßen. Ein einziger, alles umfassender Blick hatte genügt, um Adam jedes Detail des unvorhergesehenen Martyriums zu enthüllen, das Sophie so furchtsam gemacht hatte, so desillusioniert und entmutigt, daß sie manchmal völlig verzweifelte – während sie nach einem Anzeichen forschte, daß die augenblickliche Realität nur ein zeitweiliger Zustand war, daß es irgendeine Möglichkeit des Entrinnens gab, der Erleichterung, der Veränderung. Das völlig unerwartete Benehmen ihres Ehemannes, die erschreckende Wandlung seiner Persönlichkeit, nachdem er Sophie erst einmal sicher unter seinem Dach hatte, hatte ihre Selbstsicherheit, ihre Fassung wirksamer zerstört als die subtile Grausamkeit selbst.

Was Sophie nicht wußte, war, daß Adam sich als schuldig betrachtete, weil er es unterlassen hatte, sie auf den grausamen Charakter des Generals vorzubereiten. Während sie blindlings in einem Morast von Verwirrung und Frustration um sich schlug, nach einem Grund suchte, warum ihr Mann sich nicht die Person zur Ehefrau wünschen sollte, die sie nun einmal war, verzehrte Adam sich vor Mitgefühl, spürte den überwältigenden Drang, ihr zu helfen und sie zu unterstützen.

Jedesmal, wenn sie in seiner Gesellschaft war, fühlte Sophie die Macht seines Bedürfnisses und schöpfte daraus die Kraft, um durchzuhalten, ihren Zorn unter der geforderten Unterwürfigkeit zu verbergen, den Drang zu rebellieren unter Kontrolle zu halten. Solange ihr Ehemann im Glauben war, er hätte die Oberhand, und solange sie wußte, daß er sie nicht hatte, war sie ungebrochen. Irgendwie wußte sie, daß Adam dies begriff und sie durch seine Willenskraft dazu zu bringen versuchte, stark zu bleiben.

Prinz Paul hielt es nicht für nötig, seinen Adjutanten in das

Verbot gesellschaftlichen Umgangs mit einzuschließen, das für die Erziehung und Unterwerfung seiner Frau unumgänglich war. Der Oberst war nur ein Soldat, ein langjähriges Mitglied seines Regiments, dessen Dienstpflichten häufige Besuche im Palast der Dmitriews notwendig machten. Wenn der Graf Prinzessin Dmitriewa zufällig bei einem seiner Dienstbesuche antraf, war es dem General ziemlich gleichgültig. Diese Besuche hatten nichts Gesellschaftliches, und selbst wenn sie zusammen speisten, so wie jetzt, war es einfach eine Gelegenheit, um Regimentsangelegenheiten zu diskutieren. Die Prinzessin war von alldem ausgeschlossen. Der Prinz wußte nicht, daß Sophie – die so stumm und unbeachtet auf ihrem Platz saß – sich in diesem Moment lebendiger fühlte als jemals sonst. Er wußte auch nicht, daß der Graf sich jeder ihrer Bewegungen bewußt war, so unmerklich sie auch sein mochten, sich jedes Atemzugs bewußt war, den sie tat.

Die Mahlzeit näherte sich ihrem Ende. Einem alten russischen Brauch folgend, knickste Sophie vor ihrem Ehemann als dem Oberhaupt der Familie und dankte ihm für ihr Essen. Es war nur ein weiteres Beispiel des Protokolls, von dem der General förmlich besessen war. Jeder Aspekt des Lebens im Haushalt der Dmitriews wurde vom Protokoll geregelt. Ein Nichtbefolgen dieser Regeln brachte augenblickliche Bestrafung ein, und kaum ein Tag verging ohne schrille Schreie aus dem Hof hinter dem Palast, wo ein Leibeigener seine Strafe unter dem Stock oder der Peitsche zu spüren bekam.

Sophie hatte mit der Zeit gelernt, ihre Ohren vor den hilflosen Schreien zu verschließen. Sie hatte nicht die Macht, dagegen einzuschreiten, wie alle Bediensteten wußten. Der Haushalt lief ohne ihre Beaufsichtigung, in einer Atmosphäre voller Angst und Mißtrauen. Es war eine Atmosphäre, die General Prinz Paul Dmitriew auf Schritt und Tritt begleitete.

Jetzt nickte er mit dem Anschein der Anerkennung, als seine Frau das Ritual pflichtgemäß befolgte. Sophie fühlte sich ermutigt und fragte ihn – obwohl sie nicht viel Hoffnung auf Erfolg hatte –, ob sie am Nachmittag ausreiten dürfte.

Der Prinz runzelte unwillig die Stirn, sprach jedoch mit scheinbarer Besorgtheit. »Ich möchte nicht, daß du irgendwelche Risiken eingehst, meine Liebe. Es ist viel zu heiß heute, und ich fürchte, du wirst Kopfschmerzen bekommen. Nein, du mußt im Schatten ruhen.«

Sophie wußte, warum sie keine Risiken eingehen sollte. Ihr Ehemann lebte in der ständigen Hoffnung, sie hätte empfangen. Bisher war es jedoch noch nicht dazu gekommen, und dies bedeutete verstärkte Einschränkungen ihrer körperlichen Aktivitäten; unausgesprochen in diesen Beschränkungen lag die paradoxe Botschaft, daß er ihr mehr Freiheit zugestehen würde, sobald sie schwanger war. Als hätte ich über diese Sache auch nur die geringste Kontrolle, dachte Sophie bitter. Ihr Ehemann erfüllte ganz sicher seine Pflicht, und wenn passive Unterwerfung alles war, was der weibliche Teil in dieser Hinsicht zu tun hatte, dann erfüllte auch Sophie ihre Aufgabe.

Sie war in letzter Zeit zu sehr an Enttäuschungen gewöhnt und zu geschickt im Verbergen ihrer Gefühle geworden, um ihrem Mann die Befriedigung zu gönnen, ein verräterisches Aufflackern von Ärger auf ihrem ausdruckslosen Gesicht zu sehen. »Ich bin sicher, du weißt es am besten, Paul.« Ihr Tonfall war so neutral wie ihre Miene. »Wenn Sie mich jetzt bitte entschuldigen... Graf.« Noch ein kleiner Knicks in die vage Richtung des Grafen, und sie verließ das Speisezimmer.

Als Sophie an ihm vorbeieilte, spürte Adam ihren Duft, fühlte die pulsierende Wärme ihres Körpers, und der Drang, sie in die Arme zu nehmen, war so mächtig, daß es ihn regelrecht verblüffte. Aber er war hilflos – ebensowenig wie er

Sophie ihr Los erleichtern konnte, außer mit seinem Verständnis und seiner stummen Unterstützung – konnte er sein Bedürfnis stillen, sie an sich zu pressen, wieder diese weichen Lippen zu fühlen, die sich so süß unter seinen geöffnet hatten. Sie war die Ehefrau eines anderen Mannes, und er würde keinem anderen antun, was man ihm angetan hatte, sosehr er den anderen auch verabscheute. Manchmal dachte er, wenn er es vermeiden könnte, Sophie zu sehen, würde er es tun, aber er wußte, auch wenn er ihr nicht praktisch helfen konnte, so mußte er einfach wissen, was mit ihr geschah.

Dmitriew fügte Sophie keine rohen körperlichen Verletzungen zu, außer insofern, als die aufgezwungene Passivität, das Eingesperrtsein innerhalb des Hauses, einen so aktiven Menschen, der die Freiheit der Steppe zu seinem Glück und Seelenfrieden gebraucht hatte, einfach verletzen *mußte*. Nein, die Verletzungen zielten auf Sophies Psyche, bewirkten langsam, aber sicher eine subtile Zerstörung der Person, die sie einmal gewesen war, eine Zerschlagung ihrer seelischen Einheit, so daß sie aufhören würde, an sich selbst zu glauben.

Adam hatte seinen General ähnliche Taktiken bei seinem Regiment anwenden sehen, wenn er ein unangepaßtes Individuum identifizierte, einen Soldaten, der nicht in sein Schema paßte. Der arme Kerl wurde gedemütigt, verhöhnt, der Dinge beraubt, die ihm etwas bedeuteten, und dessen, was er als seinen Platz in der Welt betrachtete. Wenn man ihm all jene selbstbestimmenden Faktoren genommen hatte, wenn er seine ganze Selbstachtung verloren hatte, dann konnte er wie ein Holzspund zurechtgestaucht werden, um in das Lochbrett des Generals zu passen.

Adam wußte, er mußte unter allen Umständen verhindern, daß Sophie das gleiche angetan wurde, und er fühlte, daß sie Kraft aus seiner Gegenwart schöpfte, obwohl sie meistens kaum mehr als zwei Worte miteinander wechselten. Deshalb fuhr er fort, sich der Qual ihrer Nähe auszusetzen, der entsetzlichen Frustration, die das Gefühl der Hilflosigkeit und des Entzugs in ihm auslöste. Sobald der Hof wieder nach St. Petersburg zurückgekehrt war, würde Dmitriew die Fesseln etwas lockern müssen. Man würde von Sophie erwarten, daß sie ihren Platz in der Gesellschaft einnahm, und ihr Nichterscheinen würde kritische Bemerkungen auslösen.

Wenn sie bis dahin durchhalten, diese diabolischen Flitterwochen überleben konnte, würden ihre Lebensumstände etwas leichter werden – und er, Adam, könnte seinem Selbstmartyrium ein Ende bereiten, um einen Posten außerhalb von St. Petersburg bitten, wieder zu seinem alten, durch Desillusion abgehärteten Selbst zurückfinden, sich wieder hinter seinem Schutzpanzer verkriechen, wieder ein Ganzes werden. All das redete Adam sich ein und bemühte sich angestrengt, daran zu glauben, während er Sophie beobachtete und zu erraten versuchte, wie nahe sie daran war, endgültig zu zerbrechen und aufzugeben.

»Ich werde in die Kaserne gehen und mich selbst um diese Angelegenheit kümmern«, sagte der Prinz jetzt, ohne etwas von der Gedankenverlorenheit seines Adjutanten zu bemerken. »In die Depesche muß sich eindeutig ein Fehler eingeschlichen haben.« Er marschierte in die Halle, rief nach seinem Degen, Hut und Stock. »Würden Sie, Herr Oberst, bitte die Kopien der Depeschen durchgehen, die letzten Monat nach Moskau geschickt wurden? Sie finden sie in dem Schreibtisch in meinem Arbeitszimmer. Ich muß sicherstellen, daß der Fehler nicht bei uns entstanden ist.«

Adam fragte sich, ob er richtig gehört hatte. Der General wollte ihn mit Sophia Alexejewna allein im Haus zurücklassen! Allerdings hielt Dmitriew seinen Oberst für einen erbitterten Weiberfeind und obendrein natürlich für einen loyalen Offizier des Kaiserlichen Garderegiments, dessen einziges

Interesse Regimentsangelegenheiten sein konnten – mit einem Wort: für jemanden, dem man ohne Bedenken erlauben durfte, mit einer geduckten Ehefrau unter einem Dach zu sein.

»Zu Befehl, Herr General.« Adam salutierte zackig und wartete, bis sein Vorgesetzter das Haus verlassen hatte, bevor er sich zu der Treppe umwandte, die zu Dmitriews Arbeitszimmer im zweiten Stock führte.

Die Tür zu einem kleinen Wohnzimmer stand offen, schien seine suchenden Augen aufzufordern, einen Blick hineinzuwerfen.

Sophie stand am Fenster und schaute hinaus, ihre Haltung so niedergedrückt und trostlos wie die eines Vogels im Käfig. Adam betrat zögernd den Raum, er konnte sich selbst einfach nicht daran hindern.

Sophie hätte nicht sagen können, woher sie wußte, daß es Adam war, doch sie brauchte sich nicht umzudrehen, um ihren Freund und Gefährten zu erkennen. »Ich sterbe«, sagte sie verzweifelt. »Langsam, aber sicher, Minute für Minute...«

»Laß diesen gefühlsseligen Unsinn!« Der gedämpfte Klang seiner Stimme lenkte nicht von der Heftigkeit seines Tonfalls ab. »Was würde dein Großvater sagen, wenn er dich einen solchen miesmacherischen Blödsinn daherreden hörte?«

»Dann werde ich ihn umbringen«, erwiderte sie schlicht. »Das Problem ist nur, daß er mir meine Pistole weggenommen hat.« Sie ließ wieder mutlos die Schultern sinken. »Ich kann Messer nicht ausstehen. Das habe ich noch nie gekonnt.«

Adam trat mit zwei großen Schritten auf sie zu. Er packte sie bei den Schultern und drehte sie zu sich herum. Sie zu berühren, nachdem er sich so viele Wochen eine Zurückhaltung ihr gegenüber auferlegt hatte, die fast über seine Kräfte ging, war, als hielte er den Heiligen Gral in seinen Händen. Ihr ovales Gesicht – jetzt nicht mehr von gesunder Frische, sondern blaß und abgezehrt – war zu ihm emporgewandt, ihre dunklen Augen schienen größer als je zuvor, doch als er in sie blickte, schimmerte eine Andeutung des früheren Leuchtens in ihren Tiefen. Ihre Lippen öffneten sich. Vor Überraschung oder in schweigender Einladung?

Eine Frage, die in diesem Moment völlig nebensächlich war, wie Adam entschied, als er Sophie küßte, fühlte, wie sie sich erschauernd an ihn schmiegte, so wie sie es damals in jener Nacht getan hatte. Ihr Hunger war ebenso verzehrend wie seiner gewesen. Und dieses Mal wurde der leidenschaftliche Hunger noch verstärkt durch eine wilde Verzweiflung, eine Verzweiflung, die auch er fühlte. Dann wehrte sie sich plötzlich gegen die Arme, die sie umschlungen hielten, die Lippen, die sie liebkosten. Adam hob den Kopf und las die Furcht in ihren Augen.

»Nein... nein«, keuchte sie atemlos und machte sich von ihm frei, eine Hand auf ihre warmen, brennenden Lippen gepreßt, während ihr Blick in panischer Angst im Raum umherirrte, als suchte sie einen Spion. »Wenn man uns entdeckt...«

»Dein Mann würde mich töten«, erwiderte Adam mit einer Ruhe, die ihn selbst überraschte. »Falls ich ihn nicht zuerst töten würde.« Dieser Ausdruck elenden, hilflosen Schreckens auf ihrem Gesicht erfüllte ihn mit einer eiskalten Wut, stärker als jeder Zorn, den er jemals gefühlt hatte. »Er ist zur Kaserne gegangen, Sophie.«

»Ja, aber Maria...« Wieder wanderte ihr Blick durch den Raum, fiel auf die geschlossene Tür.

»Maria?« Er runzelte die Stirn und nahm ihre Hände. Sie zitterten, fühlten sich kalt an trotz der Wärme des Spätsommertages.

»Als er Tanja Feodorowna fortschickte, kam Maria an ihrer Stelle zu uns«, erklärte sie. »Sie ist eine Spionin.« Es war eine unumwundene Feststellung. »Alles, was ich tue oder sage, berichtet sie Paul weiter.« Sie zog ihre Hände aus seinen. »Es ist kein Geheimnis. Ich soll sogar davon wissen. Paul wiederholt mir gewisse Äußerungen, wenn er... wenn er abends in mein Schlafzimmer kommt.« Sie schlang die Arme um ihren Körper und blickte ihn mit einem matten, kläglichen Lächeln an. »Er ist ein häufiger Besucher.«

Sie war die Ehefrau eines anderen Mannes. Vor Adams innerem Auge stieg die Reihe von abscheulichen Bildern auf, die Sophies Feststellung heraufbeschworen hatte. Er wich langsam vor ihr zurück, geschockt über die unangenehme Wahrheit, die der Ehrenkodex ihn zu respektieren zwang. Wie ein Mann mit seiner Ehefrau umging, war seine Privatangelegenheit und hatte niemanden sonst zu kümmern. Er war ihr Herr, vor Gott und den Gesetzen des Landes, und konnte mit ihr tun und lassen, was auch immer er für notwendig oder passend erachtete. Und dennoch – obwohl Adam sich über diese Wahrheiten durchaus im klaren war, konnte er nicht ihre Auswirkungen gutheißen, nicht, wenn sie Sophia Alexejewna betrafen.

»Ich will sehen, ob ich es nicht irgendwie ermöglichen kann, daß du mit Khan ausreitest«, sagte er, während er sich mit hastigen Schritten zur Tür bewegte, so als könnte er gar nicht schnell genug von ihr wegkommen. »Ich werde tun, was ich kann.« Dann war Adam verschwunden.

Sophie blieb am Fenster stehen. Noch immer konnte sie den warmen Druck seiner Lippen auf ihren spüren, den Druck seiner Arme um ihren Körper, und all diese Gefühle vermittelten den Eindruck der Realität. Und dennoch, die wahre Realität bestand aus anderen Lippen, anderen Armen. Nicht, daß ihr Ehemann sie jemals küßte; zärtliche Liebkosungen gehörten nicht zu dem Fortpflanzungsakt, obwohl Sophie vermutete, daß Prinz Dmitriew irgendein anderes heimliches Bedürfnis befriedigte, während er versuchte, ein Kind in ihrem Körper zu zeugen. Die Paarung bereitete ihm offensichtlich ein eigenartiges Vergnügen, und immer trat dieser Ausdruck von Selbstzufriedenheit in seine blassen Augen, wenn er Sophie anblickte, die unter ihm lag, mit gespreizten Gliedern, um den Angriff seiner Männlichkeit zu empfangen. Aber irgendwie hatte sie dabei das Gefühl, daß nicht sie selbst es war, die er in dieser Geste der Unterwerfung sah. Seltsamerweise machte dieses Gefühl es ihr leichter, den Akt über sich ergehen zu lassen, sich innerlich von dem Geschehen zu lösen, bis ihr Ehemann sie verließ und ohne ein Wort oder eine Berührung in sein Schlafgemach zurückging.

Der Gegensatz zwischen einem grauäugigen polnischen Grafen mit einem wunderschönen, sinnlichen Mund, der so köstliche Freuden schenken konnte, und der kalten Verachtung, den harten, blassen Augen und dünnen Lippen des Mannes, mit dem sie verheiratet war, machte es noch härter für sie, die Gegenwart zu ertragen. Was hätte sein können, hätte das Schicksal eine andere Wende genommen, war so hoffnungslos unerreichbar wie eine Rückkehr in die Vergangenheit, als eine junge Frau sorglos und unbekümmert durch die Steppe geritten war, sicher und stark in ihrer eigenen Welt.

Sophie wandte sich zur Tür um. Zumindest konnte sie Khan besuchen, auch wenn sie ihn nicht reiten durfte. Ihr Ehemann hatte ihr nicht verboten, die Ställe aufzusuchen. Und in Boris Mikhailows Gesellschaft würde sie wenigstens etwas Trost finden, obwohl sie beide darauf achteten, nicht in Klausur beobachtet zu werden, seit Tanja entfernt worden war.

Es dauerte eine Woche, bis Adam in der Lage war, sein Versprechen zu erfüllen, Sophie einen Ausritt mit Khan zu ermöglichen. Die Planung und Ausführung eines raffinierten

Betrugmanövers verschaffte ihm das Vergnügen, endlich handeln zu können und die Qualen seiner Hilflosigkeit zu überwinden. Es war zwar nicht viel, was er für Sophie tun konnte, trotzdem würde es ihr unermeßliche Freude bereiten. Er mußte irgendwie arrangieren, daß der Prinz abwesend war, der Stallhof bis auf Boris Mikhailow von allen verlassen, und eine Möglichkeit finden, um Sophie eine Nachricht zukommen zu lassen, die seinen Plan erklärte.

Zum Glück kam ihm der Zufall zu Hilfe und erleichterte ihm die Durchführung seines Vorhabens. Ein Bote war aus Czarskoje Selo gekommen, dem Sommerpalast der Kaiserin außerhalb von St. Petersburg, und verlangte Informationen über die derzeitige Aufstellung des Preobrazhensky-Regiments. Adam brauchte nicht viel Überzeugungskraft, um seinen General dazu zu bewegen, die kaiserliche Anfrage persönlich zu beantworten. Adam hatte nichts weiter zu tun, als sicherzustellen, daß der Prinz über Nacht in Czarskoje Selo bleiben mußte. Sophie konnte dann vor Einbruch der Morgendämmerung ausreiten, bevor der Haushalt auf den Beinen war, und würde anschließend wieder in ihrem Schlafzimmer sein, und niemand – bis auf Boris – würde davon erfahren.

Boris von dem Plan zu informieren und in Alarmbereitschaft zu versetzen, war keine Schwierigkeit. Der Muschik war nicht nur intelligent, sondern konnte – wie es sich für seine ehemals privilegierte Stellung im Hause der Golitskows gehörte – auch schreiben und lesen. Er zuckte nicht mit der Wimper, als der Graf eines Nachmittags in den Stallhof der Dmitriews einritt und unauffällig ein gefaltetes Stück Papier in seine Handfläche gleiten ließ, als er sein Pferd in Boris' Obhut gab.

Adam eilte ins Haus mit der Haltung und Miene eines Mannes, der einen wichtigen Auftrag zu erledigen hat. Er fragte nach dem General, obwohl er genau wußte, daß Dmitriew bei einer Brigadeinspektion war. »Dann darf ich vielleicht um die Gefälligkeit bitten, ein Wort mit Prinzessin Dmitriewna zu sprechen«, sagte er, als er von der Abwesenheit des Prinzen informiert wurde. »Sie könnte meine Nachricht an den Prinzen weiterleiten. Sie ist von einiger Dringlichkeit, da sie mit seiner morgigen Reise zusammenhängt.«

Der Gesichtsausdruck des Butlers besagte eindeutig, daß er nicht wußte, wie er reagieren sollte. Die Prinzessin empfing keine Besucher, es war eine unausgesprochene Regel. Andererseits war Graf Danilewski kein gewöhnlicher Besucher. Er war der Adjutant des Prinzen, war häufig im Hause und häufig in ihrer Nähe, obwohl stets im Beisein ihres Ehemannes.

»Ich bin nicht sicher, wo die Prinzessin ist, Herr Graf«, erwiderte der Butler zögernd. »Vielleicht könnte ich Seiner Hoheit Ihre Nachricht übermitteln?«

Genau das hatte Adam insgeheim befürchtet, wohl wissend, daß er nicht darauf bestehen konnte, Sophie zu sehen, falls er sie nicht zufällig gerade antraf. Er war schon drauf und dran, aufzugeben und dem Butler seine frei erfundene Nachricht mitzuteilen, als die Nutznießerin seiner Bemühungen in die Halle kam.

»Graf Danilewski«, sagte sie mit genau dem richtigen Tonfall, einer Mischung aus Überraschung und Gleichgültigkeit. »Mein Mann ist leider zur Zeit nicht hier.«

»Ich weiß, Ihr Butler hat es mir gerade gesagt. Ich habe eine Nachricht für ihn. Vielleicht wären Sie so freundlich, sie ihm auszurichten.« Er streckte ihr die Hand in einer höflichen Begrüßung entgegen.

Sophie knickste, ergriff seine Hand, fühlte das zerknüllte Stück Papier in ihrer Handfläche. Absolut nichts in ihrem Gesichtsausdruck deutete auf ihre Verblüffung hin, als sich ihre Finger um die Papierkugel schlossen und sie ihre Hand zurückzog. »Wie lautet Ihre Botschaft, Graf?«

»Ganz einfach: daß von den Unterlagen, die er morgen zu Ihrer Kaiserlichen Majestät mitzunehmen wünscht, noch eine Abschrift angefertigt werden muß. Doch selbst wenn die Schreiber die ganze Nacht durcharbeiten müssen, werden die Papiere für ihn bereitliegen, wenn er morgen früh in die Kaserne kommt.«

Eine ziemlich überflüssige Nachricht, dachte Sophie; der Butler schien jedoch nicht diesen Eindruck zu haben. Er stand immer noch wachsam in der Halle. »Nikolai, du wirst dafür sorgen, daß Seine Hoheit die Nachricht erhält«, sagte sie mit einstudierter Indifferenz. »Einen guten Tag, Graf.« Ein höfliches Lächeln spielte um ihre Lippen, bevor sie sich umdrehte und langsam auf die Treppe zuging.

Adam erinnerte sich an Sophies früher so weitausholende Schritte, an die Art, wie ihre Röcke im Gehen um ihre schlanken Fesseln schwangen, an ihren energischen Gang… und malte sich einen langsamen, qualvollen Tod für General Prinz Paul Dmitriew aus.

In der Abgeschiedenheit ihres Zimmers glättete Sophie sorgsam den zerknüllten Fetzen Papier. »*Dein Mann wird morgen abend nicht aus Czarskoje Selo zurückkehren. Wenn Du reiten möchtest, wird Khan übermorgen früh zwei Stunden vor Einbruch der Morgendämmerung gesattelt im Hof bereitstehen. Reite zum Nordtor der Stadt. Ich werde draußen vor dem Tor auf Dich warten.*«

Wie wollte Adam wissen, daß Paul nicht am nächsten Abend zurückkehren würde, obwohl es seine ausdrückliche Absicht war? Aber egal, das spielte keine Rolle. Ihr Herz tat einen freudigen Hüpfer in der Brust, das Blut begann durch ihre Adern zu tanzen, erfüllte sie mit Wärme und dem wiedererwachten Gefühl, am pulsierenden Leben teilzunehmen.

Seit zwei Monaten hatte sie Khan nicht mehr geritten. Bei

den seltenen Gelegenheiten, wenn sie überhaupt hatte ausreiten dürfen, war es in Begleitung ihres Ehemannes gewesen, im Damensitz auf einer sanftmütigen Stute. Boris hatte Sophie erzählt, er hätte die Anweisung, den Hengst regelmäßig an der Longe zu trainieren und ihm die beste Pflege zukommen zu lassen. Der Muschik konnte sich des etwas ätzenden Gedankens nicht erwehren, daß der Prinz ein edles, wertvolles Pferd erkannte, wenn er eines sah, jedoch noch nicht entschieden hatte, wie er aus diesem ungewöhnlichen Tier am besten Kapital schlagen konnte.

Aber jetzt würde sie Khan reiten... würde wie der Wind durch die frische, kühle Nacht reiten, durch das Tierkreislicht, würde die Sonne aufgehen sehen... und sie würde diese Ekstase mit Adam Danilewski teilen. Aus diesen niedergeschlagenen Tiefen hoffnungslosen Eingesperrtseins in solch schwindelerregende Höhen der Freiheit erhoben zu werden, erfüllte Sophie mit einer so mächtigen, überwältigenden Freude, daß ihr der Atem stockte.

Trotz ihrer Erregung behielt Sophie einen klaren Kopf, zerriß die Nachricht in winzige Fetzen, bis sie Konfetti ähnelten. Als Maria den Raum betrat, um ihrer Herrin beim Umkleiden zum Dinner behilflich zu sein, sah die Zofe nur die neutrale Miene, an die sie gewöhnt war, hörte nur den resignierten Tonfall einer Gefangenen, die alle Hoffnung aufgegeben hat, jemals wieder ihre Freiheit zu erlangen.

Als der Prinz in dieser Nacht Sophies Bett verließ, erklärte er ihr, er würde im Morgengrauen abreisen und am Abend zurück sein. »Du brauchst mit dem Abendessen nicht auf mich zu warten«, sagte er, während er den Gürtel seines Schlafrocks wieder zuband. »Falls es mir nicht gelingt, Czarskoje Selo bis gegen Spätnachmittag zu verlassen, werde ich nicht vor zehn Uhr abends wieder hier sein. Aber ich werde noch zu dir kommen, nachdem ich gegessen habe.«

»Ich freue mich schon darauf«, hörte Sophie sich flüstern, geradezu unverschämt sarkastisch. Sie erstarrte und flehte innerlich, daß er sie nicht gehört hatte.

»Bitte? Ich habe dich nicht verstanden, Sophia«, sagte ihr Ehemann stirnrunzelnd.

»Ich wünsche dir eine gute Reise, Paul«, erwiderte sie und schloß die Augen, damit er nicht das verräterische Funkeln sah, von dem sie wußte, daß es in ihrem Blick war.

»Du wirst während meiner Abwesenheit im Haus bleiben«, erwiderte er brüsk. »Ich möchte mir keine Sorgen um deine Sicherheit machen müssen, meine Liebe, und ich kann nur beruhigt abreisen, wenn ich weiß, daß du unter dem Schutz meiner Leute bist.«

Ein dünnes Lächeln spielte um seine Lippen, als er diesen rücksichtsvollen Befehl zu ihrer Inhaftierung erteilte. »Schutz« bedeutete Überwachung rund um die Uhr, wie Sophie sehr wohl wußte, doch niemals erkannte ihr Ehemann die wahren Tatsachen ihres Lebens an. Jedes Verbot, jede Beschränkung wurde unter dem Vorwand seiner angeblichen Zuneigung und Sorge um sie präsentiert. Er muß der besorgteste und aufmerksamste Ehemann von ganz St. Petersburg sein, dachte Sophie ironisch, als sich die Tür hinter ihm schloß. Sie war ziemlich sicher, daß seine ständige Wachsamkeit auch von anderen nur als liebevolle Besorgtheit ausgelegt würde, sobald er Sophie für genügend unterwürfig und gehorsam hielt, um ihr zu gestatten, sich in Gesellschaft zu wagen.

Vorsichtig schlüpfte Sophie aus dem Bett und ging zu der Waschschüssel auf der Kommode, um mit kaltem Wasser ihr Wundsein zu lindern – die unausweichliche Folge dieser nächtlichen Notzüchtigungen eines nicht erregten und nicht bereiten Körpers. Wenigstens morgen nacht würde sie allein schlafen können, wenn Adam sein Versprechen hielt, und dann … sie schlang die Arme um ihren Körper, und ein Gefühl heftiger Vorfreude wallte in ihr auf, als sie an den bevorstehenden Ausritt dachte – in ausschließlicher Gesellschaft von Adam Danilewski und von keiner Menschenseele beobachtet.

Als General Prinz Paul Dmitriew am darauffolgenden Morgen bei den Regimentskasernen in Preobrazhenskoje ankam, erwartete ihn ein Chaos. In einem Papierkorb in einem der Büros war ein Feuer ausgebrochen. Es war zwar noch rechtzeitig entdeckt worden, bevor es außer Kontrolle geraten konnte, aber nun stand eine Untersuchung des Vorfalls an, eine sorgfältige Prüfung, um zu sehen, welche Dokumente zerstört worden waren, und nicht zuletzt die erschöpfende Suche nach dem unachtsamen Schuldigen. Der General war verpflichtet, all diese Dinge in die Wege zu leiten, bevor er nach Czarskoje Selo fuhr. Natürlich hätte auch sein Adjutant diese Untersuchungen veranlassen können, aber wie ebendieser Adjutant sehr wohl wußte, zog der General es vor, sich um disziplinarische Angelegenheiten höchstpersönlich zu kümmern.

Der Schuldige würde der Entdeckung entgehen, da niemand Graf Danilewski als Brandstifter verdächtigen würde, aber das gesamte Regiment zitterte, als der General mehr als vier Stunden später aufbrach, als er eigentlich beabsichtigt hatte, und mit seiner gewohnten kalten Bösartigkeit erklärte, der Übeltäter würde sechsmal zwischen einem guten Hundert seiner Kameraden spießrutenlaufen müssen.

Adam hoffte inständig, daß ihm das schmerzhafte Schicksal eines aufgeplatzten Rückens erspart bliebe, während er die sinnlose Untersuchung fortsetzte, die von seinem General begonnen worden war. Er rechnete damit, daß der General seinen Bestimmungsort nicht vor dem Nachmittag erreichen konnte, selbst wenn er mittags keine Rast einlegte. Seine Audienz bei Ihrer Kaiserlichen Majestät würde mehrere Stunden in Anspruch nehmen, anschließend würde er essen müssen. Es würde schon weit nach Einbruch der Dunkelheit sein, bevor er den Rückweg antreten könnte. Dmitriew würde sich nicht die Mühe machen; es hätte keinen Sinn, sich selbst und seine Begleiter zu erschöpfen, wenn sie statt dessen gleich am nächsten Morgen aufbrechen konnten, ausgeruht und erfrischt. Und bis zu seiner Rückkehr würde Prinzessin Dmitriewna längst wieder sicher zu Hause sein – mit ein ganz klein wenig Hoffnung im Herzen.

Sophie schloß die ganze Nacht lang kaum ein Auge. Voller Angst auf jedes Geräusch lauschend, das die Rückkehr ihres Ehemannes ankündigen könnte, warf sie sich unruhig zwischen wild zerwühlten Laken herum, bis die Uhr drei schlug. Alle ihre Kleider aus Berkholzskoje, die sie als Erinnerung an die Vergangenheit aufbewahrt hatte – obwohl sie hoffnungslos unmodern waren und wohl kaum dazu geeignet, in der Gesellschaft von St. Petersburg getragen zu werden –, waren auf Befehl ihres Ehemannes verbrannt worden. Es war ihr jedoch gelungen, ihr Reitkostüm vor Marias unbarmherzigem Zugriff zu bewahren. Es lag zusammengerollt ganz zuunterst in ihrem Schrank. Jetzt legte Sophie es an, fühlte sich, als schlüpfte sie wieder in ihr altes, vertrautes Ich, als der Hosenrock ihr größere Bewegungsfreiheit erlaubte.

Das Haus war still, die Flure matt erleuchtet von vereinzelten Kerzen in Wandleuchtern. Sophie wußte, der Nachtwächter döste in diesem Moment in der Küche. Er machte seine Runde alle halbe Stunde, sie hoffte jedoch, er würde nicht bemerken, daß das Fenster im Speisezimmer nicht ordnungsgemäß verschlossen war.

Ihr Herz hämmerte unangenehm heftig in der Brust, als sie

die Treppe hinunterschlich und auf Zehenspitzen ins Speisezimmer trat. Das Fenster ließ sich mit der mühelosen Leichtigkeit öffnen, die in Prinz Dmitriews gutgeführtem Haushalt zu erwarten war. Sophie schwang sich auf das Fensterbrett, erinnerte sich mit einem plötzlichen Stich von Sehnsucht an jenes andere Fenster, jene andere Flucht in einem anderen Leben... den Fluchtversuch, der in Adam Danilewskis Armen geendet hatte.

Und wie würde dieser hier enden...? Es war ein Gedanke, den sie besser nicht weiterverfolgte. Sophie ließ sich hinunterfallen und landete in der weichen Erde eines Blumenbeets, dann griff sie hinauf, um den Fensterflügel hinter sich zuzudrücken. Er lag glatt am Rahmen an und würde einer flüchtigen Musterung standhalten. Ein leichter Druck mit dem Finger würde ihn jedoch wieder aufschwingen lassen. Sophie hielt sich sorgsam im Dunkeln, als sie zum Stallhof hinübereilte, der auf den ersten Blick völlig verlassen schien, wie man es um diese nachtschlafende Zeit auch nicht anders erwarten würde. Dann löste sich Boris Mikhailows gigantische Gestalt aus den Schatten, den tänzelnden Khan neben sich.

Sophie rannte zu ihrem Pferd, flüsterte ihm zärtliche Worte zu, bevor sie dem ruhig lächelnden Muschik die Arme um den Hals warf und ihn einen Moment fest an sich drückte. »Ich bin vor Sonnenaufgang wieder zurück.«

»Seien Sie vorsichtig. Er hat seit zwei Monaten keinen Sattel mehr getragen«, lautete Boris' einziger Kommentar, obwohl sein mürrischer Tonfall nicht über die Sanftmut in seinen Augen hinwegtäuschen konnte.

»Denkst du, ich wüßte das nicht, Boris?« erwiderte Sophie bitter. Aber jetzt war nicht die Zeit für Verbitterung, und sie verdrängte ihren Kummer. Sie sprach mit sanfter Stimme auf Khan ein, während sie die Zügel ergriff und einen Fuß in den Steigbügel schob. Das edle Kosakenpferd hob den Kopf und schnaubte bei dem plötzlichen Ruck an seinem Sattel, beruhigte sich jedoch schnell, als Sophie fortfuhr, mit sanften, tröstlichen Worten auf das Tier einzureden. Geschmeidig saß sie auf, landete behutsam im Sattel. Khan erzitterte, und es genügte ein leichter Schlag mit den Zügeln, und schon schoß er zum Stallhof hinaus, als fühlte er seine Freiheit so lebhaft wie seine Herrin.

Die nächtlichen Straßen der Stadt lagen menschenleer und verlassen da, und niemand war Zeuge der triumphierenden Flucht eines prachtvollen Kosakenhengstes und seiner langhaarigen Reiterin. Die Wachen am nördlichen Tor, die keinen Befehl hatten, irgend jemanden aufzuhalten, blickten nur überrascht und verschlafen auf, als Khan vorbeigaloppierte – so schnell, daß es beinahe schien, als sei er ein Trugbild ihrer Phantasie.

Ungefähr zwei Kilometer entlang der staubigen, gewundenen Straße stand eine Wand von Pappeln. In ihrem Schatten saß Adam Danilewski wartend auf seinem eigenen Pferd. Als er Sophie auf sich zukommen sah, konnte er förmlich die Vitalität fühlen, die von der aufrechten Gestalt mit dem langen, im Wind flatternden Haar ausströmte. Eine Vitalität, die er nicht mehr beobachtet hatte, seit er seinen Schützling bei der Zarin ablieferte, und der Gedanke, daß er zum Wiedererwachen dieser dynamischen Lebendigkeit beigetragen hatte, erfüllte ihn mit immenser Zufriedenheit.

»Ist es nicht herrlich?« Sophie zügelte ihr Pferd neben ihm; ihre dunklen Augen leuchteten im milchigen Licht der Sterne, ihre geschwungenen Lippen waren zu einem breiten, glücklichen Lächeln verzogen. »Ich weiß gar nicht, wie ich dir jemals dafür danken kann, Adam.«

»Das hast du bereits«, erwiderte er ruhig.

»Wie das?« Sie legte den Kopf auf die Seite. Ihr Lächeln bekam etwas Fragendes.

»Allein schon durch deine Gegenwart und deine Freude«, hörte er sich selbst antworten. »Du weißt, ich liebe dich.« Wie langsam diese Worte der Wahrheit über seine Lippen kamen. Dennoch fühlte er einen großen inneren Frieden bei dieser endgültigen Bestätigung einer Tatsache, die er zu leugnen versucht hatte, solange er sich erinnern konnte. Die Eindringlichkeit seines Mitgefühls, sein überwältigender Drang, Sophie zu schützen und zu wappnen, entsprangen aus der Quelle der Liebe, nicht der Reue.

Ein deutlich wahrnehmbares Zittern durchlief die schlanke Gestalt. Ihr Lächeln verblaßte, ihr Blick wurde düster. »Du darfst so etwas nicht sagen«, erwiderte sie gepreßt. »Es hilft keinem von uns beiden und wird den Kummer nur noch verschlimmern.«

»Fühlst du für mich dasselbe?« Trotz ihrer Bitte mußte er einfach auf dieser Frage bestehen.

Langes Schweigen trat ein. Sophie blickte hinaus auf die Ebene, vom trügerischen Leuchten des Nordlichts überstrahlt. Im Geist sah sie die Jahre, die vor ihr lagen, die endlos langen, trostlosen Jahre unentrinnbarer Gefangenschaft unter einem kaltherzigen, rachsüchtigen Tyrannen. Es war ein Los, das sie mit der Mehrheit der zwanzig Millionen Untertanen Ihrer Majestät der Zarin teilte. Welches Recht hatte sie, dagegen zu protestieren? Sie litt keinen Hunger, wurde nicht gefoltert oder geschlagen wie so viele von jenen anderen. Sie verkümmerte nur langsam, aber sicher bei diesem freudlosen, lieblosen Dasein.

»Ja, ich liebe dich«, sagte Sophie. Es konnte die Situation nicht verschlimmern, wenn sie die Wahrheit gestand, und tatsächlich, auch sie fühlte, wie ihr dieses Eingeständnis einen gewissen inneren Frieden gab. »Aber welchen Unterschied macht es schon?« fragte sie mutlos. Sie blickte Adam an, ihre Augen getrübt von dem Wissen um die Sinnlosigkeit.

»Komm, laß uns reiten.« Bei den Worten preschte Khan vorwärts, hinaus in die Ebene.

Adam folgte langsam, wohl wissend, daß der Zweck dieses Ausritts nicht geselliger Natur war. Sophie würde nicht auf ihn warten, zumindest jetzt noch nicht. Und er gab sich damit zufrieden. Hatte er nicht diese Flucht nur deshalb für sie arrangiert, damit sie tun konnte, was sie gerade tat? Und in der Einsamkeit seiner eigenen Gedanken konnte er in dem Glücksgefühl erwiderter Liebe schwelgen, auch wenn er wußte, daß diese Liebe keine Zukunft hatte.

Es verging eine halbe Stunde, bevor Sophie die Zügel anzog, Khans Tempo drosselte, bis er im Trott lief, dann im Schritt. Hinter ihr trommelten die Hufe von Adams Pferd über die Ebene. Sie blickte über ihre Schulter zurück, als er näher kam und schließlich neben ihr anhielt. »Glaubst du, ich könnte mit Khan von hier aus bis nach Österreich reiten?«

Adam starrte sie an, versuchte herauszufinden, ob sie es ernst meinte. Er gelangte zu dem Schluß, daß es ihr durchaus ernst mit der Frage war. »Nein, das könntest du natürlich nicht. Es sei denn, du willst von Briganten vergewaltigt und ermordet werden. Rede keinen Unsinn, Sophie.« Die Ungeduld in seiner Stimme war vorgetäuscht, aber er durfte ihr nicht seinen eigenen frustrierten Kummer über ein Elend zeigen, das einen so verzweifelten Vorschlag hervorbringen konnte.

Sophie behielt ihre Antwort, daß es zumindest ein schnelles Ende sein würde, für sich. Sie wußte nicht, wie sie es ertragen sollte, nach diesem berauschenden Gefühl der Freiheit wieder in das Gefängnis ihres Hauses zurückzukehren, doch dann lenkte sie Khan auf den Weg zurück, den sie gekommen waren, ohne daß Adam sie dazu aufforderte. Das Thema Liebe wurde nicht wieder erwähnt. Die Tatsache war zur Sprache gekommen, die Unmöglichkeit, ihre Liebe zu leben und zur Erfüllung zu bringen, so unausweichlich wie der Tod.

Bei den Pappeln hielten sie an. »Ich möchte dich berühren, dich in die Arme nehmen«, sagte Adam leise. »Aber ich wage es nicht.«

Sophie blickte ihn in trostloser Zustimmung an. »Nein, ich glaube, ich könnte es auch nicht ertragen.«

»Geh!« befahl er, erschreckend abrupt. »Die Sonne wird bald aufgehen.«

Sie zögerte. »Adam...«

»Geh!«

Ohne ein weiteres Wort trennte Sophie sich von ihm und galoppierte zurück zum Nordtor der Stadt.

Die Sterne am Himmel verblaßten bereits, als sie in den Stallhof des Palastes einritt. In der Mitte des Hofes, seinen Stock unter den Arm geklemmt, den Rücken kerzengerade aufgerichtet, die blaßblauen Augen so klar und durchscheinend wie Diamantsplitter, stand General Prinz Paul Dmitriew.

# 7. Kapitel

Einen Moment lang fühlte Sophie sich von panischer Angst überwältigt, ihre Glieder waren wie gelähmt, sie konnte keinen klaren Gedanken fassen. Dann sah sie Boris Mikhailow zwischen zwei Soldaten aus Dmitriews Eskorte stehen. Ein blutiger Striemen zerschnitt seine Wange. Sie hatte derartige Schrammen schon viele Male gesehen, seit sie in diesem Hause lebte. Prinz Dmitriew benutzte seinen Stock wahllos und willkürlich. Ihre Angst um sich selbst schwand dahin, als hätte es sie niemals gegeben. Sie mußte Boris schützen und unter allen Umständen verhindern, daß auch nur der geringste Verdacht auf Adam fiel.

Sophie erkannte instinktiv, daß ihr Ehemann sich ihr gegenüber körperlich unterlegen fühlen würde, wenn sie so hoch oben im Sattel ihres Kosakenhengstes thronte – und daß dieses Gefühl der Unterlegenheit seine Wut nur noch mehr anstacheln würde. Sie schwang sich behende aus dem Sattel, bevor sie ihn erreichte, und überquerte den Stallhof zu Fuß, ohne dabei auch nur ein einziges Mal Boris Mikhailow anzuschauen.

»Wer war dir bei diesem Akt himmelschreienden Ungehorsams behilflich?« Die Stimme ihres Ehemannes klang hart, abgehackt, anscheinend objektiv und dennoch irgendwie von derselben grimmigen Bösartigkeit durchdrungen, die auch den mutigsten Soldaten in seinem Regiment erzittern ließ.

Sophie wußte, sie hatte keine andere Wahl, als seine Wut

auf sich selbst zu lenken – durch eine Demonstration dreisten, unverschämten Wagemuts... eine Demonstration, die alle ihre Anstrengungen der vergangenen Wochen, ihn davon zu überzeugen, er hätte den Geist der Rebellion erfolgreich aus ihrer Seele vertrieben, zunichte machen würde.

Sie hob spöttisch eine Augenbraue. »Wie kommst du auf die Idee, ich hätte Hilfe benötigt, Paul? Ich bin in der Lage, mein Pferd selbst zu satteln, schon seit ich zum ersten Mal auf einem Pferd gesessen habe.« Ihr Blick schweifte in gespielter Gleichgültigkeit zu Boris hinüber. »Du hast keinen Grund, Boris Mikhailow dafür verantwortlich zu machen. Selbst wenn ich mir seine Unterstützung gewünscht hätte, hätte ich nicht gewußt, wo er mitten in der Nacht zu finden gewesen wäre oder wie ich ihn finden sollte, ohne die anderen zu wekken.« Sie zuckte in scheinbarer Unbekümmertheit mit den Schultern und fügte rasch hinzu: »Als du gestern abend nicht zu mir gekommen bist, ging mir auf, daß du nicht nach Hause zurückkehren würdest. Ich dachte, ich könnte einen kleinen Ausritt unternehmen und wieder im Haus sein, bevor auch nur irgend jemand merkte, daß ich es verlassen hatte.«

Er starrte sie mit seinen kalten Augen an, als wollte er ihren Schädel durchbohren. Sie begegnete seinem starren Blick, gewappnet gegen die Angst durch das Bewußtsein, daß Boris' und Adams Sicherheit von ihrer Fähigkeit abhingen, das hier durchzustehen. Dmitriew wandte den Kopf mit einem Ruck zu den beiden Soldaten um, die daraufhin einen Schritt von ihrem Gefangenen wegtraten. Dann glitt sein Blick voller Abscheu über das Reitkostüm seiner Frau, und ihm entging nicht ein Fleckchen von Staub, nicht eine windzerzauste Haarsträhne.

»Warum ist das Kostüm nicht zusammen mit deinen anderen Kleidern verbrannt worden?«

Es schien, als wäre die Auseinandersetzung um Boris

kampflos gewonnen. »Weil Maria es nicht gefunden hat«, erklärte Sophie ganz bewußt, nicht abgeneigt, die Spionin Pauls Wut zu opfern, weil sie seinen Zorn auf diese Weise noch weiter von Boris ablenken konnte.

»Dann wird man ihr beibringen müssen, sorgfältiger zu suchen«, bemerkte der Prinz im selben kalten, objektiven Tonfall. »Und diesmal, meine teure Frau, *wirst* du die Lektion lernen, von der ich annahm, du hättest sie inzwischen gelernt.« Die Karikatur eines Lächelns spielte um seine dünnen Lippen. »Laß uns hineingehen.« Er verbeugte sich leicht vor ihr in einer Geste mokanter Höflichkeit und wies auf das Haus, bevor er ihr eine Hand auf den Arm legte – scheinbar ganz der aufmerksame, rücksichtsvolle Ehemann.

Es gelang Sophie nur mit Mühe, ihren Abscheu zu verbergen und nicht erschreckt zusammenzuzucken. Seine Finger schlossen sich um ihren Unterarm, gruben sich mit schmerzhaftem Druck in ihre Haut, während sie gemeinsam ins Haus spazierten, allem Anschein nach ein Ehepaar, das völlig miteinander in Einklang stand.

»Zuerst wirst du mir zeigen, wie du aus dem Haus gekommen bist«, sagte er ruhig, als sie die Eingangshalle betraten.

Unter normalen Umständen wären die Bediensteten um diese frühe Stunde gerade erst beim Aufstehen, aber Sophie war sich der umherhuschenden, schattenhaften Gestalten bewußt, offensichtlich ängstlich darauf bedacht, sich nicht blikken zu lassen. Hatten die Diener Angst, sie würden für die Flucht der Prinzessin zur Rechenschaft gezogen? Sophie hatte lange genug in diesem Haushalt gelebt, um zu wissen, was sie befürchteten. Der Butler, der ihnen die Tür geöffnet hatte, stand jetzt stocksteif da, in seinem Gesicht zuckte ein Muskel.

»Ich bin durch das Fenster im Speisezimmer hinausgeklettert«, erklärte Sophie, ebenso ruhig und beherrscht wie ihr

Ehemann. Sie konnte den Ärger in der kräftigen Gestalt dicht neben sich aufwallen fühlen bei dieser zusätzlichen Erinnerung an die rebellischen Neigungen, die er längst ausgerottet geglaubt hatte.

Er marschierte ins Speisezimmer, Sophie mit unnachgiebigem Griff hinter sich herzerrend. Sie zeigte ihm das Fenster, immer noch unverriegelt, obwohl beide Flügel geschlossen waren. »Es scheint, als müßten einige Mitglieder meines Haushalts gründlich über ihre Pflichten belehrt werden«, murmelte der Prinz in einem Ton, der Qualen für den Nachtwächter verhieß.

Sophie schluckte hart. Sie konnte nichts tun, um dem Mann zu helfen, konnte nur Reue empfinden, weil er ihretwegen würde leiden müssen, selbst als sie sich fragte, was ihre eigene Bestrafung sein würde.

»Ich bin sicher, nach einer solch anstrengenden Nacht hast du das Bedürfnis, zu Bett zu gehen«, sagte ihr Ehemann mit dem samtenen, besorgten Tonfall, den er immer dann benutzte, wenn er die Gitterstäbe ihres Gefängnisses noch ein wenig enger um sie schloß.

Sophie heftete ihren Blick auf einen Kringel in dem Muster des Wandbehangs aus schwerem Damast. Sie durfte ihm nicht zeigen, wie sehr sie den Gedanken an eine Wiederholung jener dunklen Tage fürchtete, als man sie gezwungen hatte, in Trance dahinzudämmern, mit Beruhigungsmitteln betäubt. »Ich bin wirklich ein bißchen erschöpft«, brachte sie hervor, in der Hoffnung, ihn zu täuschen. »Die Möglichkeit, ein paar Stunden zu schlafen, würde mir sehr gelegen kommen.«

»Dann laß uns hinaufgehen, meine liebe Sophia.«

In Sophies Schlafgemach stand eine am ganzen Körper bebende Maria neben dem leeren, zerwühlten Bett. »Ich hatte ja keine Ahnung, Herr«, stammelte sie. »Ihre Hoheit hat nichts gesagt…«

»Wie kommst du auf den Gedanken, sie würde irgend etwas sagen, du Idiotin!« herrschte der Prinz sie an, dessen höfliche Fassade sich nicht auf Leibeigene erstreckte, ob sie sich nun etwas hatten zuschulden kommen lassen oder nicht. »In Zukunft wirst du auf der Türschwelle der Prinzessin schlafen.«

»Ja, Herr.« Maria knickste unentwegt, wie eine Marionette, die an Fäden bewegt wurde.

»Hilf Ihrer Hoheit ins Bett, und dann entfernst du das Kleidungsstück, das du zuvor so eklatant zu beseitigen versäumt hast«, befahl der Prinz scharf. »Für deine Nachlässigkeit wirst du mit sechs Peitschenschlägen bestraft.«

Das Gesicht der Leibeigenen nahm eine aschgraue Farbe an, aber die Bestrafung war weniger schwer, als sie hätte erwarten können. Sophie vermied es, sie anzusehen, während sie darauf wartete, ihr eigenes Urteil in Form eines besorgten Hinzuziehens des Arztes verkündet zu hören. Ihr Ehemann verbeugte sich jedoch nur spöttisch vor ihr. »Ich überlasse dich jetzt deiner Ruhe, meine Liebe. Ich hoffe doch, beim Mittagessen wirst du dich weniger erschöpft fühlen.«

Ihr stand also nicht wieder die Beruhigungsmittel-Tortur bevor? Aber wenn nicht das, was dann? Nach dem Abgang der in Tränen aufgelösten, schweigsamen Maria lag Sophie in dem abgedunkelten Schlafzimmer. Ob Adam inzwischen von der Entdeckung ihrer Flucht wüßte? Wahrscheinlich war man über die überraschend verfrühte Rückkehr des Generals in Preobrazhenskoje informiert; in dem Fall würde Adam von fieberhafter Angst befallen sein.

Der Morgen zog sich endlos lange dahin. Sophie war nicht in der Lage einzuschlafen, obwohl sie die vergangene Nacht so gut wie keinen Schlaf bekommen hatte. Sie lag da, von Bangigkeit erfüllt, wagte es nicht, aufzustehen und sich im Haus zu zeigen, aus Angst, Paul könnte auf die Idee kommen, eine solche Ruhelosigkeit als Zeichen angegriffener Gesundheit zu interpretieren, und dementsprechend handeln.

Es war kurz nach zwölf Uhr, als ein schüchternes Klopfen an der Tür das Erscheinen einer jungen Zofe ankündigte, von der Sophie sich nicht erinnern konnte, sie schon einmal gesehen zu haben. Nicht, daß dies ungewöhnlich gewesen wäre; das Heer von Leibeigenen, das im Palast der Dmitriews arbeitete, war enorm groß und einem beständigen Wechsel unterworfen, da Leibeigene ausgetauscht, verkauft oder zur Schulung von den Landgütern hergebracht wurden.

»Wenn Sie gestatten, Prinzessin... ich bin gekommen, um Ihnen beim Ankleiden behilflich zu sein.« Das Mädchen knickste.

»Wo ist Maria?« Sophie setzte sich auf und warf die Bettdecke beiseite, unfähig, ihre Erleichterung über dieses Ende der Bettruhe zu verbergen.

Das Mädchen wandte sich ab und vergrub sein Gesicht im Kleiderschrank. »Sie ist in der Bedienstetenunterkunft, Prinzessin. Sie wird für ein oder zwei Tage das Bett hüten.«

Sophie erwiderte nichts. Sie hätte es besser wissen müssen, statt zu fragen. Strafen, die Prinz Dmitriew verhängt hatte, wurden immer unverzüglich vollstreckt. Bis auf meine eigene Strafe, dachte Sophie. Die war bis jetzt noch nicht einmal verkündet worden.

Das Thema wurde auch in keiner Weise während des Mittagessens berührt, das in gewohnter Förmlichkeit und mit einem Minimum an Unterhaltung vonstatten ging. Sophie zwang sich zu essen, zu trinken und eine höfliche Frage über den Besuch ihres Ehemannes in Czarskoje Selo zu stellen; zwang sich sogar, sich die Antwort aufmerksam anzuhören.

Und während der ganzen Zeit war ihr zumute wie damals, als sie darauf gewartet hatte, daß sich der tollwütige Wolf im hohen Gras zeigte, bereit, sich auf die Drosselvene zu stürzen. Jetzt – ebenso wie damals – mußte sie auf alle Eventualitäten vorbereitet sein, mußte ihren Kopf freihalten von den Bildern, die die Angst erzeugten, die klares Denken und das umsichtige Handeln verhindern würden, von denen ihre Sicherheit und die der anderen abhing.

Das Mahl endete wie immer um Punkt drei Uhr. Sophie vollzog peinlich genau das Ritual des Dankens und erntete dafür eine kühle Verbeugung.

»Warum stattest du den Ställen nicht einen Besuch ab, meine liebe Sophia?« schlug der Prinz vor. »Es ist ein wunderschöner Nachmittag, und ich schätze doch, du dürftest es genießen, nach dem ruhigen Vormittag ein wenig hinauszukommen.«

Da, der Wolf hatte sich gezeigt! Sie wußte es mit absoluter Sicherheit, als sie in die blassen Augen ihres Ehemannes schaute, wo der Hai selbstgefälliger Vorfreude schwamm – Vorfreude auf den Schmerz eines anderen Menschen.

Ob es mit Boris zu tun hatte? Nein, sie durfte nicht spekulieren; wenn sie es tat, wäre sie nicht mehr in der Lage, ihre schreckliche Angst zu verbergen, und Paul würde sie in ihrem Gesicht lesen. Diese Befriedigung durfte er unter keinen Umständen haben.

»Was für ein umsichtiger Vorschlag, Paul.« Sophie lächelte ausdruckslos-höflich. »Ich würde wirklich einen Spaziergang im Sonnenschein genießen.«

»Ich habe heute nachmittag noch verschiedenes mit Oberst Graf Danilewski in meinem Arbeitszimmer zu besprechen. Heute abend werde ich dich jedoch zu Gräfin Narishkinas Soirée begleiten.« Seine Lippen verzogen sich zu einem Lächeln, aber das Lächeln in seinen Augen war alles andere als freundlich. »Die Narishkins sind letzte Woche in die Stadt zurückgekommen. Ich habe gestern ihre Einladung erhalten und dachte, es wäre eine nette kleine Überraschung für dich... ein wenig gesellschaftliche Zerstreuung.« Das schmallippige Lächeln verblaßte. »Ich will doch sehr hoffen, daß ich keine Unklugheit begehe, wenn ich dir diese Zerstreuung erlaube, Sophia. Ich habe gehört, Ihre Kaiserliche Majestät wird Anfang nächster Woche wieder in ihre Residenz im Winterpalais zurückkehren. Während der Wintersaison wird es also noch weitere Einladungen geben. Es wäre wirklich schade, wenn du dich wegen unpassenden Benehmens von der Gesellschaft zurückziehen müßtest.«

»Ich kann mich wohl kaum von etwas zurückziehen, an dem ich noch gar nicht teilgenommen habe, Paul«, erwiderte Sophie ruhig. Die Gewißheit, daß er Vergeltungsmaßnahmen getroffen hatte, um sie für ihren nächtlichen Ausritt zu bestrafen – Vergeltungsmaßnahmen, die sie nur zu bald herausfinden würde –, machte es irgendwie belanglos, seinen Ärger mit einer weiteren Demonstration von Kampfgeist zu erregen. Tatsächlich verschaffte es ihr eine gewisse Befriedigung, als sie fühlte, wie die alte Sophia Alexejewna aus Berkholzskoje wieder in ihr erwachte – eine Frau, die nicht so leicht die Kontrolle über ihr Schicksal aufgegeben hatte. Die lammfromme, gehorsame Fassade, hinter der sich jene Sophia versteckt hatte, erschien ihr plötzlich wie eine feige Täuschung, eine Verleugnung ihres wahren Ichs.

Sie begegnete dem Aufblitzen kalter Wut in seinen Augen mit ruhigem, furchtlosem Blick, dann knickste sie höflich. »Wenn du mich jetzt bitte entschuldigst, Paul. Ich möchte meinen Spaziergang zu den Ställen unternehmen.«

Dmitriew beobachtete sie, als sie aus dem Raum ging, den Kopf hocherhoben, die Schultern gestrafft, in aufrechter Haltung – derselbe Gang wie früher, vor ihrer Hochzeitsnacht. Ob er sie falsch eingeschätzt hatte? Bis zu einem gewissen Grad war es offensichtlich so. Er hatte geglaubt, ihr Mut, ihre Seele, seien gebrochen, doch dieser Glaube war eindeutig verfrüht gewesen. Aber sie war ja im Begriff, daran erinnert zu werden, daß Taten der Unabhängigkeit und des Ungehorsams mit drastischen Strafen belegt würden.

Er stand da, die Stirn in nachdenkliche Falten gelegt, die Handfläche seiner einen Hand mit dem Daumen massierend. Aus irgendeinem unerfindlichen Grund verschaffte ihm sein Besitz von Sophia Iwanowas Tochter bei weitem nicht die Befriedigung, die er erwartet hatte. Er hatte geglaubt, dieser Besitz würde ihn für den Verlust des anderen entschädigen, hatte sich eingeredet, in der Unterjochung einer Golitskowa würde er die Genugtuung einer sauberen Rache für die Demütigungen und Frustrationen der Vergangenheit erfahren.

Doch Sophia Dmitriewa lag immer nur wie ein Stein unter ihm, starrte mit ausdruckslosen Augen an die Decke, während er seinen Samen in sie ergoß. Es störte ihn zwar nicht, daß sie keine Lust bei dem Akt empfand, aber diese unglaubliche Gleichgültigkeit, die sie dabei bekundete, war schon fast beleidigend... bewies auf eine gewisse Art Herablassung. Und sie hatte bis jetzt noch nicht empfangen. Ein Erbe würde für all das entschädigen, doch angenommen, zu ihren übrigen Fehlern käme auch noch Unfruchtbarkeit hinzu, denn hätte er, abgesehen von ihrem Vermögen, wirklich einen schlechten Handel abgeschlossen.

Er *konnte* jedoch ihre absolute Unterwerfung erzwingen, und genau das würde er tun. Es wäre keine Schwierigkeit für ihn, ihr Leben noch weniger erfreulich zu machen, als es ohnehin schon war, wenn sie sich weiterhin so unbelehrbar zeigte. Mit diesem tröstlichen Entschluß schritt Prinz Paul Dmitriew die Treppe hinauf in sein Arbeitszimmer, um auf die Ankunft seines Adjutanten zu warten.

Als Sophie durch den Palast ging, spürte sie etwas Seltsames, wurde sich bewußt, daß mit dem Haushalt irgend etwas nicht stimmte. Es dauerte eine Minute, bis sie erkannte, daß sie selbst in dieser ungewöhnlich bedrückenden Atmosphäre normalerweise einer gemurmelten Begrüßung, einem flüchtigen Lächeln der Bediensteten begegnete, wenn sie von Zimmer zu Zimmer ging. Jetzt wichen Blicke vor ihr aus, Körper drückten sich bei ihrem Herannahen in dunkle Winkel, als näherte sich ein Aussätziger. Natürlich, zwei völlig unschuldige Menschen waren aufgrund ihres Tuns ausgepeitscht worden. Die Leibeigenen hielten es offensichtlich für sicherer, sich soweit wie möglich von ihrer Herrin fernzuhalten.

Eine Woge der Mutlosigkeit überrollte Sophie, verstärkte ihre Traurigkeit noch. Sie hatte keine Freunde, bis auf Adam und Boris, doch die durften ihre Gefühle für sie – so stark sie auch sein mochten – nicht offen zeigen und konnten ihr deshalb auch nichts nutzen.

O Gott, was mag jetzt mit Boris sein? Bei dem angstvollen Gedanken beschleunigte sich Sophies Schritt unwillkürlich. Was würde sie im Stall vorfinden? Würde sie durch den Hof gehen, um Boris Mikhailow an den Händen gefesselt vom Schafott herabhängen zu sehen, sein Rücken in blutigen Fetzen von den Mißhandlungen der Peitsche? Das Bild ließ einen Kloß von Übelkeit in ihrer Kehle aufsteigen; sie hatte plötzlich Mühe, Schrittempo beizubehalten, ihr Blick schweifte hastig hin und her, voller Furcht vor dem Anblick, der sich ihr möglicherweise bieten würde. Aber der Hof lag wie ausgestorben da; nur der frisch geschrubbte Zustand der Pflastersteine zu Füßen des Schafotts, die weiß in der erbarmungslosen Nachmittagssonne glänzten, legte stumm Zeugnis von den blutdurchtränkten Qualen des Nachtwächters ab.

Boris pumpte gerade Wasser aus dem Brunnen im Stallhof, als Sophie herbeieilte. Als er sich aufrichtete und sie anschaute, wußte sie sofort, daß etwas Schreckliches passiert war. Der riesige Muschik wirkte auf einmal gebeugt, seine gewöhnlich durchdringenden schwarzen Augen blickten trübe vor Kummer; der graue Bart und das graue Haar schienen ganz plötzlich eine exakte Widerspiegelung seines Alters, statt wie sonst irreführende Anzeichen eines Mannes auf dem Höhepunkt seiner Schaffenskraft.

»Was ist denn? Was ist passiert?« Die Fragen kamen zwischen zusammengepreßten Lippen hervor, einer Kehle rauh wie Sandpapier, als Sophie auf ihn zurannte, sich ausnahmsweise einmal nicht darum sorgend, daß sie von Stallburschen und Pferdeknechten dabei beobachtet würden, wie sie sich privat miteinander unterhielten.

Sein Gesicht verzog sich kummervoll. Er nahm ihre Hände in seine und drückte sie fest. »Es geht um Khan, Prinzessin.«

»Khan?« Schwarze Flecke schwammen vor ihren Augen. »Tot? Hat er ihn erschießen lassen?« Es war das Schlimmste, was Sophie sich vorstellen konnte, aber der Muschik schüttelte betrübt den Kopf.

»Es wäre besser so gewesen. Nein, der Prinz hat ihn verkauft.«

»Ihn verkauft?« Sie starrte ihn entgeistert an. Khan konnte keinem anderen Herrn dienen, konnte von keinem anderen als Boris Mikhailow gepflegt werden. Boris hatte gerade die Wahrheit gesprochen. Der Hengst wäre besser tot, als von einem anderen Willen gebrochen. Denn man würde ihn seelisch brechen müssen; er ließ sich nicht mit Freundlichkeit gewinnen, und er war ein viel zu mächtiges Geschöpf, als daß man ihn mit bloßer, schwächlicher Menschenkraft hätte beherrschen können. »Er hat ihn verkauft?« wiederholte sie tonlos. »An wen, Boris?«

Verzweiflung verdunkelte seine Züge. »An einen Pferdehändler. Für dreißig Rubel.«

Dreißig Rubel! Er hatte dieses unbezahlbare Tier für lächerliche dreißig Rubel an einen Pferdehändler verkauft, einen von der berühmt-berüchtigten Sorte, einen, dem es egal war, was er für eine so kümmerliche Summe gekauft hatte, der nur darauf erpicht sein würde, das Pferd zu einem gesalzenen Preis weiterzuverkaufen. Und zu diesem Zweck würde er Khan mit Schlägen und Aushungern zur Unterwerfung zwingen müssen, denn niemand würde gutes Geld für so ein wildes, unbezähmbares Tier zahlen.

»Nein... nein, das kann nicht sein!« Sophie schüttelte entsetzt und ungläubig den Kopf. »Du mußt dich irren, Boris!«

»Ich wünschte, es wäre so«, erwiderte der Muschik sanft. »Aber ich war bei dem Verkauf dabei. Heilige Mutter Gottes, verzeih mir, aber ich habe ihm Khan ausgehändigt.«

»Du darfst dir nicht die Schuld daran geben«, sagte sie trostlos. »Ich weiß ja, du hattest gar keine andere Wahl.« Sie wandte sich ab vor dem Schmerz in seinen Augen. Das war es also, worauf ihr Ehemann so gespannt gewartet hatte, daß sie es erfuhr. Ganz sicher hatte er auch gewußt, wie sehr es Boris schmerzen würde, derjenige zu sein, der es ihr sagte.

Ganz plötzlich wallte eine Woge ohnmächtigen Zorns in ihr auf, eine blinde, rasende Wut, die aus den Tiefen ihrer Seele aufstieg, sie jeden Gedanken an Vorsicht vergessen, all ihre Angst vor dem Mann dahinschwinden ließ, der ihr Dasein kontrollierte. Die Wut, die sie während der letzten Wochen so angestrengt zu unterdrücken versucht hatte, brach sich jetzt mit aller Macht Bahn, und Sophie rannte auf das Haus zu, raffte im Laufen ihre Röcke, um mehr Bewegungsfreiheit zu haben. Sie raste durch das Haus, flog die Treppen hinauf, immer zwei Stufen auf einmal nehmend, ohne sich um die verwunderten Blicke zu kümmern, das aufgeregte Geflüster, das sie hinter sich zurückließ. Ohne Formalitäten stürmte sie in Prinz Dmitriews Arbeitszimmer.

Adam, der am Fenster gestanden hatte, fuhr überrascht herum, erkannte die Sophia Alexejewna, die er bei ihrer ersten

Begegnung kennengelernt hatte, das feurige Geschöpf, das sich in eine Furie verwandelt hatte, als er Hand an ihr Zaumzeug legte.

Paul Dmitriew erblickte eine Frau, die er noch nie zuvor gesehen hatte. Die dunklen Augen waren fast schwarz in ihrem Zorn, funkelten in ihrem bleichen Gesicht, ihre Lippen waren in einer Grimasse der Wut zurückgezogen.

»Wie kannst du es wagen!« Die Tür krachte gegen die Wand, als Sophie sie von sich schleuderte. »Wie kannst du es wagen, Khan zu verkaufen? Wie konntest du ein so wundervolles Tier zu einem langsamen, qualvollen Tod verurteilen? Was hat er getan, daß er solch ein grausames Schicksal verdient hätte? Ebenso gut hättest du *mich* an einen Pferdehändler verkaufen können. Ich kann mir keine noch *dümmere* Rache vorstellen... hirnlos und ohne Sinn und Verstand ein solches Tier zu opfern...«

»Sei still!« donnerte Prinz Paul Dmitriew, der sich inzwischen von dem Schock über diesen unglaublichen Wutausbruch erholt hatte. »Du vergißt dich.« Er senkte seine Stimme, die jetzt eine eisige, gefährliche Ruhe ausstrahlte. »Wenn du glaubst, ich würde einen solch verabscheuungswürdigen öffentlichen Gefühlsausbruch von meiner Frau dulden, dann befindest du dich gewaltig im Irrtum, Sophia Alexejewna.«

Sophies Blick schweifte zu Adam hinüber, der wie ein Götzenbild am Fenster stand, seine Miene völlig ausdruckslos. »Bitte entschuldigen Sie mich«, sagte er mit einer Verbeugung vor seinem General. »Ich bin in Eile.« Er ging ohne ein weiteres Wort aus dem Arbeitszimmer, überließ Sophie Dmitriews Ärger, selbst als sie unwillkürlich einen halben Schritt auf ihn zutrat.

»Du wirst jetzt in dein Schlafzimmer gehen und dich beruhigen«, sagte der Prinz mit derselben eisigen Ruhe.

Sophies Zorn war inzwischen verraucht, verdrängt von einem Gefühl absoluter Hoffnungslosigkeit. »Khan hat mir gehört«, sagte sie leise. »Du hattest kein Recht...«

»Du wirst mich nicht über meine Rechte belehren!« fuhr er sie an. »Du bist meine Frau, und du darfst einzig und allein die Dinge als deinen Besitz betrachten, die ich dir gestatte. Über alle übrigen werde ich so verfügen, wie ich es für richtig halte. Und jetzt geh in dein Schlafzimmer. Du bist eindeutig viel zu erregt, um heute abend an der Soirée der Gräfin teilzunehmen. Du wirst Bettruhe einhalten, bis ich zu dem Schluß gekommen bin, daß du dich vollständig von diesem außergewöhnlichen Ausbruch erholt hast. Wenn du mich durch dein Verhalten zwingst, den Arzt zu rufen, werde ich nicht zögern, es zu tun.«

Sophie machte kehrt und verließ schweigend den Raum. In der Wildnis der Steppen hatte sie gelernt, eine Niederlage zu akzeptieren. Es bedeutete nicht, daß man nicht erneut kämpfen konnte, und ihr Großvater hatte ihr geraten, die Regeln der Wildnis auf ihr neues Leben anzuwenden. Großvater... sie hatte ihn nicht mit ihrer Geschichte des Jammers beunruhigen wollen, hatte sich geschworen, dies hier allein durchzustehen, doch er hatte ihr erklärt, er würde sie nicht ohne Rüstzeug in diese neue Welt schicken. Wenn sie ihn brauchte, sollte sie nur Boris Mikhailow mit einer Nachricht zu ihm schicken. Jetzt wußte Sophie, daß sie auf diese Waffe in ihrem Arsenal zurückgreifen mußte. Sie würde sich um Hilfe an den alten Prinzen wenden, der außer sich sein würde über einen solchen Akt der Unmenschlichkeit und Sinnlosigkeit, wie er heute stattgefunden hatte.

Aber im Augenblick konnte sie ihren Plan noch nicht in die Tat umsetzen. Sie mußte wie befohlen im Bett bleiben, ihren Kummer ertragen, schweigend um den Verlust eines Teils ihrer selbst trauern, ihrem Ehemann die Fassade der Unterwürfigkeit und Sanftmut zeigen, bis sie aus dem Gefängnis ihres Schlafzimmers befreit würde.

Adam, kaum fähig, seine eigene Wut über die sinnlose Brutalität von Dmitriews Racheakt zu verbergen, verließ den Palast des Generals, gequält von dem Wissen um Sophies Schmerz. Er fand Boris Mikhailow im Stall und rief ihn in glaubwürdig herrischem Tonfall zu sich. »Auf ein Wort, Bursche!«

Boris erwies ihm seine Reverenz. »Ja, Herr.« Er eilte zu dem Grafen, verbeugte sich vor ihm. Weder in dem Zuruf noch im Auftreten des Grafen oder in der Haltung des Muschiks lag irgend etwas, was den Verdacht der übrigen Leibeigenen im Hof erregt hätte, die sich nach einem flüchtigen Blick auf den Adjutanten ihres Herrn weiter um ihre Arbeit kümmerten.

»Was weißt du über diesen Pferdehändler?« erkundigte sich Adam leise.

»Kommt aus Georgien«, antwortete Boris ebenso gedämpft. »Sagte, er wollte heute nachmittag mit einer Reihe von Pferden die Straße nach Smolensk nehmen. Schien mächtig zufrieden mit sich selbst.« Ein harter Ausdruck trat in die schwarzen Augen. »Hatte ja auch allen Grund dazu, bei einem solchen Prachtstück wie Khan für lumpige dreißig Rubel.«

»Dreißig Rubel!« Adam vergaß einen Moment seine Tarnung und schnappte entsetzt nach Luft. Dann fing er sich wieder. »Die Straße nach Smolensk, sagst du?«

Boris nickte, blickte zur Sonne hinauf. »Er ist vor ungefähr vier Stunden aufgebrochen, Herr. Ein schnelles Pferd würde ihn in der Hälfte der Zeit einholen; mit einer ganzen Reihe von Pferden, einige davon schon halb tot, kommt man nicht so rasch vorwärts.«

»Was muß ich wissen, um Khan an einer Führungsleine zu

handhaben?« Die Frage war präzise und geschäftsmäßig und erhielt eine ebensolche Antwort.

»Lassen Sie ihn links von sich laufen. Er neigt dazu, bei plötzlichen Bewegungen zu scheuen.« Boris zählte die Einzelheiten an seinen Fingern ab. »Er mag keine fremde Hand an seinem Zaumzeug, deshalb wird er Sie wahrscheinlich einer harten Probe unterwerfen. Halten Sie die Führungsleine kurz. Wenn er scheut, zerren Sie nicht an der Leine, halten Sie ihn einfach und beten Sie. Wenn er durchgeht, können Sie sowieso nichts mehr tun, um ihn aufzuhalten.« Boris runzelte die Stirn, überlegte einen Moment. »Oh, und Sophia Alexejewna spricht immer mit ihm. Schwört darauf, daß es ihn beruhigt.« Er zuckte mit den Achseln und lächelte leicht. »Ich weiß allerdings nicht, ob eine andere Stimme die gleiche Wirkung auf ihn hat.«

»Mein Talent für Stimmenimitation ist etwas unterentwickelt«, bemerkte Adam trocken. »Hoffen wir nur, daß ich nicht gezwungen bin, es auszuprobieren.«

»Und die Prinzessin...?« fragte Boris zögernd.

»Weiß von alldem noch nichts. Sie hat ihren Ehemann gründlich gegen sich aufgebracht, und es gibt für mich ansonsten keine Möglichkeit, ihr zu helfen, Boris Mikhailow.« Ein Ausdruck frustrierter Hilflosigkeit trat in die schmalen, aristokratischen Züge. »Eine Frau ist nun mal das Eigentum ihres Ehemannes.« Nur – diese Regel hatte nicht für seine eigene Ehefrau gegolten – die treulose Eva und ihren unbekannten Liebhaber. Warum, zum Teufel, sollte er, Adam, sich an eine Regel halten... Nein! Er würde nicht das Unrecht wiederholen, das man ihm angetan hatte.

Und dennoch schien diese von neuem bekräftigte Entscheidung etwas von ihrer Kraft eingebüßt zu haben durch seinen Zorn über Dmitriews sinnlose Brutalität, durch sein eigenes überwältigendes Bedürfnis, Sophie auf jede nur mögliche

Weise zu helfen, durch die Erinnerung an ihre gegenseitige Liebeserklärung in jener Stunde der Morgendämmerung.

»Ich werde Khan in meinem eigenen Stall unterbringen«, sagte Adam jetzt. »Wenn du eine Gelegenheit findest, sag Sophia Alexejewna, daß mein Vorhaben gelingen *wird*. Ich werde Khan dem Händler wieder abkaufen, und er wird bei mir absolut sicher sein.«

Nicht eine Minute kam es Boris Mikhailow in den Sinn, an der Feststellung des Grafen zu zweifeln. Wenn dieser Mann sich etwas vornahm, dann würde er auch Erfolg haben. »Ich werd's ihr sagen, Herr. Bei all ihrer Stärke... aber eine solche Grausamkeit muß sie tief getroffen haben.«

Adam dachte an die Xanthippe, mit der Dmitriew konfrontiert gewesen war, und lächelte trotz seiner Trostlosigkeit. »Es wird mehr brauchen als den General, um Sophia Alexejewna in die Knie zu zwingen, Boris.«

»Hoffen wir, daß Sie Recht behalten«, erwiderte der Muhik düster. »Man kann jeden Menschen brechen, wenn man ihn nur lange genug quält. Und mir scheint, Seine Hoheit hat alle Zeit der Welt, die er braucht.«

Adam, der keine Worte tröstlichen Widerspruchs finden konnte, machte sich sofort auf den Weg und nahm die Straße nach Smolensk, um den Pferdehändler zu verfolgen.

Prinz Dmitriew ging allein zur Soirée der Gräfin Narishkina, entschuldigte das Ausbleiben seiner Ehefrau mit der höflich-unverbindlichen Erklärung, sie leide an einer schweren Migräne. Er blieb eine Stunde, gab sich charmant und aufmerksam, nahm neuerliche Glückwünsche anläßlich seiner Heirat mit liebenswürdigen Dankesworten entgegen, lächelte dankbar, als diverse prominente Damen der Gesellschaft ihm versicherten, sie würden in der folgenden Woche bei seiner Frau vorsprechen, und murmelte, wie erfreut Sophia Dmitriewna sein würde und wie sehr er das Interesse an seiner jungen, unerfahrenen Ehefrau zu schätzen wüßte, die noch viel Beratung und Anleitung brauche. Dann verabschiedete er sich – ganz der zärtlich besorgte Ehemann, den es an das Bett seiner kranken Frau zieht – und ging.

Nach Hause zurückgekehrt, eilte Prinz Dmitriew zunächst in seine eigenen Räume, wo er sich für die Nacht fertigmachte und einen Schlafrock überzog. Dann trat er ohne Förmlichkeiten in das Schlafgemach seiner Frau ein. Der Raum lag im Halbdunkel, auf dem Tisch brannte nur ein Nachtlicht, die Vorhänge am Bett waren fest zugezogen. Er riß die Bettvorhänge mit einem Ruck auf und betrachtete Prinzessin Dmitriewnas blasses, verhärmtes Gesicht.

»Du siehst wie eine kranke Katze aus«, erklärte er kalt, während er den Gürtel seines Schlafrocks aufknotete. »Es scheint, als könnte man mich nicht gänzlich der Lüge beschuldigen, als ich sagte, du wärest wegen einer Migräne nicht in der Lage, an den Zerstreuungen dieses Abends teilzunehmen.«

»Ich fühle mich tatsächlich nicht wohl«, murmelte Sophie, aus halb geschlossenen Augen zu ihm aufblickend. »Die Tage des Monats…«

Dmitriews Miene verfinsterte sich vor Ärger. Er band seinen Gürtel mit unheilverkündender Bedächtigkeit wieder zu. »Es liegt auf der Hand, daß wir uns mehr Mühe geben müssen, meine Liebe. Und du mußt dich dringend um mehr Haltung bemühen. Diese heftigen Wutanfälle können nicht gut für dich sein.« Er verließ das Zimmer, und Sophie hörte, wie der Schlüssel im Schloß herumgedreht wurde.

Sie vergrub ihr Gesicht im Kopfkissen, kämpfte gegen die Tränen an, gegen die entsetzliche Hoffnungslosigkeit, die dieses Gefühl, lebendig begraben zu sein, nur noch verschlimmerte, gegen ihre verzweifelte Sehnsucht nach Adam.

Wie sehr sie sich danach verzehrte, noch einmal mit Liebe und Zärtlichkeit in die Arme genommen zu werden, wieder dieses wundersame Aufblühen tief in ihrem Körper unter den süßen Liebkosungen seiner Lippen zu spüren! Wie mochte es wohl sein, mit Adam diesen kalten, schmerzhaften Akt zu teilen, dem ihr Ehemann sie fast täglich unterzog? Es konnte einfach keinen Vergleich geben. Und dennoch – sie würde es niemals herausfinden. Ihre Tränen flossen, trotz ihrer verzweifelten Anstrengung, sie zurückzuhalten – Tränen um sich selbst, um ihren Großvater, der so einsam in Berkholzskoje lebte, viele, viele Tränen um Khan und Tränen um Adam und eine Liebe, die niemals Erfüllung finden würde.

Die Tür wurde erst gegen Mittag des folgenden Tages wieder aufgeschlossen. Sophie hatte sich nicht die Mühe gemacht, nach der kleinen Zofe zu klingeln, da sie ziemlich sicher war, daß niemand auf ihr Rufen reagieren würde. Die Demütigung, von den Dienern ignoriert zu werden, obwohl sie es auf ausdrücklichen Befehl ihres Ehemannes tun würden, war mehr, als sie ertragen konnte. Sie würde vorgeben zu schlafen, versunken in gnädiger Bewußtlosigkeit. Niemand, am allerwenigsten ihr Ehemann, sollte die Befriedigung haben, sie litte unter dieser Vernachlässigung.

Als sie hörte, wie der Schlüssel erneut im Schloß herumgedreht wurde, lehnte sich Sophie gegen die Kissen zurück und setzte die Miene eines Menschen auf, der ängstlich bestrebt ist zu gefallen. »Guten Tag, Paul.« Sie begrüßte ihn mit dem zögernden Lächeln, das sie im Laufe der Wochen perfektioniert hatte, so als wären die Umstände ganz wie gewöhnlich.

Er steckte den Schlüssel wieder in das Schloß auf der Innenseite der Tür. »Du solltest lieber deine Zofe rufen, damit sie dir beim Ankleiden behilflich ist. Ich erwarte Gäste zum Mittagessen.«

»Gäste!« Sophie konnte ihren überraschten Ausruf nicht unterdrücken. »Du meinst, Graf Danilewski?«

»Ich betrachte meinen Adjutanten nicht als Gast«, informierte Dmitriew sie barsch. »Wenn er mit uns ißt, dann nur deshalb, weil wir Arbeit zu erledigen haben.«

Sophie, voller Angst, sie hätte sich beinahe durch diese unvorsichtige Frage verraten, senkte ihren Blick auf die Bettdecke und murmelte duldsam: »Natürlich, Paul. Ich verstehe vollkommen. Wie dumm von mir.«

Er musterte sie mit einem gewissen Argwohn. Bis gestern hätte er die Aufrichtigkeit ihres unterwürfigen Benehmens nicht bezweifelt, jetzt war er sich jedoch nicht mehr so sicher. Andererseits hatte sie seitdem einige schwere Schläge erlitten: den Verlust ihres Pferdes, das Verbot, an der Soirée teilzunehmen – eine Ablenkung, nach der sie sich nach der langen Periode der Isolation gesehnt haben mußte – und nicht zuletzt die Demütigung, in diesem Zimmer eingesperrt zu sein. Sie konnte sich sicher denken, daß der gesamte Haushalt davon wußte.

Er beschloß, in diesem Zweifelsfall zu ihren Gunsten zu entscheiden. »Zufällig sind meine Gäste Regimentskollegen, die gerade von einer Expedition nach Kasan zurückgekehrt sind. Graf Danilewski wird sich uns ebenfalls anschließen. Ich hoffe doch, die Rolle der Gastgeberin wird deine Fähigkeiten nicht übersteigen.«

Er hob sarkastisch eine Augenbraue. »Es ist nicht erforderlich, daß du dich über die üblichen Förmlichkeiten hinaus an der Unterhaltung beteiligst. Und du wirst den Tisch verlassen, sobald das Essen vorbei ist.«

Wieder stieg rebellische Wut in ihr auf über diese beleidigenden Anweisungen, die eher auf ein Kind am Tisch der Erwachsenen gepaßt hätten oder auf eine arme Verwandte, die auf die Mildtätigkeit anderer angewiesen war. Sophie hielt ihren Blick jedoch weiterhin gesenkt, faltete die Hände, um das ärgerliche Zittern ihrer Finger zu beruhigen, und konzentrierte sich auf den jubelnden Gedanken, daß Adam während des endlos langweiligen Essens anwesend sein würde. Vielleicht konnten sie verstohlen einen Blick tauschen, eine Bemerkung wechseln, deren wahre Bedeutung nur ihnen beiden bekannt war.

»Du wirst im Wohnzimmer sein, um meine Gäste um Viertel vor zwei zu begrüßen«, erklärte Paul auf dem Weg zur Tür. »Und du wirst dich nicht zu elegant anziehen. Ein Kleid für den Vormittag reicht vollkommen für die bescheidene Rolle, die du meinem Wunsch entsprechend spielen wirst.«

»Ja, Paul«, murmelte Sophie gehorsam. Kaum hatte sich die Tür hinter ihm geschlossen, griff sie nach dem schweren Messingkerzenleuchter neben ihrem Bett und schleuderte ihn gegen die Holzvertäfelung. Ein krachendes, splitterndes Geräusch ertönte, und sie wartete mit angehaltenem Atem, ob der Lärm Paul wieder ins Zimmer zurückbrachte. Aber die Tür blieb geschlossen. Die heftige Geste hatte ihre Gefühle so sehr erleichtert, daß Sophie fast lachen mußte bei dem Gedanken daran, wie sie ihrer Zofe einen verbogenen Kerzenleuchter erklären sollte. Zumindest war es nicht Maria, denn die würde noch eine Weile fortbleiben, und das schüchterne kleine Mädchen, das ihr gegenwärtig diente, schien nicht das Zeug zu einer Spionin zu haben.

Sophie zog energisch an der Klingelschnur und riß die Tür zu ihrem Kleiderschrank auf. Prinz Dmitriew hatte ihr vielleicht verboten, sich elegant und förmlich zu kleiden, trotzdem lag ein gewisses Vergnügen in dem Gedanken, daß sie Repräsentanten der Außenwelt zu sehen bekommen sollte und daß diese in irgendeiner – wenn auch zurückhaltenden – Weise auf sie, Sophie, reagieren müßten, allein schon aus simpler Höflichkeit.

Ein Lächeln spielte um ihre Lippen, während sie in ein Kleid aus apfelgrünem Kambrikbatist mit schmalem Reifrock schlüpfte. Sie erinnerte sich wieder an den ersten Abend mit Adam, als sie sich beim Abendessen in gewohnt nachlässiger Manier in staubigem Reitkostüm und Stiefeln präsentiert hatte, ihr Haar immer noch windzerzaust. In den wenigen Wochen am Hof vor ihrer Hochzeit hatte sie jedoch entdeckt, wieviel Freude man an einer erlesenen Garderobe und der Eleganz zeremonieller Kleidung haben konnte.

Das Kleid, das sie jetzt trug, war elegant in seiner Schlichtheit. Die Farbe brachte die intensive Nuance ihrer vollen, dunkelbraunen Haare besonders effektvoll zur Geltung, die sich in üppigen Locken um ihren Kopf schmiegten, um das Oval ihres Gesichts zu betonen. Ein Spitzenfichu am Halsausschnitt gab dem Kleid etwas Sittsames, und es paßte genau zu der duftigen Spitzengarnierung am Saum der ellenbogenlangen Ärmel. Sophie fand, ihre Unterarme hatten eine hübsch geschwungene Form, während sie sie zum ersten Mal in ihrem Leben mit stirnrunzelndem Interesse begutachtete. Sie drehte sie hin und her, bewunderte die Feingliedrigkeit ihrer Handgelenke, die zarte, milchige Glätte ihrer Haut.

Dann verzogen sich ihre Lippen in plötzlichem Widerwillen. Was hatte es für einen Sinn, ihre sogenannten Reize zu bewundern, wenn sie Nacht für Nacht an einen brutalen, gefühlskalten Ehemann verschwendet wurden? Wie mochten Adam ihre Arme gefallen? Vielleicht waren sie ein wenig zu muskulös, um wirklich hübsch zu sein... Ach, hör auf damit! Sophie schalt sich selbst streng für derartig nutzlose, potentiell schmerzliche Überlegungen, als sie in die Tasche ihrer dekorativen Schürze den Brief an ihren Großvater gleiten ließ, den sie am vergangenen Abend während ihres Eingesperrtseins geschrieben hatte. Es war immerhin möglich, daß sie zu den Ställen hinausschlüpfen konnte, und sie mußte darauf vorbereitet sein, jede sich bietende Gelegenheit zu nutzen. Mit diesem Entschluß ging sie die Treppe hinunter zum Wohnzimmer.

Als Sophie dort erschien und höflich vor ihrem Ehemann und den beiden älteren Offizieren des Semeonowsky-Regiments knickste, musterte Adam sie verstohlen und sehr gründlich. In ihrer Haltung und ihrem Auftreten war nichts Außergewöhnliches, kein Anzeichen dafür, daß sie als Folge ihres Wutausbruchs wegen Khan ungewöhnlichen seelischen Schmerz erlitten hätte. Einen Moment begegneten ihre dunklen Augen seinem prüfenden Blick. In ihren Tiefen las Adam einen Schimmer von Mittäterschaft, ein Aufleuchten von Wärme, das augenblicklich erlosch, als sie sich von ihm abwandte, um eine höflich zustimmende Antwort auf einen Kommentar von General Arkchejew zu murmeln.

Sie wird nicht an ihrem Schicksal zerbrechen, dachte Adam. Wenn überhaupt, dann glaubte er sogar zu spüren, daß wieder etwas von der alten Sophie in ihr erwacht war, als hätte Dmitriews Grausamkeit im Umgang mit Khan sie nicht etwa noch mehr niedergeschmettert, sondern genau die entgegengesetzte Wirkung auf sie gehabt. Es hatte den Anschein, als sei sie über seine Macht, sie zu verletzen, jetzt erhaben.

Sophie wußte noch nicht, daß Khan mittlerweile unversehrt und sicher in Adams Stall stand. Boris hatte ihm erklärt, die Prinzessin sei seit dem vergangenen Nachmittag nicht wieder erschienen. Wenn sie dies erfuhr, würde es ihre Bereitschaft, Widerstand zu leisten und zu kämpfen, noch bestärken. Trotzdem konnte Adam nicht seine still vor sich hinschwelende Wut über Dmitriews Benehmen unterdrücken, der seine Frau jetzt bewußt von der allgemeinen Unterhaltung ausschloß, um damit anzudeuten, daß ihre Anwesenheit nichts weiter als ein notwendiges Übel sei.

Sophie zog sich in sich selbst zurück – ein Trick, den sie während der letzten zwei Monate gelernt hatte. Die dröhnenden Stimmen, das Gelächter, das immer lauter und unmäßiger wurde, während großzügig Wein und Wodka die Runde machten, trafen bei ihr auf taube Ohren, prallten an ihr ab. Sie war sich nur vage bewußt, daß ihr Ehemann weit mehr getrunken hatte, als es sonst seine Gewohnheit war, oder zumindest seine Gewohnheit am Essenstisch. Was er tat, wenn er mit Freunden zusammen saß, war eine andere Sache. Röte überzog seine bleichen Wangen, und seinen Bewegungen mangelte es an Präzision. Sein Messer schlug laut klappernd gegen einen Teller, Wein kleckerte über den Rand seines Glases. Seine Stimme wurde, wenn nicht verschwommen, so doch eine Spur belegt und undeutlich. Aber in diesem Zustand befanden sich auch seine beiden Freunde.

Nur Adam benahm sich so kühl und distanziert wie immer. Sophies Blick wanderte über die glatte, polierte Oberfläche des Tisches, um die schweren silbernen Servierschüsseln herum, über das fein bemalte Meißner Porzellan, die kostbaren Kristallgläser, um sich in der verstohlenen Andeutung eines zärtlichen Blickes zu seinem Gesicht zu heben. Adam schürzte kaum merklich die Lippen, und dennoch empfand Sophie den Kuß, den er ihr zuwarf, als eine vitale lebensspendende Kraft, so wirklich, als hätte er seine Lippen auf ihren Mund gepreßt. Heftiges Begehren wallte in ihr auf, erfüllte jede Faser ihres Körpers. Einen Moment lang zeigte es sich unverhüllt in ihren Augen, in ihrem glühenden, leidenschaftlichen Blick, als sie Adam offen anschaute und in seinen Augen einen Hunger las, der ihrem glich. Dann blitzte eine brüske Warnung in seinen grauen Augen auf, löschte das Feuer der Leidenschaft, und Sophie senkte wieder hastig den Blick auf ihren Teller.

Sie verließ das Speisezimmer, sobald der Anstand es erlaubte, von einer heimlichen Freude erfüllt. Das Trinkgelage ging weiter, und bei dreien der vier Männer sah es so aus, als stände einem Nachmittag, der im Nebel volltrunkenen Vergessens enden würde, nichts im Wege.

Die kostbare Erinnerung an jenen heimlichen Blick und sein Versprechen gab Sophie neuen Auftrieb, als sie sich auf den Weg zu den Ställen machte. Sie wollte einen kurzen Moment stillen Gedenkens mit Boris Mikhailow teilen, bevor sie ihm sagen würde, daß er nach Berkholzskoje aufbrechen müsse, um Prinz Golitskow das volle Ausmaß ihrer verzweifelten Situation zu erklären.

Doch als sie Boris erblickte, seine vergnügten Augen sah, das breite Lächeln auf seinem Gesicht, raffte sie den weichen Stoff ihrer Röcke und rannte über das Kopfsteinpflaster auf ihn zu.

»Vorsicht!« warnte er sie flüsternd, als sie ihn erreichte. »Sie sind zu impulsiv, Sophia Alexejewna! Hier gibt es überall Ohren und Augen, die uns beobachten.«

»Das hatte ich einen Moment ganz vergessen«, erwiderte sie, augenblicklich ernüchtert. »Du siehst aus, als hättest du gute Nachrichten.«

»Die habe ich. Khan steht wohlbehalten in Graf Danilewskis Stall... Nein, beherrschen Sie sich!« sagte er scharf, als plötzlich Tränen in ihren Augen schimmerten und ihr Gesicht vor Erstaunen und Freude strahlte. »Ich will versuchen, ob ich mich heute abend von hier fortschleichen kann, um zu sehen, wie es ihm geht, aber der Graf sagte, Khan verhielte sich ruhig und fräße auch gut...«

»Hör zu, Boris«, unterbrach Sophie ihn eindringlich flüsternd, verdrängte ihre Freude und Erleichterung auf einen späteren Zeitpunkt, wenn sie sie aus vollem Herzen würde genießen können. »Ich habe entschieden, daß mein Großvater von diesen Vorkommnissen erfahren muß. Er wird wissen, wie er mir helfen kann. Du mußt nach Berkholzskoje reiten.«

Boris nickte langsam. »Der Prinz hat mir gesagt, was ich tun sollte, falls Sie in Schwierigkeiten geraten würden und seine Hilfe brauchten. Er hat mir Geld für ein Pferd und für die Reise gegeben. Haben Sie einen Brief?«

Sophie kehrte dem Hof den Rücken zu, begann, auf das Tor zuzuschlendern, während sie vorsichtig den Brief aus ihrer Schürzentasche zog und ihn in einer Falte ihres Rocks verborgen hielt. »Mein Schreiben erklärt alles... die Sache mit Tanja Feodorowna, mit Khan... und... und viele andere Dinge.« Dinge, von denen Boris nichts wußte, all die Demütigungen und Verletzungen, die Sophie sich nicht überwinden konnte, auszusprechen, obwohl sie beim Niederschreiben eine gewisse Distanz zu den schrecklichen Erinnerungen gewonnen hatte.

Ihre Lippen bewegten sich kaum, während sie sprach; die Hand des Muschiks bedeckte ihre für den Bruchteil einer Sekunde, und das Dokument wechselte den Besitzer.

Ohne ein weiteres Wort strebte Sophie über den Stallhof zurück, mußte sich regelrecht zwingen, gemäßigten Schrittes zu gehen und nicht vor Freude zu hüpfen. Khan war in Sicherheit! Adam hatte Khan gerettet! Boris könnte, wenn er schnell ritt, in zwei, vielleicht drei Wochen in Berkholzskoje sein, und Prinz Golitskow würde ihre flehentliche Bitte nicht ignorieren. Was er tun könnte, wußte Sophie nicht; aber sie wußte, daß er irgend etwas unternehmen würde. Die Gitterstäbe ihres Gefängnisses schienen auf einmal eine Idee weiter auseinanderzurücken, ließen die Aussicht auf eine mögliche Zukunft zu, die etwas anderes verhieß als das langsame Dahinwelken ihrer Seele unter dem Joch des Tyrannen.

Sophie betrat wieder das Haus, fand es so düster und bedrückend wie eh und je, und dennoch konnte die Atmosphäre ihrer gehobenen Stimmung diesmal nichts anhaben. Ihr Schritt hatte etwas deutlich Schwungvolles, als sie am Speisezimmer vorbeieilte, aus dem das gedämpfte Geräusch von Stimmen und Gelächter klang. Sie würde zu der langen Galerie hinaufgehen und auf den Fluß hinausschauen. Dort oben hatte sie wenigstens Licht und Luft zum Atmen. Der Fluß symbolisierte Freiheit, eine Straße in die Außenwelt.

Sie bog um eine dunkle Ecke am obersten Treppenabsatz. »Adam!« Sophies impulsiver, erfreuter Aufschrei war ein wenig zu laut und alle Vorsicht außer acht lassend, aber ihr Herzschlag hatte sich unwillkürlich beschleunigt beim Anblick der großen, schlanken Gestalt, die vor ihr den mit Gobelins geschmückten Korridor entlangschritt. Adam wandte sich um, und sie lief in seine Arme.

»Du hast Khan gerettet!« In blindem Leichtsinn warf Sophie ihm die Arme um den Hals, preßte sich an ihn und gab ihm einen leidenschaftlichen Kuß, und einen Moment lang konnte Adam gar nicht anders, als darauf zu reagieren – so süß fühlten sich ihre Lippen auf seinen an, so erregend war das zärtliche Spiel ihrer Zunge, als sie Besitz von seinem Mund ergriff, ihr schlanker, geschmeidiger Körper, der sich an seinen schmiegte, der zarte Duft ihrer Haut, ihrer Haare.

»Sophie! Das ist doch Wahnsinn!« Schließlich wich er vor ihr zurück, löste ihre Arme von seinem Hals.

»Ach wo, sie sind alle betrunken.« Sophie tat die Warnung fröhlich lachend und mit einem gleichmütigen Achselzucken ab. »Ich möchte dich küssen, weil du Khan gerettet hast, und weil ich dich liebe!« Sie lächelte verführerisch, als sie erneut die Arme nach ihm ausstreckte.

Adam konnte sein eigenes entzücktes Lachen bei ihren Worten nicht unterdrücken, doch er hielt ihre Hände fest. »Laß uns wenigstens aus dem Korridor verschwinden, du tollkühnes Wesen!«

»Das kümmert mich jetzt nicht mehr«, verkündete Sophie, obwohl sie sich von ihm in das Dämmerlicht eines kleinen, nur selten benutzten Wohnzimmers ziehen ließ.

»Es *muß* dich aber kümmern! Du mußt vernünftige Vorsichtsmaßnahmen treffen«, schimpfte Adam, während er die Tür hinter ihnen halb zuschob. »Oder willst du den Rest deines Lebens im Kloster verbringen?«

Sie erbleichte. »So etwas würde er nicht tun.«

»Seine zweite Frau starb im Kloster von Susdal«, erklärte er unverblümt. »Er zwang sie, den Schleier zu nehmen, und fünf Jahre später starb sie. Das ist nun mal das Vorrecht eines Mannes, wenn seine Ehefrau nicht seinen Erwartungen entspricht.«

»Wenn sie unfruchtbar ist und einen anderen Mann ansieht...«, sagte sie langsam und schlang die Arme um ihren Körper in einer instinktiven Geste der Selbstverteidigung. »*Grandpère* würde ihm nicht erlauben...«

»Prinz Golitskow hat keinerlei Recht, ihn daran zu hindern«, unterbrach Adam sie schroff.

»Er wird irgend etwas tun«, erwiderte Sophie mit absoluter Überzeugung. »Ich habe Boris Mikhailow einen Brief gegeben, in dem ich meinem Großvater erklärt habe, wie... wie die Dinge hier stehen. Er *wird* etwas unternehmen.«

Adam blickte hinunter in das blasse, ovale Gesicht, in die dunklen, glänzenden Augen, in denen ein Schimmer von Hoffnung aufleuchtete, und er konnte es einfach nicht über sich bringen, diese Hoffnung zu zerstören. »Wie soll Boris von hier fortkommen?«

»Das weiß ich nicht«, antwortete sie. »Aber er hat mir versprochen, daß er es tun wird. Ich weiß auch nicht, wann er Gelegenheit dazu findet, aber er wird sein Versprechen halten. *Grandpère* hatte ihm Geld für ein Pferd und für die Reisekosten gegeben, für den Fall...« Ihre Stimme brach, und das Leuchten in ihren Augen schwand. »Ich weiß, es ist ein weiter Weg bis nach Berkholzskoje.«

Adam, unfähig, das Wiedererwachen von Mutlosigkeit in ihrem Blick zu ertragen, nahm Sophie in die Arme und strich ihr zärtlich eine lose Haarsträhne aus der Stirn. »Liebste...«

Das Tappen von Schritten draußen im Korridor brachte ihn abrupt zum Schweigen. Sophie versteifte sich, ihr Blick irrte erschrocken im Raum umher. »Hinter den Teppich!« flüsterte Adam und schob sie hastig auf die gegenüberliegende Wand zu, an der ein Gobelin hing. Sophie schlüpfte dahinter, zog den Bauch ein und preßte sich mit angehaltenem Atem flach gegen die Wand.

»Graf Danilewski, haben Sie irgendeinen Wunsch?« Es war der bedächtige Tonfall des Butlers, obwohl die Überraschung, die er beim Anblick des Grafen in dieser schwach beleuchteten kleinen Kammer empfand, deutlich in seiner Stimme mitschwang.

»Nein, nein. Danke, Nikolai«, erwiderte Adam freundlich. »Ich kam nur zufällig an diesem Zimmer vorbei und hörte ein Rascheln hinter der Holzvertäfelung. Ich nehme an, du wirst wahrscheinlich eine Maus finden. Es wäre sicher ratsam, die Holzverkleidung zu untersuchen. Wo eine Maus ist, finden sich gewöhnlich noch mehrere. Es sind recht fruchtbare kleine Tierchen.« Er lächelte milde und ging an Nikolai vorbei, dessen Gesichtsausdruck alarmiertes Entsetzen ausdrückte über die Aussicht auf eine solch ungehörige Verseuchung in Prinz Dmitriews streng reglementiertem Haushalt.

Sophie wartete atemlos hinter dem Gobelin, bis sie sicher sein konnte, daß Nikolai gegangen war – wahrscheinlich, um Verstärkung für den Angriff auf die Mäuse zu holen. Trotz der nervenzermürbenden Gefahr der letzten Minuten konnte sie ein kleines Kichern über Adams geschickte Improvisation nicht unterdrücken. Der Gedanke an Mäuse würde die Diener in hellen Aufruhr versetzen, und sie würden in diesem Zimmer das Unterste zuoberst kehren auf der Suche nach etwas, was gar nicht da war.

Sophie schlüpfte aus dem Raum und setzte in aller Unschuld ihren Weg zu der langen Galerie fort. Sie wollte den Nachmittag damit verbringen, auf den glitzernden Fluß hinauszuschauen, der jetzt mit der Rückkehr der Gesellschaft in die Hauptstadt zu neuem Leben erwacht war – und davon träumen, was hätte sein können… was vielleicht doch noch sein könnte.

# 8. Kapitel

»Verschwunden! Was, zum Teufel, soll das heißen, Boris Mikhailow ist verschwunden?« Prinz Dmitriew ließ seinen Stock wutentbrannt auf die Platte seines Schreibtischs niedersausen, obwohl er seine Stimme nicht über normale Lautstärke erhoben hatte.

Der Stallaufseher zitterte, zuckte bei dem heftigen Schlag zusammen, wohl wissend, daß seine Schultern das nächste Ziel des Stocks sein konnten. »Irgendwann in der Nacht, Herr«, stotterte er. »Er muß im... im Laufe der Nacht gegangen sein.«

»Jetzt haben wir bereits Nachmittag«, verkündete der Prinz mit tödlicher Ruhe. »Wie kommt es, daß bis jetzt niemand seine Abwesenheit bemerkt hat?«

»Bitte um Verzeihung, Herr, aber er ist ein Einzelgänger, ein ziemlich ungeselliger Kerl, und seit dieses große Pferd verkauft wurde, hat er sich sogar noch mehr von uns anderen abgesondert. Kümmert sich nur um seine eigenen Angelegenheiten. Die meiste Zeit merkt man gar nicht, daß er da ist.« Der Mann verstummte, als ihm kläglich bewußt wurde, wie unzulänglich seine Erklärung war.

»Dir ist doch klar, daß er möglicherweise schon zwölf Stunden Vorsprung hat, nicht wahr?« fragte der Prinz liebenswürdig, während er das glatte Eichenholz seines Stocks liebkoste.

Der Pferdeknecht schluckte hart, trat einen Schritt zurück. »Ja, Herr.«

»Dann schlag ich vor, du findest ihn und bringst ihn zurück.« Der Prinz lächelte sein dürftiges Lächeln. »Bis morgen früh. Wenn du versagst, dann wirst du die Strafe für ihn zahlen – die Bestrafung, die ein entflohener Leibeigener zu erwarten hat.« Das Lächeln verblaßte. »Hast du mich verstanden?«

»Ja, Herr.« Der Pferdeknecht wich rückwärts in Richtung Tür zurück, verbeugte sich dabei, bis seine Nase die Knie berührte.

»Nimm sechs deiner stärksten Kameraden mit«, wies ihn der Prinz an. »Er muß in Ketten zurückgebracht werden.«

Die Tür schloß sich vor dem immer noch dienernden Pferdeburschen. Noch einmal ließ Dmitriew seinen Stock voller Zorn auf den Tisch niederkrachen. Ob Sophia Alexejewna von dem Vorfall wußte? Prinzipiell war Boris Mikhailow ihr Eigentum, obwohl er praktisch – wie sie und Boris beide noch zu ihrem Leidwesen erfahren würden – Dmitriew gehörte, dem Mann, unter dessen Dach er schlief, dessen Mahlzeiten er aß, dessen Arbeit er tat. Der Muschik würde versuchen, nach Berkholzskoje zurückzukehren, es war das einzig logische Ziel. Er würde Schutz bei Golitskow suchen, und dieser würde ihm auch nicht verweigert werden, denn theoretisch war er immer noch Golitskows Eigentum.

Boris Mikhailow mußte gefunden und zurückgebracht werden, um in aller Öffentlichkeit das Schicksal eines geflohenen Leibeigenen zu erleiden. Falls ihm die Flucht gelingen sollte, war nicht abzusehen, was für ein Präzedenzfall damit geschaffen wurde. Dmitriew war sich durchaus bewußt, daß er seinen riesigen Haushalt mit der Geißel des Schreckens regierte. Um eine solche Herrschaft unumstößlich aufrechtzuerhalten, durfte es keine Risse im System geben; ein einziges erfolgreiches Aufbegehren, so unerheblich es auch sein mochte, konnte zu einer großangelegten Meuterei führen.

Kalte Wut erfüllte ihn. Ob Sophia Alexejewna bei dieser Flucht ihre Hände im Spiel hatte? Dmitriew hatte sie während der letzten beiden Monate daran gehindert, an ihren Großvater zu schreiben, indem er ihr ganz einfach die Möglichkeit vorenthalten hatte, ein solches Schreiben befördern zu lassen. Die beiden Briefe, die sie von Golitskow erhalten hatte, waren ungeöffnet im Schreibtisch ihres Ehemannes eingeschlossen, und sie hatte es aufgegeben, sich zu erkundigen, ob die Boten irgend etwas für sie mitgebracht hätten.

Aber ob sie vielleicht beschlossen hatte, sich ihres eigenen Boten zu bedienen? Was hätte sie wohl geschrieben? Nicht, daß es eine Rolle spielte. Ihr Großvater war nicht mehr für sie zuständig, hatte keinerlei Recht, zwischen einen Mann und seine Ehefrau zu treten. Allerdings gefiel es Prinz Paul Dmitriew ganz und gar nicht, wenn seine Privatangelegenheiten publik gemacht wurden.

Er verließ sein Arbeitszimmer und ging zu den Räumen seiner Frau. Sie war gerade dabei, sich für einen Empfang im kaiserlichen Palast umzuziehen, nachdem die Zarin vor drei Tagen von ihrer Sommerresidenz auf dem Lande zurückgekehrt war. Sophia Alexejewna war gebeten worden, sich an diesem Nachmittag bei Hofe einzufinden, und Dmitriew konnte diese Einladung nicht für sie ausschlagen, selbst wenn er es gewollt hätte. Rein gesellschaftliche Einladungen konnte er Sophia anzunehmen oder abzulehnen zwingen, aber einer kaiserlichen Aufforderung hatte man zu gehorchen.

Sophies Überraschung über seinen unerwarteten Besuch spiegelte sich einen Moment auf ihrem Gesicht wider, dann lächelte sie. »Begleitest du mich zum Palast, Paul?«

Die kalten blaßblauen Augen musterten sie scharf. »Aber selbstverständlich, meine Liebe. Du denkst doch sicher nicht, ich würde von dir erwarten, ohne Begleitschutz deines Ehemannes auszugehen.«

»Nein, natürlich nicht«, murmelte Sophie und beugte leicht den Kopf, als Maria den Verschluß eines Kolliers aus Smaragden zuhakte.

»Ich bin der Meinung, du solltest die Smaragde lieber nicht zu diesem Kleid tragen, Sophia.« Dmitriews Finger schwebten über dem Inhalt der Schmuckschatulle auf ihrem Frisiertisch. »Etwas, was nicht ganz so extravagant ist, denke ich.« Er wählte eine Perlenschnur aus. »Du gestattest?« Mit seinem gewohnt kärglichen Lächeln hakte er die Smaragdkette wieder auf.

Sophie lief bei der Berührung seiner Finger eine Gänsehaut über den Rücken, während sie sich fragte, was hinter diesen ungewöhnlichen Aufmerksamkeiten stecken mochte. Sie wußte, es machte ihn rasend, daß sie die alleinige Besitzerin der Familienjuwelen der Golitskows war, doch dies war ausnahmsweise eine Sache, gegen die er nichts tun konnte. Natürlich konnte er sie daran hindern, die Smaragde zu tragen, wenn er es sich in den Kopf gesetzt hatte, was Sophie jedoch nicht im geringsten kümmerte. Aber was wollte er hier? Sonst betrat er immer nur nachts dieses Zimmer, und er verließ es augenblicklich, sobald er getan hatte, was zu tun er gekommen war.

»Ich habe gerade erfahren, daß der Muschik, der dich von Berkholzskoje hierher begleitet hat, verschwunden ist«, bemerkte Dmitriew jetzt betont beiläufig, während er die Perlenkette um ihren Hals legte und ihr Bild im Spiegel aufmerksam musterte. Es gab nichts zu sehen, was Sophie verraten hätte, weder das Zucken eines Muskels in ihrem Gesicht noch ein Flattern der Lider – falls sie tatsächlich etwas zu verbergen hatte. Er wartete mit höflich interessierter Miene auf ihre Reaktion.

Sophie zuckte mit den Achseln und hob eine Hand, um den Schildpattkamm in ihrem Haar zurechtzurücken. »Seine einzige Aufgabe bestand darin, sich um Khan zu kümmern.« Ihre Blicke kreuzten sich im Spiegel. »Ich nehme an, er dachte, er würde nicht länger gebraucht.«

Hinter der Maske der Gleichgültigkeit überschlugen sich ihre Gedanken förmlich. Es war eine Woche her, seit sie Boris den Brief gegeben hatte, und sie hatte mit wachsender Ungeduld auf die Information gewartet, daß er verschwunden sei. Er würde seine Flucht mit peinlicher Sorgfalt geplant haben, das wußte sie; doch dieses Wissen konnte nicht die schreckliche Angst um seine Sicherheit beschwichtigen, jetzt, nachdem das Warten vorbei war.

Dmitriews Hände glitten zu ihren Schultern, die in elfenbeinfarbener Glätte aus dem tiefen Ausschnitt ihres Kleides ragten. Seine Finger krümmten sich wie Stachel in ihr Fleisch, während er fortfuhr, Sophie im Spiegel anzulächeln. »Meine teure Frau, es steht einem Leibeigenen nicht zu, selbst zu entscheiden, wo und wann er gebraucht wird. Er wird zurückgebracht werden. Und wenn er hier ist, wird er die Bestrafung eines entflohenen Leibeigenen erleiden.« Ob er sich das flüchtige Erzittern der glatten Haut unter seinen Fingerspitzen eingebildet hatte?

Sag nichts, geh einfach nicht darauf ein, befahl Sophie sich. Es gab keinen Grund zu der Annahme, daß sie Boris einfangen würden, und sie durfte nur ein höchst oberflächliches Interesse an der Sache beweisen. Zitterten ihre Hände? Sie strich den Rock ihres türkisfarbenen Taftkleides glatt, beugte den Kopf, als konzentrierte sie sich auf diese Tätigkeit. Wann würde er endlich seine Hände von ihren Schultern nehmen?

»Wenn du mich begleiten willst, Paul, solltest du dich dann nicht besser umziehen?« Es war ungewöhnlich für Sophie, eine solch entschiedene Bemerkung zu machen, aber ihr fiel nichts ein, was sie sonst hätte tun können. Zu ihrer Erleichterung schien er nicht überrascht über eine solche Direktheit.

»Ja, du hast recht, meine Liebe. Wir sollten spätestens in einer halben Stunde aufbrechen.« Er ging zur Tür. »Wir treffen uns um halb fünf im Wohnzimmer.«

Die Tür schloß sich hinter ihm, dennoch mußte Sophie ihre Fassade der Gleichgültigkeit weiter aufrechterhalten – vor Maria, der Spionin, die seit ihrer Auspeitschung noch wachsamer geworden war und Sophie mit wachsender Feindseligkeit begegnete. Sophie konnte es der Frau kaum verübeln, doch jetzt – während sie am liebsten in ihrem Schlafgemach auf und ab gewandert wäre, um ihrer quälenden Sorge um Boris freien Lauf zu lassen – mußte sie Parfüm hinter ihre Ohren tupfen, mit dem Taschentuch wedeln, so tun, als überprüfte sie den Inhalt ihres perlenbestickten Handtäschchens.

Vielleicht würde sie in der großen Menschenmenge des Empfangs bei Hof in ihrer Wachsamkeit ein wenig nachlassen und sich entspannen können. Paul konnte sie nicht unablässig beobachten. Sie würde in der Lage sein, normal zu sprechen, zu lachen und sogar zu tanzen, und in diesen gewöhnlichen Aktivitäten würde sie zeitweilige Erleichterung und Ablenkung von ihren überwältigenden Ängsten finden.

Vielleicht war Adam auch da... vielleicht würde er mit ihr tanzen. Es würde keinen befremdlichen Eindruck machen, wenn er mit ihr tanzte, ganz im Gegenteil. Und während des Tanzens konnten Worte gewechselt werden, ohne daß jemand lauschte. Sophie erhob sich von ihrem Frisierschemel. »Danke, Maria.« Ihre Stimme war kühl, distanziert. »Ich weiß nicht, wann wir zurückkommen, aber du wirst aufbleiben, um auf mich zu warten.« Mit diesem geringfügigen, aber dennoch befriedigenden Aufgebot von Autorität glitt Sophie aus dem Zimmer. Maria würde ohnehin ihretwegen aufbleiben, ebenso, wie sie vor ihrer, Sophies, Türschwelle schlafen würde, trotzdem verschaffte es Sophie die Illusion von Kontrolle.

Den ganzen Abend über hielt Sophie nach der großen, schlanken Gestalt in makelloser Ausgehuniform Ausschau, nach den tiefliegenden grauen Augen, die eine Sekunde lang voller Wärme und zärtlichem Verständnis auf ihr ruhen würden. Sie spitzte angestrengt die Ohren, um über das angeregte Geplauder, das melodiöse Zupfen der Saiten hinweg die geliebte Stimme zu hören, in der die Andeutung eines Akzents mitschwang, obwohl er so schwach war, daß man ihn kaum als Akzent bezeichnen konnte. Es war eher eine bestimmte Betonung, die sich deutlicher bemerkbar machte, wenn er Russisch statt Französisch sprach. Andererseits war Französisch sowohl in Polen als auch in Rußland die Sprache der Aristokratie, deshalb hatte er die Sprache nicht erlernen müssen, als er vor all jenen Jahren nach St. Petersburg gebracht worden war.

Alle diese Nebensächlichkeiten gingen Sophie im Laufe des Abends durch den Kopf, und dennoch waren es nicht wirkliche Nebensächlichkeiten, denn sie bezogen sich auf eines der beiden Themen, die sie ständig beschäftigten, in denen sie mit Leib und Seele aufging. In Adams Nähe würde etwas von ihrer Angst um Boris schwinden, indem sie sie ganz einfach mit ihm teilte.

Aber Adam erschien an diesem Abend nicht im Winterpalais.

Die Zarin begrüßte ihre ehemalige Schutzbefohlene freundlich, den scharfen Augen entging jedoch keineswegs, daß Sophia Alexejewna ihre frühere Lebhaftigkeit und ihr Strahlen eingebüßt hatte. Die ersten Ehemonate sind ein Kreuz, das alle jungen Frauen zu tragen haben, dachte die Zarin. Vielleicht war die Prinzessin schwanger. Das könnte der Grund für ihre leichte Lustlosigkeit, ihre Blässe sein. Ihr Ehemann dagegen schien mächtig erfreut und behielt ein höchst schmeichelhaftes und zärtlich besorgtes Auge auf seine junge

Frau. Wenn sie den sehnlichst erwarteten Erben trug, würde das ganz sicher solche Sorge und Aufmerksamkeit erklären.

Katharina schob die Frage beiseite, als sie Sophia Alexejewna mit der Aufforderung entließ, sich mit den Freundinnen zu vergnügen, die sie vor ihrer Heirat am Hofe gefunden hatte. Bevor Sophie der kaiserlichen Anweisung jedoch gehorchen konnte, brachte Prinz Dmitriew seine Frau nach Hause.

Nur Prinz Potemkin, der durch seine großen Erfahrungen im Umgang mit Frauen eine gewisse Sensibilität entwickelt hatte, war unsicher. Es war etwas an den gesenkten Augen, der Haltung des Kopfes, das von Kummer zeugte. Potemkin kannte General Prinz Paul Dmitriew besser, als seine Kaiserin ihn kannte. Schließlich waren sie beide Soldaten, und Dmitriew hatte bei mehr als einer Gelegenheit unter Potemkin gedient. Potemkin war Dmitriews Befehlsstil gleichgültig, im Gegensatz zu Adam Danilewski, der sich durchaus seine Gedanken machte, aber wie Adam sah er sich gezwungen, Erfolg anzuerkennen.

Er stand da, starrte Sophie mit seinem einen Auge an, während er sich nachdenklich am Kinn kratzte; dann zuckte er mit den Schultern. Schließlich war eine Frau das Eigentum ihres Ehemannes. Sophia Alexejewna hatte keinerlei Abneigung gegen diese Heirat bekundet, und sie hatte Zeit genug gehabt, um ihren zukünftigen Bräutigam kennenzulernen.

Nein, es war wahrscheinlich die Unvertrautheit ehelichen Glücks, die sie ein wenig verstört hatte ... das und die Hitze. Was hatte Dmitriew sich bloß dabei gedacht, seine junge Frau den ganzen Sommer über in St. Petersburg zu halten? Kopfschüttelnd machte sich Potemkin auf die Suche nach einem Glas Wodka.

Es war um die Mittagszeit des folgenden Tages, als der Alptraum begann. Sophie saß im Mausoleum des Wohnzimmers, das jetzt noch düsterer wirkte infolge des Regens, der sich aus einem bleigrauen Himmel vor den Fenstern ergoß, deren Scheiben – wie überall in St. Petersburg – aus Muskovit statt aus Glas bestanden.

Sophie suchte auf ihre übliche Weise Trost und Ablenkung von ihrer Furcht. Ihr Ehemann schien das Lesen von Büchern nicht als potentiell umstürzlerisch zu betrachten; tatsächlich ignorierte er sogar Sophies Vorliebe für diese Freizeitbeschäftigung. Sie war gerade tief versunken in einen Sammelband von Briefen der Madame de Sévigné, als draußen in der Halle Unruhe entstand. Laute Stimmen ertönten – ein unerhörtes, noch nie dagewesenes Ereignis in diesem sonst so totenstillen Haus. Die große Eingangstür fiel krachend ins Schloß, Schritte hasteten polternd über die Marmorfußböden.

Sophie brach kalter Schweiß auf der Stirn aus, rann ihr den Rücken hinunter; ihre Hände begannen unkontrollierbar zu zittern, Übelkeit stieg in ihrer Kehle auf. Sie wußte, was passiert war, noch bevor ihr Ehemann die Tür zum Wohnzimmer aufschwang und sie schweigend anstarrte, eine Mischung von Wut und Triumph in seinen Augen.

»Es ist mir gelungen, mein Eigentum wiederzuerlangen«, sagte er in seinem gewohnt beherrschten Tonfall. »Zu seinem Pech... obwohl für mich höchst vorteilhaft... ist er mit einiger Verzögerung auf die Landstraße gestoßen, deshalb konnten ihn die Verfolger ohne Schwierigkeiten einholen.« Um seine dünnen Lippen spielte ein reptilienhaftes Lächeln. »Komm in die Halle, meine Liebe. Boris Mikhailow hat dir etwas zurückzugeben.«

Sophie fragte sich, ob ihre Beine ihr Gewicht tragen würden, ob sie fähig wäre, die Übelkeit zu verdrängen, oder ob sie auf dem dicken Perserteppich zusammensacken, sich in hilfloser Demütigung erbrechen würde, als ihre Angst übermächtig wurde. Doch die Kraft kam von irgendwoher. Langsam, zögernd erhob sie sich von ihrem Stuhl.

Es hatte keinen Sinn, so zu tun, als verstände sie nicht, was geschehen war, als wüßte sie nichts von dem Brief, und es war auch sinnlos zu versuchen, ihre Angst zu verbergen, selbst wenn sie dazu in der Lage gewesen wäre. Irgendwie gehorchten ihre Beine dem Befehl, sich vorwärtszubewegen. Sie ging an ihrem Ehemann, der ihr höflich die Tür aufhielt, vorbei in die Halle.

Boris Mikhailow trug den Kopf hocherhoben, trotz der Fußeisen und Handfesseln, die man ihm angelegt hatte. Seine Lippe war geschwollen, mit getrocknetem Blut verkrustet. Ein Auge war geschlossen und blau angelaufen von einer großen Quetschwunde. Sein Hemd war zerrissen und blutbefleckt und durchnäßt von dem Regen, der ihm aus Bart und Haaren tropfte.

»Wie ich hörte, hast du noch etwas, was der Prinzessin gehört, Boris Mikhailow«, bemerkte Prinz Dmitriew in samtig glattem Tonfall. »Gib es ihr zurück.«

Boris hielt den Brief zwischen seinen gefesselten Händen. Mühsam und offensichtlich unter Schmerzen streckte er Sophie die Hände entgegen, hielt ihr das belastende Dokument hin. Sophie hatte das Gefühl, sich wie durch eine Decke von Nebel zu bewegen, als sie einen Schritt vortrat, unfähig, ihm in die Augen zu schauen, die sie stumm um Verzeihung baten, als wäre das Scheitern seiner Mission einzig und allein sein Verschulden. Sie nahm den Brief, und einen flüchtigen Moment lang schlossen sich ihre Finger tröstlich über seinen.

»Vielleicht würdest du mir den Brief vorlesen, meine teure Frau«, bat der Prinz. »Nur um meine Erinnerung ein wenig aufzufrischen.«

Was für eine unglaubliche Grausamkeit, diesen Katalog

von Verletzungen und Demütigungen demjenigen vorlesen zu müssen, der sie mir zugefügt hat! dachte Sophie flüchtig. »Hast du ihn denn noch nicht selbst gelesen?« hörte sie sich fragen. Erstaunlicherweise klang ihre Stimme fest.

»Ich möchte den Inhalt von dir hören«, erwiderte er, während er sie wieder mit diesem Lächeln anblickte, das sie an eines jener Reptilien erinnerte, das sich – nachdem es seine Beute durch Gift gelähmt hat – ruhig Zeit lassen kann, um die schreckliche Hilflosigkeit seines Opfers, seine panische Angst zu genießen, bevor es ihr den Todesstoß versetzt.

In der Halle herrschte absolute Stille, als sie langsam das Schriftstück auseinanderfaltete und leise vorzulesen begann. Sie dämpfte ihre Stimme so gut wie möglich, damit die Männer, die Boris bewachten, nicht jedes Wort verstehen konnten. Dennoch war die Demütigung immer noch so groß, daß sie nicht wußte, wie sie es überhaupt fertigbrachte, sie zu ertragen.

Adam Danilewski stand im Dunkel des Treppenaufgangs im hinteren Teil der Halle. Einer ganz alltäglichen Aufforderung seines Generals folgend, hatte er das Haus von der Rückseite aus betreten, nachdem er sein Pferd im Stall gelassen hatte. Kaum hatte er das Gebäude betreten, als ihm die angespannte Atmosphäre verriet, daß etwas Unerfreuliches vor sich ging, etwas, was weit über das übliche Maß an Widrigkeiten hinausging. Instinktiv hatte er die Begleitung eines übernervösen Nikolai abgelehnt und war beinahe verstohlen in den vorderen Teil des Hauses gegangen. Jetzt stand er da, verborgen von den überhängenden Treppenstufen, und beobachtete die grauenerregende Szene, die sich vor seinen Augen abspielte. Er konnte weder Boris noch Sophie helfen, indem er sich zeigte, konnte nur abwarten und zuhören.

Sophie war mit Vorlesen fertig. Sie faltete den Brief wieder zusammen. Blut haftete an der Rückseite des Papiers. Boris

Mikhailows Blut. Dieser Gedanke kam Sophie wie aus weiter Ferne, während sie unbeweglich vor ihrem Ehemann stand, darauf wartete, daß sich der zweite Akt des Alptraums enthüllte.

»Kettet ihn im Stall an«, befahl der Prinz jetzt mit kühler, nüchterner Stimme. »Er kann den Nachmittag damit verbringen, über die Bestrafung eines Entflohenen nachzudenken – fünfzig Hiebe mit der großen Peitsche.«

Sophie erwachte mit einem gewaltsamen Ruck aus ihrer Trance. Es war durchaus denkbar, daß ein Mann von Boris' Statur und Kraft fünfzig Schläge mit der gewöhnlichen Knute überleben konnte, doch kein Mann würde die Folterqualen der großen Geißel überstehen. Im Grunde war Boris Mikhailow gerade eben zu einem »grausamen« Tod verurteilt worden. Paradoxerweise durfte der Herr der Leibeigenen keine »einfache« Todesstrafe durch Erhängen oder Köpfen vollstrecken, er hatte jedoch das Recht, seine Leibeigenen zu foltern, und wenn dies dann zum Tode führte, war es schlicht und einfach ein Mißgeschick.

»Du kannst keinen solchen Befehl erteilen!« rief Sophie, voller Entsetzen die Hände ringend. »Boris ist mein Leibeigener. Er war in meinen Diensten, hat meinen Anweisungen gehorcht...«

»Dann werdet ihr beide lernen müssen, daß nur *ich* in diesem Haushalt Anweisungen erteile, Sophia Alexejewna. Und sämtliche Leibeigenen unter diesem Dach gehören *mir*.« Dmitriew brachte sein Gesicht ganz nahe an ihres heran, so daß sie seinen Atem auf ihrer Wange spüren konnte und unwillkürlich erbleichte unter der wilden Grausamkeit in seinen Augen, der unbezwingbaren Kraft eines Hasses, von dem sie wußte, daß er sich gegen sie richtete, obwohl sie nicht wußte, aus welchem Grund.

»Nein... nein, bitte, das darfst du nicht tun!« Sophie bettelte jetzt förmlich und sank auf dem harten Marmorfußboden auf die Knie, ungeachtet der Schande. »Ich bin die Schuldige, nicht Boris Mikhailow. Mein Rücken ist es, den deine Peitsche treffen sollte…«

»Du bist nicht sehr klug, meine Liebe«, unterbrach Dmitriew sie kalt und blickte auf sie herab, wie sie da vor ihm kniete, am ganzen Körper bebend, ihre dunklen Augen flehend in ihrem emporgewandten, totenblassen Gesicht. »Glaubst du, ich wüßte nicht, daß dich deine eigene Bestrafung weniger schmerzlich treffen würde als seine, wenn er für etwas leiden muß, was du getan hast?« Verachtung schwang in seiner Stimme mit. »Vielleicht wird diese letzte Lektion dich lehren zu verstehen, was es heißt, meine Frau zu sein. Aber glaube mir, Sophia Alexejewna, falls noch weitere Lektionen erforderlich sind, wirst du auch diese erhalten.«

Er winkte die Wachen zu sich her. »Schafft ihn fort!« Dann kehrte er der immer noch knienden Gestalt den Rücken zu und marschierte zur Treppe.

Adam gelang es nur durch äußerste Selbstbeherrschung, sich weiterhin versteckt zu halten. Alles in ihm drängte danach, zu der Stelle zu laufen, wo Sophie immer noch kniete, den Kopf in einer Geste der Besiegung gesenkt, der leuchtend gelbe, weiche Stoff ihrer Röcke um sie herum ausgebreitet – ein schockierend unpassender Farbtupfer im regnerisch trüben Dämmerlicht der Halle. Aber Boris Mikhailow konnte nicht gerettet werden, wenn Adam seine Anwesenheit verriet. Niemand durfte wissen, daß er Zeuge dieser Szene geworden war. Schweigend ließ er Sophie allein mit ihrem Kummer und ihrer Verzweiflung zurück, verzog sich lautlos in die Dunkelheit und verließ das Haus durch eine Seitentür.

Ungefähr eine Viertelstunde später schlenderte Adam in den Stallhof – als er sicher sein konnte, daß sich die allgemeine

Aufregung um Boris' Gefangennahme wieder etwas gelegt hatte und genügend Zeit verstrichen war, um ihn anzuketten.

»Sie wünschen Ihr Pferd, Herr?« Ein Pferdeknecht eilte herbei, als der Graf im Hof erschien.

»Nein. Ich habe etwas in meiner Satteltasche vergessen«, erwiderte Adam leichthin. »Und ich ziehe es vor, es selbst zu holen.« Mit einem Unterton von Schärfe in der Stimme und einer spöttisch hochgezogenen Braue gelang es ihm, den durchaus berechtigten Eindruck zu erwecken, daß er niemandem in Dmitriews Ställen genügend vertraute, um ihn in seinen Habseligkeiten kramen zu lassen. Der Mann verbeugte sich und kehrte in die Sattelkammer zurück.

Adam betrat das lange, niedrige Stallgebäude. Regen trommelte auf das Dach, das verschiedentlich undichte Stellen aufwies, so daß das Wasser geräuschvoll in die eisernen Eimer prasselte, die man unter den Löchern aufgestellt hatte. Der Boden unter seinen Füßen war naß, das Stroh durchweicht, und die vierbeinigen Insassen des Stalls ließen in der resignierten Geduld, die ihrer Art eigen war, die Köpfe hängen. Boris Mikhailow war in der letzten Box, eine Eisenmanschette um den Hals, die an einem Ring an der Wand befestigt war, und Ketten um Hand- und Fußgelenke, auf ähnliche Weise befestigt. Adam würdigte ihn nur eines flüchtigen Blickes, als er an der Box vorbeiging, scheinbar auf der Suche nach seinem eigenen Pferd, doch dieser eine Blick zeigte ihm, was er zu finden gehofft hatte. Die Schlüssel zu Boris' Ketten hingen an einem Haken an der Trennwand zwischen den Boxen.

»He! Du da!« Gebieterisch rief er den einzigen anderen freien Insassen des Gebäudes zu sich, einen jungen Burschen, der gerade eine Box auf der gegenüberliegenden Seite des Ganges ausmistete.

»Ja, Herr.« Der Bursche ließ die Mistgabel fallen und kam angerannt, Adam seine Reverenz erweisend.

»Sieh dir das an!« Adam wies auf die Box, in der sein eigenes Pferd stand. »Behandelt ihr so die Tiere, die den Gästen eures Herrn gehören?« Er hob absichtlich verärgert die Stimme. »Ich habe den Eindruck, Prinz Dmitriew weiß gar nichts von einer solch unverschämten Nachlässigkeit.«

Alle Farbe wich aus dem Gesicht des Jungen, und er begann heftig zu stottern. »Bitte... bitte, Euer Durchlaucht, ich hab's nicht bemerkt. Es ist nicht meine Schuld, Euer Durchlaucht. Ich habe Euer Pferd nicht in den Stall gebracht. Ich war's nicht... Herr. Ich war nicht derjenige, der...«

»Frisches Wasser und Heu, sofort!« herrschte der Graf ihn an. »Das Wasser in der Tränke ist schmutzig, und im Futtertrog ist nichts als Kleiestaub!«

Der Bursche stürzte davon, Angst und Verwirrung im Gesicht. Er konnte keinerlei Mängel im Stall entdecken, aber es war nun mal das Vorrecht des Herrn, Fehler zu finden, und ein Leibeigener hatte nicht das Recht zu widersprechen.

Adam rannte zu der Box, in der Boris gefangen war. »Ich werde in den nächsten Minuten eine Art Tumult anzetteln«, flüsterte er hastig, während er den Schlüssel vom Haken nahm und in das Kettenschloß steckte. »Ich weiß nicht, wie lange ich die Leute ablenken kann, aber sieh zu, daß du von hier wegkommst, und versuche, zu meinem Haus zu gelangen.« Er streifte einen kunstvoll gearbeiteten Siegelring von seinem Finger und drückte ihn in die Hand des Muschiks, die immer noch an die Wand gefesselt war. Boris sagte nichts, doch seine Finger schlossen sich um den Ring. »Zeig dies hier meinem Butler, dann wird er dich einlassen.« Für weitere Worte blieb keine Zeit mehr. Die Ketten waren aufgeschlossen, jedoch noch an Ort und Stelle; sie würden einer flüchtigen Überprüfung standhalten.

Adam suchte in seinen Satteltaschen, als der Stallbursche mit einem Eimer frischen Wassers und einem Arm voll Stroh zurückkehrte. »Was, zum Teufel...!« bellte Adam, und der Bursche ließ prompt den Eimer fallen. »Hier war ein Beutel mit Rubeln drin.« Adam packte den Jungen am Kragen seines fadenscheinigen Hemds. »Wer ist sonst noch in diesem Stall gewesen?«

Der Bursche brach in mitleiderregendes Geheule aus. Des Diebstahls beschuldigt zu werden, war für einen Leibeigenen der Gipfel des Schreckens. Stallknechte stürmten in das Gebäude, als Adams Anklagen an Lautstärke und Heftigkeit zunahmen und die Unschuldsbeteuerungen des Burschen immer schriller und verzweifelter wurden.

»Wer hat hier die Aufsicht?« fragte Graf Danilewski herrisch, während er in die verdutzten bäuerlichen Gesichter starrte, die ihn umringten. »Jemand hat einen Beutel Rubel aus meiner Satteltasche gestohlen.«

»Nein... nein, Herr, so etwas würde niemand tun.« Der Stallaufseher, den Adam zuletzt bei der Bewachung von Boris gesehen hatte, gab sich Mühe, ruhig und fest zu klingen, aber sie waren alle nervöser und schreckhafter als gewöhnlich nach Boris' Flucht, seiner Gefangennahme und aufgrund des schrecklichen Bewußtseins dessen, was einem der Ihren an diesem Abend bevorstand.

»Raus! Hinaus mit euch!« befahl Adam barsch. »Hier drinnen kann ich nichts sehen.« Er trieb die Männer in den strömenden Regen hinaus, wo sie kläglich dastanden, mit schlotternden Knien und hängenden Schultern, Angst und Schrekken auf sämtlichen Gesichtern, während sie einer nach dem anderen ihre Taschen umstülpten. Und während diese Prozedur draußen im Hof vor sich ging, befreite sich Boris Mikhailow von seinen Ketten, biß die Zähne zusammen, als ihn der Schmerz seiner gebrochenen Rippen wie ein Messer durchbohrte, und zwängte seine kräftige Gestalt durch das Fenster auf der Rückseite des Gebäudes. Dann verschwand er im Regen, machte sich auf den Weg zu dem Haus, in dessen Stall er Khan besucht hatte.

Adam gelang es in einer höchst glaubwürdigen Imitation seines befehlshabenden Offiziers, die Gruppe von Stallknechten dermaßen einzuschüchtern, daß sie noch nicht mal mehr wußten, welcher Wochentag es war. Seine grauen Augen schienen bis auf den Grund ihrer Seele zu schauen, und seine Fragen hagelten wie eine Schnellfeuerkanone auf sie nieder, ließen keine Zeit zum Überlegen, forderten Antworten, ob sie nun eine hatten oder nicht.

Die Durchsuchung ergab natürlich nichts, aber nach fünf Minuten waren die Männer alle so demoralisiert, so felsenfest überzeugt, sie seien im Begriff, von diesem furchterregenden Soldaten des Diebstahls überführt zu werden, daß sie nicht mehr in der Lage sein würden, die Ereignisse der letzten halben Stunde zu rekonstruieren, wenn die Flucht des gefangenen Leibeigenen entdeckt wurde und sie Rede und Antwort stehen mußten.

Adam hielt das vor Angst zitternde Häuflein im Hof fest, bis der Gong zum Mittagessen ertönte. Dann entließ er die Männer. Und er war sicher, sie würden nicht daran denken, nach dem Gefangenen im Stall zu schauen – nicht nach der Tortur, die sie gerade hatten durchmachen müssen, und schon gar nicht bei der Aussicht, daß die Hauptmahlzeit des Tages unterdessen auf dem Tisch kalt würde.

Adam konnte ein Schuldgefühl nicht unterdrücken, als er unter Androhung weiterer Befragungen, nachdem er mit Prinz Dmitriew gesprochen hätte, aus dem Stallhof marschierte. Aber das Opfer jener armen, verängstigten Seelen war nun mal notwendig gewesen. Das Bild Sophies, die vor dem kalten, brutalen Despoten, den das Schicksal ihr zum Ehemann bestimmt hatte, auf den Knien lag, ihr verzweifeltes Flehen, ihr demütig gesenkter Kopf, ließ ihn nicht mehr los.

Noch niemals zuvor hatte er eine so mörderische Wut gefühlt, und er wußte nicht, wie er sie vor Dmitriew verbergen sollte. Trotzdem mußte er die dienstliche Verabredung einhalten, mußte so tun, als wüßte er nicht das geringste von dem unglückseligen Vorfall im Haushalt, mußte hoffen, Nikolai würde der Tatsache, daß er Graf Danilewski schon einmal ins Haus gelassen hatte, keine Bedeutung beimessen.

Es lag durchaus im Bereich des Möglichen, daß sich Nikolai in dem allgemeinen Tumult, der auf die Entdeckung von Boris' neuerlicher Flucht folgte, nicht mehr an eine so unbedeutende Tatsache erinnern würde. Und wenn über den vorgeblichen Diebstahl aus des Grafen Satteltaschen kein Wort mehr fiel, würden die Stallknechte einen Seufzer der Erleichterung ausstoßen. Sie würden das Thema ganz sicher nicht zur Sprache bringen, würden statt dessen beten, daß der Vorfall begraben bliebe. Sie hätten keinen Grund, irgendeine Verbindung zwischen einem entflohenen Leibeigenen und dem zornigen Adjutanten des Generals zu vermuten. Niemand würde einen Zusammenhang erkennen, außer Sophie.

Stunden um Stunden saß Sophie in ihrem Schlafzimmer, starrte blicklos die Wände an. Sie war so benommen, als hätte sie einen heftigen Schlag auf den Kopf erlitten. Boris Mikhailow würde eines langsamen, qualvollen Todes sterben, und *sie* hatte ihn diesem Tod ausgeliefert. Khan wäre elendiglich zugrunde gegangen, hätte Adam ihn nicht gerettet. Gott allein wußte, welches Schicksal Tanja Feodorowna widerfahren war. Sophie verschränkte die Hände über ihren Brüsten, versuchte, sich selbst einzuschließen, das Böse in ihrem Inneren einzusperren – diesen Moder der Schlechtigkeit, von dem sie überzeugt war, daß sie ihn in sich hatte und der soviel Leid brachte über jene, die ihr zugetan waren.

Warum war sie auf diese Weise gestraft? Warum haftete

dieser... dieser unidentifizierbare Makel an ihr... der ihren Ehemann dazu brachte, sie dermaßen zu verabscheuen, daß alle, die mit ihr verbunden waren, schrecklich leiden mußten? Von jetzt ab würde sie völlig zurückgezogen leben müssen. Sie durfte niemandem ein Lächeln schenken, niemandem ein Wort, damit nicht noch andere dem bösen Bann ihrer Zuneigung verfallen würden.

Sophie ging zum Mittagessen nicht hinunter und erhielt auch keine Aufforderung. Der dunkle, regnerische Nachmittag tröpfelte unendlich langsam dahin. Niemand kam in ihre Nähe. Das Feuer in dem in die Wand eingebauten Kachelofen brannte nieder und verlöschte schließlich fast ganz, da niemand Holz nachlegte. Die Kälte und Rauheit des Monats Oktober war mit Wucht über die Hauptstadt hereingebrochen, die grün-goldene Wärme des Septembers wie immer dem plötzlichen Einbruch des Winters gewichen. Doch Sophie fühlte nicht die kalte, feuchte Luft, merkte nichts davon, daß sie im Dunkeln saß. Sie wartete auf den Moment, in dem ihr Körper ihr sagen würde, daß Boris' langsames, qualvolles Sterben begonnen hatte.

Die Tür ging auf. Sophie hob apathisch den Kopf und blickte in Marias ängstliche Augen. »Ist es vorbei?« fragte sie, obwohl sie wußte, es konnte nicht sein. Sie hatte es noch nicht gefühlt.

Maria schüttelte den Kopf, und ihr Blick schweifte hierhin und dorthin, als sähe sie etwas in der Dunkelheit.

»Ich bin sicher, *du* kannst ruhig mit mir sprechen«, sagte Sophie freudlos. »Es sind nur diejenigen, für die ich Zuneigung empfinde, die leiden müssen.«

Maria stand nur da und starrte sie verständnislos an. »Er ist geflohen«, sagte sie schließlich. »Aus dem Stall verschwunden, in dem er angekettet war.«

Leben schoß durch Sophie hindurch wie eine Stichflamme

in einem neu entfachten Feuer. »Wann?« war alles, was sie sagte; sie durfte nicht vergessen, daß sie es mit einer Spionin zu tun hatte.

»Das weiß keiner«, erklärte Maria, während sie ans Fenster eilte, um die Vorhänge zuzuziehen. »Man nimmt an, irgendwann während des Mittagessens. Sahen keine Veranlassung, ihn zu bewachen… in Ketten gefesselt, wie er war.« Ausnahmsweise einmal sprach sie mit Sophia Alexejewna, statt ihre Pflichten in mürrischer Wachsamkeit zu verrichten. Aber Sophie waren Vorsicht und Mißtrauen bereits in Fleisch und Blut übergegangen, und sie ließ sich nicht dazu verführen, ein Gespräch mit Maria zu beginnen, trotz ihrer fast ungläubigen Freude und ihrem Bedürfnis, jede Einzelheit zu hören, die die Zofe möglicherweise anzubieten hatte.

Sie brauchte nicht so zu tun, als sei ihr Boris' Schicksal gleichgültig, da der gesamte Haushalt die Wahrheit wissen würde; sie brauchte der Zofe jedoch keinen Hinweis auf die Intensität ihrer augenblicklichen Gefühle zu geben. »Wie ist er entkommen?« fragte Sophie im gleichen ausdruckslosen Ton.

Maria kniete sich vor den Ofen, öffnete die Klappe und begann, frisches Holz auf die Glut zu legen. »Das Feuer ist beinahe aus«, knurrte sie. »Kalt wie der Tod hier im Zimmer. Keiner scheint zu wissen, wie.« Sie richtete sich wieder auf und glättete ihre Schürze. »Seine Hoheit wünscht, daß Sie mit ihm zu Abend essen. Welches Kleid wollen Sie tragen?«

»Das ist mir wirklich egal, Maria«, erwiderte Sophie und fragte sich, wie sie nach der Schande dieses Morgens das Brot mit ihrem Ehemann brechen sollte. Dann erinnerte sie sich, daß das Wunder geschehen war: Boris war seiner Bestrafung entkommen; ihre Schande war nichts im Vergleich dazu. Sie hob den Kopf, von neuer Zuversicht erfüllt. »Das Rosaseidene, denke ich. Und ich werde die Rubine dazu tragen.«

Prinz Dmitriew – von eiskalter Wut erfüllt, da seine Rache mißlungen war – begrüßte seine Ehefrau mit steinernem Schweigen, als sie im Wohnzimmer erschien. Es bestand keine Möglichkeit, daß sie in die Flucht des Muschiks verwikkelt war. Maria hatte vor der Tür der Prinzessin Wache gehalten, von dem Moment an, als diese in ihrem Schlafgemach verschwunden war – unmittelbar nachdem man Boris abgeführt hatte. Aber wenn nicht Sophia Alexejewna dahintersteckte, wer hatte ihm dann die nötige Beihilfe zur Flucht geleistet?

Die Verhöre am Nachmittag hatten nichts weiter eingebracht als die verwirrten Schilderungen der angsterfüllten Bediensteten, alle nur darauf bedacht, einer Schuldzuweisung zu entgehen. Als Dmitriew jetzt seine Frau betrachtete, ahnte er, daß er verlieren würde. Es hatte einen Augenblick höchster Genugtuung für ihn gegeben an diesem Morgen, als er sie in die Knie gezwungen hatte; eine Bittstellerin, deren Flehen er ignoriert hatte. Jetzt jedoch schien sie etwas von ihrer Kraft wiedererlangt zu haben. Sie knickste vor ihm, so unterwürfig wie immer, die Augen gesenkt, die Stimme gedämpft, und dennoch strahlte sie eine Dynamik aus, einen inneren Glanz, der es mit den Rubinen der Golitskows aufnehmen konnte, die sich mit aufsässiger Dreistigkeit um ihren schlanken Hals schmiegten.

Sophie fühlte die Ohnmacht seines Zorns und jubelte innerlich vor Freude. Sie wußte jetzt, was sie zu tun hatte. In der Entscheidung, endlich Maßnahmen zu ergreifen, so verzweifelt diese Maßnahmen auch sein mochten, fand sie zu ihrem alten Selbst zurück. Sie war nicht länger die passive, ängstliche Empfängerin unaussprechlicher Demütigungen, sondern endlich wieder in der Lage, zu handeln und Veränderungen herbeizuführen.

Sie würde die Zarin um Hilfe bitten. Die Annullierung einer Ehe durch kaiserliches Manifest war durchaus schon vorgekommen. Wenn Katharina das volle Ausmaß der Ungeheuerlichkeiten erfuhr, die der Prinz sich hatte zuschulden kommen lassen, würde sie ihrer Untertanin ganz sicher nicht die Erlaubnis verweigern, in die alte Heimat zurückzukehren. Dmitriew würde trotzdem weiterhin Anspruch auf Sophies Vermögen haben, und es stände ihm frei, eine neue Ehefrau zu finden.

Und Adam? Der Gedanke an Adam folgte den vorangegangenen Gedanken so selbstverständlich, so unausweichlich, wie der Tag der Nacht folgt. Welche Rolle hatte er bei dieser Sache gespielt? Wie konnte sie so sicher sein, daß er seine Hand im Spiel gehabt hatte? Aber Sophie *war* sich sicher. Die elektrischen Strömungen, die zwischen ihnen hin- und herflossen, sagten es ihr, auch wenn er nicht bei ihr war.

Aus demselben Grund überraschte es Sophie auch nicht, als sie plötzlich seine Stimme in der Halle hörte. Der Prinz dagegen runzelte die Stirn. Ein Besuch von seinem Adjutanten um diese späte Stunde? Das konnte nur dringende Regimentsangelegenheiten bedeuten, und er hatte geglaubt, sie hätten bereits am Vormittag alles besprochen.

»Oberst Graf Danilewski, Hoheit.« Nikolai verbeugte sich in der Tür, und gleich darauf kam Adam herein.

»Ich bitte vielmals um Verzeihung für die Störung, Herr General, aber ich dachte, Sie würden diese Depesche von der Krim sofort sehen wollen. Prinzessin, bitte entschuldigen Sie mein Eindringen.« Er verbeugte sich vor Sophie, die auf ihrem Platz sitzenblieb.

»Gern geschehen, Graf«, erwiderte sie leise. Ihre Augen blickten ihn fragend an. Er nickte kaum merklich, aber Sophie begriff sofort. Boris Mikhailow war sicher bei Adam, das war alles, was sie wissen mußte. Und nur um ihr das mitzuteilen, war Adam an diesem Abend gekommen.

Dmitriew blickte von der Depesche auf. »Mir scheint, hier liegt keine besondere Dringlichkeit vor, Oberst, aber ich weiß Ihren Eifer, mir diese Nachricht an einem solchen Abend noch zu überbringen, wohl zu schätzen. Lassen Sie uns essen.«

Er musterte Sophie kalt. »Ich schlage vor, du nimmst dein Abendessen oben ein, meine Liebe. Deine Anwesenheit kann zu unserer Diskussion nichts beitragen.«

»Wie du meinst, Paul«, murmelte sie und erhob sich augenblicklich. »Ich wünsche Ihnen einen angenehmen Abend, Graf.«

Mit einem leisen Rascheln rosenfarbener Seide war sie verschwunden, war dabei so dicht an Adam vorbeigestreift, daß ihr spezieller Duft – ein zarter Duft, der ihn immer an Frühlingsblumen erinnerte – in der Luft hing, die er einatmete. Die Wärme ihrer Haut schien auf seiner zu haften. Mit einem Lächeln auf den Lippen und Mord in den Augen wandte Adam sich zu seinem General um.

# 9. Kapitel

Etwa vier Wochen später, in der Nacht, in der die ersten Schneeflocken dieses Winters auf St. Petersburg herabfielen, fand Sophie endlich die Gelegenheit zu einer privaten Audienz bei der Kaiserin.

Schon bald nach Boris Mikhailows Verschwinden war die Wintersaison in vollem Gange. Katharina schrieb ein genaues Programm für das gesellschaftliche Leben am Hofe vor, und jeden Tag fanden planmäßige Veranstaltungen statt. Russische und französische Theaterproduktionen, Komödien, Tragödien oder auch Opern, hatten einen festen Platz im wöchentlichen Veranstaltungskalender, ebenso wie Bälle und der offizielle, zeremonielle »Hof« an den Sonntagabenden. Zusätzlich zu diesen formellen Verpflichtungen gab es zahlreiche private Soiréen in den Salons von St. Petersburg, wo die Gastgeberinnen miteinander wetteiferten, die neueste Form der Unterhaltung zu bieten, die vornehmsten Gäste und Zugang zu den geheimsten, gerade gehörten Fetzen von Klatsch.

Prinz Paul gestattete seiner Frau, den Hofempfang am Sonntag zu besuchen, wo das Erscheinen *de rigeur* war. Es war eine beschwerliche, langweilige Angelegenheit, von Ritualen und den Regeln der Etikette beherrscht, über deren Einhaltung die Grand Mistress strengstens wachte.

Die Zarin beehrte dieses Ereignis nur selten länger als ein oder zwei Stunden mit ihrer Anwesenheit, und Sophie fand es unmöglich, ein vertrauliches Wort mit ihr zu wechseln. In großen Abständen begleitete Paul sie zu irgendeiner Theatervorstellung in der Eremitage; Sophie war sich jedoch bewußt, daß diese Ausflüge sorgfältig ausgesucht waren, allerdings nicht bezüglich ihres Unterhaltungswerts. Ihre Anwesenheit bei den glanzvollsten Anlässen sollte den Eindruck erwecken, Prinzessin Dmitriewna nähme höchst rege am Hofleben teil, während sie in Wirklichkeit die meiste Zeit in ihrem Palast eingekerkert blieb. Sophie bekam gelegentlich Besuch, stattete hin und wieder einigen der gesetzteren Matronen, die in der Gesellschaft von St. Petersburg den Ton angaben, einen Gegenbesuch ab, aber Freunde hatte sie keine.

An diesem verschneiten Nachmittag Ende November war der gesellschaftliche Anlaß ein wenig anders. Die Zarin persönlich hatte Sophie zu einer privaten Geselligkeit in der Eremitage eingeladen, wo Katharina sich im Kreise enger Freunde bei Patiencen, literarischen Spielen und improvisierten Scharaden zu vergnügen pflegte. Hier bot sich der Kaiserin auch die Gelegenheit, ein freundliches Auge auf Mitglieder ihres Hofes zu haben, an denen sie ein spezielles Interesse hatte.

Sophie war ausnahmsweise einmal nicht in Begleitung ihres Ehemannes, da Paul zu einer Regimentsveranstaltung mußte. Sosehr er es sich auch anders gewünscht hatte, aber die Einladung der Kaiserin abzulehnen, war undenkbar. Und so saß Sophie, in einen kostbaren Zobelpelz gehüllt, allein in der Reisekutsche, die sie durch den immer heftiger werdenden Schneefall zur Eremitage brachte. Sie benutzte die kurze Zeitspanne des Alleinseins, um in Gedanken die Rede zu proben, die sie in den letzten Wochen vorbereitet hatte, während sie auf eine Gelegenheit zur Aussprache mit der Kaiserin wartete.

Sophie hatte von ihrem Vorhaben gezehrt, hatte ihre Seele von der Aussicht genährt, endlich handeln zu können. Der Gedanke hatte ihr die Kraft verliehen, Pauls eisigem Zorn zu widerstehen, der ihn dazu verleitete, sie bei jeder sich bietenden Gelegenheit vor den Bediensteten zu demütigen. Und er hatte ihr die Kraft gegeben, Adams Abwesenheit zu ertragen. Er war in Moskau, und sie wußte nicht, wann er zurückkehren würde. Ihren Ehemann konnte sie nicht danach fragen – selbst wenn er sich dazu herablassen würde, ihr zu antworten –, denn warum sollte sie auch nur das geringste Interesse an den Reisen seines Adjutanten haben? Prinz Dmitriew durfte auch nicht eine Sekunde lang der Verdacht kommen, daß eine solche Frage eine unglaublich fesselnde Faszination für seine Ehefrau barg!

Katharina hatte die Eremitage als einen Zufluchtsort und als ein intimes Theater erbaut. Sophie, zum Schutz gegen die eisige Kälte fest in ihren Zobel gehüllt, eilte die überdachte Passage entlang, die die Eremitage mit dem Winterpalais verband. In ihrem gespannten Eifer machte sie so weitausholende Schritte, als ginge sie durch die Korridore in Berkholzskoje. Sie erinnerte sich erst wieder daran, ihr Tempo zu mäßigen und ihre Schritte dem höfischen Dekorum anzupassen, als ihr Erscheinen an der Tür zu dem eleganten, mit Samt ausgeschlagenen Salon angekündigt wurde, wo Katharina ihren Kreis ausgewählter Freunde unterhielt, ganz ähnlich der häuslichen Manier jeder anderen Gastgeberin in ihren eigenen vier Wänden.

»Sophia Alexejewna, kommen Sie ans Feuer, *ma chère*.« Sie streckte einladend die Hand aus, als Sophie über den prächtigen Astrachanteppich schritt. »Es ist wirklich kein Wetter, um sich hinauszuwagen. Ich fühle mich äußerst geschmeichelt, daß meine lieben Freunde sich bereit erklärt haben, mich mit ihrer Anwesenheit zu beehren.« Sie lächelte mit herzlicher Freundlichkeit in die Runde und zog Sophie an das wärmende Kaminfeuer. »Sind Sie mit dem französischen Botschafter bekannt, der gerade zu uns gekommen ist – Comte

Louis Philippe de Ségur?« Katharina strahlte übers ganze Gesicht, als sie die Vorstellung übernahm, und für Sophie stand eindeutig fest, daß die Kaiserin Gefallen an dem Grafen gefunden hatte.

»Guten Abend, Graf.« Sophie knickste, lächelte liebenswürdig und bekam von dem weltgewandten, charmanten, zweiunddreißig Jahre alten Diplomaten ein Lächeln und einen sorgfältig abschätzenden Blick zurück.

»*Enchanté*, Prinzessin.« Er hob die Hand an seine Lippen, blickte ihr dabei tief in die Augen, und Sophie verstand genau, warum der Botschafter die Gunst der Kaiserin gewonnen hatte.

Sie wandte sich ab, um Prinz Potemkin zu begrüßen, der sie mit seinem einen Auge zärtlich ansah, und erwies dann einem sehr attraktiven jungen Offizier des Garderegiments ihre Reverenz, Alexander Mamonow, der gegenwärtig die Räume des Favoriten im Anschluß an das kaiserliche Schlafgemach bewohnte.

»Kommen Sie, Monsieur Redcoat«, sagte die Kaiserin lächelnd zu ihrem jugendlichen Liebhaber. »Auf Sie wartet jetzt die Herausforderung, einen Vierzeiler für uns zu dichten.«

Während der Abend unter Gelächter und witzigen, geistreichen Spielen seinen Fortgang nahm, begann Sophie sich zu fragen, ob sie wohl noch die Möglichkeit fände, die Kaiserin um eine private Unterredung zu bitten. Aber wenn sie es an diesem Abend nicht tat, war unmöglich abzusehen, wann sich ihr eine neue Gelegenheit bieten würde. Als sich die Gesellschaft ins Speisezimmer begab, nahm Sophie ihren ganzen Mut zusammen.

»Madame, ich frage mich, ob Sie mir wohl ein paar Minuten unter vier Augen gewähren würden?«

Katharina wirkte verblüfft und eine Spur mißbilligend. Die

junge Frau hatte plötzlich eine überaus ernste Miene, der Ausdruck ihrer dunklen Augen war bittend, um ihren Mund lag ein Zug ängstlicher Entschlossenheit. Ihre Miene verhieß Schwierigkeiten, und Katharina mochte es gar nicht, wenn die heitere Atmosphäre dieser häuslichen Abende durch Unerfreuliches getrübt wurde. »Muß es heute abend sein, Sophia?«

Sophie fuhr sich nervös mit der Zungenspitze über die Lippen. Wie konnte sie öffentlich erklären, daß es unbedingt an diesem Abend sein mußte, weil sie sonst nicht wüßte, wann es ihr erneut gelingen würde, der strengen Überwachung ihres Ehemannes zu entfliehen? »Wenn Sie so freundlich sein wollen, Madame«, erwiderte sie mit leiser, aber fester Stimme.

Katharina runzelte die Stirn. »Na schön. Also dann, bevor Sie nach Hause aufbrechen.« Und damit verdrängte die Kaiserin die störende Angelegenheit für den Rest des Abends aus ihren Gedanken.

Sophie fiel das wesentlich schwerer, aber sie zwang sich, so zu tun, als hätte sie nichts anderes im Sinn als das Bedürfnis, ihren Geist in dieser kultivierten, amüsanten Runde zu schärfen. Schließlich jedoch waren alle bis auf die Kaiserin, Mamonow und Sophie in ausgelassener Stimmung in die bitterkalte, verschneite Nacht hinausgegangen.

»Nun, was gibt es denn so Dringliches und Vertrauliches, Sophia Alexejewna?« Katharinas brüsker Tonfall deutete an, daß sie die lästige Bitte ihres Gastes als äußerst unpassend, ja geradezu als Fauxpas bei einem solchen Anlaß empfand.

Sophie blickte verzweifelt auf den Gardeoffizier in seiner roten Uniform, der lässig auf einem Sofa zurückgelehnt saß und in scheinbarer Gedankenverlorenheit Bonbons aß. Sie konnte ihr Anliegen unmöglich im Beisein dieses attraktiven jungen Mannes vortragen, selbst wenn die Kaiserin, von Leidenschaft in die Irre geleitet, seine Anwesenheit für unbedingt notwendig hielt.

Alexander Mamonow blickte auf, als fühlte er Sophies ängstlichen Blick. Die stumme Bitte in ihren dunklen Augen war unmißverständlich. Er erhob sich vom Sofa. »Ich glaube, ich werde in meine Räume gehen«, sagte er, ergriff die Hand seiner Mätresse und führte sie an seine Lippen. »Laß mich nicht zu lange warten.«

Katharina lächelte glücklich. »Ich komme bald zu dir, Liebster.«

Trotz ihrer Verzweiflung konnte Sophie nicht umhin, sich zu fragen, wie sich dieser blendend aussehende, kraftvolle junge Mann Nacht für Nacht auf dem Altar dieses dicklichen, faltigen, schlaffen Körpers opfern konnte. Wirklich erstaunlich, was die Leute für Macht und Geld zu tun bereit waren – beides unausweichliche Begleiterscheinungen für denjenigen, der die Gemächer des kaiserlichen Favoriten bewohnte. Dennoch glaubte Katharina in ihrer an Unvernunft grenzenden Selbsttäuschung, daß Liebe im Spiel sei. Es war verblüffend, wie sich eine sonst so scharfsinnige, intelligente Frau einer solchen Illusion hingeben konnte.

Die Tür schloß sich hinter dem Favoriten. »Nun, Sophia?« Katharina ließ sich in einem mit Seide bezogenen Sessel nieder.

Da Sophie nicht aufgefordert wurde, sich zu setzen, blieb sie stehen, um ihre Geschichte zu erzählen und ihre ungewöhnliche Bitte zu äußern. Ihre Stimme war stark, ihr Tonfall nüchtern und sachlich, doch schon während des Sprechens fühlte sie, wie ihr Mut sank. Die Miene der Kaiserin war höchstens verdutzt und alles andere als ermutigend.

Katharina konnte es einfach nicht fassen. Diese junge Frau bat um Annullierung ihrer Ehe – einer Ehe, die die Kaiserin mit dem größten Wohlwollen gefördert hatte, einer Ehe, die gerade vor knapp vier Monaten mit äußerster Vornehmheit und Würde und unter kaiserlicher Schirmherrschaft geschlossen worden war. Und sie äußerte diese erstaunliche Bitte einzig und allein deshalb, weil ihr Ehemann sie nicht exakt so behandelte, wie es ihr gefiel. Denn genau das war es, worauf dieses ganze Gerede über Leibeigene und Pferde hinauslief. Was, um alles in der Welt, erwartete Sophia Alexejewna denn? Schließlich war sie eine russische Frau, verheiratet mit einem russischen Mann.

Seit ihrer Ankunft in Rußland im Alter von vierzehn Jahren hatte Katharina sich selbst zur Russin gemacht und sich völlig angepaßt. Sie hatte das Land, seine Bewohner, seine Sprache und seine Sitten und Gebräuche in einem solchen Ausmaß angenommen, daß sie sich als Regentin in diesem Land zu Hause fühlte, so als sei sie tatsächlich hier geboren.

Aber gelegentlich brach das rein deutsche Vermächtnis einer Prinzessin aus dem Hause Zerbst-Anhalt wieder durch, und sie ertappte sich dabei, wie sie mit der objektiven Nüchternheit eines Außenseiters über die Widersprüchlichkeiten und Eigenheiten ihres gewählten Heimatlandes nachgrübelte. Sie tat es auch jetzt, als sie dieser jungen Frau zuhörte, die um das Unmögliche bat, während sie die Wahrheit leugnete. Ihre Untertanen waren schon ein eigenartiger Menschenschlag: Sie verehrten die Mutterschaft und verprügelten gleichzeitig ihre Frauen, als sei es eine Selbstverständlichkeit, gedankenlos und ohne Schuldgefühle; sie verabscheuten den Krieg und kämpften dennoch mit dämonischem Mut; im höchsten Grade träge, schufteten sie wie die Besessenen. Sie gaben ganz sicher keine rücksichtsvollen Ehemänner ab, wie Katharina nach achtzehn unglücklichen Ehejahren ohne weiteres zugeben würde. Aber das war nun mal das Los einer Frau – das Los einer russischen Frau.

»Meine liebe Sophia Alexejewna«, begann sie, als Sophie schwieg. »Ich will Ihnen die Freundlichkeit erweisen, die Bitte, die Sie gerade vorgetragen haben, zu vergessen. Sie müssen einfach die Unmöglichkeit einer solchen Forderung einsehen. Schließlich ist Ihr Leben nicht in Gefahr. Das einzige Problem besteht darin, daß Sie nicht ganz glücklich sind. Ich werde Ihnen einen Rat geben: Man muß heiter sein. Das ist die einzige Möglichkeit, alles zu ertragen und zu überwinden. Auch ich hatte viel unter meinem Ehemann zu leiden. Immerhin ... er hielt sich eine Mätresse in seinen Räumen im Palast und ließ keine Gelegenheit aus, mich zu demütigen. Er drohte mir sogar, mich in ein Kloster zu schicken und mir den Kopf kahlrasieren zu lassen!«

Und während du dein Schicksal so heiter ertragen hast, hast du die ganze Zeit über Komplotte und Pläne geschmiedet, bis der Augenblick kam, wo du deinen verhaßten Ehemann zu Fall gebracht und ihn hast einkerkern lassen, dachte Sophie bitter. Merkte die Zarin denn nicht, wie scheinheilig sie klang? Oder war sie ganz einfach der Meinung, es gäbe eine Regel für Frauen und eine für die Kaiserin?

»Schauen Sie nicht so niedergeschlagen drein, *ma chère.*« Katharina beugte sich vor, um Sophies Hand zu tätscheln. »Die Ehe erscheint einem zu Anfang immer als etwas ... nun ja, Schockierendes, und Sie haben ein so behütetes Leben geführt. Es ist nur verständlich, daß Sie gewisse ...« sie suchte nach der passenden Formulierung für eine so delikate Sache, »gewisse Aspekte des ehelichen Zusammenlebens seltsam finden, sogar widerwärtig und abstoßend. So ist es zu Anfang häufig.«

Sie lächelte ihr zahnloses Lächeln. »Mit der Zeit werden Sie sich an all das gewöhnen. So, ich denke, Sie sollten jetzt nach Hause zurückfahren und sich ordentlich ausschlafen. Am nächsten Morgen sehen die Dinge immer gleich besser aus. Und denken Sie daran: Seien Sie heiter und zuversichtlich. Ich bin sicher, Prinz Dmitriew mag es gar nicht, ständig so ein langes Gesicht zu Hause sehen zu müssen. Es muß ihn verärgern. Warum probieren Sie es nicht mit einem kleinen Lächeln, Sophia?«

Und damit war die Angelegenheit erledigt. Erst jetzt ging Sophie in vollem Umfang auf, wie sehr sie sich auf diese Unterredung verlassen hatte, wie sich alle ihre Hoffnungen darauf konzentriert hatten. Nachdem diese Hoffnung nun zerstört war, fühlte sie sich leer und ausgehöhlt, aller Erwartungen, allen Vertrauens, allen Mutes beraubt; wie eine leere Muschelschale würde sie mit der Zeit austrocknen und zerbrechen in ihrer Verzweiflung und Hoffnungslosigkeit, jemals etwas an ihrem Schicksal ändern zu können.

Vor langer Zeit – o Gott, wie ewig lange das schon her war! – hatte ihr Großvater gesagt, sie wäre einfallsreich genug, um einen Weg zu finden, falls sie ihren Ehemann verlassen müßte. Aber Sophie konnte ja noch nicht einmal unbeobachtet das Haus verlassen. Die Bediensteten waren ihre Feinde, zu dieser Haltung gezwungen durch den Prinzen und die brutalen Vergeltungsmaßnahmen, die er nach ihrem Ausritt getroffen hatte. Damals hätte ich fliehen sollen, dachte Sophie. Mit Khan hätte ich bis zur Grenze gelangen können. Und welche Gefahren sie auch immer erwartet hätten – konnte es etwas Schlimmeres als die Entsetzlichkeit ihres gegenwärtigen Lebens geben?

Jetzt blieb Sophie nichts anderes übrig, als in einen tiefen Hofknicks zu sinken, der Kaiserin für die Unterredung zu danken, sich für die Unschicklichkeit ihrer Bitte zu entschuldigen und nach Hause zurückzukehren, zurück zu den ehelichen Aufmerksamkeiten ihres Mannes, der schon auf sie warten würde.

Katharina, in ihrer Gelassenheit auf ärgerliche Weise gestört, runzelte die Stirn, als sich die Tür hinter Sophia Alexejewna schloß. Die Prinzessin sah tatsächlich etwas verhärmt aus. Potemkin hatte sich ähnlich geäußert. Aber wenn Unschuld verletzt wurde, wie es im ehelichen Schlafzimmer nun mal unausweichlich war, stellte sich immer erst ein Schock ein. Trotzdem – irgendwie hatte sie gedacht, die Golitskowa wäre aus härterem Holz geschnitzt.

Die Kaiserin erhob sich immer noch stirnrunzelnd aus ihrem Sessel. Sie mochte Prinzessin Dmitriewna und hatte nicht das Bedürfnis, sie unglücklich zu sehen. Vielleicht würde ein taktvolles Wort in Prinz Dmitriews Ohr helfen. Männer sahen nie, was sich unmittelbar vor ihren Augen abspielte. Ein milder Hinweis, daß er seine junge Frau mit etwas mehr Zartgefühl und Freundlichkeit behandeln sollte, wäre vielleicht nicht verkehrt.

Mit diesem guten Vorsatz ging Katharina hinaus, um ihre eigene Nacht in Monsieur Redcoats Armen zu genießen.

Zwei Tage später stand General Prinz Paul Dmitriew, einer kaiserlichen Aufforderung gehorchend, im Arbeitszimmer der Zarin, vor Verlegenheit, Wut und ungläubigem Entsetzen wie erstarrt. Sophia Alexejewna hatte sich bei der Zarin darüber beklagt, wie er sie behandelte, und jetzt nahm ihn die Kaiserin ins Gebet! Zugegeben, sie hielt sich dabei an ihre oft wiederholte Maxime, lautstark zu loben und im Flüsterton zu schelten, aber von ihr gerügt zu werden, auch wenn es auf so sanfte Weise geschah, war für Dmitriew unerträglich.

»Sie ist so viel jünger als Sie, Prinz«, erklärte Katharina schließlich mit liebenswürdigem Lächeln. »Und sie hat eine etwas ungewöhnliche Erziehung genossen. Ich bin sicher, nachdem Sie die Situation jetzt verstehen, werden Sie in der Lage sein, die Angelegenheit zwischen Ihnen und Ihrer Frau in Ordnung zu bringen.«

»Das hoffe ich doch, Euer Majestät.« Der Prinz verbeugte sich tief, verbarg hinter gesenkten Lidern die wilde Wut, die in seinen Augen flammte. Ein kärgliches Lächeln zuckte um seine Mundwinkel. »Ich bin Euer Majestät sehr dankbar, daß Ihr mich auf Sophia Alexejewnas Groll hingewiesen habt.«

»O nein, das ist ein zu geharnischtes Wort«, protestierte die Kaiserin. Sie hatte es nicht für notwendig oder klug erachtet, Sophias Bitte um Annullierung ihrer Ehe zu erwähnen. »Ich glaube, sie ist ein wenig verwirrt, das ist alles. Sie haben wesentlich mehr Lebenserfahrung als sie; man gerät zu leicht in Versuchung, anzunehmen, eine so junge Frau teile dieses Wissen. Es ist ein sehr verbreiteter Irrtum«, fügte sie mit freundlichem Lächeln hinzu.

»Ich werde mich bemühen sicherzustellen, daß Sophia Alexejewna die Dinge von jetzt an vollkommen versteht.« Wieder verbeugte sich der Prinz tief, seine Stimme ausdruckslos glatt. Und ob Sophia Alexejewna verstehen würde! Sie würde begreifen, wie sich ein Mann einer höchst unbefriedigenden, unfruchtbaren, betrügerischen Ehefrau entledigte, die sich hinter seinem Rücken über ihn beschwerte!

Er verabschiedete sich von seiner Kaiserin, und Katharina ahnte nichts von dem wilden, haßerfüllten Drang nach Rache, der jetzt hinter seiner kühlen Fassade schwelte. Dmitriew hatte einfach genug von einer Ehefrau, die sich ihm mit jedem Schritt, den sie tat, widersetzte, obwohl er nicht genau hätte sagen können, wie oder warum er wußte, daß sie es tat. Er hatte genug von einer unfruchtbaren Ehefrau, die wie ein Leichnam unter ihm lag, ihm irgendwie auch nur die Spur von Befriedigung verweigerte in einem Akt, der so viele früher erlittene Verletzungen hätte heilen sollen. Genug von einer Frau, die nicht begriff, was es hieß, Ehefrau zu sein – *seine* Ehefrau.

Prinz Dmitriew zog sich die Schaffellmütze über die Ohren. Wenn Sophia Alexejewna sich nichts aus der Ehe machte, dann würde er sie nach Berkholzskoje zurückschicken. Aber er würde es auf eine Weise tun, daß ihre Chancen, dort auch anzukommen, nur gering wären. Verdammt gering.

Die Kälte wurde immer grimmiger, und die Stadt war jetzt von einer dicken Schneedecke eingehüllt. Ein Schlitten, gezogen von vier Pferden, glitt mit Glöckchengeklingel an ihm vorbei, als Prinz Paul Dmitriew eine Brücke über einem der vielen Kanäle überquerte, die die Stadt durchzogen. Das Wasser darunter war gefroren, und in ein paar Wochen würde auch die Newa selbst völlig vereist sein. Zum Reisen waren die Bedingungen alles andere als ideal, obwohl man sie mit geeigneten Maßnahmen mildern konnte. Prinzessin Dmitriewna würde die einen Monat dauernde Reise nach Berkholzskoje jedoch ohne die für Gesundheit und Sicherheit lebensnotwendigen Bequemlichkeiten unternehmen müssen.

Dmitriew erfreute sich an der Schlauheit und Raffinesse seines Racheplans. Er würde Sophia einfach das gewähren, was sie sich wünschte. Die Kaiserin würde seiner Rücksichtnahme Lob zollen. Sophia Alexejewna zu erlauben, den Winter bei ihrem Großvater zu verleben, war ein Akt der Freundlichkeit; es würde ihr eine Ruhepause verschaffen, um über alles nachzudenken und sich mit ihrer Ehe abzufinden. Nur ihr Ehemann würde von den Bedingungen wissen, unter denen sie diese Reise unternahm. Und wenn sie dann niemals in Berkholzskoje ankam, würde er zutiefst entsetzt sein, das wahre Musterbeispiel eines trauernden Ehemannes.

Freude und Befriedigung schimmerten kalt in seinen blaßblauen Augen, als er sein Haus betrat. »Wo ist Prinzessin Dmitriewna?«

Nikolai verbeugte sich. »Ich glaube, auf der Galerie, Herr.«

Paul ging geruhsamen Schrittes die Treppen hinauf. Sophie stand am Fenster, blickte hinaus auf die verschneite Stadt, den jetzt verlassenen Fluß. Sie wandte sich um, als ihr Ehemann in die Galerie kam. »Guten Morgen, Paul.«

Zorn flammte in ihm auf bei dieser unterwürfigen Höflichkeit, den sittsam gesenkten Augen. Noch immer konnte er das erschreckende Ausmaß ihres Betrugs, den Umfang seiner eigenen Blindheit nicht voll begreifen. Auf seinem Gesicht zeigte sich jedoch nicht ein Flammenzünglein der Feuersbrunst, die in seinem Inneren wütete. »Guten Morgen, Sophia Alexejewna. Heute abend soll ein Konzert in Prinz Stroganows Palast stattfinden. Wir sind beide dazu eingeladen. Ich bin leider verhindert, aber vielleicht würde es dir Freude machen, dabeizusein.«

Sophie konnte ihre Überraschung sowohl über seinen ungewöhnlich höflichen Tonfall als auch über den großzügigen Vorschlag nicht verbergen. Sie sollte ohne seine Begleitung in Gesellschaft gehen, eine Einladung zu einer Veranstaltung annehmen, die er normalerweise abgesagt hätte, ohne sie auch nur vor ihr zu erwähnen. »Danke, Paul«, erwiderte sie demütig, schenkte ihm ein zögerndes, dankbares Lächeln. »Ich würde dieses Konzert wirklich sehr genießen.«

»Dann sollst du auch hingehen.« Er lächelte. »Wir sehen uns beim Mittagessen.«

Während des Essens verwandelte sich ihr Ehemann erneut in den charmanten, aufmerksamen Kavalier ihrer Verlobungszeit. Sophie wußte nicht mehr ein noch aus. Sie reagierte entsprechend liebenswürdig, obwohl sie innerlich von Mißtrauen erfüllt war, von einer Furcht, die sie bis zu einem gewissen Punkt verdrängen konnte, die aber dennoch immer im Hintergrund lauerte. Dmitriews Augen waren ausdruckslos, seine Stimme freundlich, sein Lächeln so kärglich wie eh und je. Warum hatte sie dann das Gefühl, er betrachtete sie eher so, wie man einen rätselhaften Gegenstand auf einer Ausstellung betrachten würde, während man darüber nachdenkt, was man wohl mit ihm anfangen sollte?

Dmitriew erschien in Sophies Schlafgemach, als sie dabei war, sich für das Konzert umzuziehen. Sie saß gerade im Negligé vor dem Spiegel, während Maria ihr Haar frisierte.

»Warum trägst du nicht die Aquamarine, meine Liebe?« Er wählte die Halskette aus ihrer Schmuckschatulle aus. »Sie werden wundervoll zu dem elfenbeinfarbenen Seidenkleid aussehen.«

»Ich hatte eigentlich an das bernsteingelbe Samtkleid gedacht«, widersprach Sophie. »Es ist ein so kalter Abend.«

»Unsinn. Das Elfenbeinweiße schmeichelt deinem Teint«, erklärte er und berührte ihre Wange. Sophie schauderte bei der ungewöhnlichen Liebkosung. Er spürte ihren Widerwillen und lächelte. »Im Schlitten kannst du dich an einem Kohlenbecken wärmen, und im Haus wird es ganz sicher nicht kalt sein.«

»Nein... nein, ich bin sicher, du hast recht, Paul«, brachte Sophie hervor. Sie hatte Samt und Diamanten tragen wollen. Statt dessen mußte sie Seide und Aquamarine tragen. Nun ja, bei dem erstaunlichen Benehmen, das Paul an den Tag legte, mußte sie ihm wohl ein kleines Zugeständnis machen. Allerdings waren die Aquamarine keine besonders edlen Steine. Von dem gesamten Inhalt ihrer Schmuckschatulle hatten sie den geringsten Wert. Andererseits wirkten Pomp und Protzerei wohl kaum anziehend. Mit diesem Gedanken ließ Sophie sich notgedrungen die Aufmerksamkeiten ihres Ehemannes gefallen, während er die Kette um ihren Hals befestigte, zuschaute, wie Maria ihr in das Kleid half, das er ausgewählt hatte, und ihr dann das mit Luchspelz verbrämte Samtcape um die Schultern legte. Er begleitete sie die Treppe hinunter und half ihr in den wartenden Schlitten.

Dmitriew beobachtete, wie das elegante, blankpolierte Gefährt aus dem Hof glitt, bevor er begann, Instruktionen zu erteilen, die ohne zu fragen befolgt wurden. Dennoch tauschten die Bediensteten bedeutsame Blicke, als sie hin und her hasteten, um die Befehle ihres Herrn auszuführen. Die beiden Leibeigenen, die dazu bestimmt wurden, die Reise zu unternehmen, von der zurückzukehren sie nicht erwarteten, akzeptierten ihr Los in dumpfer Resignation. Es war immerhin ein besseres Los als Folter auf dem Schafott und nicht schlimmer, als hätte man ihnen befohlen, in irgendeiner obskuren Schlacht für ihren Herrn ihr Leben zu lassen. Außerdem bestand immer noch die Möglichkeit, daß die Heilige Mutter Gottes ein Auge auf sie hatte und Tod durch Briganten oder die Elemente nicht in ihren Sternen stand. Auf solche Weise schöpften die Bauern Trost aus ihrem widersprüchlichen und dennoch unerschütterlichen Glauben an Religion und die Unausweichlichkeit des Schicksals.

Sophies Verwirrung und die dunklen Vorahnungen, die sie plagten, wirkten jedem Genuß entgegen, den ihr dieser Abend hätte bereiten können. Es mußte irgend etwas passiert sein, was Pauls abrupte Kehrtwendung ausgelöst hatte, und Sophie hatte in den Monaten ihrer Ehe genug gelernt, um jedem untypischen Benehmen zu mißtrauen. Inzwischen wußte sie ganz genau, was *typisch* für Pauls Benehmen war – und höfliche Konversation, freundliche Ermutigung, allein zu einer Gesellschaft zu gehen, und Komplimente über ihre Kleidung gehörten eindeutig nicht dazu.

Wenn Adam wenigstens in der Stadt gewesen wäre, dann hätte sie sich weniger verletzlich gefühlt. Er war ihr einziger Halt, und sie brauchte ihn... o Gott, wie sehr sie ihn brauchte! Es genügte schon, seinen Blick gelegentlich auf sich zu fühlen, den warmen Druck seiner Finger, wenn er ihre Hand ergriff, der Strom, der zwischen ihnen floß, feurig und stark – eine lebensspendende Kraft, die von der Fassade, die sie aufrechterhalten mußten, nur noch verstärkt wurde, so daß jeder verstohlene Blick, jede scheinbar zufällige Berührung so sinnlich und bedeutsam waren wie die leidenschaftlichste Umarmung.

Es war fast elf Uhr, als Sophie an diesem Abend nach Hause zurückkehrte – in Pelze gehüllt, die Hände in ihren Muff aus Luchspelz vergraben, ihre Füße gewärmt von dem kleinen Kohlenbecken auf dem Boden des Schlittens. Der Schlitten kam im Hof, auf der Rückseite des Palastes, zum Stehen. Sophie stieg aus und fröstelte in der eisigkalten Brise, die vom Fluß herüberwehte und ihre Nasenspitze gefrieren und ihren Atem zu weißen Wölkchen erstarren ließ.

Prinz Dmitriew, in Pelzmantel, Hut und Stiefeln, stand in der Tür. Vor dieser Tür wartete ein schäbiger, schwarzlakkierter Schlitten von der Sorte, wie sie Leibeigene benutzten, wenn sie für ihren Herrn eine Besorgung erledigten. Zwei dürre Pferde waren davorgespannt, auf jedem saß ein bis an die Nasenspitze vermummter Muschik.

»Ich habe von unserer allergnädigsten Zarin erfahren, daß du auf deine Stellung als meine Ehefrau keinen Wert legst«, erklärte Prinz Dmitriew mit frostiger Nüchternheit, als Sophie auf ihn zuging. »Aus diesem Grund, meine teure Frau, wirst du zu deinem Großvater zurückgehen.« Er wies auf den schwarzen Schlitten. »Dein Gefährt steht schon bereit. Bitte steig ein.«

Sophie war sprachlos, versuchte angestrengt, aus seinen Worten schlau zu werden. Die Kaiserin hatte sie hintergangen – das war ihr erster Gedanke. Sie würde nach Berkholzskoje zurückkehren – das war der zweite Gedanke, einer, der sie mit schwindelerregender Freude erfüllte. Dann folgte die Erkenntnis, daß er sie jetzt, in diesem Augenblick, fortschickte, mitten in einer frostkalten Nacht, nur in ihr seidenes Abendkleid gehüllt, ihr einziger Schutz gegen die grimmige Kälte das mit Luchspelz besetzte Samtcape. Verständnislos starrte sie zu ihrem Ehemann auf.

»Jetzt?«

»Ja, meine liebe Sophia Alexejewna. Jetzt«, erwiderte er lächelnd. »Du wolltest gehen, also scheint es wenig Sinn zu haben, deine Abreise noch länger hinauszuschieben.« Er wies wieder auf den schäbigen schwarzen Schlitten.

»Aber meine Kleider... mein Gepäck...«, stotterte sie.

»Du bist nicht nackt«, antwortete er. »Und du hast die Aquamarine, um dich mit allem zu versorgen, was du auf der Reise benötigst.«

Plötzlich ging Sophie mit schonungsloser Deutlichkeit auf, warum er vorhin ein so ungewöhnliches Interesse für ihr Kleid und ihren Schmuck gezeigt hatte. Ihre einzigen finanziellen Mittel auf dieser grauenhaften Reise sollten die Steine um ihren Hals sein. Ihre übrigen, wesentlich wertvolleren Juwelen würden hierbleiben, im Besitz ihres Ehemannes. Wenn sie die Halskette nicht bei irgendeinem Juwelier in der Stadt zu Bargeld machen konnte – was zu dieser nachtschlafenen Zeit ein Ding der Unmöglichkeit war –, wäre sie gezwungen, sie Stein für Stein für ein Nachtlager, eine Brotkruste, einen Becher Met aufzubrauchen. Es wäre eine unglaubliche Verschwendung.

»Und meine Zofe?« fragte Sophie, obwohl sie die Antwort längst wußte.

»Du wirst auch ohne Bedienstete zurechtkommen«, erklärte ihr Ehemann. »Mir wird ein wenig kalt bei dieser unsinnigen Diskussion, Sophia Alexejewna.« Er nahm ihren Arm und schob sie unsanft zu dem wartenden Schlitten. »Bitte richte deinem Großvater Grüße von mir aus.« Seine Stimme triefte vor Sarkasmus. »Du kannst ihm auch mein Bedauern darüber ausdrücken, daß du dich als eine so unbefriedigende Ehefrau erwiesen hast, daß ich gezwungen bin, dich in Schande zurückzuschicken.«

Das Innere des Schlittens war kalt und leer. Es gab kein Kohlenbecken, nur eine schmale hölzerne Sitzbank und einen mottenzerfressenen Pelz, um Trost und Schutz zu bieten. Sophie sollte vierhundert Wegstunden weit reisen – mitten im gnadenlosen russischen Winter, nur mit einem dünnen Seidengewand bekleidet, ohne Geld, ohne Vorräte, ihr einziger Begleitschutz zwei des Lesens und Schreibens unkundige Muschiks mit Pistolen. Was konnten sie schon gegen Briganten ausrichten? Der Einfallsreichtum meines Ehemannes, was verschleierte Todesurteile betrifft, ist wirklich bemerkenswert, dachte Sophie mit brutaler Ironie.

Sie kletterte in den Schlitten. Im Moment blieb ihr nichts anderes übrig, als zu gehorchen. Es gab niemanden, an den sie sich um Hilfe wenden konnte. Nie zuvor hatte sie sich so einsam gefühlt wie jetzt, war sich noch niemals so niederschmetternd ihrer Isolation bewußt gewesen, die ihr Ehemann so sorgfältig und so von Haß erfüllt geschaffen hatte. Aber sie war dazu erzogen worden, sich auf sich selbst zu verlassen, und vielleicht würde ihr ja unterwegs eine Idee kommen, obwohl es vergebliche Hoffnung wäre, die Leibeigenen des Prinzen dazu zu überreden, von ihren Befehlen abzuweichen. Sie fürchteten sich viel zu sehr vor dem langen Arm ihres Herrn, überzeugt, er reiche bis in die entferntesten Winkel, falls es nötig war, ein widerspenstiges Kraut auszurupfen.

General Prinz Paul Dmitriew klappte die Tür des Schlittens mit brüsker Endgültigkeit zu, absolut sicher, daß er seine unausstehliche Ehefrau gerade zum letzten Mal gesehen hatte. Er hatte sie besessen, und dabei war es ihm beinahe gelungen, sich vorzustellen, er besäße Sophia Iwanowa. Er war im Besitz des Vermögens der Golitskows, der Juwelen der Golitskows. Aber als er sich zum Haus umwandte, konnte er aus diesem Gewinn dennoch keine rechte Befriedigung ziehen. Es war ihm nicht gänzlich gelungen, Sophia Alexejewna zu brechen. Noch niemals zuvor hatte er bei einer solchen Aufgabe versagt. Sein Fehlschlag hinterließ einen sauren Geschmack, der seine Selbstzufriedenheit beeinträchtigte.

In der modrigen, frostigen Finsternis des Schlittens kämpfte Sophie gegen die aufsteigende Panik an. Das Stehen im Hof hatte sie bis auf die Knochen durchgefroren, und sie hatte keine Möglichkeit, die verlorene Wärme zu ersetzen. Sie zog die Kapuze ihres Capes bis zum Kinn hinunter, so daß ihr Atem nicht entweichen konnte und mit seiner feuchten Wärme verhinderte, daß ihr Gesicht erfror. Den Pelz benutzte sie, um ihre Füße einzuwickeln. Sie schlang das Cape fest um ihren Körper, vergrub ihre Hände in dem Muff und kauerte sich in eine Ecke, um sehnsüchtig auf den nächsten Morgen zu hoffen. Dann würde es nicht mehr ganz so bitterkalt sein, und sie wäre wenigstens nicht mehr im Dunkeln.

Die Stadttore waren geschlossen, eine winterliche Vorsichtsmaßnahme gegen Wölfe, die die Neigung hatten, ihre Streifzüge bis in die Stadt hinein auszudehnen, wenn Schnee und Eis ihre Nahrungszufuhr drastisch beschnitten. Der Schlitten hielt am Tor, um die für die Weiterfahrt erforderlichen Papiere vorzuzeigen, doch Sophie machte keine Anstalten, hinauszuschauen und dabei auch nur ein Jota Wärme zu riskieren.

Ein Trupp Soldaten des Preobrazhensky-Regiments, auf dem Rückweg von Moskau und bis zu den Ohren in Pelze gehüllt, war ebenfalls am Tor. Ihr Oberst unterhielt sich gerade mit dem befehlshabenden Offizier der Wachmannschaft. Alle musterten den schwarzlackierten Schlitten neugierig, und der eine oder andere fühlte dabei ein unheimliches Prickeln den Rücken herabrieseln. Es war ein düsteres Gefährt, das eine Aura des Todes ausstrahlte.

»Wer war das?« fragte Oberst Graf Adam Danilewski beiläufig, als der Schlitten passieren durfte.

Der Offizier zuckte mit den Achseln. »Die Papiere waren von General Dmitriew ausgestellt. Sind unterwegs nach Kiew, die armen Teufel. Aber Sie wissen ja, wie der General ist.«

Adam schauderte innerlich, als ihn eine grauenhafte Ahnung beschlich, aber er durfte sich nicht das geringste anmerken lassen. Zwischen dem Adjutanten des Generals und den häuslichen Angelegenheiten des Generals durfte niemals auch nur der leiseste Zusammenhang erkennbar sein. Hastig verabschiedete sich Adam von dem wachhabenden Offizier und gab seinem Trupp das Zeichen zum Aufbruch. Sie ritten in die Stadt hinein, froh und erleichtert, endlich in die Wärme und den Schutz der Kaserne zu kommen.

»Ich werde dem General Bericht erstatten«, sagte Adam zu seinem stellvertretenden Kommandeur. »Übernehmen Sie, Major.«

»Jawohl, Sir.« Der Major salutierte. Er fand es ganz und gar nicht ungewöhnlich, daß der Oberst es vorzog, dem General lieber sofort Bericht zu erstatten, statt bis zum nächsten Morgen zu warten. General Dmitriew erwartete einen solchen Eifer von seinen Soldaten.

Vor dem Palast der Dmitriews angekommen, wurde Adam von Nikolai eingelassen und zum Arbeitszimmer des Generals geführt, wo dieser trotz der späten Stunde noch Berichte überprüfte.

»Ah, Oberst, Sie sind recht früh dran.« Dmitriew blickte auf. »Ich hatte Sie nicht vor morgen erwartet.«

»Es ist zu kalt, um unterwegs herumzutrödeln, Sir«, erwiderte Adam leichthin. »Der Winter ist dieses Jahr früh gekommen und mit aller Macht. Möchten Sie meinen Bericht jetzt hören oder morgen früh?«

»Da Sie schon einmal hier sind, werde ich ihn mir jetzt anhören.« Der General zog an der Klingelschnur. »Sie sehen aus, als brauchten Sie etwas zu essen und einen Wodka, Oberst.«

Adam fieberte förmlich vor Angst und Ungeduld, es blieb ihm jedoch nichts anderes übrig, als die Gastfreundschaft seines Generals anzunehmen und unzählige Fragen zu beantworten, und erst gegen drei Uhr in der Frühe gelang es ihm endlich, einen Schritt zur Tür zu tun. »Ich hoffe doch, Prinzessin Dmitriewna ist wohlauf.«

Prinz Dmitriew schwieg einen winzigen Moment, dann erklärte er beiläufig: »Sie hat den Wunsch geäußert, ihren Großvater zu besuchen. Sie wird im Laufe des Vormittags abreisen.«

Nein, dachte Adam mit eiskalter Gewißheit. Sie ist bereits abgereist... in aller Eile und Heimlichkeit, mitten in der Nacht, in diesem erbärmlichen Schlitten. Es lag auf der Hand, warum Dmitriew ihn belogen hatte. Kein Mann, der alle Sinne beisammen hatte, würde seine Frau in einer frostkalten, verschneiten Novembernacht losschicken, also mußte es so dargestellt werden, als würde sie zu einer zivilisierten Stunde aufbrechen.

Adam salutierte zackig und verließ seinen General. Alles in ihm drängte danach, sich sofort an die Verfolgung des Schlittens zu machen, aber er zwang sich, erst nachzudenken. Er konnte nicht ohne die Erlaubnis der Kaiserin aus St. Petersburg abreisen, und diese Erlaubnis wiederum konnte er nicht vor dem nächsten Morgen einholen. Ein dringender Hilferuf aus Mogilew, angeblich eingetroffen während seines Aufenthalts in Moskau, würde ihm einen Entschuldigungsgrund liefern. Adam plante jetzt mit militärischer Präzision, als er über die notwendigen Vorbereitungen für eine solche Reise nachdachte. Boris Mikhailow, dessen Verletzungen anläßlich seiner Gefangennahme inzwischen ausgeheilt waren, würde ihn begleiten. Und Khan natürlich, obwohl Sophie den Hengst bei der klirrenden Kälte nicht würde reiten können. Ein paar Pelze mitzunehmen, wäre sicher nicht verkehrt. Was hatte Sophie wohl bei sich? Was benötigte sie noch?

Es waren Fragen, die Adam unmöglich beantworten

konnte, deshalb beschloß er, so viel an zusätzlichem Schutz mitzunehmen, wie er und Boris tragen konnten. Sie würden Waffen brauchen, eine ausreichende Menge Munition; denn zusätzlich zu den üblichen Gefahren durch Briganten würden sie sich auch gegen Wölfe verteidigen müssen.

Der Rest der Nacht verging mit fieberhaften Vorbereitungen, und um sieben Uhr morgens wurde die Zarin, die in der Ungestörtheit der frühen Morgenstunden in ihrem Ankleidezimmer arbeitete, davon informiert, daß Graf Adam Danilewski höchst dringend um eine Audienz bäte. Katharina kam zu dem Schluß, daß es wirklich dringend sein müßte, wenn der Graf nicht bis neun Uhr warten konnte – um diese Stunde gab sie täglich eine Audienz für ihre von Sorgen geplagten Untertanen – und sie erklärte sich bereit, ihn in ihrem Schlafgemach zu empfangen. Ein Blick in Adams Gesicht genügte, um sie zu überzeugen, daß eine Tragödie passiert sein mußte.

»Großer Gott, Adam, Sie sehen eindeutig verzweifelt aus, *mon ami*«, bemerkte sie, als sie in ihrem weißen Morgenrock aus Seidentaft durch den Raum auf ihn zueilte. »Wie kann ich Ihnen helfen?«

Adam stellte fest, daß es nicht schwierig war, einen verzweifelten Eindruck zu machen, denn genauso fühlte er sich. Mit jeder Minute, die Sophie ohne angemessen bewaffnete Eskorte reiste, mit jedem Werst, der sie weiter von der Hauptstadt wegführte und tiefer in die Wildnis hinein, vergrößerte sich die Gefahr. Mit guten Pferden und bei entsprechend scharfem Tempo würden er und Boris den Schlitten ohne Schwierigkeiten einholen können, aber es würde trotzdem noch mindestens einen halben Tag dauern.

»Madame, ich habe höchst beunruhigende Nachrichten von zu Hause erhalten«, log er glatt. »Meine Mutter ist sehr krank, an der Schwelle des Todes, wenn man meiner Schwester glauben darf.«

»Dann müssen Sie sofort zu ihr fahren!« rief die Kaiserin, deren weiches Herz häufig ihr persönliches Handeln bestimmte, obwohl sie sich bei politischen Entscheidungen niemals davon leiten ließ. »Gehen Sie augenblicklich, und wir erwarten Ihre Rückkehr nicht vor dem Frühjahr.«

Sie bedeutete ihm mit einer Handbewegung zu gehen, als wäre sie persönlich von diesem Notfall betroffen. »Beeilen Sie sich. Sie dürfen keine Minute verlieren. Es ist eine sehr traurige Sache, wenn man nicht am Krankenbett seiner Eltern sein kann.«

Ein Schatten glitt über ihr Gesicht, als sie sich daran erinnerte, wie die Zarin Elisabeth sie daran gehindert hatte, beim Begräbnis ihres eigenen Vaters dabeizusein, geschweige denn an seinem Krankenbett. Niemand sollte Katharina einer solchen Unmenschlichkeit anklagen. Sie begleitete den dankbaren Oberst aus ihrem Schlafzimmer und widmete sich dann wieder ihrer Arbeit, höchst zufrieden darüber, daß sie den Tag mit einem Akt der Menschlichkeit begonnen hatte.

# 10. Kapitel

Sophie hatte jedes Zeitgefühl verloren. Im Innern des Schlittens war nur wenig Bewegung zu spüren, während dieser langsam über den Schnee glitt, gezogen von trägen Pferden. Man konnte sich nur schwer vorstellen, daß es Tag war, so bleigrau und wolkenverhangen war der Himmel, so düster das Licht. Tatsächlich drang so wenig Licht durch die schmutzigen Fenster des Eiskastens, in dem Sophie vor Kälte zitterte, daß es ebensogut Nacht hätte sein können.

Sie überlegte, ob sie ihre Begleiter anweisen sollte, bei der nächsten Poststation anzuhalten, aber sie fühlte weder Hunger noch Durst, und sie wußte, die Muschiks hatten ihre eigenen Vorräte dabei. Als Sophie kurz nach Tagesanbruch einen Moment hatte aussteigen müssen, verzehrten sie gerade rohe Zwiebeln und Schwarzbrot, und der Geruch von Wodka hatte sie wie eine Wolke eingehüllt.

Ihre Füße spürte Sophie schon lange nicht mehr, und es kostete sie einfach zuviel Kraft, die Augen offenzuhalten. Irgendwann während der schrecklich langen Nacht hatte ihre Verzweiflung ein solches Ausmaß erreicht, daß sie zu weinen begonnen hatte. Die Tränen waren auf ihren Wangen erstarrt, und mit Entsetzen hatte sie gefühlt, wie ihre Augen gefroren und sich Eiskristalle in ihrer Nase bildeten.

Die Schlitten in Berkholzskoje waren mit Kohlenbecken, Öfchen und Nachttöpfchen ausgestattet. Gepolsterte Sitzbänke, mit Stapeln von Pelzen bedeckt, hielten den Reisenden wohlig warm. Wie sehr hatte Sophie diese winterlichen Ausflüge geliebt, wenn der Schlitten über den jungfräulichen Schnee der Steppe glitt, wo der weiße Erdboden mit dem weißen Himmel verschmolz, so daß man das Gefühl hatte, in einer blendend hellen, schimmernden Kapsel absoluter Reinheit dahinzufliegen! Wenn sie die Augen geschlossen hielt, konnte sie wieder dort sein, jetzt, in diesem Augenblick, konnte das warme Lächeln ihres Großvaters auf sich fühlen, seine Stimme hören, während sie sich in ihre Pelze kuschelte. Ihr war mit einem Mal ganz warm und so köstlich schläfrig...

Das Geräusch von Schüssen vermochte kaum ihre Trance zu durchdringen. Der Schlitten kam mit einem Ruck zum Stehen, verwirrte Rufe ertönten. Sophie machte eine Sekunde die Augen auf, dann fielen ihre Lider wieder zu. Was spielte es schon für eine Rolle, wenn es Briganten waren? Sie war zu müde, um sich zu ängstigen, und diese herrlich glitzernde, weiße Welt ihrer Träume lockte...

»Heilige Mutter!« Adam riß die Tür auf, entsetzt über den Anblick, der sich ihm bot. Sophie, nicht länger fest in ihr Samtcape gehüllt, lag auf der hölzernen Bank ausgestreckt, die Augen geschlossen; ihr Haar schaute wirr unter ihrer Kapuze hervor, der Umhang hing offen herab, ließ die dünne Seide ihres Abendkleids erkennen.

»Sophie!« Er kletterte in das eiskalte Innere des Schlittens und zog Sophie hoch. »Sophie! Wach auf! Um Gottes willen, wach *auf*!« Er schüttelte sie heftig. Ihre Augenlider flatterten, und die Wucht seiner Erleichterung ließ seine Knie weich werden.

»Was ist passiert?« Boris' Kopf erschien in der Tür. Dann fluchte auch er, als er sah, in welchem Zustand Sophie war, und die Bedeutung dieses Zustands begriff. »Müssen den Blutkreislauf wieder in Gang bringen, Graf.«

»Ich weiß«, knurrte Adam zwischen zusammengebissenen Zähnen. »Sophie!« Er schüttelte sie wieder. Dieses Mal öffnete sie die Augen, aber es lag kein Erkennen in ihrem Blick, keinerlei Bewußtsein.

»Laß mich in Ruhe«, murmelte sie. »Ich will schlafen.«

»Du wirst nicht schlafen!« Er packte ihre Handgelenke mit einer Hand und zog sie in eine sitzende Stellung hoch; dann schlug er sie mehrmals mit sorgfältig bemessener Kraft mit seiner behandschuhten Hand ins Gesicht, bis sich ihr Blick auf ihn konzentrierte und er Ärger hinter der schlaftrunkenen Verwirrung erkennen konnte.

»Adam?« Sophie starrte ihn an. »Wie...? Was...?« Dann brach der Ärger aus ihr hervor, unverfälscht und klar. Sie berührte ihre brennende Wange. »Du hast mich geschlagen! Wie kannst du es wagen!«

»So gefällst du mir schon besser.« Adam stieß einen gewaltigen Seufzer der Erleichterung aus. »Bring mir den Pelz und die Stiefel!« rief er über seine Schulter zurück.

»Hab' sie schon«, erwiderte Boris unerschütterlich und reichte die verlangten Kleidungsstücke durch die Tür herein.

»Zieh das hier an.« Adam kniete sich hin, zog ihr die dünnen Abendschuhe aus und rieb ihre Füße kräftig zwischen seinen Händen. »Kannst du irgend etwas fühlen?«

Sophie schüttelte den Kopf; wieder fielen ihr die Augen zu, und sie sank langsam gegen die Bank zurück. Ein erneuter brennender Schlag ins Gesicht ließ sie mit einem Wutschrei hochfahren. »Das wird jetzt jedesmal passieren, wenn du die Augen schließt«, erklärte Adam mit dem Ingrimm der Verzweiflung. »Du *darfst* nicht wieder einschlafen, Sophie. Hast du mich verstanden?« Er blickte sie beschwörend an. »Ich werde dich nicht verlieren... nicht jetzt.«

Seine grauen Augen durchdrangen die glitzernde, weiße Welt, die Sophie erneut in Bewußtlosigkeit zu locken versuchte, ließen das Trugbild in die Dunkelheit zurückweichen, aus der es gekommen war. Seine Worte, mit so wilder Intensität gesprochen, schienen Gestalt und Festigkeit anzunehmen, die Wirklichkeit zu formen, in die Sophie jetzt wieder zurückkehrte. Sie hatte keine Ahnung, wie Adam sie hier aufgespürt hatte oder wo dieses »Hier« überhaupt war, aber das war auch völlig unwichtig.

»Ich will nicht verloren sein«, sagte sie und verzog ihre erstarrten Lippen zu einem winzigen Lächeln.

»Dann hilf mir.« Adam küßte sie hart, bis ihre Lippen sich wieder warm und lebendig anfühlten, dann fuhr er fort, ihre eiskalten Füße zu massieren.

Sophie begann unkontrollierbar zu zittern, ihre Zähne schlugen klappernd aufeinander, als wieder Leben in ihren Körper zurückkehrte. »Es ist plötzlich so schrecklich kalt.«

»Es ist schon die ganze Zeit so kalt«, erwiderte Adam, sein Tonfall brüsk vor Sorge. »Du hattest gerade den Punkt erreicht, an dem du die Kälte nicht mehr fühlen konntest.« Er steckte ihre Füße in die mit sibirischem Zobel besetzten Rehlederstiefel und murmelte: »Was hat sich dieser mörderische Wilde gedacht, wie lange du überleben würdest?«

»Nicht l... l... lange!« meinte Sophie unter heftigem Zähneklappern. »Ich habe noch niemals so gefroren.«

»Zieh das hier an.« Er schob ihre Arme in den schweren Pelzmantel und knöpfte ihn fest zu. Eine dicke Pelzkappe mit angenähten Ohrenschützern wurde ihr auf den Kopf gestülpt, Fausthandschuhe über ihre Hände gestreift, so daß sie von Kopf bis Fuß in Pelz eingehüllt war. Adam musterte sein Paket mit kritischem Stirnrunzeln. »Ich sehe keine Lücken«, verkündete er schließlich. »Und jetzt wirst du laufen.«

»L... laufen!« rief Sophie entsetzt. »Das werde ich nicht!«

»O doch, das wirst du.« Er stand auf. »Komm.« Er zog sie hoch, trat rückwärts aus dem Schlitten und hob sie mit Schwung heraus.

Sophie stand mit wackligen Knien da, vor Kälte zitternd

und zähneklappernd, und blinzelte gegen die blendende Helligkeit des Schnees. Die beiden Leibeigenen, die ihre Eskorte gewesen waren, lagen im Schnee, ihre Körper in einem eigenartigen Winkel verkrümmt, der keiner menschlichen Haltung ähnelte. Sophies Blick schweifte zu Adam. »Es ließ sich nicht vermeiden«, sagte er brüsk. »Wir konnten unmöglich zulassen, daß sie Dmitriew von dieser Geschichte berichteten.« Sophie schauderte bei dem Gedanken, und plötzlich gingen ihr die entsetzlichen Folgen dieses Tumults mit brutaler Klarheit auf. Adams Stimme wurde sanft. »Sie haben auf uns geschossen, Sophie. Sie wollten uns töten.«

Sie haben nur dem Befehl ihres Herrn gehorcht, dachte Sophie. Und im Kampf gab es immer Opfer. Hätten die Muschiks nicht den Tod gefunden, hätte Sophie sterben müssen. Dann verdrängte eine Welle von Benommenheit den Augenblick der Klarheit. »Ich muß mich setzen... bitte, Adam, meine Beine fühlen sich so merkwürdig an.« Sie blickte bittend zu ihm auf.

»Wir müssen dafür sorgen, daß das Blut wieder in deinem Körper zirkuliert«, sagte er. »Es tut mir leid, Liebste, aber du wirst jetzt laufen.« Er zog sie mit sich zu seinem Pferd. »Vertrau mir.« Mit einer raschen Bewegung, fast als hoffte er, sie würde nicht bemerken, was er tat, band er ihr rechtes Handgelenk mit seinem Taschentuch an einem Steigbügel fest.

Sophie, stumm vor Ungläubigkeit, starrte erst Adam an, dann auf ihr Handgelenk. Sie zerrte kopfschüttelnd daran. »Was tust du?« Ihre Stimme klang verängstigt in ihrer Verwirrung.

Adam nahm ihr Gesicht in beide Hände und küßte sie. »Glaub mir, ich weiß, was ich tue.« Er schwang sich in den Sattel, schlug einmal leicht mit den Zügeln, und das Pferd setzte sich in Bewegung.

Sophie stolperte neben ihm her mit der Überraschung, die

sie nicht hätte fühlen sollen, aber ihre Fähigkeit, einen Zusammenhang zwischen Handlung und Folgen zu erkennen, schien etwas erschüttert zu sein, so wie der Rest ihres Ichs. Natürlich, dachte sie benommen, wenn man an einem Pferd festgebunden ist und es sich vorwärtsbewegt, bewegt man sich automatisch mit. Die Erkenntnis ließ erneut Ärger in ihr aufsteigen, als sie ihr Tempo beschleunigte, um mit Adams Pferd Schritt zu halten. »Du bist abscheulich!« schrie sie unter ihrem Pelzkokon hervor, während sie durch den Schnee rannte. »Ich hasse dich!«

Adam grinste. »Nein, das ist nicht wahr. Du liebst mich.«

Sophie schnappte nach Luft und schloß dann schleunigst wieder den Mund, als die eiskalte Luft in ihre Lungen schnitt. Erstaunlicherweise konnte sie fühlen, wie die Wärme in ihren Körper zurückkehrte, in ihre Arme und Beine strömte, und auf schmerzhafte, aber entschieden tröstliche Art in ihren Zehen kribbelte. Ihr Schritt wurde weitausholender, als ihr Blut wieder mit normaler Geschwindigkeit durch ihre Adern zu pulsieren begann.

Nach zehn Minuten zügelte Adam sein Pferd. Er stieg rasch ab und befreite Sophies Handgelenk. »Wenn wir nicht eine Möglichkeit finden, den Schlitten zu heizen, mußt du dich daran gewöhnen, jede Stunde zu laufen. Selbst in Pelze eingehüllt wird dir die Kälte bis auf die Knochen gehen.«

Sophie gab nicht sofort Antwort. Erst jetzt ging ihr auf, daß sie und Adam nicht allein waren. Als sie neben Adams Pferd herlief, war ihnen der Schlitten gefolgt, kutschiert von...

»Boris Mikhailow!« Ihre Stimme hallte jubelnd durch die einsame, verschneite Landschaft. »Warum habe ich nicht bemerkt, daß du auch hier bist?«

»Haben überhaupt nichts bemerkt«, sagte Boris barsch. »Nicht in dem Zustand, in dem Sie waren. Sehen Sie mal, wer noch hier ist.« Er wies auf die Rückseite des Schlittens.

Sophie schaute hin, dann rannte sie erneut los, pflügte durch den tiefen Schnee. »Khan!« Der Hengst, der hinten an den Schlitten angebunden war, schnaubte vor Freude, als er seine Herrin erkannte, und warf wiehernd den Kopf in der nadelscharfen Luft hoch. »Wo ist sein Sattel? Ich werde ihn reiten.« Sie wandte sich eifrig zu Adam um, während sie zärtlich Khans samtige Nase streichelte.

Er schüttelte bedauernd den Kopf. »Es ist zu kalt zum Reiten, Sophie.«

»Aber du reitest doch auch!« rief sie entrüstet und schmiegte sich an den warmen Körper des Hengstes.

»Boris Mikhailow und ich werden abwechselnd kutschieren und jede Stunde die Plätze wechseln«, erklärte Adam. »Die anderen Pferde werden hinten an den Schlitten angebunden. Es ist unbedingt erforderlich, daß sie in Bewegung bleiben und daß wir uns so warm halten, wie wir können.« Im Sprechen schob er sie wieder auf den Schlitten zu. »Hinein mit dir.«

Sophie wurde ins Innere verfrachtet. Adam folgte wenige Sekunden später mit einem Arm voller Pelze. »Wann hast du zum letzten Mal gegessen?« Er setzte sich neben sie auf die harte Bank, zog Sophie eng an sich und wickelte sie beide in die Pelze ein.

»Gestern irgendwann«, murmelte Sophie, sich an ihn kuschelnd. Eine Welle des Friedens erfüllte sie. »Aber ich habe keinen Hunger!« Das letzte Wort kam in einem lauten Jammerton, weil Adam wieder von ihr abrückte.

»Ich weiß, es ist unmöglich, aber ich wünschte, ich hätte einen Samowar mitnehmen können«, schimpfte er und sprang wieder aus dem Schlitten. Gleich darauf kam er mit einem Korb zurück. Als er ihn aufklappte, setzte sich der Schlitten in Bewegung. »Roter Johannisbeersaft.« Er reichte Sophie eine Flasche.

Sie rümpfte die Nase. »Ich hätte lieber Wodka.«

»Nicht auf leeren Magen. Trink den Saft. Der Zucker wird dir guttun.«

»Wodka enthält auch Zucker«, widersprach Sophie, in den Korb spähend. »Schau, du hast ja welchen dabei.« Sie griff nach der Flasche.

Adam lehnte sich zurück und sah zu, wie sie einen kräftigen Schluck von der feurigen Flüssigkeit nahm. Es hatte Augenblicke während der letzten Monate gegeben, da hatte er befürchtet, die alte Sophia Alexejewna Golitskowa wäre endgültig bezwungen und zerstört, ersetzt von Paul Dmitriews willenloser Marionette. Aber die Frau, die jetzt neben ihm saß, war wieder dieselbe, die er damals in der Steppe getroffen hatte. Es erfüllte ihn mit überwältigender Freude.

Sie wischte sich den Mund mit dem Handrücken ab und blickte ihn lachend an. »Das hier ist besser. Roter Johannisbeersaft ist was für Milchgesichter.«

»Kann schon sein«, erwiderte er und grinste sie an, genoß diesen Augenblick heimlichen Entzückens aus vollem Herzen. »Aber im Moment ist er trotzdem besser für dich als Wodka.«

Sophie trank noch einen Schluck, dann reichte sie ihm die Flasche. Der warme Schimmer in ihren Augen war zurückgekehrt, sogar eine Andeutung von schelmischem Funkeln, als sie ihn fragte: »Darf ich jetzt schlafen?«

Adam stellte die Wodkaflasche im Korb ab, bevor er Sophie auf seinen Schoß zog und sie unter dem Wust von Pelzen fest in seine Arme nahm. »Du darfst.« Er küßte sie auf die Nasenspitze, den einzigen Teil ihres Gesichts, der erreichbar war.

Zufrieden schloß Sophie die Augen, ließ ihre Gedanken wandern. Der Wodka verbreitete eine angenehme Wärme in ihrem Magen. Trotz der vielen Schichten von Kleidung konnte sie Adams Herz gleichmäßig gegen ihre Wange pochen fühlen, während seine Arme sie umschlungen hielten. Die schreckliche Angst der Nacht hatte ihre geistigen Kräfte ebenso erschöpft, wie die klirrende Kälte ihren Körper erschöpft hatte. Wie oder warum diese wundersame Rettung geschehen war, schien keine Rolle zu spielen. Nur die Tatsache als solche war wichtig. Sophie fühlte, wie Glück und Frieden sie erfüllten, eine köstliche Schläfrigkeit, in dem absolut sicheren Bewußtsein, daß ihr augenblicklicher Platz – in den Armen des Mannes, der sie liebte – von Anfang an vom Schicksal vorbestimmt gewesen war. Es hatte nur eine ziemlich verwirrende Verzögerung in ihrem unausweichlichen Schicksal gegeben…

»Nein… nein, geh nicht weg! Wo willst du hin?« Ein plötzliches Verlustgefühl störte den glückseligen Zustand, in dem sie dahintrieb, halb schlafend, halb in Wachträumen schwelgend. Die Arme, die sie umschlungen hielten, zogen sich zurück, hinterließen Kälte statt der pulsierenden Wärme des Körpers, der sie eben noch gestützt hatte.

»Jetzt ist Boris Mikhailow mit Aufwärmen dran.« Adam lächelte über Sophies schlaftrunkene Empörung. »Er sitzt schon seit über einer Stunde auf dem Kutschbock.«

»Aber wenn du gehst, muß ich wieder frieren.« Sie setzte sich auf und schüttelte den Kopf, um ihre Benommenheit loszuwerden.

»Dann wirst du eben wieder laufen müssen, nicht?« meinte Adam heiter, während er die Pelze um sie herum feststeckte. »Gib Boris den Wodka und achte darauf, daß er sich gut zudeckt. Er wird schrecklich durchgefroren sein.«

Sophie vergaß augenblicklich ihr selbstsüchtiges Verlangen nach Adams Anwesenheit. Es war aus dem Dämmerzustand des Halbschlafs entsprungen und hatte keinen Platz in der gegenwärtigen Realität. »Ja, natürlich«, murmelte sie und nahm die Wodkaflasche aus dem Korb. »Hoffentlich ist dies nicht die einzige Flasche. Der Wodka hat eine wundersame Wirkung auf die Körpertemperatur.«

»Ich habe schon immer gewußt, daß du hohle Beine hast.« Adam sprang aus dem Schlitten. »Es ist noch reichlich Wodka da, aber achte darauf, daß du nicht zuviel davon trinkst, so daß du nicht mehr weißt, was du tust.« Seine grauen Augen brannten plötzlich, das Lachen war aus seiner Stimme verschwunden. »Die Zeit ist nicht mehr allzu fern, Sophia Alexejewna, da will ich sicher sein, daß alle deine Sinne hellwach sind und du genau weißt, was geschieht.«

Sophie erschauerte, diesmal jedoch nicht vor Kälte. Obwohl sie sich stillschweigend darüber einig gewesen waren, löste seine Absichtserklärung, der Zeitpunkt, auf den er anspielte, das Gefühl, sich auf eine Bindung einzulassen, deren Folgen nicht berechenbar waren, plötzlich Angst in ihr aus. Liebe war ein furchterregendes Gefühl. Sophies Blick wanderte zu seinem Gesicht, das sich gegen den grau-weißen Horizont abhob.

»Ich liebe dich«, sagte sie ruhig. »Du brauchst keine Angst zu haben, daß ich meine Gefühle für dich im Wodkarausch aus den Augen verliere.«

Langsam verzogen sich Adams Mundwinkel zu einem Lächeln. »Ich bin getröstet, Sophia Alexejewna.« Er wandte sich von ihr ab und sah Boris Mikhailow hinter sich stehen. Der Muschik betrachtete ihn ernst, als wäre ihm nicht eine Silbe des Wortwechsels entgangen. Dann nickte er mit einer kaum merklichen Kopfbewegung, doch für Adam war klar, daß Boris ihm gerade seine Erlaubnis erteilt hatte. Was nur gut ist, dachte Adam, reumütig vor sich hingrinsend, als er sich auf das Leitpferd schwang. Wenn Boris Mikhailow auf die Idee käme, sich zwischen Sophie und einen Mann zu stellen, könnte ihn nur der Tod aus dem Weg schaffen.

Adam schlug einmal kurz mit den Zügeln, und der Schlitten bewegte sich vorwärts, seine hölzernen Kufen glitten flüsternd über den Schnee. Stahlkufen hätten das Tempo natürlich beträchtlich erhöht, aber Paul Dmitriew hatte kein Interesse daran gehabt, die Reise seiner Frau zu beschleunigen. Dieser Gedanke weckte erneut den heftigen Haß, den Adam für seinen barbarischen General empfand, obwohl es im Moment kein konstruktives Gefühl war. Adam war mehr an der Kehrseite der Medaille interessiert – an Liebe und dem Ausdruck dieser Liebe in Form von Leidenschaft.

Im Inneren des Schlittens kümmerte sich Sophie besorgt um den halberfrorenen Boris Mikhailow, häufte Pelze über ihm auf und hielt ihm die Wodkaflasche an die erstarrten Lippen, bis dieser gegen ihre Fürsorge protestierte und sie mürrisch darauf hinwies, daß es nicht die Aufgabe der Herrin war, den Leibeigenen zu bedienen. Sophies spöttisches Lachen hallte in der trockenen, eisigen Luft wider. »Es ist sonst gar nicht deine Art, Unsinn zu reden, Boris Mikhailow. Möchtest du schlafen, oder erzählst du mir, wie der Graf dich aus dem Stall gerettet hat?«

Als Boris wieder mit Adam den Platz tauschte, ließ Adam Sophie zehn Minuten neben dem Schlitten herlaufen. Dieses Mal jedoch nahm er ihre Hand und lief mit ihr, weil er die Bewegung brauchte, um seinen eigenen erstarrten Blutkreislauf wieder anzuregen.

Kurz vor Einbruch der Dunkelheit kamen sie an ein leerstehendes, verfallenes Bauernhaus; dahinter eine Scheune, deren Wände und Dach noch intakt waren. Boris lenkte den Schlitten mit den auf der Rückseite angebundenen reiterlosen Pferden in das Gebäude und stieg aus dem Sattel. »Wir werden in Nullkommanichts ein Feuer angezündet haben«, murmelte er vor sich hin. »Werd' die Pferde trockenreiben, sie füttern und neben dem Feuer anbinden. Und bis morgen früh sind sie wieder so gut wie neu.« Er machte sich daran, die Tiere zu versorgen, was stets sein wichtigstes Anliegen war.

Sophie kümmerte sich selbst um Khan, während Adam Anmachholz sammelte und ein Feuer in einem Kreis von Steinen in der Mitte der Scheune anzündete. Er schaute zu, wie Sophie das Pferd versorgte und ihm dabei ununterbrochen etwas zuflüsterte, ganz versunken in ihre private Verständigung mit dem großen Tier, in die sich noch nicht einmal die Macht menschlicher Liebe einzumischen vermochte. Großer Gott! Er war doch nicht etwa eifersüchtig auf den Hengst, oder? Adams Mundwinkel verzogen sich zu einem Lächeln bei der Absurdität dieser Vorstellung, während er begann, die mit Bedacht gepackten Satteltaschen auszuräumen.

»Ist das etwas zu essen?« Sophie trat an das kleine, aber kraftvolle Feuer und spähte hungrig auf die ordentlich eingewickelten Päckchen, die Adam auf den Boden legte.

»Richtig, das ist es... Sophie, wenn du den Wodka noch einmal anrührst, bevor du etwas gegessen hast, wird es Streit zwischen uns geben.«

»Dazu würde es nie kommen«, erwiderte sie friedlich und zog ihre behandschuhten Hände von der Flasche zurück. »Es ist nur so, daß dies ein recht guter Wodka ist.« Sie hockte sich vor das Feuer, streifte ihre Handschuhe ab und beugte und streckte ihre Hände über den flackernden Flammen. »Hast du bemerkt, wie cremig die wirklich feinen Wodkasorten sind?«

»Wie Samt«, gestand er, doch das belustigte Funkeln in seinen Augen strafte die Ernsthaftigkeit seines Tonfalls Lügen. »Ich glaube, in der Satteltasche hinter dir sind ein Kochtopf und eine Bratpfanne.«

Sophie kramte darin herum, fand die benötigten Utensilien und reichte sie ihm. »Kochen wir jetzt?«

»Auf primitive Art und Weise.« Er nahm den Topf und richtete sich auf. »Ich werde Schnee holen für Tee.«

Seine Bemerkung brachte sie zum Lachen. »Aber du hast doch gesagt, wir hätten keinen Samowar.«

Er hob spöttisch die Augenbrauen. »Hast du noch nie etwas von Improvisation gehört, Sophia Alexejewna?«

»Es ist etwas, worin ich es zur Meisterschaft gebracht habe«, sagte sie ruhig und schaute zu ihm auf, während sie am Feuer hockte und ihre Hände wärmte.

»Das haben wir beide.« Adams Blick hielt ihren für einen langen Augenblick fest. »Und die Notwendigkeit dafür besteht auch jetzt noch.«

»Ja«, gestand sie. »Aber nicht mehr ganz so unmittelbar, nicht wahr? Wir können jetzt ohne Täuschung und Betrug etwas Neues beginnen, ist es nicht so?«

Adam nickte schweigend. Für den Augenblick waren sie frei; frei, endlich dem leidenschaftlichen Hunger nachzugeben, den sie so lange hatten unterdrücken müssen, frei, die köstlichen, wundervollen Auswirkungen der Liebe zu erforschen, die wie ein unaufhaltsamer Strom zwischen ihnen floß.

Sophie schaute sich in der Scheune um, wo sich die Silhouetten der Pferde schemenhaft in der Finsternis abzeichneten, nur vom matten Schein einer einzelnen Öllampe und den tanzenden Flammen des Feuers erhellt. Um die Feuerstelle herum gab es einen kleinen Kreis von Wärme, jenseits davon herrschte beißende Kälte. Sie lächelte, ein unbewußt verführerisches Lächeln. »Ich glaube, vielleicht *werden* wir improvisieren müssen.«

Begierde flackerte unverhüllt in seinen grauen Augen auf bei ihrem Lächeln, dem weichen, suggestiven Klang ihrer Stimme. Langsam stellte Adam den Kochtopf ab, ging neben Sophie in die Knie und nahm zärtlich ihr Gesicht in beide Hände.

»Ich fürchte mich«, flüsterte sie. »Fürchte mich vor der Macht unserer Liebe. Sie verzehrt mich, läßt mich dahinschmelzen, bis ich keine Form mehr haben werde... keine eigene Gestalt.«

»Es gibt nichts, wovor du Angst haben müßtest, Liebste«, erwiderte er sanft, strich zart mit dem Daumen über ihre Lippen. »Nicht, wenn wir dieses Gefühl teilen. Wir stehen beide unter dem Bann dieser Macht.« Er küßte die dünnen, von bläulichen Adern durchzogenen Augenlider, fühlte das schnelle Pulsieren ihrer Augen unter seinen Lippen, das Flattern der langen, geschwungenen Wimpern gegen seine Wangen. Langsam streiften seine Lippen über ihre hohen Wangenknochen, während sein Daumen die feste Linie ihres Kinns nachzeichnete, und er fühlte, wie Sophie sich seinen Liebkosungen hingab und den Atem anhielt, als kostete sie jede einzelne Gefühlsnuance mit ihrem ganzen Körper aus.

Schweigend ergriff Boris Mikhailow den Kochtopf und ging hinaus, um Schnee für den Tee zu holen.

»Ich möchte dich in meinen Armen halten«, flüsterte Adam. »Dich zum ersten Mal halten, ohne von Furcht und Schuldgefühlen beherrscht zu werden.« Er ließ seine Hände über ihre Schultern gleiten und fühlte, wie sich ihre Schlüsselbeine scharf unter der Haut abzeichneten. Sie war dünner geworden seit damals, als er sie zum ersten Mal in die Arme genommen hatte. Er dachte wieder daran, wie er vor ihr zurückgewichen war, als ihm klar wurde, was geschah; als er erkannte, wie nahe er daran war, das in ihn gesetzte Vertrauen zu mißbrauchen. Aber Dmitriew hatte sich jedes Recht auf dieses Vertrauen verscherzt... ob Evas Liebhaber geglaubt hatte, ihr Ehemann hätte seine Rechte durch seine Abwesenheit eingebüßt? Die scharfe Klinge der Desillusion bohrte sich schmerzlich in seine Eingeweide. In Gedanken sah er Eva wieder oben auf der Treppe stehen, sah ihren Leib, der das Kind eines anderen Mannes trug, sich prall unter dem dünnen Stoff des Kleides wölben...

»Was hast du?« flüsterte Sophie, erschreckt von dem seltsam harten Ausdruck in seinem Gesicht, das noch vor einer Minute so von Zärtlichkeit erfüllt gewesen war. »Was siehst du?«

Adam kehrte abrupt wieder in die Wirklichkeit zurück. »Einen Augenblick der Vergangenheit.« Und genau dorthin gehörte er. Seine schmerzliche Erinnerung durfte nicht die Gegenwart verbittern, durfte ihn nicht daran hindern, das Wunder der Liebe zu schenken und zu empfangen von einer Frau, die offen und ohne Falsch in die Welt schaute, einer Frau, von der er geschworen hätte, daß sie ihn niemals betrügen würde.

»Einen schlimmen Augenblick?« Sophie berührte sein Gesicht in einer Geste, die sowohl Mitgefühl als auch Kummer ausdrückte.

»Ja.« Er würde sie nicht belügen. »Aber das ist jetzt vorbei.«

»Im Grunde weiß ich gar nichts über dich«, sagte Sophie mit einem Unterton der Verwunderung. »Trotzdem habe ich das Gefühl, alles von dir zu wissen, was wichtig ist.«

Adam lächelte. »Das tust du ja auch, Liebste.« Er küßte sie schnell, dann erhob er sich, brach ganz bewußt die Spannung der Unsicherheit und einer von Furcht überschatteten Leidenschaft, die dennoch auf Erfüllung drängte. »Ich denke, Boris Mikhailow hat sich inzwischen lange genug vom Feuer ferngehalten.«

Sophie spähte erschrocken in die Dunkelheit. »Wie konnten wir nur so selbstsüchtig sein! Boris Mikhailow!« rief sie in die undurchdringliche Finsternis jenseits des vom Feuerschein erhellten Kreises.

»Prinzessin?« Der Muschik tauchte aus der Finsternis auf, ruhig und beherrscht, den Kochtopf in der Hand. »Ich habe gerade den Topf gefüllt.«

Sophie musterte ihn mißtrauisch, konnte jedoch nichts Beunruhigendes in den vertrauten Zügen erkennen. »Komm her und wärme dich.« Sie rückte zur Seite und machte ihm Platz am Feuer. »Was werden wir essen?« Um Distanz zu ihren verwirrenden Gefühlen zu gewinnen, machte sie sich daran, die Päckchen auszuwickeln, die Adam auf den Boden gelegt hatte. »Ich bin völlig ausgehungert.«

»Du hast ja auch seit gestern nichts mehr gegessen«, stellte Adam im gleichen nüchternen Ton fest.

»Gestern?« Sophie lehnte sich zurück und schüttelte ungläubig den Kopf. »War das Konzert bei den Stroganows erst gestern? Kommt mir vor, als wäre es schon eine Ewigkeit her.« Immer noch kopfschüttelnd begann sie, Wurst zu schneiden und die Scheiben in die Pfanne zu werfen, die sie wortlos an Boris weiterreichte. Er akzeptierte seine Aufgabe schweigend und hielt die Pfanne über das Feuer, während er die brutzelnden Wurststücke wendete. Adam fand sich auf ähnliche Weise plötzlich im Besitz eines Messers und eines Brotlaibs. Er schnitt das Brot in Scheiben und lächelte vor sich hin, als er Sophie beobachtete, die – die dichten Augenbrauen kritisch zusammengezogen – alles bereitlegte, was ihr sonst noch für diese Mahlzeit nötig schien, bevor sie ihre Aufmerksamkeit dem komplizierten Prozeß zuwandte, in einem Topf mit geschmolzenem Schnee Tee zuzubereiten.

Nach einer halben Stunde fast vollkommener Stille, nur gelegentlich vom Klappern eines Messers gegen Porzellan unterbrochen, stieß Sophie einen zufriedenen Seufzer aus. »Wirklich köstlich. So gut hat es mir noch nie geschmeckt. Und erst der Tee… ein Elixier des Himmels!«

»Besser als Wodka?« scherzte Adam und lächelte sie über den Rand seiner Tasse hinweg an.

»Alles zu seiner Zeit«, erklärte Sophie hochmütig, das Geschirr und die Messer einsammelnd. »Wenn du noch etwas

Schnee holst, Boris Mikhailow, können wir die Sachen hier abwaschen.«

»Das Geschirr kann bis morgen warten«, erklärte Adam energisch. »Es ist zu kalt, um unnötige Gänge nach draußen zu unternehmen.« Er erhob sich. »Wir werden alle einen notwendigen Gang machen müssen. Boris und ich gehen zuerst, Sophie. Anschließend begleite ich dich hinaus.«

»Ich brauche keine Begleitung.« Sie wurde leicht rot.

»Ich will auf keinen Fall dein empfindliches Zartgefühl beleidigen, meine liebe Sophie, aber du würdest ein sehr verletzliches Ziel für jedes umherstreunende Tier abgeben.«

Sophie zuckte mit den Achseln, begriff, daß es der Oberst war, der hier so entschieden sprach und wie selbstverständlich das Kommando über diese Expedition übernahm.

»Mit etwas Glück werden wir für morgen abend eine Poststation finden«, meinte Adam tröstlich.

Sie kicherte. »Glaubst du wirklich, eine solche Unterkunft wird viel Luxus bieten? Ungeziefer, höchstwahrscheinlich.«

»Ich schätze, du hast recht.« Lachend machte Adam seine Pistole schußfertig, dann gingen er und Boris hinaus in die Nacht. Sophie sinnierte währenddessen über ihren eigenen Ausflug in den Schnee nach und kam zu der düsteren Erkenntnis, daß das männliche Geschlecht bei gewissen Dingen höchst ungerecht im Vorteil war.

Sie kam jedoch irgendwie zurecht, während Adam diskret in einiger Entfernung Wache hielt, mit der Pistole in der Hand in die Finsternis spähte und nach den gelben Augen, den entblößten Fängen eines hungrigen vierbeinigen Plünderers Ausschau hielt. »Das ist ja Wahnsinn!« Sophie rannte auf Adam zu, ihre behandschuhten Hände reibend. »Werden wir nach Berkholzskoje durchkommen, Adam?« Sie lehnte sich einen Moment schutzsuchend an ihn, unfähig, so zu tun, als wäre es ihr nicht bitterernst mit der Frage gewesen.

»Du hast mein Wort darauf«, sagte er tröstlich. »Wenn wir einen Nachttopf und ein Kohlenbecken für den Schlitten kaufen können, wird das die Reise beträchtlich erleichtern. Und jetzt laß uns hineingehen, bevor wir beide zu Eiszapfen werden.«

In der Scheune stellten sie fest, daß Boris während ihrer Abwesenheit nicht untätig gewesen war. Er hatte zwischen den Pferden eine Schlafstatt aus Stroh und Fellen für sich selbst errichtet, nahe genug am Feuer, so daß er es im Laufe der Nacht ohne Mühe in Gang halten konnte. Das Innere des Schlittens war dick mit Pelzen ausgelegt. »Hab' einen alten Blecheimer gefunden«, erklärte er auf seine gewohnt lakonische Weise. »Hab' ein paar Löcher hineingeschlagen und ihn mit glühenden Holzscheiten aus dem Feuer gefüllt. Ergibt einen ganz passablen Ofen für den Schlitten.«

Sophie spähte in das Fahrzeug hinein und war augenblicklich verblüfft über die Wärme, die Boris' erfinderische Vorrichtung in dem kleinen Innenraum verbreitete. »Es ist beinahe kuschelig warm«, sagte sie ehrfürchtig staunend. »Boris, du kannst wirklich Wunder bewirken.«

Der Muschik knurrte. »Keine große Sache. So, dann sage ich jetzt gute Nacht.«

Sophie und Adam erwiderten den Gruß, dann standen sie eine Minute lang da, plötzlich unerklärlich verlegen. Sophie starrte ins Feuer. Sie wußte, was passieren würde, wünschte sich mit alles verzehrender Begierde, daß es passieren würde, hatte sich schon so lange danach gesehnt. Warum, um alles in der Welt, war ihr dann so zittrig und ängstlich zumute wie einer Jungfrau in der Hochzeitsnacht? Auf einmal begriff sie, daß der Vergleich gar nicht so absurd war. In Liebesdingen war sie tatsächlich noch Jungfrau. Langsam hob sie die Augen. Adam blickte sie in schweigendem Verständnis an.

»Ich werde dich lieben, Liebste. Es gibt keinen Grund zur Furcht.« Er nahm ihre Hand und half ihr in den Schlitten. Dann zog er die Tür zu, schloß sie beide ein in diese winzige, dunkle, mit Pelzen ausgelegte Kammer, die nur von den Fünkchen roter Glut erhellt wurde, die durch die Löcher in dem selbstfabrizierten Öfchen schimmerten. Sophie kniete auf dem Pelzbett, vertrauensvoll wartend, und streckte die Arme nach Adam aus, als er sich neben ihr niederließ.

»Wir werden uns gegenseitig ohne Augen erforschen müssen«, flüsterte er dicht an ihrem Ohr, während er ihr Gesicht mit seiner offenen Handfläche liebkoste und seine Fingerknöchel zart an ihren Wangenknochen rieb. »Selbst mit dem Ofen ist es viel zu kalt für sichtbare Nacktheit.«

Bei seinen Worten ging ein Schauer durch den Körper unter seinen Händen. »Hab keine Angst.« Seine Hände glitten an ihrem Hals hinunter, erforschten die zarten Konturen der schlanken Kehle.

»Ich habe keine Angst«, erwiderte sie wahrheitsgemäß. »Es sei denn davor, daß ich dich vielleicht nicht glücklich mache.«

Als Antwort legte er seine Lippen auf ihre. Sein Daumen ruhte auf dem Puls an ihrem Halsansatz, seine andere Hand hielt ihren Kopf gestützt. Sanft und spielerisch knabberte er an ihrer Unterlippe, und ihr Mund verzog sich in einem Lächeln der Verzückung bei diesem sinnlichen kleinen Spiel. Sophie ließ ihre Zungenspitze um seine Mundwinkel kreisen, und ihrer beider Atem vermischte sich süß und warm bei dem feuchten, seidigen Zwiegespräch ihrer Lippen. Kühn schob Sophie ihre Zunge in das samtige Innere seines Mundes, erforschte die Innenseite seiner Wangen, die feste Oberfläche seiner Zähne. Der Pulsschlag unter Adams Daumen beschleunigte sich. Sophie schmiegte sich mit ihrem ganzen Körper an seinen, als sie zum allerersten Mal furchtlos ihrem brennenden Verlangen Ausdruck verleihen konnte, diesem heftigen Bedürfnis, das sie nicht in Worte hätte fassen können.

Adams Hände bewegten sich an ihrem Körper hinunter, zogen sie an sich, als er den Kuß vertiefte und sich seine Zunge mit ihrer in tanzender Verzückung vereinigte. Einen kurzen Moment lang öffnete er die Augen und sah den erregten Glanz in den dunklen Augen dicht vor sich. Langsam löste er sich von ihr, legte seine Hände auf Sophies Schultern und lehnte sich zurück, während er forschend ihr Gesicht betrachtete, ein blasses Oval in der Dämmerung.

»Laß uns unter die Decke schlüpfen, Liebste.« Seine Stimme war ein heiseres Flüstern, als er das oberste Fell zurückschlug. »Ich wünsche mir mehr von dir als nur deinen Mund.«

»Ich auch.« Sophie streckte sich zwischen den Pelzschichten aus und umschlang Adam fest, als er sich neben sie legte. Eine Weile lagen sie schweigend nebeneinander, eng aneinandergeschmiegt, schwelgten in der Freiheit der langen, ungestörten Stunden, die vor ihnen lagen, ließen zu, daß sich die Leidenschaft zwischen ihnen mit jedem Atemzug steigerte, bis die Hitze ihrer Körper das Nest erfüllte.

Adam verlagerte vorsichtig sein Gewicht und stützte sich auf einen Ellenbogen, ohne die Festigkeit ihrer Umhüllung zu gefährden. »Ich werde dich ausziehen«, sagte er in die wispernde Dunkelheit hinein. »Wenn ich aufpasse, daß keine Kälte unter die Decke dringt, wirst du nicht frieren.«

»Ich kann mir gar nicht vorstellen, daß mir kalt würde«, sagte Sophie, sein Gesicht streichelnd. »Nicht jetzt.«

Lächelnd preßte Adam seinen Mund in ihre Handfläche. »Ich werde in jedem Finger Augen haben«, murmelte er. »Auch wenn ich dich nicht sehen kann, werde ich deinen Körper bis in alle Einzelheiten kennen, bevor diese Nacht vorüber ist.«

Wieder lief ein erregter Schauer durch ihren Körper. Sie lag ganz ruhig da, gelassen am Rande einer Erfahrung, die neu und unbekannt für sie war, als sie seine Hände über ihren Körper gleiten fühlte, während er den Pelzmantel aufknöpfte, das Cape darunter öffnete und die Stoffschichten auseinanderschlug, bis er ihre Formen in dem dünnen Seidenkleid ertasten konnte und seine Hände über der Rundung ihrer Brüste in dem tiefen Ausschnitt spielten.

Sophie bewegte sich unruhig unter seiner Liebkosung, fühlte, wie ihre Knospen sich erregt aufrichteten, hart und brennend. Sie hob ihre eigenen Hände und umschloß seine Finger. »Du erstaunst mich«, murmelte sie.

Adam ergriff ihre Hände und bedeckte ihre Handflächen mit hastigen kleinen Küssen, bevor er Sophie anhob, um an die Haken im Rücken ihres Kleides heranzukommen. Geschickt, als könnte er tatsächlich mit den Fingerspitzen sehen, öffnete er die Verschlüsse. Er zog die Seide über ihre Schultern herunter und schob sie bis zu ihrer Taille hinab, bevor er Sophie wieder auf das Fell zurücksinken ließ. Die kleinen Perlenknöpfe an der Vorderseite ihres Mieders flogen auf, und Sophie spürte die warme Luft auf ihren nackten Brüsten, das Kitzeln des Fells an ihren Knospen, als Adam sich über sie beugte und die weichen Konturen mit einer zärtlichen Fingerspitze erforschte. Dann nahm er jede Knospe in seinen Mund und knabberte an den rosigen Spitzen, während seine Zunge Feuerspuren auf ihrer weichen Haut hinterließ.

Sophie wurde davongetragen von einer Welle der Lust, ließ sich dahintreiben auf einem warmen, schimmernden Meer sinnlicher Verzückung, bis sie das Gefühl überkam, völlig schwerelos zu sein. Eine flache Hand glitt zwischen die Schichten von Stoff um ihre Taille, glitt in die Kniehosen aus Batist, schob sich unter ihren Po und hob sie an, um das dünne Material an ihrem Körper herabzustreifen. Die schokkierende Intimität der Berührung ließ Sophie verblüfft nach Luft schnappen. Paul hatte ihre Hüften gelegentlich mit schmerzhaftem Griff gepackt, während er seinen Samen in sie ergoß, aber es war nur eine leere, gefühllose Hülle gewesen, die er berührt hatte; der Geist, der diese Hülle bewohnte, war weit, weit von ihm entfernt gewesen. Doch nicht jetzt, in diesem Augenblick. Es war Sophies Ich, ihr Innerstes, das von Adam Danilewskis Händen berührt wurde, berührt mit einer hungrigen Leidenschaft, die ihre eigene bestätigte.

Ihre Schenkel spreizten sich unwillkürlich im magischen Streben nach Erfüllung. Seine Lippen liebkosten ihren Bauch, bis sie sich wollüstig stöhnend unter ihm wand und sich ihr Körper anspannte. Dann glitt seine Zunge tiefer hinab zu der festen Knospe ihres Nabels, und Sophie war verloren in der dunklen, warmen Umschlingung, wo wilde Glut ihren blinden, nackten Körper erfaßte, ihn auf nie gekannte Weise in Flammen setzte, und sie konnte nichts anderes tun, als unter dem Mann zu liegen, der diese Lust in ihr auslöste, atemlos auf die nächste Berührung, die nächste flüsternde Liebkosung wartend.

Mit plötzlicher Brüskheit glitt Adam unter den Fellen heraus. »Ich muß meine eigenen Kleider ausziehen, Liebste. Und das kann ich nicht unter der Decke tun, ohne die Kälte hereinzulassen.« Rasch streifte er seine Kleider ab, während Sophie ruhig dalag und ihm zuschaute, dann schlüpfte er wieder zu ihr unter das Fell. Seine Haut fühlte sich kalt an, obwohl sie nur ganz kurz der Luft ausgesetzt gewesen war, und Sophie zog ihn fest an sich, schenkte ihm ihre eigene Wärme. Instinktiv legte sie sich auf ihn, preßte ihren erhitzten Körper auf seinen, murmelte verzückte Worte, als ihre Haut mit seiner verschmolz, als sie seine harten Schenkel unter ihren spürte, seinen flachen, muskulösen Bauch, der wie erschaffen schien, um die Weichheit ihres eigenen Leibes zu empfangen.

Adams Hände glitten ihren Rücken hinunter, preßten sie noch fester an sich; sein Herz pochte heftig gegen ihre Brüste, die sich flach gegen seine Brust schmiegten. Ihre Lippen empfingen seine mit heißblütiger Freude, als der verzehrende Hunger nach Befriedigung verlangte und sie Adams Männlichkeit in hartem, pulsierendem Versprechen gegen ihre Hüfte drücken fühlte.

Adam umfaßte mit seinen Händen ihren schmalen Rücken, dann rollte er Sophie herum, vertauschte ihre Positionen. »Wir werden uns ein andermal auf diese Art lieben, meine Liebste.« Sophie konnte sein Lächeln nicht sehen, aber sie hörte es in seiner Stimme. »So wirst du warm bleiben.«

Und dann war er in ihr, wurde zu einem Teil von ihr, erfüllte sie mit seiner Wärme, strebte nach ihrem Innersten; und Sophie nahm ihn in sich auf, verzehrte ihn im gleichen Maße, wie er sie besaß. Und ihre Körper und Seelen verschmolzen miteinander, untrennbar, unentwirrbar, und gemeinsam schwangen sie sich in den Himmel der Glückseligkeit hinauf, schwebten in Ekstase, stürzten in schwindelerregende Verzückung hinab. Und Sophie weinte, als ihr zum ersten Mal in ihrem Leben dieses Wunder widerfuhr.

# 11. Kapitel

Sophie erwachte, nackt und allein unter der warmen Decke aus Pelz. Einen Moment lang lag sie ruhig da, hielt die Augen geschlossen, während ihr die Realität langsam wieder zu Bewußtsein kam. Dann öffnete sie die Augen und setzte sich auf, das Fell fest bis zum Kinn heraufgezogen. Draußen war heller Tag, nach dem Licht zu urteilen, das durch das schmutzige Fenster des Schlittens fiel. Das Öfchen brannte immer noch. Jemand mußte es irgendwann während der Stunden, als sie schlief, neu gefüllt haben.

Ein winziges Lächeln spielte um ihre Lippen. So war das also in Wirklichkeit? Die Reise, begonnen in jener sternenübersäten Nacht, als Adam sie zum ersten Mal küßte, hatte ihr Ziel erreicht. Jetzt galt es eine weitere Reise von diesem Neuanfang aus zu unternehmen. Mit einem versonnenen Lächeln kuschelte Sophie sich wieder unter die Felldecken, gestattete ihren Händen, über ihr warmes, weiches Fleisch zu gleiten. Es war schon seltsam, aber sie hatte das Gefühl, neu geboren zu sein. Als hätte sie während jener dunklen Tage und schrecklichen Nächte in Dmitriews Palast eine Art Lehrzeit durchgemacht, eine Vorbereitungszeit auf jenen Moment, in dem sie – wie der Schmetterling – voll entwickelt aus ihrem Kokon schlüpfen würde. Sie empfand sich als Ganzes, wußte jetzt, daß sie fähig war, Leidenschaft hervorzurufen und die Erfüllung ihrer eigenen Leidenschaft zu erleben, Liebe zu erwecken und Liebe zu fühlen. Sie hatte ihre Weiblichkeit gefunden, mit all ihren magischen Belohnungen, ihren Verpflichtungen und Nachteilen, und sie betrachtete die Welt mit dem klaren Blick einer Frau, die endlich voll erwacht ist.

»Sophia Alexejewna, du bist eine schamlose Langschläferin! Es ist schon eine Stunde nach Tagesanbruch!« schimpfte Adam lachend, als er die Tür des Schlittens öffnete. »Wenn wir dieses Jahr noch in Berkholzskoje ankommen wollen, können wir nicht in Scheunen herumliegen.«

»Ich hätte mich längst angezogen, aber ich weiß nicht, wo meine Kleider sind«, erwiderte Sophie in dem Versuch, hochmütige Würde vorzutäuschen. Sie hatte die Decke bis zur Nasenspitze hochgezogen, und ihre dunklen Augen, leuchtend vor Liebe und den wundersamen Erinnerungen an die leidenschaftliche Nacht, lachten ihn einladend an.

Ihr Blick war einfach unwiderstehlich. Adam, der sich der drängenden Zeit und seiner eigenen Willensschwäche in ganz bestimmten Dingen wohl bewußt war, hatte sich fest vorgenommen, draußen vor dem Schlitten zu warten, bis Sophie wieder angezogen war und keine so große Verführung mehr darstellte. Statt dessen fand er sich auf dem Pelzlager kniend wieder, die Tür fest hinter sich geschlossen.

»Deine Kleider sind da, wo du sie letzte Nacht verloren hast«, verkündete er ernst und zog seine Handschuhe aus, bevor er eine Hand unter die Decke gleiten ließ. »Hier irgendwo.«

Sophie quietschte in gespielter Empörung, als seine forschende Hand fand, was sie gesucht hatte. Es waren nicht etwa Sophies Kleider, o nein. »Schande über Sie, Herr Oberst! Ein unschuldiges Mädchen so auszunutzen!«

»Unschuldiges Mädchen, daß ich nicht lache!« meinte Adam spöttisch. »Du liegst auf deinem Mieder. Hoch mit dir.« Seine Hand glitt unter ihren Po, um ihr hochzuhelfen, und Sophie rekelte sich verführerisch gegen seine flache Handfläche. Lust und Begierde, strahlend in ihrer Reinheit, blitzten in den grauen Augen auf. »Verdammt, Sophie«, knurrte er, abrupt seine Hand zurückziehend. »Wir haben keine Zeit für solche Dinge. Boris Mikhailow macht schon die Pferde fertig, und du mußt dein Frühstück einnehmen. Nun zieh dich schnell an.« Er kroch rückwärts, griff hinter sich, um die Tür aufzustoßen, doch sein Blick blieb dabei unverwandt auf ihr Gesicht geheftet.

»Und wann werden wir Zeit dafür haben?« fragte Sophie nüchtern; sie war sich ihrer eigenen Erregung bewußt und genoß sie, selbst als sie die Unmöglichkeit ihrer Befriedigung zu diesem Zeitpunkt beklagte.

»Das hängt davon ab, was der Tag bringt«, erwiderte Adam und sprang auf den Boden. »Und nun beeil dich.«

Lächelnd krabbelte Sophie unter die Decke und suchte ihre diversen Kleidungsstücke zusammen. Sie anzuziehen, ohne sich dabei der eisigen Luft auszusetzen, war eine mühselige Prozedur, es gelang ihr jedoch schließlich. Dann stand sie auf und knöpfte erleichtert den Pelzmantel über dem unordentlichen, zerknitterten Durcheinander darunter zu.

»Adam, wenn ich einen ganzen Monat in denselben Kleidern verbringen soll, werde ich ganz sicher kein netter Anblick sein«, erklärte sie, als sie in das kalte graue Licht der Scheune trat, wo Adam vor dem brennenden Feuer hockte. »Wir können uns ja noch nicht einmal waschen.«

Er richtete sich auf, einen Becher in der Hand. »Hier ist Kaffee.« Er reichte ihr den dampfenden Becher. »Ich denke, Reinlichkeit ist das geringste unserer Probleme, Sophie. Wir können uns den Luxus solch vornehmer Sorgen nicht leisten.«

Sophie nippte von ihrem Kaffee, während sie sich fragte, warum sie das Gefühl hatte, getadelt worden zu sein. Sie blickte Adam über den Rand ihres Bechers hinweg an und sah den verkrampften Zug um seinen Mund, die angespannte

Miene, die Besorgnis in seinen grauen Augen. »Was bekümmert dich?«

»Das Wetter«, antwortete er knapp. »Boris sagt, er kann einen Schneesturm riechen, und der Himmel sieht alles andere als einladend aus.«

»Dann können wir vielleicht heute hierbleiben«, schlug sie vor, sowohl praktisch als auch voller Hoffnung. Trotz ihres Mangels an Komfort bot die Scheune immerhin Schutz vor Unwetter und ein gewisses Maß an Wärme.

Adam schüttelte fast ungeduldig den Kopf. »Wenn wir jedesmal Rast machen, sobald ungemütliches Wetter droht, kommen wir nie voran. Wir können nicht ewig unterwegs sein, und das Wetter wird vor dem Frühjahr auf keinen Fall besser.«

Sophie zuckte mit den Schultern und trank den letzten Schluck Kaffee. »Dann laß uns aufbrechen. Es hat wohl wenig Sinn, herumzustehen und sich Sorgen zu machen.«

Adams Lachen hallte in der trockenen Luft wider, verbannte die Besorgnis aus seinen Augen. »Das ist meine unbezwingbare Sophie! Dort sind Brot und Honig für dein Frühstück. Iß schnell. Boris und ich spannen inzwischen die Pferde an.«

Sophie verzehrte Brot und Honig, während sie dafür sorgte, daß die Satteltaschen ordentlich gepackt waren, die Pelze aus dem Schlitten ausschüttelte und sie zusammenfaltete. Sie füllte das Öfchen mit den Resten des Feuers. Es würde eindeutig eine Verbesserung gegenüber den Reisebedingungen des vergangenen Tages sein.

Später am Morgen erinnerte Sophie sich wieder an den optimistischen Gedanken, und die Erinnerung ließ sie unfroh auflachen. Gegen zehn Uhr war der Himmel so dunkel wie in einer mondlosen Nacht. Adams Gesichtsausdruck wurde immer grimmiger, als er ängstlich durch das Fenster des Schlittens spähte und mit einem Ärmel über die schmutzige Scheibe wischte, als könnte das den Durchblick verbessern.

»Ich glaube nicht, daß es am Schmutz liegt«, äußerte sich Sophie aus ihrem Kokon von Pelzen. »Boris hat schon immer einen Schneesturm voraussagen können.«

Adam knurrte nur etwas Unverständliches vor sich hin und fuhr fort, besorgt hinauszuspähen, bis sie urplötzlich und abrupt eingehüllt waren, geblendet von einer undurchdringlichen und dennoch ständig weiter vorrückenden Schneewand. Die Temperatur sank schlagartig, und der ohnehin schon schwachen Wärme, die der selbstfabrizierte Ofen ausstrahlte, gelang es nicht mehr, eine Kälte zu durchdringen, die beinahe greifbar war. Sophie rang keuchend nach Atem.

»Leg dich auf den Boden!« befahl Adam barsch, seine Stimme abgehackt vor Anstrengung. Seine Hände auf ihren Schultern zwangen sie hinunter. »Zieh dir die Pelze über den Kopf!«

»Aber du…«

»Streite jetzt nicht mit mir!«

Sophie entschied, diesmal lieber den Mund zu halten. Sie kauerte sich auf den Boden, vollständig von Pelzen bedeckt. Es war leichter, die eingeschlossene Luft zu atmen, die von ihrem Körper erwärmt wurde, während sie sich hinhockte und die Arme fest um sich schlang. Der Schlitten bewegte sich jetzt so langsam vorwärts, daß Sophie zuerst gar nichts von dem plötzlichen Stillstand merkte, als das Gefährt zum Halten kam.

»Rühr dich nicht von der Stelle!« hörte sie Adam brüsk befehlen; gleichzeitig drang ein Schwall erschreckend eisiger Kälte in das Innere des Schlittens. Sophie begriff, daß Adam die Tür geöffnet haben mußte. Gleich darauf schlug sie zu, und Sophie blieb fröstelnd und zähneklappernd zurück.

In dem kurzen Moment, den der Schlitten angehalten hatte, war der Schnee bereits bis über die hölzernen Kufen hochgeweht. Adam kämpfte sich blindlings durch das Schneegestöber zu den Pferden durch, machte die wuchtige Gestalt Boris Mikhailows im Sattel des Leitpferdes aus. Er hielt schützend einen Arm vor den Mund und brüllte zu dem Muschik hinauf.

Boris' Antwort wurde vom Sturm davongetragen, doch Adam hatte das Problem bereits selbst erkannt. Das reiterlose Pferd neben dem Leitpferd war dabei, zu Eis zu erstarren, während der Schnee auf seinem Fell gefror. Das Tier wurde von heftigen Krämpfen geschüttelt, als es dastand und sich in seinen Tod ergab.

Adam schwang sich auf den Rücken des Pferdes und ergriff die gefrorenen Zügel. Das Metall der Gebißstange war so kalt, daß es wie Feuer brannte. Adam brauchte seine gesamte Geschicklichkeit, um das Tier dazu zu bringen, sich zu bewegen, doch schließlich tat es einen Schritt vorwärts. Boris' Pferd zog ebenfalls an, und der Schlitten glitt aus der rapide gefrierenden Schneewehe heraus.

Adam – ebenso wie Boris – war besessen von Sorge um die anderen Pferde, die auf der Rückseite des Schlittens angebunden waren, besonders um Khan. Sie mußten unbedingt in Bewegung bleiben, wie langsam auch immer, damit das Blut nicht in ihren Adern gefror.

Es war unmöglich zu erkennen, ob sie sich noch auf der Straße befanden. Wirbelnder Schnee nahm ihnen jede Sicht, ließ alles um sie herum verschwimmen, so daß es schien, als bewegten sie sich richtungslos und ohne Sinn. Dann wurde Adam sich einer Bewegung in der alles verschleiernden Helligkeit bewußt, eines Schattens, der plötzlich neben seiner Schulter auftauchte. Sophie, tief über Khans Hals gebeugt, die beiden anderen Pferde an Führungsleinen rechts und links von sich, zwang die Tiere vorwärts durch den Schnee, trieb sie an, ihr Tempo zu erhöhen. Adam brüllte Sophie den Befehl zu, wieder in den Schlitten zu klettern, aber die Kälte stach wie mit Messern in seine Lungen, und Sophie ignorierte ihn ohnehin. Er konnte nichts unternehmen, ohne anzuhalten, aber auch nur für eine Sekunde stehenzubleiben, hätte die sichere Katastrophe bedeutet. Kochend vor Wut und von banger Sorge erfüllt, war Adam gezwungen, Sophies Anwesenheit hinzunehmen. Da sein eigener Körper unter dem geisterhaften Gefühl extremer Kälte völlig taub war, wußte er, sie mußte im gleichen Zustand sein.

Eine grauenhafte halbe Stunde lang ritten die drei Seite an Seite durch den Sturm, bis Boris mit äußerster Anstrengung den Arm hob und mit seiner Peitsche in die weiße Dunkelheit zeigte. Am Horizont zeichneten sich verschwommen die Umrisse eines Hauses ab – der Rettungsanker, ohne den ihnen der Tod sicher gewesen wäre.

Im Näherkommen konnten sie einen Schornstein erkennen, kräuselnden Rauch, der mit den Schneeflocken verschmolz; gleich darauf wurden Nebengebäude sichtbar. Allem Anschein nach eine Poststation. Adam stieg steifbeinig und mühsam von seinem Pferd ab, dann griff er hinauf, löste Sophie aus ihrem Todesgriff um Khans Hals und hob sie aus dem Sattel. Boris beugte sich zur Seite, ergriff die drei Zügel und lenkte den Schlitten auf die Nebengebäude zu. Die drei Pferde gehorchten blindlings.

Die Tür des Posthauses sprang unter dem gewaltsamen Druck von Adams Schultern krachend auf. Er stolperte hinein; Sophie, deren Beine ihren Dienst versagten, an sich gedrückt. Sie fanden sich in einem Raum wieder, mollig warm dank eines großen, in die Wand eingebauten Kanonenofens und eines prasselnden Feuers im Kamin. Adam schob Sophie so dicht an das Feuer, daß sie fast in die Flammen geriet, erst dann blickte er sich neugierig um.

Gesichter – eine ganze Reihe von Gesichtern – starrten ihn durch die rauchgeschwängerte Luft an; Kinder, Männer, Frauen und zwei Greise, die sich neben dem Ofen in Schaukelstühlen wiegten. Auf dem festgestampften Lehmfußboden tummelten sich Hunde, Katzen, Hühner und eine Ziege. Sie waren in eine Poststation der primitivsten Sorte geraten, doch der eine Raum, obwohl übelriechend, war zumindest warm.

»Mein Diener braucht Hilfe mit den Pferden«, brachte Adam mühsam zwischen tauben Lippen hervor. Seine Hand tauchte in seine Tasche und brachte einen ledernen Beutel zum Vorschein. Mit erstarrten Fingern fischte er eine Münze heraus und reichte sie einem muskulösen jungen Burschen. »Es gibt noch mehr davon, wenn die Arbeit getan ist.«

Der Bursche erwies ihm seine Reverenz, steckte die Münze ein und nahm einen Wolfspelz von einem hölzernen Gestell neben dem Kamin.

»Übler Schneesturm, der da draußen tobt, Herr.« Ein älterer Mann war der erste, der das Wort ergriff, und in seiner Stimme schwang ehrfürchtige Scheu mit. »Nicht gut für Mensch noch Tier.«

»Nein«, erwiderte Adam kurz. »Bring mir Wodka.« Er wandte sich an eine der Frauen. »Was kannst du uns an warmem Essen vorsetzen?«

Die Frau schüttelte ihren Kopf unter der schmutzigen Haube, als versuchte sie, eine Halluzination zu verdrängen. »Kohlsuppe, Herr.«

»Dann bring uns welche. Ich wünsche ein wenig Privatsphäre hier um den Kamin. Habt ihr einen Wandschirm?«

Die Idee erschien außergewöhnlich; der gebieterische Ton des Fremden, die Erinnerung an jenen Lederbeutel voller Münzen und die kostbaren Pelze der Reisenden bewirkten jedoch fast ein Wunder. Sophie, die heftig zitterte, als langsam Gefühl in ihren erstarrten Körper zurückströmte und ihre

Glieder schmerzen ließ, fand sich plötzlich von einem Zelt von Bettlaken umgeben, von Haken in der Zimmerdecke herabhängend. Die Zwiebel- und Knoblauchketten, die ebenfalls an den Haken hingen, verliehen dem Ganzen einen seltsam dekorativen Reiz, ließen die Szenerie so bizarr wirken, daß Sophie unwillkürlich lachen mußte.

»Sieh zu, daß du aus deinen Kleidern herauskommst!« Adam sprach Französisch, um sicherzugehen, daß sie nicht von neugierigen Ohren außerhalb ihres Zelts belauscht werden konnten. Er hielt ihr die Wodkaflasche an die Lippen. »Noch niemals habe ich einen solchen Akt haarsträubender, hirnloser Dummheit erlebt! Eine halbe Stunde länger, und du wärst endgültig verloren gewesen. Was wolltest du eigentlich mit diesem unsinnigen Märtyrertum erreichen?« Seine Hände zitterten, als er sie brüsk zu trinken zwang. Sophie verschluckte sich, und die scharfe Flüssigkeit tropfte an ihrem Kinn herunter.

»Ich wollte genau das erreichen, was zu erreichen mir auch gelungen ist«, erwiderte sie in derselben Sprache, fröstelnd und zähneklappernd. »Bitte schimpf nicht mit mir, Adam. Du hast doch nicht etwa erwartet, ich würde Khan leiden lassen, oder?«

»Zufällig habe ich das«, meinte er trocken und nahm dann selbst einen kräftigen Schluck aus der Wodkaflasche. »Verrückt von mir. Und jetzt zieh deine Kleider aus. Sie sind brettsteif gefroren.«

Nach und nach durchdrang die Bedeutung seiner Worte ihr betäubtes Hirn. Sie starrte ihn an. »Hier, mitten in diesem Zimmer? Vor all den Leuten...?« Sie wies mit einer vagen Handbewegung auf die schmutzigen Leintücher. Ein Huhn, fröhlich gackernd, drängte sich unter einem der Laken durch, um in die selbstfabrizierte Kammer zu gelangen.

»Husch, hinaus mit dir!« Adam schob den Vogel den Weg

zurück, den er gekommen war. »Ja, hier, Sophie. Jetzt sofort. Du merkst es vielleicht nicht, aber deine Kleider sind an deinem Körper festgefroren.« Er fing an, seinen eigenen Pelzmantel aufzuknöpfen, mit schmerzhaft prickelnden Fingern, als das Blut wieder durch sie hindurchzuströmen begann.

»Ich kann doch nicht splitternackt bleiben«, protestierte Sophie. Dann sah sie plötzlich die Pfütze um ihre Füße, als das Feuer den gefrorenen Schnee auf ihren Kleidern schmolz. Eisige Nässe schien ihre Haut einzuhüllen, und sie erkannte, daß Adam recht hatte. Mit zitternden, gefühllosen Fingern begann sie, ihre Kleider abzustreifen, bis sie nackt dastand, ihre Haut von Kälte gerötet.

»Komm her.« Adam, ebenso nackt wie sie, rubbelte sie mit einem rauhen Fetzen Stoff ab. »Ich muß gestehen, auf diese Weise hatte ich mir den ersten Anblick von dir *nicht* ausgemalt«, murmelte er, während er Sophie herumdrehte und energisch ihren Rücken und ihre Beine abrieb. »Es ist so ziemlich der am wenigsten erotische Moment, den man sich vorstellen kann.«

»Du rubbelst mir ja die ganze Haut ab!« jammerte Sophie. »Ich werde so roh wie eine geschälte Kartoffel sein!«

»Begreifst du nun, was ich meine? Ganz und gar nicht erotisch.« Er seufzte gespielt bekümmert. »Und wie fühlst du dich jetzt… abgesehen von deinem gehäuteten Zustand?«

»Lebendig und warm«, erwiderte sie. »Aber was jetzt?«

»Vielleicht können wir eine Decke bekommen.«

»Sie wird voller Flöhe sein. Ich werde bei lebendigem Leib aufgefressen werden.« Sie kauerte sich an das knisternde Kaminfeuer, dessen Wärme eine Seite ihres Körpers erglühen ließ, und verschränkte die Arme vor den Brüsten. »Ich habe das Gefühl, allen Blicken ausgesetzt zu sein.«

»Graf?« Boris Mikhailows Stimme ertönte vor dem Zelt. »Dachte, Sie wollten vielleicht Ihren Kleidersack haben.«

»Ein kluger Gedanke, Boris.« Adam streckte einen nackten Arm durch eine Lücke zwischen den Bettlaken. »Du solltest auch besser deine nassen Sachen ausziehen.«

»Bin gerade dabei«, erklärte der Muschik. »Geht es Sophia Alexejewna gut?«

»Sehr gut, Boris.« Sophie antwortete für sich selbst.

»Haben Sie eigentlich gar nicht verdient«, knurrte Boris. »So eine unglaubliche Verrücktheit!«

»Ich konnte Khan doch nicht erfrieren lassen!« In ihrer Aufregung, sich verteidigen zu müssen, trat Sophie von den wohltuend wärmenden Flammen des Feuers fort und ließ die Arme von ihren Brüsten fallen.

Adam, der in seinem Kleidersack herumkramte, blickte auf und holte scharf Luft, als er Sophie jetzt zum ersten Mal bewußt sah: gut gebaut, mich hoch angesetzten, vollen Brüsten, sanft geschwungenen Hüften, langen, eleganten Beinen. Sie war zu dünn, doch die festen Muskeln, die er beim ersten Mal an ihr bemerkt hatte, schienen durch ihre Gefangenschaft in St. Petersburg weniger ausgeprägt...

»Adam!« Sophie schüttelte sich vor Lachen. »Was denkst du gerade?« Ihre Augen starrten befriedigt und ohne jede Scham auf jenen Körperteil, der seine Gedanken nur zu offensichtlich ausdrückte.

»Zieh das hier an, um Himmels willen!« Er reichte ihr einen Morgenmantel aus Seidenbrokat. »Die Situation ist wirklich mehr als grotesk.« Er begann sich rasch anzuziehen im Bewußtsein des von Menschen wimmelnden Zimmers jenseits der Bettlaken.

»Was für ein absurdes Kleidungsstück«, meinte Sophie, als sie den viel zu langen Rock mit dem Gürtel hochband, damit er nicht auf dem Lehmfußboden schleifte. »Seidenbrokat an einem solchen Ort!«

»Wenn du deine nackte Haut vorziehst, bitte, das liegt ganz

bei dir«, gab er zurück, jetzt wieder in trockenen Reithosen, Hemd und Jackett. »Sind die Pferde gut versorgt worden, Boris Mikhailow?« Er schob sich zwischen den Vorhängen durch, und sein Ton klang brüsk, als er ins Russische zurückfiel und wieder das würdige, befehlsgewohnte Auftreten eines Obersten des Preobrazhensky-Regiments der Kaiserlichen Garde annahm.

Sophie, gar nicht beeindruckt von seinem Gehabe, kicherte vor sich hin, als sie ihre nassen Kleider vor dem Feuer ausbreitete, wo sie bis zum Morgen trocknen würden. Dann wurden die Tücher von den Haken genommen und der Raum wieder in seiner Gesamtheit an den Posthalter und seine Familie zurückgegeben. Boris Mikhailow, der kein Bedürfnis nach Privatsphäre gefühlt hatte, hatte seine Kleidung neben dem Herd gewechselt, unter den gleichgültigen Blicken einer alten Babuschka, die Kohlsuppe umrührte.

Die Suppe, deftiges Schwarzbrot, Salzgurken und rohe Zwiebeln erschienen auf dem fleckigen Holztisch. Ein Gemeinschaftsbecher Kwaß machte die Runde und wurde laufend aus dem Bierfaß in einer Ecke des Raums nachgefüllt. Sophie, die Adams Abneigung gegen das schale Bier teilte, begnügte sich mit einem gelegentlichen Schluck Wodka, doch bald überfiel sie die Erschöpfung so abrupt wie ein Habicht einen nichtsahnenden Spatzen. In der einen Minute saß sie noch aufrecht auf der harten Bank, ihr Magen angenehm gewärmt von Suppe und Brot, in der nächsten fielen ihr die Augen zu, und sie sank gegen Adams Schulter. Stimmengewirr, gackernde Hühner, knurrende Hunde, die sich um Essensreste balgten, weinende Kinder – Sophie hörte nichts mehr von alledem.

Als Adam sie zu der Bank neben dem Kamin hinübertrug, rollte sie sich auf dem harten Holz zusammen, als wäre es das weichste Federbett. Er deckte sie mit einem der Pelze aus dem

Schlitten zu und dachte reumütig an den Verzicht, den er sich und Sophie an diesem Morgen auferlegt hatte. In Zukunft wäre es vielleicht vernünftig, die Möglichkeiten zu nutzen, wenn sie sich anboten.

Er fand sich selbst in einer Ecke des Raums wieder, in der alle übrigen Bewohner in einem chaotischen Durcheinander von Wiegen, Feldbetten und Matratzen schliefen, die ältesten und jüngsten am dichtesten um die wärmespendenden Quellen gelagert. Flöhe hüpften, Hühner scharrten, Hunde kratzten sich im Schlaf. Schließlich schlief auch Adam ein.

Sophie erwachte bei Tagesanbruch. Ein Gefühl pulsierender Lebendigkeit stieg in ihr auf, völlig anders als alles, was sie seit ihrer Ankunft in St. Petersburg gefühlt hatte. Sie schob den Pelz beiseite, setzte sich auf der harten Bank auf und schwang die Beine auf den Fußboden. Eine Katze strich um ihre Knöchel; irgend etwas zupfte am Saum des Morgenrocks, den Adam ihr gegeben hatte. Ein Paar ernster brauner Augen spähten aus einem schmutzigen Gesicht zu ihr auf. Lächelnd beugte Sophie sich hinunter, um das durchnäßte Baby auf den Schoß zu nehmen, das hungrig seine kleine Faust in den Mund steckte. Um sie herum begannen sich Körper schlaftrunken zu rühren, gaben unwillige Geräusche beim Aufwachen von sich. Das Baby auf eine Hüfte gestützt, trat Sophie an das kleine schneeverkrustete Fenster. Es war unmöglich, hinauszusehen, also bahnte sie sich über Tiere und immer noch zusammengerollte Körper hinweg einen Weg zur Tür und hob neugierig den Querbalken.

Draußen reflektierten die Sonnenstrahlen mit blendender Helligkeit auf dem Schnee. Alle Spuren des Sturms waren ausgelöscht, obwohl es immer noch bitterkalt war. Sophie schloß rasch wieder die Tür. Ein Kind war dabei, Holzscheite in das sinkende Feuer im Kamin nachzulegen, ein anderes füllte den Kanonenofen mit frischem Holz. Die Babuschka gähnte zahnlos und nahm Sophie das Baby ab, stopfte ihm einen milchgetränkten Lumpen in das offene Mündchen. Hunde wurden unter Zuhilfenahme gestiefelter Füße hinausgeschickt. Boris Mikhailow klappte die Satteltaschen auf, und bald erfüllte das Aroma von Kaffee die armselige Hütte.

Sophie rieb an ihrem seidenen Morgenmantel. Das Baby hatte einen feuchten Fleck auf ihrer Hüfte hinterlassen. Als sie aufblickte, sah sie Adam aus seiner Ecke verschlafen zu ihr herüberlächeln. Sie eilte durch den Raum und streckte ihm beide Hände entgegen. Er ergriff sie fest und zog sich auf die Füße.

»Guten Morgen, Liebste.« Er küßte sie auf die Nasenspitze. »Was macht das Wetter?«

»Es ist herrlich. Immer noch Frost, aber strahlender Sonnenschein. Ich muß dringend mal hinaus, aber zuerst muß ich mich irgendwie anziehen.« Sie wies mit einer vielsagenden Geste auf die vielen Menschen im Raum.

»Ehrlich gesagt, ich glaube nicht, daß irgend jemand auch nur das geringste Interesse zeigen wird«, sagte Adam. »Höchstens ein neugieriges Baby oder ein Huhn.« Er nahm ihre getrockneten, leicht angewärmten Kleider vom Kamin und brachte sie zurück in die Zimmerecke, in der Sophie stand. »Je weniger Aufhebens du machst, desto weniger wird jemand Notiz davon nehmen.« Er baute sich breitbeinig vor der Ecke auf, um sie vor den Blicken der anderen abzuschirmen.

Sophie lächelte ihr leicht schiefes, fragendes Lächeln, bevor sie der turbulenten Szene den Rücken kehrte und unter dem Morgenrock in ihre Strümpfe und ihre Batisthosen schlüpfte. Über dieses Stadium hinaus Schamhaftigkeit zu zeigen, schien völlig sinnlos. Sie ließ den Mantel fallen und stieg hinter Adams Rücken in den Rest ihrer Kleider. Das seidene Abendkleid war ein trauriger Anblick: mit Wasserflecken übersät, zerknüllt, eine Naht infolge des gestrigen Ritts aufgeplatzt. Ihr Haar, seit über zwei Tagen nicht mehr gekämmt, hing wirr und ungepflegt auf ihre Schultern herab. Schmutz klebte unter ihren Fingernägeln. Das Bild von General Prinz Paul Dmitriew stieg ungebeten und unerwünscht vor ihrem inneren Auge auf. Ganz plötzlich brach Sophie in Lachen aus.

Adam fuhr herum. »Was hat dich denn so belustigt, Liebste?«

»Ich dachte gerade an Paul«, erwiderte sie, sah dann, wie seine Miene sich abrupt verhärtete. »Ich habe nur überlegt, was für einen Anblick ich bieten muß und wie er darauf reagieren würde«, erklärte sie zögernd, unsicher geworden durch seinen plötzlich so strengen Gesichtsausdruck.

»Er hat versucht, dich zu töten«, erwiderte Adam unumwunden. »Ich finde wirklich nichts Amüsantes an diesem Gedanken... oder an jedem anderen, der mit deinem Ehemann zu tun hat.« Er wandte sich von ihr ab und marschierte quer durch das Zimmer zur Tür. Die Tür schwang auf, ließ einen Schwall eisiger Luft, einen hellen Sonnenstrahl herein, und schloß sich dann wieder.

Adam eilte zum Stall. Wie konnte Sophie nur mit Belustigung an ihren Ehemann denken? Begriff sie denn nicht den Ernst der Situation, in der sie... in der sie beide sich befanden? Prinz Dmitriew würde schließlich herausfinden, daß seine Frau die Reise allen Widrigkeiten zum Trotz doch überlebt hatte, aber von Adam Danilewskis Rolle dabei durfte er auf keinen Fall etwas erfahren. Boris Mikhailow könnte zufällig im rechten Moment wieder aufgetaucht sein, was eine glaubwürdige Erklärung für Sophies Sicherheit liefern würde. In Berkholzskoje würde der Muschik Dmitriews Rachsucht nicht mehr zu fürchten brauchen.

Diese Gedanken, Pläne und möglichen Erklärungen gingen Adam durch den Kopf, als er nach den Pferden schaute. Und immer wieder quälte ihn der eine Gedanke – daß Sophia Alexejewna die Ehefrau eines anderen war und es auch bleiben würde, bis der Tod diesen Vertrag auslöschte. Und er, Adam Danilewski, ein Mann von strenger Moral, einer, der geschworen hatte, sich nie wieder mit einer Frau einzulassen, spielte eine Rolle in genau der gleichen Sorte von Dreiecksverhältnis, das seine eigene Ehe zerstört hatte. Nur daß diesmal *er* die Rolle des Ehebrechers innehatte.

Er konnte wieder Evas Lachen hören, als sie ihm Prüderie und Ignoranz vorgeworfen hatte, ihn beschuldigt hatte, sich vor den Realitäten der Welt zu verstecken, in der sie lebten; sah sie in Gedanken wieder oben am Kopfende der Treppe stehen, ihr Leib, der das Kind eines anderen Mannes trug, schwer und prall unter den Röcken…

»Irgendwelche Sorgen, Graf?« Boris Mikhailows ruhige Stimme ließ die bedrückenden Phantasiebilder in den Hintergrund zurückweichen.

»Nein, nein, überhaupt nicht«, log Adam, obwohl er sich bewußt war, daß sein Mund einen erbitterten Zug hatte, seine Augen feindlich bei der Erinnerung blickten. »Ich habe nur gerade nach den Pferden gesehen. Sie scheinen keine ernsthaften gesundheitlichen Schäden erlitten zu haben.«

Boris schaute ihn an mit den weisen Augen eines Menschen, der in seinem Leben viel gesehen und erfahren hatte. »Es ist das beste, Sie sind aufrichtig zu ihr«, sagte er. »Sophia Alexejewna wird mit den meisten Dingen ohne weiteres fertig, aber Verwirrung und Lügen kann sie nicht aushalten.«

»Und du glaubst, ich sei im Begriff, sie mit Lügen zu verwirren, Boris?« Adam hob sarkastisch die Brauen. »Was habe ich getan, um einen solchen Schuldspruch zu verdienen?«

Boris ließ sich jedoch nicht einschüchtern, sondern zuckte nur mit den Schultern. »Sie wissen selbst am besten über Ihre Angelegenheiten Bescheid, Herr.« Er bückte sich und glitt mit einer wissenden Hand an Khans Sprunggelenken hinunter, fühlte nach der Hitze, die auf überanstrengte Sehnen hinweisen würde.

Adam verließ den Stall. Von seiner Ehe hatte er Sophie nie etwas erzählt, es war ihm sinnlos erschienen. Er konnte auch jetzt noch nicht ohne Bitterkeit darüber sprechen – eine Verbitterung, die sich unweigerlich auf seine Zuhörer niederschlagen würde. Und jetzt, verstrickt in dieses Wirrwarr von Liebe, würde es ihm noch schwerer fallen. Die Parallelen waren zu deutlich, zu erschreckend offensichtlich.

Sophie kam aus dem Posthaus, gerade als Adam in den strahlendhellen Morgen hinaustrat. Sie war fest in ihren Pelzmantel gehüllt, das blasse Oval ihres Gesichts von der Pelzmütze eingerahmt. Ihre Hand hob sich zum Gruß, doch sie wartete nicht auf ihn, sondern wandte sich sofort zu dem widerwärtig schmutzigen Abort auf der Rückseite des Gebäudes um.

Ob ich sie gekränkt habe? dachte Adam. Er fluchte unterdrückt. Aber natürlich hatte er sie verletzt. Ungeduldig im Schnee auf und ab wandernd, wartete er, bis sie wieder herauskam. Sophie eilte auf ihn zu, mit einer Hand ihre Augen gegen die grelle Sonne abschirmend, während ihre Stiefel auf dem hartgefrorenen Boden knirschten. »Sind wir zur Abfahrt bereit?«

»In einer Minute«, sagte Adam ruhig und nahm ihre behandschuhten Hände in seine. »Ich bin am frühen Morgen etwas knurrig, Sophie, besonders, wenn ich mich die ganze Nacht mit Flöhen herumgeplagt habe.« Er lächelte. »Verzeih mir.«

Ihre glänzenden dunklen Augen betrachteten ihn ernst, als könnte sie bis in seine Seele hineinschauen. Dann zuckte sie mit den Achseln. »Es gibt nichts zu verzeihen, Adam. Ich weiß, du willst nicht über Paul sprechen. Ich kann es dir auch nicht verübeln. Wir werden nicht wieder von dem leidigen Thema anfangen.«

»Ich habe dich verletzt«, sagte er und drückte ihre Hände.

Sie lächelte ihn mit einer Andeutung von Resignation an. »Mir hat schon öfter mal jemand den Kopf abgerissen, Liebster. Ist nicht weiter schlimm.«

Damit mußte Adam sich wohl oder übel zufriedengeben. Sie setzten ihre Reise fort. Boris Mikhailow kutschierte, doch zwischen den beiden Insassen des Schlittens herrschte eine eigenartige Befangenheit. Sophie schien mit ihren Gedanken weit entfernt, obwohl sie jedesmal lächelnd antwortete, wenn Adam versuchte, eine Unterhaltung in Gang zu bringen. Es kostete sie jedoch sichtliche Mühe, so daß Adam nach einer Weile in Schweigen verfiel. Sophie malte unterdessen Figuren in den Schmutz auf der Fensterscheibe und spähte in die winterliche Landschaft hinaus, die heute nur so vorbeiflog, während die Schlittenkufen durch den gefrorenen Schnee schnitten.

Gegen Nachmittag entschied Adam, daß er genug von dieser nicht endenwollenden Langeweile hatte. Er konnte Sophie nicht vorwerfen, eingeschnappt zu sein. Tatsächlich wäre ein solches Benehmen ihrem Wesen fremd. Aber hinter ihrer Zurückgezogenheit schien mehr zu stecken als der simple Wunsch, allein mit ihren Gedanken zu sein. Hier war eindeutig Handeln angesagt.

Adam nahm eine Handvoll Holzspäne von dem Stapel in einer Ecke des Schlittens und füllte damit das Öfchen nach, während er Sophie einen vielsagenden Blick zuwarf.

»Was ist?« Sie war sich plötzlich lebhaft dieses Blickes bewußt, der ihre nicht sehr erfreulichen Gedanken durchdrang, und starrte ihn an, verwirrt und dennoch mit einem Prickeln der Erwartung.

Adam strich sich nachdenklich übers Kinn und meinte:

»Ich habe gerade gedacht, die Gelegenheiten, ein bißchen ungestört zu sein, sind so selten, daß wir sie nutzen sollten, wenn sie sich bieten.«

Sophies Augen weiteten sich. »Meinst du das, was ich denke?«

»Was denkst du denn, was ich meine?« scherzte er.

»Hier … jetzt …?« Sie blickte sich in der winzigen Kabine um. »Aber es ist heller Tag.« Das erwartungsvolle Prickeln steigerte sich zu vollem Bewußtsein, ließ erregte Schauer ihren Rücken herabrieseln, kroch über ihre Kopfhaut, schuf ein Gefühl der Wärme in ihrem Unterleib.

»So ist es«, erwiderte er ernst.

»Es ist unanständig«, meinte sie mit einem schalkhaften Aufblitzen in ihren dunklen Augen.

»Nach wessen Gesetz?« fragte Adam, kritisch eine Braue hebend, während er sie an sich zog, so daß ihr Kopf an seiner Schulter ruhte. Er lächelte auf sie hinunter, und sie rümpfte spöttisch die Nase.

»Sie sind ein schamloser Geselle, Graf.«

Er beugte den Kopf und preßte seine Lippen auf die weiche Linie ihres Mundes, zeichnete mit einer Fingerspitze zärtlich die Umrisse ihrer Wangen nach, bevor er sie zu der schwellenden Rundung ihrer Brüste hinuntergleiten ließ. Heißes, süßes Verlangen stieg in Sophie auf. Ihr Körper bäumte sich seiner Liebkosung entgegen, als er geschickt die Knöpfe des Pelzmantels öffnete, und ihre Knospen schmiegten sich in seine warme Handfläche. Ohne seine Lippen von ihrem Mund zu lösen, breitete Adam die Pelzdecke über sich und Sophie aus, bevor er den Ausschnitt ihres zerknitterten Abendkleides herunterzog und ihre Brüste von dem einengenden Mieder befreite.

Sophie seufzte verzückt gegen seine Lippen – ihre Unzufriedenheit, die nagende Traurigkeit, die der Morgen hinterlassen hatte, alles das war plötzlich verschwunden unter dem Ansturm von Lust, der Bestätigung von Liebe. Sie fühlte seine Hand von ihrem Schenkel zum Knie hinuntergleiten, als er ihren Rock und den Unterrock hochschob, dann glitt er in das Taillenband ihrer Batisthosen. Das Kleidungsstück rutschte bis zu ihren Knöcheln hinunter, und das entblößte Fleisch ihrer Hüften und Schenkel erglühte unter seinen sinnlich liebkosenden Fingern und der sanft streichelnden Wärme der Pelzdecke. Adam knöpfte seine Reithose auf, entledigte sich ihrer mit einer raschen Drehung seines Körpers, dann faßte er Sophie um ein Knie und zog ihr Bein über seine Hüfte.

Er hielt sie mit starken Armen unter der Decke umschlungen, und ihr Körper schmiegte sich an seinen, während der Schlitten durch den Schnee glitt und das flüsternde Dahingleiten seiner Kufen dem flüsternden Anschwellen der Lust in seinem Inneren entsprach, als Adam sich zwischen Sophies Schenkel drängte, in ihren Schoß eindrang und einen Moment bewegungslos innehielt. Sophie vergaß alles um sich herum, war sich nur der pulsierenden Gegenwart bewußt, die ihren Schoß füllte, die einzige Bewegung die des Schlittens, dessen gleitender Rhythmus sich auf ihre miteinander verschmolzenen Körper übertrug. Langsam drehte Adam Sophie herum, bis ihre Hüften auf dem Rand der hölzernen Bank ruhten, und hob sich vorsichtig über sie, so daß ihr Körperkontakt nicht unterbrochen wurde. Dann fügte er seine eigenen Bewegungen den Bewegungen des Schlittens hinzu, stieß kraftvoll und mit wachsendem Tempo zu, bis Sophie den Höhepunkt der Lust erreichte und sie sich nur noch der Bewegungen unter ihr und in ihrem Schoß bewußt war.

Sie stürzte in abgrundtiefe sinnliche Verzückung, sank durch Wolken der Wollust, trieb schwerelos dahin, ein Wölkchen am weiten blauen Horizont, bis sie von Frieden erfüllt auf dem weichen grünen Teppich der Befriedigung liegenblieb. Adam blickte auf ihre geschlossenen Augen hinunter, die üppig geschwungenen Wimpern, die halbmondförmige Schatten auf ihre geröteten Wangen warfen. Sie fühlte sich weich und erschlafft in seinen Armen an, aber als er Anstalten machte, sich aus ihr zurückzuziehen, verstärkte sich der Griff ihrer Arme um ihn, und sie stöhnte protestierend.

»Was für ein Glück, daß die Bewegungen eines Schlittens nicht die gleiche Wirkung auf dich haben wie die einer Kutsche«, stellte er mit trägem Grinsen fest. »Eines Tages müssen wir ausprobieren, wie es ist, sich auf einem galoppierenden Pferd zu lieben.« Er mußte lachen, trotz seiner eigenen befriedigten Mattigkeit. »Wenn einen die simplen Bewegungen eines fahrenden Schlittens schon in einen derartigen Himmel der Lust befördern, was mag dann erst ein...«

Ein Schrei von Boris, ein heftiger Peitschenknall, das plötzliche Vorwärtsrucken des Schlittens beendeten seine interessanten Spekulationen abrupt.

»Pest und Hölle!« Adam löste sich hastig aus Sophies Armen und griff nach seinen Reithosen. Er warf die Tür des Schlittens auf und lehnte sich gefährlich weit hinaus, trotz der wilden Geschwindigkeit des unhandlichen Gefährts. Quer über die verschneite Ebene galoppierte eine Gruppe von Reitern auf schnellen Gebirgspferden auf sie zu.

»Kann sie nicht abhängen!« rief Boris, erneut die Peitsche schwingend. »Werd' versuchen, den Schutz der Bäume da hinten zu erreichen.«

»Sind es Briganten?« keuchte Sophie, verzweifelt mit ihrer Unterwäsche kämpfend, die sich hoffnungslos in den Falten von Seide, Batist und Pelz verfangen hatte. »Heilige Mutter! Mein Anblick muß ja förmlich zur Notzucht einladen.«

Adam starrte sie verwundert an. »Wenn wir sie nicht abwehren können, wird genau das passieren, bevor sie uns zu Tode trampeln«, sagte er heftig.

Sophie blickte auf. »Es sind doch nur Briganten«, erklärte sie ruhig. »Natürlich werden wir sie abwehren. Hast du eine Pistole für mich?«

Dies war die Frau, die tollwütige Wölfe erschoß, wie Adam sich schlagartig wieder bewußt wurde. Ritterliche Besorgnis war hier völlig fehl am Platz. »Hier.« Er reichte ihr eine Steinschloßpistole. »Wenn wir in den Schutz der Wälder gelangen können, bevor sie uns eingeholt haben, bleibt uns vielleicht eine Chance. Kannst du die Pistole schußbereit machen?«

Der Blick, den Sophie ihm zuwarf, sagte ihm, daß er sich die Frage hätte sparen können. »Munition und die anderen Pistolen sind in der Kiste da. Bereite sie vor, damit wir schnell neu laden können.« Mit dieser knappen Anweisung ließ er sie im Innern des Schlittens zurück, dann schwang er sich hinaus und in den Sattel des zweiten Pferdes. Ihre Verfolger gewann an Vorsprung, aber die Wälder waren ein ganzes Stück näher.

»Wir haben reichlich Munition. Sophia Alexejewna macht gerade die Waffen schußfertig«, teilte er Boris kurz mit. »Wir sind zu dritt und die anderen zu viert. Die Chancen stehen also nicht schlecht.«

Boris knurrte seine Zustimmung, während er den Schlitten geschickt in die Deckung der ersten Baumreihe lenkte. Als das Gefährt langsamer wurde, sprang Sophie ab und rannte zur Rückseite.

»Sophie, was, zum Teufel, tust du da?« bellte Adam.

»Ich binde Khan los!« rief sie zurück. »Sie werden alles daransetzen, um ihn in die Hände zu bekommen.«

»Dieses gottverdammte Pferd!« schrie Adam. »Denkt sie denn nie an etwas anderes?«

Boris grinste. »Nicht sehr oft, Graf. Obwohl ich bemerkt habe, daß ihre Aufmerksamkeit seit neuestem ein wenig geteilt ist.«

Adam schüttelte verwundert den Kopf. Was für ein Menschenschlag waren diese Steppenbewohner nur? Weder der Muschik noch die Frau zeigten auch nur eine Andeutung von Furcht. Statt dessen machten sie noch Scherze. Sophie hatte sich auf den Rücken des Hengstes geschwungen. »Die Munition und die Pistolen liegen auf der Bank für dich bereit.« Dann, bevor Adam auch nur die Bedeutung ihrer Worte aufging, war sie unter den Bäumen davongaloppiert.

»Sie steigen besser wieder ein, Graf.« Boris befreite die Pferde von ihren Zuggurten.

»Aber Sophie...«

»Ihr wird nichts passieren.«

Ein gellender Pistolenschuß, fast in Schußweite abgegeben, beendete jede weitere Diskussion. Die beiden Männer tauchten in den Schlitten, wo vier Pistolen für sie bereitlagen und die Munition zum schnellen Nachladen vorbereitet war. Zwei Pistolen fehlten. Was hatte Sophie mit ihnen vor? Aber zumindest war sie nicht in unmittelbarer Gefahr. Wenn ihr Drang, ihr Pferd zu retten, bedeutete, daß sie sich selbst gerettet hatte, dann hatte Adam keinen Grund zur Klage. Mit diesem tröstlichen Gedanken hockte er sich in eine Ecke des Schlittens, seine Pistole im Anschlag, und zielte durch den Spalt der halb angelehnten Tür. Boris nahm eine ähnliche Stellung auf der anderen Seite ein.

Die Briganten, tief über die Hälse ihrer Pferde gebeugt reitend, gaben ein schwer faßbares Ziel ab, als sie in scharfem Galopp auf den Schlitten zupreschten. Adams erster Schuß pfiff wirkungslos vorbei, als sich sein beabsichtigter Empfänger unter den Bauch seines Pferdes schwang. Statt drei gegen vier zu sein, waren sie durch Sophies Abtrünnigkeit jetzt nur noch zwei gegen vier, und einer von ihnen war gezwungen, die Waffen neu zu laden.

Dann hallte ein Schuß über die verschneite Ebene; einer der Briganten faßte sich an die Schulter und stürzte über den Hals seines Pferdes in den Schnee. Adam, gerade im Begriff, den Abzug zu ziehen, blickte Boris ungläubig an. Der Muschik lud mit stoischer Gelassenheit die Pistolen nach.

»Jemand da draußen ist auf unserer Seite«, sagte Adam langsam, dann konzentrierte er seine Aufmerksamkeit wieder auf den Spalt in der Tür und zielte erneut.

»Sophia Alexejewna«, bestätigte Boris ruhig.

Daß ihr Kumpan ganz unerwartet von einem Schuß verletzt worden war, der anscheinend aus dem Nichts gekommen war, hatte die drei übrigen Briganten in einige Verwirrung gestürzt. Adams nächster Schuß traf sein Ziel, und jetzt saßen nur noch zwei Männer aufrecht im Sattel.

»Am besten, wir erwischen sie alle«, meinte Adam grimmig. »Wir können es uns nicht leisten, auch nur einen tauglich zu lassen.«

Eine Kugel prallte gegen das Muskovitfenster und zerschmetterte es, bevor sie sich in den Boden des Schlittens bohrte. »Zu nahe!« knurrte Boris. Dann ertönte plötzlich ein wilder Kosakenschrei, und Khan preschte auf die Lichtung. Beide Angreifer fuhren herum und starrten die Erscheinung verblüfft an. Im nächsten Moment ging Boris' Pistole los, und einer der Männer stürzte zu Boden. Der andere zog eine gefährlich geschwungene Klinge aus seinem Gürtel und schwang sie gegen den sich aufbäumenden Khan.

Adam legte seine Pistole an und zielte, war jedoch nicht in der Lage zu schießen, aus Angst, Sophie dabei zu treffen. Das Herz klopfte ihm bis zum Hals, als er beobachtete, wie der Hengst mit einer für so ein großes Tier unglaublichen Behendigkeit aus der Schußlinie wich. Wieder sauste die Klinge durch die Luft. Adam feuerte im selben Moment, der Brigant rutschte seitlich aus dem Sattel und blieb zusammengekrümmt auf dem Boden liegen.

Sophie hielt sich den Arm und blickte in ungläubiger Verwunderung auf das Blut, das zwischen ihren Fingern hervorquoll. »Wie ist das passiert?« fragte sie benommen, als Adam auf sie zueilte.

»Jesus, Maria und Josef! Wie kann man nur so tollkühn sein! Was hast du dir eigentlich dabei gedacht?«

»Ich wollte sie ablenken«, erwiderte sie mit schwacher Stimme. »Es hat ja auch funktioniert, nicht?«

»Oh, ja, es hat funktioniert...«

»Passen Sie auf sie auf, Graf!« unterbrach Boris Mikhailow ihn scharf. »Sie kann den Anblick von Blut nicht ertragen. Konnte sie noch nie.«

»Was?« Adam war einen Moment sprachlos, während er zu Sophie hinaufstarrte, die plötzlich ohne Vorwarnung zu schwanken begann, seitwärts in sich zusammensank und dann ohnmächtig von Khans Rücken fiel.

Es gelang Adam, sie aufzufangen; dann stand er da und blickte auf die bewußtlose Gestalt in seinen Armen hinunter. Sie wurde ohnmächtig beim Anblick von Blut, ihr wurde schrecklich übel in einer geschlossenen Kutsche, sie ritt wie ein Kosake und schoß mit der Treffsicherheit eines erfahrenen Heckenschützen, sie widerstand der vollen Kraft von Paul Dmitriews grausamen, teuflischen Machenschaften, sie zu brechen... was für eine unergründliche Frau.

Er trug sie zum Schlitten zurück. Die dichten, geschwungenen Wimpern flatterten, und Sophie schlug die Augen auf, als er sie auf die Bank niederlegte.

»Bitte verzeih mir«, murmelte sie. »Ich habe nun mal diese seltsame Schwäche.« Sie wandte den Kopf ab, als Adam den Ärmel ihres Pelzmantels hochschob. »Es ist noch nicht mal so, als wäre es besonders schmerzhaft.«

»Es ist gottlob nur eine Fleischwunde«, erklärte er, nachdem er den Arm untersucht hatte. »Du kannst von Glück sagen. Boris, reich mir bitte das Verbandsmaterial und die Salbe.«

»Ich würde niemals einen guten Soldaten abgeben.« Sophie versuchte zu scherzen, als Adam die Verletzung mit den medizinischen Hilfsmitteln zu verbinden begann, die er vor Antritt der Reise in weiser Voraussicht zu dem übrigen Proviant hinzugefügt hatte.

»Ich würde dich zu gerne eine Woche lang unter meinem Kommando haben«, erwiderte er wütend. »Und ich garantiere dir, ich würde dir einige Dinge über das Soldatenleben beibringen, die du nie vergessen würdest.«

»Du bist verärgert«, sagte Sophie überrascht. »Aber warum denn nur? Ich habe doch nur meinen Teil zu unserer Verteidigung beigetragen.«

»Wenn ich eine militärische Operation befehlige«, erklärte er sorgfältig beherrscht, »dann dulde ich keine eigenmächtigen Kämpfe. Speziell nicht jene, über die ich vorher nicht unterrichtet wurde.«

In Sophies Wangen war inzwischen die Farbe zurückgekehrt. »Ich bitte vielmals um Entschuldigung«, sagte sie mit spöttischem Sanftmut. »Aber ich wußte ja nicht, daß wir an einer militärischen Operation teilgenommen haben oder daß du das Kommando hattest. Ich dachte, wir drei hätten gemeinsam Briganten abzuwehren versucht. In Zukunft solltest du diese Dinge lieber vorher genau klarstellen.«

Einen Augenblick lang herrschte verblüfftes Schweigen. Dann lachte Adam fröhlich und rief wie schon einmal zuvor: »Ach, Sophia Alexejewna, was soll ich nur mit dir tun?«

Die dunklen Augen funkelten ihn übermütig an. »Ich bitte Sie, Oberst Graf Danilewski! Es mangelt Ihnen doch im allgemeinen nie an Phantasie!«

# 12. Kapitel

Es war ein eisiger, grauer Nachmittag Ende Dezember, als die riedgedeckten Dächer des Dorfes von Berkholzskoje jenseits der schneebedeckten Steppe auftauchten.

Sophie, die förmlich am Fenster des Schlittens klebte, seit sie Kiew hinter sich gelassen hatten, zuckte zusammen, als wäre der Anblick etwas völlig Unerwartetes. Tränen füllten ihre Augen, und sie wandte – plötzlich verlegen über diese unaufhaltsame Flut von Emotionen – den Kopf ab, damit Adam ihr Gesicht nicht sehen konnte.

Adam ließ sich jedoch nicht täuschen. Er umfaßte ihr Kinn mit seinen langen, schlanken Fingern und drehte ihr Gesicht zu sich herum. Tränenspuren glänzten auf ihren Wangen, und sie schniefte pathetisch. »Ich hätte nicht gedacht, daß ich Berkholzskoje jemals wiedersehen würde.«

Er verwischte eine Träne mit seinem Daumen. »Na, na, du willst doch sicher nicht mit so einer traurigen Miene vor deinen Großvater treten, Liebste.«

»Wenn er überhaupt noch lebt.« Endlich war sie fähig, die Angst zu artikulieren, die sie seit Wochen nicht mehr losließ. »Ich kann einfach nicht verstehen, warum er mir nie geschrieben hat...

»Die Tatsache, daß du keine Briefe von ihm erhalten hast, bedeutet nicht zwangsläufig, daß er keine geschrieben hat«, bemerkte er ruhig, forschend ihr Gesicht betrachtend.

Einen Moment lang bewies Sophies Ausdruck Unverständnis, dann dämmerte ihr die Erkenntnis. Ihre Tränen versiegten augenblicklich, an ihrer Stelle erschien die flammende Wut, die Adam so gut an ihr kannte und jetzt willkommen hieß. »Paul hat sie mir nicht ausgehändigt. Das ist es doch, was du meinst, richtig?«

Er nickte. »Ich weiß es zwar nicht mit Sicherheit, aber es kommt mir durchaus wahrscheinlich vor.«

»Ich wünschte, ich hätte ihn umbringen können!« Sie ließ sich mit einem wütenden Ruck gegen die Sitzlehne zurückfallen. »Ich würde sogar meinen eigenen Tod in Kauf nehmen, wenn er nur *seinen* mit sich bringen würde!«

»Es gibt Zeiten, da redest du wirklich den allergrößten Unsinn, Sophia Alexejewna«, stellte Adam gelassen fest. Er wurde von einem entrüsteten Aufblitzen der dunklen Augen belohnt, dann mußte Sophie gegen ihren Willen lächeln.

»Und wenn ich es tue, kann ich immer sicher sein, daß du mich zurechtweisen wirst«, sagte sie kichernd und drehte sich mit wachsender Ungeduld wieder zu dem kleinen Fenster um. »Oh, ich wünschte, ich könnte Khan reiten. Wir wären in zwanzig Minuten zu Hause. Es geht so schrecklich langsam mit dem Schlitten!« Sie ballte ihre Hände zu Fäusten und lokkerte sie dann wieder, verflocht ihre Finger zu den unmöglichsten Knoten, während sie unmelodisch mit den Füßen auf den Boden trommelte.

Adam, in eine Ecke zurückgelehnt, beobachtete sie lächelnd unter halb geschlossenen Lidern. Ein zweitägiger Zwischenhalt in Nowgorod, der ersten größeren Stadt, seit sie St. Petersburg verlassen hatten, hatte Sophie mit Kleidung und anderen dringend notwendigen Dingen ausgestattet, so daß sie jetzt trotz der Entbehrungen der langen Reise nicht mehr wie eine heimatlose Zigeunerin aussah. Aber sie waren alle schmutzig und erschöpft von den Strapazen der langen Fahrt, und fast hatten sie vergessen, wie es war, richtig warm zu sein, wie sie sich ohne die Pelze fühlen würden, die sie einen Monat lang Tag und Nacht getragen hatten, oder welch ein Genuß es war, ein Bad zu nehmen, in einem richtigen Bett in einem warmen Zimmer zu schlafen und nichts weiter zu benötigen als ein Nachthemd...

Es war eine berauschende Aussicht. Adams Lippen verzogen sich zu einem erwartungsvollen Lächeln der Vorfreude. Eine ganze Nacht lang ungestört mit Sophia Alexejewna, nackt in seinen Armen...

Das Bild Prinz Golitskows stieg vor seinem inneren Auge auf. Was würde der jähzornige alte Mann wohl zu diesem ganzen Wirrwarr sagen?

»Die Erklärungen kannst du getrost mir überlassen«, sagte Sophie leise, und Adam begriff, daß sie ihm irgendwann ihre Aufmerksamkeit zugewandt haben mußte, während er in Tagträumen versunken war.

»Woher weißt du, was ich gedacht habe?«

»Das war nicht schwer zu erraten.« Sie lächelte. »*Grand-père* wird uns keine Schwierigkeiten bereiten. Das ist nicht seine Art.«

»Ich muß nach Mogilew«, sagte er langsam. »Die Kaiserin hat mich nur deshalb vom Dienst befreit, damit ich meine Familie besuchen kann. Ich könnte der Zarin keine einleuchtende Begründung für mein Versäumnis liefern.«

»Aber das brauchst du ja auch einstweilen nicht«, erwiderte Sophie. »Bis zum Frühjahr werden keine Kuriere zwischen hier und der Hauptstadt unterwegs sein. Bis dahin wird Paul nicht erfahren, daß ich überlebt habe, und die Kaiserin wird dich nicht vor März in St. Petersburg zurückerwarten.«

Es *ist* machbar, dachte Adam innerlich jubelnd. In verschneiter Einöde, ungestört in ihrer Liebe, konnten sie für eine kurze und dennoch unendliche kostbare Zeit ihr Leben miteinander teilen, ein Geheimnis bewahrend, das niemals über die Grenzen von Berkholzskoje hinauszudringen brauchte, konnten die Erinnerungen schaffen, die all das prägen und bereichern würden, was das Schicksal später für sie bereithielte. Adam lächelte. »Du hast recht. Wir werden uns ein paar Wochen Zeit für uns selbst nehmen.«

»Eine Idylle in der Wildnis der Steppen.« Ihre Augen funkelten. »Berkholzskoje ist ein faszinierender Ort im Winter. Ich werde dir all seinen Zauber zeigen, Adam.«

»Du, meine liebe Sophie, birgst genug Zauber, um einen Mann lebenslänglich zu faszinieren«, sagte er weich.

Eine leise Röte kroch in ihre Wangen. »Wie lieb, so etwas zu sagen!«

»Es ist nur die Wahrheit.«

Schweigend blickten sie einander in die Augen, und der Augenblick vibrierte von Verheißungen. Das Schicksal hatte ihnen ein Geschenk gemacht; sollte sich das Geschenk nur als Leihgabe erweisen, würden sie es nach besten Kräften nutzen, solange sie es hatten.

Der Schlitten glitt die lange, von Pappeln gesäumte Auffahrt hinauf zu dem Rondell vor dem Haus. Sophie, in ihrer brennenden Ungeduld jede Vorsicht außer acht lassend, schwang sich aus dem Fahrzeug, als es noch in voller Fahrt war, und verfing sich prompt mit dem Saum ihres Kleides in einem losen Holzsplitter in der Tür.

»Verdammt!« Sie befreite sich mit einem gewaltsamen Ruck, ohne sich um den langen Riß in ihrem Rock zu kümmern, und rannte dann auf die geschlossene Eingangstür zu. Das ganze Haus wirkte versiegelt und verschlossen an diesem grauen Nachmittag, und die blinden Fensterscheiben vermittelten eine Atmosphäre der Trostlosigkeit. Sophie hämmerte pausenlos mit dem schweren Türklopfer aus Messing an die Tür, bis Adam hinter sie trat.

»Um Himmels willen, Sophie! Du weckst ja die Toten

auf.« Er legte eine Hand auf ihre, um sie zu bremsen. »Nicht so ungeduldig! Gib ihnen eine Chance, aufzumachen.«

»Aber angenommen, sie tun es nicht?« Sie blickte angstvoll zu ihm auf, ihr Gesicht kreidebleich unter der dunklen Haarkrone. »Ich habe allmählich das Gefühl, es ist niemand da.« Wieder hob sie den Türklopfer.

»Sei nicht töricht.« Adam ergriff ihre Hand und hielt sie fest mit seinen Händen umschlossen. »Laß ihnen einen Moment Zeit.«

Sein ruhiger Blick, die feste Stimme, seine gelassene Nüchternheit verfehlten nicht ihre beruhigende Wirkung auf Sophie. Sie holte tief Luft, und dann zerschnitt das Geräusch von Riegeln, die zurückgeschoben wurden, die Stille. Sophie wirbelte wieder zur Tür herum, ihre Hand immer noch in Adams.

»Was gibt's denn?« Die Tür schwang auf. Anna, blaß und verängstigt, die wäßrigen Augen von Furcht erfüllt, stand in der Tür. Als sie sah, wer da so ungestüm geklopft hatte, griff sie mit einer Hand nach dem Türrahmen und bekreuzigte sich unwillkürlich mit der anderen. »O du grundgütiger Himmel! Sind Sie es, Sophia Alexejewna? Sind Sie's wirklich? O mein Gott, mein Herz!« Sie schlug sich die Hand vor den Mund.

»Kein Geist aus der Wildnis, Anna«, erwiderte Sophie, die durch Annas Verwirrung und Aufregung selbst auch etwas aus der Fassung geraten war. Sie umarmte die Frau innig. »Ich bin aus Fleisch und Blut, wie du siehst.« Sie trat an der Haushälterin vorbei in die vertraute Eingangshalle, in der ein Porzellanofen und ein großes Feuer in dem steinernen Kamin für wohlige Wärme sorgten. »Wo ist *Grandpère*?«

»In seiner Bibliothek«, erwiderte Anna aufgeregt. »Oh, Boris Mikhailow, du bist auch hier?« Sie streckte dem Muschik, der rasch auf sie zukam, die Hand entgegen. »Nachdem Tanja Feodorowna uns erzählt hat...«

»Tanja!« Sophie fuhr herum und starrte die alte Frau an. »Tanja? Hier?«

»Ja, Gott segne Sie, Prinzessin. Sie ist schon seit über einem Monat hier. Ist tatsächlich den ganzen weiten Weg von Kaluga bis hierher zu Fuß gekommen. Und was für Geschichten sie erzählt hat! Der Prinz ist seitdem nicht mehr derselbe.«

Aber Sophie hatte schon kehrtgemacht, flog den Korridor hinunter zur Rückseite des Hauses. »*Grandpère!*« Sie riß die Tür zur Bibliothek auf und stürzte in den von Feuerschein und mildem Lampenlicht erhellten Raum.

Prinz Golitskow schreckte aus seinem Sessel neben dem Kamin hoch; das in Kalbsleder gebundene Buch auf seinem Schoß fiel polternd zu Boden. »Sophie!« Wie Anna starrte er sie an, als wäre sie ein Gespenst aus der Steppe.

Adam drängte sich mit einem gemurmelten Ausruf an Sophie vorbei. Er hatte befürchtet, es könnte dem alten Mann einen Schock versetzen, wenn Sophie so urplötzlich ins Zimmer hineinplatzte, hatte ihr ungestümes Eindringen aber nicht verhindern können. »Ja, es ist Sophie Alexejewna, Prinz«, versicherte er hastig und durchquerte den Raum mit drei großen Schritten. »Gesund und wohlbehalten. Setzen Sie sich doch lieber.« Sanft drückte er die zitternde, plötzlich so zerbrechlich wirkende Gestalt wieder in den Sessel zurück.

»Oh, *Grandpère*, ich wollte dir keinen Schreck einjagen.« Sophie lief durch das Zimmer, ließ sich vor ihm auf die Knie fallen und blickte ängstlich zu ihm auf. Sie nahm seine Hände und rieb sie liebevoll. »Oh, wie kalt du dich anfühlst. Ist es, weil ich dir einen Schock versetzt habe?«

Der alte Prinz holte zitternd Luft, dann lehnte er sich im Sessel zurück. »Laß dich anschauen, *ma petite*. Ich hatte vor, selbst nach St. Petersburg zu reisen, sobald der Schnee geschmolzen wäre.« Er berührte verwundert ihr Haar. »Du hast nie auf meine Briefe geantwortet...«

»Ich habe sie überhaupt nicht erhalten«, erklärte sie rasch. »Und nachdem er Tanja Feodorowna ganz plötzlich weggeschickt hatte... ist sie wirklich hier?«

»Ja, sie ist hier.« Zorn brannte in den blassen Augen, und etwas von seiner Zerbrechlichkeit schien zu schwinden. »Wirklich eine erstaunliche Reise, die sie hinter sich hat. Aber sie ist von der Art, die sich nicht so leicht geschlagen gibt. Sie kehrte zurück, um mir zu berichten von deinem...« Ein Schatten glitt über sein Gesicht. »Von deinem Ehemann. Du hast ihn verlassen?«

Sophie hob seine Hand und rieb ihre Wange an seinen Fingerknöcheln. »Es ist ein bißchen komplizierter.« Sie blickte zu Adam auf, der ruhig neben dem Kamin stand und lächelnd der Wiedervereinigung zuschaute.

Golitskow drehte sich ebenfalls zu ihm um. »Aha«, meinte er, und ein Lächeln belebte die eingesunkenen Züge. »Nachdem Sie sie fortgebracht haben, sind Sie also zu dem Entschluß gelangt, sie wieder zurückzubringen, Graf.«

»So könnte man es sagen.« Adam lächelte zurück. »Es war eine mühsame Reise, und ich weiß, Sophie brennt darauf, Ihnen die Einzelheiten selbst zu erzählen. Ich werde Sie beide jetzt allein lassen.« Er verbeugte sich vor dem Prinzen, dann beugte er sich zögernd zu Sophie hinab und küßte sie auf den Mundwinkel. »Ich werde sehen, ob ich eurer Haushälterin ein Bad abschmeicheln kann.« Er hob vielsagend die Augenbrauen. »Du könntest übrigens auch eins brauchen.«

Die Tür schloß sich leise hinter ihm. »So liegen die Dinge also«, murmelte der alte Prinz nach einer Minute des Schweigens, während er sich nachdenklich das Kinn rieb.

»Ja, *Grandpère*, so liegen die Dinge«, bestätigte Sophie. »Ohne Adam wäre ich gestorben... seelisch wäre ich schon vor vielen Monaten zugrunde gegangen, und vor dem körperlichen Tod hat er mich erst vor kurzem bewahrt.« Sie stand auf, um ihren Pelzmantel aufzuknöpfen, der in diesem warmen Raum nur hinderlich war; dann begann sie ihre Geschichte, berichtete wahrheitsgemäß und ohne etwas auszulassen von dem Moment ihrer ersten Begegnung mit Paul Dmitriew an.

Als sie fertig war, herrschte Stille im Raum, nur unterbrochen vom Knistern und Knacken des Feuers, dem gelegentlichen Klappern eines Fensterflügels unter dem eisigen Wind, der von der Steppe herüberwehte. »Und was gedenkst du jetzt zu tun, Sophia Alexejewna?«

Sophie starrte ins Feuer. Es war richtig, daß ihr Großvater diese Angelegenheit nicht selbst in die Hand nahm, sie nach ihren Plänen gefragt hatte, statt ihr seine eigenen zu unterbreiten. Sie war ihr eigener Herr, und ihre Probleme waren einzig und allein ihre Sache... und Adams, wie sie stillschweigend zugab. »Ich hatte nur den einen Gedanken, hier anzukommen. Weiter habe ich noch nicht gedacht«, erklärte sie jetzt. »Mein Mann wird annehmen, daß ich tot bin. Ich muß erst noch entscheiden, ob ich ihn in diesem Glauben lassen werde oder ihn über die Wahrheit informieren soll.«

»Er wird es nur zu bald selbst herausfinden, Sophie. Wir mögen in relativer Abgeschiedenheit leben, aber völlig isoliert sind wir nicht. Wenn der Schnee schmilzt, werden wieder Reisende auf die gewohnte Art kommen und gehen.«

Sie nickte. »Aber bis zum Februar brauchen wir uns keine Sorgen zu bereiten. Bis dahin können wir hierbleiben und unser Geheimnis bewahren.«

Ihre Blicke kreuzten sich. Ihr Großvater wußte, auf welches Geheimnis sie anspielte, und er wußte auch, daß sie ihn schweigend um Erlaubnis bat, obwohl ihre Stimme keinen fragenden Unterton gehabt hatte.

»Ich stehe tief in Adam Danilewskis Schuld«, sagte der Prinz. »Ich weiß allerdings nicht, ob es sehr weise von euch ist, in einem Glück zu schwelgen, das nur von flüchtiger

Dauer sein kann. Aber das ist eine Entscheidung, die ihr selbst treffen müßt.«

»Sollte man nicht das Glück beim Schopf packen, wenn es sich einem anbietet?« fragte Sophie. Sie nahm seine Hand und spielte konzentriert mit den gichtigen Fingern. »Seit ich von hier fortmußte, habe ich gelernt, daß einem nur wenig Glück im Leben beschieden ist, dafür aber von seinem Gegenteil um so mehr.«

»Du und Adam seid willkommen, als Mann und Frau hier zu leben, solange ihr wollt.« Der alte Prinz berührte ihr Gesicht. »Ich habe mich gefragt, ob ich dich jemals wiedersehen würde.«

»Und ich dich!« Tränen schimmerten in ihren Augen, als sie seine Hand küßte. »Boris Mikhailow wird schon ungeduldig darauf warten, dich zu sehen. Soll ich ihn hereinschikken?«

»Nein. Ich denke, ich werde ihn selbst aufsuchen.« Golitskow zog sich aus seinem Sessel hoch. »Wo ist mein Stock? Halt, nein, ich glaube, ich brauche ihn nicht.« Er stieß den schweren Krückstock von sich. »Ich stelle fest, daß ich doch noch nicht so alt bin, wie ich mich in letzter Zeit gefühlt habe.«

Er ging zur Tür – mit seiner gewohnten Steifheit, aber ohne ansonsten gebrechlich zu wirken. »Geh du zu Tanja Feodorowna, *ma petite*. Der Graf hat ganz recht. Du brauchst wirklich dringend ein Bad.« Er kicherte. »Dein Vater und Sophia Iwanowa haben immer die Räume im Westflügel bewohnt, wenn sie in Berkholzskoje waren. Scheint, als wären sie recht zufrieden damit gewesen. Ich bin sicher, du wirst dich dort auch wohl fühlen.«

Sophie stand noch einen Moment in der Bibliothek, nachdem ihr Großvater gegangen war, genoß das unendlich erleichternde Gefühl, wieder zu Hause zu sein. Eine Hochstimmung erfaßte sie, und ihr war plötzlich wundersam leicht ums Herz, so als wäre sie endlich von einer drückenden Last befreit. Sie war wieder dort, wo sie hingehörte, hatte ihr Leben wieder selbst in der Hand... und den Himmel der Glückseligkeit vor sich.

Sie tanzte förmlich aus der Bibliothek, rannte zur Treppe und rief aus Leibeskräften nach Tanja Feodorowna.

»Du meine Güte, Sophia Alexejewna, sehen Sie sich nur an! Was für ein Anblick!« Tanja eilte aus Sophies Schlafkammer, als sie die energischen Rufe hörte. Sie strahlte über das ganze Gesicht, und ihre Augen schwammen in Tränen, als sie die schlanke Gestalt ihres ehemaligen Schützlings umarmte. »Großer Gott, wie dünn Sie geworden sind!«

»Ach, nun schimpf nicht, Tanja!« Sophie küßte sie, gleichzeitig lachend und weinend. »Ich muß ein Bad nehmen, und du und Anna müßt die Räume im Westflügel vorbereiten. Ich werde nicht in meinem alten Zimmer schlafen.«

»Ah...« Tanja nickte weise. »Nun, Anna hat den Grafen im blauen Zimmer einquartiert.«

»Oh, dann gehe ich sofort zu ihm. Läßt du bitte seine Sachen so schnell wie möglich in den Westflügel schaffen?« Sie stürmte den Korridor hinunter und warf die Tür zu einem blaugestrichenen Schlafzimmer auf. Adam lag in einer großen Sitzbadewanne aus Porzellan vor einem prasselnden Kaminfeuer. Er wandte den Kopf, als sie hereinkam, betrachtete seine energiegeladene Besucherin mit schläfriger Trägheit und einer gewissen Beklommenheit. »Verbreite nicht so eine Unruhe, Sophie. Ich habe schon lange nicht mehr etwas so genossen wie dieses herrlich warme Bad.«

Sophie schob in gespielter Verärgerung die Lippen vor. »Das ist aber gar nicht schmeichelhaft.« Sie ließ sich neben der Wanne auf die Knie fallen und küßte ihn. »Ich denke doch, wir haben ein paar höchst genußreiche Stunden verlebt.« Sie verkniff sich ein hinterhältiges Lächeln, als sie ihre Hand ins Wasser gleiten ließ. »Du *bist* müde, nicht wahr?« sagte sie stirnrunzelnd. »Ah... das gefällt mir schon viel besser!«

»Du duftest alles andere als angenehm, Sophia Alexejewna!« Seine Hände lagen um ihre Taille, und bevor sie seine Absicht erraten konnte, hatte er sie in die Wanne gezogen, so daß sie auf ihm lag. »Es wird keine Spielchen geben, bevor du nicht frisch und sauber bist.«

Sophie prustete und schnaubte und stemmte sich gegen seine Brust, während sie versuchte, sich aufzusetzen. »Sieh nur, was du getan hast! Mein Kleid ist vorne völlig durchnäßt.« Sie wrang ihren Rock in gespielter Mißbilligung aus.

»Es ist zumindest ein Anfang«, erklärte er und erhob sich, nackt und tropfend, aus der Wanne. »Tanja Feodorowna hat ein Bad für dich vorbereitet. In deinem eigenen Zimmer. Warum gehst du nicht und legst dich hinein?«

Sophie betrachtete ihn sinnend. »Soll ich dich abtrocknen?« Sie streckte ihre Hand nach dem Handtuch aus, doch Adam riß es ihr fort.

»Keine Spielchen!« Er rubbelte sich hastig trocken, während Sophie ihn mit spitzbübischem, begehrlichem Blick musterte und sich träge mit der Zungenspitze über die Lippen fuhr. Er schlüpfte in seinen Morgenrock und band den Gürtel fest zu, bevor er entschlossen auf sie zutrat.

Sophie wich einen Schritt zurück. »Adam... Adam, nein!« quietschte sie, als sie sich hochgehoben und höchst unzeremoniell über eine breite Schulter geworfen fühlte.

»Zeit zum Baden.« Adam marschierte mit seiner protestierenden, zappelnden Last zurück zu Sophies Schlafzimmer, wo eine streng dreinblickende Tanja wartete.

»Großer Gott, Herr Graf! Setzen Sie sie einfach hier ab.«

»Du Verräterin, Tanja!« schimpfte Sophie, als sie auf die Füße gestellt wurde.

Unten im Erdgeschoß lächelte Prinz Golitskow still vor sich hin, als das alte Haus unter Sophies lebhafter Stimme und fröhlichem Gelächter wieder zum Leben erwachte. In ihrem Lachen schwang ein ungewohnter Klang mit, aber er konnte nichts Falsches daran finden. Wenn eine Frau von Liebe erfüllt war, neigte ihr Lachen nun mal dazu, gehört zu werden. Mit dieser weisen Überlegung ging er hinunter in seinen Weinkeller, auf der Suche nach ein oder zwei besonders edlen Flaschen zur Feier des Tages.

Bei seiner Rückkehr in die Bibliothek fand er Graf Danilewski höchst elegant in einem dunkelgrünen Überrock und taubengrauen Reithosen vor, ein sorgfältig gebundenes, fein gestärktes Halstuch im Ausschnitt seines Rocks.

»Das ist aber eine Verwandlung, Graf«, bemerkte der Prinz und trat an die Anrichte, um Wodka einzuschenken.

»Ja, dank Annas Geschick«, erwiderte der Graf, das angebotene Glas nehmend. »Sie hat aus meinem Kleidersack diese Sachen hervorgezaubert.«

»Ich hoffe doch, Sophie wird eine ähnliche Verwandlung durchmachen.« Golitskow hob sein Glas und prostete ihm zu.

Adam grinste und hob ebenfalls sein Glas. »Ich habe sie in den kompetenten Händen von Tanja Feodorowna gelassen, die die übelsten Konsequenzen androhte, falls Sophia Alexejewna nicht aufhören würde, sich wie ein aufgeregtes Kind an seinem Namenstag aufzuführen.«

Der Prinz lächelte – leicht abwesend, wie Adam fand. Dann meinte er: »Erzählen Sie mir von diesem Dmitriew, Adam. Sophie kann nicht völlig objektiv sein, aus verständlichen Gründen.«

»Ich bin auch nicht sicher, ob ich in der Lage bin, ihn objektiv zu schildern«, erwiderte Adam ruhig. »Aber ich kenne ihn seit vielen Jahren. Ich werde Ihnen sagen, was ich weiß.«

Als er seine Beschreibung beendet hatte, schwieg Golitskow eine Weile. Er stocherte im Feuer herum, starrte in die tanzenden Flammen. »Wie wird er Ihrer Meinung nach auf die Tatsache reagieren, daß Sophie sicher hier angekommen ist?«

Adam runzelte die Stirn. »Dmitriew wird es nicht gefallen, daß seine Pläne schiefgelaufen sind. Es ist möglich, daß er Sophie als seine Ehefrau verstößt und sich damit zufriedengibt, sie hier in Ungnade zu lassen. Aber...«

Golitskow wartete geduldig.

»Aber er weiß, daß ein solches Vorgehen weit davon entfernt wäre, Sophie zu verletzen, ihr im Gegenteil die größte Freude bereiten würde«, fuhr Adam fort. »Aus dem Grund glaube ich nicht, daß er diesen Kurs einschlagen wird.«

»Sie darf nicht... oh, Sophie, da bist du ja, *ma chère*.« Beim Eintreten seiner Enkelin brach der Prinz rasch ab. »Kaum die Eleganz in Perfektion, aber eindeutig eine Verbesserung«, scherzte er, während er ihre weiße Bluse, den schlichten Rock und die Weste aus bernsteingelbem Cord musterte.

»Es waren so ziemlich die einzigen Sachen, die ich finden konnte«, meinte Sophie reumütig. »Ich habe nichts mitgebracht außer den beiden Kleidern, die Adam mir in Nowgorod gekauft hat, und die haben ihre besten Tage endgültig hinter sich.« Sie lachte. »Ich wäre dir wirklich dankbar, wenn du mit Adam abrechnen würdest, *Grandpère*. Er hat sämtliche Kosten der Reise bezahlt und wollte mir nicht erlauben, die Aquamarine zu verkaufen, um meine eigenen Ausgaben zu decken.«

»Ich werde eine solch unsinnige Bemerkung aufgrund deiner Übererregung entschuldigen«, sagte Adam brüsk. »Ich möchte nicht, daß die Angelegenheit noch einmal erwähnt wird.«

»Aber Adam, ich kann doch nicht zulassen, daß du...«

»Jetzt hör mir mal zu, Sophie Alexejewna! Während der letzten vier Wochen hast du gegen Briganten gekämpft, bist durch Schneestürme geritten und hast im übrigen immer genau das getan, was dir in den Sinn kam, egal, wie unverantwortlich oder überflüssig dein Tun war, und ich habe dir kaum Vorhaltungen deswegen gemacht. Ich weiß, du duldest keine andere Hand an deinen Zügeln, aber in diesem Fall wirst du ausnahmsweise mal deine Zunge im Zaum halten und *meine* Wünsche respektieren.«

Sophie schluckte und beschäftigte sich dann eifrig damit, ihre Schürze glattzustreichen. Adam hatte noch niemals in einem solchen Ton mit ihr gesprochen; es war jedoch völlig klar, daß er nicht nachgeben würde, selbst wenn sie auf der Klärung der Angelegenheit bestände. Und die daraus resultierende unerfreuliche Stimmung würde wohl kaum mit einer romantischen Idylle zu vereinbaren sein. »Ich werde mal eben in der Küche nachsehen, wie Anna mit dem Essen vorankommt«, sagte sie, klugerweise den Rückzug antretend.

»Ich gratuliere Ihnen, mein lieber Graf.« Golitskow lächelte trocken. »Ich will Sophies Irrtum nicht wiedergeben, aber ich möchte Ihnen meine aufrichtige Dankbarkeit ausdrücken.«

»Könnten wir das Thema jetzt beenden, Prinz?« In Adams Stimme schwang Ungeduld mit. »Falls ich irgend etwas getan habe, um Ihre Dankbarkeit zu verdienen, so bin ich durch Ihre Gastfreundschaft voll und ganz dafür entschädigt.«

Der alte Prinz verbeugte sich und kam dann auf die Unterhaltung zurück, die durch Sophies Erscheinen unterbrochen worden war. »Wie ich schon sagte, Sophie darf unter keinen Umständen zu ihrem Ehemann zurückkehren. Falls er eine solche Forderung stellt, werde ich sie aus Rußland fortschikken. Wir haben Verwandte in Frankreich. Dort wäre sie außerhalb seines Zuständigkeitsbereichs.«

»Lassen Sie uns beten, daß es nicht zu einem so drastischen Schritt kommen wird, Prinz.« Adam trat an die Verandatür, wo er düster in die Nacht hinausstarrte. Der Gedanke, daß er kein Recht hatte, ihr seinen eigenen Schutz anzubieten, fraß an seinem Inneren wie Säure. Und dennoch war es so. Er hatte keinerlei legale Rechte, was Sophie betraf. Er war nur der Liebhaber, ein Schmarotzer der Liebe, der hier auf Kosten seines Gastgebers lebte...

»Das Essen ist fertig!« Sophies heitere Stimme ertönte von der Tür her. »Es gibt Ente. Stell dir nur vor, Adam... Ente!«

Resolut verdrängte er die bedrückenden Gedanken und wandte sich wieder zu den anderen um. »Mein Gaumen ist in den letzten Wochen so mißhandelt worden, daß ich bezweifle, ob er noch die Fähigkeit besitzt, auf raffinierte Genüsse zu reagieren.«

»Annas Ente ist eine Delikatesse«, erwiderte Sophie ernst und hakte ihn unter, als sie ins Speisezimmer gingen. »Sie wird auch den am schlimmsten malträtierten Gaumen heilen.« Sie setzte sich auf ihren Platz und faltete ihre Serviette auseinander. »Leinen. Wirklich erstaunlich!« Ihre Augen funkelten ihn über den Tisch hinweg übermütig an. »Und nach dem Essen werden wir auf des Teufels Suppenschüssel Schlittschuh laufen.«

»Wir werden *was*?« Adam schnappte verblüfft nach Luft.

»Schlittschuh laufen«, meinte sie mit unschuldigem Augenaufschlag. »Du kannst doch sicher Schlittschuh laufen, nicht wahr?«

»Natürlich kann ich das.«

»Dann werde ich dir meinen Lieblingsplatz zeigen. Abends ist es dort am schönsten, und heute ist so eine herrlich sternenklare Nacht.«

»Nicht heute abend, Sophie«, erklärte Adam, während er ein Stückchen von seiner Ente abschnitt.

»Aber ich möchte...«

»Nicht heute, Sophie«, wiederholte er im gleichen ruhigen, bestimmten Ton.

Prinz Golitskows Schultern begannen zu zucken. In ihrer grenzenlosen Begeisterung und ruhelosen Energie hatte Sophie schon immer eine Leidenschaft dafür gehabt, ihre Schätze mit anderen zu teilen, bewies jedoch wenig Toleranz, wenn sich die Vermittlung dieser Freuden hinauszögerte.

»Aber gerade heute ist der Himmel so herrlich klar. Wer weiß, wann sich diese Gelegenheit wieder bietet.« Stirnrunzelnd trank sie einen Schluck Wein. »Ich habe gesagt, ich würde dir all die zauberhaften Orte in Berkholzskoje zeigen.«

»Und ich habe ebenfalls etwas über Zauber gesagt«, gab er ruhig zurück. »Erinnerst du dich nicht mehr?«

Und ob Sophie sich erinnerte! Die bezaubernde Röte, die Adam so liebte, kroch über ihre blassen, zarten Wangen. »Wenn du müde bist, dann sollten wir wohl heute abend lieber nicht Schlittschuh laufen«, murmelte sie verlegen.

»Reisen ist eine ziemlich erschöpfende Angelegenheit«, gestand Adam liebenswürdig, als er den Blick des alten Prinzen auffing. Golitskow hatte eindeutig großes Vergnügen an dem Wortwechsel.

Sophie schaute auf und bemerkte den Blick, den die beiden tauschten. Ihre Wangen färbten sich noch ein wenig dunkler, doch sie griff nur nach der großen Schüssel mit Kaviar, die in der Mitte des Tisches stand, und löffelte eine großzügige Portion davon auf ihren Teller. »Adam, möchtest du auch welchen? Es ist sehr guter Kaviar.« Sie reichte ihm die Schüssel.

Nach dem Essen hielten sie sich nicht mehr lange in der Bibliothek auf. Sophie, deren anfängliche Überschwenglichkeit ein paar Dämpfer bekommen hatte, erhob keine Einwände, als ihr Großvater verkündete, er wolle sich nun zur Ruhe begeben, und Adam ebenfalls aufstand und nach ihrer Hand griff, um sie auf die Füße zu ziehen. Seine Augen lächelten sie mit einer Mischung aus Belustigung und vorgetäuschter Mißbilligung an, als er einen Arm um ihre Taille legte und sie die Treppe hinauf in den Westflügel führte.

»Ich kann mir nicht helfen, Sophie Alexejewna, aber du solltest dir wirklich über deine Prioritäten klarwerden«, sagte er, nachdem sich die Tür zu dem großen Schlafzimmer, dessen Wände mit Fresken bemalt waren, hinter ihnen geschlossen hatte. »Schlittschuh laufen! Um Himmels willen! Wir haben ein Federbett in einem geheizten Zimmer, völlige Ungestörtheit, saubere Haut, brauchen morgen nicht beim ersten Hahnenschrei wieder aufzubrechen, und diese Frau will Schlittschuh laufen!« Er warf in einer verzweifelten Geste die Hände hoch.

»Es war nur so aufregend, endlich wieder zu Hause zu sein«, murmelte Sophie. »Und ich wünsche mir so sehr, daß du all die Dinge liebst, die ich liebe.« Ihre dunklen Augen hoben sich wie um Verzeihung bittend zu seinem Gesicht empor. »Aber ich sehe ja ein, daß ich vielleicht etwas voreilig gewesen bin.«

»Nur ein bißchen«, stimmte Adam zu und zog sie in seine Arme, vergrub sein Gesicht in dem vollen, schimmernden Haar, dem das sanfte Kerzenlicht kastanienbraune Glanzlichter verlieh. »Wie oft habe ich davon geträumt, das hier tun zu können«, flüsterte er. »Dein Duft hat mich beinahe zum Wahnsinn getrieben, diese zarte Mischung aus Frühlingsblumen und Lavendel.«

»Aber in letzter Zeit habe ich bestimmt nicht nach Frühlingsblumen geduftet«, korrigierte sie ihn lachend, als sie die Arme um seinen Hals schlang. »Küß mich.«

Stille breitete sich im Raum aus. Die Kerzen flackerten in einem Luftzug, der durchs Fenster drang. Das Feuer in dem blaugekachelten Porzellanofen prasselte und knisterte fröhlich. »Liebe mich«, flüsterte Sophie, als sie ihre Lippen für einen winzigen Augenblick von Adams Mund löste. »Liebe mich, Adam. Jetzt.«

Innerhalb einer Woche hatte Sophies Teint wieder die gesunde Farbe eines Lebens an der frischen Luft zurückgewonnen, und bald waren ihre Knochen wieder von ein wenig mehr Fleisch bedeckt dank Annas Kochkünsten und eines kräftigen Appetits, angeregt durch viel körperliche Bewegung. Sophie marschierte mit ihren langen, energischen Schritten durch das Haus, und es schien, als brächte sie etwas von der Frische der Steppe mit sich, als sie wieder die Haushaltsführung übernahm. Ihr Garten war zwar unter Schneemassen begraben, doch sie führte Adam trotzdem herum und erklärte ihm, was mit der ersten lauen Frühlingsbrise aus dem Boden sprießen würde.

Zu wieviel Begeisterung sie fähig ist! dachte er. Was immer ihr Interesse weckte, sie war stets mit ganzem Herzen bei der Sache, egal, ob es sich um die Schlichtung irgendeines Streits zwischen den Hausbediensteten handelte, einen kränklichen Leibeigenen auf dem Gut, die Auswahl der geeigneten Farbe für eines der Wohnzimmer, einen Wurf junger Hunde, das Schachbrett oder Kartenspiele.

Adam hatte zu seiner großen Belustigung entdeckt, daß Sophie beim Kartenspielen eine unverbesserliche Betrügerin war. Es war ein zu köstliches Paradox, daß sich dieses sonst so aufrichtige und freimütige Wesen zu gerissenen kleinen Tricks herablassen sollte, die Adam jedoch nicht eine Minute zu täuschen vermochten.

»Ich habe wieder gewonnen!« verkündete Sophie eines Abends nach dem Essen und legte ihre Karten auf den Tisch. »Siehst du, ich habe ein As.« Sie rieb sich triumphierend die Hände. »Du schuldest mir ein Vermögen, Adam.«

»Ich schulde dir überhaupt nichts«, erwiderte er. »Glaubst du wirklich, ich hätte nicht gesehen, wie du beim Mischen dieses As in deinen Schoß hast fallen lassen?«

»Das habe ich nicht getan!« protestierte sie, aber auf ihren Wangenknochen breitete sich eine verräterische Röte aus.

»Du lügst genauso schlecht, wie du betrügst«, erklärte Adam. »Deshalb werde ich auf Vergeltungsmaßnahmen verzichten, obwohl ich aus Gründen simpler Gerechtigkeit eigentlich einen Anspruch darauf hätte.«

»Ich werde niemals eine Falschspielerin abgeben«, seufzte sie reumütig. »Ich habe oft gedacht, wieviel Spaß es machen müßte, in den großen Glücksspielhäusern zu spielen und mit Tricks ein Vermögen zu gewinnen.«

»Du schamlose Kreatur!« Adam griff nach ihren Händen und zog sie um den Tisch herum auf seinen Schoß. »Was für eine verabscheuungswürdige Ambition.«

»Ja, nicht wahr?« Sie lachte auf ihn hinunter. »Aber jeder hat ein Anrecht auf seine Sünden.« Sie sprang mit einem Satz von seinem Knie. »Komm, laß uns auf des Teufels Suppenschüssel Schlittschuh laufen. Die Sterne sind heute abend so wundervoll.«

Adam betrachtete sehnsüchtig das knisternde Feuer, den rubinroten Wein in seinem Glas. »Es ist so kalt draußen, Sophie.«

»Aber du hast mir doch versprochen, du würdest eines Tages mitkommen!« Sie ergriff seine Hände und zog ungeduldig daran. »Ich schwöre dir, es wird die Kälte wert sein. Du hast bestimmt noch niemals etwas so Herrliches gesehen... etwas so Wundervolles getan. Ist es nicht so, *Grandpère*?«

Prinz Golitskow blickte von seinem Buch auf. »Ich fühle ja durchaus mit Ihnen, Adam, aber Sophie hat recht. Wenn Sie irgendeine Empfindung für die Steppe haben, dann muß der Teich Sie an einem solchen Abend einfach bezaubern.«

»Na gut, dann laß uns gehen.« Adam stand auf und reckte sich träge. »Ich weiß, wann ich besiegt bin, aber du bist und bleibst eine schamlose Tyrannin, Sophie Alexejewna.«

»Aber ich will dir doch nur ein besonderes Vergnügen bereiten«, erwiderte sie schlicht. »Manchmal braucht man einen kleinen Schubs, um den Weg des Vergnügens zu finden.« Ihre Lippen verzogen sich zu diesem leicht schiefen, spitzbübischen Lächeln, das so typisch für sie war, und Adam wurde ganz warm ums Herz, als seine Liebe zu ihr erneut heftig aufwallte.

»Ach, Sophie«, war alles, was er sagen konnte.

Draußen war die Luft so beißend kalt und trocken, daß es schien, als hätte man sie wie einen Kristall zerschmettern können. Adam und Sophie nahmen einen der offenen Schlitten, der von einem hochbeinigen, kraftvollen Wallach gezogen wurde. Sophie warf die Metallkufen, die sie unter ihren Schuhen befestigen würden, auf die Decke aus Luchspelz. Zwei Pistolen landeten gleich daneben.

»Wölfe«, meinte sie, als hätte Adam eine Erklärung benötigt. Dann kletterte sie behende in den Schlitten, legte sich und Adam den Pelz auf den Schoß und ergriff die Zügel.

Adam lehnte sich zurück, zufrieden, bei dieser Expedition Sophie das Kommando zu überlassen. Der nordische Himmel, so schwarz und weich wie Samt und fast greifbar nahe, bildete den Hintergrund für eine verschwenderische Fülle von Sternen, von denen jeder einzelne ein Wesen für sich war, klar umrissen und scharf, und ein mildes Licht über die schimmernde weiße Ebene ergoß, über die sie glitten. Die nächtlichen Geräusche der Steppe erfüllten die Luft, aber sie waren nun einmal wesenhaft für die Szene und ließen sich nicht in ihre Einzelbestandteile zerlegen.

Adam wandte den Kopf, um Sophie anzusehen, deren Profil sich klar gegen den Horizont abhob, wo Weiß auf Silber und Schwarz traf. Sie hatte den Ausdruck völliger Versunkenheit, der sich immer auf ihrem Gesicht spiegelte, wenn sie in ihrem eigenen Element war, sich eins mit ihrer Umgebung fühlte.

»Was siehst du?« fragte sie, ohne den Kopf zu drehen.

Offensichtlich war sie nicht ganz so versunken gewesen, wie er gedacht hatte. Adam lächelte. »Dich. In deiner Welt.«

»Ja, dies ist meine Welt«, erwiderte sie ruhig. »Ich glaube nicht, daß ich es ertragen könnte, noch einmal von hier fortzugehen.«

Und wenn du es mußt? Aber er sprach den Gedanken nicht aus; statt dessen lehnte er sich wieder zurück und kämpfte mit den Dämonen der Hoffnungslosigkeit und Hilflosigkeit. Fragte sich, wie er seine tiefe Liebe und sein Bedürfnis, Sophie zu schützen, mit dem Wissen vereinbaren sollte, daß er in allen entscheidenden Punkten keinerlei Rechte hatte. Er konnte Sophie nicht nach Mogilew mitnehmen. Seine Familiengüter standen jetzt unter russischer Oberhoheit, und eine erklärte Ehebrecherin konnte von ihrem Ehemann weggeholt werden, wobei dieser das Recht voll auf seiner Seite haben würde – in moralischer, religiöser und gesetzlicher Hinsicht.

Und Adam konnte nicht ins Exil mit Sophie gehen. Um das zu tun, würde er von der russischen Armee desertieren, seine Familie und seine Güter verlassen und sich aller Verantwortung und allen Pflichten entziehen müssen, mit denen er verwurzelt war, solange er zurückdenken konnte. Er würde ein anderer Mensch werden müssen, um so etwas zu tun, und dieser andere Adam – verdrießlich geworden durch Täuschung und Betrug – würde diese tapfere, mutige, aufrichtige Kosakenfrau an seiner Seite nicht mehr lieben können und auch nicht mehr von ihr geliebt werden.

»So, da sind wir.« Sophie zog die Zügel an. »Du hast traurigen Gedanken nachgehangen, aber hier mußt du sie vergessen.« Sie legte ihre behandschuhte Hand auf seine, und ihre Augen suchten die Wahrheit, als sie forschend sein Gesicht betrachteten. »Hier mußt du dich im Wunder verlieren, Adam, denn es liegt nicht in der Natur der Idylle, daß sie ewig dauert. Sie zerfällt, löst sich auf, wenn sie auf ihre Realität überprüft wird. Wir haben, was wir haben, und wir müssen uns für den Augenblick damit zufriedengeben.« Ihr Blick hielt seinen fest, bis sie Zustimmung in seinen Augen las, und er nickte und berührte ihre Lippen zärtlich mit der Fingerspitze.

Sophie kletterte aus dem Schlitten und band das Pferd an einem kahlen Dornbusch an. Adam nahm die Schlittschuhe, und Sophie ergriff seine Hand. »Komm. Mach die Augen zu.« Als er lachend gehorchte, führte sie ihn ein Stück über den Schnee und blieb dann stehen. »Jetzt darfst du sie wieder aufmachen.«

Adam öffnete die Augen. Er stand am Rande eines tiefen Bassins, dessen schneebedeckte Ufer steil von dem schimmernden Grund aus Eis emporstiegen. Nicht eine Spur, nicht ein Kratzer trübte die jungfräulich glatte Oberfläche. Es schien, als wären sie an einen Ort geraten, den noch niemals der Fuß eines Menschen betreten hatte. Einen Moment lang zögerte Adam, verblüfft über diese glitzernde, unberührte Schönheit, besorgt bei dem Gedanken, sie zu zerstören. Dann wußte er plötzlich, er war Teil dieses Wunders geworden. »Wie kommen wir hinunter?«

Sophie tätschelte seinen Po. »Ganz einfach.«

»Und wie kommen wir wieder herauf?«

»Nicht ganz so einfach. Komm.« Sie hockte sich an den Rand, wickelte sich ihre Röcke fest um die Beine, dann ließ sie sich quietschend und kichernd in einer Mischung aus Furcht und Erregung den Abhang hinuntergleiten.

Adam setzte sich ebenfalls, hob die Augen in einem schnellen Gebet zum Himmel und stieß sich ab, die Schlittschuhe auf seinem Schoß haltend. Der Schnee war so trocken, daß er kaum an seinen Kleidern haften blieb, während er hinter Sophie in die Tiefe rutschte, seinen Körper als Schlitten benutzend. Er hörte seinen eigenen unfreiwilligen Schrei glockenähnlich von den Ufern des Bassins widerhallen, als seine Geschwindigkeit zunahm, der Fahrtwind an seinen Ohren vorbeisauste und ihn in einen Zustand angstvollen Jubels versetzte. Der Abhang endete, aber sein Schwung trug Adam weit auf die Eisfläche hinaus, bis er zu einem sanften Halt irgendwo in der Mitte kam, neben Sophie, die immer noch auf dem Eis saß und sich ehrfürchtig und verwundert umblickte.

»Schau nach oben«, sagte sie sanft drängend, als er neben ihr anhielt.

Adam tat es. Sie schienen in einer Schüssel von Weiß eingeschlossen, mit einem Deckel aus samtig schwarzem Himmel und silbernem Sternenschein darauf. Nicht ein Laut war zu hören. Das Leben der Steppe nahm weit über ihnen seinen Fortgang, außerhalb ihrer Schüssel.

»Dieser Teich wird des Teufels Suppenschüssel genannt, aber ich glaube, dafür hat er zuviel vom Himmel an sich«, sagte Sophie. »Vielleicht soll der Name Luzifer an die Zeit erinnern, bevor er ein gefallener Engel wurde.« Sie nahm ihre Schlittschuhkufen aus Adams Schoß. »Ich habe dir ja gesagt, es ist die reinste Magie.«

»Oder ist es ein Geschenk Gottes?« Er befestigte die Kufen an seinen Stiefeln.

Sophie zuckte gleichmütig mit den Schultern. »Die russische Kirche birgt genug Mysterien, um beide Deutungen zuzulassen.« Sie stand auf und nahm einen tiefen Atemzug von der reinen, scharfen Luft, die wie ein Messer durch ihre Lungen schnitt. Dann stieß sie sich mit einer scheinbar leichten, kaum merklichen Bewegung ab und glitt von ihm fort. Aber wieviel Kraft tatsächlich hinter ihrer Bewegung steckte, wurde deutlich, als Adam sie auf einem Fuß weit über die Eisfläche bis ans andere Ufer des Teiches gleiten sah. Er schaute zu, fasziniert und bezaubert, während Sophie in einem langgezogenen, weichen Bogen herumschwenkte, auf der Außenkante des Schlittschuhs balancierend, und dann ihr Gewicht auf die Innenkante verlagerte und ein kunstvolles Muster auf die saubere Eisfläche zeichnete. Sie winkte ihn zu sich her, und er glitt in der Lautlosigkeit der Nacht auf sie zu.

»Versuch doch mal, ob du deine Initialen mit meinen verbinden kannst«, sagte sie mit gedämpfter Stimme, als wollte sie den Frieden nicht stören.

Adam blickte auf das *S* und das *A*, die in das Eis graviert waren, und runzelte konzentriert die Stirn. Schließlich nickte er, als ihm aufging, wie die Sache zu bewerkstelligen war. Der Schriftzug entstand unter seinen flüsternden Schlittschuhkufen, bis er anhielt und sein Werk mit schiefgelegtem Kopf prüfend betrachtete.

Sophie hakte ihn lächelnd unter. »Siehst du? Jetzt haben wir ein Wappen.«

»Bis der Schnee schmilzt«, fügte Adam hinzu.

# 13. Kapitel

»Ich habe die Absicht, Prinzessin Dmitriewna einzuladen, uns bei unserem Staatsbesuch zur Krim zu begleiten, Grischa.« Bei diesen Worten beendete die Zarin die Zeile, die sie gerade niederschrieb. Sie blickte voller Zuneigung zu ihrem brüllenden, einäugigen Löwen auf. »Du hast so viele Mühen auf dich genommen, um sicherzustellen, daß diese Reise ein voller Erfolg wird und allen Vergnügen bereitet. Ich denke, es ist an der Zeit, daß die Prinzessin sich ein wenig amüsiert. Ich werde sie zur Hofdame ernennen.«

»Eine Stellung, bei der sie sich mehr in deiner Gesellschaft aufhalten wird als in der ihres Ehemannes«, stellte Prinz Potemkin von seinem Platz auf dem Sofa aus fest, wo er ein Gericht aus Salzfisch verzehrte.

»Falls nach dem Besuch bei ihrem Großvater immer noch eine gewisse Entfremdung zwischen ihnen herrschen sollte, dann wird ihnen die Reise eine Atempause verschaffen, um den Bruch wieder zu kitten«, sagte Katharina heiter. »Ich bin der Meinung, es war klug von dem General, sie nach Berkholzskoje zu schicken nach dem kleinen... nun ja, Mißverständnis. Aber die Trennung kann natürlich nicht immer weiter andauern. Es würde den Eindruck erwecken, Dmitriew hätte seine Frau verstoßen.«

Potemkin betrachtete seine Kaiserin nachdenklich. »Bist du sicher, daß er es nicht getan hat?«

»Aber warum, um alles in der Welt, sollte er so etwas tun? Sophia Alexejewna hat sich nichts weiter zuschulden kommen lassen als eine leichte, ganz natürliche Bestürzung über gewisse... gewisse Aspekte des ehelichen Zusammenlebens.«

Potemkin zuckte mit den Achseln und setzte seinen großen, schweren Körper träge in Bewegung. Er stand auf. »Wofür du ihren Ehemann zur Rechenschaft gezogen hast.«

»Hättest du mir davon abgeraten, Grischa?« Katharina sah überrascht aus.

»Hätte man mich um Rat gefragt, Madame... ja«, erwiderte der Prinz mit dem heftigen Aufblitzen von Ärger in seinem schwarzen Auge, das die Zarin nur zu gut kannte. Potemkin war nicht nur ihr vertrauenswürdigster und bester Freund, er war auch ihr Ratgeber in allen Angelegenheiten, einschließlich der Frage, wer zum Favoriten der kaiserlichen Schlafgemächer ausgewählt werden sollte. Seit Potemkin zum ersten Mal mit der Zarin das Bett geteilt hatte, hatte Rußland zwei Herrscher, und obwohl das Feuer fleischlicher Liebe schon vor Jahren zwischen ihnen erloschen war, herrschte Potemkin – wenn auch nur inoffiziell – weiterhin an ihrer Seite, und er konnte äußerst ungehalten werden, wenn er das Gefühl hatte, seine Meinung würde nicht genügend respektiert.

»Ich habe die Sache nicht für so wichtig gehalten, um dich damit zu belästigen«, sagte die Kaiserin beschwichtigend, obwohl sie fand, daß sich dieser überragende Politiker manchmal wie ein Zehnjähriger benehmen konnte. Es war ein Gedanke, der ihr des öfteren kam, aber wenn man es mit einem Genie zu tun hatte, und speziell mit einem temperamentvollen slawischen Genie, dann blieb einem wohl nichts anderes übrig, als sich mit kleinen Eigentümlichkeiten abzufinden.

»Ich bin mit General Dmitriew vertrauter als Sie, Madame«, erwiderte Potemkin mit beleidigter Würde.

»Ich hätte dich um Rat fragen sollen.« Katharina lächelte gewinnend. »Sei nicht böse mit mir, Grischa. Sag mir lieber, ob du mit meinem Plan, Sophia Alexejewna zur Krim mitzunehmen, einverstanden bist.«

Potemkin, dessen Stimmung mit gewohnter Plötzlichkeit erneut umgeschlagen war, lächelte. »Ja, zufällig denke ich, es ist eine gute Idee. Eine so bildende Reise in enger Gesellschaft solcher Würdenträger wie dem Prinzen de Ligne und dem Comte de Ségur kann nur einen günstigen Einfluß haben. Sophia Alexejewna ist eine ungewöhnliche und intelligente junge Frau. Wenn ihr Ehemann sie nicht zu schätzen weiß, gibt es keinen Grund, warum es nicht andere tun sollten.«

»Du selbst, zum Beispiel?« fragte die Kaiserin mit spitzbübischem Funkeln.

Potemkins Lachen hatte etwas sinnlich Verschmitztes. »Ich gebe zu, daß meine Gedanken in diese Richtung geschweift sind. Durchaus möglich, daß ein intelligenter und erfahrener Liebhaber ihre Erziehung vervollständigen wird.«

»Es scheint, als paßte ihr Ehemann nicht in diese Kategorie«, meinte die Zarin nachdenklich. »Dennoch ist Dmitriew kein Dummkopf, und man sollte annehmen, daß er genug Erfahrung in solchen Dingen hat, um eine Jungfrau mit ein wenig Sanftmut und Rücksichtnahme zu behandeln.«

»Paul Dmitriew besitzt nicht für einen Rubel Sanftmut und Rücksichtnahme, Madame«, erklärte Potemkin ihr mit nüchternem Lächeln. »Aber in dieser Hinsicht unterscheidet er sich nicht von der Mehrheit der Ehemänner. Sanftmut und Rücksicht – dafür sind Liebhaber zuständig.«

Katharinas Blick ruhte einen Moment weich auf der Tür zu den Räumen des Favoriten, und sie lächelte. »Wie recht du hast, Grischa.« Dann wurde sie wieder geschäftsmäßig. »Gut, ich werde diese Angelegenheit ins Rollen bringen, indem ich General Dmitriew von meinen Absichten informiere. Wenn wir Kiew erreichen, werde ich einen Boten nach Berkholzskoje schicken und die Prinzessin auffordern, sich uns anzuschließen. Du willst immer noch gleich morgen früh abreisen?«

Potemkin verbeugte sich tief. »Wenn ich sicherstellen soll, daß meine Kaiserin bei einem so glanzvollen Unterfangen nichts als Perfektion erwartet, dann muß ich noch in dieser Stunde aufbrechen.«

General Prinz Paul Dmitriew hörte seiner Kaiserin schweigend zu, als diese ihm von ihrer schmeichelhaften Absicht berichtete, seine Ehefrau zur Hofdame für den Staatsbesuch zur Krim zu ernennen.

»Ihr erweist meinem Namen große Ehre, Eurer Majestät«, sagte er mit seinem kärglichen Lächeln. »Prinzessin Dmitriewna wird außer sich vor Freude sein.«

»Ich habe gehört, Sie werden Prinz Potemkin begleiten«, erwiderte die Zarin. »Es wird Ihnen Gelegenheit geben, das gute Verhältnis zu Ihrer Frau wiederherzustellen.« Sie lächelte versöhnlich. »Ich bin überzeugt, in heiterer Ferienatmosphäre werden sich Ihre Differenzen in Wohlgefallen auflösen, mein lieber Prinz.«

»Ich wage zu behaupten, daß dies bereits geschehen ist«, erwiderte Dmitriew glatt. »Noch bevor Sophia Alexejewna zu ihrem Großvater gefahren ist.«

»Oh, aber das ist ja hervorragend.« Das zahnlose Lächeln der Kaiserin wurde noch breiter. »Wie klug von Ihnen, ihr diese Reise zu gestatten. Ich weiß, wie sehr Prinzessin Dmitriewna daran gelegen war, ihren Großvater zu besuchen. Wenn wir Kiew erreichen, wo wir den Rest des Winters abwarten müssen, bevor wir weiter zur Krim reisen, werde ich nach Sophia schicken lassen. Ich freue mich schon darauf, sie wiederzusehen.« Sie entließ den Prinzen mit einem gnädigen Kopfnicken, und dieser verbeugte sich vor seiner Herrscherin und eilte aus dem Raum.

Nur daß Sophie Alexejewna nicht in Berkholzskoje sein wird, um die kaiserliche Aufforderung zu erhalten! dachte Prinz Dmitriew triumphierend. Sie mußte inzwischen ein von der Kälte steifgefrorener Leichnam irgendwo unter der unendlichen Decke von Schnee sein, die das Land verhüllte. Dem Boten der Kaiserin würde man mitteilen, daß Prinzessin Dmitriewna niemals in Berkholzskoje angekommen sei. Da man sie dort natürlich nicht erwartet hatte, würde die Nachricht von ihrem Verschwinden auch nicht an ihren Ehemann weitergeleitet worden sein, der den Winter in St. Petersburg verbracht hatte – in der sicheren Annahme, seine Frau sei heil und gesund im Heim ihrer Kindheit.

Es ist alles höchst befriedigend, überlegte Dmitriew. Er würde den kummervollen Witwer spielen und sich dann nach einer neuen Ehefrau umsehen. Zumindest fühlte er sich jetzt befriedigt in seiner Wut und seinem Haß auf die Golitskows. Seine Rache hatte ihm Genugtuung und inneren Frieden verschafft und zusätzlich natürlich das riesige Erbe. Die Golitskows und alle ihre Besitztümer würden unter dem Namen Dmitriew zusammengefaßt werden, die Familie mit dem Tod des alten Prinzen aufhören zu existieren. Doch, es war alles höchst erfreulich und befriedigend.

Als die Kaiserin und ihr Gefolge zu diesem ersten Abschnitt ihrer Reise aufbrachen, geschah es in einem Stil, der Sophie erstaunt hätte angesichts der erbärmlichen Umstände ihrer eigenen Reise entlang derselben Route. Die Schlitten ähnelten kleinen Häusern auf Kufen, ausgestattet mit gepolsterten Sitzen, Teppichen, Sofas und Tischen. Sechshundert Pferde standen an jeder Haltestation zum Auswechseln bereit. Wenn der Zug nachmittags Rast einlegte, stellten Diener Samoware im Schnee auf und eilten mit Kuchen und Tee zwischen den Schlitten hin und her. Prinz Potemkin, stets der überaus geschickte und umsichtige Planer, hatte überall Feuer in der gesichtslosen weißen Landschaft anzünden lassen, um die Fahrtroute zu markieren. Poststationen waren für diese Reisegesellschaft nicht angemessen. Die nächtliche Unterbringung erfolgte in Häusern, die speziell für diesen Zweck möbliert und vorbereitet worden waren von den Dienern, die der kaiserlichen Gesellschaft zu jedem Rastplatz vorauseilten.

Dennoch dauerte es vier Wochen, um die Entfernung von St. Petersburg nach Kiew zurückzulegen, und Anfang Februar fuhren die Kaiserin und ihr Gefolge in die Stadt ein, um dort abzuwarten, bis das Eis auf dem Dnjepr geschmolzen war.

Die Liebenden in Berkholzskoje, die nichts davon wußten, daß ihre Vermutungen über winterliche Reisen unrichtig waren, lebten weiterhin in ihrer idyllischen Isolation. Sie gingen in der frostklaren Morgendämmerung auf Entenjagd, unternahmen Schlittenfahrten durch die Steppe, liefen Schlittschuh und rodelten und tobten wie kleine Kinder im Schnee. Abends lasen sie laut vor dem prasselnden Kaminfeuer, spielten Karten, wobei Sophie ihre dreisten Betrügereien ungeniert fortsetzte, und Schach und Backgammon, wo sie nicht betrügen konnte.

Der alte Prinz Golitskow beobachtete, wie seine Enkelin in ihrer Liebe und ihrem Glück aufblühte, und das Herz tat ihm weh bei dem Gedanken an den Verlust, den sie unweigerlich erleiden würde. Er bemerkte aber auch Adams Qual, die Schatten, die zuweilen seine Miene verdunkelten, wenn Sophie gerade nicht hinschaute, und der alte Prinz erriet den Grund für diesen heimlichen Kummer. Adam Danilewski war ein ehrenwerter Mann, und er liebte die Ehefrau eines anderen Mannes. Nicht in der Lage zu sein, seine Liebe offen zu erklären, aller Möglichkeiten beraubt zu sein, vor den Augen der Welt seinen Platz an der Seite der geliebten Frau einzunehmen, sie zu beschützen und zu behüten, würde einen solchen Mann auf Dauer zerstören. Wenn die Sicherheit und Abgeschiedenheit dieses Märchenlands der Glückseligkeit erst einmal durchbrochen war, würde sich Adam mit diesen Beschränkungen auseinandersetzen und die einzig mögliche Entscheidung treffen müssen. Er würde zu seinem Regiment zurückkehren, und Sophie... Sophies Schicksal würde vom nächsten Schritt ihres Ehemannes abhängen.

Der Traum wurde an einem verschneiten Nachmittag Mitte Februar zerstört. Adam streckte seine langen Beine den knisternden Flammen im Kamin entgegen und gähnte. »Es ist seltsam, aber ich habe ein ruhiges, friedliches Wesen bei Frauen immer als besonders anziehend empfunden«, stellte er wehleidig fest. »Warum ich mich jetzt ausgerechnet zum Sklaven des unruhigsten Geschöpfs auf der ganzen Welt gemacht habe, weiß ich beim besten Willen nicht.«

Sophie, die im Zimmer auf und ab gewandert war, hielt inne. »Ich bin nicht unruhig«, protestierte sie. »Es ist nur so, daß wir den ganzen Tag nicht draußen gewesen sind.« Sie kam zu ihm und setzte sich auf seinen Schoß. »Komm, laß uns einen Spaziergang machen«, schlug sie eifrig vor.

»Draußen tobt ein Schneesturm, Sophie. Oder hast du das nicht bemerkt?« Er lehnte sich in seinem Sessel zurück, während er sie leicht um die Hüften gefaßt hielt und zu ihr auflachte. »Wenn du Lust hast, könnten wir ins Schlafzimmer hinaufgehen und uns dort etwas Bewegung verschaffen.«

»Es ist kein Schneesturm! Nur ein paar Flocken.«

Adam wandte sich zum Fenster um. Eine weiße, wirbelnde Masse war alles, was sichtbar war. »Ein paar Schneeflocken«, meinte er amüsiert. »Ja, natürlich. Wie dumm von mir.«

»Hör auf, mach dich nicht über mich lustig. Wir können uns warm anziehen.«

»Ich habe dir gerade eine interessante Alternative angeboten.«

»Wenn du zuerst auf einen Spaziergang mitkommst!«

»Es gibt einige Dinge, da lasse ich nicht mit mir handeln, Sophia Alexejewna«, erwiderte er plötzlich schockierend brüsk und unversöhnlich. »Du wirst dich niemals als eine Art Bestechung oder Belohnung hingeben!«

Sophie blickte ihn entsetzt an. »Das habe ich nicht damit gemeint.«

»So hat es sich aber angehört.« Seine Stimme klang hart, seine Miene war verschlossen, seine Knie verlagerten sich unter ihrem Gewicht in unmißverständlicher Zurückweisung.

Sophie erhob sich von seinem Schoß, so verwirrt, als hätte er sie geschlagen. »Dann gehe ich eben allein.«

Die Tür schloß sich leise hinter ihr. Ein Holzscheit rutschte in die Flammen. Im Geist hörte Adam wieder Evas vorwurfsvolle Stimme, dann den Unterton von Resignation, als er sie überredete, mit ihm ins Bett zu gehen, danach den unangenehmen, scharfen Beiklang, als sie – nachdem sie ihre eheliche Pflicht erfüllt hatte – einen Gefallen als Gegenleistung von ihm forderte. Bei jedem Streit hatte Eva ihren Körper als Handelsware benutzt, um Adam Zugeständnisse abzuringen. Aber *einem* Mann hatte sie ihren Körper kostenlos überlassen... oder hatte sie sogar damals etwas damit gekauft?

Erneut stieg ein gallebitteres Gefühl von Desillusion und Betrug in seinem Inneren auf, das noch zerstörerischer wirkte durch die Reue, die ihm zu schaffen machte. Er hatte zugelassen, daß Sophie von der Vergangenheit berührt wurde – eine Frau, so völlig anders als Eva, daß sie verschiedenen Spezies hätten angehören können. Und er hatte sie mit seiner Verbitterung besudelt! Adam sprang auf, um Sophie nachzugehen, aber als er in die Eingangshalle kam, schloß Gregory gerade die Haustür.

»Ist Sophia Alexejewna ausgegangen, Gregory?«

»Ja, Herr«, erwiderte der Wächter stoisch. »Aber bei dem Wetter wird sie nicht lange draußen bleiben.«

Adam war nicht so überzeugt wie Gregory, kehrte jedoch in die Bibliothek zurück, weil er sich sagte, daß Sophie längst im Sturm verschwunden sein und eine Verfolgung sinnlos machen würde, bis er sich dem Wetter entsprechend angezogen hätte. Sophie, den Kopf tief gesenkt, kämpfte gegen den Schnee an, der ihr ins Gesicht blies, sie blendete, auf ihren Wimpern zu Eisklümpchen gefror. Es dauerte nur wenige Minuten, bis sie begriff, daß ihr Impuls kindisch gewesen war, und dennoch ging sie weiter, versuchte, ihren Schmerz und ihre Verwirrung im Kampf gegen die Elemente zu vergessen.

Adam hatte sie schon ein- oder zweimal zuvor brüsk zurechtgewiesen, als sie irgendeine leichtfertige Bemerkung gemacht hatte, aber gewöhnlich hatte es mit Dmitriew zu tun, und sie konnte Adams Ärger verstehen, auch wenn seine Zurechtweisung sie verletzte. Doch was gerade in der Bibliothek geschehen war, ließ sich nicht auf ihren Ehemann abwälzen. Es schien irgendwie Teil der Finsternis zu sein, die sie in Adams Seele spürte, wenn dunkle Schatten über sein Gesicht glitten und er glaubte, sie hätte es nicht bemerkt.

Zartgefühl und Takt hatten sie davon abgehalten, ihn mit Fragen zu bedrängen. Wenn er diese Gedanken mit ihr teilen wollte, hätte er sich ihr anvertraut. Das war es, was man schließlich tat. Jeder hatte seine Geheimnisse – gute wie schlechte. Bei einer Gelegenheit damals in St. Petersburg hatte er zugegeben, daß ihn schlimme Erinnerungen plagten, hatte aber gleich darauf erklärt, sie gehörten zu einer Vergangenheit, die jetzt unerheblich war. Sophie wollte nicht neugierig herumschnüffeln, das lag nicht in ihrer Natur. Und dennoch – vorhin in der Bibliothek war sie in gewisser Weise für das schmerzliche Mißverständnis verantwortlich gewesen. Es war doch nur ein Mißverständnis gewesen, oder?

Sophie entschied, daß dieser Spaziergang undurchführbar war, und machte auf dem Absatz kehrt, um den Weg zurückzugehen. Die wirbelnden Schneeflocken blieben schnell auf ihrem Rücken haften, und die Gewalt des Sturms riß sie beinahe von den Füßen. Ein Reiter, tief über den Hals seines Pferdes gebeugt, tauchte plötzlich aus der blendend hellen Wand von Schnee auf, als Sophie sich dem Haus näherte. Als er die Haustür erreichte, fiel er fast von seinem Pferd. Sophie bahnte sich einen Weg zu ihm. »Was führt Sie nach Berkholzskoje?«

»Eine Nachricht von Ihrer Kaiserlichen Majestät an Prinzessin Dmitriewna«, brachte er mühsam hervor. Der Sturm trug die Worte davon, doch nicht bevor Sophie sie gehört hatte. Eine eisige Starre erfaßte ihren Körper.

»Ich bin Prinzessin Dmitriewna«, sagte sie. »Sie können mir Ihre Nachricht geben und Ihr Pferd in den Stall bringen. Die Diener werden sich um das Tier kümmern und Sie in die Küche führen.«

Die Miene des Mannes drückte Erleichterung aus bei dieser knappen Anweisung, die Erlösung von dem beißend kalten Sturm, ein warmes Herdfeuer, Wodka und einen vollen Magen versprach. Seine Hand tauchte in den Lederbeutel an seiner Taille und zog einen Brief heraus. »Hier, bitte, Prinzessin.« Er überreichte ihr das Schreiben mit einer Verbeugung, während die Schneeflocken um sie herumwirbelten.

»Nun beeilen Sie sich«, drängte Sophie. »Die Ställe sind hinter dem Haus. Jemand muß sich dringend um Ihr Pferd kümmern.«

Ihre Hoheit schien unangemessen große Besorgnis für sein Pferd zu zeigen, wie der Bote fand, während er seinen Rappen eilig zur Rückseite des Anwesens führte.

Sophie ging um das Haus herum zu einer kleinen Seitentür, die nicht verschlossen war. Sie schlüpfte hinein. Der Brief in ihrer Hand schien eine schreckliche Bedrohung auszustrahlen. Das kaiserliche Siegel drückte gegen ihre Handfläche. Warum schickte die Kaiserin mitten in einem Schneesturm einen Boten zu ihr?

Wahrscheinlich hatte Paul über ihr Verschwinden Rechenschaft ablegen müssen, was erklären würde, warum Katharina annahm, Sophie sei in Berkholzskoje. Aber warum? Sophie drehte den Brief in ihrer Hand hin und her, als könnte sie den Inhalt erraten, so wie sie es mit dem anderen getan hatte, damals, vor einer Ewigkeit, wie es ihr jetzt vorkam. Jene kaiserliche Aufforderung hatte ihr Kummer und Elend eingebracht. Warum sollte der Inhalt dieses Schreibens irgend etwas anderes bringen?

»Sophie!« Adams Stimme unterbrach ihre Vermutungen abrupt. »O nein, sieh dich nur an! Du bist wirklich ein schrecklich unvernünftiges Geschöpf, Liebste.«

Sophie merkte erst jetzt, daß sie in der Halle stand, während Schnee auf ihrem Haar und ihren Wimpern schmolz, in einem eiskalten Bach über ihre Wangen herablief, von ihrem Pelzmantel sickerte und sich in einer Pfütze um ihre Füße sammelte. »Ich werde gleich hinaufgehen«, sagte sie dumpf. »Meine Kleider wechseln.«

»Sophie.« Er nahm ihre Hände und drückte sie heftig. »Meine Liebste, es tut mir leid, was passiert ist. Ich hatte kein Recht, dich so grob anzufahren.«

Alle Gedanken an diesen erschreckenden Wortwechsel waren in den letzten Minuten aus ihrem Gedächtnis verschwunden, und sie blickte ihn verständnislos an.

Adam konnte sich keinen Grund für einen solchen Ausdruck denken, außer, daß er sie sogar noch tiefer verletzt hatte, als er glaubte. Schuldgefühle und Reue durchströmten ihn. Er würde ihr alles erklären müssen, jene beschämenden, zerstörerischen Erinnerungen einem anderen Menschen anvertrauen müssen. Vielleicht war es sowieso an der Zeit. »Bitte schau mich nicht so an, Liebste. Ich will versuchen, dir zu erklären, wie ...«

»Die Kaiserin hat eine Nachricht geschickt«, sagte sie, als hätte sie ihn nicht gehört.

»Was?« Adam blickte auf die Hände hinunter, die er in seinen hielt, und sah, daß Sophie etwas umfaßt hielt. Die gleiche eisige Starre überfiel ihn. »Was steht in dem Schreiben?«

»Das weiß ich noch nicht. Ich habe es noch nicht geöffnet. Ich bin zufällig dem Boten begegnet, als er hier ankam. Ich habe ihn sofort zu den Ställen geschickt. Es schien am besten so, meinst du nicht auch? Sein Pferd war halb erfroren.« Ihre Stimme klang abgehackt, wie aus weiter Ferne, ihre Augen wirkten immer noch blicklos, als sähe sie ihn gar nicht.

»Ja«, meinte er ruhig. »Das war sehr umsichtig von dir. Jetzt laß uns hinaufgehen und dir die nassen Sachen ausziehen. Wir werden den Brief öffnen, wenn du warm und trokken bist.« Immer noch ihre Hand haltend, führte er sie zur Treppe.

Sophie, deren Gedanken durch eine Landschaft des Schreckens und der Gewißheit eines drohenden Verlusts wanderten, ließ sich bei einer mißbilligend den Kopf schüttelnden Tanja abliefern. Doch deren Geschimpfe verhallte ungehört, als sie ihrer Herrin die nassen Kleider abstreifte, sie mit einem Handtuch abrubbelte und ihr in trockene Sachen half, während Adam besorgt zuschaute.

Er saß auf der langen, niedrigen Fensterbank, hielt den immer noch ungeöffneten Brief in der Hand. Auch seine düsteren Vorahnungen verdichteten sich allmählich zur Gewißheit. Es war unvermeidlich gewesen, es hatte einfach so kommen müssen. Er hatte sich dagegen gewappnet geglaubt, aber vorherige Kenntnis bot keinen Schutzschild, kein Bollwerk gegen den Schmerz.

»Öffne ihn, Adam.« Sophie sprach mit normaler Stimme, ihre Augen waren aus dem traurigen innerlichen Land zurückgekehrt, das sie in ihren Gedanken erblickt hatte. Sie wandte sich von ihrem Spiegel ab, wo Tanja ihr das Haar geflochten hatte. »Ich bin jetzt vorbereitet.«

Adam gehorchte schweigend.

Als er den Brief gelesen hatte, erklärte er ihr in ausdruckslosem Ton: »Es soll anscheinend ein Staatsbesuch auf der Krim stattfinden. Ihre Kaiserliche Majestät hat dich zur Hofdame ernannt und fordert dich auf, nach Kiew zu kommen, um dich dort dem kaiserlichen Gefolge anzuschließen.«

Sophie starrte stirnrunzelnd auf ihre Fingernägel. »Und mein Mann?«

»Die Kaiserin schreibt, daß er dich schon voll gespannter Ungeduld erwartet.«

Sophie stieß einen tiefen Seufzer aus. »Was für ein überzeugender Schauspieler er sein muß. Hoffentlich gelingt es ihm auch, seine Überraschung zu verbergen, wenn ich plötzlich dort auftauche.«

Adam sprang abrupt auf und blickte sie entsetzt an. »Du wirst *nicht* zu ihm zurückgehen, Sophie!«

Sie ignorierte die Bemerkung für den Augenblick. »Was ist mit dir, Adam?«

Er seufzte schwer. »Ich muß so schnell wie möglich nach Mogilew. Es ist anzunehmen, daß meine eigenen Befehle dort hingeschickt werden, und ich muß an Ort und Stelle sein, um sie entgegenzunehmen.«

»Wir sollten uns lieber auf die Suche nach *Grandpère* machen und ihm dies alles erzählen.« Sophie ging zur Tür, ruhig und gesammelt, ihre Haltung so aufrecht, ihr Schritt so energisch wie immer. Sie wußte, was sie tun würde; tatsächlich hatte sich die Entscheidung praktisch von selbst ergeben. Wenn sie richtig darüber nachdachte, dann war diese Entscheidung schon lange gefällt worden; es war nur so gewesen, daß sie das Idyll ihrer Liebe nicht mit Gedanken an sein unweigerliches Ende hatte beschmutzen wollen.

Adam folgte Sophie in die Bibliothek, wo sie Golitskow ohne weitere Erklärung das kaiserliche Schreiben aushändigte. »Adam muß unverzüglich in seine Heimat zurückkehren«, sagte sie, nachdem der Prinz den Brief gelesen hatte. »Es ist anzunehmen, daß er ebenfalls aufgefordert wird, sich dieser Reise anzuschließen, wenn mein Mann in offizieller Funktion dabeisein soll.«

»Du mußt nach Frankreich fliehen«, erwiderte der Prinz und klopfte mit dem Brief gegen seine Handfläche. »Die Kaiserin wird verärgert sein, aber dagegen läßt sich nichts machen…«

Sophie fiel ihm ins Wort. »Ich werde nicht davonlaufen. Ich fahre nach Kiew, um mich dem Gefolge der Zarin anzuschließen.«

»Das wirst du nicht tun!« riefen Adam und der Prinz im gleichen Atemzug und mit der gleichen Leidenschaftlichkeit.

Sophie blickte vom einen zum anderen und sprach mit ruhiger Entschlossenheit. »Paul kann mir keinen Schaden mehr zufügen. Ich bin über seine Macht, mich zu verletzen, hinausgewachsen. Außerdem werde ich zum Gefolge der Zarin gehören. Paul kann mich unter derartigen Umständen nicht gefangenhalten, und ich werde dafür sorgen, daß ich nichts und niemanden um mich habe, denen er Leiden zufügen könnte, um mir dadurch Schmerz und Leiden zuzufügen. Ich wage sogar zu behaupten, daß ich ihn kaum zu Gesicht bekommen werde, außer bei den Förmlichkeiten.«

»Wenn du glaubst, er könnte dich nicht verletzen, dann kennst du ihn nicht so gut, wie du solltest«, warf Adam ein.

»Er wird Wege finden. Vielleicht nicht auf dieser Reise, aber was ist mit später, wenn die Kaiserin kein Auge mehr auf dich haben wird?«

Sophie zuckte mit den Achseln. »Später werden sich die Dinge schon irgendwie finden.« Sie ergriff seine Hände. »Liebster, hör mir zu. Ich kann es nicht ertragen, von dir getrennt zu sein. Lieber würde ich tot sein. Ich will meinen Ehemann erdulden, damit ich dich manchmal sehen kann, ab und zu mit dir reden, deinen Blick auf mir fühlen kann, von deinem Lächeln gewärmt werde...«

»Sophie, hör auf! Ich kann das nicht aushalten!« rief Adam. »Du kannst doch nicht ernsthaft glauben, ich würde es ertragen, dich aus der Ferne zu beobachten und zu wissen, daß dich dieser barbarische Mann Nacht für Nacht besitzt, zu wissen, daß er dich verletzt und demütigt... während ich tatenlos zuschauen muß, dich nicht berühren kann, dich nicht schützen kann...«

»Aber ein bißchen ist immer noch besser als gar nichts«, unterbrach sie ihn leidenschaftlich. »Ich kann nicht mit dem Nichts leben, mit dem Wissen, dich niemals wiederzusehen. Ich kann es nicht!«

»Du würdest mich also lieber ohne Ehre haben, für die Augenblicke leben, in denen es mir vielleicht gelingt, mit der Ehefrau eines anderen Mannes einen Blick zu tauschen? Heimlichkeiten, verstohlenes Herumschleichen, immer auf der Hut sein, immer auf der Suche nach einer Gelegenheit für ein Wort, einen Kuß, eine Umarmung in dunklen Ecken, entwürdigendes Herumgewälze zwischen schmutzigen Laken?« rief er, und seine Stimme klang hart und erbittert. »Nein, Sophie, diese Rolle werde ich nicht spielen.« Er wandte sich von ihr ab, hörte im Geist wieder Evas Lachen, als sie den wütenden betrogenen Ehemann verspottete.

»So würde es niemals zwischen uns sein«, flüsterte Sophie,

vor dem Bild zurückschreckend, das Adam gemalt hatte, und vor der Vorstellung, daß er ihre Liebe mit solch brutalen Worten beschreiben konnte.

»Es ist *immer* so.«

»Aber... aber so war es nicht zwischen uns. Bitte... du weißt, daß es nicht so war.« Erschüttert und bis ins Innerste getroffen, machte sie einen Schritt auf ihn zu, streckte die Hände nach ihm aus. »Sag, daß es nicht so gewesen ist, Adam.«

»Siehst du nicht den Unterschied zwischen dem, was wir hier gehabt haben, in unserer eigenen Welt, und dem, was bei Hof passieren wird, unter den intriganten, anzüglichen, lüsternen Augen der Klatschmäuler?« Sein grauer Blick war so kalt wie das Meer, so hart wie Granitklippen. »Es gibt keine Zukunft für uns, Sophie. Gott weiß, wie verzweifelt ich mir wünsche, es gäbe eine; aber ich kann meinen Pflichten und Verantwortlichkeiten hier nicht den Rücken kehren, noch nicht einmal um der Liebe willen. Wenn du nach Frankreich gehst, kann ich ich es vielleicht ermöglichen, dich irgendwann zu besuchen.«

Irgendwann... dieses Jahr, nächstes Jahr, irgendwann, niemals. Sophie schüttelte den Kopf. »Wenn ich Rußland ohne Erlaubnis der Zarin verlasse, wird es keine Hoffnung mehr für uns geben«, sagte sie. »Ich könnte nicht mehr zurückkehren, selbst wenn irgend etwas passieren würde, was meinen Ehemann aus dem Weg räumte. Ich werde mich nicht von dir trennen. Tu, was du für richtig hältst, Adam, aber ich werde der Aufforderung der Zarin gehorchen. *Grandpère*...« Erst als sie sich zu ihrem Großvater umdrehte, merkte sie, daß er hinausgegangen war, sie einer Unterredung überlassen hatte, die keinen Eindringling duldete.

»Du würdest mich Folterqualen aussetzen«, erklärte Adam leise.

»Ich werde uns beide Folterqualen aussetzen, aber im Schmerz ist man sich wenigstens seines Lebens bewußt«, erwiderte sie. »Die Alternative ist die Abgestumpftheit, die Gefühllosigkeit eines lebendigen Todes.« Die dunklen Augen blickten ihn eindringlich und beschwörend an. »Ich habe den Mut zu leben, Adam. Ich werde ohne dich als Liebhaber leben müssen, aber ich werde nicht ohne deine Liebe und deine Nähe leben müssen.«

»Ich weiß nicht, ob du den Mut des Helden oder den des Märtyrers meinst, Sophie«, sagte er langsam. »Aber ich bin überzeugt, das werden wir in unserem Schmerz herausfinden. Und jetzt muß ich meine Vorbereitungen treffen.«

Er ließ Sophie allein in der Bibliothek zurück, wo Prinz Golitskow sie wenige Minuten später vorfand. »Du bist zu diesem Vorhaben fest entschlossen, Sophie?«

»Es ist die einzige Wahl, die auch nur ein Fünkchen Hoffnung birgt«, erwiderte sie.

»Und Dmitriew?«

Sie zuckte mit den Schultern. »Ich bin gegen ihn gewappnet, *Grandpère*. Und ich werde den Schutz der Zarin haben.«

»Für den Augenblick«, stimmte er düster zu. »Aber dein Ehemann ist dein Herr, Sophie. Er kann dich benutzen, wie es ihm gefällt, und das Auge der Zarin wird nicht immer auf dir ruhen.«

»Ich werde das Risiko eingehen.«

»Nun gut.« Der alte Prinz beugte sich dem Unausweichlichen. Sophia Alexejewna war eine erwachsene Frau, hatte das Recht, ihre eigenen lebensbestimmenden Entscheidungen zu treffen. Er konnte eine Andeutung von Trost aus dem Wissen ziehen, daß ihre Klugheit sie nur sehr selten im Stich ließ.

Aber an diesem Abend, als Sophie allein in ihrem Schlafzimmer im Westflügel lag, den letzten Anblick von Adam, der in den Schnee hinausgaloppierte, in ihr Gedächtnis eingebrannt, fühlte sie sich weder erwachsen noch klug und umsichtig. Befangenheit hatte zwischen ihnen geherrscht, ihr Abschied war abrupt gewesen. Sie wußte, Adam war wütend über ihren Starrsinn, ebenso wie er Angst um ihre Sicherheit hatte, aber hinter diesen Emotionen lag unterschwellig etwas anderes, eine Finsternis, die ihn dazu gebracht hatte, ihre Liebe mit diesem schrecklichen Makel zu beflecken, derartig bittere Worte zu benutzen. Es war dieselbe Finsternis, die ihn dazu gebracht hatte, sie an jenem Nachmittag so barsch zurechtzuweisen, als sie auf einem Spaziergang vor ihrem Liebesspiel bestanden hatte.

Und es war keine Zeit mehr geblieben... oder hatten sie nicht mehr das Verlangen gefühlt?... um sich ein allerletztes Mal zu lieben. Sophie vergrub ihr Gesicht in den Kissen und weinte Tränen des Verlusts und der Verwirrung, während sie mit einem ungerechten Schicksal haderte.

Eine Woche später kam Sophie in Kiew an. Die Stadt war gedrängt voll mit Delegierten, die aus aller Herren Länder hereinströmten, und Beauftragten aus allen Teilen des riesigen russischen Reiches, die erschienen waren, um ihrer Kaiserin ihre Achtung zu erweisen. Trotz ihrer Traurigkeit konnte Sophie nicht den Blick vom Fenster des Schlittens abwenden, der sie durch die Straßen zog.

Es gab Kosaken und die Reiter der Steppen, Kirgisen und Kalmücken; bärtige Händler Schulter an Schulter mit Adeligen; Offiziere, prächtig anzusehen in allen Arten von Regimentsuniformen, paradierten neben Tataren und indischen Würdenträgern.

Der Schlitten fuhr vor dem Palast vor, in dem Katharina und ihr Gefolge wohnten. Lakaien eilten herbei, um der eindeutig hochrangigen Persönlichkeit beim Aussteigen aus dem eleganten, bequemen Gefährt behilflich zu sein. Sophie betrat den Palast, nannte einem Haushofmeister ihren Namen und wurde ohne weitere Fragen zur Grand Mistress geführt.

Gräfin Shuwalowa lächelte der Prinzessin liebenswürdig zu. »Wir haben jeden Tag mit Ihrer Ankunft gerechnet, Prinzessin Dmitriewna, seit der Bote aus Berkholzskoje zurückgekehrt ist. Ihre Räume befinden sich in diesem Palast«, sagte sie. »Als Hofdame werden Sie während der Reise unter demselben Dach wie Ihre Kaiserliche Majestät untergebracht sein.«

Sophie knickste zur Bestätigung. »Und mein Mann?« wollte sie wissen, als wäre es die normalste Frage der Welt.

»Aber natürlich, Sie haben ihn ja eine ganze Weile nicht gesehen«, erwiderte die Gräfin. »Er wird seine eigenen Pflichten an Prinz Potemkins Seite haben, aber ich bin sicher, wann immer er Gelegenheit findet, Sie zu besuchen, wird er es tun.« Sie betrachtete die junge Frau gewitzt, konnte jedoch nichts Unglückliches an ihrem Ausdruck feststellen. Die Gräfin, die eine enge Vertraute der Kaiserin war, wußte von Katharinas wohlmeinendem Plan, Ehemann und Ehefrau in der entspannten, heiteren Atmosphäre dieser zauberhaften Reise wieder zusammenzubringen.

»Ich werde Ihnen gleich Ihre Räume zeigen lassen«, fuhr sie ruhig fort. »Sie wollen sicher die Kleider wechseln, bevor Sie sich Ihrer Kaiserlichen Majestät präsentieren.« Sie zog an der Klingelschnur neben dem Kamin. »General Prinz Dmitriew hat Ihre Habe von St. Petersburg mitgebracht. Und Sie werden sicher auch Ihre Zofe finden wollen.«

Die getreue Maria, dachte Sophie sarkastisch. Nun, diese Dienerin würde einige beträchtliche Veränderungen an ihrer Herrin feststellen. Paul mußte die ausgeklügelte Farce weiter aufrechterhalten haben, während er die ganze Zeit davon überzeugt war, daß die Kleider und Juwelen, die er so dienstbeflissen von der Hauptstadt hertransportierte, seine verhaßte Ehefrau niemals mehr schmücken würden. Wie würde er wohl auf den lebendigen, atmenden Beweis seines Versagens reagieren?

Sophie folgte dem Lakaien durch eine Reihe von Korridoren und eine Treppe hinauf in einen großen Vorraum. Er öffnete eine geschnitzte Eichentür. Der Raum dahinter war mit Samt und Wandbehängen ausgeschlagen, der Boden mit einem dicken Teppich belegt und mit einem großen Himmelbett, einem seidenbezogenen Diwan, einem Frisiertisch mit Marmorplatte und einem riesigen Kleiderschrank möbliert. In einer Ecke des Zimmers stand die obligatorische Ikone, davor brannte eine Kerze.

Hofdamen sind anscheinend recht gut untergebracht, dachte Sophie, während sie sich mit einem Kopfnicken bei dem Lakaien bedankte. Die vertraute Zofe knickste, aber der Geste fehlte die frühere Dreistigkeit, als wäre Maria auf diesem fremden Territorium sich ihrer Stellung oder der ihrer Herrin nicht recht sicher.

»Guten Tag, Maria.« Sophies Begrüßung war kalt und distanziert. »Leg das cremefarbene Samtkleid heraus.« Sie warf ihren Muff auf den Diwan, zog sich die zobelbesetzte Kapuze ihres Umhangs vom Kopf und trat ans Fenster. Direkt unterhalb floß der Dnjepr vorbei, nur daß man in seinem augenblicklichen, zu Eis erstarrten Zustand nicht von »fließen« sprechen konnte.

Der Fluß wurde jedoch als Durchfahrtsstraße von Schlittschuhläufern und Schlitten benutzt, und die belebte Szene hatte den gleichen volksfestähnlichen Charakter, der Sophie auch schon auf den Straßen aufgefallen war.

»Es scheint, meine teure Frau, als müßte ich dir gratulieren, daß du wohlbehalten zu Hause angekommen bist. Ich heiße dich willkommen.«

Sophie beherrschte ihren Impuls, vom Fenster herumzuwirbeln. Statt dessen drehte sie sich betont langsam um und streifte gelassen ihre Handschuhe ab, als ihr Ehemann behutsam die Tür hinter sich schloß. »Ja sicher, danke, Paul. Ich bin überglücklich, hier zu sein.«

# 14. Kapitel

Ihr Lachen verspottete ihn. Jede ihrer Kopfbewegungen deutete Trotz an. Jedes Aufblitzen dieses leicht schiefen, spitzbübischen Lächelns, jede fließende Bewegung lud zu Flirt ein, und die heitere, hauptsächlich auf ihr Vergnügen bedachte Hofgesellschaft in Kiew ging nur zu gern auf Sophies Aufforderung ein. Manchmal konnte Paul Dmitriew kaum noch an sich halten vor Wut, und er mußte den Raum verlassen, um seine Fassung wiederzuerlangen.

Die Frau, die aus Berkholzskoje zurückgekehrt war, war im Wesen die Frau, die er in den Tod zu schicken versucht hatte, aber jetzt strahlte sie eine Sicherheit aus, eine unerschütterliche Zuversicht, die sie vorher nicht gehabt hatte. Sie nahm jetzt ihren Platz bei Hofe so selbstverständlich ein, als wäre sie dazu erzogen worden, und sowohl ausländische Diplomaten als auch Höflinge zollten ihr höchst schmeichelhafte Aufmerksamkeit. Die Zarin betrachtete Sophie mit stolzen, wohlwollenden Augen und gratulierte dem Ehemann zu der überaus erfreulichen Art und Weise, in der seine Frau aufgeblüht war. Und Paul Dmitriew, alles andere als erfreut, lächelte höflich und murmelte etwas von seiner eigenen Zufriedenheit, während in seinem Inneren brodelnder Zorn hochstieg.

Er beobachtete Sophie jetzt quer durch Prinz de Lignes überfüllten Salon. Der Gesandte des preußischen Königs Friedrich Wilhelm des Zweiten war einer von Katharinas Lieblingsbotschaftern und eines der beliebtesten Mitglieder des ausgewählten Kreises um die Kaiserin. Prinz de Ligne fand Prinzessin Dmitriewna überaus bezaubernd. Er machte kein Geheimnis aus seiner Bewunderung, und die Prinzessin reagierte entsprechend und wurde voll und ganz dem Ruf gerecht, den er ihr zuschrieb: intelligent, temperamentvoll, von ungewöhnlicher Schönheit mit diesem schelmischen Lächeln und den klaren, feingemeißelten Zügen, den großen, dunklen Augen in einem ovalen Gesicht, das Frische und Gesundheit ausstrahlte.

Die blasse, gehorsame Gefangene war verschwunden; Sophie gab sich keinerlei Anschein der Unterwerfung, auch dann nicht, wenn sie allein mit ihrem Ehemann war. Unter der Kontrolle des Hofes war sie wirksam aus dem Zuständigkeitsbereich ihres Mannes entfernt, und er konnte keine der subtilen Maßnahmen ergreifen, mit denen er ihre Unterwerfung in der Vergangenheit erzwungen hatte. Sophie ritt aus, unternahm Schlittenfahrten, ging zu Bällen und Kartenparties. Es gab Augenblicke, da verkrampften sich seine Finger um seinen Stock, und in seinem Kopf formten sich Bilder einer brutaleren Form von Herrschaft, aber Sophie konnte nicht mit Spuren von Brutalität in ihrem Gesicht oder auf ihrem Körper in der Öffentlichkeit erscheinen. Paul Dmitriew blieb nichts anderes übrig, als zähneknirschend seine Zeit abzuwarten, bis das Leben wieder in gewohnten Bahnen verlief und er seine Frau wieder sicher unter dem ehelichen Dach hatte.

Sophie blickte sich im Raum um und begegnete dem kalten, blaßblauen Starren, sah den Ausdruck des Abscheus in seinen Augen, und trotz der Unerschütterlichkeit ihrer gegenwärtigen Position lief ihr ein Prickeln der Furcht den Rücken hinunter und ließ ihre Kopfhaut sich unangenehm zusammenziehen. Warum haßte er sie so? Er schien regelrecht von ihr abgestoßen zu sein. In jener ersten Nacht nach ihrer Ankunft in Kiew war er in ihr Bett gekommen, und sie hatte wie ein

Stein unter ihm gelegen, ungerührt, weil sie jetzt den Zauber des Liebesspiels kannte und diese verabscheuungswürdige, lächerliche Farce es nicht wert war, darunter zu leiden. Aber Dmitriew hatte diesmal versagt, und er hatte Sophie mit einem wüsten Fluch verlassen, hatte sie beschimpft, sie sei es nicht wert, seine oder irgendeines anderen Mannes Ehefrau zu sein – kalt und unfruchtbar, sei sie eine Schande für ihr Geschlecht. Sie hatte nichts erwidert, und ihr Schweigen hatte ihn nur noch mehr in Rage gebracht, aber seitdem hatte er sie kein einziges Mal mehr mit der Kälte seiner rachsüchtigen Wollust berührt.

»Ich habe gehört, Graf Danilewski ist in Kiew angekommen.« Die helle Stimme, begleitet von einem entzückten Kichern, gehörte einer jungen Matrone, die mit einer anderen jungen Ehefrau in dem Kreis hinter Sophie den neuesten Klatsch austauschte.

Sophie trat scheinbar absichtslos einen Schritt zurück, so daß sie halb in ihrem eigenen Kreis stand, halb in dem hinter ihr. Eine lächelnde, schmeichelhafte Bemerkung an die hübsche kleine Gräfin Lomonsowa gerichtet, und sie war Teil der anderen Gruppe.

»Ich finde ihn so einschüchternd, Sie nicht auch?« schnatterte Natalia Saltjkowa, die junge Matrone. »Er lächelt und findet immer genau die richtigen Worte, aber man hat das Gefühl, als schaue er glatt durch einen hindurch.« Sie wandte sich lachend an Sophie. »Was meinen Sie, Prinzessin?«

»Wozu?« Sophie lächelte verbindlich.

»Nun, zu dem Grafen natürlich. Er ist der Adjutant Ihres Mannes. Sie müssen ihn doch häufig sehen.«

»Nicht direkt«, erwiderte Sophie betont gleichmütig. »Mein Mann erledigt seine Regimentsangelegenheiten im allgemeinen in der Kaserne.«

»Oh.« Natalia wandte ihre Aufmerksamkeit wieder lohnenderen Gesprächspartnerinnen zu und senkte vertraulich die Stimme. »Es heißt, er macht sich nichts mehr aus Frauen. Seit dieser schrecklichen Sache mit seiner Ehefrau.«

Ehefrau! Sophie fühlte, wie alle Farbe aus ihrem Gesicht wich, obwohl sie den erschreckten Ausruf hinunterschluckte, der auf ihren Lippen lag. Sie nahm ein Glas Champagner von einem Tablett, das ein Lakai vorbeitrug. »Ich wußte gar nicht, daß er verheiratet ist.« Klang ihre Stimme nicht plötzlich schrill?

»Oh, jetzt ist er es nicht mehr.« Natalia, dankbar für dieses offensichtliche Interesse einer Zuhörerin, die vorher anscheinend gleichgültig gegenüber so saftigem Klatsch gewesen war, erteilte freudig und nur zu bereitwillig Auskunft: »Ich glaube, sie ist vor einem knappen Jahr gestorben. Einige Leute sagen, es hätte dem Grafen das Herz gebrochen, andere wiederum sagen...« Sie beugte den Kopf vertraulich zu den anderen in dem kleinen Kreis vor, und die übrigen Köpfe folgten – wie eine Schar von Hennen, die im Staub picken. Die Worte raschelten gedämpft in dem kleinen Zwischenraum, den ihre Köpfe bildeten. »Einige behaupten, sie hätte zu der Zeit ein Kind erwartet, und es könnte nicht das ihres Ehemannes gewesen sein.« Sie richtete sich triumphierend lächelnd wieder auf, suchte in den Gesichtern ihrer Zuhörerinnen nach dem Beweis, daß ihre Geschichte gehörigen Eindruck gemacht hatte.

»Und wie ist sie gestorben?« Die Frage kam von Gräfin Lomonsowa und ersparte Sophie die Notwendigkeit, sich danach zu erkundigen.

Natalia machte ein geheimnisvolles Gesicht. »Es war ein Reitunfall, glaube ich, aber ganz genau weiß es keiner. Es passierte in Moskau.«

Mit einem Lächeln und einer gemurmelten Entschuldigung wandte Sophie sich von der Gruppe ab. Wie hatte Adam ihr etwas so Entscheidendes, so Wichtiges in seiner Vergangenheit verschweigen können? Warum hatte sie ihn nie gefragt? Weil es ihr in ihrer Naivität nicht in den Sinn gekommen war, in seiner Vergangenheit zu bohren. Die Gegenwart war so fesselnd gewesen, daß alles andere unwichtig war.

Sie wußte, er hatte Erfahrung mit Frauen, aber das war nur anzunehmen. Natürlich hatte er Mätressen gehabt. Aber eine Ehefrau... Heirat, Flitterwochen, ein gemeinsamer Name, eine tiefe Bindung... Kinder. Ob Adam Kinder hatte? Ob die Mutter und die Schwestern auf dem Familiengut in Mogilew, von denen er ihr erzählt hatte, vielleicht seine Kinder aufzogen? Und was war mit dem Kind, das seine Frau den Gerüchten nach unter dem Herzen getragen hatte?

Das Gefüge der Welt, das Sophie sich selbst geschaffen hatte, fiel auseinander, zerbröckelte wie ein Skelett, das plötzlich der Luft ausgesetzt wird, nachdem es Jahrhunderte in seinem Grab versiegelt gewesen war. Es war nicht außergewöhnlich, daß sie vorher nie etwas von dem Gerücht gehört hatte. In St. Petersburg hatte sie keine Gelegenheit für Klatschkongresse mit ihresgleichen gehabt, dafür hatte die Isolationspolitik ihres Ehemannes gesorgt. Aber wie hatte Adam in all den Wochen, die sie auf engste und intimste Weise miteinander verbracht hatten, nie etwas von dieser Tatsache erwähnen können? Er muß es absichtlich verschwiegen haben, dachte Sophie, während sie blind durch den Salon eilte, ein starres Lächeln aufgesetzt, nichtssagende Worte der Begrüßung auf den Lippen.

»Sophia Alexejewna! Ich habe noch gar keine Gelegenheit gehabt, Sie bei meiner... unserer Parade willkommen zu heißen.« Prinz Potemkin, prächtig anzusehen in seiner Marschallsuniform, mit Spitzen und Diamanten geschmückt, die Haare gepudert und zu Locken gelegt wie die eines Edelmannes am Hof von Versailles, trat Sophie in den Weg.

Sophie verdrängte ihre Benommenheit und zwang sich, ihre Aufmerksamkeit wieder auf ihre Umgebung zu konzentrieren. In Gesellschaft des Prinzen durfte man nicht abgelenkt und unkonzentriert wirken. Sie machte einen Hofknicks. »Danke, Prinz. Ich habe seit meiner Ankunft in Kiew Ausschau nach Ihnen gehalten, aber dann erfuhr ich, daß Sie sich ins Kloster von Petchersky zurückgezogen haben.«

»Richtig, meine liebe Prinzessin, das habe ich«, erwiderte Potemkin lächelnd. »Es gibt Zeiten, da finde ich all das hier«, er wies mit einer vielsagenden Geste auf die prächtig gekleidete, zeremonielle Hofgesellschaft, »ein wenig zu süßlich für meinen Geschmack und fühle das Bedürfnis, mich bei einfacher Kost und Einsamkeit wieder zu regenerieren.« Er ließ seinen Blick bewundernd an Sophie herabwandern. Ihr dunkles Haar war nicht gepudert, ringelte sich in weichen, duftigen Locken bis auf ihre Schultern herab. Ihr Kleid war aus rosenfarbenem Taft, mit Spitzen besetzt, der Rock mit Zuchtperlen bestickt. Die Diamanten an ihrem Hals gehörten mit zu den schönsten, die der Prinz jemals gesehen hatte. Katharina hat die Verwandlung nicht übertrieben, dachte er. Sein eines Auge funkelte verführerisch. Ein strahlendes Lächeln breitete sich auf seinem gebräunten Gesicht aus. »Ich hoffe doch, Sie amüsieren sich.«

»O ja, das tue ich«, erwiderte Sophie. »Ich muß sagen, ich bin überwältigt, wieviel Planung und Organisation diese Großartigkeit und Pracht gekostet haben muß. Es ist das Werk eines Genies.«

Potemkins Lächeln wurde noch breiter. »Ich bin nicht unempfindlich gegen Schmeichelei, meine liebe Sophia«, meinte er. »Ich merke, Sie haben das bereits herausgefunden.«

»Es war keine Schmeichelei«, erwiderte sie mit einem erneuten Hofknicks. »Ich habe nur eine Tatsache festgestellt, Prinz.«

Er blickte sie eindringlich an, und nur ein unerfahrenes Kind hätte die Botschaft mißverstanden, die sein Blick übermittelte. Prinz Potemkin ist Pauls Vorgesetzter, überlegte Sophie. Potemkin zum Freund zu haben, wäre von unschätzbarem Wert, wenn der Zirkus hier erst einmal vorbei war und das Leben wieder in geregelten Bahnen verlief. Aber wie sollte sie sich seine Freundschaft sichern, wenn sie gleichzeitig diese unmißverständliche Einladung in sein Bett zurückwies?

Sie war sich nicht bewußt, daß der Prinz diese unverhohlenen Spekulationen nur zu leicht von ihren glänzenden dunklen Augen ablesen konnte, doch er war nicht im geringsten gekränkt, sondern amüsierte sich offenbar köstlich darüber. »Erweisen Sie mir die Ehre, mich morgen in meiner bescheidenen Klosterzelle zu besuchen?« Er verbeugte sich und hob ihre Hand an seine Lippen. »Ich werde Ihnen den Plan der Reiseroute zeigen, die wir nehmen werden, sobald der Fluß wieder beschiffbar ist.«

»Das würde mich wirklich sehr interessieren. Um welche Zeit empfangen Sie?«

Er grinste und seufzte dann in gespielter Resignation. »Wie gewitzt Sie sind, Prinzessin. Ich würde es ja weitaus mehr vorziehen, Sie allein zu empfangen, aber wenn Sie unbedingt mit den Horden kommen müssen, dann steht meine Zellentür zwischen elf und zwölf Uhr vormittags für Sie offen.«

Sophie lächelte nur. »Entschuldigen Sie mich, Prinz. Ihre Majestät scheint aufzubrechen.«

»Dann bis morgen.« Er schaute ihr nach, wie sie sich einen Weg durch die Menge bahnte, um sich dem Gefolge der Kaiserin anzuschließen. Wieviel Energie und Dynamik sie ausstrahlt, überlegte er. Es war offensichtlich, daß sie Schwierigkeiten hatte, ihren Schritt den Beschränkungen des Reifrocks und hochhackiger Schuhe anzupassen. Mit einer solch dynamischen Person das Bett in leidenschaftlichem Liebesspiel zu teilen, müßte eine wahre Freude sein. Er hätte darauf wetten können, daß ihrem Ehemann diese Dynamik vorenthalten blieb, aber irgend jemand hatte sie genossen. Davon war Potemkin überzeugt. Sophia Alexejewna strahlte die Sinnlichkeit der erwachten Frau aus, eine Eigenschaft, die ihr vor ihrer Abreise nach Berkholzskoje auffällig gefehlt hatte.

Sophie verbrachte eine elende Nacht, gepeinigt von Zweifeln und Bedenken. Ihr Glaube an Adam, das absolute Vertrauen in seine Aufrichtigkeit und die Aufrichtigkeit ihrer Liebe war gebrochen – etwas, von dem sie geglaubt hatte, daß es niemals passieren könnte. Sie mußte ihn mit ihrem Wissen konfrontieren. Es war unmöglich, es zu vergessen oder sich einzureden, sie könnte es vergessen, und dennoch fürchtete sie sich vor dem, was sie hören würde. Konnte es überhaupt eine annehmbare, nicht verletzende Erklärung für sein Schweigen geben? Und in diese Angst mischte sich Erregung bei dem Gedanken, daß Adam in Kiew war, jetzt gerade in dieser Stadt in tiefem Schlaf lag. Es war unvermeidbar, daß sie sich am nächsten oder übernächsten Tag trafen. Sie würden sich als kühle, indifferente Bekannte begegnen, doch allein schon im selben Raum mit ihm zu sein, mußte eine Freude sein.

Die Zarin hatte wissend gelächelt, als ihre junge Hofdame um Urlaub gebeten hatte, um an Prinz Potemkins Empfang teilnehmen zu können. »Ich hoffe, Sie werden ihn nicht in mißmutiger Stimmung vorfinden, meine Liebe«, hatte sie gesagt. »Es ist oft der Fall, daß der Prinz nach einem Abend voller Vergnügungen deprimiert wird, und diejenigen, die er am Abend noch angelächelt hat, erhalten am Morgen dann nur noch ein Stirnrunzeln von ihm.«

»Ich werde das Risiko eingehen, Madame«, hatte Sophie im gleichen leichten Ton geantwortet.

Die Atmosphäre im Kloster war so völlig anders als die, die in den Palästen und Salons von Kiew herrschte, daß Sophie das Gefühl hatte, auf einem anderen Planeten zu sein.

Sie wurde von einem Mönch in schlichter Kutte durch stille steinerne Korridore begleitet und dann in eine gewöhnliche Klosterzelle geführt. Sie war gedrängt voll mit Menschen, Offizieren und Würdenträgern in Hofkleidung, die alle gekommen waren, um dem Feldmarschall ihren Respekt zu erweisen. Aber niemand sprach. Tatsächlich kam es Sophie sogar vor, als läge nicht nur Unbehagen in der Luft, sondern auch eine Spur von Furcht, während diese illustren Persönlichkeiten versuchten, die stille, meditative Atmosphäre dieses heiligen Ortes mit der robusten Frivolität des Hofes in Einklang zu bringen. Der Mann, der die gesamte Reise und den Hof in Kiew organisiert hatte, der am Abend zuvor diamantglitzernd und in großer Gala erschienen war, lag jetzt auf einem Diwan ausgestreckt. Er war unrasiert und ungekämmt, seine Beine nackt unter einem halb offenen Umhang, unter dem er eindeutig noch nicht einmal ein Hemd trug.

Einer der Offiziere, der neben dem Diwan stand, war Oberst Graf Danilewski. Das außergewöhnliche Tableau verschwamm plötzlich vor Sophies Augen zu einem nebelhaften Bild, sie sah nur noch die eine Gestalt, scharf umrissen in ihrer eigenen dreidimensionalen Realität. Sophie trat in die Zelle.

»Ah, Prinzessin Dmitriewna, ich habe kaum zu wagen gehofft, daß Sie sich an Ihr Versprechen erinnern würden.« Prinz Potemkin streckte ihr eine Hand hin, ohne sich von seinem Diwan zu erheben. Sophie ergriff die Hand und lächelte zur Begrüßung. Ihr gesamter Körper schien zu vibrieren, als wäre jene schweigende Gegenwart eine Stimmgabel, die auf dem Instrument ihres Körpers spielte.

»Ich halte immer meine Versprechen, Prinz.« Ihre Stimme klang rauh, schockierend in der Stille um sie herum.

Der Prinz blickte sich suchend in der Zelle um. »Sie kennen Graf Danilewski natürlich. Hat er Sie nicht damals von Berkholzskoje nach St. Petersburg begleitet?«

»Ja, das ist richtig.« Sophie blickte zu Adam auf. »Wie nett, Sie wiederzusehen, Graf.«

Der Graf verbeugte sich, aber die Anstrengung, die es ihn kostete, sich zurückzuhalten, zeigte sich in seinen grauen Augen, in den scharfen Linien um seinen schönen, sinnlichen Mund.

»Übrigens, ich habe den Oberst von Ihrem Ehemann abgezogen«, erklärte Potemkin müßig. »Er gehört jetzt zu meinem persönlichen Mitarbeiterstab.«

»Ein großer Verlust für meinen Mann, davon bin ich überzeugt«, murmelte Sophie, während sie sich ohne jede Hoffnung fragte, wie lange das hier so weitergehen konnte. Wie lange konnte sie noch hier stehen und diese dummen Höflichkeitsfloskeln von sich geben in dieser von gekünstelter Stille erfüllten Mönchszelle unter dem brennenden Blick dieser grauen Augen? Adam hatte recht gehabt. Es erforderte übermenschliche Kraft, diese perverse Situation zu ertragen. Jeder Muskel schmerzte sie in der Qual, sich von ihm zurückhalten zu müssen, und sie wußte, er empfand das gleiche.

»Sie haben versprochen, mir die Route zu zeigen, die wir zur Krim nehmen werden«, erinnerte sie den Prinzen, in dem verzweifelten Bemühen, eine Ablenkung zu schaffen, irgend etwas geschehen zu lassen.

»Ach ja, richtig.« Potemkin gähnte ausführlich. »Ich hoffe doch, der Oberst wird sie Ihnen zeigen. Die Pläne liegen auf dem Tisch dort.« Er wies auf einen einfachen Tisch direkt an der Wand und unterhalb des hohen Schlitzes von einem Fenster.

Ein allgemeiner Seufzer der Erleichterung ging durch die Zelle bei der Aussicht auf eine Unterbrechung des bedrükkenden, verlegenen Schweigens. Alle wandten sich zu dem Tisch um, wo Adam mit ausdrucksloser Miene Landkarten und Pläne auseinanderrollte. Sie hörten zu, äußerten leise Bemerkungen, murmelten bewundernd bei der Großartigkeit des Plans, der vor ihnen ausgebreitet lag, während der Graf mit ruhiger Stimme erklärte.

Sophie stand so weit von Adam entfernt, wie es in der kleinen Zelle möglich war. Sie hörte nichts von dem, was er sagte, ließ sich statt dessen einfach nur vom Klang seiner geliebten Stimme einhüllen, die sie belebte und ihr neue Kraft verlieh. Wie konnte sie es anstellen, allein mit ihm zu sein? Oder würde er sich eine Möglichkeit einfallen lassen? *Heimlichkeiten, verstohlenes Herumschleichen, immer auf der Hut sein, immer auf der Suche nach einer Gelegenheit für ein Wort, einen Kuß, eine Umarmung in dunklen Ecken, entwürdigendes Herumgewälze zwischen schmutzigen Laken.* Wieder schrillte das schreckliche Wortbild in ihren Ohren.

»Ich muß zur Kaiserin zurück«, sagte sie, ohne sich darum zu kümmern, daß sie gerade einen Vortrag darüber unterbrochen hatte, wie die südlichen Abschnitte des Dnjepr für den Schiffsverkehr verbreitert worden waren, indem man Felsen und hinderliche Sandbänke in die Luft gesprengt hatte. »Es ist alles sehr interessant, Graf, aber ich fürchte, ich kann nicht länger bleiben.« Hastig kehrte Sophie zum Diwan zurück und streckte Potemkin ihre Hand hin. »Prinz, danke für Ihre Gastfreundschaft.«

Der Prinz erhob sich von dem Diwan und legte die Miene gekünstelter Verachtung ab. »Sie haben mir den Morgen verschönt, Prinzessin Dmitriewna.«

»Wenn Sie nach Kiew zurückkehren, gestatten Sie mir vielleicht, daß ich Sie begleite, Prinzessin.« Adam sprach beiläufig, während er die Landkarte zusammenrollte, die er benutzt hatte. »Ich habe etwas am Hof zu erledigen.«

»Es wäre mir ein Vergnügen.« Ein paar höfliche Verbeugungen, ein paar rituelle Worte, und die Sache war ausgestanden. Sophie saß im Schlitten, Adam neben ihr. Die Tür schloß sich, eine Peitsche knallte, und sie glitten vorwärts über den Schnee.

Kein Wort fiel zwischen ihnen. Sophie drehte sich in seinen Armen herum, ihre Lippen öffneten sich, ihre leuchtenden dunklen Augen betrachteten sehnsüchtig seine Züge. Sie hob eine Hand und ließ ihre Handfläche in glückseligem Erstaunen über sein Gesicht gleiten, fühlte die lebendige Wärme seiner Haut, die weiche Festigkeit seiner Lippen, die einen Kuß auf ihre Hand drückten, das seidige Flattern seiner Wimpern.

Sanft und mit der gleichen glückseligen Verwunderung begann auch Adam, Sophies Gesicht von neuem zu erforschen, während er mit einer Fingerspitze ihre geöffneten Lippen liebkoste, die Flächen ihres Gesichts nachzeichnete und zärtlich über ihre Lider strich.

»Warum hast du mir nie etwas von deiner Frau erzählt?« Sie hatte diese Frage nicht so abrupt stellen wollen, doch die Worte waren aus ihrem Mund geschlüpft, ehe sie sich versah.

Seine Hand fiel in seinen Schoß. »Ich nehme an, es war unvermeidlich, daß du durch irgendein Klatschmaul davon erfahren würdest.«

»Das ändert nichts an der Sache«, entgegnete sie. »Aber ich verstehe nicht, warum du mir nichts davon erzählt hast.«

»Es ist ein Teil der Vergangenheit, der keine Bedeutung für die Gegenwart hatte«, sagte Adam leise. »Er wäre nur für die Zukunft von Bedeutung... die Zukunft, die es für uns nicht gibt, Sophie.« Er zuckte mit den Achseln. »Ich habe keinen Sinn darin gesehen, darüber zu sprechen.«

Sie lehnte sich zurück, fühlte sich plötzlich innerlich kalt und leer. Es war durchaus einleuchtend und vernünftig zu sagen, daß eine solche Tatsache unwichtig gewesen war in dem

Märchenland, das sie in Berkholzskoje bewohnt hatten. Und dennoch schmerzte es sie unaussprechlich, wie er sie so kalt ihres Rechts beraubt hatte, von dieser Sache zu erfahren.

»Hast du Kinder?« Sophie versuchte, die Frage schlicht neugierig klingen zu lassen, konnte jedoch den Unterton von Angst in ihrer Stimme nicht verbergen. Adam schüttelte nur den Kopf in brüsker Verneinung. Sie schluckte, wagte dann den nächsten Schritt. »Wie ist deine Frau gestorben?«

»Haben sie dir das nicht gesagt?« Ein zorniges, ätzendes Lachen schnitt durch das Innere des Schlittens hindurch. »Es war ein Unfall.«

Und das Kind, das sie angeblich erwartet hatte? Aber das würde Adam ganz sicher nicht erwähnen. Und Sophie konnte nicht danach fragen. Die Worte wollten ihr einfach nicht über die Lippen. Was immer die Wahrheit war, sie gehörte ihm, und er hatte das Recht, Stillschweigen darüber zu bewahren. Sophie hatte die Grenzen mit ihren Fragen schon genügend überschritten.

Sie lehnte sich auf dem pelzbedeckten Sitz zurück und schloß die Augen gegen den Schmerz. Ihr Körper sehnte sich schmerzlich nach seinem, nach der Vereinigung von Fleisch und Seele, und dennoch waren sie in diesem winzigen, privaten, dahingleitenden Raum so weit voneinander entfernt wie Sibirien von Moskau. Dann fühlte sie einen Atem über ihre Wange streifen, fühlte, wie sein Mund sich auf ihren preßte. Ihr Kopf fiel zurück gegen den Sitz. Seine Hand glitt über ihre verletzliche, entblößte Kehle, streichelte zärtlich ihr Kinn, während seine Zunge tief in ihren Mund eindrang.

Sophie empfing diesen Kuß; ihr Mund war der passive Behälter, den der forschende, drängende, leidenschaftliche über ihr in Besitz nahm. Und in dieser Passivität erlebte sie ein paradiesisches Dahinschwinden ihres Schmerzes, ihrer Zweifel, der Notwendigkeit, zu handeln und zu entscheiden. Ihre

Hände lagen entspannt zu ihren beiden Seiten auf dem Sitz, die Handflächen nach oben gekehrt, ihre Finger leicht gekrümmt; ihr schlanker Hals bog sich weiß über dem dunklen Pelz ihres Mantels zurück; ihre Wimpern bildeten dichte, seidige Halbmonde auf der zarten, rosig-cremefarbenen Haut ihrer Wangen.

Adam löste sich sanft von ihr, und ihre Wimpern zuckten. Sie schlug die Augen auf, begegnete dem intensiven, von Leidenschaft erfüllten Blick dicht über ihr. »Ich sehne mich danach, dich zu lieben«, murmelte er rauh, »aber ich weiß noch nicht, wie wir es ermöglichen können.« Der gewöhnlich so leichte Tonfall seiner Stimme verlor sich in der tiefen Resonanz seines Begehrens. »Wie streng wirst du bewacht?«

Sie schüttelte träge den Kopf. »Gar nicht. Paul kommt nur selten in meine Nähe, außer in der Öffentlichkeit. Ich weiß nicht, ob er Maria ausfragt, aber ich komme und gehe so frei und ungezwungen, daß sie niemals sicher sein könnte, wo ich gewesen bin oder mit wem ich zusammen war.«

»Dann will ich sehen, was ich arrangieren kann. Derartige Liaisons sind hier gang und gäbe. Ich bin überzeugt, es gibt allgemein bekannte Methoden, um sie zu erleichtern.« Sein Ton war neutral, Sophie hörte jedoch seinen Widerwillen heraus, und dies riß sie aus ihrer wohligen Trägheit.

»Adam, Liebster, wenn du es nicht möchtest, dann brauchen wir nicht…«

»Sei nicht albern! Laß uns wenigstens in diesem Punkt aufrichtig sein. Wenn ich in deiner Nähe bin, kann ich mich einfach nicht deiner Süße entziehen, deinem Körper, dem Verlangen, deinen Körper mit meinem zu lieben. Ich habe dir gesagt, wie es sein würde. Ich habe weder die Kraft des Verstandes noch des Fleisches, um dir zu widerstehen.«

Es waren Worte der Liebe und Leidenschaft, aber sie fielen mit der ärgerlichen Wucht von körperlichen Schlägen, und

Sophie zuckte zusammen unter der indirekten Anklage, die darin mitschwang. Sie war verantwortlich für diesen Hohn, weil sie nicht fähig gewesen war, die klare Trennung zu akzeptieren, die ein gewisses Maß an Frieden gebracht hätte.

Der Schlitten kam zum Stehen. Sophie schmiegte eine Hand an Adams Wange – in einer Geste der Entschuldigung, einer flehentlichen Bitte, sie wußte es nicht. Adam betrachtete sie einen Moment ernst. »Ich werde dir sagen, wo wir uns sehen, sobald ich die notwendigen Arrangements getroffen habe.« Er schwang die Tür auf, sprang leichtfüßig aus dem Schlitten und hielt ihr höflich seine Hand hin, um ihr beim Aussteigen behilflich zu sein.

»Danke, Graf«, sagte Sophie mit matter Stimme. Wie konnte es soviel Ärger und Groll geben, wo eine solche Unendlichkeit verzehrender Liebe und überwältigenden Verlangens herrschte? Wie konnte Adam so kalt über Vorbereitungen für ein Rendezvous sprechen, wenn sie eine Minute zuvor noch von seiner Sehnsucht nach ihr durchdrungen gewesen war, schwindelig vor Erregung durch ihre eigene? Er war ihrer Neugier über seine Ehe mit der indifferenten Verachtung begegnet, mit der man ein allzu wißbegieriges Klatschmaul in seine Schranken verweist, so daß *sie* sich jetzt schuldig fühlte – nicht nur, weil sie danach gefragt hatte, sondern auch, weil sie davon wußte. Ihr Interesse wurde als unverschämt und unerheblich abgetan, weil Adam Danilewskis Vergangenheit für sie nur von Wichtigkeit sein konnte, wenn sie eine Zukunft mit Adam Danilewski hatte, und das war etwas, was nicht sein sollte.

Methodisch und mit der kühlen Tüchtigkeit, die er gewöhnlich auf die Vorbereitungen für eine militärische Übung verwandte, machte Adam sich daran, seine Affäre mit der Ehefrau von General Prinz Paul Dmitriew zu organisieren. Ein oder zwei diskrete Worte in der Offiziersmesse fallengelassen, und schon hatte er eine Adresse: Eine kleine Jagdhütte am Ufer des Flusses, ungefähr drei Werst von Kiew entfernt, bot ein abgeschiedenes, intimes Versteck. Nur Geld war nötig, um sicherzustellen, daß sie auch leer war, wann immer er sie brauchte, daß verschwiegene bäuerliche Helfer für Feuer im Kamin und Erfrischungen sorgten – Helfer, die mindestens eine Stunde, bevor der Graf erwartet wurde, wieder verschwunden sein würden.

Da der höfische Veranstaltungskalender allgemein bekannt war, war es keine Schwierigkeit, einen Nachmittag frei von offiziellen Verpflichtungen auszusuchen, wenn Prinzessin Dmitriewna sich ohne weiteres von ihren Aufgaben als Hofdame der Kaiserin entfernen konnte.

Anweisungen, der Tag und die Uhrzeit des Stelldicheins wurden auf Papier festgelegt. Nicht ein einziges Mal geriet Adams Blut in Wallung bei der Aussicht auf einen Nachmittag der Liebe in einer Hütte am Ufer des zu Eis erstarrten Flusses. Er war so kühl und distanziert, als träfe er diese Vorbereitungen für irgendein anderes Paar, die sich ein oder zwei Stunden für die hastige, drängende Befriedigung ihrer Wollust stahlen.

Mit der gleichen leidenschaftslosen Sorgfalt suchte er die passende Gelegenheit aus, um seine Mätresse von dem Treffen zu informieren. Katharina gab eine Audienz für Bittsteller aus dem ganzen Land bei einem ihrer offenen Empfänge, wo sie die bescheidensten Muschiks empfing und ihre Ehrerbietung akzeptierte, wenn sie sich ihr zu Füßen warfen, und dann mit äußerster Aufmerksamkeit den Schilderungen dörflicher Probleme zuhörte, ob sie nun häuslicher oder landwirtschaftlicher Art waren. Sie stellte den Bauern detaillierte Fragen über den ausgetrockneten Brunnen, die Seuche, die eine ganze Viehherde zerstört hatte, die Ernte, die durch Hagel vernichtet worden war. Es gab kein Thema, wie unbedeutend auch immer, dem sie nicht ihre volle Aufmerksamkeit geschenkt hätte.

Sophie war wie gewöhnlich anwesend und saß mit dem Prinzen de Ligne und dem Comte de Ségur zusammen, die keinen Versuch machten, ihre Faszination über das Verhalten der Kaiserin im Kreise ihrer bescheidensten Untertanen zu verbergen. »Ist es üblich, Prinzessin, daß ein Bauer seine Kaiserin mit Mütterchen anredet?« Der Comte de Ségur hob fragend eine Augenbraue. »Eine solche Vertrautheit ist wirklich ungewöhnlich. In Frankreich wäre so etwas undenkbar.«

Sophie lächelte. »Die Beziehung des Russen zu seiner Herrscherin ist vielschichtig, Comte. Er betet sie wie eine Gottheit an und verehrt sie dennoch wie eine Mutter. Sie haben sicher bemerkt, daß die Leute bei der Anrede das übliche, vertrauliche ›Du‹ benutzen, und Ihre Kaiserliche Majestät erwidert… oh…« Sie brach ab. »Graf Danilewski. Sind Sie auch mit einer Bittschrift für Ihre Majestät gekommen?« Sie lächelte schelmisch, obwohl ihr Herzschlag bei seinem Anblick einen Moment auszusetzen schien und ihre Handflächen feucht wurden. Seit der Schlittenfahrt hatten sie nicht mehr miteinander gesprochen. Sie hatte ihn zwar hin und wieder in einem Salon erblickt, in einem Hof, hatte gelegentlich seine Stimme gehört, aber bis jetzt war er nie nahe genug gekommen, um ihre Gegenwart zur Kenntnis zu nehmen.

»Zufällig ist meine Nachricht für Sie bestimmt, Prinzessin«, sagte Adam leichthin und verbeugte sich, als er ihr das zusammengefaltete Stück Papier überreichte. »Prinz Dmitriew hat mich gebeten, Ihnen das hier zu geben. Er ist zur Zeit mit einer Inspektion beschäftigt.«

»Ach ja, richtig, er sagte, er würde mir noch Einzelheiten wegen des morgigen Umzugs schicken.« Sophie ließ das Papier in ihr Handtäschchen gleiten. Wie bereitwillig und mühelos man diese Geschicklichkeit im Umgang mit Betrugsmanövern entwickelt, dachte sie verwundert. »Wir haben gerade darüber diskutiert, wie eigentümlich die Beziehungen des Russen zu seiner Herrscherin sind, Graf. In Polen ist das ganz anders, wie ich gehört habe.«

»Polen, so wie es jetzt existiert, hat wenig Ähnlichkeit mit der Nation meiner Kindheit«, erwiderte Adam. »Damals war es klar, wem ein Pole Treue schuldete.« Er zuckte mit den Achseln. »Jetzt herrscht der König von Polen nur noch über eine winzige Minderheit, und der Rest meiner Landsleute schuldet einem Österreicher, einem Russen oder auch einem Preußen Treue. Tatsächlich ist selbst in dem winzigen Rest, der von Polen übriggeblieben ist, der russische Botschafter der wirkliche Herrscher. Stanilas Poniatowski ist ein Marionettenkönig, ist es immer gewesen.«

»Das sind harte Worte, Graf.« Der Prinz de Ligne sprach freundlich, aber mit kaum verhülltem Interesse.

Sophie entschuldigte sich mit einem Lächeln und einem gemurmelten Wort von den Herren. Sie hatte gewußt, ihre Frage würde genau diese Reaktion bei Adam auslösen. Seine Gefühle über das Land seiner Geburt und sein irritiertes Nationalitätsbewußtsein waren ihr nicht verborgen geblieben. Sie verstand, daß es für ihn in mehrfacher Hinsicht jetzt eher eine intellektuelle Frage war statt einer des Gefühls, und die Diskussion, die sie mit diesem Gesprächsthema angeregt hatte, bot ihr die willkommene Gelegenheit, die Botschafter – deren Unterhaltung während der Audienzen zu ihren Pflichten gehörte – eine Weile zu verlassen, um Adams Brief zu lesen.

Die Nachricht war knapp und präzise, enthielt kein Wort von Liebe und Versprechen, sondern nur genaue Anweisungen, eine Uhrzeit für den folgenden Nachmittag und die kurze Instruktion, allein zu kommen und zu Pferde. Glaubte er wirklich, sie würde in einem Schlitten, komplett mit Kutscher, vor einem verschwiegenen Liebesnest vorfahren?

Ein Prickeln des Unbehagens, eine Spur von Bedenken tief in ihrer Magengrube nahmen der seligen Vorfreude etwas von ihrem Reiz. Adam wollte das hier nicht. Er wollte es nicht und konnte sich selbst dennoch nicht daran hindern, es sich zu nehmen. Wo blieb die Freude an diesem köstlichen Vorhaben? Wo blieb der Liebe zarte Berührung? Sollte nur das Gewicht der Wollust auf ihnen lasten? War es das, was er gemeint hatte und von dem er überzeugt gewesen war, daß es so kommen würde, als er dieses schreckliche Bild von schmutzigem Herumgewälze in irgendwelchen dunklen Ecken malte? Oder war er entschlossen, seine eigene Prophezeiung zu erfüllen und ihre Mitwirkung an dieser Erfüllung zu erzwingen?

Am folgenden Nachmittag, als all diese Fragen kurz vor ihrer Beantwortung standen, ritt Sophie am Flußufer entlang, die Instruktionen in ihrem Gedächtnis eingebrannt, so daß sie nicht den Zettel in der Tasche ihres Reitkostüms zu Rate ziehen mußte. Eine kleine Brücke tauchte genau dort auf, wo sie Adams Beschreibung nach sein sollte. Sophie lenkte ihr Pferd herum, um das zu Eis erstarrte Wasser zu überqueren. Die Luft war frisch, aber die beißende Kälte des Winters war daraus verschwunden, und man konnte schon die Kraft der Sonne fühlen. Das Eis schimmerte feucht, während die Oberfläche schmolz, und der Schnee unter den Pferdehufen hatte sich in Matsch verwandelt. Eine Schar Enten flog erschreckt aus dem Sumpf am gegenüberliegenden Ufer auf; mit ausgebreiteten Flügeln, die Hälse lang ausgestreckt, zogen sie in einer flachen Schleife über dem Fluß dahin, stießen jammervolle Warnlaute aus, als Sophie sich näherte.

Ihre Hand glitt zu der Pistole, die an ihrem Sattel befestigt war. Dann schüttelte sie verärgert den Kopf. Ihre Bewegung war die automatische Reaktion eines erfahrenen Jägers gewesen, aber Enten waren an diesem Nachmittag nicht ihre Beute.

Adam stand in der Tür der Jagdhütte und ließ seinen Blick suchend am Flußufer entlangschweifen, während er auf Sophies Erscheinen wartete. Die Atmosphäre war von tiefem Frieden erfüllt, nirgendwo ein Anzeichen menschlicher Behausungen in der von Sonnenlicht überfluteten, weißschimmernden Landschaft. Der Anblick hätte ihm ebenfalls Frieden bringen müssen, während er auf die Frau wartete, die er liebte, aber er konnte kein anderes Gefühl als Traurigkeit und Desillusion in seiner Seele finden. Dies war keine Lösung – ein geraubter Nachmittag in einer gemieteten Hütte. Wo mochte Eva ihre kleinen Abenteuer inszeniert haben? Dieser Gedanke drängte sich ihm in all seiner Häßlichkeit auf. Aber natürlich, in Abwesenheit ihres Ehemannes hätte für sie keinerlei Veranlassung bestanden, sich in dunklen Ecken herumdrücken zu müssen! Vielleicht hatte sie sich ihre Liebhaber unter dem Hauspersonal ausgesucht – hübsche junge Lakaien und kräftige Pferdeknechte, alle nur zu bereitwillig, ihrer Herrin zu Diensten zu sein.

Mit einem angewiderten Seufzer machte Adam auf dem Absatz kehrt und ging in die Hütte zurück. Wein, Oliven, ein Teller mit Kuchen standen auf dem Tisch; der Ofen spendete freundliche Wärme, auf dem Diwan lagen Kaschmirdecken ausgebreitet. Das perfekte Bild des perfekten Liebesnests. Voller Ungeduld ging er wieder hinaus. Im selben Moment galoppierte Sophie auf ihn zu, auf dem Rücken eines ziemlich gewöhnlich aussehenden Pferdes, das ihr nicht gerecht wurde. Aber Khan hatte sie in der sicheren Obhut von Boris Mikhailow in Berkholzskoje zurückgelassen.

»Oh, was für ein hübscher Ort!« Lachend, mit glühenden

Wangen und funkelnden Augen, ritt sie auf Adam zu, schwang dann ihr Bein über den Sattelknauf, als sie behende absprang. »Wie klug von dir, Liebster.«

»Solche Dinge lassen sich arrangieren, wie ich dir gesagt habe«, hörte Adam sich selbst beinahe kühl antworten, obwohl er sich danach sehnte, mit ihr zu lachen, sich gemeinsam mit ihr an ihrer Umgebung zu erfreuen, sie auf die Arme zu nehmen und in die Hütte zu tragen, zu dem weichen Diwan und der Wärme des Ofens.

Unsicherheit ließ Sophies eben noch so strahlendes Gesicht erstarren, Schmerz schwamm in den dunklen Augen. Dann lächelte sie wieder energisch, zog sich die Pelzmütze vom Kopf und warf ihr langes Haar mit einer Kopfbewegung über die Schultern zurück. »Zeig mir, wie es drinnen aussieht. Wenn es nur halb so hübsch ist wie von außen, muß es entzückend sein.« Sie griff nach seiner Hand, weigerte sich, sich von Adams Mangel an Reaktion entmutigen zu lassen, als sie ihn zur Tür zog. »Oh, es ist entzückend! Eine ganz bezaubernde Hütte!« Sie wirbelte zu ihm herum, stellte sich auf die Zehenspitzen, um ihn zu küssen, und nahm seinen Kopf fest zwischen beide Hände,

Langsam, fast widerstrebend, umfaßten seine Arme ihre Taille, dann legte er die Hände flach auf ihren Rücken und zog sie an sich, während ihre Zunge mit seiner tanzte und Traurigkeit und Desillusion unter dem hungrigen Ansturm von Leidenschaft zurückwichen.

Es schien, als wäre eine Ewigkeit vergangen, seit sie sich zum letzten Mal umarmt hatten, eine Ewigkeit, während der er geglaubt hatte, daß er Sophie niemals mehr auf diese Weise in den Armen halten würde. Sein Begehren explodierte in heftiger, brennender Notwendigkeit. Er riß Sophie die Kleider vom Körper, während sie sich immer noch an ihm festklammerte, als würde es ihr das Herz brechen, sich auch nur einen

Zentimeter von ihm fortzubewegen. Seine Nägel kratzten über ihre Haut, so ungeduldig und hastig waren seine Bewegungen beim Entkleiden, aber Sophie spürte kaum etwas davon, rieb sich herausfordernd an ihm, ihren Mund auf seinen gepreßt, und ihr flüsternder, keuchender Atem vermischte sich bei den süßen Worten der Begierde.

Nackt schmiegte Sophie sich an ihn, fühlte den derben Stoff seiner Jacke über ihre Brustspitzen streifen, als seine Hände ihren Schoß liebkosten, die Knospe ihrer Weiblichkeit fanden, während sein Knie ihre Beine spreizte und die Wolle seiner Reithosen rauh über die weiche Innenseite ihrer Schenkel rieb. Sie hatte das Gefühl, als könnte sie niemals genug von diesen Händen bekommen, von diesem wilden, heftigen Besitzergreifen, das Adams eigene verzweifelte Dringlichkeit bestätigte, während es Sophie die größten sinnlichen Wonnen bereitete.

Sie biß ihn in die Lippen, heißblütig und wild in ihrem Drang nach Erfüllung, und Adam hob sie auf seine Arme, warf sie auf den Diwan und legte sich dann auf sie, während er sich ungeduldig seine Reithosen herunterzerrte und sie mit den Füßen von sich stieß. Ihre Schenkel spreizten sich, um ihn in sich zu empfangen, seine Hände packten unsanft ihren Po, als er sie hochhob, um in ihren Schoß einzudringen. Tief, tief drang er in sie ein, seine Lippen verschmolzen mit ihren, sein halb entkleideter Körper drückte sie mit seinem ganzen Gewicht in die Matratze hinein.

Diesmal gab es keine langsame Spirale der Lust, die sie behutsam zum Höhepunkt führte. Diesmal ließ ihre Leidenschaft sie abrupt in Abgründe der Wollust stürzen, verschlang sie in einem atemlosen Moment, als die Intensität ihrer Verzückung ein nie geahntes Ausmaß annahm.

Sophie hörte das Blut in ihren Ohren rauschen, so laut, daß es den Raum zu füllen schien. Ihre Haut war feucht vom

Schweiß der Ekstase, ihr Körper, besiegt von Wollust, lag unbeweglich ausgebreitet da. Langsam rollte Adam sich von ihr herunter und ließ sich auf den Rücken fallen, eine Hand schwer auf ihrem Bauch ruhend. Lange Zeit lagen sie so nebeneinander, ohne sich zu rühren, völlig erschöpft, bis allmählich Leben und Kraft in ihre Glieder zurückströmten. Adam drehte sich um und stützte sich auf einen Ellenbogen, um den Körper neben sich zu betrachten.

Sophies Lippen waren von seinen Küssen geschwollen, ihre Haut gerötet von dem rauhen Stoff seiner Kleider. Ein langer Kratzer lief über ihren Arm hinunter, ein anderer quer über ihren Schenkel. »Du trägst die Zeichen der Schlacht, Liebste«, sagte er mit einem weichen Lächeln und beugte den Kopf, um die stummen Zeugen ihrer befriedigten Leidenschaft sanft mit den Lippen zu berühren.

Sophie streckte sich träge und liebkoste seinen gebeugten Kopf. »Aber sie wurden in einer Schlacht um eine gute Sache erworben. Was für ein Glück, daß Paul nicht mehr in mein Bett kommt.«

Adam setzte sich abrupt auf. »War das nötig?« Seine grauen Augen hatten all ihr Leuchten, all ihre Zärtlichkeit verloren. »Glaubst du, dies wäre eine Art Spiel? Im Namen aller Heiligen! Bildest du dir ein, ich brauchte diese Gedächtnisstütze?« Eva hatte sich keine Sorgen um solche Spuren auf ihrem Körper machen müssen, da ihr Ehemann bequemerweise häufig abwesend gewesen war. Sie waren ein unvermeidliches Risiko bei diesen verzwickten Dreiecksverhältnissen, nicht wahr? Spuren der Lasterhaftigkeit, die verhüllt werden mußten, wenn sich keine überzeugende Entschuldigung dafür finden ließ ... Lügen, die ersonnen werden mußten ... um betrogene Ehemänner hinters Licht zu führen ... Wieder schlugen Traurigkeit und Desillusion wie eine Woge über Adam zusammen. Er schwang sich vom Bett und trat an den Tisch, um

Wein einzuschenken. »Du solltest besser in den Palast zurückkehren. Wir wollen doch nicht, daß deine Abwesenheit auffällt.«

Sophie setzte sich langsam auf, versuchte, sich zu sammeln, um diesen Fremden in Adams Haut zur Rede zu stellen. »Ich verstehe nicht, warum du die Dinge zwischen uns jetzt so anders siehst, nur weil wir nicht länger in Berkholzskoje sind.«

»Siehst du es denn nicht, Sophie?« Er stieg in seine Reithosen und kam dann zu ihr ans Bett. »Siehst du wirklich nicht den Unterschied? Berührt dich dieser Betrug nicht im geringsten? Das heimliche Planen, die Täuschungsmanöver, das hübsche Liebesnest, das von so vielen anderen benutzt wird, um intime Abgeschiedenheit für ihre eigenen kleinen Abenteuer zu finden?«

Sophie hielt sich die Ohren zu. »Ich will das nicht hören! Es ist Liebe, die uns verbindet, die Großartigkeit echter Liebe, nicht irgendein primitives fleischliches Bedürfnis.«

»Und was, würdest du sagen, war das eben?« Bitterkeit schwang in seiner Stimme mit, als er auf sie hinunterschaute, schamlos und verletzlich in ihrer Nacktheit. »War das Wollust oder Liebe, Sophie?«

»Beides«, flüsterte sie. »Ich würde das eine nicht ohne das andere fühlen können.«

»Und was fühlst du jetzt?«

»Nichts«, erwiderte sie niedergeschlagen. »Überhaupt nichts.«

»Soll ich dir dann die Macht der Wollust zeigen?« Adam setzte sich neben sie auf das Bett. »Dir demonstrieren, wie es möglich ist, das eine ohne das andere zu fühlen?« Er schob sie rückwärts in die Kissen zurück. »Laß mich dir zeigen, welche Bedürfnisse ein solches Liebesnest befriedigt.«

In seiner Stimme lag ein zärtlicher Unterton, dennoch ließ sie Sophie erzittern wie unter einer schrecklichen Bedrohung.

Die grauen Augen blickten kühl, als Adam ihr die zerzausten Haare aus dem Gesicht strich, schimmerndes Kastanienbraun gegen die elfenbeinfarbene Zartheit ihrer Brüste. Ihre Haut zuckte unter der Berührung seiner Fingerspitzen, brannte unter dem Druck seiner Lippen, der glutheißen Spur, die seine Zungenspitze auf ihren schwellenden Brüsten zog, während er ihre rosigen Knospen leckte. Sophie konnte die Reaktionen ihres Körpers nicht unterdrücken, konnte nichts gegen das wilde Hämmern ihres Herzens tun, gegen die heiße Lust, die ihr Inneres in Flammen versetzte und das Blut in ihrem Schoß pulsieren ließ.

Die Muskeln ihres Unterleibs verkrampften sich unter dem harten Druck seiner flachen Handfläche. Sie blickte auf in das Gesicht über sich. Es war Adams Gesicht, ausdruckslos in seiner Konzentration, distanziert, ohne jedes Anzeichen einer Reaktion, ohne jede Gefühlsregung, während er diese Aufgabe verrichtete, die er sich selbst gestellt hatte. Schokkierte Verzweiflung beraubte Sophie aller Initiative. Sie schloß fest die Augen, doch Tränen sammelten sich unter ihren Lidern, quollen darunter hervor, um auf den dichten, geschwungenen Wimpern wie Perlen zu haften. Es waren Tränen des Verlusts, der Demütigung, als die unerbittlichen Liebkosungen weitergingen und ihre Schenkel sich unwillkürlich spreizten, um diese Verzückung zu empfangen, die ihr als eine Art Strafe für ein Vergehen verabreicht wurde, von dem sie gar nicht wußte, daß sie es begangen hatte.

Ihre Augenwimpern schwangen hinauf, zeigten ihm die kummervollen Teiche ihrer dunklen Augen. »Wie konntest du das tun?« Ihre Worte waren nicht mehr als ein Flüstern. »Warum tust du mir das an? Was habe ich getan?«

Adam holte zitternd Luft. Schweißtropfen standen auf seiner Stirn. Sein Gesicht war aschfahl. »Ich kann es nicht!« stieß er rauh hervor, während er Sophie heftig an sich drückte, sie in seinen Armen wiegte, als wäre sie ein verletztes Baby, ihr die Haare aus dem Gesicht strich und ihre Augenlider mit hastigen kleinen Küssen bedeckte. »Dämonen der Vergangenheit verfolgen mich, quälen mich. Gezwungen zu sein, dich in aller Heimlichkeit zu lieben, zerreißt mich innerlich. Es ist nicht deine Schuld, und trotzdem hatte ich das Gefühl, es wäre so, und ich müßte dich auf irgendeine Weise dafür brandmarken. Verzeih mir, Liebste. Bitte verzeih mir.«

Sophie lag warm in seinen Armen, lange Zeit unfähig, ein Wort hervorzubringen, während er ihre Augen und ihre Lippen mit den Fingerspitzen streichelte. Es war keine Berührung der Leidenschaft; seine Gesten hatten eher etwas Flehentliches. »Du wußtest, daß dir so zumute sein würde«, sagte sie schließlich. »Ich habe nicht begriffen, wie schrecklich es für dich sein würde.« Sie hob ihren Blick zu seinem Gesicht. »Ich habe es nicht verstanden, weil ich den Grund nicht kenne.«

Es gab nur eine Erwiderung auf die unausgesprochene Forderung in den dunklen Augen, auf den fragenden Unterton in ihrer Stimme. Adam zog Sophie auf seine Knie, um sie fest in seiner Armbeuge zu halten. »Ich stamme von einem Geschlecht, das mit höchst verdammenswertem Stolz gestraft ist. Wir nehmen die Demütigung, hintergangen worden zu sein, nicht so leichtherzig hin.«

»Deine Frau?«

»Ich habe sie geliebt«, sagte er weich. »Und mit der Arroganz der Jugend und der Blindheit der Liebe glaubte ich, ich könnte die gleichen Gefühle in einer Frau erwecken, die keine Gelegenheit ausließ, mir zu demonstrieren, daß es ein Gefühl war, das sie für mich nicht empfinden konnte.«

»Warum hat sie dich dann geheiratet? Es hat sie doch sicher keiner dazu gezwungen.« Sie hob eine Hand, um sein Gesicht zu berühren. »Ich kann mir nicht vorstellen, wie es möglich ist, von dir geliebt zu werden und dich dafür nicht wiederzulieben.«

Adam blickte auf sie hinunter, verwundert über soviel verzeihende Großzügigkeit. »Ich liebe dich«, murmelte er. »Ich habe noch niemals zuvor jemanden geliebt. Es ist möglich, das Gefühl falsch zu deuten.«

»Du meinst, Wollust irrtümlich für Liebe zu halten?«

»Sie unterscheiden sich voneinander«, erwiderte er ernst. »Aber Gott sei Dank können sie nebeneinander bestehen.«

Sophie kuschelte sich fester an ihn, genoß ihre Nacktheit in seinen kräftigen Armen. Die Wundheit ihrer Seele war verschwunden, fast so, als hätte es sie nie gegeben. Adam hatte das Bedürfnis, sich von seinem Schmerz und den erlittenen Demütigungen zu befreien, und es gehörte nun mal zu den Pflichten der Liebe, dabei Hilfe zu leisten.

»Ich weiß nicht, warum Eva mich geheiratet hat«, sagte er jetzt. »Vielleicht war es einfach so, daß ich sie mit meiner Beharrlichkeit erschöpft habe. Meine Herkunft ist untadelig, ich bin ziemlich reich, und...«, wieder verzog das bittere Lächeln seine Mundwinkel, »als Armeeoffizier war ich ein Ehemann, der oft von zu Hause fort war. Meine häufige Abwesenheit schien meine Frau nicht zu bekümmern.« Er beugte den Kopf, um Sophies emporgewandtes Gesicht zu küssen, und lächelte plötzlich. »Da, jetzt ist es heraus. Ich habe es gesagt.«

»Aber wenn wir so wie jetzt zusammen sind, dann hast du das Gefühl, wir würden irgendwie davon berührt... beschmutzt?« Die dichten Augenbrauen zogen sich nachdenklich zusammen, als sie den Kernpunkt des Problems berührte.

»Ja, so habe ich mich gefühlt«, erwiderte er. »Aber das ist jetzt vorbei.«

Sophie hatte immer noch Fragen, Fragen über Evas Tod, über das Kind, das sie den Gerüchten nach erwartet hatte. Doch es waren Fragen, die sie nicht die Erlaubnis hatte zu stellen, und sie waren auch nicht wichtig für ihr Liebesspiel mit Adam.

»Ich glaube«, sagte Sophie nachdenklich, »daß es diesmal ganz angenehm wäre, wenn du *deine* Kleider ebenfalls ausziehen würdest.«

# 15. Kapitel

Kanonen donnerten, Böllerschüsse hallten über ganz Kiew hinweg, um das Aufbrechen des Eises auf dem Dnjepr zu verkünden. Die Stadt und ihre Bewohner, sowohl die Einheimischen als auch die ausländischen Gesandten, jubelten, von neuer Energie durchströmt durch den Frühling, als sie ihre Pelze beiseite warfen und von den Öfen abrückten und Potemkins prächtiger Karneval Anstalten traf, seine Reise zur Krim auf dem Wasserweg fortzusetzen.

Prinz Dmitriew stand im Schlafgemach seiner Frau und fragte sich, wie lange er seine Wut und seine Frustration noch im Zaum halten konnte.

»Ich verlange zu wissen, wo du hinwolltest, als du gestern nachmittag auf höchst skandalöse Weise ohne Eskorte beim Ausreiten beobachtet worden bist«, sagte er in dem kalten, leidenschaftslosen Tonfall, der seinen Zorn jedesmal so deutlich machte.

Überall im Zimmer lagen Kleidungsstücke, offene Reisetaschen und Handkoffer verstreut. Maria war mitten im Packen beim Erscheinen des Prinzen aus dem Raum geschickt worden. Sophie rollte müßig ein Paar langer Seidenhandschuhe zusammen, während sich ihre Gedanken überschlugen. Sie hatte die Jagdhütte mehrmals während der vergangenen Wochen aufgesucht, und bisher hatten ihre Ritte ohne Begleitung keinerlei Bemerkung nach sich gezogen. Aber gestern war sie von einem der Offiziere ihres Ehemannes gesehen worden, der die Sache höchstwahrscheinlich weitererzählt hatte.

»Reiten hat mir schon immer viel Freude bereitet, Paul«, erwiderte sie mit vorgetäuschter Gleichgültigkeit. »Es ist keine Gewohnheit, die neu für dich wäre.« Sie kehrte ihm weiterhin den Rücken zu, als sie ein anderes Paar Handschuhe von dem Stapel auf dem Bett nahm und sie kritisch begutachtete, als suchte sie nach eventuellen Flecken.

»Wo wolltest du hin?« fragte er beharrlich.

»Zur Entenjagd«, erklärte sie verbindlich. »Auch eine meiner großen Leidenschaften.«

Eine Hand auf ihrer Schulter wirbelte sie mit erschreckender Kraft herum. Sie spürte, wie sie erbleichte unter der haßerfüllten Bosheit in den blassen blauen Augen. »Du bist meine Frau! Sosehr ich diesen Umstand auch bedaure – es ist und bleibt eine Tatsache.«

Er sprach seine Worte langsam und sehr sorgfältig aus. »Wenn du glaubst, du könntest mir ungestraft derartige Unverschämtheiten bieten, nur weil du im Moment durch deine Nähe zur Kaiserin geschützt bist, dann befindest du dich gewaltig im Irrtum, meine liebe Sophia. Meine Frau reitet nicht ohne Eskorte aus. Desgleichen geht sie nicht zur Jagd, es sei denn, es handelt sich um eine vom Hofprotokoll vorgeschriebene Veranstaltung. Der Zeitpunkt wird kommen, und zwar in nicht allzu ferner Zukunft, wo du wieder unter meinem Dach leben wirst. Und dann, meine teure Frau, wirst du hundertfach für jeden Akt des Ungehorsams, jede trotzige Zuwiderhandlung gegen meine Anordnungen zahlen müssen.«

Der eisige Blick hielt Sophie fest, hypnotisierte sie wie eine Ziege, die beim Anblick des Wolfes erstarrt.

»Du kennst mich gut genug, Sophia, um zu wissen, daß ich es ernst meine«, fuhr Dmitriew fort. »In der Abgeschiedenheit meines Landguts in Kaluga werde ich mich noch einmal bemühen, eine gehorsame Ehefrau aus dir zu machen. Und dieses Mal werde ich diese Pflicht mit Erfolg erfüllen.«

Mit einer angeekelten Grimasse nahm er seine Hände von ihr, so als wäre sie irgendwie unsauber. Sophie konnte fühlen, wie das Zittern tief in ihrer Magengrube begann, dann über ihren Nacken hinaufkroch. Sie durfte ihm ihre Angst auf keinen Fall zeigen. Schweigend drehte sie sich wieder zum Bett um, flehte innerlich, daß er ihr heftiges Zittern nicht bemerken würde. Er hatte sie in Panik versetzt mit der Wahrheit, mit der Erinnerung an seine Macht und seinen Haß, als sie sich immun dagegen geglaubt hatte, versunken im Traumland der Liebe. Die Zerbrechlichkeit dieses Traumlands, seine vorübergehende Natur, gingen ihr plötzlich mit der Wucht eines Peitschenschlags auf, und sie zuckte unwillkürlich zusammen, als erwartete sie einen weiteren Schlag.

Als sich die Tür hinter ihm schloß, sank sie am ganzen Körper bebend auf das Bett. Was für eine maßlose Närrin sie doch gewesen war, ihn so sorglos zu provozieren! Am Ende dieser Reise...

Nein, sie würde jetzt nicht an das Ende denken. Der Frühling stand unmittelbar bevor. Bis die kaiserliche Prozession zur Krim vorbei war, konnte noch alles mögliche geschehen. Sophie ging ans Fenster, ihren Magen reibend, wo die Übelkeit immer noch schwer wie ein Stein lag. Auf dem Fluß herrschten jetzt wieder Leben und Treiben; die sieben großen Galeeren, die die kaiserliche Reisegesellschaft transportieren würden, schaukelten sanft an ihren Ankerketten hin und her. Menschen wimmelten wie Ameisen darauf herum, beladen mit Vorräten, eifrig mit Farbpinseln, Hämmern und Nägeln hantierend, während sie letzte Schönheitsreparaturen an den Schiffen vornahmen, die morgen die Kaiserin und ihr Gefolge auf dem letzten Teil der Reise den Dnjepr hinuntertragen sollten.

Wie viele von den Ruderern mögen Sträflinge sein? überlegte Sophie. Ob sie tief unten in den Leibern der prächtigen rotgoldenen Galeeren, mit Ketten an ihre Ruderbänke gefesselt, irgendeine Vorstellung von dem erstaunlichen Luxus hatten, der atemberaubenden Extravaganz, für die sie mit Schweiß und Tränen zahlen mußten? Fragten sie sich jemals, wenn sie unter der Peitsche des Sklavenaufsehers schmerzerfüllt zusammenzuckten, wie es sein mochte, zu jener anderen Klasse von Menschen zu gehören? Wahrscheinlich nicht, dachte Sophie. Phantasie war ein Luxus, einer, den unaufhörliche Plagen und nicht abreißende Bestrafung auszulöschen neigten.

Der größte Teil der Bevölkerung dieses riesigen Landes, des Lesens und Schreibens nicht mächtig und so versklavt, wie sie nun einmal waren, fand sich mit dem alten Sprichwort ab: Die Seele gehört Gott, der Kopf dem Zaren, der Rücken dem Herrn. Es war die althergebrachte Ordnung der Dinge, und ein Leibeigener hatte nicht das Recht, sie in Frage zu stellen.

Was für düstere Gedanken! Aber der strahlende Tag und die freudige Erregung über die morgige Reise waren von Niedergeschlagenheit getrübt. Sophie wandte sich vom Fenster ab, bedrückt und mit einem seltsamen Gefühl des Unwohlseins.

Am nächsten Morgen jedoch ließ sich Sophie bei der Einschiffung von der allgemeinen Woge heiteren Überschwangs mitreißen. Ihre Kabine hatte wie alle anderen auf der kaiserlichen Galeere einen Alkoven als Ankleideraum, einen Wasserspender, ein Bett, Schreibtisch und Sessel. Es gab ein Musikzimmer, eine Bibliothek und ein Zelt an Deck, wo die Passagiere frische Luft schnappen konnten, ohne sich allzusehr der Sonne aussetzen zu müssen. Selbst für jene, die an den extravaganten Luxus von Katharinas Hof gewöhnt waren, war die Sorgfalt, mit der Prinz Potemkin jedes Detail in punkto Bequemlichkeit und Zerstreuung berücksichtigt hatte, verblüffend.

Am ersten Tag dinierte die ganze Gesellschaft gemeinsam auf der speziellen Galeere, die als Speisezimmer diente. Sophie sah Prinz Potemkin schon bereitstehen, um ihr behilflich zu sein, als sie aus einem der Ruderboote stieg, die die Gäste von ihren eigenen Schiffen zur Speisegaleere beförderten.

»Nun, Sophia Alexejewna, was halten Sie von meinem kleinen Wunderland?« Der unbestrittene Meister dieser Inszenierung war eindeutig in guter Form, badete förmlich in den entzückten Ausrufen der Gäste, in der verwirrten Bewunderung der ausländischen Diplomaten, in der heiteren Freude seiner Kaiserin, als sie alles mit wohlgefälligem Lächeln betrachtete und ihrem brüllenden einäugigen Löwen zu einem Werk gratulierte, das der Welt den Glanz und die Pracht ihres Reiches demonstrierte.

»Ich fühle mich wie verzaubert, Prinz«, erwiderte Sophie wahrheitsgemäß.

»Sie werden es noch mehr sein, wenn die Reise ihren Fortgang nimmt, das kann ich Ihnen versprechen.« Er beugte sich über ihre Hand. »Sie sollen an meinem Tisch sitzen. Ich habe Lust auf ein hübsches Gesicht und einen schnellen Verstand als Gesellschaft.«

»Sie erweisen mir zuviel der Ehre.« Sophie lächelte fragend. »Ich bin froh, daß ich angenehm auf Sie wirke.«

Potemkins schwarzes Auge funkelte herausfordernd. »Sie sind keine Schönheit, Sophia Alexejewna, aber ganz offen gesagt, ich ziehe ein solch ungewöhnliches Aussehen den üblichen Milch-und-Wasser-Gesichtern durchaus vor.«

Diese Bemerkung färbte Sophies Wangen tiefrot. Während sie nach einer passenden Erwiderung suchte, fühlte sie ein anderes Augenpaar auf sich ruhen. Adam war gerade an Bord gekommen. Er stand nur ein paar Schritte entfernt und hatte den Wortwechsel eindeutig mitgehört, und in seinem Blick lag freche Belustigung über Sophies Verlegenheit.

»Ich glaube, Prinzessin Dmitriewna ist nicht an Komplimente gewöhnt, Prinz«, meinte er heiter.

»Was soll ich darauf sagen, Graf?« Sophie hatte sich wieder gefaßt, und ihr Ton war ein wenig spitz. »Ich kann Ihre Bemerkung weder abstreiten noch ihr mit Würde zustimmen.«

»Ja, wirklich, Adam, das war sehr ungalant«, verkündete Potemkin. »Ich schlage vor, Sie führen die Dame zum Dinner und versuchen, den Schaden wiedergutzumachen.«

»Mit Freuden, Sir.« Adam verbeugte sich und bot Sophie seinen Arm. »Ich bin untröstlich, Sie beleidigt zu haben, Madame.«

Er hat plötzlich so etwas Ausgelassenes an sich, dachte sie. Es schien, als hätte auch er sich von der Unbeschwertheit und dem Zauber dieser Reise anstecken lassen, während der die Rituale der Konvention weitgehend in den Hintergrund gedrängt worden waren und Heiterkeit und Erstaunen die einzig akzeptablen Reaktionen bildeten.

Sophie ließ ihren Blick durch den hell erleuchteten Speisesaal wandern, suchte nach ihrem Ehemann unter den siebzig plaudernden, festlich geschmückten Gästen. »Wie merkwürdig, daß ich meinen Mann nirgendwo sehe, Graf.«

»Ich habe gehört, er hätte seine Teilnahme am heutigen Abend absagen müssen. Er ist für die Organisation des Empfangs für den Prinzen von Preußen verantwortlich, wenn wir in Kaidak ankommen. Es ist keine leichte Aufgabe.«

»Nein, das ist es sicher nicht«, stimmte Sophie zu, als sie ihren Platz am Tisch einnahm. »Und es wird einige Tage dauern, bevor war in Kaidak sind, nicht wahr?« Ihr Tonfall war völlig unschuldig, ihr Lächeln liebenswürdig.

»Ich nehme an, Prinz Dmitriew wird bis dahin sehr mit den Einzelheiten beschäftigt sein«, erwiderte Adam ernst.

»Mein Mann nimmt es immer peinlich genau mit den Details, und er ist unermüdlich, was seine Pflichten betrifft«, sagte sie. »Ja, ein wenig Lachs, danke.« Sie lächelte dem Bediensteten zu, der mit einem Silbertablett mit Fisch neben ihr stand. »Nein, ich nehme nur Wasser, danke.« Sie entließ den Butler mit der Weinkaraffe mit einer Handbewegung.

Adam blickte sie überrascht an. »Kein Wein, Sophie?«

Sie runzelte die Stirn. »Mir ist heute nicht danach. Vielleicht bekommen mir Reisen zu Wasser ebensowenig wie Kutschfahrten.«

»Der Fluß ist so glatt wie ein Spiegel«, protestierte Adam, während er ein Stück von seinem Lachs abschnitt. »Du wirst dich bald daran gewöhnt haben.«

»Das mag schon sein.« Sophie zuckte mit den Achseln. »Ich habe auf jeden Fall einen Bärenhunger.«

Um sie herum summten die Gespräche, Köpfe neigten sich in intimer Klausur einander zu, Gelächter stieg auf. Adam und Sophie genossen eine Form von öffentlicher Privatsphäre, zogen keinerlei Aufmerksamkeit in dem allgemeinen Stimmengewirr auf sich, als sie ihre Unterhaltung intimer Vertrauter in der Sprache flüchtiger Bekannter fortsetzten.

Nach dem Essen spielte ein Orchester an Deck, und den ganzen Frühlingsabend hindurch bis in die schimmernde Nacht hinein tanzte die Gesellschaft, schlenderte lachend an Deck umher und brach in erstaunte Ausrufe aus, als sie durch das Land der Kosaken segelten, das so friedlich unter dem sternenübersäten Himmel dalag.

Die Zarin verließ das rauschende Fest am Arm von Monsieur Redcoat relativ frühzeitig, aber für ihre Gäste oder ihre Hofdamen gab es keine zeitliche Begrenzung. Es war schon spät, als sich Sophie zur kaiserlichen Galeere zurückrudern ließ, um den Frieden ihrer Kabine aufzusuchen, wo Maria wartete, um ihr beim Zubettgehen behilflich zu sein.

Nachdem Sophie in ihrem Negligé war, entließ sie die Zofe. »Ich werde mir die Haare selber bürsten. Geh jetzt ins Bett. Du mußt müde sein.«

Maria war überrascht und dankbar über diese Rücksicht. Sie knickste, dann verschwand sie, um sich in den Bedienstetenunterkünften unter Deck zur Ruhe zu begeben.

Sophie strich mit der Bürste durch die seidige Kaskade ihrer Haare. Sie hatte sich in gewisser Weise mit Marias Anwesenheit abgefunden. Man konnte der Leibeigenen keinen Vorwurf daraus machen, daß sie den Befehlen eines solchen Herrn wie Prinz Dmitriew gehorchte; aber diese Einsicht linderte nicht Sophies Sehnsucht nach Tanja Feodorowna und ihrem gesunden Menschenverstand.

Sie schlüpfte aus dem apricotfarbenen Seidennegligé und streckte sich müde. Es war ein wundervoller, höchst erstaunlicher Tag gewesen, einer, der versprach, der erste in einer Reihe vieler solcher Tage zu sein.

Trotzdem fühlte sich Sophie ungewöhnlich erschöpft. Der Luxus einer Federmatratze hüllte sie ein, als sie ins Bett kletterte.Das Bullauge stand offen, erfüllte die Kabine mit dem milchigen Schimmer des Nordlichts; das rhythmische Klatschen der Riemen ließ sie langsam eindösen, und Sophie schloß die Augen...

Ein Klopfen an der Kabinenwand neben ihrem Kopf vermischte sich mit den nächtlichen Fahrtgeräuschen. In der köstlichen Trägheit des Halbschlafs konnte sie das Geräusch erst nicht von den übrigen trennen, bis es zu einem hartnäckigen, eindringlichen Rhythmus anschwoll. Sophie war jetzt hellwach. Das war kein zufälliger Rhythmus. Das Pochen war eindeutig dafür gedacht, eine Reaktion zu erzeugen.

Zögernd klopfte sie zurück, während ein Lachen über dieses Spiel, das lächerlich schien und dennoch irgendwie zu Prinz Potemkins Märchenland paßte, in ihrer Kehle aufstieg.

»Ich dachte schon, du würdest niemals aufwachen.« Ein übermütiges Glucksen schwang in der Stimme mit, die hinter der dünnen Trennwand aus Holz direkt neben ihrem Kopf flüsterte.

»Adam!« Sophie setzte sich auf und schlug sich die Hand vor den Mund, um ihr erstauntes Aufquietschen zu dämpfen. »Wo bist du?«

»Gleich nebenan natürlich. Wo bleibt dein schneller Verstand?«

»Der schläft noch halb«, flüsterte sie kichernd. »Wie bist du dort hingekommen?«

»Ganz einfach. Die Verteilung der Kabinen auf der Galeere war meine Aufgabe.«

»Warum hast du mir nichts davon gesagt?«

»Ich dachte, du wärst für eine Überraschung fällig.«

»Kommst du zu mir?«

»Ich denke, das läßt sich vielleicht einrichten.«

Sophie krümmte sich vor Lachen über seinen nüchternen, bedächtigen Tonfall, vergrub ihr Gesicht in den Kissen und zog sich die Decke über den Kopf.

»He! Was tust du da in diesem Kokon?« In weniger als einer Minute wurde die Decke weggerissen, und Adams Flüstern, erfüllt von seiner eigenen übermütigen Ausgelassenheit, ertönte über ihr. »Dreh dich herum!«

Sophie rollte sich auf den Rücken, zeigte ihm rosige Wangen, auf denen Lachtränen schimmerten. »Ich kann einfach nicht glauben, daß du das hier ausgeklügelt hast.« Sie schnappte prustend vor Lachen nach Luft. »Es sieht dir so gar nicht ähnlich.«

Adam sah verletzt aus. »Ich dachte, ich hätte in letzter Zeit in solchen Dingen ziemlich viel Geschick entwickelt.«

Sophie verkrampfte sich leicht, konnte jedoch keine Spur der alten Gezwungenheit in seiner Stimme oder seinem Gesichtsausdruck entdecken. Sie streckte sich mit einer herausfordernden Bewegung und lächelte verführerisch zu ihm auf. »Du hast dich zu einem Experten entwickelt, um es ganz genau zu sagen.«

Der graue Blick schweifte langsam über ihren Körper hinweg. Das dünne seidene Nachthemd schmiegte sich an die sanften Kurven von Brüsten und Hüften, fiel über dem flachen Bauch ein wenig ab und betonte die leicht hervorstehenden Hüftknochen, die eine seiner größten Wonnen waren in diesem Garten der Lüste, der in schamloser Freizügigkeit vor ihm ausgebreitet lag.

»Zieh dein Nachthemd aus«, befahl er sanft.

»Du ziehst es aus«, gab sie zurück und fuhr sich mit der Zungenspitze über die Lippen, während sie sich erneut verführerisch rekelte, ihn absichtlich quälte.

Adam schüttelte den Kopf. »Das Leben wäre wesentlich leichter, wenn du jemals gelernt hättest, das zu tun, was man dir sagt«, murmelte er klagend. Sein energisches Vorgehen strafte den jammervollen Ton jedoch Lügen. Mit einer einzigen blitzschnellen Bewegung beugte er sich zu ihr hinunter, hob sie vom Bett und stellte sie fest auf die Füße. »So, und jetzt tu, was ich dir sage.«

Sophies Augen verengten sich. Sie griff nach dem Gürtel seines Hausmantels, löste langsam den Knoten und zog die Seiten auseinander, als sie hungrig an seinem Körper hinabschaute, auf diese Weise entblößt für ihren begehrlichen Blick. Sie kam noch näher, preßte ihre Lippen auf seine Brustwarzen, reizte sie mit ihrer Zungenspitze, bis sich die kleinen Knospen unter der feuchten Liebkosung hart aufrichteten. Eine Hand strich zärtlich über seinen Bauch, fühlte, wie sich die Muskeln seines Unterleibs unter der Berührung unfreiwillig zusammenzogen, bevor sie tiefer hinunterglitt, um die empfindliche Stelle zwischen seinen Schenkeln zu liebkosen.

»Ungehorsam ist nicht immer ein Verbrechen, nicht wahr?« murmelte Sophie schelmisch, als sie in die Knie ging, ihn zwischen ihren Händen hielt und dann mit sinnlichem Schalk zu seinem verzückten Gesicht auflächelte, während ihre Zunge in einem erotischen Tanz über seine Männlichkeit spielte, der Adam ein wollüstiges Stöhnen entlockte. Seine Hände schlossen sich fest um ihren Kopf, Finger vergruben sich in der üppigen, schimmernden Masse dunkler Haare.

»Hexe!« rief er, zitternd Luft holend. »Steh auf, um Gottes willen.« Er faßte sie unter den Armen und zog sie wieder auf die Füße. »Zieh dieses verdammte Nachthemd aus.«

»Ich höre und gehorche, Herr.« Sophie gehorchte lachend und warf das hauchzarte Kleidungsstück auf den Fußboden. »Und was jetzt?« Sie stützte die Hände in die Hüften und warf den Kopf zurück, ein Funkeln der Herausforderung in den dunklen, leuchtenden Augen.

Die Luft knisterte und vibrierte, als ihr Liebesspiel seinen Fortgang nahm. Adam streckte die Hand aus, griff in die duftige Masse von Haaren, schlang sie um sein Handgelenk und zog Sophie wie einen Fisch an der Angel zu sich her. »Sophia Alexejewna, es wird Zeit, daß du begreifst, was geschieht, wenn deine Herausforderung angenommen wird«, murmelte er und drehte sie mit dem Gesicht zum Bett um...

»Lieber Himmel!« stöhnte Sophie eine ganze Weile später, als ihre Knie unter ihr nachgaben und sie bäuchlings aufs Bett fiel. »Wenn es das ist, was passiert, wenn meine Herausforderung angenommen wird, dann werde ich es mir zur Gewohnheit machen, sie häufiger zu äußern.«

Adam tätschelte ihren Po mit der Hand, im Augenblick zu atemlos, um mit Worten zu antworten. Sie lagen im silbrigen Licht des Mondes, das durch das Bullauge hereinströmte, bis der Schweiß der Ekstase auf ihren Körpern getrocknet war. Sophie fröstelte in der plötzlichen Kühle und griff nach der

Decke, die zerknüllt unter ihr lag, doch Adam kam ihr zuvor, drehte ihren Körper herum, während er die Decken entwirrte, und zog sie dann über sie. Seine Fingerspitze spielte mit einer ihrer Knospen, als er ihre Brust bedeckte und den schwellenden Hügel mit einer Hand drückte.

»O nein, bitte tu das nicht!« Sophie zuckte zusammen und legte ihre Hand auf seine.

»Habe ich dir weh getan, Liebste?« Adam setzte sich schuldbewußt auf. »Ich wollte nicht grob sein.«

»Du bist nicht grob gewesen«, erwiderte sie. »Ich bin nur im Moment etwas empfindlich. Ich nehme an, es ist die gewisse Zeit des Monats.« Plötzlich brach kalter Schweiß auf ihrem Körper aus. Adam, der nichts davon bemerkte, legte sich wieder neben sie. Sophie starrte hinauf an die Kabinendecke und kämpfte mit ihrem schlechten Gedächtnis. Wann? Sie konnte sich nicht erinnern. Sie hatte diesem unvermeidlichen monatlichen Unwohlsein niemals die geringste Beachtung geschenkt. Es kam, wenn es kam. Schweiß rann zwischen ihren wunden Brüsten herab, sammelte sich in ihrem Nabel. Übelkeit, Abgeschlagenheit, kein Appetit auf Wein, enormer Hunger... Heilige Mutter Gottes, sie brauchte Tanjas erfahrenen Rat nicht, um die Anzeichen richtig zu deuten! Ihr Körper verkrampfte sich augenblicklich.

»Was hast du?« Adam stützte sich auf einen Ellenbogen. »Du bist plötzlich so steif wie ein Brett, Sophie.« Er strich ihr liebevoll übers Haar. »Du bist ja in Schweiß gebadet, Liebste. Fühlst du dich nicht wohl?«

Sie leckte sich mit der Zungenspitze über ihre ausgetrockneten Lippen. »Ich bin nicht direkt krank. Ich glaube... ich glaube, ich erwarte ein Kind, Adam.«

Einen Moment lang herrschte Schweigen. Adam lag ruhig und unbeweglich da. »Aber ich dachte, du...«

»Das dachte ich auch«, unterbrach sie ihn. »Aber es

scheint, als wäre die Tatsache, daß Paul noch keinen Erben gezeugt hat, wohl doch *sein* Versagen und nicht das seiner Ehefrauen.«

Adam setzte sich auf, sein Ausdruck war ruhig und gelassen. »Hast du nur den Verdacht, Sophie, oder weißt du es ganz genau?«

»Ich weiß es«, erwiderte sie hoffnungslos. »Aber ich wußte es nicht bis zu dieser Minute. Ich habe noch nicht mal etwas davon geahnt... obwohl die Anzeichen... ach, was sollen wir nur tun, Adam?«

»Ich nehme an, dein Ehemann wird überglücklich sein«, sagte er leise, seine innere Qual sorgfältig vor ihr verbergend.

»Es kann unmöglich Pauls Kind sein«, erwiderte sie mit tonloser Stimme. »Er ist nur ein einziges Mal in mein Bett gekommen, nachdem er mich nach Berkholzskoje geschickt hatte, und da hat er versagt...« Sie zuckte mit den Schultern.

Adam glitt aus dem Bett und hüllte sich in seinen Hausmantel ein. Es war eine Information, die ihn mit geradezu närrischer Freude erfüllte, dennoch war es kaum eine hilfreiche Tatsache in dieser ernsten Notlage. Er zwang sich, seine Gedanken zu sammeln und mit logischen Überlegungen an die Sache heranzugehen. »Wie lange ist es her?«

Sophie schüttelte verlegen den Kopf. »Ich kann mich nicht erinnern. Ich weiß, es ist dumm, aber ich kann mich einfach nicht mehr erinnern.«

Er starrte sie an. »Es ist nicht so sehr dumm, Sophie, sondern erschreckend nachlässig. Alle Frauen behalten diese Angelegenheiten im Auge.«

»Woher weißt du, daß sie es tun?« Sie konnte die abwehrbereite Verdrießlichkeit in ihrer Stimme hören.

»Ich habe vier ältere Schwestern«, erklärte er kurz und bündig. »Die meiste Zeit haben sie mich wie ein Möbelstück behandelt. Ich habe viele Dinge gehört.«

»Schön, ich bin aber nicht wie alle Frauen.« Sie drehte ihr Gesicht zur Wand.

»Nein, das bist du nicht.« Er setzte sich neben sie auf das Bett und massierte sanft ihren Nacken. »Trotzdem mußt du dich zu erinnern versuchen. Es ist lebenswichtig. War es, bevor du nach Kiew gekommen bist?«

»Ja, ich glaube.«

Adam schloß verzweifelt die Augen. »Denk noch einmal gründlich nach, Sophie.«

Sie war sechs Wochen in Kiew gewesen. Nach einer Pause nickte sie entschieden. »Ich habe kein monatliches Unwohlsein mehr gehabt, seit ich in Kiew angekommen bin.«

Er seufzte. »Laß uns versuchen, noch ein wenig genauer zu sein. War es vor der Wolfsjagd?« Dann heiterte sich seine Miene auf. »Die Frage kann ich sogar selbst beantworten. Erinnerst du dich, wie wütend ich war, als du während der Jagd über diese Schlucht gesprungen bist?«

Sophie wandte sich verwirrt zu ihm um. »Ja, aber was hat das...? Ahh... natürlich, es war jene Nacht. Du hattest beschlossen, mir zu verzeihen, nur leider war ich indisponiert.« Einen Moment lang lächelte sie bei der Erinnerung, als hätte sie vergessen, warum sie wachgerufen worden war.

»Das war Ende Januar«, erklärte Adam. »Jetzt ist Anfang April. Wir haben vielleicht noch bis Juli Zeit, bevor dein Zustand zu offensichtlich wird, um sich unter deinen Kleidern verbergen zu lassen, egal, wie weit sie sind.«

»Was schlägst du vor?« Sie lag lang ausgestreckt da und blickte in sein Gesicht auf, das nichts enthüllte, nur den gefaßten Ausdruck eines Mannes zeigte, der daran gewöhnt ist, Pläne zu schmieden, mit Krisen fertigzuwerden. Auf eine Weise war es tröstlich, andererseits auch wieder erschreckend, daß er keinerlei emotionale Reaktion auf diese Katastrophe bekunden sollte.

Abrupt stand Adam auf und trat an das Bullauge, blickte hinaus auf die Landschaft, die im Mondschein langsam vorbeiglitt. Was für eine tragische Ironie des Schicksals. Die Frau, die er liebte, trug sein Kind unter dem Herzen, ein Kind, das er niemals als sein eigenes anerkennen konnte. Und seine Frau hatte das Kind eines anderen Mannes erwartet, das sie ihrem Ehemann als sein eigenes unterjubeln wollte.

»Es gibt nur eine Lösung, Sophie.« Er sprach in die Nacht hinaus, so daß sie sich aufsetzen und sich zu ihm herumdrehen mußte, um ihn zu hören. »Es ist ein weitverbreitetes Problem, und die Lösung ist ebenso weitverbreitet. Du mußt am Hof bleiben, bis sich dein Zustand nicht länger verbergen läßt. Dann mußt du die Kaiserin um Erlaubnis bitten, dich für eine Weile nach Berkholzskoje zurückziehen zu dürfen. Falls es sich nicht umgehen läßt, wirst du ihr die Wahrheit sagen. Sie wird dir nicht das Recht verweigern, diesen ... dein Versehen zu vertuschen.«

Er zuckte mit den Schultern, sein nüchterner Tonfall kaschierte seine schreckliche Trostlosigkeit. »Sie war gezwungen, das gleiche während ihrer eigenen Ehe zu tun. Du wirst das Kind zur Welt bringen, das dann bei einer Familie auf dem Gut untergebracht werden wird. Das Kind wird zu seinem eigenen Schutz in Unkenntnis seiner wirklichen Herkunft aufwachsen, aber es wird gut versorgt sein.«

Er drehte sich wieder zum Raum um, doch sein Gesicht war von Schatten verhüllt. »Zum Glück wird dein Ehemann während dieser Reise nur selten in deiner Gesellschaft sein. In Kiew, auf der Rückreise, wirst du dein Gesuch an die Kaiserin richten. Da Prinz Dmitriew in Berkholzskoje nicht willkommen sein wird, gibt es allen Grund zu der Hoffnung, daß er niemals die Wahrheit herauszufinden braucht. Nach der Geburt wirst du nach St. Petersburg zurückkehren, als wäre nichts geschehen.«

Sophie legte eine Hand auf ihren Bauch, während Welle für Welle der Trostlosigkeit über sie hinwegrollte, bis sie dachte, sie würde in der Finsternis ertrinken. »Wir müssen unser Kind aufgeben?«

»Es gibt keine Alternative«, erwiderte er rauh.

»Wenn wir auf der Krim angekommen sind, wäre es ganz einfach, über die Grenze in die Türkei zu verschwinden«, flüsterte sie.

»Und was sollten wir dort anfangen?« fragte er brüsk. »Wir wären geächtete Ehebrecher, ohne Familie, ohne Vermögen, die durch das Ottomanische Reich zögen und der Gnade jedes türkischen Banditen ausgeliefert wären... ach, Sophie, sieh es doch realistisch.«

Sie senkte schweigend den Kopf, das dichte Haar fiel nach vorn und entblößte die geschmeidige Säule ihres Nackens. Adam trat auf das Bett zu, beugte sich herunter und küßte die zerbrechliche, schlanke Säule. »Wir haben noch mindestens bis Juni Zeit, Liebste. In Potemkins Wunderland ist auch ein Platz für uns. Laß uns die Gegenwart genießen und uns der Zukunft stellen, wenn es soweit ist.«

In einer Welt, in der das Glück so flüchtig war, einem mit solcher Gewalt entrissen werden konnte, wäre es eine verbrecherische Verschwendung gewesen, das, was man hatte, mit dem zu besudeln, was sein würde. Sophie hob den Kopf und streckte eine Hand aus, um sein Gesicht zu streicheln.

»Dann wollen wir in Potemkins Illusionen leben, Liebling, und den Ersatz für die Realität willkommen heißen.«

Während die Galeeren in majestätischer Prozession den Dnjepr hinunterglitten, verschwor sich alles, um sicherzustellen, daß die Wirklichkeit ausgelöscht wurde, als sich die illustre Reisegesellschaft im Traumland des Prinzen verlor. Die Luft war erfüllt mit Musik von den Orchestern, die auf den

Decks spielten. Bunte Flaggen flatterten fröhlich in der Frühlingsbrise. An den Ufern fanden beständig historische Aufführungen vor dem staunenden, bezauberten Publikum statt. Gelegentlich tauchte plötzlich eine Gruppe von Kosakenreitern auf, im Galopp aus der Wüste herbeipreschend, um vor ihrer Kaiserin und deren Gästen erstaunliche Pferdedressuren und tollkühne Reiterkunststücke aufzuführen, die Sophie aufs höchste begeisterten.

»Ich wünschte, ich könnte mitmachen«, sagte sie wehmütig zu Adam, als sie an der Reling lehnten. »Auf Khan könnte ich alle diese Dinge ebensogut.«

Adam, der mit eigenen Augen gesehen hatte, was sie alles auf dem Rücken ihres Kosakenhengstes zustande brachte, stimmte ihr zu. »Warum schlägst du Potemkin nicht vor, sie sollten eine kriegerische Frau in ihrer Mitte haben, wenn sie noch einmal auftreten? Ich bin sicher, er kann ein passendes Kostüm besorgen.«

»Glaubst du, das ließe sich machen?« Sophie blickte eifrig zu ihm auf. »Ach, ich merke schon, du willst mich nur nekken.«

»Nein, ganz bestimmt nicht!« rief er und wünschte sich, er könnte eine windzerzauste Locke unter ihren Hut zurückstreichen, könnte einen Kuß auf die Spitze dieser geraden Nase drücken, könnte...

»Schau dir nur das hübsche Dorf an.« Sophie, die sich seiner sehnsüchtigen Gedanken nicht bewußt war, hatte sich wieder zur Reling umgewandt. Farbenfroh gestrichene Häuser standen inmitten mit verschwenderischer Pracht blühender Gärten. Bauern, lächelnd und winkend, mit sauberen, ordentlichen Kleidern, auf denen nicht ein Flicken zu sehen war, arbeiteten in ihren Gärten oder trieben Ziegen oder Kühe die schnurgerade weiße Straße entlang, die in der Steppe verschwand.

»Glauben Sie, diese Häuser sind mehr als nur bunt bemalte Attrappen?« Der Prinz de Ligne erschien neben Sophie an der Reling. Er schüttelte verwundert den Kopf. »Glauben Sie wirklich, daß dort Menschen drin wohnen, Prinzessin?«

»Die russischen Bauern sind im allgemeinen nicht so gut gekleidet und leben auch nicht in solchen Häusern«, erwiderte sie mit einem Seufzer. »Aber ich glaube nicht, daß wir den Anblick des wahren Rußlands zu sehen bekommen sollen.«

»Die Straße dort ist letzte Nacht gebaut worden«, erklärte Adam mit der Autorität eines Mitglieds von Potemkins persönlichem Mitarbeiterstab. »Die Mannschaften haben die ganze Nacht gearbeitet, um das Dorf, die Gärten und die Straße zu erschaffen.«

»Nur um gerade so lange ausgestellt zu werden, wie es dauert, bis diese Flotte vorbeigezogen ist«, warf der Comte de Ségur ein. »Es ist ein Wunderwerk, das Potemkin erschaffen hat. Ein Wunderwerk zum Ruhme seiner Kaiserin.«

»Aber keiner von uns ist in der Lage, seinem Charme zu widerstehen«, erwiderte Sophie wahrheitsgemäß.

»Nein, tatsächlich nicht.« Wieder schüttelte der preußische Gesandte erstaunt den Kopf. »Man fühlt sich in eine andere Zeit, eine andere Welt versetzt.« Dann lachte er. »Wir sind Teil von Kleopatras Flotte; die Zarin ist eine moderne Königin von Ägypten.«

Potemkin hat eindeutig das erreicht, was er sich vorgenommen hat, dachte Adam, während er auf die Großartigkeit der blumenübersäten Steppe hinausblickte, den strahlend blauen Himmel, die ganze Pracht dieser wilden Landschaft. Der Prinz hatte diesen Schwarm vornehmer, hochrangiger Ausländer mit der überwältigenden Erhabenheit Rußlands und der Erhabenheit seiner Kaiserin beeindrucken wollen. Sie ließen sich vielleicht nicht von Potemkins Illusionen täuschen, dennoch waren sie voller Bewunderung – ein Eindruck, den sie ihren ausländischen Regierungen mitteilen würden.

Pfeifentöne zwitscherten über das Wasser. Sophie beugte sich über die Reling und sah eine Barkasse auf die Galeere zurudern. Ihr Ehemann saß als einziger Passagier darin, prächtig anzusehen in seiner funkelnden Uniform und dem mit Federn geschmückten Hut. Instinktiv wich Sophie von Adams Seite zurück. An der Gesellschaft des Prinzen de Ligne und des Comte de Ségur war nichts auszusetzen; tatsächlich gehörte es ja zu ihren Pflichten, für ihre Unterhaltung und ihre Bequemlichkeit zu sorgen. Wie ein gejagtes Tier, das schützende Deckung sucht, trat Sophie zwischen die beiden Botschafter und begann eine angeregte Unterhaltung über die Musik, die gerade die Luft um sie herum zum Schwingen brachte.

Prinz Paul Dmitriew betrat die Galeere unter dem Zeremoniell, das einem Mann seines Ranges zustand. Sein Stock war unter seinen Arm geklemmt, seine Uniformknöpfe blitzten in der Sonne, die Federn seines Hutes wehten elegant in der milden Brise. Seine kalten, blaßblauen Augen fielen auf seine Ehefrau.

»Madame.« Er trat auf sie zu, ergriff ihre Hand und küßte sie zur Begrüßung auf die Wange, ganz der liebende Ehemann. »Ich fürchte, ich habe dich schlimm vernachlässigt, meine Liebe, aber die Pflicht muß nun mal Vorrang vor dem Vergnügen haben.«

»Und du bist wirklich sehr pflichtbewußt, Paul«, erwiderte Sophie leicht schnippisch.

Adam ballte die Hände zu Fäusten. Sophie würde doch ihren Ehemann sicher nicht unterschätzen – nicht nach dem, was er ihr angetan hatte und anzutun versuchte, oder? Sie würde ihn mit der Schnelligkeit ihrer Erwiderungen nur noch mehr in Wut versetzen. Es war eine Schlagfertigkeit, die ihr leicht fiel, das wußte Adam. Aber es war heller Wahnsinn, ihre Kräfte mit einem Mann wie Paul Dmitriew zu messen.

Ein boshaftes Lächeln spielte um die dünnen Lippen des Generals. »Es gibt keine Pflicht, die zu erfüllen ich versäumen werde, meine teure Frau. Sei versichert, daß ich alle notwendigen Maßnahmen ergreifen werde.«

Die bedrohliche Erinnerung an jene Pflicht, die er auszuüben beabsichtigte, wenn das Leben wieder seinen normalen Gang nehmen würde, ließen erneut Übelkeit und Angst in Sophie aufsteigen; aber hier war sie völlig sicher, unter dem strahlend blauen Himmel in Potemkins Märchenland, Adam an ihrer Seite, in Gesellschaft der beiden liebenswürdig lächelnden Botschafter, die nichts Ungewöhnliches aus dem Wortwechsel heraushörten. Hier war sie sicher... für den Augenblick. Ihre Hand wanderte unwillkürlich zu ihrem Leib hinunter.

# 16. Kapitel

»Fällt dir irgend etwas Ungewöhnliches an Sophia Alexejewna auf, Grischa?« fragte Katharina eines späten Abends in ihrer Kabine mit dem breiten Doppelbett. Sie lehnte sich stirnrunzelnd in ihrem Sessel zurück. Der Favorit spielte im Augenblick mit einigen seiner Regimentskameraden Karten in der Bibliothek, ein Zeitvertreib, den seine kaiserliche Mätresse mit wohlgefälligem Lächeln betrachtete. Seine Abwesenheit verschaffte ihr und Potemkin Gelegenheit für eine intime Diskussion.

»Sie ist verliebt«, erwiderte Potemkin unmißverständlich. »Anders läßt sich dieses Strahlen gar nicht erklären.«

»Aber in wen?« Katharina trommelte ratlos mit den Fingerspitzen auf die Sessellehne. »Prinz de Ligne und auch der Comte de Ségur sind viel in ihrer Gesellschaft, aber sie kann unmöglich so töricht sein, in diesen Kreisen eine Affäre zu beginnen.«

»Sie stehen rangmäßig nicht über der Prinzessin«, bemerkte Potemkin sanft.

»Nein, natürlich nicht. Darum geht es auch gar nicht.« Ungeduld schwang in der sonst so ruhigen Stimme der Kaiserin mit. Sie nahm einen kräftigen Schluck von dem Glas heißen Wassers, das als ihr gewohnter Schlaftrunk diente. »Aber Prinz Dmitriew ist nicht der Mann, der mit Gelassenheit über ein kleines Abenteuer seiner Ehefrau hinwegsehen würde. Wir können uns keinen Skandal leisten, in den ausländische Botschafter verwickelt sind.«

»Es wäre vielleicht ratsam, den General ständig zu beschäftigen«, überlegte Potemkin laut. »Bis wir herausfinden, wer dieser glücklichste aller Männer ist.«

Katharina lächelte. »Höre ich da eine Spur von Neid heraus, Grischa?«

»Ich fürchte, ja.« Der Prinz seufzte schwer, aber sein Auge glitzerte. »Zum Glück herrscht hier kein Mangel an Schönheit und Jugend, so daß man jederzeit Trost für zerstörte Hoffnungen finden kann.«

»Schön, also du wirst den Ehemann soweit wie möglich von seiner Frau fernhalten. Und ich werde ein kleines Gespräch mit ihr führen... Ah, Sascha. Hast du gewonnen?« Strahlend lächelnd wandte sich die Kaiserin zu der gerade geöffneten Tür um, wo Alexander Mamonow gegen den Türrahmen lehnte – nicht mehr ganz nüchtern, seine rote Uniformjacke am Hals aufgeknöpft.

»Leider Gottes nein, Madame«, sagte er mit einem leichten Rülpser. Dann begegnete er Potemkins stechendem Blick. Der Prinz hatte Monsieur Redcoat in das Bett der Zarin geschafft und könnte ihn ebenso leicht wieder daraus entfernen. Alkohol neigte dazu, Manneskraft und Leidenschaftlichkeit zu hemmen, und Ihre Kaiserliche Majestät forderte ein Höchstmaß an Leidenschaftlichkeit von ihren jungen Liebhabern. Potemkin würde ein Nachlassen seiner nächtlichen Leistung nicht gutheißen.

»Ich verlasse Sie jetzt, Madame.« Potemkin beugte sich über Katharinas Hand und küßte ihre Fingerspitzen. Und wenn in ihrer beider Brust die machtvolle Erinnerung an Küsse erwachte, an die exzessive Leidenschaft der erotischen Liebe, die sie so viele Jahre zuvor miteinander genossen hatten, so war es ein Geheimnis, das sie vor dem jungen Mann verbarg, der sich jetzt angestrengt bemühte, sich auf die Pflichten der Nacht vorzubereiten, die vor ihm lag.

Eine verwirrte Sophie verließ am nächsten Morgen die Kabine der Kaiserin. Sie war gerade eben einer freundlichen und dennoch sehr geschickten Befragung unterzogen worden, und sie wußte nicht, warum. Die Kaiserin hatte Fragen über ihre Gesundheit gestellt, ihre Gewohnheiten, über Freunde, die sie an Bord gewonnen hatte, hatte wissen wollen, wieviel Zeit sie mit ihrem Ehemann verbrachte.

Sie hatte Sophies Meinung über all die hochrangigen Gäste an Bord hören wollen, und den freundlich lächelnden Augen war nicht eine Nuance in Sophies Gesichtsausdruck entgangen, als diese freimütig geantwortet hatte. Ja, doch, sie empfand den französischen und den preußischen Botschafter als besonders sympathisch und interessant, aber die Kaiserin hatte doch ebenfalls diesen Eindruck gewonnen, nicht wahr? Es wäre schwierig, nicht von derart kultivierten, geistreichen, witzigen Herren amüsiert zu sein. Die Zarin war gezwungen gewesen, der anscheinend unanfechtbaren Objektivität ihrer Hofdame zuzustimmen.

Nach einer Stunde war Sophie entlassen worden. Sie hatte keine Ahnung, ob die Zarin herausgefunden hatte, was immer das sein mochte, was sie hatte herausfinden wollen. Die Befragung war sehr nervenzermürbend gewesen, besonders wenn man tatsächlich ein besonders schwerwiegendes Geheimnis mit sich herumtrug. Ob die Zarin vielleicht etwas von dem Liebhaber, der Schwangerschaft argwöhnte? Nein, nichts in ihrem Gesicht oder an ihrer Figur ließ auf das letztere schließen, und sie und Adam waren viel zu vorsichtig, um Verdacht zu erregen.

Es hing jedoch noch eine andere Wolke drohend am Horizont. Im Morgengrauen würden sie in Kaidak ankommen, wo sich der Prinz von Preußen der kaiserlichen Reisegesellschaft anschließen würde. Pauls wichtigste Aufgabe wäre dann erfüllt. Wahrscheinlich würde er dann mehr Zeit für die gesellschaftlichen Veranstaltungen haben, die den Tagesablauf an Bord bestimmten. Er würde sooft, wie es ihm gefiel, in Gesellschaft seiner Frau sein können.

Wieder prickelte dieser angstvolle Schauder ihr Rückgrat hinunter. Dmitriew ließ keine Gelegenheit aus, sie an die vorübergehende Natur ihres augenblicklichen Zufluchtsortes zu erinnern. In Gesellschaft sprach er offen über seine Absicht, eine Weile auf seinen Landgütern zu leben, sobald diese Reise beendet war. Die kalten blauen Augen ruhten dann jedesmal in spöttischer Verachtung auf Sophie, als könnte er durch ihre gleichgültige Fassade hindurchschauen und die panische Angst dahinter sehen. Allein, gefangen in dem Landhaus, nur mit Leibeigenen als Zeugen, die in ihrem eigenen angstvollen Gehorsam blind und taub für ihre Qual wären, würde sie ungeschützt einer Grausamkeit ausgeliefert sein, die keine Grenzen kannte.

Und falls er ihre Schwangerschaft entdecken sollte... lieber Gott, die Bilder, die ein solcher Gedanke heraufbeschwor, waren so erschreckend, daß Sophie sie hastig verdrängte. Angenommen, sie konnte die Kaiserin nicht dazu bewegen, ihr die Erlaubnis zu erteilen, sich nach Berkholzskoje zurückzuziehen? Die Erlaubnis der Kaiserin würde alle gegenteiligen Befehle ihres Ehemannes außer Kraft setzen, aber was, wenn Katharina ihr noch nicht einmal die wenigen Monate auf dem Land gewährte, die notwendig waren, um heimlich das Kind zur Welt zu bringen, das sie trug?

In dieser Nacht antwortete Sophie nicht auf das Klopfen an der Trennwand. So gepeinigt, wie sie von den Schreckensbildern einer Phantasie war, die der Gefühlsaufruhr der Schwangerschaft noch verstärkte, wußte sie, daß sie sich in dieser Nacht vor Adam nicht so benehmen könnte, als wäre nur die augenblickliche Illusion wichtig. Es würde ihre Ängste nicht lindern, sie mit ihm zu teilen, und es würde nur zu grausam zu

Adams eigenen Ängsten beitragen, die er so mannhaft vor ihr zu verbergen versuchte.

Nebenan betrachtete Adam stirnrunzelnd die dünne, höchst schweigsame hölzerne Trennwand. Er war den ganzen Tag mit Potemkin und den Vorbereitungen für die morgige Ankunft in Kaidak beschäftigt gewesen. Ein kurzer Blick auf Sophie während des Dinners war alles, was ihm vergönnt gewesen war. Und es war kein Anblick gewesen, der viel für seinen Seelenfrieden getan hätte. Sie hatte matt und irgendwie entrückt gewirkt, so ganz ohne ihre gewohnte strahlende Lebhaftigkeit. Ob sie jetzt schlief? Er starrte auf die Trennwand, als könnte er sie durch seinen Blick zum Einsturz bringen. Sie wich natürlich nicht, aber er war überzeugt, daß Sophie auf der anderen Seite hellwach im Bett lag.

Sein Mund verzog sich grimmig. Der schmale Gang draußen vor der Kabinentür war still und menschenleer, und Adam schlüpfte lautlos wie ein Schatten aus seiner Kabine und dann zu Sophies Tür hinein. Die Erhebung unter der Bettdecke bewegte sich, als er die Tür schloß.

»Du schläfst ja gar nicht«, stellte er fest, während er auf leisen Sohlen zum Bett eilte. »Spiel keine Spielchen mit mir, Sophie. Ich bringe einfach nicht die Geduld dafür auf.«

Sophie schlug die Augen auf, fragte sich, warum er so verärgert klang. »Mir ist heute nicht nach Liebe zumute.«

»Dann werden wir uns nicht lieben«, erwiderte er nüchtern. »Ist das der Grund, weshalb du mir nicht geantwortet hast, als ich geklopft habe?« Als sie nichts entgegnete, setzte er sich auf die Bettkante, nahm ihr Kinn zwischen Daumen und Zeigefinger und drehte ihr Gesicht zu sich herum. »Ich hoffe doch, das war nicht der Grund, Sophia Alexejewna. Ich bin nicht irgendein Kunde im Hurenhaus.«

Zornige Röte kroch über die blassen Wangen. Die dunklen Augen blitzten. »Wie kannst du nur so etwas sagen!«

»War das der Grund?«

»Nein, natürlich nicht.« Sie seufzte. »Warum bist du so ungehalten?«

»Weil dich etwas bekümmert, dich schon den ganzen Tag bekümmert hat, es sei denn, ich interpretiere deinen Ausdruck völlig falsch, und du würdest mich ausschließen wollen. Und jetzt setz dich auf und erzähl mir davon, bevor ich äußerst ärgerlich werde.«

»Ich frage mich, wie das wohl sein würde«, murmelte Sophie, ein nachdenkliches Funkeln im Blick.

»Du bist kurz davor, das herauszufinden.«

Es war eine scherzhafte Bemerkung, und dennoch schwang Ernst darin mit. Sophie setzte sich auf und strich sich die Haare aus dem Gesicht. »Ich glaube, es ist gut, daß wir morgen in Kaidak ankommen und diese zauberhafte Reise vorbei sein wird. Sie macht mich irgendwie bedrückt.« Es war zumindest die halbe Wahrheit.

»Aber von Kaidak aus werden wir deine geliebte Steppe durchqueren«, warf Adam ein. »Wir werden in Zelten unter dem Sternenhimmel schlafen. Nun komm schon, Liebes, es ist doch genau das, was du so liebst.«

»Kutschen«, sagte sie düster. »Kutschen und Paul. Sobald Friedrich Wilhelm zu uns stößt, wird Paul nicht mehr soviel zu tun haben.«

Adam runzelte die Stirn und fragte sich, welche der beiden Sorgen mehr Angst in Sophie auslöste. »Ich bin sicher, du wirst den größten Teil der Strecke reiten können, wenn du der Kaiserin von deinem Leiden in geschlossenen Kutschen erzählst«, sagte er. »Und wo es sich nicht ermöglichen läßt, kannst du vielleicht in einer offenen Kutsche fahren. Dort wird es nicht so schlimm sein.« Als er bemerkte, daß Sophie schon etwas zuversichtlicher wirkte, fügte er hinzu: »Ich weiß allerdings nicht, was mit deinem Mann sein wird. Ich habe die Anordnungen für den nächsten Abschnitt der Reise noch nicht zu sehen bekommen. Aber du bleibst im kaiserlichen Gefolge, und er bleibt bei den diensthabenden Offizieren. Es wird nicht anders als in Kiew sein.«

»Wahrscheinlich.« Sophie seufzte und lehnte ihren Kopf an seine Schulter. »Halte mich, Liebster. Ich fühle mich so schwach und verletzlich, als hätte ich mich gehäutet.«

»Dann nimm meine Haut«, sagte er sanft, während er neben sie ins Bett glitt, sie in die Arme nahm und sie fest an seinen Körper drückte. »Alles, was ich habe, ist dein, meine Herzallerliebste, Blut, Knochen und Sehnen.«

Zwei Tage später verließ die Reisegesellschaft, verstärkt durch Friedrich Wilhelm den Zweiten von Preußen, die Galeeren und brach in die Steppe auf. Sophie, die auf einer hübschen, temperamentvollen kleinen Stute saß, als der Zug sich in Bewegung setzte, fühlte, wie ihr Herz einen freudigen Hüpfer tat. Im Frühlingssonnenschein den Fluß hinunterzugleiten, war herrlich gewesen, und dennoch war nichts vergleichbar mit dem Gefühl, auf einem Pferderücken zu sitzen, auch wenn sie gezwungen war, im Damensattel zu reiten. Die Zarin hatte nicht die geringsten Schwierigkeiten bereitet, als sie von der besorgniserregenden Übelkeit erfuhr, die ihre Hofdame bei Reisen auf Rädern überfiel. Sie hatte Sophie nur geraten, nicht zu weit entfernt von der kaiserlichen Kutsche zu reiten.

Prinz Dmitriew war jedoch nicht so entgegenkommend. Als er seine Ehefrau auf einem feurigen Pferd sitzen sah und ihr fröhliches, erregtes Lachen hörte, preschte er auf seinem Hengst auf sie zu. »Was sehe ich da? Weshalb reitest du?« rief er aufgebracht.

»Ich habe die Erlaubnis der Zarin«, erwiderte sie in dem Versuch, ihre Stimme versöhnlich klingen zu lassen. »Sie hat Verständnis dafür gezeigt, daß mir in Kutschen übel wird.«

»Ich werde dich nicht wie ein schamloses Frauenzimmer reiten lassen, wenn der Rest des Gefolges Ihrer Majestät anständig in Kutschen reist«, sagte er mit eisiger Wut.

»Ich reite nicht wie ein schamloses Frauenzimmer«, entgegnete Sophie rebellisch, obwohl sie wußte, sie hätte es lieber nicht tun sollen. Dmitriews Hand um seine Reitpeitsche verkrampfte sich, und ihr Herz machte einen Satz. Aber der General war ein Meister der Selbstbeherrschung.

»Meine Liebe, sicher wirst du einsehen, daß dies nicht schicklich ist. Ich werde mit der Zarin sprechen.« Er wendete sein Pferd und ritt zur kaiserlichen Kutsche.

Aufs äußerste bestürzt zügelte Sophie ihre Stute. Ob es ihm gelingen würde, Katharina davon zu überzeugen, daß die Wünsche eines Mannes Vorrang vor den bloßen Schrullen der Ehefrau hatten?

»Sie sehen aus, als hätten Sie ein Vermögen verloren, Sophia Alexejewna.« Prinz Potemkin, übersprudelnd vor Begeisterung beim Anblick seines hervorragend organisierten Wagenzugs, ritt auf Sophie zu. »Kommen Sie, ich möchte keine traurigen Gesichter an einem Tag wie diesem sehen. Das erlaube ich einfach nicht. Ich befehle Ihnen ein Lächeln.«

Sophie bot einen kläglichen Versuch an. »Wirklich, Prinz, ich würde Ihnen ja gehorchen, wenn ich könnte, aber ich fürchte, mein Mann wird mich dazu verurteilen, in einer Kutsche zu reisen.«

»Aber warum das? Ich habe gehört, Sie reisen nicht gut auf diese Weise«, erklärte Potemkin, und sein eines Auge funkelte ärgerlich.

»Mein Mann hält Reiten für unschicklich«, murmelte sie und schlug die Augen nieder.

»Hab' noch nie solch einen Unsinn gehört!« Potemkin galoppierte davon, hinter General Dmitriew her.

Sophie konnte nur dasitzen und warten, während sie unschlüssig auf ihrer Unterlippe kaute. Wenn Pauls Einspruch zurückgewiesen wurde, würde seine Wut alle Grenzen sprengen; es würde jedoch einfach zu der Liste von Vergehen hinzugefügt werden, für die er Sophie in vollem Umfang zahlen zu lassen beabsichtigte. An diesem Punkt würde sie sich lieber die Hölle für später aufsparen, statt die gegenwärtige Qual einer Kutsche zu ertragen.

Der Zug setzte sich langsam in Bewegung. Weder Potemkin noch Paul waren wieder aufgetaucht, also trieb Sophie die Stute zu gemäßigtem Schritt an. Wirklich sehr schicklich, diese Gangart, dachte sie. Und entsetzlich langweilig! Sie gab der Stute leichten Schenkeldruck. Das Pferd fiel in Trott. Es war ein bißchen besser, aber nicht viel.

Sophie blickte sich nach rechts und links um. Die Kutschen rumpelten die Straße entlang, dahinter zuckelten die Gepäckwagen; eine endlose Wagenkette, die bis zum Horizont reichte. Sophie selbst war von Reitern umgeben, hauptsächlich Offizieren, und einem oder zwei der kaiserlichen Gäste, die Aktivität einer Reise im Sitzen vorzogen. Niemand schien die geringste Notiz von ihr zu nehmen. Vor ihr lag die herrliche Einsamkeit der Steppe, unter sich konnte sie die Bereitwilligkeit der Stute spüren, die Kraft und Schnelligkeit, die sie, Sophie, zügelte. Was konnte es schon groß schaden?

Drei Minuten später hörte Adam, der neben Potemkin an der Spitze der Karawane ritt, das Donnern von Pferdehufen und fühlte die Luft an sich vorbeipfeifen, als ein scheckiger Blitz vorbeischoß.

»Heilige Mutter!« rief Prinz Potemkin. »Das ist Prinzessin Dmitriewna... was für einen phantastischen Sitz sie hat.« Er schnalzte bewundernd mit der Zunge. »Aber ich glaube nicht, daß ihr Ehemann eine solche Flucht schätzen wird«, fügte er schmunzelnd hinzu.

Adam, aschfahl im Gesicht, brachte es kaum fertig, seine

Stimme ruhig zu halten. »Vielleicht sollte ich ihr nachreiten, Prinz. Möglich, daß die Zarin auch nicht davon angetan ist.«

Potemkin nickte. »Ja, ich glaube, Sie haben recht. Fangen Sie sie ein, wenn Sie können.«

Adam trieb sein Pferd zum Galopp an. Diesmal ritt Sophie nicht den unschlagbaren Khan, und sein eigenes Pferd konnte es mit jedem gewöhnlichen Tier aufnehmen.

Als Sophie die Hufe hinter sich hörte, blickte sie über ihre Schulter zurück. Sie winkte Adam zu, dann trieb sie ihre Stute zu noch größerer Geschwindigkeit an, ihren Verfolger zu einem Rennen einladend. Adam stieß jeden Fluch aus, den er kannte, während er seinem Pferd die Sporen in die Flanken drückte. Der Wallach, der nicht an derart unfreundlichen Ansporn gewöhnt war, auch wenn er noch so leicht erfolgte, machte einen Satz vorwärts und holte auf, bis er Kopf an Kopf neben der Stute hergaloppierte, die allmählich ermüdete. Sophie drehte sich lachend zu Adam um, als sie ihr Pferd zügelte. Dann erstarb das Lachen auf ihrem Gesicht, verblaßte aus ihren Augen.

»Du hast wohl ganz und gar den Verstand verloren!« rief er aufgebracht. »Wie kannst du es wagen, in deinem Zustand auf Teufel komm raus zu reiten?«

»Welcher Zustand?« fragte Sophie, die alles andere vergessen hatte und nur noch in der wunderbaren Freude ihres Ritts schwelgte. Dann dämmerte ihr die Erkenntnis. »Oh«, sagte sie. »Aber warum sollte das eine Rolle spielen? Ich bin ja nicht abgeworfen worden.«

Adam schickte ein rasches Gebet um Kraft und Beherrschung zum Himmel, während ihm eine Vielzahl von Möglichkeiten durch den Kopf schoß, seinen Gefühlen Luft zu verschaffen.

»Oh«, murmelte Sophie, die keine Mühe hatte, das aschfahle Gesicht und die zornsprühenden Augen richtig zu deuten. »Ich glaube, du bist kurz davor, mich zu ermorden und meinen Leichnam in der Steppe zu verscharren.«

»Etwas in der Art«, erwiderte er gepreßt.

»Ich habe allerdings den Eindruck, daß das sogar noch schädlicher für meinen Zustand wäre«, murmelte sie nachdenklich, während sie ihn unter dichten Augenwimpern hervor betrachtete.

»Es kommt dir vielleicht seltsam vor, aber ich finde das nicht im geringsten amüsant«, erwiderte Adam mit einem eisigen Unterton in der Stimme, der Sophie zusammenzucken ließ.

Es war wohl eindeutig ratsam, den Rückzug anzutreten. »Nein«, meinte sie kleinlaut und ließ den Kopf hängen. »Ich gebe zu, es war ein schlechter Scherz. Der Ritt war nur so herrlich belebend, nachdem ich so lange eingesperrt gewesen war.«

Schweigend lenkte Adam sein Pferd zurück auf den Weg, den sie gekommen waren. Sophie folgte ihm mit ein paar Schritten Abstand, während sie sich fragte, wie lange es dauern würde, bis das Eis schmolz. Es hieß, seine Frau sei bei einem Reitunfall ums Leben gekommen, als sie ein Kind erwartete. Die Erinnerung dämpfte Sophies Überschwang und ließ ein unbehagliches Gefühl der Reue über ihre Leichtfertigkeit in ihrer Magengrube aufsteigen.

Sie kehrten zu der Wagenkolonne zurück, die sich gemächlich durch die Steppe schlängelte. Prinz Potemkin musterte Sophies unterwürfige Miene, dann Graf Danilewskis grimmige Züge und kam zu dem Schluß, daß der Oberst die abtrünnige Prinzessin einer Strafpredigt in seinem wohlbekannten scharfen Ton unterzogen hatte. Und die hat sie auch gründlich verdient, dachte der Prinz. Einfach so im Alleingang davonzugaloppieren!

»Sie wären gut beraten, Prinzessin, wenn Sie wieder Ihren

Platz neben der kaiserlichen Kutsche einnehmen würden«, erklärte Graf Danilewski im selben arktischen Tonfall.

»Ja, Graf«, erwiderte die Prinzessin gehorsam.

Sie trabte davon, und Potemkin grinste. »Waren Sie streng mit ihr, Adam?«

»Nicht mehr als nötig«, gab der Graf zurück. »Wenn ihr Ehemann Zeuge eines so ungebührlichen Benehmens würde, könnte man es ihm nicht verübeln, wenn er darauf bestände, daß sie in einer Kutsche reist.«

»Nun, Prinz Dmitriew wird das Benehmen seiner Frau wahrscheinlich eine Zeitlang nicht überwachen können.« Potemkin spähte angestrengt nach vorn zum Horizont. »Er reitet voraus nach Bakhchisarai, um sicherzustellen, daß die Tataren bereit sind, ihre Herrscherin mit aller gebührenden Förmlichkeit und dem ihr zustehenden Respekt zu empfangen.« Er rieb sich nachdenklich das Kinn. »Ihre Kaiserliche Majestät besteht darauf, ohne den Begleitschutz russischer Truppen die Krim zu betreten. Sie ist davon überzeugt, wenn sie auf die Loyalität der Tataren vertraut, diese dann auch zu bekommen. Es ist gerade erst vier Jahre her, seit sich der Khan der russischen Oberherrschaft gebeugt hat. Ich nehme doch an, der Instinkt Ihrer Majestät erweist sich als so untrüglich wie immer, aber ich dachte, eine Vorhut – natürlich in friedlicher Absicht – könnte eine weise Vorsichtsmaßnahme sein, nur für den Fall.«

Adam gab ein paar passende Bemerkungen als Reaktion auf dieses Vertrauen von sich, doch es kostete ihn einige Anstrengung, sich zu konzentrieren. Seine Wut auf Sophie verpuffte auf wundersame Weise. In Dmitriews Abwesenheit würden sie voll und ganz die Freiheit der Steppe genießen können. Sophie würde von der nagenden Angst befreit sein, die gelegentlich an Panik grenzte, wie Adam vermutete. Und ihm stände es frei, die Szenarien für ihre heimlichen Treffen zu arrangieren, wo sie sich in einer Atmosphäre von Spiel und Abenteuer würden lieben können, befreit von den drohenden Fangarmen eines rachsüchtigen Ehemannes.

Eine Stunde später, als Sophie sehr sittsam neben der kaiserlichen Kutsche herritt und in eine Unterhaltung mit dem englischen Botschafter, Lord Fitzherbert, vertieft war, der es ebenfalls vorzog zu reiten, fiel ihr Blick auf eine große Kavallerietruppe, die sich vom Ende des Wagenzugs her näherte. An ihrer Spitze ritt General Prinz Paul Dmitriew. Er galoppierte zu ihr.

»Ich muß dir leider Lebewohl sagen, meine liebe Sophia. In Bakhchisarai werden wir wieder vereint sein.«

Ihr Herz machte einen Sprung; sie senkte hastig die Lider, wohl wissend, daß ihr die Freude über diese Nachricht aus den Augen leuchten würde. »Bereitest du eine militärische Übung vor, Paul?«

»Ich bereite einen friedlichen Empfang für unsere Kaiserin vor«, erwiderte er, und seinem schwülstigen Tonfall war deutlich anzumerken, wie stolz er auf diese Mission war. Er wies mit einer weitausholenden Geste auf die Kavallerietruppe. »Eine Zurschaustellung von Stärke müßte ausreichen, um Fügsamkeit zu sichern, aber wir sind selbstverständlich vorbereitet, falls mehr erforderlich sein sollte.«

»Ich muß dich wirklich loben, Paul«, sagte Sophie unterwürfig im Bewußtsein des britischen Botschafters neben sich. »Es ist eine Aufgabe, für die du höchst geeignet bist.« Sie wandte sich mit gespieltem Schaudern an Lord Fitzherbert. »Die Tataren sind ein so wilder, unberechenbarer Menschenschlag, Sir, und sie sind erst kürzlich Untertanen Ihrer Kaiserlichen Majestät geworden. Es wäre nicht außergewöhnlich, sollte es Demonstrationen der Entfremdung geben.«

»Nein, in der Tat nicht«, meinte Seine Lordschaft zustimmend, während er den großartigen General und seine Truppe beäugte. »Sie haben einige Erfahrung mit der Krim, wie ich gehört habe, General Dmitriew.«

»Ein gewisses Maß, allerdings.« Paul verbeugte sich dankend. »Ich habe gemeinsam mit dem Feldmarschall während der Annexion gekämpft und seitdem mehrere Aufstände niedergeschlagen.«

»Dann ist unser Empfang ja in guten Händen«, erwiderte der Brite liebenswürdig. In höflicher Diskretion trieb er sein Pferd vorwärts, um dem General und seiner Frau Gelegenheit zu geben, in relativer Ungestörtheit voneinander Abschied zu nehmen.

»Genieße deinen Ritt, meine Liebe«, sagte Paul gefährlich sanft. »Es ist ein Vergnügen, das du nicht mehr lange haben wirst.« Er galoppierte von ihr fort, ohne ihre Antwort abzuwarten.

Wieder schien sie sein Haß wie eine giftige Ausdünstung einzuhüllen und das zu verderben, was ein Augenblick triumphierender Freude hätte sein sollen. Sophie überlegte gerade, ob sie es wagen konnte, zur Spitze der Kolonne zu reiten, um Graf Danilewski in ein unverfängliches Gespräch zu verwikkeln, das vielleicht das Eis ein wenig zum Schmelzen bringen und ihre Beklommenheit mildern würde, als Lord Fitzherbert wieder an ihrer Seite erschien. Sophie kehrte zu ihren Pflichten zurück.

Am späten Nachmittag machte die Karawane Rast. Die Reisenden kletterten aus ihren Kutschen, um in der grünen, blühenden Landschaft spazierenzugehen. Die Sonne hatte inzwischen etwas von ihrer Kraft verloren, und die Luft war erfüllt vom Duft nach Gras und Blumen. Bald stieg Rauch von den mitgebrachten Kohlenbecken auf, kurz darauf das köstliche Aroma von gegrilltem Fleisch. Samoware brodelten, Diener eilten von Gruppe zu Gruppe, während andere Bedienstete die Zeltstadt errichteten, die die riesige Reisegesellschaft beherbergen sollte. Die Zelte der hochrangigen Gäste waren kunstvolle Gebilde, reich dekoriert mit Silbertressen und kostbaren Steinen, die in der Dämmerung blitzten, als die Sonne hinter dem Horizont versank.

Sophie wurde ein Zelt zusammen mit zwei anderen weiblichen Mitgliedern des kaiserlichen Gefolges zugewiesen. Die Regelung kam nicht unerwartet; trotzdem konnte sie nicht umhin, die Nase über diese Unannehmlichkeit zu rümpfen. Kein Ehemann, aber dafür zwei Anstandsdamen! Seit dem Zwischenfall am Morgen hatte Graf Danilewski jedoch keinen Versuch unternommen, auch nur einen Blick mit ihr zu tauschen, folglich mußte Sophie mit einiger Verstimmung annehmen, daß er ihr noch nicht verziehen hatte. Wahrscheinlich wußte er, daß Paul die Wagenkolonne verlassen hatte; es war also zu hoffen, daß Adam ihr seine Verzeihung nicht allzulange vorenthalten würde.

Nachdem Sophie sich zum Dinner umgezogen hatte, machte sie sich auf den Weg zum Zelt der Zarin, leicht zu erkennen an der Krone und den doppelköpfigen Adlern, die über der juwelengeschmückten Zeltleinwand angebracht waren. Katharinas Schlafgemach befand sich hinter einem großen Empfangsraum, durch schwere Wandteppiche abgeteilt. Der Empfangsbereich war möbliert wie ein Salon in Czarskoje Selo, dem Sommerpalast vor den Toren von St. Petersburg: mit Sesseln, Sofas, Ottomanen und prächtigen Teppichen auf dem Boden, die die Luft mit dem Duft gepreßter Blüten durchdrangen. Kerzen flackerten in eleganten Silberleuchtern. Lakaien reichten Tabletts mit Champagner und Wodka, Oliven, Salzfisch und in Essig eingelegtem Gemüse herum.

Sophie schloß sich dem Kreis um die Kaiserin an, und ihre Blicke schweiften unauffällig über die Menschenmenge auf der Suche nach Adam, während sie lächelte, sich heiter an der Unterhaltung beteiligte und eifrig von ihrem Champagner nippte. Sie fühlte, wie er von hinten an die Gruppe herantrat. Die kleinen Härchen in ihrem Nacken richteten sich auf. Er streifte Sophie, als er sich vor Katharina verbeugte, die ihn freundlich begrüßte.

»Darf ich Ihnen ein Glas Fruchtsaft besorgen, Prinzessin Dmitriewna? Mir ist aufgefallen, daß Sie Saft Champagner vorziehen.« Seine Stimme klang sanft, als er sich von dem magischen Kreis um Katharina abwandte.

»Ihr Anerbieten ist sehr freundlich, Graf, aber ich brauche eigentlich weder das eine noch das andere.« Ihre Augen blickten ihn fragend und leicht ängstlich an.

»Ich weiß wirklich nicht, was ich mit dir tun soll, Sophia Alexejewna«, flüsterte er kaum hörbar, doch in den grauen Augen funkelte Belustigung, und sie entspannte sich vor Erleichterung. »Ich habe gehört, Ihr Ehemann ist nach Bakhchisarai vorausgeritten.« Er sprach beiläufig, für alle hörbar.

»Ja, um dafür zu sorgen, daß alles glatt läuft. Eine Aufgabe, für die er bestens geeignet ist.«

Während sie sich auf diese Weise unterhielten, gelang es ihnen, sich ganz natürlich von dem Druck zu befreien, der auf ihnen gelastet hatte. Sophie fächelte sich heftig. »Es ist sehr heiß hier, nicht wahr, Graf?«

Er musterte sie scharf, als wollte er sich vergewissern, daß ihre Bemerkung nur ein Vorwand war, um mit ihm das Zelt verlassen zu können, und kein Anzeichen echten Unwohlseins. Aber ihre Farbe war normal, ihr Lächeln ungezwungen. »Gehen wir einen Moment an die frische Luft«, schlug er vor und wies auf die Zeltöffnung.

Sie standen einen Augenblick da und ließen den erstaunlichen Anblick einer ganzen Stadt aus Zeltleinwand, mitten in der Wildnis, auf sich wirken. »Folge dem Nordstern«, wies

Adam sie mit einer Stimme an, die sich in normalen Kadenzen hob und senkte, als sagte er nichts Außergewöhnliches. »Dort ist ein kleines Wäldchen. Du wirst mich dort finden.«

»Wann?« Sophie dämpfte unwillkürlich ihre Stimme.

»Wann immer du in der Lage bist, dein Zelt unbemerkt zu verlassen.« Adams Tonfall blieb immer gleich, und Sophie begriff, der erfahrene Verschwörer wußte, daß Worte nicht in dem allgemeinen Stimmengewirr bemerkt würden, während auffälliges Gehabe und Flüstern möglicherweise Aufmerksamkeit erregten. Sie hatte Adam bisher nicht für einen erfahrenen Verschwörer gehalten. Vielleicht war es einfach eine Fähigkeit, die sich mehr oder weniger automatisch aus seiner militärischen Ausbildung ergab.

Ihre eigene Geschicklichkeit, sich unauffällig von ihren Zeltgenossinnen zu entfernen, war nicht so ausgeprägt, wie Sophie bald darauf feststellte. Die Kaiserin hatte ihre Auswahl sehr sorgfältig getroffen. Aus der Überlegung heraus, Prinzessin Dmitriewna mit passender, sympathischer Gesellschaft ihres Alters zu versorgen, hatte Katharina ihrem Zelt die schwatzhafte, klatschsüchtige Natalia Saltjkowa und die sanftere, verträglichere Gräfin Lomonsowa zugeteilt. Bei der Wahl von Natalia hatte die Kaiserin einen Hintergedanken gehabt. Der Klatschbase entging nur wenig, und sie war indiskret, was Katharina höchst gelegen kam; man brauchte Natalia nur einen kleinen Schubs zu geben, und schon ergoß sich das vertrauliche Geplapper wie Wasser von einem Damm. Wenn Sophia Alexejewna dazu gebracht werden konnte, sich ihren Freundinnen anzuvertrauen, würde die Zarin hören, was sie wissen mußte.

Als sie sich zum Schlafengehen fertigmachten, fragte Sophie sich verwundert, ob Natalia sich in Luft auflösen würde, falls sie jemals zu reden aufhörte. Das ununterbrochene Geschnatter und Geplapper, das aus einem Rosenknospenmündchen hervorsprudelte, schien die ganze Person zu definieren. Sie bestand nur aus Worten, hatte überhaupt keinen inneren Gehalt. Es schien unmöglich, daß Schlaf diesem ständigen Wortfluß ein Ende bereiten würde, der Sophie jedoch sehr wirkungsvoll eindösen ließ. Sie konnte kaum noch die Augen offenhalten, während die Worte in der samtigen Dunkelheit über sie hinwegplätscherten. Die Anstrengungen des Tages forderten ihren Tribut, die frische Nachtluft beruhigte und entspannte...

Sophie wachte mit einem Ruck auf und fragte sich, was sie so plötzlich aus dem Schlaf gerissen hatte. Es war die Stille, die gnädige Stille, die nur von den tiefen, rhythmischen Atemzügen ihrer Zeltgenossinnen unterbrochen wurde. Im Zelt war es zu dunkel, um die Uhrzeit zu erkennen. Sophie glitt aus dem Bett, griff nach ihrem Cape und schlüpfte aus dem Zelt, um einen Moment in der mondhellen, sternenklaren, silbrigen Nacht zu stehen. Ihre Taschenuhr zeigte zwei Uhr an. Ob Adam noch auf sie wartete?

Sie wickelte das Cape fest um ihren Körper und rannte barfuß über das Gras, dem Nordstern folgend. Das Wäldchen hob sich als dunkle Silhouette gegen den klaren, von Millionen von Sternen übersäten Himmel ab. Das Gras prickelte unter ihren nackten Fußsohlen, als sie von ängstlicher Erwartung erfüllt durch die Nacht rannte. Würde Adam noch auf sie warten?

Er stand da, ein etwas schwärzerer Schatten im Dunkel der Bäume. Atemlos lief Sophie in seine Arme, lachend und sich im selben Atemzug entschuldigend, während sie ihr Gesicht zu ihm emporhob, um sich küssen zu lassen. »Ich bin eingeschlafen. Ich weiß gar nicht, wie das passieren konnte. Es sei denn, daß Natalias Geplapper so einschläfernd wie ein Beruhigungsmittel wirkt.«

»Ich bin froh, daß du geschlafen hast.« Adam schob ihre Kapuze zurück und fuhr mit allen zehn Fingern durch ihre seidige, kastanienbraune Mähne, breitete ihr Haar auf ihren Schultern aus, während ein konzentriertes Lächeln um seine Mundwinkel spielte. »Du brauchst deine Ruhe und deinen Schlaf.«

»Hast du schon lange gewartet?« Ihr Blick hielt seinen; ihre Augen waren voll sanfter Verheißung und dennoch funkelnd vor Erregung.

»Eine Ewigkeit«, erwiderte Adam. »Laß uns weiter in die Steppe hinausgehen.« Er nahm ihre Hand und führte sie aus dem Schatten der Bäume in das milchige Licht. »Es ist, als wäre man plötzlich in eine andere Welt versetzt«, sagte er leise. »Schau mal, dort drüben.«

»Eine Kamelkarawane«, erwiderte Sophie, die würdevollen, schwerbeladenen, mühsam vorwärtsschreitenden Gestalten beobachtend, deren Umrisse sich am Horizont abzeichneten. »Früher habe ich in Sommernächten oft wach im Bett gelegen und auf die Rufe der Kameltreiber gelauscht, wenn sie an Berkholzskoje vorbeizogen.« Sie lächelte zu Adam auf. »›Wie romantisch‹, dachte ich immer. Eine verzauberte Welt, die all jene Dinge verkörperte, die ich nur als unbestimmte Sehnsüchte fühlen konnte, als einen köstlichen inneren Aufruhr, den ich nicht verstand und nicht beschreiben konnte.« Sie lachte. »Zum Glück nicht. Denn hätte ich den Versuch gemacht, Tanja von meinem geheimnisvollen Empfinden zu erzählen, hätte sie wahrscheinlich etwas von Magenverstimmung geknurrt und mich mit Schwefel und Molasse behandelt!«

»Und spürst du diese geheimnisvollen Empfindungen jetzt auch?« Er berührte ihr Gesicht zart mit der Fingerspitze.

»O ja«, sagte Sophie. »Aber jetzt verstehe ich sie.«

Adam öffnete ihr Cape und breitete es auf dem Boden aus.

»Was für ein lüsternes Geschöpf du doch bist«, murmelte er. »Im Nachthemd in die Steppe hinauszulaufen!«

»Ich dachte, es hätte nicht viel Sinn, sich erst anzuziehen«, meinte sie mit jenem leicht schiefen, fragenden Lächeln. »Da ich nicht erwartet habe, sehr lange angezogen zu bleiben.«

»Schamloses Frauenzimmer!« Er zog sie zu sich ins Gras herunter. Dann beugte er sich über sie, hielt ihre Hände zu beiden Seiten ihres Kopfes fest. »Ich habe eine Phantasie, die ich gern in die Tat umsetzen würde.«

»Oh.« Sophies Augen funkelten erregt. »Können wir beide spielen?«

»Nun«, meinte er träge, während er einen zärtlichen Kuß auf ihren Nasenrücken drückte. »Deine Rolle in dieser speziellen Phantasie ist eher etwas passiv.«

»Erzähl.«

Nachdenklich streckte er eine Hand aus, pflückte ein Veilchen aus dem Gras, dann ein Gänseblümchen. Er steckte sie Sophie ins Haar. »Ich werde dich mit Blumen schmücken«, murmelte er. »Überall auf deinem Körper.«

Sophie lief ein köstlicher Schauer der Erregung über die Haut. »Überall?«

»Überall... und sehr langsam.«

Ihr Körper erbebte, wurde feucht, brannte. Ihr Atem kam keuchend zwischen geöffneten Lippen hervor, ihre Augen glänzten fiebrig vor Erregung. Heftiges Begehren durchströmte sie, Leidenschaft überwältigte sie, und sie verlor sich in dem Bild erotischer Verheißung. Weiche Nachtluft liebkoste ihre Haut, als Adam das Nachthemd an ihrem Körper heraufschob; ihre Schenkel spreizten sich weit auf dem Umhang, als sie dalag, eine Opfergabe an die Götter der Liebe und der Wollust, gebadet im Sternenlicht, das den ganzen Zauber und die zerbrechliche Schönheit der Steppe offenbarte.

Die Sterne verblaßten bereits, ein rosafarbener Streifen schimmerte am Horizont, als sich diese Nacht der Liebe ihrem unausweichlichen Ende näherte. »Beeile dich, Liebste«, sagte Adam drängend und zog Sophie vom Boden hoch. »Es ist schon sehr spät.«

Sophie schob ihre üppigen Locken unter die Kapuze. »Niemand weiß, daß ich unter dem Cape nur mein Nachthemd anhabe. Ein kleiner Spaziergang in der Morgendämmerung wird nicht zu ungewöhnlich in diesem Märchenland erscheinen, falls man uns sehen sollte.«

Adam blickte mit einem reumütigen Grinsen auf ihre Füße hinunter. »Barfuß, Sophie?«

Sie grub ihre Zehen in das Gras. »Ich fühle nun mal gerne den Tau unter meinen Füßen. Es ist eine vollkommen einleuchtende Erklärung für jemanden, der die Steppe im Blut hat.«

»Ich bin nicht sicher, ob mich diese Erklärung überzeugen würde«, sagte er. »Wir dürfen trotzdem nicht zusammen gesehen werden.« Er schob sie vor sich her durch das Gras zu dem kleinen Wäldchen, blieb dort einen Moment stehen für einen letzten, leidenschaftlichen Kuß, bevor er Sophie vorausschickte, während er selbst sich der Zeltstadt aus einer anderen Richtung näherte.

Es war jedoch schon zu spät für derartige Vorsichtsmaßnahmen, obwohl sich keiner von beiden dessen bewußt war. Prinz Potemkin, ruhelos in der Morgendämmerung, sein dynamischer Geist von Plänen und Ideen nur so übersprudelnd, hatte ebenfalls sein Bett verlassen, bevor die Nacht vorüber war. Geflüster, ein sanftes Lachen, unmißverständlich von sinnlichen Freuden erfüllt, die empfangen und erwidert wurden, drangen in der stillen Morgenluft zu ihm herüber. In seiner Neugier, herauszufinden, wer da so offensichtlich die erotischen Genüsse auskostete, die ihm selbst nicht fremd waren, schlich er vorsichtig auf die Geräusche zu. Eine kleine Bodenerhebung bot ihm Deckung, und von ihrem Schutz aus identifizierte er die Stimmen als die von Prinzessin Dmitriewna und Graf Danilewski.

Behutsam zog Potemkin sich aus seinem Versteck zurück, da Voyeurismus nicht zu seinen Vergnügungen gehörte, und eilte davon, um der Kaiserin diese höchst befriedigende Lösung des Rätsels um Sophia Alexejewna mitzuteilen.

# 17. Kapitel

Es ist wirklich eine höchst befriedigende Lösung, überlegte Katharina, als sie sich in ihrer Kutsche zurücksinken ließ und in der Wärme des Nachmittags einen Moment die Augen schloß. Ihre Begleiterinnen in dem Fahrzeug wandten sich diskret von der schläfrigen kleinen alten Dame ab, deren Atem in kurzen Schnaufern durch den halb geöffneten, zahnlosen Mund entwich. Höchst befriedigend...

Zufrieden und glücklich mit einem Liebhaber, würde Sophia Alexejewna gute Miene zu ihrer Ehe machen, und von Annullierung und Aufenthalten auf dem Lande würde keine Rede mehr sein. Adam Danilewski war eine perfekte Wahl. Da er selbst nicht gebunden war, würde er das in solchen Affären übliche Gewirr von Fäden um mindestens einen Strang reduzieren. Er hatte nicht das Zeug, aus dem entgegenkommende Ehemänner gemacht sind, und Hofskandale waren wirklich mehr als unerfreulich. Grischa würde dafür sorgen, daß Dmitriew die meiste Zeit während dieser Reise abwesend war; und wenn sie erst einmal wieder in St. Petersburg waren... doch das war eine andere Welt, über die man sich den Kopf zerbrechen konnte, wenn dieser Zauber vorbei war. Blieb nur zu hoffen, daß Sophia Alexejewna nicht empfangen würde... Nun ja, aber das war ja in all diesen Monaten nicht der Fall gewesen... Der Kopf der Zarin sank langsam auf ihre Brust. Die kleinen Schnaufer entwickelten eine gewisse Lautstärke.

Zu ihrer Verwunderung stellte Sophie fest, daß ihr im weiteren Verlauf der Reise niemals mehr eine Zeltgenossin zugewiesen wurde. Sicher, ihr Zelt war nicht so prächtig möbliert oder dekoriert wie andere; es war klein, aber der Luxus von Privatsphäre hatte nun einmal seinen Preis. Sophie ritt auch weiterhin in gemischter und sehr angenehmer Gesellschaft, während sie zur Krim reisten. Häufig forderte Prinz Potemkin sie auf, sich an der Spitze der Karawane zu ihm zu gesellen, wo Sophie sich in Begleitung von Graf Danilewski wiederfand. Oft ritt sie auch neben der Kutsche der Zarin her, in angeregte Gespräche mit einem oder mehreren der Botschafter versunken. Alles schien dafür vorgesehen, zur Förderung ihres Vergnügens beizutragen, schien so arrangiert, daß sie mühelos Intimität erlangen konnte. Wenn Sophie ihr verwirrtes Erstaunen Adam gegenüber äußerte, nickte er nur, und ein leises Lächeln spielte um die Winkel seines schönen, sinnlichen Mundes.

»Was ist denn so lustig?« Sie waren einen halben Tagesritt von Bakhchisarai entfernt, und Sophie fühlte die ersten Anzeichen von Bedrücktheit in sich aufsteigen, die einen Schatten auf die wolkenlose Glückseligkeit der letzten Tage warf.

»Ich glaube«, erwiderte Adam langsam, »daß wir in letzter Zeit ein paar Engel auf unserer Seite haben.«

»Engel? Was kannst du denn nur damit meinen?« Trotz ihrer bedrückenden Niedergeschlagenheit mußte Sophie über eine solche Wortwahl lachen.

Er machte eine geheimnisvolle Miene. »Das brauchst du nicht zu wissen, und ich kann nur Vermutungen anstellen. Laß uns einfach dankbar dafür sein.«

Sophie begann zu protestieren, schnappte dann jedoch überrascht nach Luft, als sie die Kuppe eines Hügels erreicht hatten und eine Armee von Tataren auf sich zugaloppieren sahen, die mit solcher Pracht gekleidet waren, daß es ihr förmlich den Atem verschlug, mit derartiger Ernsthaftigkeit bewaffnet, daß Sophie das Herz bis zum Hals klopfte.

»Ein Empfangskomitee oder eine Armee, die uns zurückschlagen soll?« überlegte Adam laut. »Das letztere wäre kaum verwunderlich. Wir haben ihrem islamischen Glauben christliche Bürokratie aufgezwungen, ihre Minarette mit unseren Kirchen überschattet.«

»Ihr Straßenbild mit unverschleierten Frauen gestört«, fügte Sophie düster hinzu, während sie beobachtete, wie sich die glitzernde, kriegerische Armee näherte. »Sie verachten Frauen, verabscheuen das Christentum. Warum sollten sie sich dem Joch einer christlichen Frau beugen – selbst einer solchen Frau wie Katharina?«

»Weil Katharina darauf vertraut, daß sie es tun werden«, entgegnete Adam. »Schau mal.«

Die prächtige Kavalkade von Kriegern drängte sich jetzt um die kaiserliche Kutsche, in der Katharina und der Prinz von Preußen saßen. Nicht ein russischer Kämpfer war in Sicht, nur die Offiziere in großer Galauniform.

»Sie könnten Ihre Majestät ohne weiteres nach Konstantinopel verschleppen, und kein Mensch könnte sie daran hindern«, meinte Sophie halb belustigt, halb entsetzt über die Idee. »Kannst du dir vorstellen, welches Vergnügen Seiner Hoheit Abdul Hamid solche Gefangenen bereiten würden? Stell dir nur die Zarin in Abdul Hamids Harem vor!« Sie wurde von einem Lachkrampf geschüttelt bei der erschreckend anmutenden Respektlosigkeit dieses Gedankens.

»Das möchte ich lieber nicht«, erklärte Adam trocken. »Aber ich glaube auch nicht, daß so etwas passieren wird. Sie haben Ihrer Kaiserlichen Majestät als Herrscherin der ehemaligen Untertanen des Khanats der Krim nur eine würdige Eskorte zur Seite gestellt.«

Das kaiserliche Gefolge und seine Begleitschutztruppe ritten in die Stadt Bakhchisarai ein; eine Stadt mit weißen Häusern, unter dem Segen südlicher Sonne dösend, mit silberblättrigen Olivenbäumen, die Luft erfüllt vom Duft von Jasmin- und Rosenbüschen in üppig blühenden Gärten.

Sophie ließ ihren Blick erstaunt und entzückt von den lavendelfarbigen Hügeln zu den bläulich-türkisfarbenen Schattierungen der See hinunterschweifen. »Was für eine reiche Fülle, Adam.«

Er lächelte zustimmend, erwiderte aber sonst nichts darauf. Irgendwo in dieser Stadt befand sich General Prinz Paul Dmitriew. Adam warf einen Seitenblick auf Sophie.

»Vielleicht wäre es besser, wenn du nicht an meiner Seite gesehen würdest«, sagte sie, aufs intimste vertraut mit seinen Gedanken. »Ich werde ein Stück zurückreiten, um irgendeine völlig harmlose Begleitung zu finden.«

Die Bewohner der Stadt bewiesen Gleichgültigkeit gegenüber der kaiserlichen Wagenkolonne, die langsam durch die Straßen fuhr, kehrten der Pracht und dem Glanz den Rücken zu, als hätte das alles nichts mit ihnen zu tun. Es ist eine Form der Selbstverteidigung, dachte Sophie. Wenn eine stolze Nation auf diese Weise gedemütigt wurde, konnte scheinbare Apathie dem prunkvollen Aufmarsch des Eindringlings den Glanz nehmen.

Sie kamen am Palast des entthronten Khans an, um in das Land von Tausendundeiner Nacht entführt zu werden. Dieser südliche Palast hatte keinerlei Ähnlichkeit mit den großen Wohnstätten in Katharinas nördlichen Hauptstädten. Hier gab es Orangen- und Granatapfelbäume, sanft plätschernde Springbrunnen in blühenden, duftenden Innenhöfen, marmorne Wände und buntgekachelte Fußböden. Die Diwane und Ottomanen waren mit Stoffen aus Kaschmir und Seide bezogen, Teppiche aus Persien und der Türkei lagen in nachlässiger Fülle verstreut herum, und von der See strich eine sanfte Brise durch bogenförmige Fenster über großen Balkonen.

Wenn dies der Höhepunkt von Potemkins Märchenreise sein sollte, hätte er keine bessere Wahl treffen können. Mit großen, erstaunten Augen wanderte Sophie durch Salons und Höfe, das unaufhörliche, aufgeregte Geplapper Natalia Saltjkowas neben sich. Der Drang, ihr zu befehlen, wenigstens für eine Minute den Mund zu halten, damit sie, Sophie, all das in sich aufnehmen könnte, was sie sah, war unwiderstehlich. Die Worte lagen Sophie schon auf der Zunge, als sie plötzlich ein vertrautes, präzises Klicken von Stiefelabsätzen auf dem gefliesten Boden näherkommen hörte. Das Geräusch versetzte sie in Gedanken in das Speisezimmer in St. Petersburg zurück, wo sie wie jeden Tag auf ihrem Platz am Tisch gesessen und darauf gewartet hatte, daß die Uhr zwei schlug und die gemessenen Schritte ihres Ehemannes aus der Eingangshalle herübertönten.

»Ah, meine teure Frau, ich hoffe doch, du hattest eine angenehme Reise.« Er verbeugte sich, den Hut in der Hand, der Ausdruck seiner blassen Augen hämisch, als könnte er hören, wie ihr Herz aufgeregt zu hämmern begann – eher eine Reaktion auf die furchterregende Erinnerung als auf die Gegenwart, aber dennoch nicht weniger heftig.

»Sehr angenehm, danke, Paul.« Sie knickste vor ihrem Ehemann, gab ihm die Hand, zwang ihre Lippen, sich zu einem Lächeln zu verziehen. »Es scheint, als hättest du deine Mission höchst erfolgreich erfüllt. Der Empfang für die Kaiserin war wundervoll.«

»Hast du geglaubt, ich könnte keinen Erfolg haben?«

Sie schüttelte den Kopf und erwiderte wahrheitsgemäß: »Nein, so etwas hätte ich mir niemals vorstellen können.«

»Gestatte mir, dich im Palast herumzuführen.« Er bot ihr seinen Arm und verbeugte sich vor dem Schwarm junger

Frauen, die Sophie umringten. »Sie werden mich entschuldigen, Mesdames, wenn ich meine Frau für eine kurze Weile aus Ihrer Gesellschaft entferne.«

Sophie legte ihre Hand auf seinen Arm, während sie sich einredete, daß sie immer noch sicher war. Er konnte ihr angst machen, aber er konnte ihr keinen Schaden zufügen, nicht hier... nicht jetzt... noch nicht. Wieder glitt ihre andere Hand verstohlen zu ihrem Bauch hinunter, zu der sanften Rundung, unsichtbar unter den weiten Falten ihres Reitrocks.

Mit dem Anschein größter Freundlichkeit und Umgänglichkeit führte Prinz Dmitriew seine Ehefrau durch den Palast des Khans, ließ sie an dem Wissen teilhaben, das er in den Wochen seines Aufenthalts erworben hatte. »Die Tataren beweisen höchst bewundernswerte Kenntnisse, was den Wert einer Frau und ihre Funktion in der Welt betrifft«, bemerkte er beiläufig, als er Sophie durch eine Reihe üppig ausgestatteter Salons führte.

»Dies war der Harem des Prinzen. Hier hielt er seine Frauen, sicher und unbeobachtet von den Augen der Welt. Eine mohammedanische Frau hat nur zwei Aufgaben: sich um die Bedürfnisse und Lüste ihres Herrn zu kümmern und fruchtbar zu sein.« Die blaßblauen Augen ruhten auf seiner Frau. »Sollte eine Frau bei der Erfüllung einer dieser beiden Aufgaben versagen, ist sie überflüssig... nicht die Fürsorge, den Schutz, den Lebensunterhalt wert, den ihr Herr ihr gewährt.«

»Es ist wirklich nicht nötig, diesen Punkt noch näher auszuführen, Paul.« Sophie sah keinen Wert darin, so zu tun, als glaubte sie, sie führten eine ganz normale Unterhaltung.

Sein kärgliches Lächeln spielte um seine Lippen. »Es gibt natürlich Fälle, da werden Anstrengungen unternommen, um eine... nun, sagen wir, eine Aufsässige, zur Unterwerfung zu zwingen«, fuhr er nachdenklich fort. »Und im allgemeinen erweisen sich solche Anstrengungen als sehr erfolgreich.« Er legte eine Hand auf Sophies, die gelassen auf seinem Arm ruhte. »Wir werden es noch einmal versuchen, Sophia Alexejewna. Ich habe viel von den Nachfolgern des Propheten gelernt.«

Sophie fragte sich, ob ihr Ehemann unter dem gemäßigten Himmel dieses südlichen Klimas vielleicht den Verstand verloren hatte. Hatte er sich von den barbarischen Einstellungen und Gebräuchen eines Volkes anstecken lassen, das ganze Bevölkerungen geplündert und versklavt hatte, so wie es das gesamte weibliche Geschlecht versklavte? Es schien, als wäre Paul reif für eine solche Ansteckung; derartige Einstellungen und Methoden würden reichen Nährboden im Kopf eines Menschen finden, der sich bereits mit Hingabe der völligen Unterwerfung jeder Seele widmete, die das Pech hatte, auch nur im geringsten von ihm abhängig zu sein. Es war eine höchst beunruhigende Überlegung.

»Dies ist dein Schlafzimmer.« Paul zeigte auf eine bogenförmige Tür, hinter der eine kleine Schlafkammer lag, die auf einen Innenhof hinausging. Sophie gehorchte der Aufforderung, einzutreten, gefolgt von ihrem Ehemann, der sorgfältig die Tür hinter sich schloß.

»So«, sagte er, sich auf einem gepolsterten Diwan niederlassend. »Und jetzt wollen wir doch mal sehen, ob eine solche Umgebung nicht einen vorteilhaften Einfluß auf dich ausüben kann, meine kalte, unfruchtbare, unwürdige Ehefrau.« Sein blasser Blick schien sie auf der Stelle festzunageln. »Wir wollen doch mal sehen, ob du nicht wenigstens eine Andeutung von Begehren in meiner Brust erwecken kannst. Weißt du, ich finde dich nicht im geringsten anziehend. Aber ich glaube, das liegt daran, weil du dich nicht genug bemühst. Würdest du so gut sein, dich für mich zu entkleiden?«

Sophie fragte sich, ob sie die höfliche Bitte wirklich gehört hatte. Sie spürte einen Schrei tief in ihrem Inneren aufsteigen. Aber was würde ihr das schon nutzen? Es war nichts Ungewöhnliches daran, wenn ein Ehemann und seine Frau ein wenig Intimität nach einer längeren Trennung genossen. Ob er irgend etwas Auffälliges an ihrem Körper bemerken würde? Ihre Taille hatte etwas an Umfang zugenommen, ihre Brüste waren etwas schwerer geworden, aber ihre Körpergröße kaschierte diese Veränderungen. Wenn er nicht danach suchte, würde er sie nicht sehen.

Diese Kalkulationen rasten ihr in halsbrecherischer Geschwindigkeit durch den Kopf. Wenn er sich ihr aufdrängte, würde sie den Akt schweigend und passiv ertragen, so wie sie es in der Vergangenheit immer getan hatte. Langsam streifte sie ihre Jacke von den Schultern und begann, ihre Bluse aufzuknöpfen.

Ein Klopfen an der Tür ließ Sophies Finger innehalten. Ein ärgerliches Zucken ging durch Pauls Miene, als er den Störenfried zum Eintreten aufforderte. Sophie wandte sich zum Fenster um und blickte in den Innenhof hinunter, während sie ihre Bluse hastig wieder zuknöpfte.

»Prinz Potemkin hält eine Besprechung ab, General Prinz Dmitriew«, sagte eine junge, atemlose Stimme. »Man hat mich aufgefordert, Sie um Ihre Anwesenheit zu bitten.«

Ein Aufschub, eine Gnadenfrist. Aber für wie lange?

Paul, dem alle Gedanken an seine Frau unter dem Druck der Pflicht vergangen waren, ließ kein gutes Haar an dem jungen Kornett wegen seines unsoldatischen Betragens, sich atemlos und verschwitzt einem hochrangigen Offizier zu präsentieren. Sophie fühlte Mitleid mit dem Burschen, als die scharfe Zunge des Generals ihn selbst des kleinsten Rests von Würde beraubte, doch sie war Mensch genug, um für die Ablenkung dankbar zu sein. Der Kornett versuchte sich unklugerweise zu verteidigen, mit dem Hinweis, der General sei schwer zu finden gewesen und diese Nachricht dringend. Dmitriews Stock sauste mit brutaler Kraft auf die Schulter des jungen Burschen nieder. Sophie zuckte zusammen, hielt jedoch ihren Blick weiter unverwandt auf den Hof unterhalb des Fensters gerichtet.

»Ich werde zu dir kommen, wenn du dich für die Nacht zurückgezogen hast«, erklärte ihr Ehemann brüsk. »Dann werden wir weitermachen.« Die Tür fiel mit einem Klicken hinter ihm ins Schloß.

Sophie stieß einen abgrundtiefen Seufzer der Erleichterung aus. Ein erneutes Klopfen kündigte Maria an, die gekommen war, um die Habe ihrer Herrin auszupacken. Seit Paul die Reisegesellschaft in Kaidak verlassen hatte, hatte Sophie hochmütig auf die intimeren Dienste der Zofe verzichtet, um auf diese Weise sicherzustellen, daß Maria nicht in der Lage war, irgendwelche körperlichen Veränderungen an ihrer Herrin zu bemerken. Die Leibeigene, die sich durchaus bewußt war, wie wenig Gnade sie in den Augen der Prinzessin fand, hatte keine Überraschung gezeigt, als sie zu den simplen Pflichten einer Garderobiere degradiert wurde. Da der Prinz nicht dagewesen war, um ihr gegenteilige Anweisungen zu erteilen, hatte sie keine andere Wahl gehabt, als Sophia Alexejewna zu gehorchen. Wenn es sie überraschte, daß ein junges Mädchen in Gräfin Lomonsows Diensten die Unterwäsche der Prinzessin wusch und bügelte, so nahm sie es anscheinend mit der blinden Resignation ihresgleichen hin.

Sophie überließ Maria ihrer Aufgabe und eilte zu den Räumen der Zarin. Hier herrschte rege Geschäftigkeit, als sich die Kaiserin in ihrem Palast einrichtete, und jetzt, wo die Reise vorläufig zu Ende war, machte sich die Grand Mistress wieder mit gewohnter Hingabe daran, dem Hof Ordnung und Routine aufzuerlegen.

»Hätten Sie Lust auf einen kleinen Spaziergang durch die Gärten, Prinzessin?« Prinz de Ligne verbeugte sich vor Sophie. »Ich fürchte, wenn ich mich nicht schleunigst entferne, wird Gräfin Shuwalowa mir irgendeine Aufgabe erteilen.«

»Ach, nun kommen Sie schon, Euer Exzellenz, die Grand Mistress würde sich niemals eines so schlimmen Verstoßes gegen die Etikette schuldig machen«, sagte Sophie lachend. »Aber ich würde liebend gern einen Spaziergang unternehmen, damit nicht *ich* irgendeine lästige Pflicht aufgebürdet bekomme.«

»Sophia Alexejewna.«

Bei der ruhigen Aufforderung der Zarin zuckte Sophie bedauernd die Schultern. »Ich habe mich zu früh gefreut. Entschuldigen Sie mich, Prinz.« Sie eilte zu dem Tisch, wo die Kaiserin saß und die Berichte prüfte, die sie täglich aus allen Winkeln des riesigen Imperiums erreichten. Es spielte keine Rolle, ob sie sich in einem Zelt in der offenen Steppe aufhielt, den Dnjepr in einer Galeere hinunterglitt oder im Palast des Khans residierte – die Regierung war, wo auch immer Katharina war, und die Regierungsgeschäfte wurden fortgesetzt.

Sie betrachtete ihre Hofdame nachdenklich. »Ich hoffe, Sie werden nicht zu enttäuscht sein, Prinzessin, aber ich fürchte, ich brauche die Dienste Ihres Ehemannes in einer Angelegenheit, die ihn erneut von Ihrer Seite entfernen wird.«

Das freudige Aufblitzen in den dunklen Augen wurde rasch ausgelöscht, jedoch nicht schnell genug, als daß die Kaiserin es nicht gesehen hätte. Sie lächelte vor sich hin. Wie erfreulich es doch ist, die Wege der Liebe zu ebnen, dachte sie nachsichtig. »Er wird noch vor Einbruch der Nacht zum Goldenen Horn aufbrechen, um meine Nachricht dem Sultan zu überbringen.«

»Was für eine schlechte Ehefrau wäre das doch, Madame, die sich nicht über eine solche Ehre für ihren Mann freuen könnte«, sagte Sophie mit einem tiefen Hofknicks.

Doppelzüngiges Weibsstück, dachte Katharina duldsam. »Sie werden weiterhin den französischen, preußischen und britischen Gesandten Gesellschaft leisten, Prinzessin. Es ist eine Pflicht, die Sie besonders gut erfüllen.«

»Man kann es kaum eine Pflicht nennen, Madame.« Sophie knickste erneut. »Darf ich jetzt gehen, um den Prinzen de Ligne auf einem Spaziergang durch die Gärten zu begleiten?«

Katharina entließ sie mit einer Handbewegung, und Sophie kehrte zu dem Prinzen zurück, unfähig, ihren federnden Schritt zu dämpfen oder das Licht, das noch intensiver als gewöhnlich aus ihren Augen leuchtete. Es würde keinen ehelichen Besuch in ihrem Schlafzimmer geben!

»Was halten Sie von diesem magischen Palast, Prinzessin?« fragte der preußische Gesandte, als sie bunt gekachelte Gänge entlangschlenderten, nach einer Seite offen auf üppig begrünte Innenhöfe, deren Luft vom schweren, süßlichen Duft tropischer Blumen erfüllt war.

»Ein Haus der Phantasie«, antwortete Sophie.

Der Prinz lachte. »Ich muß Ihnen die Räume zeigen, die dem Comte de Ségur und mir zugeteilt wurden. Es sind derart sinnliche Räume, daß es unmöglich wäre, nicht in Phantasien zu schwelgen. Ah, da ist Graf Danilewski.« Er begrüßte den Grafen, der quer durch den Hof auf sie zukam. »Ich habe Prinzessin Dmitriewna gerade von den aufreizend sinnlichen Zimmern berichtet, in denen wir untergebracht sind. Sind Ihre Räume nicht im selben Teil des Palasts?«

»Im Harem«, erwiderte Adam mit einem leichten Lächeln. »Und Sie haben ein sehr treffendes Wort gewählt, um die Atmosphäre dieser Räume zu schreiben, Euer Exzellenz. Darf ich mich Ihnen auf Ihrem Spaziergang anschließen?«

»Bitte tun Sie das, Graf«, sagte Sophie. »Der Prinz behauptet, daß in einer solchen Umgebung alle Phantasien unweigerlich lebendig würden. Stimmen Sie ihm zu?«

»Wir sprechen hier nur von sinnlichen Tagträumen, liebe Prinzessin«, sagte der Prinz mit einem Lächeln. »Ich wage doch zu behaupten, daß die eine universelle männliche Phantasie in vielen Köpfen an diesem Ort herumschwirrt.«

»Und darf eine Frau fragen, was diese universelle Phantasie sein könnte?« erkundigte Sophie sich, mit einem schelmischen Lächeln zu dem Prinzen aufschauend.

»Ich weiß nicht«, meinte der Prinz nachdenklich. Er warf Adam einen fragenden Blick zu. »Was denken Sie, Graf Danilewski? Sollten wir die Dame aufklären?«

Sophie ließ ihren Blick zwischen den beiden Männern hin und her wandern. Adams Augen hatten einen geheimnisvollen Glanz, und ein winziges Lächeln spielte um seine Lippen. »Es ist die Vorstellung, eine Frau zu besitzen, Prinzessin«, sagte er. »Ihren Körper und ihre Seele.«

»Ach, ist das so?« Sophie richtete die verblüffte Frage an den Prinzen, der lachen mußte.

»Ja, in der Tat, so ist es. Dieser Besitz muß nicht von dauerhafter Natur sein, verstehen Sie. Tatsächlich ist es sogar am besten, wenn er nur vorübergehend ist. Aber er muß total und ausschließlich für die Dauer der Phantasie sein.«

»Wie schrecklich mohammedanisch von Ihnen allen!« rief Sophie.

»O nein!« Adam hob den Zeigefinger. »Nicht ganz. Denn damit die Illusion auch wirklich Erfolg hat, muß die Frau uneingeschränkt und mit ganzem Herzen bei der Sache mitmachen. Sie muß aus ihrer Rolle ebenso viel Vergnügen gewinnen wie ihr Partner. Ist es nicht so, Euer Exzellenz?«

»Richtig, genau so ist es«, der Prinz lachte. »Hier, sehen Sie...« Mit einer großartigen Geste schwang er die Tür zu einem riesigen Raum mit wundervollen Mosaiken auf dem gefliesten Fußboden auf, matt schimmernden Marmorwänden, einem mit Kissen übersäten Diwan, der um alle vier Wände herumlief. In der Mitte sprudelte eine Fontäne, die ein Marmorbecken auffing. Ein grünliches Licht erfüllte das Zimmer, hervorgerufen durch die dichte Vegetation, die die Fenster von spionierenden Augen abschirmte. »Phantasieland! Was für eine Verschwendung, in einem solchen Zimmer allein zu schlafen.«

»Sind Sie ähnlich untergebracht, Graf?« Sophie hob fragend die Brauen.

»Ich werde Ihnen meine Räume zeigen.«

Die Idee nahm Gestalt an, wuchs, köstlich und unverschämt zugleich. Warum eigentlich nicht? Sie würde in gewisser Weise dazu dienen, die leise ausgesprochene Drohung ihres Gesprächs mit Paul auszulöschen, eine heimliche Zuwiderhandlung gegen seine Überzeugungen und Prinzipien. Sophie verabschiedete sich von ihren Begleitern und ging zurück in ihre eigene bescheidene Schlafkammer. Es konnte nicht schwer sein, auf den Märkten der Stadt zu finden, was sie brauchte. Ein leichter Umhang und ein Hut mit Schleier würden hoffentlich dafür sorgen, daß sie keinen Anstoß bei den Stadtbewohnern erregte, obwohl die Tatsache, daß sie zu den ungläubigen ausländischen Eindringlingen gehörte, sofort erkannt werden würde. Aber sie würde nicht riskieren, angegriffen zu werden, wenn sie keinen Anstoß erregte.

Zehn Minuten später eilte Sophia Alexejewna durch die Straßen der Stadt, wo die Mauern immer noch die Wärme des Spätnachmittags ausstrahlten; die Schatten wurden jedoch schon länger, und Männer standen in Haustoren, schöpften frische Luft, schwatzten müßig. Die Frauen, die ihr begegneten, waren alle dicht verschleiert und mit Lasten beladen, schwankten zu den Brunnen, um Wasser zu holen, mühten sich mit schweren Krügen und Körben ab, gefüllt mit Waren von den Märkten. Für sie gab es kein untätiges Herumstehen, kein müßiges Geplapper, obwohl Sophie auf einem kleinen

Platz, in dessen Mitte eine Quelle in einem Steinbecken sprudelte, eine Gruppe schwarz verhüllter Frauen sah, die Wäsche wuschen, mit Steinen schrubbten, während sich ihre Stimmen wie Stare in die Abendluft erhoben, die in ihre Nester zurückkehrten.

In einem schäbigen, matt erleuchteten kleinen Laden hinter einem Perlenvorhang fand Sophie, was sie suchte. Kein Wort fiel zwischen ihr und dem verhutzelten alten Mann; sie verständigten sich nur mit Handzeichen, Sophie durch ihren Schleier gestikulierend.

Sophie betrat den Palastgarten durch ein Seitentor in der hohen Steinmauer, dann eilte sie quer über den Rasen unter Lorbeer- und Orangenbäumen, ihre Päckchen unter ihrem Umhang verborgen. In ihrem Schlafzimmer fand sie eine bleiche Maria vor.

»Seine Hoheit, Madame...« stotterte sie, »Seine Hoheit hat nach Ihnen gesucht. Ich habe gesagt, ich wüßte nicht...«

»Nein, natürlich nicht, wie solltest du auch? Man kann nicht von dir erwarten, Dinge zu wissen, von denen ich dir nichts gesagt habe«, unterbrach Sophie brüsk. »Hat er gesagt, warum er mich sehen wollte?«

»Ich habe gehört, er geht fort«, erwiderte Maria, leicht beleidigt über die Schroffheit, die keine Rücksicht auf die Furcht der Leibeigenen zu nehmen schien, daß ihr Mangel an Information über ihre Herrin eine Bestrafung nach sich ziehen würde. »Ich nehme an, er kam, um Ihnen Lebewohl zu sagen.«

»Du kannst gehen«, erklärte Sophie kalt. Nachdem sich die Tür hinter der schniefenden Zofe geschlossen hatte, versteckte sie ihr Bündel in der untersten Schublade der Kommode aus Zedernholz, wo ihre Unterwäsche und Nachthemden in ordentlichen, duftigen Stapeln lagen. Vielleicht sollte sie sich – ganz die pflichtbewußte Ehefrau – beeilen, um zu sehen, ob ihr Ehemann bereits zu seiner Mission aufgebrochen war, sich tränenreich von ihm verabschieden, falls sie noch rechtzeitig kam. Sophies Lippen verzogen sich sarkastisch, aber sie verließ das Zimmer und machte sich zu dem großen Platz vor dem Palast auf.

Eine Kavallerietruppe stand in Reih und Glied bereit, ihre Pferde scharrten ungeduldig mit den Hufen auf dem Pflaster. Paul stand am Fuß der Treppe, die zum Palast hinaufführte, und unterhielt sich mit Prinz Potemkin.

»Wie du siehst, bin ich rechtzeitig da, um dir Lebewohl zu sagen, Paul«, erklärte Sophie liebenswürdig, als sie die Treppe hinunterschritt. »Maria sagte mir, du hättest mich gesucht. Ich war mit dem Prinzen de Ligne zusammen, auf Anweisung der Zarin.« Nicht direkt eine Lüge, eher eine kleine Manipulation des Zeitpunkts, dachte sie heiter.

»Es ist wirklich eine Schande, daß Sie schon wieder getrennt werden müssen«, sagte Potemkin und funkelte Sophie mit seinem Auge herausfordernd an. »Aber für eine so delikate Mission wie diese ist Ihr Ehemann der einzig wirklich geeignete.«

Er weiß Bescheid, dachte sie und hätte am liebsten laut gelacht bei dieser aufschlußreichen Entdeckung. War Potemkin etwa der Engel, den Adam gemeint hatte? Was für ein untypisch aussehender Engel! Ihre Augen tanzten, Gelächter perlte auf ihren Lippen. Oh, aber Prinz Potemkin war ein mächtiger, einflußreicher Freund! Hastig senkte sie die Augen und wandte sich mit förmlichen Abschiedsworten an ihren Ehemann. Er verbeugte sich kalt vor ihr, stieg in den Sattel, dann galoppierte die Schwadron davon.

»Ein kleiner Rat, Sophia Alexejewna.« Potemkin drehte sich wieder zum Palast um, beiläufig über seine Schulter sprechend. »Wenn man schlafwandelt, ist es immer klug, eine ganze Weile vor Einbruch der Morgendämmerung aus seiner Trance zu erwachen.«

»Wie lange wird die Mission meines Mannes dauern, Prinz?« Da sein Ratschlag keine Erwiderung erforderte, stellte Sophie diese ganz natürlich klingende Frage, während sie sich beeilte, mit dem Prinzen auf der Treppe Schritt zu halten.

»Ich glaube nicht, daß sich Prinz Dmitriew unserer kleinen Exkursion wieder anschließen wird«, erwiderte Potemkin leichthin. »Wenn sein Auftrag am Goldenen Horn erledigt ist, wird er direkt nach St. Petersburg zurückkehren.«

Oh, ein so mächtiger Freund! Sophie klammerte sich an ihre Freude, und die letzten verbleibenden Reste ihrer Depression trieben davon wie Federn im Wind. Paul würde nicht in der Nähe sein, wenn sie Katharina um Erlaubnis bat, sich für eine Zeitlang nach Berkholzskoje zurückzuziehen. Sie würde ihr Baby zur Welt bringen, sicher und geborgen in ihrem eigenen Heim, das auch das Zuhause des Kindes werden würde. Tanja Feodorowna würde das Kleine aufziehen.

Zum allerersten Mal erlaubte Sophie sich, an das Leben in ihrem Leib als an eine Existenz außerhalb ihrer selbst zu denken. Sie konnte dafür sorgen, daß ihr Kind in Sicherheit aufwuchs, gesund und geliebt, in dem Zuhause, das auch seine Mutter ernährt hatte. Auch wenn sie gezwungen war, sich selbst als Mutter zu verleugnen, konnte sie sicherstellen, daß ihr Kind nicht leiden würde. Und es lagen immer noch Wochen und Wochen vor ihr, bevor weitere Entscheidungen getroffen, weitere Schritte unternommen werden mußten. Wochen und Wochen, in denen sie und Adam sich ungehindert lieben konnten. Und heute abend... nun, für heute abend hatte sie etwas ganz Besonderes geplant.

Ein sattgelber Mond hing schwer am purpurfarben schimmernden Himmel. Die vier Offiziere, die durch den Palastgarten bummelten, waren in nachdenklicher Stimmung, jeder einzelne von ihnen eigenartig berührt von der exotischen Fremdheit ihrer Umgebung, der Ahnung, daß eben die Luft, die sie atmeten, von fast greifbaren Erinnerungen an erotische Begegnungen erfüllt war – erotische Begegnungen, die in lange zurückliegender Zeit stattgefunden hatten, zwischen Paaren, die längst verstorben waren.

»Ich habe absolut noch kein Bedürfnis, mein Bett aufzusuchen«, sagte einer der Offiziere und legte den Kopf in den Nacken, um zum Himmel hinaufzusehen. »Ich bin von den seltsamsten Sehnsüchten erfüllt.«

»Ein Übermaß an Spanferkel, Iwan!« meinte Adam Danilewski grinsend. »Es liegt verdammt schwer im Magen.«

»Was bist du doch unromantisch!« protestierte der Major, seinem Freund einen Schlag auf die Schulter versetzend. »Es liegt etwas in der Luft. Kannst du es nicht fühlen?«

»Ich habe einen hervorragenden Wodka in meinem Zimmer«, erwiderte Adam. »Er ist ein gutes Heilmittel gegen Magenverstimmung.«

Iwan seufzte. »Wenn das alles ist, was einem in einer solchen Nacht geboten wird, dann bleibt einem wohl nichts anderes übrig, als seine Ansprüche etwas herunterzuschrauben.«

Lachend marschierte die Gruppe durch einen Bogengang in den Palast zurück und strebte zu dem ehemaligen Harem, wo sich Adams Zimmer befand.

Adam öffnete die Tür. Sie alle blieben einen Moment stehen und ließen die Atmosphäre auf sich einwirken – eine träge Sinnlichkeit erfüllte den Raum, erhellt vom sanften, goldenen Schimmer der Öllampen, parfümiert von Schalen voller Jasmin- und Rosenblüten, die über das ganze Zimmer verteilt waren. Diese Sinnlichkeit verursachte eine stille Gestalt, die, in zarte, durchscheinende Schleier gehüllt, mit überkreuzten Beinen auf einem Kissen auf dem Fußboden zu Füßen des Diwans saß.

»Träume ich?« murmelte einer der Männer mit einem Unterton von Ehrfurcht. »Ist sie wirklich, Adam?«

»Oh, ja«, sagte Adam weich, nachdem er sich von seiner Überraschung erholt hatte. »Kommen Sie herein, meine Herren, kommen Sie in meine ganz persönliche arabische Nacht.«

Die Gestalt auf dem Kissen erhob sich mit einer geschmeidigen Bewegung, glitt durch den Raum, eine Woge von rosenfarbenem und weißem Tüll. Nur ihre Augen waren über dem Schleier sichtbar; mit Kholstift umrandet, mandelförmig, glänzten sie wie Lack in dem matten, goldenen Licht des Zimmers. Ihre Hände öffneten sich in einer stummen Geste der Begrüßung, der Einladung, und sie bewegte sich auf den Diwan zu, der um alle vier Wände herumlief.

Wie hypnotisiert setzten sich die vier Männer, versanken in den üppigen Polstern, ihre Blicke auf die schweigende Gestalt geheftet, deren Körper unter der durchscheinenden, fließenden Tunika und den weiten Pluderhosen, die an den Knöcheln fest anlagen, in verlockenden Kurven von Perlmuttrosa und Elfenbein schimmerte.

»Wo hast du sie gefunden?« flüsterte Iwan, als er langsam wieder zu Verstand kam.

»Ich habe sie gekauft«, erklärte Adam, und seine Augen verengten sich einen Moment. »Von einem Kameltreiber.« Ein kaum merkliches Zittern lief durch die schlanke Gestalt, als sie ein Tablett mit Wodkagläsern zum Diwan trug. Kniend bot sie den Männern der Reihe nach das Tablett an, ihre Augen dabei sittsam gesenkt.

»Können wir ihr Gesicht sehen?« Oberst Oblonsky streckte eine Hand aus, um den gebeugten Kopf zu berühren.

»Nein«, entgegnete Adam und streckte sich träge. »Sie gehört mir, meine Herren, und nur ich darf sie sehen.«

»Du Hund, Danilewski!« rief das vierte Mitglied der Gruppe. »In einem einzigen Nachmittag hast du dir dein eigenes Paradies geschaffen.«

Adam lächelte nur mit einer Spur von Selbstgefälligkeit. Seine Stiefel wurden von der knienden Gestalt ausgezogen, deren geschickte Finger jeden bestrumpften Fuß massierten, nachdem sie ihn aus seiner Umhüllung befreit hatten. Dann erhob sie sich wieder, glitt durch den Raum und kehrte mit einem Paar seidener Pantoffeln zurück, die sie über seine Füße streifte. Adam schloß einen Moment die Augen, während er mit einem tiefen Atemzug das Gemisch von Wohlgerüchen im Raum kostete, den Duft der Jasminblüten in dem dunklen Haar, das sich jetzt so dicht vor seiner Brust befand, als ihre Finger den Uniformrock aufzuknöpfen begannen.

Die anderen beobachteten den Vorgang fasziniert und wie in Trance, fast so, als wären sie selbst die Empfänger dieser Aufmerksamkeiten.

»Wie heißt sie?« fragte Iwan mit einer Stimme, die ein klein wenig zittrig klang.

»Seraphina«, antwortete Adam prompt und beugte sich etwas vor, damit sie ihm den geöffneten Uniformrock ausziehen konnte. »Und sie war *sehr* teuer.« Ihre Finger hantierten jetzt an seinen Hemdknöpfen, und er legte eine Hand auf ihre. »Ich glaube, das reicht für den Augenblick.« Sie senkte den Kopf in schweigender Zustimmung, dann erhob sie sich und griff nach seinem brokatenen Hausmantel, schob geschickt seine Arme in die langen Ärmel, während Adam sich gegen die Polster zurücklehnte und sich nur dann eine Idee bewegte, wenn es absolut notwendig war.

»Spricht sie?« wollte Oberst Oblonsky wissen. Er löste den obersten Knopf seines eigenen Uniformrocks.

»In Gegenwart von Männern spricht sie nur die Sprache der Liebe«, erklärte Adam, den Kopf gegen die Diwanlehne zurücklehnend. Zarte Finger massierten seine Schläfen, seine Augenlider, und als er in die dunklen, glühenden Augen so nahe vor seinen blickte, las er eine Leidenschaft, die seiner entsprach – ihre Seele, ihr Ich, völlig in diesem Traum verloren, den sie für sie beide erschuf. Es waren nicht Sophies Augen, die ihn verzehrend anschauten, es waren Seraphinas. Er gestattete seinen Händen, in einer kaum merklichen Berührung an ihrem Körper herabzugleiten, als sie sich über ihn beugte. Die Wärme ihrer Haut unter dem durchscheinenden Gewand, die Art, wie sie sich in seine Liebkosung schmiegte, sich selbst darbot, als hätte sie keine Existenz außerhalb jener zwischen seinen Händen, zerstörte sein letztes Bewußtsein der realen Welt und ließ ihn sanft in die vollkommene Illusion abgleiten.

»Ich möchte ja nicht ungastlich erscheinen...«, murmelte er.

Seraphina, eine Wolke von Tüll, schwebte zur Tür, öffnete sie und verbeugte sich tief, als die drei Offiziere hinausgingen und mit hungrigen Blicken die schlanke, biegsame Gestalt betrachteten, verhüllt und dennoch entblößt, die vollkommene Verkörperung erotischer Phantasien in diesem Raum, erfüllt von der Verheißung unsäglicher Wollust.

»Komm her«, forderte Adam sanft, als sich die Tür schloß. Er setzte sich auf, zog sie zwischen seine Knie und löste ihren Schleier, bevor er seine Hände unter die lose Tunika schob und ihre Brüste umschloß, mit einer Fingerspitze über ihre Rippen hinunterglitt und in ihren Nabel tauchte. »Leg die Hände auf den Kopf.«

Als sie augenblicklich gehorchte, knotete er die Schnur an ihrer Taille auf. Die duftigen Pluderhosen rutschten zu ihren Fesseln hinunter. Einen langen Moment wanderten seine

Hände zärtlich über ihren Bauch, ihre Schenkel, während sie vor ihm stand, sich ganz seinen Liebkosungen hingab, unbeweglich bis auf das heftige Heben und Senken ihrer Brüste. Dann ließ er sie los und ließ sich fordernd und einladend zugleich wieder gegen die Lehne zurückfallen.

Seraphina trat einen Schritt zurück, schleuderte das Kleidungsstück, das um ihre Fesseln hing, von sich, bevor sie zu ihrer unterbrochenen Tätigkeit zurückkehrte. Sie entkleidete Adam mit all der köstlichen Geschicklichkeit einer Frau, die für diese Aufgabe geschult war, machte jedes Ausziehen eines Kleidungsstücks zu einem Akt der Zärtlichkeit, erregte ihn damit so heftig, daß es zwischen seinen Schenkeln zu pochen begann. Und während der ganzen Zeit sagte sie kein Wort, ließ nur ihre Hände und Augen für sich sprechen.

Barfuß, mit nichts als der durchscheinenden Tunika bekleidet, die ihr bis zu den Hüften reichte, bewegte sie sich durch den Raum, während Adam auf dem Diwan lag, fast fiebrig vor Begierde, in der tranceähnlichen Trägheit dahingleitend, die Fieber mit sich bringt. Er beobachtete sie, wie sie sich über das Kohlenbecken in einer Ecke des Zimmers beugte, die elfenbeinfarbene Kurve ihres Pos im Lampenlicht schimmernd, und heiße Begierde stieg in ihm auf, ließ seinen Schaft heftig pulsieren. Sie griff nach dem Kupferkrug, der auf dem Kohlenbecken wärmte, und goß seinen Inhalt in eine tiefe Schüssel, die sie zum Diwan trug, während ein verheißungsvolles Lächeln um ihre Lippen spielte.

Rosenknospen schwammen auf der Wasseroberfläche in der Schüssel. Sie tauchte ein weiches Tuch in das mit Rosenduft parfümierte Wasser und strich damit sanft an seinem Körper hinunter. Adam lehnte sich auf dem Diwan zurück, fragte sich für den Bruchteil einer Sekunde, wer wem in dieser Phantasie gehörte. Dann kniete sie sich ihm zu Füßen und begann, Öl in seine erwärmte, weiche Haut einzumassieren, bei seinen Zehen beginnend, bevor sie langsam an seinem Körper hinaufkroch, die Brauen zu einem konzentrierten Runzeln zusammengezogen.

Adam griff träge hinunter, faßte den Saum ihrer Tunika und schob ihn bis zu ihrer Taille hoch, um einen ungestörten Blick auf die sanften Rundungen ihrer Schenkel und ihres Schoßes zu genießen, als sie sich weiter hinaufarbeitete. Sie hob die Augen von ihrer Tätigkeit, begegnete seinen mit fragendem Blick: Bereitete ihm das hier Vergnügen, oder wünschte er sich etwas anderes von ihr?

»Hör nicht auf«, murmelte er, seine Hände hinter dem Kopf. »Ich wollte nur die Landschaft verbessern.«

Versunken in die Kunst, Lust zu schenken und Lust zu gewinnen aus der huldigenden Besitzergreifung eines anderen Körpers, wandelte Seraphina in ihrer eigenen arabischen Nacht, wo die Leidenschaft ins Unermeßliche wuchs inmitten der reichen Düfte von Erregung, der flüsternden Fontäne, dem goldenen Lampenlicht. Es schien, als sei sie plötzlich gestaltlos, bestände nur noch aus Zentren der Lust, Zentren der Nerven, stimuliert bis zu dem Punkt, an dem glückselige Verzückung an Schmerz grenzt. Als die Zeit für sie kam, sich in Adams Besitz zu geben, sich so zu bewegen, wie er sie bat, sich mit gespreizten Schenkeln auf ihn zu setzen, stürzte sie über den Rand des Universums hinab in die rosenfarbene, goldüberhauchte Welt abgrundtiefer Wollust, in der Ekstase die einzige Empfindung war. Und sie war unendlich.

»Adam?«

»Mmmm?« Träge rollte er sich herum, um Sophie anzusehen. Es war das erste Mal, daß sie sprach, seit er mit seinen Freunden dieses Zimmer betreten hatte, vor einer zärtlichen, erregenden Ewigkeit. Er strich eine Haarlocke von ihren Brüsten fort. »Ist die Phantasie nun vorbei?«

Sie lächelte. »Ich habe keine Kraft mehr, um noch eine solche auszuhalten.«

»Nein«, gestand er und legte sich wieder neben sie. »Ein solches Ausmaß an Lust kann man nicht allzuoft ertragen. Was vielleicht ein Glück ist.« Er grinste. »Was für eine Meisterin schöpferischer Phantasie du doch bist.«

»Ich bin nicht die einzige, die Erfindungsgabe hat.« Sie setzte sich plötzlich auf, ein Funkeln der Entrüstung in den dunklen Augen. »Wie konntest du nur behaupten, du hättest mich von einem *Kameltreiber* gekauft?«

Adam lachte. »Es war eine ganz spontane Bemerkung, aus der Überraschung des Augenblicks entstanden. Es war ja nicht etwa so, als hätte ich damit gerechnet, eine Sklavin der Liebe vorzufinden, die schon auf mich wartet. Wie ich mich jemals wieder hocherhobenen Hauptes in meinem Regiment sehen lassen kann, weiß ich wirklich nicht.«

»Ach, Unsinn!« erklärte Sophie. »Hast du nicht gesehen, wie deine Freunde dich beneidet haben?«

»Ich nehme an, in Übereinstimmung mit wahrer türkischer Gastfreundschaft hätte ich ihnen anbieten müssen, dich zu teilen«, überlegte er laut.

»War ich eine geschickte und gehorsame Sklavin?« Ihre Augen blitzten, als sie seinen Mund küßte.

Adam stöhnte. »Geschickter als in meinen wildesten Träumen. So unglaublich, daß ich es nicht über mich bringe, ärgerlich auf dich zu sein wegen des Risikos, das du eingegangen bist.« Er kämpfte sich hoch, stützte sich gegen die gepolsterte Lehne des Diwans. »Ich werde dich noch nicht mal fragen, wie du die Requisiten für dein kleines Spiel beschafft hast, weil ich sicher bin, daß ich über die Antwort nicht erfreut sein werde.«

»Ich habe alle notwendigen Vorsichtsmaßnahmen beachtet«, antwortete sie ernst.

»Ich bin überzeugt, du glaubst, sie beachtet zu haben«, erwiderte er mit einem spöttischen Seufzer. »Du bist unglaublich leichtsinnig, Sophia Alexejewna.«

»Ich dachte, du hättest gesagt, du würdest nicht ärgerlich werden«, protestierte Sophie. »Das ist aber sehr undankbar von dir.«

»Aber nein, niemals! Du mußt mich von der Undankbarkeit freisprechen, Liebste.« Seufzend schwang Adam sich vom Diwan. »Es wird Zeit, daß du in dein eigenes Bett zurückkehrst, bevor der Hof erwacht.«

Sophie gähnte träge. »Ich begreife nicht, warum das noch eine Rolle spielen sollte. Prinz Potemkin weiß...« Sie brach ab, als sie den Ausdruck auf Adams Gesicht sah. »In Ordnung, es spielt eine Rolle, ich gehe ja schon.« Sie schlüpfte wieder in ihr Schleierkostüm. »In diesem Aufzug wird mich sowieso niemand erkennen.«

Adam zog sie an sich, ließ seine Hände in die Pluderhosen gleiten und umfaßte ihre Pobacken. »Sag niemals wieder, es spielte keine Rolle. Nur weil Dmitriew zur Zeit abwesend ist, heißt das noch lange nicht, daß du dich benehmen kannst, als existierte er nicht. Hast du mich verstanden, Sophie?«

Als sie reumütig nickte, küßte er sie hart zum Abschied. »Hinaus mit dir.« Seine Hand klatschte sanft auf ihre nackte Haut, als er sie zur Tür umdrehte. Sophie glitt mit einem gespielt entrüsteten »Autsch!« hinaus, und sie sah nicht sein Gesicht, wo hoffnungslose Frustration für einen Moment tiefe Linien hinterließ, die grauen Augen mit Schatten der Verzweiflung verdunkelte.

# 18. Kapitel

»Und wie lange, glauben Sie, werden Sie in Berkholzskoje bleiben wollen, Prinzessin?« Die Zarin betrachtete ihre Hofdame mit freundlichen und dennoch grüblerischen Augen.

Die Junisonne war heiß, strömte durch die Palastfenster herein, die zum Dnjepr hin offenstanden, auf dem sich Kiews Leben zu Wasser mit gewohnter Geschäftigkeit abspielte.

»Vier oder fünf Monate, Madame«, erklärte Sophie. »Ich könnte sicher bis Anfang Dezember wieder nach St. Petersburg zurückkehren, falls Euer Majestät es wünscht.«

»Ich denke, das wird eher von Ihrem Ehemann abhängen.« Katharina spielte mit ihrem Federkiel, drehte ihn zwischen ihren Händen hin und her. Man sah Sophia Alexejewna kaum etwas von ihrer Schwangerschaft an. Ihr loser russischer Kaftan aus hellblauem Batist verhüllte jegliche Wölbung ihres Leibes darunter. Dennoch hatte ihr Gesicht eine Gelassenheit an sich, eine Andeutung von Rundlichkeit, die die früher so entschiedenen Züge weicher wirken ließ, eine innere Ruhe, die aus ihren Augen strahlte.

Wie höchst bedauerlich, daß sich die Dinge auf diese Weise entwickeln mußten, dachte die Kaiserin. Hätte Adam Danilewski sich als Bewerber um die Hand der Golitskowa präsentiert, wäre absolut nichts dagegen einzuwenden gewesen. Die Prinzessin hätte mit Erlaubnis der Kaiserin ihre Wahl zwischen Dmitriew und dem Grafen treffen können. Statt dessen steckten sie jetzt in diesen Schwierigkeiten. Sicher, es sind durchaus verbreitete Schwierigkeiten, dachte sie nüchtern, und die junge Frau und ihr Liebhaber scheinen auch durchaus in der Lage, ohne unnötiges Aufhebens damit fertig zu werden.

»Wir werden Prinz Dmitriew davon informieren, daß wir Sie von Ihren Pflichten bei Hofe bis Dezember befreit haben, damit Sie Ihren Großvater besuchen können. Sollten Sie den Winter über auf dem Lande bleiben wollen – vorausgesetzt, Ihr Ehemann äußert keine Einwände –, dann haben Sie auch dafür unsere Erlaubnis.«

Sophie machte einen tiefen Hofknicks. »Madame, ich werde Ihnen ewig dankbar für Ihre Rücksicht sein.«

Die Kaiserin nickte in brüsker Zustimmung. »Ja, aber dann akzeptieren wir, daß diese Dinge tatsächlich passieren. Sie müssen nur vernünftig in Ordnung gebracht werden.«

Erleichtert verließ Sophie den kaiserlichen Salon, fragte sich, wann die Zarin zum ersten Mal vermutet hatte, daß sie, Sophie, ein Kind erwartete. Sie war nicht gezwungen gewesen, Katharina ins Vertrauen zu ziehen, als sie ihre Bitte vorgetragen hatte. Der Anlaß dafür schien bereits bekannt gewesen zu sein. Aber wußten nur Prinz Potemkin und die Kaiserin von ihrem Geheimnis? Es hatte bisher keine Anzeichen gegeben, daß sonst noch jemand davon Kenntnis hatte, keine verstohlenen Blicke, keine der versteckten Andeutungen, die solche Entdeckungen gewöhnlich begleiteten.

Es schien fast unmöglich, daß den Lästerzungen ein solcher Skandal entgangen sein könnte. Trotzdem hatte es wenig Sinn, Gründe für Ängste zu konstruieren, wenn die Hauptsorge nun aus der Welt geschafft war. Sie würde einen Boten mit einer Nachricht nach Berkholzskoje senden und ihren Großvater bitten, Boris Mikhailow und Khan nach Kiew zu schicken. Auf Khan könnte sie innerhalb eines Tages in Berkholzskoje sein.

Adam sah jedoch nicht die Vorteile dieses Vorhabens, als

Sophie ihn an diesem Nachmittag in der Jagdhütte am Flußufer in ihre Pläne einweihte. »Wenn du solche Instruktionen an Prinz Golitskow schickst, werde ich dafür sorgen, daß er von mir eine Nachricht mit gegenteiligen Anweisungen bekommt«, erklärte er unumwunden. »Du wirst nicht auf deine übliche extravagante Manier die ganze weite Strecke auf diesem Hengst reiten. Ist das klar?«

»Und ich nehme an, du würdest mich lieber in einer Kutsche durchschütteln lassen, damit ich mich alle halbe Meile übergeben muß!« erwiderte sie. »Ich bin durchaus in der Lage zu reiten.«

»Ich habe auch nicht behauptet, du wärst es nicht.« Er sprach mit der sicheren Ruhe eines Menschen, der überzeugt ist, seinen Willen schließlich durchzusetzen. »Du mußt ein bißchen Rücksicht auf deinen Zustand nehmen, Sophie, Liebste. Du hast gestern bis spät in die Nacht hinein getanzt, nachdem du den Tag über bei dieser sommerlichen Hitze auf dem Fluß gesegelt bist. Das ist nicht sehr vernünftig.«

»Aber ich fühle mich völlig wohl.« Sie lächelte und nahm seine Hand. »Du solltest mich nicht so verhätscheln, Adam. Ich bin stark wie ein Pferd.«

»O ja.« Er nickte ernst. »Stark wie ein Pferd, aber den Anblick von Blut kannst du nicht ertragen, ohne ohnmächtig zu werden, oder die Bewegungen einer Kutsche...«

»Das ist ungerecht!« unterbrach sie ihn. »Jeder Mensch hat gewisse Schwächen.« Sie legte den Kopf schief und betrachtete ihn fragend. »Trotzdem weiß ich noch gar nicht, was deine Schwächen sind.«

»Du«, erwiderte er ruhig. »Du bist meine größte Schwäche, und es ist eine so große Achillesferse, daß ich nicht mit mehr als dieser einen überleben könnte.«

Darauf blieb nichts mehr zu sagen. Sie versuchten – oh, wie angestrengt sie sich bemühten –, die Zukunft zu vergessen, so zu tun, als wären sie nicht in einem unlösbaren Gewirr gefangen, aber an den Tatsachen konnte auch alle kaiserliche Nachsicht der Welt nichts ändern.

»Und auf welche Weise soll ich nach Berkholzskoje reisen, damit du zufrieden bist?« fragte Sophie, zu dem ursprünglichen Thema zurückkehrend, weil es zu dem anderen nichts mehr zu sagen gab.

»In meiner Begleitung, auf einem Pferd meiner Wahl«, entgegnete Adam prompt. »Und damit meine ich ein ruhiges, lammfrommes Tier mit breitem Rücken, bedächtigem Schritt und ohne die geringste Neigung, sich ins Zeug zu legen.«

Sophie öffnete den Mund in lachendem Protest bei dieser entsetzlichen Aussicht, dann ging ihr auf, was er zuerst gesagt hatte. »In deiner Begleitung? Wie willst du das ermöglichen?«

Adams Lächeln wurde noch breiter, und sie sah, was ihr vorher nur halb bewußt gewesen war. Er platzte förmlich vor Neuigkeiten, seine selbstgefällige Befriedigung in jeder ausdrucksvollen Linie seines Gesichts deutlich sichtbar. »Man schickt mich in einer diplomatischen Mission nach Warschau«, informierte er sie. »Ich soll sofort abreisen.«

»Und nach Berkholzskoje ist es kein weiter Umweg.« Sie lachte entzückt.

»Und es kommt noch viel besser«, fuhr er fort. »Ich habe die Erlaubnis, *jegliche* familiären Angelegenheiten zu regeln, die sich als dringlich erweisen sollten, wann immer es sich mit meiner Mission vereinbaren läßt. Ich habe nur die Auflage, mich am Ersten nächsten Jahres wieder bei meinem Regiment in St. Petersburg zurückzumelden.«

Sophie schmiegte sich in seine Arme, begriff erst jetzt, wie furchtsam sie gewesen war. »Dann wirst du bei mir sein.«

»Ja, Liebste, ich werde bei dir sein.« Zärtlich strich er ihr die Haare aus der Stirn zurück, streichelte ihre Wangen, hielt sie fest an sich gedrückt, als hätte er die ganze Zeit gewußt, was dies für sie bedeuten würde. Tatsächlich hatte er es gewußt, so gepeinigt, wie er bei dem Gedanken gewesen war, daß er nicht bei ihr sein konnte, wenn sie ihr Kind zur Welt brachte. »Ich werde dich nach Berkholzskoje bringen, dich dort lassen, während ich nach Warschau fahre, und an deinem Namenstag wieder zurück sein.«

Der siebzehnte September war ihr Namenstag, der Feiertag der Heiligen Sophia. Adam würde noch reichlich Zeit mit ihr verbringen können. Tränen hafteten an ihren Wimpern, tropften hinunter und glänzten auf ihren Wangen. »Ich kann gar nicht beschreiben, wie glücklich mich das macht.« Sie hob seine Hand an ihre nasse Wange.

»Das brauchst du auch nicht, mein Liebling«, erwiderte er sanft. »Weil ich weiß, wie glücklich es mich macht.«

Einen Moment lang hielten sie stumm Zwiesprache, dann sagte Sophie in verändertem Ton: »Wegen dieses Pferdes, Adam...«

»Lammfromm, mit breitem Rücken und schwerfällig«, wiederholte er fest. »Und wir werden unterwegs einmal übernachten.«

»Tyrann!« Dann blitzten ihre Augen auf. »Wir könnten die Nacht in der Poststation verbringen, wo wir übernachtet haben, als du auf so schamlose Weise ein unschuldiges Mädchen ausgenutzt hast.«

»Eine wilde, scharf reitende, schnell schießende Kosakenfrau«, korrigierte er unbarmherzig, mühelos zu dem entspannten, scherzhaften Humor überwechselnd, der nötig war, um einen emotionalen Erguß zu verhindern, der keinem von ihnen etwas nutzen würde.

Sophies Humor wurde jedoch auf eine harte Probe gestellt, als sie das Pferd sah, daß Adam für ihre Reise ausgesucht hatte. Sie begriff, daß es ihm ernst gewesen war mit dem, was er gesagt hatte. »Nein«, erklärte sie. »Nein, Adam, ich werde dieses Viech nicht reiten. Es verdient die Bezeichnung Pferd überhaupt nicht. Es muß zu irgendeiner anderen Spezies gehören.«

»Es läßt sich wirklich bequem reiten«, erwiderte Adam ungerührt. »Ich gebe zu, es ist nicht hübsch, aber dafür um so stabiler.«

»Stabil!« Sie rümpfte verächtlich die Nase. »Es ist förmlich erstarrt!«

»Nichtsdestotrotz, meine Liebe, du wirst dieses Tier reiten und kein anderes.«

»Aber es ist mir so peinlich! Was wird Boris Mikhailow sagen?«

»Wenn er von deinem Zustand weiß, wird er meine Wahl nur gutheißen. Gestatte mir, dir beim Aufsteigen behilflich zu sein.«

Es war zum Glück noch sehr früh am Morgen, und im Stall waren nur Leibeigene, um Ohrenzeugen dieser Diskussion zu werden. »Ich verstehe nicht, warum dich der Reitunfall deiner Frau auf die Idee bringt, daß alle schwangeren Frauen auf einem Pferd gefährdet sind«, erklärte Sophie böse und völlig gedankenlos.

Adam erstarrte; die Welt schien den Atem anzuhalten in ihrer geweihten Umlaufbahn um die Sonne. »Was soll das heißen?«

»Bitte verzeih mir.« Sophie zwang sich, ihm in die Augen zu sehen. »Ich wollte nichts Falsches sagen.«

Er zuckte mit den Schultern und erwiderte mit kalter Stimme: »Ich hatte dich für zu vernünftig gehalten, um dem Geschwätz der kleinen Saltikowa und ihresgleichen Beachtung zu schenken.«

Eine Mischung aus Schuldgefühlen, Unsicherheit und Verlegenheit stieg in ihr auf und mit ihr der wütende Protest, daß sie keinen Grund hatte, sich so zu fühlen. Sie hatte nichts getan, dessen sie sich schämen müßte, nichts gesagt, um darüber in Verlegenheit zu geraten. »Du hast selbst erzählt, daß Eva bei einem Unfall ums Leben gekommen ist.« Sie ergriff die Zügel ihres phlegmatischen Pferdes. »Es stimmt, ich habe die Leute sagen hören, es sei ein Reitunfall gewesen.«

»Und du hast wahrscheinlich auch gehört, daß sie ein Kind erwartete.« Seine Stimme klang eisig in der Wärme des Sommermorgens. »Und ich nehme an, sie haben dir auch erzählt, daß das Kind nicht meines gewesen sein konnte.«

Es war unerträglich, hier in dem sonnigen Stallhof zu stehen, während sich ihr eigenes Kind, Adams Kind, in ihr bewegte; unerträglich, den Schmerz zu hören, der sich hinter der kalten, leidenschaftslosen Verachtung in seiner Stimme verbarg. Die Verachtung richtete sich gegen ihn selbst, was es um so schwerer machte, sie mitanzuhören. Sophie suchte krampfhaft nach Worten, um die Situation zu entschärfen, aber es gab nichts, was sie hätte sagen können. Wenn sie ihn daran erinnerte, daß Schwangerschaft nur eine Folge der Untreue war, von der er ohnehin gewußt hatte und die nicht deshalb als zusätzliches Kreuz betrachtet werden sollte, würde sie nur ihr eigenes Bild in den lebendigen Farben der Wahrheit malen, das sie beide in ihrem Inneren verschlossen hielten.

Schweigend schob sie ihren Fuß in den Steigbügel und schwang sich auf den breiten Rücken des Pferdes, und ihre Bewegung war trotz ihres Zustands kaum weniger behende und geschmeidig als gewohnt. Adam saß ebenfalls schweigend auf, und sie trabten aus dem Hof hinaus zum Tor, wo sich ihnen die sechs Leibeigenen aus Adams persönlichem Gefolge anschlossen, die als bewaffnete Eskorte dienen sollten.

Ungefähr zehn Minuten später machte Adam Sophie in

völlig ungezwungenem Tonfall auf einen Falken aufmerksam, der sich scheinbar unbeweglich gegen den strahlend blauen Himmel abzeichnete, nur mit den Spitzen seiner Flügel flatternd, um im Gleichgewicht zu bleiben, drohend über der Beute schwebend, die er in dem hohen Gras erspäht hatte. Dann tauchte er kopfüber hinab, schoß im Sturzflug durch die Morgenluft hinunter, die Verkörperung gewaltsamen Todes, geschmeidig, kraftvoll, jede Feder, jede Sehne Teil der wunderschönen Waffe, die er selbst war.

»Ich werde nie müde, sie zu beobachten«, sagte Sophie.

»Ich weiß.« Lächelnd beugte er sich vor und legte eine Fingerspitze unter ihr Kinn, um sie auf den Mundwinkel zu küssen. Als er sich wieder aufrichtete, sagte er heiter: »Wenn du Khan geritten hättest, hätte ich niemals so etwas tun können. Es gibt also auch Entschädigungen, wie du siehst.«

Diskussion beendet, dachte Sophie. Beendet, aber nicht gelöst. Na schön. Sie zuckte in Gedanken mit den Schultern. Sie hatten auch so genug Probleme, ohne daß sie in einer Vergangenheit herumwühlen mußte, die er zu begraben wünschte.

Sie verbrachten die Nacht in demselben Posthaus, verzehrten Hühnereintopf, von dem Sophie schwor, er sei völlig identisch mit dem Gericht in jener Nacht auf dem Weg nach St. Petersburg, tranken Kwaß und gingen in der milchigen nordischen Nacht spazieren, in stiller Erinnerung an den Kuß, den sie auf einem Weg der Freude, der Entwicklung, der Angst und der Sinnlosigkeit ausgetauscht hatten.

Am nächsten Nachmittag tauchten die riedgedeckten Häuser von Berkholzskoje vor ihnen auf. »Boris Mikhailow hat mich reiten gelehrt, noch bevor ich laufen konnte«, sagte Sophie, sich unbehaglich in ihrem Sattel windend. »Ich glaube, ich gehe das letzte Stück lieber zu Fuß weiter. Ich habe schließlich meinen Stolz, Adam.«

»Viel zuviel davon«, gab er zurück. »Dein Pferd hat keinerlei Bedeutung. Du reitest es immer noch, als wäre es ein Kosakenhengst, und das ist alles, was Boris Mikhailow interessieren wird.«

Der alte Prinz Golitskow genoß die frische Abendluft im Rosengarten, als ein junger Bursche atemlos die Nachricht überbrachte, daß sich Reiter auf der Pappelallee näherten. Hoffnung ließ die gichtigen Hände des Prinzen leicht zittern. Es war nicht ganz ausgeschlossen, daß es Sophie war. Er hatte gehört, die Kaiserin und ihr Gefolge seien von ihrer Reise zur Krim nach Kiew zurückgekehrt und wollten dort eine kurze Erholungspause einlegen, bevor sie weiter nach St. Petersburg aufbrechen würden. Golitskow hastete, so schnell sein Rheumatismus es zuließ, zur Vorderseite des Hauses.

»Heilige Mutter, *petite*!« rief er, als die Kavalkade auf dem kiesbestreuten Rondell vor dem Haus erschien. »Was, um alles in der Welt, reitest du denn da?«

»Ich hab's dir ja gesagt, Adam!« rief Sophie und stürzte fast von dem breiten Rücken ihres Pferdes in ihrem Eifer. »Oh, *Grandpère*, ich habe dich so vermißt. Geht es dir gut?«

Golitskow umarmte seine Enkelin einen langen Augenblick, und er fühlte die Veränderung, die mit ihrem Körper vor sich gegangen war, bevor er sich von ihr löste, einen Schritt zurücktrat und sie mit einem wissenden Blick betrachtete. »Ich bin wohlauf, Sophie. Und wie geht es dir?«

»Sehr gut«, erwiderte sie. »Bis auf meinen verletzten Stolz, nachdem ich dieses Pferd habe reiten müssen.«

Adam saß ab. »Prinz.« Die beiden Männer schüttelten sich die Hand.

»Herzlich willkommen, Adam.« Sie tauschten einen lächelnden Blick, der Bände sprach.

»Oh, da ist Boris!« Ihre Röcke raffend, flog Sophie über den Kies, um die gigantische Gestalt zu umarmen. »Wie geht es Khan? Ich kann es kaum erwarten, ihn...«

»Sophia Alexejewna!« unterbrach Adam sie barsch. »Wehe, du wagst auch nur daran zu denken, ein Bein über den Rücken dieses Tieres zu schwingen!«

»Was für einen Unsinn du redest!« rief sie verzweifelt. »Khan ist so sanft wie ein Lamm, nicht wahr, Boris?«

Der Muschik zupfte an seinem Bart und musterte seine Prinzessin mit den klugen, erfahrenen Augen, denen nichts entging. »Khan hat viele Eigenschaften, Prinzessin«, erklärte er so lakonisch wie immer. »Aber Sanftmut gehört nicht dazu.«

Sophie machte ein langes Gesicht. »Ich hatte auf dich gezählt, Boris Mikhailow.«

Der Muschik lächelte nur und wandte sich dann ab, um Adam zu begrüßen, der seine Hand ergriff. »Tut meinen Augen gut, Sie zu sehen, Graf.«

»Ich freue mich auch, dich zu sehen, Boris Mikhailow.«

»Laßt uns ins Haus gehen«, sagte Golitskow. »Ich bin überzeugt, Sie könnten jetzt ein Glas Wodka vertragen, Adam.«

Sophie wollte gerade verkünden, daß sie bei dieser Gelegenheit ein oder zwei Gläschen Wodka auch nicht gerade mit Mißfallen betrachten würde, als ein freudiger Aufschrei von der Tür ertönte, und Tanja Feodorowna mit flatternden Kattunröcken herausstürzte. »Sophia Alexejewna, bei allen Heiligen! Lassen Sie sich anschauen!« Nachdem sie Sophie geräuschvoll auf beide Wangen geküßt hatte, trat sie zurück, um sie einer gründlichen Musterung zu unterziehen. Dann nickte sie wissend. »Hier zu Hause sind Sie jetzt für eine Weile am besten aufgehoben. Mit dem Herumzigeunern ist erst mal Schluß. Kommen Sie nur mit hinauf, und ich mache Ihnen ein schönes heißes Bad. Sind sicher den ganzen Tag geritten, wie ich Sie kenne.«

»Aber ich bin nicht im geringsten müde, Tanja«, protestierte Sophie, als sie wohl oder übel ins Haus befördert wurde.

Golitskow schmunzelte. »Sie wird jetzt in guten Händen sein.« Er warf Adam einen scharfen Blick zu. »Wann?«

»Im Oktober«, erwiderte Adam.

»Und Dmitriew?«

»Hat keine Ahnung.«

»Das hoffen Sie.«

»Ja, das hoffe ich.«

»Schön, Sie können mir die Einzelheiten und Ihre Pläne bei einem Glas Wodka berichten, vorzugsweise, bevor Sophia Alexejewna uns wieder Gesellschaft leistet. Solange sie unter diesem Dach ist, werde ich nicht zulassen, daß sie sich mit Dingen belastet, die sie nicht ganz unmittelbar berühren. Eine glückliche, sorglose Schwangerschaft neigt dazu, die Entbindung zu erleichtern, wie Ihnen die Frauen bestätigen werden.« Mit dieser weisen Äußerung schob Golitskow seinen Gast in die Bibliothek und schloß die Tür fest hinter ihnen.

Adam fühlte das drückende Gewicht der Angst von seinen Schultern genommen, als er seine Last mit Golitskow teilte. In diesem Haus würde Sophie versorgt und beschützt sein; er konnte sie ohne übermäßige Furcht zurücklassen, während er nach Warschau weiterreiste, und er würde mehr als rechtzeitig zur Geburt zurückkehren. Und was danach passieren würde... nun ja, das würde man sehen.

Zwei Tage später brach Adam auf. Sophia ritt mit ihm die Allee hinunter bis zur Grenze des Gutsgeländes. »Gott sei mit dir«, sagte sie leise. »Komm wohlbehalten zurück.«

»Halte vor deinem Namenstag nach mir Ausschau«, erwiderte Adam, ihre Hand streichelnd. »Und, Sophie...« Ein flüchtiges Lächeln spielte um seine Lippen. »Versprich mir, daß du tun wirst, was dir all jene sagen, die in diesen Dingen Bescheid wissen.«

»Meine Wahlmöglichkeiten sind neuerdings etwas eingeschränkt«, erwiderte sie mit einem Lächeln. »Tanja hat sich zu einer Wölfin mit einem einzigen Jungen entwickelt.« Sie blickte einen langen Moment in die grauen Augen, berührte seine Seele mit ihrer, bevor sie leise sagte: »Geh jetzt. Ich konnte Abschiede noch niemals ausstehen.«

Adam hob ihre Hand an seine Lippen, bevor er sein Pferd an den Zügeln herumzog und dann die weiße, gewundene Straße quer durch die Steppe hinuntergaloppierte.

General Prinz Paul Dmitriew verließ das Goldene Horn und die großzügige Gastfreundschaft des Sultans im Juni. Seine Instruktionen lauteten, direkt nach St. Petersburg weiterzureisen, wo die Kaiserin und ihr Gefolge ebenfalls bis Juli zurückerwartet wurden. Die höfische Gesellschaft würde sich während des heißen Augustmonats auflösen, sich in ihre Landpaläste entlang des Finnischen Meerbusens zurückziehen.

Auch Prinz Dmitriew hatte die Absicht, den Sommer auf dem Lande zu verbringen, auf seinem Gut bei Kaluga. Während er durch die Krim reiste, quer durch die Steppe unter der Sommersonne, waren seine Gedanken mit erfreulichen Erinnerungen beschäftigt. Er hatte seinen Aufenthalt am Ottomanischen Hof genossen, hatte sich mit mehreren jungen Mädchen vergnügt, die der Sultan ihm für die Dauer seines Besuchs als Teil seiner Gastfreundschaft überlassen hatte.

Mit all der Begeisterung eines eifrigen, wißbegierigen Schülers hatte er soviel wie möglich über die türkische Lebensweise zu lernen versucht und sie als höchst angenehm und geistesverwandt empfunden. Abgesehen von der Religion deckten sich die im Ottomanischen Reich vorherrschenden häuslichen Einstellungen und Gebräuche mit denen vieler adeliger russischer Großgrundbesitzer. Polygamie war natürlich nicht legal in Rußland, aber manch ein Russe hatte seinen eigenen Harem von weiblichen Leibeigenen. Mohammedaner übertrugen ihre häuslichen Hierarchien auch auf die Regierung; es wäre unvorstellbar für eine Frau, irgendeine, mit einer gewissen Macht verbundene Position außerhalb der ihres Harems zu bekleiden, und innerhalb des Harems beschränkte sich ihre Macht nur auf Frauen und hing im übrigen davon ab, wie gut sie ihrem Herrn diente.

Rußland war nicht so konsequent, was die Herrschaft des Mannes über die Frau betraf. Während sie absolut innerhalb der Familienstruktur war, waren mächtige Frauen, in der Ausübung ihrer Macht ebenso hart und rücksichtslos wie jeder Mann, durchaus keine Seltenheit in der politischen Geschichte des Landes. Zwar hätte Paul Dmitriew niemals ein Wort der Kritik an seiner Kaiserin geäußert, wäre auch niemals auf den Gedanken gekommen, einem kaiserlichen Befehl nicht zu gehorchen, dennoch zog er es vor, die Anwesenheit einer Frau auf dem russischen Thron als eine Anomalie zu betrachten, eine, die hoffentlich mit dem Tod der derzeitigen Kaiserin und der Nachfolge ihres Sohnes beendet sein würde.

Das Bild seiner unfruchtbaren Ehefrau, das er niemals ganz in den Hintergrund seines Gedächtnisses verdrängen konnte, stieg klar und deutlich vor seinem inneren Auge auf. Und mit ihm die kalte Befriedigung, daß der Augenblick nun nicht mehr fern war, in dem es ihm endlich gelingen sollte, sie für die persönlichen Kränkungen zu bestrafen, die trotzigen Zuwiderhandlungen, die fast unerträgliche Frustration, mit der sie ihn irgendwie seiner Rache gegen die Golitskows beraubt hatte. Aber jetzt würde er seine Rache bekommen. In der Abgeschiedenheit von Kaluga, weit entfernt von kaiserlichen Augen, würde er Sophia Alexejewna die Bräuche des Ottomanischen Hofes lehren.

Bei seiner Ankunft in St. Petersburg begab sich Dmitriew unverzüglich zum Winterpalais, wohin der Hof gerade erst kürzlich zurückgekehrt war und nun Vorbereitungen für den Aufenthalt in Czarskoje Selo im August traf. Eine untröstliche Stimmung umgab jene, die sich jetzt auf dem Boden der Tatsachen wiederfanden, ihr magischer Kreis gebrochen, ihre Reise der Illusion längst ein Kapitel der Vergangenheit.

Katharina begrüßte ihren General liebenswürdig, machte ihm Komplimente über seine Diplomatie im Umgang mit dem Sultan und dankte ihm für seine Unterstützung. Dann erzählte sie ihm, daß seine Frau den Wunsch geäußert hätte, ihren Großvater zu besuchen, als sie durch Kiew kamen.

»Ich habe ihr die Erlaubnis erteilt, bis Dezember von ihren Verpflichtungen bei Hofe fernzubleiben, Prinz.« Die Zarin lächelte ihr zahnloses Lächeln. »Ich hätte auch keine Einwände, wenn sie den Winter in Berkholzskoje abzuwarten wünschte, aber das zu entscheiden, liegt natürlich bei Ihnen.«

»Sie sind äußerst großzügig zu meiner Frau, Madame.« Der General verbeugte sich, verbarg den mächtigen Ansturm von Zorn darüber, erneut an der Ausübung seiner Rache gehindert zu werden. Es war, als wäre irgendeine Verschwörung gegen ihn im Gang. »Ich glaube allerdings nicht, daß ich eine Trennung den ganzen Winter hindurch dulden kann.«

»Dann müssen Sie Ihrer Frau schreiben und sie mit Ihrer Entscheidung bekanntmachen«, erwiderte die Kaiserin verbindlich. »Sie wird ihre Pflichten als Ehefrau widerspruchslos akzeptieren.«

»Das will ich doch sehr hoffen«, gab der Prinz mit einer Andeutung von Schärfe in der Stimme zurück.

Der Blick der Kaiserin wurde sichtlich kühler. »Danke, Prinz«, sagte sie und wandte sich wieder den Papieren auf ihrem Schreibtisch zu, um ihm deutlich zu machen, daß die Unterredung beendet war.

Vier Monate. Er hatte viele Jahre auf die richtige Verkettung der Umstände gewartet. Er konnte auch noch vier weitere Monate warten.

Nach Adams Abreise geschah etwas Seltsames. Sophie, gewöhnlich so vital und kontaktfreudig, schien sich in sich selbst zurückzuziehen, während sie stumme und beständige Zwiesprache mit dem Leben hielt, das in ihr wuchs. Ihr Körper wurde rund in seiner Fruchtbarkeit, fast so, als reagierte er auf die tröstliche Tatsache, daß sie ihren Zustand nun nicht mehr länger verbergen mußte. Sophies dunkle Augen enthielten ein glückseliges Lächeln, und sie bewegte sich mit gemessenen Schritten, anmutig wie eh und je, doch mit einer gewissen Bedächtigkeit, statt des federnden Ganges von einst.

Golitskow erlebte seine Enkelin häufig abgelenkt und gedankenverloren, und wann immer er versuchte, das Gespräch auf die Auswahl einer geeigneten Familie für das Ungeborene zu lenken, blickte sie ihn an, als spräche er eine Sprache, die sie nicht verstand, und wechselte das Thema. Kein gutes Zeichen, dachte er dann mit einiger Besorgnis. Aber sie würde Adam haben, der – wenn überhaupt – am besten von allen in der Lage sein würde, ihr über die dringend notwendige Trennung von ihrem Kind hinwegzuhelfen.

Den ganzen heißen August über saß Sophie im Schatten der Bäume, eine eifrig nähende Tanja neben sich, oder ging langsam am Fluß spazieren. Es schien, als wären alle Ängste, alle Erinnerungen, alle Gedanken an die Zukunft aus ihrem Bewußtsein verschwunden, und sie wurde rund und gelassen in ihrem Warten, umgeben von Frauen, die dafür sorgten, daß ihr Frieden gewahrt blieb, weil sie um die Vorgänge wußten, mit denen Körper und Geist sich auf die Geburt und die Hege und Pflege eines neuen Lebens vorbereiteten.

Es war eines späten Abends Anfang September, als Adam

nach Berkholzskoje zurückkehrte. Die letzten wenigen Meilen war er nicht mehr in der Lage gewesen, die von Panik erfüllte Vorstellung zu unterdrücken, daß in den Wochen seiner Abwesenheit etwas passiert war, daß er Sophie in einem Zustand vorfinden würde... Bilder von Eva quälten ihn. Eva, die blutete... so entsetzlich viel Blut, so rot, so unmöglich zu stillen. Ihr Gesicht, das immer grauer wurde, während das Blut aus ihr strömte, sich in einer Lache unter ihr sammelte. In all den Jahren seines Soldatenlebens konnte er sich nicht erinnern, jemals gesehen zu haben, wie so viel Blut aus einem Körper floß...

Das Haus schimmerte in der Ferne, blaß im Mondlicht. Adam gab seinem Pferd die Sporen in der entsetzlichen Überzeugung, daß vor ihm nur Verzweiflung und Grauen lagen. Seine Gewißheit war so lebendig, daß er dem Nachtwächter einfach nicht glauben konnte, als dieser die schweren Riegel an der Vordertür zurückzog und ihn mit der Bemerkung einließ, alle im Haus seien wohlauf.

»Adam! Ich hatte mir schon gedacht, daß Sie es sein müßten, als ich das stürmische Hufgeklapper unter meinem Fenster hörte.« Prinz Golitskow, in Schlafrock und Nachtmütze, kam die Treppe hinunter. »Kommen Sie in die Bibliothek. Gregory soll Ihnen etwas zu essen bringen. Ich bin sicher, Anna hat ein oder zwei leckere Speisen in der Küche zurückgelassen.« Freundlich nickend führte er Adam den fliesenbelegten Korridor hinunter.

»Sophie...?« fragte Adam, und seine Hast und seine Angst schwangen nur zu deutlich in dem einen Wort mit.

»Es geht ihr sehr gut«, versicherte der alte Prinz. »Ich muß sagen, ich bin wirklich froh über Ihre Gesellschaft, Adam. Das Haus hat sich in den letzten Wochen zu einem *Gynäzeum*, einem Frauengemach, entwickelt; ich komme mir die meiste Zeit beinahe wie ein Eindringling vor.« Er lachte, doch sein Lachen war nicht völlig unbekümmert. »Ich bin überrascht, daß Sophie Ihre Ankunft nicht gehört hat, aber sie zieht sich neuerdings früh zum Schlafen zurück.« Er schenkte Wodka für seinen Gast ein.

»Das ist gar nicht ihre Art.« Adam stürzte den Inhalt seines Glases hinunter und füllte es neu.

Golitskow lächelte. »Sie werden feststellen, daß sie sich ein bißchen verändert hat. Die Aussicht auf Mutterschaft bringt solche Veränderungen mit sich, wie ich bemerkt habe. Die Tyrannei des Mutterschoßes, so könnte man es nennen.«

Adam blickte verständnislos. »Aber es geht ihr gut?«

Der Prinz nickte. »Ja, sicher, aber ich hege trotzdem einige Befürchtungen.« Er starrte eine Weile in den leeren Kamin hinunter, während Adam mit zunehmend angstvoller Ungeduld wartete. »Ich glaube nicht, daß es ihr leichtfallen wird, sich von dem Kind zu trennen«, sagte Golitskow schließlich. »Wenn sie sich nicht dazu überwinden kann, dann müssen sie und das Kind vor der Rache ihres Ehemannes fliehen.«

»Also ganz fort aus Rußland«, erwiderte Adam langsam. »Es gab eine Zeit, da habe ich mir gewünscht, sie würde es tun. Jetzt weiß ich nicht, ob ich es ertragen könnte.« Sein Gesicht verzog sich in gepeinigter Hilflosigkeit. »Wenn ich Rußland verlassen müßte, würde ich riskieren, wegen Verrats und Fahnenflucht verurteilt zu werden, das wissen Sie, Prinz. Meine Güter würden beschlagnahmt werden, meine Mutter würde völlig mittellos zurückbleiben, meine Familie in Ungnade fallen. Wie kann ich eine solche Bestrafung über Unschuldige bringen?«

»Das können Sie nicht«, entgegnete Golitskow fest. »Das verlangt auch niemand von Ihnen, Sophie nicht und ich auch nicht. Ich wollte Sie nur vorbereiten. Wenn irgend jemand Sophie dazu bringen kann, sich mit dem Unvermeidlichen abzufinden, dann werden Sie es sein.«

Gregory, der Nachtwächter, betrat die Bibliothek mit einem Tablett mit geräuchertem Fisch, Schwarzbrot und in Essig eingelegter roter Bete. »Genügt das, Herr?«

»Vollkommen, danke… bitte, Prinz, ich möchte Sie nicht von Ihrer wohlverdienten Nachtruhe abhalten.«

»Ich werde Ihnen Gesellschaft leisten, wenn Sie möchten.« Der alte Mann blickte ihn gewitzt an. »Es sei denn, Sie hätten das Bedürfnis, allein mit Ihren Gedanken zu sein.«

Adam schüttelte seufzend den Kopf. »Auf der Reise von Warschau hierher bin ich schon viel zu lange mit ihnen allein gewesen. Geplagt von Ängsten, von dunklen Vorahnungen.« Er spießte ein Stück geräucherten Störs mit der Gabel auf. »Vielleicht hat die Tyrannei des Mutterschoßes eine große Reichweite.«

Golitskow lachte. »Essen Sie, dann werden Sie sich besser fühlen. Es ist nur normal, daß Sie sich Sorgen gemacht haben, als Sie fort waren, aber Sophie ist stark und gesund, und Tanja ist eine erfahrene Hebamme. Alles wird gut sein, Sie werden's sehen.«

Eine Stunde später betrat Adam, seine Kerze tragend, das Schlafzimmer im Westflügel. Der Wind murmelte leise, bewegte die Vorhänge am offenen Fenster, erfüllte den Raum mit den frischen nächtlichen Gerüchen der Steppe. Adam schirmte die Kerze mit einer Hand ab, als er an das Bett trat. Sophie schlief, auf der Seite liegend, ihre Wange in ihre Hand gebettet. Das Kerzenlicht fing den kastanienbraunen Schimmer der dunklen Haare ein, die auf dem Kopfkissen ausgebreitet lagen, hob die dichten, seidigen Kränze ihrer Wimpern hervor, die halbmondförmige Schatten auf ihre Wangen warfen. So friedlich, dachte Adam, als ihn ein süßes, besänftigendes Gefühl inniger Liebe durchströmte und seine Ängste bannte.

Rasch entkleidete er sich und blies die Kerze aus, bevor er

neben Sophie ins Bett glitt, sich unter der buntbestickten Bettdecke wohlig entspannt ausstreckte.

»Adam.« Ihre Stimme klang sanft und schläfrig im Schein des Mondes. »Träume ich noch, oder bist du es diesmal wirklich?«

»Ich bin es wirklich, Liebste.« Er schob einen Arm unter sie und rollte sie herum, in seine Umarmung hinein. »Hast du jede Nacht von mir geträumt?«

»Jede Nacht«, gestand sie, während sie in zärtlicher Wiederentdeckung mit den Fingerspitzen über seine Brust strich. »Ich habe dich ganz schrecklich vermißt.«

»Du hast ganz schrecklich an Umfang zugenommen«, neckte er sie, den harten Hügel ihres Leibes liebkosend. Seine Hand zuckte unfreiwillig zurück, und er lachte verwundert. »Es hat mich getreten.«

»*Mich* tritt es dauernd«, knurrte Sophie in gespielter Wehleidigkeit. »Wirst du mich jemals küssen?«

»Ich überlege noch«, murmelte er gespielt nachdenklich. »Ich versuche herauszufinden, wie ich deinen Bauch umgehen kann.«

»Dann gestatte mir, es dir zu zeigen.« Sie stützte sich auf einen Ellenbogen, beugte sich über ihn und näherte ihren lächelnden Mund seinem. »Siehst du, es ist ganz einfach.«

»Richtig.« Seine Hand glitt unter den glänzenden Vorhang ihrer Haare, um ihren Kopf zu umfassen und ihren Mund wieder auf seinen hinunterzuziehen für eine gründlichere Demonstration.

»Ich möchte dich lieben«, flüsterte Sophie und ließ ihre Zungenspitze zärtlich über seine Lippen gleiten. »Oder bist du zu müde nach der langen Reise? O nein, es scheint, als wärst du nicht zu müde.«

»Nicht im geringsten.« Er drehte Sophie behutsam auf die Seite, so daß sie ihm den Rücken zukehrte, dann schob er ihr

Nachthemd hinauf und schmiegte sich mit seinem Körper an ihren. Mit einer Hand streichelte er sanft ihren Bauch, während er ebenso sanft in sie eindrang und sie zärtlich ins samtig grüne Tal der Erleichterung führte. Danach hielt er sie fest mit seinen Armen umschlungen, bis der erste jubilierende Hahnenschrei sie weckte und Sophie – mit sinnlichem Schalk in den Augen und einem Wiederaufleben ihrer alten Energie – eine Wiederholung forderte.

Adams Rückkehr riß Sophie aus ihrer Selbstversunkenheit, sehr zu Golitskows Erleichterung. Er hatte große Angst gehabt, daß verstärkte Selbstbeobachtung sie nur noch beharrlicher machen würde in ihrer Weigerung, dem Kurs der Vernunft zu folgen, sobald das Kind geboren war. Adam verweigerte ihr jede Möglichkeit, vor sich hinzugrübeln. Er ging mit Sophie spazieren, unterhielt sich mit ihr, angelte mit ihr in den Bächen, spielte in der Herbstsonne im Garten Karten, forderte wegen ihrer Betrügereien schwere Strafen, von denen natürlich keine etwas fruchtete, und während der ganzen Zeit wartete er geduldig darauf, daß Sophie endlich die Zukunft des Kindes zur Sprache brachte. Sie tat es nicht. Jedesmal, wenn sich die Worte auf seinen Lippen formten, erstarben sie sofort wieder, wenn er sah, wie glücklich sie in ihrer Schwangerschaft war, und er an die Tortur dachte, die sie durchmachen mußte, um das Kind zur Welt zu bringen. Sich innerlich für seine Feigheit verfluchend und dennoch unfähig, sich jetzt dieser Verantwortung zu stellen, ließ Adam die Sache notgedrungen in der Schwebe.

Sophies Namenstag dämmerte grün und golden herauf. Sie war so aufgeregt, wie sie es immer an diesem Tag war, der ausschließlich ihr gehörte. Letztes Jahr war ihr Namenstag völlig unbemerkt verstrichen, da Prinz Dmitriew nicht in der Stimmung gewesen war, seine Frau zu verwöhnen, aber dieses

Jahr war Sophie von Menschen umgeben, die nichts anderes im Sinn hatten, als eine perfekte Feier zu Sophia Alexejewnas Ehren zu arrangieren.

Entsprechend der Tradition ihrer frühesten Kindheit wurde der Tag zu einem Feiertag erklärt, und alle Bewohner des Gutes und des Dorfes wurden zu dem Fest eingeladen. Sie würden der Namensschwester der Heiligen ihre Aufwartung machen, während sie durch die Eingangshalle defilierten, einige von ihnen mit kleinen Geschenken, die sie Sophie überreichen würden, die am Fuß der Treppe stände, um sie zu begrüßen. Die anschließende Feier würde in der großen Scheune stattfinden, an unzähligen Tischen, die sich bis in den Hof hinaus erstreckten. Bier und Wodka würden in Strömen fließen – vom Vormittag an bis zu dem Zeitpunkt, wenn der letzte Feiernde volltrunken zusammenbrach. Schwein und Spanferkel, Ziege, Rind und ein ganzes Schaf wurden gebraten und geröstet, und Anna – und mit ihr jede Frau auf dem Gut – war schon tagelang vorher damit beschäftigt, all die Köstlichkeiten zuzubereiten, die Kuchen und Puddinge, das Brot und die Schüsseln mit in Essig eingelegtem Gemüse, unter deren Last sich später die langen, auf Böcken stehenden Tische biegen würden.

Nach dem Frühstück verließ Adam geheimnisvoll lächelnd das Speisezimmer. Er weigerte sich, Sophies Fragen zu beantworten, was den Zweck seines Verschwindens betraf.

»Ist es mein Geschenk?« wollte sie wissen. »Oh, bitte, Adam, sag es mir!«

»Wie kommst du denn auf die Idee, es könnte irgend etwas mit einem Geschenk zu tun haben?« fragte er betont verwundert zurück.

»Das weißt du sehr gut! Weil heute mein Namenstag ist, natürlich. Alle anderen haben mir schon ein Geschenk überreicht.«

»Dann kannst du unmöglich noch eines brauchen.«

»Sophie, hör auf, Adam zu bedrängen«, schalt Prinz Golitskow sie lachend. »Man *bettelt* nicht um Geschenke, wie du hoffentlich weißt.«

»War sie schon immer so?« fragte Adam im Tonfall milder Neugier.

»Oh, noch viel schlimmer«, erklärte Golitskow. »Die Reife des Erwachsenenalters hat sie wesentlich gemäßigter gemacht.«

»Großer Gott!« Adam verdrehte die Augen zur Zimmerdecke. »Sie bezeichnen dieses Betragen doch nicht etwa als Reife, oder?«

»Ach, ihr seid beide unmöglich!« verkündete Sophie und marschierte zur Tür. »An meinem Namenstag habt ihr gefälligst freundlich zu mir zu sein. Ich werde nachschauen, wie Anna mit der Arbeit in der Küche vorankommt.«

Sie ließ die beiden Männer lachend zurück und eilte in die Küche, um sich in die Überwachung der diversen komplizierten Vorgänge zu vertiefen, die eine Produktion von solcher Reichhaltigkeit mit sich brachte. Eine Stunde später verließ sie die Küche und strebte in die Eingangshalle, wo eine Armee von Leibeigenen mit dem Anbringen der Dekorationen beschäftigt war, während andere, beladen mit Laubwerk und Blumen, aus den Gärten hereinkamen.

»O nein, häng nicht *die* dort auf!« Sophie lief die Stufen hinauf zum obersten Treppenabsatz, wo ein junger Bursche auf einer Stehleiter gerade einen Kranz dunkelgrüner Lorbeerblätter um ein Bild befestigte. »Es sieht so schrecklich nach Begräbnis aus«, fügte sie hinzu, ihn herunterwinkend. »Ich werde statt dessen diese hier anbringen.« »Diese hier« waren Mohnblumen vom Feld mit prachtvollen, sattroten Blütenköpfen, eine üppig blühende Sorte von brillanter Farbe, die zu Sophies Lieblingsblumen gehörte.

Sie war schon halb die Stehleiter hinauf, die Arme voller Klatschmohnblüten, als Adam durch die Eingangstür in die Halle marschierte. Das Stimmengewirr, klopfende Hämmer, Gelächter – alle Geräusche wichen plötzlich in den Hintergrund zurück, als er Sophie so gefährlich nahe an der obersten Treppenstufe balancieren sah, ihr Leib prall und schwer unter dem dünnen Stoff ihres Rockes, scharlachrote Blüten von ihren Armen wallend.

Er ließ den Sattel aus feingegerbtem Leder, verziert mit kunstvollen Einlegearbeiten in Gold und Elfenbein, ein Sattel wie geschaffen für einen Kosakenhengst und eine Kosakenfrau an ihrem Namenstag, abrupt auf den Fußboden fallen. Dann flog er die Stufen hinauf, und die grauen Augen in dem plötzlich totenbleichen Gesicht schossen Blitze vor Wut. »Komm da runter, sofort! Du leichtsinnige, gedankenlose Närrin! Was tust du da?«

Er zerrte Sophie von der Leiter herunter. Sie schwankte leicht, aus dem Gleichgewicht geraten, während sie ihn verblüfft über diesen Ausbruch anstarrte. Dann streckte sie eine Hand aus, um sich an ihm festzuhalten. Adam packte Sophie und schüttelte sie heftig, ungeachtet der schockierten Gesichter, die abwechselnd vor seinen Augen verschwammen und wieder an Schärfe gewannen. »Willst du dich umbringen?« brüllte er außer sich vor Zorn. »Wie kannst du es wagen, dich so verbrecherisch unvorsichtig zu benehmen…«

»Adam!« Es war Prinz Golitskows Stimme, die scharf durch die Tirade hindurchschnitt. Von einem alarmierten Diener herbeigerufen, eilte er die Treppe hinauf. »Reißen Sie sich gefälligst zusammen, Mann!«

Sophie war nicht mehr als eine schlaffe Stoffpuppe unter Adams Händen; als sein Griff sich lockerte, gaben ihre Knie unter ihr nach, und sie sank um Atem ringend auf den Boden, während sich ihr weiter Rock um sie bauschte. Sie blickte zu ihm auf, ungläubig, bis ins Innerste verletzt. »Warum?« fragte sie leise.

Adam holte zitternd Luft. »Du bist bald im neunten Monat schwanger und steigst eine Leiter hinauf, die gefährlich nahe am Kopfende einer Treppe balanciert«, erklärte er langsam. »Eine solche Dummheit ist mir noch niemals begegnet!« Seine Augen füllten sich mit Schmerz, und er strich sich mit der Hand über die Lider, als wollte er das Bild wegwischen ... Er hatte seine Hand ausgestreckt, und sie war gestürzt, kopfüber hinuntergestürzt, ihr Körper unerträglich auf jeder Treppenstufe aufprallend, ihr Schrei grauenerregend in dem stillen Haus. Er war hinter ihr hergerannt, wollte sie halten, aber da lag sie schon am Fuß der Treppe, unbeweglich, mit verrenkten Gliedern, wie die ausrangierte Puppe eines Kindes ... und dann hatte die Blutung eingesetzt.

Mit grimmiger Miene packte Sophie das Treppengeländer und zog sich auf die Füße. Ihr Großvater legte eine Hand unter ihren Ellenbogen, um ihr beim Aufstehen zu helfen. Sie schob seine Hand fort, ihren Blick fest auf Adam geheftet. Sie kannte diesen gequälten Ausdruck. Es war jener Ausdruck, der seine Züge verzerrte, wenn er auf einen der schlimmen Momente in seiner Vergangenheit zurückblickte. Sie hatte sie ausgetrieben geglaubt, aber dieser hier war offensichtlich dem Tageslicht entkommen.

»Laß uns eine Weile draußen in der Sonne spazierengehen«, sagte sie, ihre Stimme sicherer als ihre Knie, die immer noch auf höchst unbehagliche Weise zitterten. »Komm.« Sie streckte gebieterisch ihre Hand aus, als sie ihren Fuß auf die oberste Treppenstufe setzte.

Sein Blick verlor seine Verschwommenheit und konzentrierte sich auf sie. Dies hier war Sophie, seine Sophie, blaß und energisch, ihre Hand nach ihm ausgestreckt. Adam wurde sich bewußt, wie Prinz Golitskow ihn streng anstarrte, sah den Kreis der Leibeigenen, die ihn mit der ängstlichen Feindseligkeit ansahen, die man beim Anblick eines tollwütigen Hundes empfinden mochte.

»Komm«, wiederholte Sophie mit einem Unterton von Stahl in ihrer Stimme. »Ich lasse mich nicht wie eine Ratte im Maul eines Terriers durchschütteln ohne eine Erklärung. Besonders nicht an meinem Namenstag. Nimm meine Hand, meine Knie sind wackelig.«

Adam blickte die flachen Treppenstufen hinunter. Die Eingangstür stand offen, eine breite Straße gelben Sonnenlichts erstreckte sich von der Tür bis zum Fuß der Treppe. Er machte einen Schritt auf Sophie zu und ergriff ihre Hand. Ihre Finger schlossen sich um seine, und sie blieb stehen, unerschütterlich und sicher auf der obersten Stufe.

Hand in Hand gingen sie die Treppe hinunter, zwischen geschlossenen Reihen fragender Augen hindurch, durch die Halle und hinaus in den Sonnenschein. Ein Flüstern erhob sich hinter ihnen, schwoll zu einem Gemurmel an. Prinz Golitskow überließ seinen Haushalt der Freiheit der Spekulation und dem Luxus von Klatsch und kehrte wortlos in seine Bibliothek zurück.

Draußen gingen sie schweigend an den geschäftig hin und her eilenden Dienern vorbei, die mit den Vorbereitungen für das große Fest beschäftigt waren, und strebten in die Ungestörtheit des Rosengartens. An der steinernen Sonnenuhr blieb Sophie stehen. »Wie ist Eva gestorben?«

»Sie ist die Treppe hinuntergefallen«, sagte Adam tonlos. Er vermied Sophies Blick, starrte auf das Taubenhaus in einer Ecke des Gartens. »Ich habe meine Hand ausgestreckt... um sie zu halten... ich glaube, um sie festzuhalten.« Die Worte kamen langsam über seine Lippen, als müßte er sie seiner Seele gewaltsam entreißen, als er zum ersten Mal seine Angst artikulierte. Die Angst, daß er in seiner blinden Wut und der innerlichen Wundheit seiner verletzten Gefühle, als Eva ihn wegen seines altmodischen Zorns nur höhnisch ausgelacht hatte, ihr Leib rund und prall vom Kind eines anderen Mannes, etwas anderes getan haben könnte... daß die Hand, die er ausgestreckt hatte, um Eva zu halten, als sie auf dem obersten Treppenabsatz vor Lachen schwankte, sie statt dessen gestoßen haben könnte.

»Das Kind ist in einer Woge von Blut aus ihrem Körper geschwemmt worden«, fügte er mit einem qualvollen Schluchzer hinzu. »Niemand konnte mehr etwas für sie tun. Es ging immer so weiter, bis sie verblutet war.« Er umklammerte die Sonnenuhr mit beiden Händen, und seine Fingerknöchel traten weiß unter der Haut hervor. »Wir waren damals in Moskau. Der Hof war in St. Petersburg. Es hieß nur, sie wäre an den Folgen eines Unfalls gestorben. Der Rest beruhte auf Vermutungen, und ich sah keinen Anlaß, die Klatschmäuler über die Wahrheit zu informieren.«

»Die Wahrheit, daß du deine Frau in einem Anfall eifersüchtigen Zorns umgebracht hast? Oder die Wahrheit, daß sie ausrutschte und die Treppe hinunterstürzte?« Sophie legte ihre Hände auf seine, als er die Sonnenuhr weiter fest umklammert hielt. »Du hast sie nicht gestoßen, Adam.«

»Woher willst du das wissen, wenn ich es nicht weiß?«

»Weil ich dich kenne«, erwiderte sie mit fester Überzeugung. »Ich kenne dich so gut, wie ich mich selbst kenne, wie ich das Kind kenne, das in mir wächst. Wir haben vieles gemeinsam, und ich *weiß*, daß du niemals irgend jemandem auf diese Weise Schaden zufügen könntest, egal, wie groß dein Zorn, wie schlimm deine Demütigung wäre. Es wäre so undenkbar, als... als würde Boris Mikhailow grausam ein Pferd mißhandeln! Nun ja, vielleicht klingt dieser Vergleich etwas absurd. Aber es ist eine Frage dessen, was dem Charakter eines Menschen völlig fremd ist; es geht hier um Dinge, die er niemals und unter keinen Umständen tun würde, wie groß die Herausforderung auch immer sein mag.«

Sie ergriff sein Handgelenk und zog ihn zu sich herum, zwang ihn, sie anzusehen. »Du weißt, daß du es nicht getan hast.«

»Aber ich wollte es«, erwiderte Adam leise.

Sophie nickte. »Es ist das Schuldgefühl, den Wunsch verspürt zu haben, nicht das Schuldgefühl der Tat, das dich gequält hat.«

»Willst du mir damit sagen, sie hätte es verdient?«

Sie schüttelte den Kopf. »Nein. Niemand verdient einen so schrecklichen Tod.«

Sie betrachtete sein Gesicht, beobachtete, wie sich die harten Linien der Qual langsam auflösten, als Tränen in seinen Augen schimmerten. Dann nahm Sophie Adams Hand und zog ihn mit sich hinunter in das Gras, schmiegte seinen Kopf an ihre Brüste, auf die Wölbung ihres Leibes, fruchtbar mit seinem Kind, und nahm ihn fest in die Arme.

## 19. KAPITEL

»Was soll das heißen, ›guter Hoffnung‹? Antworte mir, Weib!«

»Sie ist es, Herr, sie ist schwanger, ich schwöre es!« Schluchzend und winselnd fiel die zu Tode verängstigte Maria vor dem überragenden Zorn ihres Herrn auf die Knie. Als Überbringerin schlechter Nachrichten senkte sie den Kopf vor seiner grenzenlosen Wut, wohl wissend, daß ihr Leiden hundertfach verstärkt worden wäre, hätte sie ihm eine solche Information vorenthalten.

Nur die Wahrheit konnte eine ausreichende Entschuldigung für die Tatsache liefern, daß sie nicht länger in den Diensten der Prinzessin stand, eiskalt entlassen in Kiew und nach St. Petersburg zurückgeschickt, um ihrem Herrn ihr Versagen einzugestehen – einem Herrn, der kein Versagen duldete. Maria hatte die Aufgabe, die Prinzessin rund um die Uhr im Auge zu behalten. Sie tat es nun nicht mehr, aber die Schuld daran mußte einem anderen zugeschoben werden. »Sie wollte meine Dienste nicht länger, nachdem wir das Schiff verlassen hatten, aber ich wußte es.«

»Woher?« Die Worte peitschten die muffige Luft in dem Mausoleum, das Dmitriews Palast in St. Petersburg war.

Maria zitterte so heftig, daß sie kaum zu sprechen in der Lage war. Ob er die Untreue der Prinzessin ihrer, Marias, Nachlässigkeit anlasten würde? »Es gab deutliche Anzeichen, Herr, auf dem Schiff. Die Prinzessin fühlte sich oft nicht gut, ihr war manchmal übel...« Sie senkte den Kopf, spielte mit ihren Schürzenbändern. »Und außerdem, Herr, seit sie in Kiew angekommen war, hatte sie nicht... nicht mehr... hatte sie kein monatliches Unwohlsein mehr«, erklärte sie elend. »Dann wollte sie mich nicht mehr ihre Kleider waschen lassen... damit ich nicht bemerkte, daß sie... aber ich sprach mit Gräfin Lomonsowas Zofe, dem Mädchen, das die Wäsche der Prinzessin wusch, Herr. Und sie sagte, es hätte keine... keine Anzeichen von...«

»Ich verstehe dich sehr gut!« donnerte der Prinz und verpaßte der knienden Gestalt einen heftigen Fußtritt. »Du hattest die Anweisung, die Prinzessin im Auge zu behalten und mir alles zu berichten... *alles*, hast du gehört?... was dir ungewöhnlich vorkam. Warum hast du mir nicht schon längst etwas von deinem Verdacht gesagt?« Wieder versetzte er ihr einen Tritt, und Maria zuckte zusammen, vor Angst aufstöhnend.

»Bitte, Herr, ich hatte mir doch nichts dabei gedacht, bis sie mich in Kiew wegschickte und mit dem Grafen davonging...«

»Mit dem Grafen? Welcher Graf?«

»Nun, der... der polnische Graf, Herr, der früher sooft hierhergekommen ist...«

Adam Danilewski! Dmitriew wandte sich ab von der knienden, wimmernden Maria, die auch weiterhin schluchzend in der Mitte des Teppichs auf den Knien liegen blieb.

»Der Graf war ihr Begleitschutz«, stieß sie hervor. »Die Kaiserin hatte ihn der Prinzessin als Eskorte mitgegeben, auf der Reise zu ihrem Großvater.«

»Ist dir jemals irgendeine Innigkeit zwischen dem Grafen und deiner Herrin aufgefallen?«

»Nein, Herr«, gestand sie, kläglich dieses weitere Versäumnis zugebend. »Vielleicht ist er es nicht...«

»Idiotin!« rief der Prinz, mit einem Ruck wieder zu ihr herumfahrend. »Woher willst du wissen, ob er es war oder nicht? Mit wem hat die Prinzessin ihre Zeit verbracht?«

»Gräfin Lomonsowa...« Sie fiel nach vorn, preßte eine Hand auf ihr Ohr, heulte unter der brutalen Ohrfeige auf.

»Nicht Frauen!«

»Mit dem französischen Grafen, Herr, dem preußischen Prinzen...«

»Mit wem noch?« Dmitriew wußte sehr gut, daß seine Frau sich nicht auf eine Liaison mit einem der Gesandten eingelassen hatte. Die Zarin hätte es niemals erlaubt. Aber sie hatte das hier gestattet! Die entsetzliche Demütigung der Wahrheit hüllte ihn ein. Die Kaiserin hatte ihn überlistet, hatte ihn hinter seinem Rücken ausgelacht, ihn weggeschickt, damit *seine* Ehefrau ungestört ihrem Techtelmechtel nachgehen konnte... einen Bastard empfangen konnte! Nicht seinen rechtmäßigen Erben, sondern einen Bastard! Seine unfruchtbare Ehefrau hatte empfangen...

Wut, noch wilder und zügelloser als alles, was er jemals zuvor empfunden hatte, rollte in Wellen über ihn hinweg, jede noch heftiger als die letzte. Die Golitskows hatten ihn besiegt, ihm eine Schlappe beigefügt mit dieser letzten, endgültigen Demütigung.

Maria kniete immer noch zu seinen Füßen und brabbelte vor sich hin, während sie eine akzeptable Antwort auf die Frage zu finden versuchte, doch Sophia Alexejewna war nie in Begleitung eine speziellen Mannes gesehen worden.

»Verdammt noch mal, verschwinde von hier!« Wieder trat Dmitriew nach ihr. »Und laß dich nie wieder in meiner Nähe blicken, wenn du die Haut auf deinem Rücken behalten willst!« Die Leibeigene kam schwankend auf die Füße und floh aus dem Zimmer.

Die Identität des Liebhabers konnte noch eine Weile warten. Die siedendheiße menschliche Wut schwand, hinterließ eine unmenschliche, eisige Kälte. Er würde sich auf die traditionelle Manier an seiner treulosen Ehefrau rächen. Die Härte seiner Rache wäre vielleicht bedauerlich, aber man könnte sie ihm nicht streitig machen, auch die Zarin nicht, nicht, wenn der Beweis für den Ehebruch für aller Augen sichtbar war. Sophia Alexejewna würde jede Minute ihres hoffentlich noch langen Lebens leiden; und sein eigenes Leben würde tagtäglich bereichert sein durch das Wissen um ihr Leiden.

Es war Ende September, als sich Prinz Dmitriew mit einer ansehnlich bewaffneten Truppe seiner eigenen Leibeigenen auf den Weg machte. Zu Pferde und nicht durch schwerfällige Kutschen behindert, würden sie die Reise nach Berkholzskoje in drei Wochen bewältigen.

Sophie schlüpfte in der Dunkelheit aus dem Bett und tappte barfuß ans Fenster. Es war die Nacht auf den vierzehnten Oktober. Ein Wind, der das Herannahen des Winters ankündigte, heulte über die Steppe. Der Nachthimmel war ausnahmsweise bewölkt, seine sternenklare Helligkeit gedämpft.

»Was hast du?« fragte Adam schläfrig vom Bett her, stirnrunzelnd den weißen Schatten am Fenster betrachtend. »Kannst du nicht schlafen, Liebste?«

Sophie wandte sich lächelnd zu ihm um. »Ich weiß nicht, was es ist... ich fühle mich so seltsam rastlos... eine drängende Kraft, als müßte ich aufstehen und hinauslaufen, durch die Steppe wandern.« Sie zuckte mit den Schultern. »Es ist nichts. Schlaf ruhig weiter.«

Adam setzte sich auf. »Soll ich Tanja holen?«

»Um Gottes willen, nein! Es ist nichts, ich hab's dir doch gesagt. Nur ein eigenartiges Gefühl.«

»Ich hole sie.« Er schwang seine Beine auf den Fußboden, aber Sophie kam ihm zuvor.

»Laß sie schlafen, Adam. Es ist noch nicht soweit.«

Er starrte in ihr Gesicht, blaß in der Dunkelheit. »Aber es wird bald soweit sein?«

Sie zuckte wieder mit den Achseln, während sie ihren gewölbten Leib berührte. »Vielleicht.« Sie kam auf ihn zu. »Geh wieder ins Bett. Ich will nur noch eine Weile auf der Fensterbank sitzen, bis ich wieder schläfrig werde.«

»Wie kann ich schlafen, wenn du Wache hältst?« Aber er tat, was sie verlangte, weil er spürte, daß es das war, was sie wirklich wollte. Sehr zu seinem späteren Kummer überwältigte ihn der Schlaf fast augenblicklich. Bald waren seine tiefen, rhythmischen Atemzüge die einzigen Laute in dem Schlafgemach, und sie hatten eine beruhigende Wirkung auf Sophie, während sie dasaß, ihre Stirn an die kühle Fensterscheibe gepreßt, und auf die Schatten draußen starrte, die Wolkenungetüme am Himmel, das gelegentliche Aufblitzen eines Sterns, wenn sich der Himmel einen Moment klärte.

Sie saß immer noch dort, als sich im Osten die ersten blassen Streifen der Morgendämmerung zeigten. Adam erwachte, dann stand er ruhig aus dem Bett auf und trat zu Sophie ans Fenster. »Du bist ja eiskalt, Liebste«, sagte er. »Komm jetzt zurück ins Bett, bis du wieder warm bist.«

Er hatte das Gefühl, daß sie sich auf irgendeine Weise von ihrer Umgebung zurückzog. Es ängstigte ihn und erfüllte ihn gleichzeitig mit ehrfürchtiger Scheu. Etwas ging mit ihr vor, etwas, an dem er nicht teilhaben konnte. Aber sie ließ sich willig von ihm zum Bett zurückführen, ließ sich von ihm in die Arme nehmen und halten, bis sie wieder gewärmt war. Er fühlte, wie sie ganz plötzlich scharf die Luft einsog, und war schon mit einem Satz aus dem Bett, mit einer Hand nach seinem Morgenmantel greifend, bevor Sophie es überhaupt bemerkte.

»Wo willst du hin?«

»Tanja holen. Das Baby kommt.«

Sophie lachte milde. »Es ist noch zu früh, sie zu holen, Adam, Liebling. Es wird noch Stunden dauern, bevor sich etwas tut.«

Er blickte sie verwirrt an. »Woher willst du das wissen?«

»Ich weiß es eben.«

»Aber ich hatte das Gefühl, du...«

»Es war nur ein leichtes Stechen«, unterbrach sie ihn. »Wenn du die ganze Zeit in einem solchen Zustand wie jetzt bist, wirst du ein Nervenwrack sein, bis alles vorbei ist.« Sie lachte immer noch über ihn, und er kam sich vor, als wäre er in eine Welt hineingeraten, deren Landschaft noch unerforschtes Gebiet war und deren Sitten und Gebräuche nur ganz wenigen bekannt waren.

»Ich werde sie trotzdem holen«, erwiderte er, wie um sein Recht auf ein unabhängiges Urteil zu bekräftigen.

Fünf Minuten später kehrte Adam mit einer aufgeregten Tanja zurück, die eilig in ihren Pantoffeln herbeischlurfte, ihre Nachthaube schief auf ihrem schlafverwuschelten Haar. »Bei allen Heiligen!« rief sie, als sie Sophie ganz ruhig im Bett liegen sah. »Ich hatte erwartet, Sie bereits entbunden vorzufinden!« Sie musterte Adam kopfschüttelnd. »Das erste Kind hat es nie besonders eilig, Herr.« Dann beugte sie sich über Sophie, zog die Bettdecke weg und legte eine Hand auf den Bauch ihrer Herrin. »Wie stark sind die Schmerzen?«

»Nur ein gelegentliches Stechen«, erwiderte Sophie. »Ich hatte ihm gesagt, daß er dich nicht wecken sollte.«

Tanja schnalzte mitfühlend mit der Zunge. »Ich war sowieso wach. Es ist immer hart für Männer, besonders, wenn's das erste Mal ist.«

»Also, *ich* werde jetzt aufstehen«, verkündete Sophie. »Ich sehe keinen Grund, hier herumzuliegen.«

»Aber sie darf nicht aufstehen! Tanja Feodorowna, würdest du bitte für Ordnung sorgen!« rief Adam.

»Lassen Sie sie tun, wonach ihr zumute ist, Herr. Sie kann das selbst am besten beurteilen. Und Sie gehen jetzt in Ihr Zimmer und hören auf, sich Sorgen zu machen.«

Sophie kicherte über Adams Ausdruck rebellischen Unbehagens. »Ja, bitte geh jetzt«, sagte sie. »Du machst mich nervös.«

Das trieb ihn endgültig aus dem Zimmer, und Sophie stand auf, aufmerksam von Tanja beobachtet. Plötzlich streckte sie eine Hand aus, um sich am Bettpfosten festzuhalten. »Vielleicht ziehe ich mich doch noch nicht gerade jetzt an, Tanja.«

»Ich hole Ihnen Frühstück. Sie werden Ihre Kraft brauchen.« Die Frau eilte geschäftig hinaus, ließ Sophie zurück, die sich immer noch am Bettpfosten festklammerte. Sie ließ ihn vorsichtig los, fragte sich, wie tief ihre Angst wirklich war. Ihre Mutter war gestorben, als sie das hier hatte durchmachen müssen; da war die Frau im Dorf, deren Baby man stückweise aus ihrem Körper hatte holen müssen; es gab... Nein! Sie zwang sich, die Bilder zu verdrängen. Tausende von Frauen wurden jedes Jahr schwanger und überstanden die Geburt unbeschadet, viele von ihnen ohne die geschickte Pflege und erfahrene Aufmerksamkeit, die sie haben würde.

»Was kann ich tun?« Adam stand in der Verbindungstür zu seinem Ankleidezimmer. Er war angezogen, aber sein Ausdruck war verhärmt.

»Liebling, es gibt im Moment nichts, was irgend jemand tun könnte.« Sie kam zu ihm, schlang ihm die Arme um den Hals. »Nur zu wissen, daß du hier bist, ist schon genug.«

»Sie gehen jetzt hinunter und leisten dem Prinzen Gesellschaft«, befahl Tanja, die gerade wieder mit einem Frühstückstablett hereinkam. »Ich werde Sie rufen, wenn Sie gebraucht werden. Essen Sie ordentlich und bleiben Sie bei Kräften.«

Sophie lachte. »Das ist Tanjas Rezept für sämtliche Krankheiten.« Sie brach ab, als ein schmerzliches Zucken über ihr Gesicht ging.

Tanja schob Adam energisch zur Tür. »Gehen Sie einfach hinunter und frühstücken Sie mit dem Prinzen, Herr.«

Adam gehorchte widerstrebend, weil er nicht wußte, was er sonst hätte tun sollen. Er war hier eindeutig unerwünscht. Im Speisezimmer fand er Prinz Golitskow vor, der aus alter Gewohnheit früh aufstand.

»Es hat also angefangen«, begrüßte er Adam ohne Einleitung. »Anna ist in einem derartigen Zustand der Aufregung, daß sie die Eier viel zu lange gekocht hat und die Milch für den Kaffee hat anbrennen lassen. Aber ich wage zu behaupten, daß wir uns wohl oder übel damit zufriedengeben müssen. Wenn ich ihr sage, sie soll neue Eier kochen, wird das Ergebnis doch das gleiche sein. So, und nun setzen Sie sich, Mann... setzen Sie sich... Sie sind nicht derjenige, der das Baby bekommt.«

»Ich wünschte, ich wäre es«, knurrte Adam, sich Kaffee einschenkend. »Sie haben mich weggeschickt, als wäre ich ein kleiner Junge, der sich in Erwachsenenangelegenheiten mischt.«

Golitskow lachte. »Wir werden nach dem Frühstück ausreiten.«

Adam blickte entsetzt auf. »Ich kann doch jetzt unmöglich das Haus verlassen!«

Golitskow zuckte mit den Schultern. »Ganz wie Sie wollen. Lassen Sie uns hoffen, daß es bis zum Abendessen vorbei ist, sonst werden wir auf Kurzration gesetzt, fürchte ich. Heute wird nichts richtig erledigt werden.«

Adam fragte sich, ob diese mürrische Indifferenz eine Maske war, um die wirklichen Ängste des Prinzen zu verbergen und Adams eigene zu zerstreuen. Er warf seinem Gastgeber über den Tisch hinweg einen forschenden Blick zu. Der Prinz schaute auf. »Verdammt, Adam! Es graust mir bei dem Gedanken an das, was sie jetzt durchmachen muß.«

»Ihre Mutter...«, begann Adam und sprach damit den Kernpunkt seiner Angst aus.

»Sophia Iwanowa war eine andere Art von Frau«, erwiderte Golitskow, der sofort begriffen hatte. »Ein ätherisches Geschöpf, fast so, als bestände sie eher aus Luft und nicht aus Fleisch und Blut. Nein, das sollte Ihnen keine Sorgen bereiten.«

»Ich glaube, ich gehe jetzt vielleicht doch wieder hinauf.« Adam warf seine Serviette neben seinen Teller mit dem völlig unberührten Essen.

Im Schlafzimmer wimmelte es von Frauen, die die Bettwäsche wechselten, die Vorhänge zurückzogen, große Kessel voll Wasser auf das neu entfachte Feuer stellten. Eine von ihnen knotete ein Bettlaken an den Pfosten am Fußende des Bettes, und Adam lief ein Schauder den Rücken hinunter. Sophie wanderte im Zimmer umher, ihr Gesicht blaß, aber gefaßt.

»Sophie, du solltest dich sicher besser wieder hinlegen.« Er nahm ihre Hand.

»Ich gehe lieber auf und ab.« Sie ließ ihre Hand in seiner liegen. »Würdest du mir etwas vorlesen, während ich hin und her laufe?«

»Lieber Himmel, alles, was du willst!« Er war überwältigt vor Erleichterung bei der Vorstellung, daß er sich irgendwie nützlich machen könnte.

»Montaigne«, sagte sie. »Ich finde ihn immer so ruhig und ausgeglichen.«

Zwei Stunden lang las Adam laut aus Montaignes Essays vor, während Sophie ununterbrochen im Zimmer umhermarschierte. Jedesmal, wenn sie stehenblieb und sich an irgendeinem Möbelstück festhielt, das gerade in Reichweite war, versuchte er, mit Vorlesen fortzufahren, seine Stimme ruhig klingen zu lassen, aber es kam die Zeit, da entrang sich Sophies Kehle ein leises Stöhnen, und seine Stimme brach.

Tanja, die nähend in einer Ecke gesessen hatte, trat rasch auf Sophie zu. »Halten Sie sich fest«, befahl sie und massierte ihren Rücken, als sie sich zusammenkrümmte.

»Es ist vorbei.« Sophie richtete sich wieder auf. »Mach weiter, Adam.«

Er fing erneut an zu lesen, merkte jedoch nach ein paar Sätzen, daß sie sich nicht mehr auf die Worte konzentrierte. Ihre Züge waren verzerrt, die dunklen Augen von Schmerz erfüllt.

»Sie gehen jetzt besser, Herr.« Tanja nahm Sophies Arm. »Kommen Sie, legen Sie sich ins Bett, Liebes.«

Adam schaute hilflos zu, wie Sophie ins Bett kroch. Ihr Stöhnen wurde zu einem Schrei. Tanja schob das geknotete Bettlaken in ihre Hand, und Adam lief aus dem Zimmer, unfähig, den Anblick ihres Schmerzes zu ertragen.

Es ging den ganzen Nachmittag so weiter. Frauen hasteten die Treppen in dem stillen Haus hinauf und hinunter. Männer unterhielten sich flüsternd, während sie ihre Arbeit verrichteten, und ab und zu erfüllte ein gellender Schrei das Haus, und alle hielten einen Augenblick inne, wagten kaum zu atmen. Adam und der Prinz saßen in der Bibliothek und tranken Wodka, aber er brachte ihnen noch nicht einmal unberechtigte Erleichterung.

»Da muß irgend etwas passiert sein«, stieß Adam gegen Spätnachmittag gequält hervor. »Es kann doch unmöglich so entsetzlich lange dauern!« Er rannte aus der Bibliothek, flog die Treppe hinauf und stürzte in das Gebärzimmer. »Was ist passiert?«

Tanja richtete sich vom Bett auf, einen lavendelgetränkten Waschlappen in der Hand, und sprach beschwichtigend auf ihn ein. »Aber, aber, Herr, nichts ist passiert. Wie kommen Sie nur auf eine solche Idee?«

Adam trat ans Bett, starrte entgeistert in das Gesicht auf dem Kopfkissen. Sophies Augen waren geschlossen, und er fragte sich eine schreckliche Minute lang, ob sie bereits tot war, so leichenblaß war ihr schweißgebadetes Gesicht, so feucht und schlaff vor Schweiß das Haar auf dem Kissen. Dann schlug sie die Augen auf. Erstaunlicherweise lächelte sie. »Es scheint wirklich ungewöhnlich lange zu dauern.«

»Ich werde mir niemals verzeihen«, flüsterte Adam, neben dem Bett niederkniend, ihre Hand zwischen seine beiden nehmend, »dir soviel Leiden zuzufügen.«

»Was für ein Unsinn!« schalt Sophie ihn, dann umklammerte sie seine Hand mit einer Kraft, von der er nie geglaubt hätte, daß sie sie besaß, während sie sich unter Schmerzen zusammenkrümmte. Dennoch gab sie keinen Laut von sich und sank – als die Qual nachließ – matt gegen die Kissen zurück, als wäre sie aller Kraft beraubt.

»Wie lange muß sie noch aushalten?« fragte Adam Tanja, die wieder damit beschäftigt war, Sophies Stirn mit Lavendelwasser zu waschen.

»Nicht viel länger«, erwiderte sie ruhig. »Alles läuft wunderbar, Herr. Das Kind hat die richtige Lage, kommt mit dem Kopf voran. Es ist nur so, daß sein Kopf ein bißchen groß ist.«

Wie kühl und nüchtern sie daherredete! Das Bild vom Kopf des Kindes, zu groß für den schlanken Körper, blockiert in seinem elementaren Kampf, stieg vor seinem inneren Auge auf. Es war seine, Adams, Schuld, daß der Kopf des Babys zu groß war. Seine Mutter hatte ihm des öfteren erzählt, wie groß sein eigener Kopf gewesen wäre.

»Adam!« Sophies Stimme war kaum mehr als ein Flüstern, aber die Dringlichkeit darin war nicht zu überhören. »Gib mir deine Hand.«

Erneut umklammerte sie seine Finger mit derselben übermenschlichen Kraft, aber diesmal geschah etwas anderes. Er beobachtete sie voller Verwunderung. Ihre Augen waren wieder geschlossen, doch ihr Gesicht war jetzt vor Anstrengung verzerrt, nicht unter einer Woge von Schmerz, und die Adern an ihrem Hals schwollen unter der elfenbeinfarbenen Haut an. Tanja trat rasch ans Fußende des Bettes und schlug die Decke zurück. Eine der anderen Frauen hob einen Kessel kochenden Wassers vom Feuer, stellte gleich wieder einen frischen auf den Rost.

»Pressen Sie noch einmal, Sophia Alexejewna.« Die ruhige Anweisung kam vom Fußende des Bettes. Sophies Hand hielt Adams immer noch umklammert, aber es schien, als wüßte sie nicht, woran sie sich festhielt. Adam war wie hypnotisiert von der außergewöhnlich durchscheinenden Schönheit ihres Gesichts, das die angestrengten Bemühungen ihres Körpers widerspiegelte, während er ihr mit seiner Hand Hilfe in dem Kampf leistete – von einem Gefühl unermeßlicher Freude durchströmt, daß er daran teilhaben konnte, wenn auch nur auf diese geringe Weise.

Es kam der Augenblick, als ein feuchter, dunkler Kopf zwischen ihren Schenkeln erschien. Adam hielt den Atem an, erfüllt von Erstaunen und Verzückung über dieses ewige Wunder. Ein durchdringender Schrei ertönte im Zimmer, und Sophies Hand erschlaffte in seiner.

»Was für ein munterer Bursche«, erklärte Tanja eine oder zwei Sekunden später mit unverhüllter Befriedigung. »Schreit, noch bevor er draußen auf der Welt ist.«

»Ein Junge?« flüsterte Sophie.

»Ein schöner Junge.« Tanja legte das nackte, blutverschmierte Baby in ihre Arme.

Adam blickte hinunter auf seinen Sohn, fragte sich, ob jemals mehr zu der Summe menschlichen Glücks hinzugefügt werden könnte. Er berührte eine winzige Hand, verschrumpelt wie die eines uralten Mannes.

»Sascha«, sagte Sophie sanft. »Gefällt dir der Name, Adam?«

Alexander – Sascha in der Verkleinerungsform. »Ja, ich glaube, der Name paßt zu ihm«, erklärte Adam feierlich.

»So, Herr, nun gehen Sie hinunter, und sagen Sie dem Prinzen, daß er einen prächtigen, gesunden Urenkel hat«, wies Tanja ihn an, während sie Sophie das Baby abnahm. »Hier gibt es noch viel Arbeit zu erledigen. Sie können zurückkommen, wenn die Prinzessin ausgeruht ist.«

Solchermaßen hinausgeworfen, beugte Adam sich hinunter, um Sophies feuchte Stirn zu küssen und seine Finger durch die schweißnassen Haarsträhnen gleiten zu lassen. »Ich habe dich noch niemals schöner oder strahlender gesehen.«

»Sie wird noch viel schöner sein, wenn Sie mich jetzt endlich an sie heranlassen«, schimpfte Tanja und schob ihn energisch vom Bett weg. »Und jetzt hinaus mit Ihnen. Männer im Gebärzimmer! Pah! So was habe ich ja noch nie gehört!«

Adam schwebte auf Wolken aus dem Raum, von überschwenglicher Freude erfüllt. Am Fuß der Treppe stand Prinz Golitskow, sein Ausdruck eine Maske erschreckter Beklommenheit.

»Ich habe einen Sohn«, sagte Adam verträumt, als er die Treppe hinunterkam. »Ich habe einen Sohn, Prinz.«

Golitskow umarmte ihn mit Tränen in den Augen. »Und die Mutter?«

»Strahlend«, erklärte Adam im gleichen Tonfall verwirrten Erstaunens. »Sie strahlt, nachdem sie soviel hat ertragen müssen. Wieviel Kraft Frauen doch haben, Prinz.«

Genug Kraft, um die Trennung von dem Kind zu ertragen, das sie gerade eben erst zur Welt gebracht hat? fragte der Prinz sich. »Kommen Sie, wir wollen feiern. Ich habe einen vorzüglichen Bordeaux für genau solch einen Anlaß aufgehoben.«

Unter anderen Umständen wäre die Geburt eines Golitskowschen Urenkels mit Glockengeläute im Umkreis von vielen Meilen verkündet worden. Eine Woche lang hätten an jeder Straßenecke, in jedem Hof Fässer mit Bier und Wein gestanden, sofort nachgefüllt, wenn sie leer waren. In jeder Kirche wären Dankgottesdienste abgehalten worden, und alle Nachbarn zwischen Berkholzskoje und Kiew wären gekommen, um ihre Glückwünsche auszusprechen.

Aber nicht für diesen Enkel, dachte Golitskow mit Kummer im Herzen. Nicht für dieses illegitime Kind eines polnischen Grafen und einer russischen Prinzessin, dessen Geburt das Geheimnis von Berkholzskoje bleiben mußte, verborgen vor der Außenwelt.

## 20. Kapitel

»Katja Nowikowa ist ein kräftiges, gesundes Mädchen, Prinzessin. Sie wird eine gute Amme abgeben.« Die Handbewegung, mit der Tanja Feodorowna die Patchworkdecke auf Sophies Bett glattstrich, war leicht nervös.

»Aber ich habe dir doch gesagt, es besteht überhaupt kein Anlaß, eine Amme zu nehmen«, erwiderte Sophie ruhig. »Ich habe mehr als genug Milch für den Kleinen hier.« Sie lächelte liebevoll auf das Baby in ihren Armen hinunter. Ein Büschel schwarzer Haare krönte den Kopf, der an ihre Brust geschmiegt war. Seine Augen waren geschlossen, während er gierig saugte, eine winzige Faust gegen die nährende Brust gestemmt.

»Oje«, seufzte Tanja. »Sie müssen vernünftig sein, Sophia Alexejewna. Je länger Sie das Kind selbst stillen, desto schwerer wird es für Sie sein.«

Sophie blickte sie verständnislos an. »Was denn?«

Tanja stieß einen noch tieferen Seufzer aus und verließ das Zimmer. In der Bibliothek fand sie den Vater und den Urgroßvater des Kindes vor, in ein ernstes Gespräch vertieft. »Ich weiß nicht, was geschehen soll«, begann sie ohne lange Vorrede. »Es ist normal für eine Frau, die gerade entbunden hat, ein paar Tage lang etwas überspannte Ideen zu haben, aber Sophia Alexejewna scheint keinen Gedanken an das zu verschwenden, was getan werden muß. Sie benimmt sich mit dem Kind, als lebten sie in einer ganz eigenen Welt. Wenn es Anzeichen von Fieber gäbe, könnte ich das ja noch verstehen.«

»Und es gibt keine?« fragte Adam scharf, dessen Gedanken in diesen Tagen häufig um das Schreckgespenst von Kindbettfieber kreisten.

»Du lieber Himmel, nein, Herr«, versicherte ihm Tanja beschwichtigend. »Die Prinzessin wird in ein oder zwei Tagen wieder so weit erholt sein, daß sie das Bett verlassen kann.« Sie staubte eine Ecke des Tisches mit ihrer Schürze ab, ratlos den Kopf schüttelnd. »Aber was ist zu tun? Ich habe in Katja Nowikowa eine gute Amme gefunden, doch die Prinzessin will nichts davon hören ... sagt, sie selbst hätte mehr als genug Milch. Als ging es *darum*!«

»Vielleicht sollten wir beide mit ihr sprechen.« Golitskow erhob sich mühsam aus seinem Sessel. »Dieses feige Hinauszögern wird uns überhaupt nichts nutzen.«

Adam nickte und reiche dem alten Mann seinen Arm. Sie gingen langsam die Treppe hinauf in den Westflügel. Sophies Zimmer wirkte hell und freundlich durch die vielen Krüge voll bunten Herbstlaubs. Ein Feuer knisterte fröhlich im Kamin, und buttergelber Sonnenschein erfüllte die Flügelfenster.

»Ich hatte schon auf Besuch gehofft«, sagte sie und schob das Baby behutsam an ihre andere Brust. »Dein Sohn hat einen gesegneten Appetit, Liebster.« Sie streckte Adam eine Hand hin. »Komm, schau ihn dir an. Er ist dir erstaunlich ähnlich.«

Adam konnte seine Freude und den Stolz, die er für dieses Kind seiner Lenden empfand, einfach nicht bezwingen. »Mein Kopf hat eine hübschere Form«, protestierte er lachend und berührte zärtlich die weiche, pulsierende Stelle auf dem Kopf des Kleinen, wo sich die Knochendecke noch nicht ganz geschlossen hatte.

Prinz Golitskow trat näher ans Feuer, um seine von Rheuma geplagten Hände zu wärmen. Adam ging in seiner

Vaterschaft ebenso intensiv auf wie Sophie in ihrer Mutterschaft. Liebe war für tragischere Verwicklungen verantwortlich. Er wandte sich zu dem verlorenen Paar am Bett um.

»Sophia Alexejewna, du wirst einige Entscheidungen treffen müssen.«

Die Härte in seiner Stimme ließ Sophie zusammenzucken. »Was meinst du, *Grandpère*?«

»Ist dein Verstand betteln gegangen?« erwiderte er. »Du weißt, du kannst das Kind nicht als dein eigenes anerkennen. Je länger du fortfährst, es zu stillen, desto vernichtender wird die Trennung für dich sein.«

»Dein Großvater hat recht, Liebste.« Es kostete Adam einige Mühe, die Worte hervorzubringen. »Laß uns den Kleinen der Amme übergeben.«

»Nein!« Sophie explodierte mit einer Heftigkeit, die das Kind erschreckte, dessen Mündchen sich zu protestierendem Geschrei öffnete. »Ruhig, ruhig«, murmelte sie besänftigend, während sie das Baby an ihre Schulter lehnte und ihm liebevoll auf den Rücken klopfte. »Ich weiß nicht, ob ich nach St. Petersburg zurückgehen muß.«

Doch tief in ihrem Inneren wußte sie es. Paul würde sie nicht noch einmal entkommen lassen. Sie holte tief Luft. »Solange ich kann, werde ich mich um mein Kind kümmern.«

»Sophie, sobald du wieder reisefähig bist, werde ich die nötigen Vorbereitungen treffen, um dich und das Kind nach Frankreich zu schicken«, erklärte Golitskow entschieden. »Du wirst dort gut versorgt sein, außerhalb der Reichweite deines Ehemannes.«

Sophie blickte Adam an. Dann schüttelte sie langsam den Kopf. »Das kann ich nicht tun.«

»Entweder das, oder du mußt das Kind hergeben.« Die harte Wahl, erbittert und unausweichlich, fiel wie ein Stein.

»Ich werde ihn jetzt noch nicht hergeben«, sagte sie mit kleinlauter, zittriger Stimme. »Noch nicht. Erst wenn ich es muß.«

»Sophie, du mußt nach Frankreich fliehen.« In seiner eigenen Qual sagte Adam das einzig Mögliche. »Ich werde nachkommen und…«

Sie fiel ihm ins Wort. »Nein. Wenn du deine Familie verlassen würdest, könntest du dir das niemals verzeihen. Und ich könnte nicht mit dieser Bürde leben. Ich werde nicht allein gehen, weil ich dann niemals etwas von dir hören würde, und in einer solchen Einsamkeit kann ich nicht leben. Ich werde mein Schicksal annehmen, hier. Sascha wird nicht leiden, das weiß ich. Ich bin imstande, mein eigenes Leiden hinzunehmen und zu ertragen, aber ich werde es nicht beschleunigen. Ich möchte das genießen, was ich habe, solange es irgendwie geht.«

Prinz Golitskow gab sich geschlagen und verließ schweigend das Zimmer.

»Laß uns wenigstens ein paar Pläne machen, Liebling.« Adam hockte sich auf die Bettkante. »Gib ihn mir.«

Sophie legte Sascha in seine Arme, und Adam betrachtete staunend die leuchtend blauen Augen, die Stupsnase, prüfte jeden einzelnen perfekten Miniaturfinger, jede Zehe, während sein Sohn schläfrig blinzelte und den rosigen Mund zu einem Gähnen verzog.

»Die Zarin hat mir die Erlaubnis erteilt, bis zum Frühjahr hierzubleiben, falls mein Ehemann es gestattet«, erklärte Sophie. »Paul hat sich bis jetzt nicht mit mir in Verbindung gesetzt. Wenn er bis zum Einbruch des Winters wartet, bevor er nach mir schickt, kann ich mich mit gutem Gewissen weigern, die Reise vor dem Frühling zu unternehmen. Die Kaiserin wird in einem solchen Fall auf meiner Seite sein.« Sie lehnte sich gegen den Kissenstapel in ihrem Rücken zurück. »Ich mache mir wirklich keine Sorgen, Adam. Es ist bereits Mitte Oktober. Paul würde bis Ende des Monats nach mir schicken müssen. Ich habe das Gefühl, daß er es nicht tun wird.«

Lächelnd beugte sie sich vor und kitzelte das Baby am Bauch. »Mach nicht so ein langes Gesicht, Liebster. Zwischen jetzt und dem Frühjahr kann noch alles mögliche passieren.«

Adam versuchte, sich ebenfalls dieser Stimmung glücklicher Sorglosigkeit hinzugeben. Aber er konnte seine dunklen Vorahnungen nicht verdrängen, wurde den Verdacht nicht los, daß Sophie absichtlich eine Politik der Selbsttäuschung betrieb – als Schutzschild gegen die brutale Wahrheit, deren Unausweichlichkeit sie in den tiefsten Winkeln ihrer Seele bereits erkannt hatte.

In Kiew war General Prinz Paul Dmitriew gezwungen, ein paar Tage Rast einzulegen. Er mußte zwei Kutschen kaufen und sie mit dem Nötigsten ausstatten; drei Leute seiner Eskorte litten an einem Fieber, und die Pferde mußten neu beschlagen werden. Aber er war darauf vorbereitet, den rechten Augenblick abzupassen. Sophia Alexejewna würde ihm nicht entwischen und konnte sich getrost noch eine Weile in ihrem Irrglauben der Sicherheit wiegen. Die Zerstörung ihres Glaubens würde nur um so vernichtender sein, je länger sie ihn genossen hatte.

Ein Spion, eilends nach Berkholzskoje geschickt, kehrte mit der Nachricht zurück, es hieße allgemein, Prinzessin Dmitriewna habe einen gesunden Sohn zur Welt gebracht.

Weitere Befragungen enthüllten die interessante Information, daß ein polnischer Graf als Gast von Prinz Golitskow in Berkholzskoje weilte.

Die Bewohner der Wildnis behalten ihre Angelegenheiten offensichtlich für sich, dachte Dmitriew erbittert. Man mußte sich schon persönlich nach Berkholzskoje begeben und die entsprechenden Informationen aufspüren, um Skandale zu entdecken, die anderswo die Spatzen von den Dächern pfeifen würden. Hier in Kiew, kaum fünfzig Werst entfernt, kursierten keinerlei Gerüchte um die schmachvollen Ereignisse auf dem Gut der Golitskows. Hätte er nicht durch Maria von der Treulosigkeit seiner Ehefrau erfahren, wäre er niemals dahintergekommen.

»Warum so ruhelos, Adam?« Sophie, in einen großen Ledersessel neben dem Kamin in ihrem Schlafzimmer gekuschelt, schüttelte in spöttischer Verwunderung den Kopf. »Du bist derjenige gewesen, der gesagt hat, Ruhe und Ausgeglichenheit seien eine besonders bewundernswerte Eigenschaft bei Frauen. Hier sitze ich nun, absolut ruhig und gelassen, und du kannst nicht mal für eine Minute stillsitzen.«

Adam beugte sich über die Rückenlehne des Sessels und küßte sie. »Du scheinst wirklich eine bemerkenswerte Verwandlung durchgemacht zu haben«, neckte er. »Um ehrlich zu sein, Liebste... ich versuche, genügend Mut zusammenzuraffen, dich um Erlaubnis zu bitten, daß ich auf die Jagd gehen kann.«

Sophie lachte. »Du absurdes Wesen! Warum solltest du meine Erlaubnis brauchen?«

Er blickte reumütig. »Ich fühle mich schuldig bei dem Gedanken, dich allein zu lassen. Aber Boris Mikhailow hat mir von den Wölfen erzählt, die das Dorf Talma terrorisieren.«

»Und du würdest sie gern zur Strecke bringen.« Sie lächelte wehmütig, und ihr Blick wanderte zum Fenster, wo der Wind Wolkenfetzen über den Himmel trieb. »Ich wünschte, ich könnte mitkommen. Ich war schon eine Ewigkeit nicht mehr auf der Jagd.«

»Du weißt, daß du es nicht kannst. Und deshalb werde ich auch nicht gehen«, erklärte Adam entschlossen.

»Nein, du mußt! Ich bestehe darauf, Adam. Nur weil ich noch so lächerlich träge und schlafbedürftig bin, gibt mir das noch lange nicht das Recht, dich hier in meinem Zimmer festzuhalten. Ich begreife wirklich nicht, warum ich so lange brauchen sollte, um wieder zu Kräften zu kommen«, fügte sie eine Spur unzufrieden hinzu.

»Es ist gerade erst eine Woche her, Liebste«, erinnerte Adam sie.

Sophie seufzte. »Ja, natürlich. Es ist nur so, daß ich nicht daran gewöhnt bin, mich so geschwächt zu fühlen.« Jammervolles Geschrei aus der Wiege in einer Ecke des Raums brachte sie auf ganz und gar nicht geschwächte Weise auf die Füße. »Oh, *mon petit*, bist du schon wieder hungrig?« Sie beugte sich über die Wiege, hob das Baby heraus und küßte es liebevoll auf die festen, runden Bäckchen. »Geh mit Boris, Adam. Wie du siehst, habe ich zur Zeit reichlich Arbeit, um mich zu beschäftigen.«

Er lächelte zärtlich. »Ja, so scheint es tatsächlich. Wir werden auch nicht länger als drei Tage fortbleiben.«

»Du wirst fortbleiben, bis du den allerletzten Wolf im Rudel zur Strecke gebracht hast«, entgegnete sie mit spöttischer Strenge. »Tu nicht so, als wäre es anders, nur um dein Gewissen zu beruhigen.« Sie setzte sich wieder in den Sessel und öffnete ihr Mieder für das hungrig schreiende Neugeborene.

Jener Schatten unguter Vorahnungen trübte Adams Blick, als er das Bild betrachtete, das Mutter und Kind boten – eine solch glückselige Zufriedenheit mußte ja förmlich ein unfreundliches Schicksal herausfordern. Schon die leiseste Berührung würde genügen, um das Bild in Myriaden von Splittern von Kummer und Verlust zu zerschmettern. Energisch verdrängte Adam derartig nutzlose Grübeleien, als er sich vorbeugte, um Sophie auf die Stirn zu küssen und die Wange seines Sohnes mit einer Fingerspitze zu streicheln. »Na schön, dann werde ich meine Ausrüstung zusammenpacken, wenn du meinst, daß du nicht zu einsam sein wirst.«

»Du wirst mir fehlen, aber ich habe ja *Grandpère*.« Sophies Augen blitzten schelmisch. »*Er* wird nicht ärgerlich, wenn ich mit den Karten betrüge.«

»Wer weiß, wenn er in der Vergangenheit ein wenig ärgerlicher geworden wäre, hätte er dir vielleicht eine so verabscheuungswürdige Angewohnheit austreiben können«, erklärte Adam grinsend, als er in sein Ankleidezimmer ging. »Weißt du, wo der Stiefeljunge meine Jagdstiefel hingestellt hat?«

»Sind sie nicht im Regal?«

»Ah, ja, ich habe sie schon.« Der Eifer in seiner Stimme ließ Sophie lächeln, obwohl in ihrem Lächeln eine Spur Neid mitschwang. Sie konnte ihm seine begeisterte Vorfreude durchaus nachfühlen. Die Aussicht, ein paar Tage im Sattel durch die Steppe zu streifen und seine Kräfte im Kampf mit einem Rudel schlauer, gerissener Wölfe zu messen, hatte schon etwas Berauschendes, besonders, nachdem man sich eine ganze Woche lang im Bett sitzend hatte beschäftigen müssen.

Sophie ging die Treppe hinunter, um den Männern Lebewohl zu sagen. Sie winkte ihnen von der offenen Haustür aus nach, als die Gruppe – Adam, Boris Mikhailow und vier Leibeigene, die als Gewehrträger dienten – die Auffahrt hinuntertrabte.

»So ein langes Gesicht!« schalt Golitskow sanft. »Nächstes Mal wirst du auch mitreiten können.«

Gregory verschloß die Tür vor dem frostkalten Nachmittag, als sie wieder ins Haus zurückkehrten. Eine seltsam feuchte Leere schien die Luft zu erfüllen, und Sophie fröstelte unwillkürlich. Es war absurd, sich so beraubt zu fühlen, so ... so schutzlos, nur weil Adam auf die Jagd gegangen war.

Die Dunkelheit war schon hereingebrochen, als die Gruppe von Reitern, mit zwei leeren Kutschen hinter sich herrumpelnd, in die Allee einbog, die zum Herrenhaus führte. Sie ritten schweigend unter den kahlen Bäumen dahin, über den schlammig aufgeweichten Boden, der im Sommer ein Trokkengebiet war. An der Spitze der Kolonne ritt Prinz Dmitriew, und seine Miene zeigte einen Ausdruck, der seinen Soldaten durchaus vertraut gewesen wäre. Es war die erwartungsvolle Befriedigung eines Mannes, im Begriff, seine Mission mit Erfolg zu beenden, koste es, was es wolle.

Die Türen des Gutshauses waren bereits für die Nacht verschlossen. Dmitriew gab einem seiner Männer ein Zeichen, worauf dieser aus dem Sattel stieg und mit dem schweren eisernen Türklopfer zu hämmern begann. Fensterflügel flogen auf, erschrockene Gesichter spähten hinunter auf die kleine Armee, die drohend auf dem kiesbestreuten Rondell wartete. Im Innern des Hauses trat Prinz Golitskow langsam in die Halle, eine Hand auf die Brust gepreßt, wo häßliche Vorahnungen aufkeimten. Und dennoch würde niemand, der mit unrechtmäßigen Absichten erschienen war, derart hartnäckig an die Tür hämmern. Sophie, das Kind in ihren Armen, tauchte oben am Treppenabsatz auf und starrte mit weitaufgerissenen Augen in die Eingangshalle hinunter, als Gregory auf ein Zeichen seines Herrn die schweren Riegel vor der Tür fortschob.

General Prinz Paul Dmitriew betrat die Halle. Sein Blick fiel als erstes auf seine Frau. Er musterte ihr offen auf die Schultern herabwallendes Haar, ihr loses Gewand aus bedrucktem Musselin, das Kind, das sie an ihren Busen gepreßt hielt. Einen langen Moment nahmen seine kalten blauen Augen den Anblick in sich auf, während Sophie unbeweglich dastand, wie zu Eis erstarrt unter seiner Bedrohung. Dann wandte er sich an den alten Mann, der leicht schwankte.

»Ich bin gekommen, um meine Frau zu holen«, sagte Prinz Dmitriew in dem kalten, nüchternen Tonfall, der so typisch für ihn war. »Versuchen Sie nicht, mich daran zu hindern. Sie haben keinerlei Recht dazu, und ein Mann ist berechtigt, seine treulose Ehefrau zurückzuholen.«

Prinz Golitskow hatte sich inzwischen wieder gefaßt. Er trat einen Schritt vor. »Prinz Dmitriew, ich werde nicht zulassen, daß Sie Sophia Alexejewna aus meinem Haus entfernen. Die Behandlung, die sie durch Sie in der Vergangenheit erfahren hat...«

»Sie ist meine Ehefrau!« zischte Dmitriew im selben gedämpften Ton. »So sehr ich es auch bedauern mag, es ist nun einmal so, und ich werde mir die Rache für ihre Untreue und ihren Bastard verschaffen, die mir als Ehemann zusteht.«

»Nein!« Golitskow, entsetzt und erschrocken über das ungeahnte Ausmaß von Gift und Haß, das Dmitriews Rede enthüllte, hob protestierend eine Hand. Eine Stahlklinge blitzte auf. Dann sank Golitskow langsam zu Boden, während sich Blut auf seiner Schulter ausbreitete.

»Du hast ihn getötet!« Sophie erwachte aus ihrer Erstarrung und vergaß alles um sich herum, selbst das Kind, das sie in ihren Armen hielt, als sie die Treppe hinunterflog und neben der leblos daliegenden, geisterhaft blassen Gestalt des alten Mannes auf die Knie fiel.

»Es ist nur eine Schulterwunde. Er wird nicht daran sterben«, erklärte ihr Ehemann nachlässig. »Du!« Er winkte Anna, die jammernd und die Hände ringend dastand, mit einer gebieterischen Handbewegung herbei. »Kümmere dich um deinen Herrn!« Dann packte er Sophie an den Haaren und zerrte sie grob auf die Füße. »Geh hinauf in dein Schlafzimmer mit deinem Bastard, Hure!«

Stolpernd unter der Wucht des Stoßes, den er ihr versetzte, preßte Sophie ihren Sohn krampfhaft mit einer Hand an sich, während sie die andere haltsuchend nach dem Treppengeländer ausstreckte. Wieder stieß Dmitriew sie vorwärts, und seine Fingerknöchel gruben sich dabei hart in ihren Rücken, und sie kletterte mit zitternden Knien die Treppe hinauf, biß sich auf die Lippen, um ihr angstvolles Stöhnen zu unterdrükken.

Tanja Feodorowna schoß mit einem lauten Aufschrei der Empörung aus einer der Türen im oberen Flur. Sie stürzte zu Boden, gefällt von einem mächtigen Schlag gegen die Schläfe von Dmitriews Faust.

Lieber Gott! flehte Sophie stumm. Lieber Gott, laß ihn nicht das Kind verletzen! Es ist mir egal, was er mir antut, aber laß ihn nicht dem Kind Schaden zufügen. Unter einem erneuten heftigen Stoß fiel sie in ihr Zimmer. Dmitriew stand da und starrte auf sie hinunter, als sie zusammengekauert auf den Knien lag, sich mit einer Hand auf dem Boden abstützend, mit der anderen das Kind an ihre Brüste drückend. Er fühlte ihre panische Angst. Verachtung erfüllte seinen Blick, gemischt mit einer tiefen Genugtuung.

»Endlich, meine Liebe. Endlich ist der Tag der Abrechnung gekommen. Du bist eine Hure, meine ehebrecherische Frau.« Mit einer plötzlichen Bewegung beugte er sich über sie, entriß ihr das Baby und versetzte ihr gleichzeitig einen harten Stoß, so daß sie das Gleichgewicht verlor und vornüberkippte.

»Nein!« Sophie kam schwankend wieder auf die Füße, ihre Augen wild, ihr Haar um ihre Schultern fliegend, als sie nach dem Kind griff. Paul schlug sie mit dem Handrücken ins Gesicht, und sie taumelte. Sein Siegelring hatte in ihre Lippe geschnitten, doch sie bemerkte kaum die klebrige Wärme von Blut auf ihrem Kinn. Wieder stürzte sie sich auf ihn, und dieses Mal brachte sein Schlag sie auf die Knie zurück, schluchzend vor Schmerz und panischer Angst.

»Bleib, wo du bist, und hör mir zu«, sagte er kalt und ungerührt. Das Baby in seinen Händen brach in jämmerliches Geschrei aus, und Sophie konnte ihre Stimme zwischen ihren eigenen Schluchzern flehen hören. »Sei still!« befahl er, und sie schwieg voller Verzweiflung.

»Ich werde diesen Bastard als mein Kind annehmen«, sagte Dmitriew – so kalt, so tödlich kalt, als flösse Schlangengift statt Blut in seinen Adern. »Er wird als mein Erbe aufwachsen, aber er wird den Namen seiner Mutter verabscheuen lernen. Er wird leiden müssen, während er heranwächst, und er wird wissen, daß er diese Leiden der Hure verdankt, die ihn in die Welt setzte.«

Sophie begann unkontrollierbar zu zittern unter diesen teuflischen Worten, die sie wie eine Klinge aus Eis durchbohrten. Das Wimmern des Kindes gewann an Lautstärke, und als Reaktion darauf schoß die Milch in ihre Brüste.

Dmitriew stieß einen üblen Fluch aus. Er marschierte zur Tür und brüllte einen Befehl, worauf einer seiner Männer herbeieilte. »Nimm das Balg!« Er warf dem Mann das schreiende Baby beinahe in die Arme. »Sieh zu, daß du eine Frau findest, die als Amme dient. Sie wird mit uns nach St. Petersburg reisen.«

»Ja, Herr.« Der Mann nahm das rotgesichtige, schreiende, durchnäßte Bündel und trug es davon.

Als das Jammern ihres Sohnes in der Ferne verhallte, schlang Sophie die Arme um ihre schmerzenden Brüste, aus denen jetzt die Nahrung für das Kind hervorquoll, das man ihr gewaltsam entrissen hatte. Sie war plötzlich aller Kraft beraubt, Muskeln und Sehnen schienen wie verflüssigt; ihr Bewußtsein zog sich zurück von diesem höllischen Alptraum, weigerte sich, ihn als Realität zu begreifen, als könnte es ihn dadurch auslöschen, und sie würde erwachen.

»Steh auf!« Wieder packte Dmitriew sie brutal an den

Haaren und zog sie auf die Füße. Ihre Kopfhaut brannte, ihr Gesicht schmerzte von den Schlägen. »Wo ist Danilewski?«

Sophie schüttelte den Kopf, und er zerrte ihren Kopf an den Haaren zurück und schlug sie erneut. »Wo ist er?«

»Ich weiß es nicht«, brachte sie mühsam zwischen geschwollenen, blutenden Lippen hervor. »Er ist nach Mogilew gefahren.« Sie wußte nicht, warum sie log, außer in der vagen Hoffnung, wenn Paul Adam nicht eindeutig an Ort und Stelle vorfände, würde er keinen Beweis haben, daß Adam der schuldige Liebhaber war. Ohne Beweis konnte er ihm keinen Schaden zufügen.

»Dann werde ich mich eben später mit ihm befassen.« Dmitriew zuckte unbekümmert mit den Achseln. »Es spielt im Moment auch keine Rolle.« Er betrachtete kalt ihr Gesicht, so als hätte er irgendeine abscheuliche Kreatur einer anderen Spezies vor sich. »Und jetzt zu dir, meine treulose Ehefrau...«

»Warum? Warum wolltest du mich zur Ehefrau haben?« Die Frage unterbrach ihn. Es war die Frage, die Sophie seit ihrer Hochzeitsnacht verfolgt hatte, als er ihr auf so demütigende Weise deutlich machte, daß sie ihn enttäuschte, und sie nicht gewußt hatte, warum. Seine Enttäuschung war in Abscheu und Verachtung umgeschlagen, und sie hatte immer noch nicht gewußt, was sie getan haben sollte, um ein solches Extrem an Widerwillen in ihm hervorzurufen.

Jetzt blickte er sie mit dem gleichen Abscheu an, den er sooft in der Vergangenheit gezeigt hatte. Das unwiderrufliche Ende ihres kurzen Glücks mit Adam vor Augen, konnte sie diese Frage mit einer gewissen neugierigen Gleichgültigkeit stellen. Die Antwort war nicht wirklich wichtig, aber sie könnte ebensogut mit dem Wissen um die Lösung des Rätsels in den Tod gehen. »Warum hast du mich umworben und geheiratet, Paul, wo du doch wußtest, daß ich dir nicht gefalle?«

Sein Lachen triefte vor Hohn. »Nein, du hast mir nicht gefallen, weiß Gott nicht, gleich von dem Moment an, als ich dich das erste Mal sah – unverfroren, dreist, unschicklich, ohne jede Ähnlichkeit mit der Schönheit und Zartheit deiner Mutter. Ich hatte erwartet, Sophia Iwanowas Tochter zu heiraten ...«

»Warum?« fragte Sophie wieder; Interesse glomm in ihr auf, trotz ihres schmerzenden Gesichts, ihrer brennenden Kopfhaut, ihrer allen Glücks beraubten Seele.

Die blassen Augen blickten sie an und schienen sie dennoch nicht zu sehen. »Ich begehrte deine Mutter, und ich hätte sie haben können, wenn du nicht gewesen wärst, die sie getötet hat.« Sein Blick konzentrierte sich wieder auf Sophie. »Ich hatte mir gedacht, statt ihrer die Tochter zu besitzen.« Er riß wieder schmerzhaft an ihren Haaren. »Und sieh nur, was ich bekommen habe!« So wild und brutal war sein Ton, daß Sophie in Erwartung eines weiteren Schlags zusammenzuckte. »Eine reizlose, kalte, untreue Hure!«

»Töte mich«, sagte Sophie. »Du hast mir mein Kind genommen, was könntest du mir noch Schlimmeres antun?«

Ein leiser Glanz belebte den tödlich kalten Blick. »Oh, ich habe noch gar nicht angefangen. Ich werde meine Rache an den Golitskows nehmen, indem ich dir unermeßliches Leid zufüge. Ich hoffe doch, du wirst ein langes Leben haben.« Ein erneuter, heftiger Ruck an ihrem Haar ließ Tränen in ihre Augen schießen.

»Ich verstoße dich«, zischte er. »Du wirst als Büßerin in das Kloster von Mariä Himmelfahrt gehen.« Eine Sekunde lang loderte das unheimliche Funkeln in den kalten Augen in fanatischer Befriedigung auf. »Du wirst dort als büßende Hure eintreten, mit kahlrasiertem Kopf, barfuß, und mit den blutigen Striemen der Peitsche auf deinem Rücken. Diese Anweisungen, zusammen mit Einzelheiten über das Verbrechen, für das du büßen wirst, werden der Mutter Superior des Klosters übermittelt werden.« Sein kärgliches Lächeln spielte um seine Lippen. »Du wirst lange genug leben, um für dein Verbrechen zu bezahlen, Sophia Alexejewna, und für die Demütigungen, die mir deine Eltern zugefügt haben. Und du wirst dies in einer Atmosphäre der Gnadenlosigkeit tun – in dem Konvent herrscht ein hartes, unversöhnliches Regime, das sich mit Hingabe der Aufgabe widmet, Sünderinnen durch Gebete und Buße ihrer Erlösung zuzuführen.« Haßerfüllte Befriedigung schwang in jedem sorgsam artikulierten Wort mit.

Sophie hörte ihn kaum. Ihr Schicksal hatte keine Bedeutung, nicht bei dem Gedanken an das grauenhafte Leben, das er für ihr Kind plante. In jenem Mausoleum aufzuwachsen, unter dem Haß, den dieser brutale Despot ihrem Sohn entgegenbrachte... Und es würde keine Möglichkeit geben, ihn daran zu hindern. Seine Großzügigkeit würde allseits gelobt werden, wenn er das Kind als sein eigenes anerkannte, als seinen Erben. Er würde seine Frau ins Kloster verbannen, so wie es sein gutes Recht in den Augen der Kirche und vor dem Gesetz war, würde jedoch für das unschuldige Kind sorgen. Es war eine diabolische Rache. So wie Sophie bereits für die angeblichen Beleidigungen und Demütigungen, die ihre Eltern Paul Dmitriew zugefügt hatten, gezahlt hatte und lebenslänglich weiterzahlen würde, so würde ihr Sohn für die Verbrechen seiner Mutter bezahlen, und jeden Tag, den sie lebte, würde sie gepeinigt sein von dem Wissen um das Leben, das ihr Sohn würde ertragen müssen.

Sophies Mangel an Reaktion auf die Schilderung ihrer Bestrafung durchdrang Dmitriews kalte Objektivität, und eine Woge heißen Zorns durchflutete ihn. »Mir scheint, du verstehst nicht voll und ganz, was ich gesagt habe.« Sein Blick schweifte im Raum umher, blieb auf der Schere auf dem Frisiertisch haften. Sophie an den Haaren mit sich schleifend, ging er zur Frisierkommode. »Ich werde beginnen, was die Nonnen beenden werden, vielleicht verstehst du dann endlich.«

Bevor Sophie begriff, was geschah, fing er an, büschelweise Haare abzuschneiden. Sie stand nur da, starrte ungläubig und benommen in den Spiegel, als die vollen dunklen Locken auf ihre Schultern herabfielen und dann weiter auf den Fußboden, in üppiger, kastanienbraun schimmernder Dichte. Das gleiche fanatische Licht glomm in seinen Augen auf, während er wie ein Rasender mit der Schere herumwerkte und dabei qualvoll an ihrer Kopfhaut riß. Tränen strömten über Sophies Wangen, vermischten sich mit dem Blut aus ihrer aufgeplatzten Lippe, aber plötzlich verschwamm ihr entstelltes Bild im Spiegel mehr und mehr vor ihren Augen, während sie langsam in eine dunkle Welt hinabzugleiten schien. Ihre Knie gaben unter ihr nach, doch Dmitriew hielt Sophie fest an den wenigen Haarstoppeln, die noch übrig waren, bevor er sie mit dem Gesicht nach unten auf das Bett schleuderte. Ihre Hände wurden auf den Rücken gerissen. Das grobe Seil fesselte ihre Handgelenke so fest, daß sie vor Schmerz aufschrie, bevor sie den Laut in der Bettdecke ersticken konnte.

Die Tür fiel mit einem Klicken hinter Dmitriew zu, das Geräusch eines Schlüssels, der im Schloß herumgedreht wurde, ertönte. Sophie lag bewegungslos auf dem Bett, versuchte, etwas Kraft zu sammeln, gerade genug, um sich herumdrehen zu können. Aber als sie es tat, war der Krampf in ihren Armen unter dem Gewicht ihres Körpers derart qualvoll, daß auch aller Wille der Welt ihre Muskeln nicht dazu hätte zwingen können, die komplizierten Manöver durchzuführen, die nötig waren, um sie ohne Hilfe ihrer Hände auf die Füße zu bringen. Mit einem Schluchzer drehte Sophie sich wieder auf den Bauch.

Die ganze Nacht lag sie so da, ohne zu wissen, was in den

übrigen Räumen des Hauses passierte; ob ihr Großvater noch lebte, ob ihr Kind in den Armen eines Fremden schlief, ob Tanja das Bewußtsein wiedererlangt hatte. Die Truppe des Generals hatte das Kommando über das Haus übernommen, und alle in Berkholzskoje wußten, daß Dmitriew der Ehemann der Prinzessin war und somit jedes Recht hatte, seine Frau fortzuschaffen, wenn er es vorzog. In Ermangelung jeglicher eigenen Führung beugten sich die Bediensteten den Befehlen des Eindringlings.

Im Morgengrauen schloß Dmitriew die Tür wieder auf – mit derselben absoluten Emotionslosigkeit, mit der er sie hinter sich geschlossen hatte. »Ich hoffe doch, du hast gut geschlafen«, ertönte die kalte Stimme über Sophie. Er drehte sie herum, zerrte sie in eine sitzende Stellung. »Es wird Zeit für dich, deine Reise anzutreten. Steh auf.«

Sophie tat es. Sie hatte jedes Gefühl in den Armen verloren, spürte, wie Milch aus ihren Brüsten rann, ihr Mieder durchnäßte. Ihr Gesicht war steif vor getrockneten Tränen und Blut, schmerzte vor Blutergüssen.

Dmitriew musterte sie mit einem Ausdruck unverhüllten Abscheus, bevor er ein Cape um ihre Schultern warf, sie vor sich her aus dem Zimmer schob, die Treppe hinunterstieß und zur Haustür hinaus. Sophie sah nicht ein vertrautes Gesicht, nur die Männer des Generals, die mit versteinerten Mienen geradeaus starrten. Zwei Kutschen standen auf dem kiesbestreuten Rondell. Neben einem Gefährt sah Sophie eine Bauersfrau stehen, in einen schwarzen Schal gehüllt. In ihren Armen lag ein Bündel.

»Sascha!« Sophie stolperte, aus dem Gleichgewicht geraten durch ihre gefesselten Hände, auf die Frau zu, aber ihr Ehemann zog sie zurück.

»Das war das allerletzte Mal, daß du deinen Bastard gesehen hast!« Er trieb sie unsanft zu der anderen Kutsche, riß die

Tür auf und versetzt ihr einen derben Stoß, so daß sie zusammengekrümmt auf dem Boden landete. Die Tür knallte zu, und Sophie zog sich mühsam und unter Schmerzen auf den Sitz hinauf. Eine Peitsche pfiff durch die Luft, dann bewegte sich die Kutsche vorwärts, holperte langsam die unebene, von Löchern übersäte Straße entlang. Bald würde die unvermeidliche Übelkeit einsetzen, um sie zu quälen. Aber was spielte das noch für eine Rolle?

Während der langen Stunden der Nacht akzeptierte Sophie ihr Schicksal. In ihrer Machtlosigkeit und Schwäche kam ihre Akzeptanz nur zu bereitwillig. Sie bot ein gewisses Maß an Trost, denn zu kämpfen würde nur erneute Qual über ihre Seele und ihren Körper bringen. Es gab keine Hoffnung auf Rettung. Niemand würde wissen, wohin Dmitriew sie brachte. Bis Adam nach Berkholzskoje zurückgekehrt war, würde Sophie längst verschwunden sein. Der Verführer der Ehefrau konnte kaum Erklärungen oder Satisfaktion von dem Ehemann fordern, dessen Tun vollkommen legitim war. Und er würde auch nichts für ihren Sohn tun können. Adam konnte keinen legalen Anspruch auf das Kind geltend machen, und Dmitriew würde den Jungen wie im Kerker halten, eingesperrt, verborgen vor den Augen der Welt, während er seine Rache übte.

Sophie war nichts mehr geblieben. Paul hatte sie der letzten Reste von menschlicher Würde beraubt, und sie fühlte sich auch nicht länger als menschliches Wesen, nur wie irgendein angefaultes, zerfetztes Stück Treibgut, das seinen Kopf eine Zeitlang an der Oberfläche gehalten hatte. Sie hatte den Sonnenschein genossen, hatte geliebt, hatte ein Kind geboren. Ihre Augen schlossen sich, als sie in die friedliche, glückliche Welt der Erinnerungen abglitt.

# 21. Kaitel

Im Morgengrauen fühlte Adam die erste düstere Vorahnung drohenden Unheils. Stirnrunzelnd versuchte er das unbehagliche Gefühl rational zu betrachten. Solche Ahnungen hatten ihn schon zuvor überfallen, wenn es um Sophie ging, aber bisher hatten sie sich immer als grundlos erwiesen. Achselzuckend wendete er sein Pferd. Es hing mit den Fesseln der Liebe zusammen. Sie banden ihn so eng an Sophie, daß eine Trennung von ihr diese gelegentlichen Aufwallungen von Panik erzeugte.

Sie folgten Wolfsspuren, deutlich zu sehen im nächtlichen Rauhreif, der immer noch den Boden der Steppe überzog, als sich plötzlich eine eisige Klinge, so kraftvoll, als wäre sie körperliche Materie, tief in Adams Brust bohrte. Er schnappte unwillkürlich nach Luft – wie unter einem körperlichen Schmerz –, und Boris Mikhailow, der an seiner Seite ritt, musterte ihn aus scharfen, besorgten Augen.

»Was haben Sie, Graf?«

»Ich weiß es nicht«, erwiderte Adam. Sein ganzer Körper war in kalten Schweiß gebadet. »Aber irgend etwas stimmt nicht. Es muß etwas passiert sein.«

»Mit Sophia Alexejewna?« Der Muschik stellte die Frage, obwohl er Adams bestätigendes Kopfnicken nicht brauchte.

»Du kannst von mir ruhig behaupten, daß ich es mir nur einbilde, aber ich spüre es deutlich«, sagte Adam langsam.

»Ich behaupte gar nicht, daß es nur Einbildung ist«, gab Boris zurück. »Solches Wissen ist schwer zu erklären, doch es trifft häufig zu. Wir können in sechs Stunden wieder in Berkholzskoje sein.«

Sie ritten in scharfem Tempo, erreichten die Pappelallee gegen Mittag. Adam sagte nicht ein Wort; sein Gesicht war zu einer grimmigen Miene verzogen, seine Lippen zu einer schmalen Linie zusammengepreßt, sein Blick schien nach innen gerichtet, als er sein Pferd zu noch größerer Anstrengung antrieb. Boris, ebenfalls in Schweigen versunken, hielt mit ihm Schritt; die anderen Männer folgten in einigem Abstand.

Die Stille auf dem Gut hatte etwas Unheimliches. Kein Geräusch von Hämmern oder Sägen war zu hören, nirgendwo ließ sich ein Gärtner oder Stallbursche blicken. Der riesige Gutshof schien völlig ausgestorben, ein Hof der Toten. Die beiden Männer, die ihre Befürchtungen jetzt bestätigt sahen, drückten ihren erschöpften Pferden die Sporen in die Flanken.

»Um Gottes willen!« Adam zog scharf die Zügel an, als sein Blick auf eine Bewegung unter den dichten Bäumen entlang der Allee fiel. Von einem niedrigen Ast hing Gregory, der Nachtwächter, an den Händen gefesselt, herab, sein Rücken von Peitschenhieben blutig aufgerissen.

Boris war schon aus dem Sattel und rannte, ein Messer in der Hand, auf die stille Gestalt zu. Er schnitt Gregory ab, legte ihn vorsichtig auf den Boden und tastete nach seiner Halsschlagader. »Er lebt, Graf. Aber er fühlt sich eiskalt an, als hinge er schon seit Stunden hier draußen.«

»Dmitriew«, sagte Adam nur.

»Er trägt sein Zeichen.« Der riesige Muschik legte sich den leblosen Körper des Wachmannes über die Schulter. »Nehmen Sie mein Pferd, Graf. Ich komme besser zu Fuß voran.«

Adam nickte und trieb sein Pferd zum Galopp an. Er erreichte das kiesbestreute Rondell vor dem Herrenhaus, das blind und stumm dastand, von einer Aura der Verzweiflung umgeben. Er sprang aus dem Sattel. Die Eingangstür schwang auf, als er seine Hand auf den Türklopfer legte. Angst schnürte ihm die Kehle zu, ließ Übelkeit in ihm aufsteigen, als er die Halle betrat. Kein Laut war zu hören, kein Anzeichen von Leben zu sehen. Adam hob den Kopf und öffnete seine Lungen in einem Gebrüll, das Tote hätte erwecken können.

Es brachte Anna zum Vorschein, die sich langsam aus der Küche herbeischleppte, geisterhaft blaß, eingesunken, ihre Schürze vors Gesicht pressend. »Oh, Sie sind es, Herr«, sagte sie und begann lautlos zu weinen.

»Wo ist Prinz Golitskow?« Adam fragte nicht erst, wo Sophie wäre. Er wußte, daß sie nicht mehr da war.

»In seinem Bett, Herr. Er ist schwer verwundet. Als Gregory versuchte, sie aufzuhalten... haben sie...«

»Ja, ich weiß.« Er berührte sie sanft an der Schulter. »Boris bringt Gregory gleich ins Haus. Bitte kümmere dich um seine Pflege, Anna.«

»Er ist nicht tot?« Ein Flackern der Hoffnung, jener Hinweis auf Leben, glomm in den alten Augen auf. »Wir wußten nicht, wo wir ihn finden sollten... nachdem... nachdem sie gegangen waren.«

Adam verstand die verzweifelte Apathie des Schocks, den sie erlitten hatten. Er nickte. »Boris sagt, er ist nicht tot, aber er wird sorgfältige Pflege brauchen.« Er ließ die alte Frau stehen und rannte die Treppe hinauf, immer zwei Stufen auf einmal nehmend, stürmte ins Schlafgemach des Prinzen. Tanja Feodorowna, die neben dem Bett kniete, stieß einen angstvollen Schrei aus und sprang auf die Füße. Dann sah sie, wer da hereingekommen war, und fiel schluchzend wieder auf die Knie.

»Ruhig, beruhige dich, Tanja.« Adam half ihr auf, sah die blutunterlaufene Quetschwunde an ihrer Schläfe. »Hat Dmitriew das getan?«

Sie nickte, krampfhaft um Fassung ringend. »Und er hat dem Prinzen seinen Säbel durch die Schulter gestoßen.«

Adam trat näher an das Bett. Golitskow lag bleich und sauber und unbeweglich unter der Decke, eine wächserne Gestalt mit einem dicken weißen Verband, der sein Nachthemd an der Schulter auspolsterte. Er sieht zu zerbrechlich und schwach aus, um zu leben, dachte Adam, doch er sah, daß der alte Mann mühsam atmete. »Wie schwer ist seine Verletzung?«

»Bei einem jüngeren Mann wäre sie nicht so besorgniserregend, Herr«, erwiderte Tanja, die sich inzwischen wieder einigermaßen gefaßt hatte und etwas von ihrer gewohnten Fähigkeit und Kompetenz zurückzugewinnen schien. »Aber mit der Hilfe der Heiligen Jungfrau, wenn es denn Gottes Wille sein soll, wird er überleben.«

»Und Sophia Alexejewna?« Er konnte sich kaum überwinden zu fragen, so groß war seine Angst vor der Antwort.

Tanja schüttelte verzweifelt den Kopf. »Er hat sie fortgebracht, Herr... sie und das Kind, mit einer der Frauen vom Gut als Amme. Sie sind in Kutschen abgefahren. Der alte Peter hat sie vom Dachbodenfenster aus beobachtet. Die Prinzessin in der einen Kutsche, die Amme und das Baby in der anderen. Wir waren in der Küche eingesperrt, bis sie fortgingen. Niemand hat Sophia Alexejewna mehr gesehen, Herr... nicht, nachdem er sie die Treppe hinaufstieß... bis auf Peter, der an der Bodenluke stand. Eingeschlossen in einer Kutsche war sie, Herr. Sie kann doch Kutschen nicht vertragen.« Ihre Tränen flossen in einem stillen Strom, und sie vergrub ihr Gesicht in der Schürze. »Warum mußte er ihr das Kind wegnehmen, Herr?«

»Aus welchem Grund sollte er es *nicht* tun?« erwiderte Adam rhetorisch, mehr zu sich selbst als zu Tanja. »Ich werde innerhalb einer Stunde losreiten. Falls der Prinz vorher noch aufwacht, laß es mich wissen.« Er verließ das Zimmer und rannte die Treppe hinunter, am Rande seines Bewußtseins bemerkend, daß das Haus wieder zum Leben erwacht war, der dumpfe Nebel der Verzweiflung sich gehoben hatte, als hätte seine Ankunft die in schockierter Trance erstarrten Bewohner mit neuer Energie und Hoffnung erfüllt.

Boris stand in der Eingangshalle. »Der Prinz?«

»Tanja hat die Hoffnung noch nicht aufgegeben«, erwiderte Adam, aber ein Schatten verdunkelte seine Augen. »Er ist ein alter Mann, Boris, vielleicht schon zu alt, um einen derartigen Schock und Blutverlust zu überstehen.«

Boris Mikhailows Miene verhärtete sich. Ein Ausdruck, dessen Strenge sich viele Tage lang nicht mildern sollte. »Ich habe zwei Männer ins Dorf geschickt, um in Erfahrung zu bringen, ob jemand die Richtung weiß, die der General genommen hat.«

Adam nickte zustimmend. »Wir werden frische Pferde brauchen.«

Prinz Golitskow kam flüchtig wieder zu Bewußtsein, bevor Adam und Boris Mikhailow aufbrachen. Seine müden alten Augen betrachteten das harte, entschlossene Gesicht eines Mannes, der sich das Schlimmste ausgemalt und seine Befürchtungen bestätigt gefunden hatte. »Ich habe Sie erwartet«, sagte der Prinz mit zittriger, schwacher Stimme. »Ich wußte, Sie würden es spüren. Sie müssen Sophie von ihm befreien.«

»Das werde ich tun«, versprach Adam, eine gichtige Hand zwischen seine beiden Hände nehmend. »Und ich werde sie Ihnen zurückbringen … und meinen Sohn.«

Golitskows Kopf bewegte sich in einer schwachen Geste der Zustimmung auf dem Kissen, dann schlossen sich seine Augen wieder.

»Lassen Sie mich mitkommen, Herr.« Tanja legte Adam bittend eine Hand auf den Arm. »Die Prinzessin wird mich brauchen nach all dem...«

»Ich kann dich nicht mitnehmen, Tanja«, sagte er sanft, seine Hand auf ihre legend. »Wir müssen in scharfem Galopp reiten. Du würdest unser Tempo behindern.« Tanja senkte schweigend den Kopf und wandte sich wieder ihrem Patienten zu.

Draußen auf dem Kiesrondell wartete Boris Mikhailow mit zwei frischen, kräftigen Pferden. Adam eilte die Vordertreppe hinunter, und als er auf Boris zuging, kamen Männer aus dem Haus, tauchten hinter den Ställen, unter den Bäumen auf; Männer mit entschlossenen Mienen, die mit festen Schritten gingen, Knüppel in der Hand, einige auch mit Pistolen oder Messern bewaffnet. Es müssen mindestens zwanzig sein, dachte Adam, einen Moment lang verwirrt. Sie stellten sich wortlos hinter den Pferden auf.

»Sie kennen Sophia Alexejewna, seit ich sie damals hierhergebracht habe, ein Baby, nicht älter als Ihr Sohn«, erklärte Boris freundlich. »Sie sind gekommen, um für ihren Herrn zu kämpfen.«

»Dann besorg ihnen Pferde!« sagte Adam. »Wir werden eine solche Truppe gegen Dmitriew bitter nötig haben!«

»Ich werde ihnen auch Waffen besorgen. Es wird nicht lange dauern.« Boris trat zu den Männern, die ihm zu den Ställen folgten. Eine halbe Stunde später musterte Adam seine kleine Kampfgruppe und war mit der bunt zusammengewürfelten Mannschaft ebenso zufrieden, als hätte er ein untadeliges, perfekt ausgebildetes und hochdiszipliniertes Regiment der Kaiserlichen Garde vor sich gehabt. Mut und Beharrlichkeit zeigten sich auf jedem einzelnen Gesicht, und sie saßen kerzengerade aufgerichtet auf dem Sortiment von stämmigen Pferden, das Boris ausgesucht hatte.

Ausnahmslos alle bekundeten die Hingabe und Entschlossenheit jener, die an die Sache glaubten, für die sie kämpfen würden. Es war jene Hingabe, die eine vertrauenswürdige und effektive Kampftruppe ausmachte, wie Adam sehr wohl wußte, wesentlich mehr als die härteste militärische Disziplin und der unaufhörliche Drill, auf den General Dmitriew und seinesgleichen so sehr schworen.

Adam trieb sein Pferd die Allee hinunter, und seine kleine Truppe folgte. Indem er sich ausschließlich auf die Aufgabe konzentrierte, die vor ihm lag – Dmitriews Eliminierung –, gelang es ihm, die alptraumhaften Bilder in Schach zu halten, die seine Planung zu untergraben drohten. Es hatte im Moment keinen Sinn, sich Sorgen um Sophies Schicksal zu machen. Sie erduldete dieses Schicksal und würde es weiterhin tun, bis die Tyrannei ihres Ehemannes auf die einzig mögliche Weise beendet sein würde.

Sie nahmen die Landstraße nach Kiew, dem Rat eines Dörflers folgend, der die Kavalkade mit ihren zwei Kutschen im Morgengrauen hatte davonfahren sehen. Sie wären sehr schnell gereist, hatte der Informant ihnen erklärt. Sechs Pferde vor jeder Kutsche, und der Kutscher hätte sie hart angetrieben. Eine Sekunde lang stieg vor Adams innerem Auge das Bild von Sophie auf, gepeinigt von Übelkeit, hin und her geworfen in der schlecht gefederten Kutsche, die in wildem Tempo über die mit Schlaglöchern übersäte Straße nach Kiew holperte. Sophie hatte sich noch nicht ganz von der Entbindung erholt, blutete immer noch, und soviel von ihrer Kraft ging für die Produktion der Milch für das Kind drauf. Wie sollte sie das nur überstehen?

Boris Mikhailow hatte keine Schwierigkeiten, die Gedanken seines Gefährten zu lesen. »Sie haben acht Stunden Vorsprung, Graf. Wenn sie für die Nacht Rast einlegen, werden wir sie bald genug einholen. Falls sie ohne Pause weiterfahren, werden wir sie spätestens bis Mitternacht eingeholt haben.«

»Sie müssen irgendwann die Pferde wechseln«, erwiderte Adam nachdenklich. »Wir werden ihre Spur entlang der verschiedenen Poststationen im Auge behalten.«

Sie füttern mich und geben mir zu trinken, als wäre ich ein Tier, dachte Sophie dumpf, wann immer sie sich die Mühe machte, nachzudenken. Sie wurde sich bewußt, daß die Kutsche, in der sie saß, irgendwann am Nachmittag von der Straße nach Kiew abgeschwenkt war, sich von dem Hauptzug abgesondert hatte. Es waren immer noch vier Reiter und der Kutscher bei ihr, während sie über einen erbärmlichen Karrenpfad quer durch die Steppe holperten, und gelegentlich stieg einer der Männer in die Kutsche, hielt einen Becher Wasser an ihre Lippen, bot ihr Brot und Wurst an. Sophie wandte ihren Kopf von dem Essen ab. Je weniger sie im Magen hatte, desto weniger bestand die Gefahr, daß sie sich übergeben mußte, und selbst durch ihre hoffnungslose Trance hindurch erkannte sie, daß es die Demütigung war, die sie nicht ertragen konnte, gefesselt und gefangen, wie sie war.

Sie lösten die Fesseln an ihren Händen und erlaubten ihr, hinter ein Gebüsch zu gehen, als das Bedürfnis drängend wurde, sie war jedoch nie lange genug von den Stricken befreit, als daß ihre Arme und Hände sich völlig von ihrer Taubheit erholt hätten, obwohl sie merkte, daß die Männer sie nicht so hart fesselten, wie Paul es getan hatte. Keinerlei Ausdruck belebte die flachen bäuerlichen Gesichter, während sie diese Aufgaben ausführten. Weder Mitleid noch Grausamkeit zeigte sich in ihren Augen. Sie waren schlicht Leibeigene, die den Befehlen eines Herrn gehorchten, der keinen Ungehorsam duldete.

Dunkelheit senkte sich herab, doch die Kutsche setzte ihre

schwankende, ruckelnde Fahrt unvermindert fort. Sie hielten kurz an, um die Pferde zu wechseln, aber die Vorhänge an den Kutschfenstern blieben fest zugezogen, so daß Sophie nicht hinausschauen konnte, und – noch wichtiger vielleicht – niemand hineinsehen konnte. Offensichtlich würde diese Reise nicht unterbrochen werden, bis sie ihren Bestimmungsort erreicht hatten. Wie lange sie noch in dieser Vorhölle ausharren müßte, konnte Sophie beim besten Willen nicht erraten. Ihr Kopf hämmerte so qualvoll, daß sie zu weinen begann, und ihre Tränen fielen ungetrocknet, weil sie ihre Hände nicht benutzen konnte, und die Milch rann aus ihren verschmähten, schmerzhaft geschwollenen Brüsten.

Adam ritt durch die Nacht, ritt durch Kiew hindurch und auf die Straße, die nach St. Petersburg führte. Nachfragen in den verschiedenen Poststationen hatten ergeben, daß mehrmals die Pferde für eine Kutsche und eine berittene Eskorte von ungefähr fünfzehn Mann gewechselt worden waren. Eine Beschreibung von General Dmitriew hatte wiedererkennendes Kopfnicken ausgelöst. Jemand sagte, in der Kutsche hätte man ein Baby schreien hören.

Adams Kinn sank auf seine Brust. Sie folgten Dmitriew und dem Kind, und sie durften in ihrer Verfolgung nicht nachlassen, aber mit jedem Werst, den sie ritten, entfernten sie sich weiter von Sophie. Sie konnten nicht genau herausfinden, wann sich eine der beiden Kutschen von dem Hauptzug abgesondert hatte, obwohl sie wußten, daß es noch vor Kiew geschehen sein mußte. Das bedeutete, daß Sophies Bestimmungsort irgendwo jenseits der Steppe in Richtung Sibirien lag. Dmitriew konnte doch nicht ein so barbarisches Ziel im Sinn haben!

»Graf!« Boris' Stimme ertönte leise und dennoch eindringlich in der Dunkelheit.

Adam, der nach Manier eines erfahrenen Kriegers nur in einen leichten Schlaf gesunken war, wurde augenblicklich hellwach. »Was gibt es?«

»Sie sind ungefähr drei Werst vor uns«, erklärte Boris. »Unser Kundschafter ist gerade zurückgekehrt.«

Adam runzelte die Stirn, sein Verstand war kristallklar, als ihn neue Energie durchströmte bei dem Gedanken, wie nahe sie ihrer Beute gekommen waren, wie nahe der Augenblick der Tat bevorstand. Da er nicht plötzlich und unvermittelt auf Dmitriew stoßen wollte, hatte er Kundschafter vorausgeschickt, die die letzten drei Stunden parallel zur Straße geritten waren, von Büschen und Bäumen abgeschirmt. »Wie viele sind es genau?«

»Sechzehn, den Kutscher mitgerechnet.«

»Wie bewaffnet?«

»Mit Säbeln und Pistolen.«

»Laßt uns alle ein bißchen Kundschafter spielen, Boris. Wir werden ihnen einen Hinterhalt legen«, sagte Adam nachdenklich. »Ich denke, Prinz Dmitriew und seine Bande von Schurken werden in eine Bande noch größerer Briganten hineingeraten.«

Die Gruppe preschte in scharfem Galopp davon, schwenkte in einem großen Bogen in die Ebene hinaus, um sicherzugehen, daß sie von der gewundenen Straße aus, die weißlich im Mondlicht schimmerte, nicht gesehen wurden. Sobald Adam überzeugt war, daß sie ihre Beute überholt hatten, näherten sie sich wieder der Straße und suchten nach einer passenden Stelle, die ihnen Deckung bieten würde.

Sie kamen schließlich zu einem Abschnitt, wo die Straße zwischen flachen Felsnasen abfiel. Die Deckung ist dürftig, aber etwas Besseres werden wir wohl nicht mehr finden, entschied Adam. Er blickte zum Himmel hinauf. »In einer Stunde wird die Morgendämmerung einsetzen, Boris Mikhailow. Ich würde das hier lieber hinter mich bringen, bevor es taghell wird.«

Der Muschik nickte. »Wollen ja nicht, daß uns irgendwelche Reisende über den Weg laufen und Zeugen der Szene werden. Ist ja nicht so, als täte der General irgendwas Verbotenes.«

Adam stieß ein kurzes, unfrohes Lachen aus. »Nein, die Missetat liegt voll und ganz bei der anderen Seite, Boris.«

»Im Prinzip schon«, gab der andere zu. »Aber ich bin schon immer mehr für Taten statt für Prinzipien gewesen. Geben Sie jetzt die nötigen Anweisungen?«

Adam konnte ein Lächeln über diesen lakonischen Pragmatismus, der so typisch für Boris Mikhailow war, nicht unterdrücken. Boris war wirklich ein höchst beruhigender und verläßlicher Gefährte in Krisen.

Die Männer warteten schweigend auf der Straße, entspannt und ruhig, voller Vertrauen in ihren Befehlshaber, absolut überzeugt von der Sache, für die sie kämpften. Sie empfingen ihre Anweisungen in intelligentem Schweigen und verschwanden dann hinter den Felsen. Die Pferde wurden an Bäumen jenseits des Hinterhalts angebunden, außer Sichtweite für jeden, der in die Senke einritt. Diejenigen Männer, die die größte Erfahrung im Umgang mit Schußwaffen hatten, wurden am Eingang zu dem Hinterhalt und an dessen Ausgang postiert. Nur ein strikter Befehl war erteilt worden. Niemand durfte auf General Dmitriew schießen.

Dmitriew kümmerte sich nicht um das Wissen, daß seine Männer fast bis an die Grenze der Belastbarkeit erschöpft waren. Wenn er durchhalten konnte, dann konnten sie es auch, Punktum. Er würde eine Rast gestatten, sobald die Sonne voll am Himmel stände, und keine Minute eher, denn nächtliche Reisen bargen zu viele Gefahren für Ruhepausen. Außerdem würde das Schreien des Balgs weniger auffallen, wenn sie in Bewegung blieben. Jedesmal, wenn sie unterwegs anhielten, erfüllte das schreckliche Gewimmer die Luft, verunsicherte seine Männer mit seinem Beiklang von Hilflosigkeit, Hoffnungslosigkeit und diffuser Verzweiflung. Die Frau sagte, der Kleine verweigere die Brust, oder wenn er sie annähme, dann nur für Sekunden, bevor er seinen Kopf wieder abwende und frustriert zu schreien begänne. Dmitriew, der keine Ahnung von diesen Dingen hatte, fragte sich ätzend, ob bäuerliche Milch vielleicht etwas Gewöhnliches an sich hatte, einen Beigeschmack, erkennbar unangenehm für ein Kind, das bisher nur an der Brust einer Prinzessin genuckelt hatte. Die Überlegung tat nichts, um seine Stimmung aufzuhellen.

Vor ihnen glitzerte das Mondlicht auf mit Quarz durchsetzten Felsen zu beiden Seiten der Straße. Ein warnendes Prickeln rieselte den Rücken des alten Soldaten herab. Auf einer Strecke von mehreren hundert Metern würden sie durch ein Gebiet hindurchreiten müssen, das einer Schlucht ähnelte. Die Nacht war still, bis auf den Ruf einer Eule, das Heulen eines Wolfes in der Ferne, das Pfeifen des eisigen Windes. Es war eine häufig benutzte Straße, aber nachts würden nur wenige Reisende unterwegs sein, außer vielleicht im Sommer, wenn es fast taghell war und recht warm. Der Spätherbst war nicht die geeignete Jahreszeit, um Briganten zur Ausübung ihrer schändlichen Taten zu ermutigen. Dmitriew war jedoch ein erfahrener Soldat, der um den Wert von Vorsicht wußte. Er befahl seinen Männern, ihre Schußwaffen bereitzuhalten und in geschlossenen Reihen zu reiten.

Sie ritten in die schluchtartige Senke ein. Dmitriew spürte augenblicklich, daß irgend etwas nicht stimmte. Er drehte rasch den Kopf hin und her, spähte alarmiert nach allen Seiten, aber er konnte nichts sehen, und dennoch wußte er, daß sie beobachtet wurden. Er gab den Befehl, das Tempo zu erhöhen, und als die Kavalkade dann durch die Mitte der Schlucht preschte, brach die Hölle los. Schießpulverblitze zuckten durch die Nacht, Pistolenschüsse gellten ohrenbetäubend, als Männer nur so von den Felsen zu strömen schienen und sie von vorn und von hinten einkesselten.

Verwirrung herrschte, als Dmitriews Männer das Feuer erwiderten. Säbel wurden mit einem schabenden Geräusch aus Scheiden gezogen. Pferde, nicht an Kämpfe gewöhnt und zu Tode erschreckt von den Blitzen und den Schüssen, bäumten sich auf, warfen Reiter aus dem Sattel, die sich gleich darauf in einem Gewirr nach allen Richtungen auskeilender Hufe wiederfanden. Pulverrauch hing schwer in der Luft, machte eine Feststellung der Identität schwierig, so daß Dmitriews Männer sich in ihrer Konfusion gelegentlich dabei ertappten, wie sie gegenseitig mit ihren Waffen aufeinander einschlugen.

Dmitriew nahm an, es handelte sich um einen Überfall von Briganten. Es war eine Vermutung, die sofort erstarb, als er einen riesigen Muschik erkannte, der seinen mächtigen Säbel auf ausgesprochen erbarmungslose Weise schwang. Männer – wenn sie nicht durch die Klinge fielen – wichen zurück vor der Kraft und Entschlossenheit dieses Kämpfers.

»Boris Mikhailow!« flüsterte Dmitriew wild, während er sorgfältig auf das große Ziel anlegte. Dann fiel ihm die Pistole aus der Hand, als sich eine Messerspitze in seinen Rücken bohrte.

»Wo ist sie?« Adam Danilewskis Stimme ertönte dicht am Ohr des Prinzen. Das Messer bohrte sich noch eine Idee tiefer, ließ Blutstropfen hervorquellen.

Dmitriew war kein Feigling, aber das Gefühl eines Messers in seinem Rücken – eines Messers, geführt von einem Mann, von dem der General in den Tiefen seiner Seele wußte, daß dieser es ohne Gewissensbisse benutzen würde – flößte ihm mehr Angst ein als alles, was er sich vorstellen konnte. Er brüllte: »Zu mir!« Doch alle seine Männer waren in ihre eigenen Privatkämpfe verwickelt. Sie waren dem Gegner zahlenmäßig unterlegen, sie waren in der Falle gefangen, und sie waren überrumpelt worden.

Die Messerspitze ritzte seine Haut, und der Prinz rang keuchend nach Luft. »Wo haben Sie sie hingeschickt, Dmitriew?« zischte Adam.

»Sie ist eine Hure!« fauchte der Prinz in seiner panischen Furcht und schrie dann entsetzt auf, als das Messer erneut zustach, und gleich noch einmal und noch einmal und seinen Mantel im Rücken in Fetzen riß. Er konnte keine Bewegung zu seiner Verteidigung ausführen, ohne daß die Messerspitze noch tiefer drang. »Zu mir!« brüllte er wieder.

Dieses Mal wurde sein Schrei erhört. Ein Mann, die Pistole im Anschlag, rannte herbei. Ein Schuß fiel, und er stürzte zu Boden. Boris Mikhailow bahnte sich einen Weg zu Adam und dem Prinzen. »Wo haben Sie sie hingeschickt?« Wieder ertönte die unerbittliche Frage. Blut sickerte warm über Dmitriews Rücken hinunter. Vor ihm stand der riesige Muschik, sein Blick unversöhnlich, als er die Klinge seines Säbels flach gegen die Kehle des Prinzen legte.

»Beantworten Sie die Frage, Prinz.«

»In das Kloster Mariä Himmelfahrt in Orenburg.« Das Eingeständnis kam zwischen schaumbedeckten Lippen hervor, während Dmitriew mit Angst, Demütigung und Wut kämpfte. »Ich werde Sie für das hier am Galgen hängen sehen, Danilewski!«

»Das glaube ich nicht.« Adam zog das Messer zurück, wischte das Blut am Mantel des Prinzen ab. Irgendwie gelang es ihm, seinen fast unkontrollierbaren Zorn und die entsetzliche Angst zu verbergen, die das Wissen um den Bestimmungsort, den Dmitriew für Sophie ausgewählt hatte, in ihm auslöste. Bilder der trostlosen, gepeinigten Existenz, zu der sie verurteilt worden war, stiegen in seiner Phantasie auf, und einige Sekunden lang war er unfähig zu sprechen. Dann erklärte er in fast gelangweiltem Tonfall: »Ich glaube, Boris Mikhailow hat noch eine alte Rechnung mit Ihnen zu begleichen.«

Dmitriew blickte in die Augen des Mannes, den er einst zu einem grausamen Tod verurteilt hatte, und er las seinen eigenen Tod darin.

»Es gibt sogar eine ganze Reihe von Rechnungen, die noch nicht beglichen sind, Prinz«, sagte Boris langsam. »Ich weiß nicht, auf welche Weise Sie für den Tod meines Freundes und Herrn, des jungen Prinzen Golitskow, verantwortlich waren, aber ich weiß, daß Sie es waren.« Dmitriews Gesicht wurde gespenstisch bleich. »So wie Sie auch für den Tod von Sophia Iwanowa verantwortlich waren. Sie haben Sophia Alexejewna fortgeschickt, mit der Absicht, daß sie unterwegs den Tod finden sollte. Sie haben Gregory gefoltert und ihn danach am Baum hängen lassen, hilflos der Kälte und den Krähen ausgeliefert. Ich weiß noch nicht, was Sie Sophia Alexejewna dieses Mal angetan haben, ich werde es aber trotzdem zu der Rechnung hinzufügen. Prinz Golitskow liegt schwer verwundet durch Ihre Hand darnieder. Selbst wenn ich Ihnen die Verletzungen verzeihe, die Sie mir zugefügt haben, bleibt immer noch reichlich genug übrig, um Ihre Hinrichtung zu rechtfertigen.«

»Ich werde nicht durch die Hand eines Leibeigenen sterben!« Er wandte den Kopf gegen die flache Klinge, und in seinem Blick lag Zorn über eine so abscheuliche Erniedrigung, vermischt mit Flehen, als er Adam anschaute, der, selbst ein Aristokrat, die Unmöglichkeit eines solch schmachvollen Endes sicher verstehen würde.

Adam machte auf dem Absatz kehrt und eilte auf die Kutsche zu. Nach und nach bildete sich eine gewisse Ordnung aus dem Chaos des Kampffeldes heraus. Dmitriews Männer – jene, die noch nicht am Boden lagen – standen gegen die Felsen gedrängt, bewacht von zwei Männern der Golitskowschen Eskorte. »Wie viele von den Unsrigen sind verwundet?« wollte Adam wissen.

»Nur zwei, Herr«, war die Antwort. »Sie werden gerade drüben bei der Kutsche versorgt. Keine Toten, zum Glück.«

Adam nickte und strebte weiter zu der Kutsche. Ein schrilles Jammern tönte ihm entgegen. Er öffnete die Tür der Kutsche, spähte in das Halbdunkel hinein. Eine Frau, stöhnend vor Angst, saß zusammengekauert in einer Ecke. Aus ihren Armen drang das Schreien von seinem Sohn.

»Du bist vollkommen in Sicherheit«, sagte er milde zu der Frau. »Hör auf zu stöhnen und gib mir meinen Sohn.«

»Oh, Herr, hier ist er. Hier! Ihm ist nichts geschehen.« Die Worte sprudelten ängstlich aus ihr hervor, als sie ihm das Bündel reichte. »Aber ich kann ihn einfach nicht beruhigen.«

»Das überrascht mich nicht im geringsten.« Adam trat zurück in das graue Licht der Morgendämmerung und fühlte einen gewissen Frieden über sich kommen, nachdem er diesen kostbaren Teil seiner kleinen Familie, so grausam auseinandergerissen, hatte retten können. Sascha, als reagiere er auf vertraute Arme, hörte auf zu schreien und lag ruhig in den Armen seines Vaters, nur gelegentlich von Schluckauf geplagt. Adam fragte sich, wie er das Kind füttern sollte während des verzweifelten Ritts, der noch vor ihnen lag, und preßte seine Wange an das tränennasse Gesicht des Babys.

»Er wird Milch aus einem Lappen saugen, bis wir seine Mutter gefunden haben, Graf«, bemerkte Boris, der wie gewöhnlich Adams Gedanken exakt erraten hatte, mitfühlend. »So habe ich es mit seiner Mutter gemacht auf einer ebensolchen Reise, und sie war damals sogar noch jünger, als er es ist.

Adam lehnte den Kleinen an seine Schulter, streichelte liebevoll seinen Rücken, bis der Schluckauf erstarb. »Ist es getan, Boris Mikhailow?«

»Es ist getan«, erwiderte der Muschik ruhig.

»Dann gibt es nichts mehr, was uns hier noch hält. Schick die Frau mit unseren Männern nach Berkholzskoje zurück.«

»Und die dort?« Boris wies mit einer verächtlichen Geste auf die Gefangenen, die sich mit mißmutigem, angsterfülltem Unverständnis in der von Gefallenen übersäten Schlucht umblickten.

»Laß sie laufen. Sie bilden sich immer noch ein, Opfer eines Brigantenüberfalls zu sein. Ihr Herr ist tot. Mit einigem Glück werden sie einen besseren finden. Ich habe irgendwie nicht das Gefühl, daß sie sich bis nach St. Petersburg zurück durchschlagen werden.« Adam öffnete den Lederbeutel an seinem Gürtel und zog eine Handvoll Rubel heraus. »Gib ihnen das hier; laß sie es untereinander ausfechten. Ich würde mehr Mitgefühl mit ihnen haben, wenn ich nicht wüßte, daß einer von ihnen die Peitsche gegen Gregory geschwungen hat.«

»Wir nehmen die Straße nach Orenburg?«

»Ja, aber wir werden querfeldein reiten. Ich kenne diese Gegend gut, Boris. Sie grenzt an das Gebiet meiner eigenen Heimat, Mogilew. Wenn wir unseren Weg bis jenseits von Kiew zurückverfolgen und die sibirische Straße nehmen, die sie wahrscheinlich gefahren sind, werden wir mehr als einen Tagesritt hinter ihnen liegen. Wenn wir querfeldein reiten, wird es zwar unbequemer sein, aber wir treffen dann ein Stück weiter voraus wieder auf die sibirische Straße. Wenn wir Glück haben, werden wir nicht weit hinter ihnen sein. Vielleicht haben wir sogar einen Vorsprung.«

Er drehte sich ungeduldig zu seinem Pferd um. »Sie wird nicht viel benutzt, jene Straße. Wir werden ohne Schwierigkeiten erfahren, wann sie dort vorbeigekommen sind.« Das Kind fest in seiner Armbeuge, schwang sich Adam in den Sattel. Nicht viele Leute zogen es vor, nach Sibirien zu reisen, besonders nicht zu dieser Jahreszeit. Aber wahrscheinlich war es Dmitriews Absicht gewesen, daß Sophie um diese Zeit ankommen sollte, deshalb hatte er ganz sicher entsprechende Vorbereitungen getroffen, und sie würden häufig anhalten, um die Pferde zu wechseln.

Innerhalb einer Stunde erreichten sie eine Poststation, und Boris erklärte ihre Bedürfnisse mit dem Wissen, das er vor so vielen Jahren erworben hatte. Die Frau des Posthalters, mitfühlend mit der Zunge schnalzend, brachte Ziegenmilch und einen sauberen Lappen herbei. Adam setzte sich vor das Kaminfeuer, verdrängte sein verzweifeltes Bedürfnis, diese Reise ohne Verzögerung fortzusetzen, und machte sich geduldig daran, den heftigen Appetit seines kleinen Sohnes zu stillen.

Aus irgendeinem Grund zeigte das Baby, das die Brust der Bauersfrau verweigert hatte, keinen Widerwillen, als es sicher in vertrauten Armen lag, um an dem Lappen zu saugen. Die Tränen trockneten auf wundersame Weise, und die blassen Bäckchen wurden rosig, während das rhythmische Saugen besänftigte und den Hunger stillte. Es kam Adam fast vor, als würde Sascha vor seinen Augen wieder rund und zufrieden.

»Armer kleiner Schatz. Er ist ja völlig durchnäßt«, erklärte die Frau des Posthalters. »Sie sollten lieber seine Kleidung wechseln, bevor Sie wieder aufbrechen, Herr.« Was immer sie von dem außergewöhnlichen Anblick eines Herrn halten mochte, der ein Baby in ihrer Poststation versorgte, sie sagte nichts. Es war nicht ihre Sache, das zu bemerken, geschweige denn zu kommentieren.

Sascha war für seine Reise durchaus gut ausgestatett worden, und Boris hatte das Kleiderbündel aus der Kutsche gerettet. Gefüttert, gewaschen und in sauberen Kleidern, fiel das Baby in tiefen Schlaf und schlief – erschöpft infolge seiner Verzweiflung zuvor – fast sechs Stunden lang, während Adam und Boris ihren Ritt fortsetzten. Sie sprachen kaum, trieben ihre Pferde in scharfem Galopp über die Steppe, bis sie den kaum erkennbaren Karrenweg entdeckten, der die Straße nach Sibirien darstellte.

Die Mittagssonne schien hell, erwärmte die Luft ein wenig. Sie machten Rast, um den Pferden etwas Ruhe zu gönnen, das jetzt quengelige Baby zu füttern, seine Windeln zu wechseln und den Proviant zu verzehren, den die Frau des Posthalters ihnen mitgegeben hatte. »Die Frage ist, Boris, sind wir vor ihnen oder hinter ihnen?«

»Hinter ihnen«, erklärte Boris zuversichtlich. Als Adam fragend die Brauen hob, sagte er: »Sie hatten Anweisung, Tag und Nacht zu fahren, die Pferde zu wechseln, wann immer sich Gelegenheit bot, so daß sie immer frisch waren. Sie sind zu viert, wenn man den Kutscher dazurechnet, sogar zu fünft.«

»Du hast diese wertvolle Information einem von Dmitriews Männern entlockt?«

Boris nickte und schwieg dann. Er würde dem Grafen nicht sagen, daß Sophia Alexejewna grausam gefesselt war, daß ihre Begleiter den Befehl hatten, sie in diesem Zustand zu belassen, bis sie am Ziel eintrafen. Die Eskorte hatte auch Anweisung, darauf zu achten, daß sie das Kloster lebend erreichte, obwohl ihr Zustand dabei unwesentlich war.

»Dann laß uns aufbrechen. Wir können die Pferde beim nächsten Bauernhof wechseln.«

Sie ritten durch den Nachmittag, tauschten ihre eigenen erschöpften Pferde gegen zwei Gäule ein, die zumindest ausgeruht waren. Der Bauer, der den Austausch bereitwillig vornahm, erzählte ihnen, daß eine Kutsche mit berittener Eskorte vor ungefähr drei Stunden vorbeigefahren sei. Großzügige Bezahlung stellte gute Pflege für ihre Pferde sicher, bis sie zurückkehren würden, und versorgte sie außerdem mit mehr Milch für Sascha und Schwarzbrot, Käse und Bier für sich selbst.

Mit dem sicheren Wissen, daß er jetzt in unmittelbarer Reichweite von Sophie war, zügelte Adam seine grauenhaften Phantasievorstellungen, zwang sich, zu essen und zu trinken und sich mit Geduld um das Baby zu kümmern, nachdem ihn die Erfahrung gelehrt hatte, daß alle Versuche, die notwendige Versorgung des Kindes in Eile vorzunehmen, nur Geschrei und Unruhe auslösten – und diese wiederum zu Blähungen führten, wie Boris Mikhailow weise diagnostizierte.

Wieder auf der Straße, konnte Adam jedoch seine Erregung nicht länger verbergen. Boris, der nicht weniger angespannt war, behielt seine Meinung für sich. Ein paar Federwölkchen entwickelten sich zu massigen Wolkenungetümen, die sich um die Sonne ballten, sie dann völlig verdeckten. Die ersten Regentropfen fielen, riesig und naß auf dem ausgetretenen Pfad vor ihnen. Adam fluchte und zog seinen Umhang noch fester um das Baby in seinem Arm. Die Karrenspur wand sich, machte eine Biegung, und dann erblickten sie vor sich eine Kutsche mit vier berittenen Begleitern, ihre Kapuzen tief ins Gesicht gezogen gegen den peitschenden Regen.

Adam sog scharf die Luft ein und atmete mit einem tiefen Seufzer wieder aus. »Wollen wir uns unseren Mitreisenden anschließen, Boris?«

»Ich bin sicher, sie werden sich über unsere Gesellschaft freuen«, gab sein Gefährte zurück. »Es wäre aber vielleicht besser, das Baby zurückzulassen.«

Adam ließ seinen Blick prüfend am Straßenrand entlanggleiten. »Wenn Moses im Schilf versteckt werden konnte, sehe ich keinen Grund, warum Sascha nicht für kurze Zeit eine Wiege unter einem Brombeerbusch finden sollte.« Er stieg aus dem Sattel, trug das gut verpackte, schlafende Kind in den Schutz des Gebüsches, dessen Zweige schwer von Beeren waren, und legte es vorsichtig auf den Boden.

»Laß uns die Sache endlich zu Ende bringen.« Er schwang sich wieder in den Sattel, seine Stimme knapp, jetzt unterlegt von der Angst vor dem, was er in der Kutsche vorfinden würde. Dmitriew hätte Sophie alles mögliche antun können in den langen Stunden jener Nacht in Berkholzskoje.

»Wie wollen Sie es anstellen, Graf?«

»Ich denke, wir reiten einfach zu ihnen. Tauschen ein paar Höflichkeiten aus. Sie werden nicht mit Verfolgern rechnen, wie sollten sie auch? Ich möchte weiteres Blutvergießen vermeiden, wenn es irgendwie geht.«

Boris nickte. Sie holten die Kutsche und die Reiter ein und fanden ihre freundliche Begrüßung ziemlich einsilbig erwidert. Auf ihre im Plauderton gestellten Fragen nach dem Ziel der Reise ernteten sie nur Grunzen und Gemurmel.

Adam bewegte sein Pferd unauffällig seitwärts, so daß er die Reiter flankierte. Boris tat das gleiche auf der anderen Seite. Beide zogen im selben Moment ihre Pistolen und zielten auf den Kopf des Reiters, der ihnen jeweils am nächsten war.

»Ich schlage vor, wir halten hier an«, sagte Adam höflich. »Euch wird nichts geschehen. Mein Interesse gilt nur eurer Gefangenen.«

Die vier Männer blickten verblüfft. Darauf waren sie nicht vorbereitet gewesen – ein höflicher Aristokrat auf der Straße nach Sibirien, darauf bedacht, diese stille Frau zu retten, die bereits aussah, als wäre sie nicht länger von dieser Welt. Nach Briganten hatten sie zwar Ausschau gehalten… aber diese beiden Männer hier waren keine Briganten.

»Was wollen Sie von uns, Herr?« stotterte der Reiter des Leitpferdes, während seine Hand zu seiner Pistole glitt. Ein Schuß versengte seine Stulpe, und seine Hand zuckte zurück. Ungläubig starrte er auf den Brandfleck auf seinem Ärmel.

»Nichts weiter, als daß ihr eure Waffen auf den Boden werft und euch an den Straßenrand begebt, wo mein Gefährte hier ein freundliches Auge auf euch haben wird«, sagte Adam und fragte sich insgeheim, wie lange er diesen eisernen Griff um seine Muskeln noch beibehalten konnte, die verzweifelt danach strebten, seine Beine zu der Kutsche hinüberzubewegen. Warum hatte Sophie seine Stimme nicht gehört? Warum hatte sie nicht aus dem Fenster geschaut, nicht auch nur das geringste Interesse für die Tatsache bewiesen, daß die Kutsche plötzlich angehalten hatte?

Aber er durfte in seiner Wachsamkeit auf keinen Fall nachlassen, bis er sicher sein konnte, daß Boris die Männer unter Kontrolle hatte. Der Kutscher kletterte vom Bock herunter, die Eskorte stieg aus dem Sattel unter der drohenden Mündung eines Pistolenlaufs, und sie alle wurden an den Straßenrand getrieben, wo Boris sie geschickt mit einem Seil aneinanderfesselte, das um seinen Sattelknauf geschlungen gewesen war. Es war weniger die Pistole des Grafen, die die fünf Männer zu zitterndem Gehorsam veranlaßte; es war der Ausdruck in den Augen des Riesen.

Adam riß die Tür der Kutsche auf. Einen Moment lang setzte sein Herzschlag aus. Dann, als wäre er irgendein anderer, einer, der nicht durch die Fesseln unauslöschlicher Liebe an diese teilnahmslose, geschlagene Frau gebunden war, die zusammengekauert in einer Ecke hockte, schloß er die Tür hinter sich. Er setzte sich auf den gepolsterten Sitz neben Sophie und zog sie in eine aufrechte Haltung. Er sah ihre Handgelenke, aber die Worte, die er Gott und dem Teufel entgegenschleuderte, kamen niemals über seine Lippen. Statt dessen zog er vorsichtig sein Messer aus seinem Gürtel und schnitt mit äußerster Behutsamkeit das Seil durch, das tief in ihr geschwollenes Fleisch schnitt.

Die Wut in seinem Herzen brannte heftig genug, um die Feuer der Hölle auflodern zu lassen, als er Sophie auf seinen Schoß zog, sie sanft in die Arme nahm und in ihr von Blutergüssen entstelltes, blutverkrustetes Gesicht hinunterblickte, ihren verschandelten Kopf streichelte. »Sophie«, flüsterte er. »Wach auf, Liebste.«

Sie schlief weder, noch war sie bewußtlos; sie hatte sich nur in eine Welt zurückgezogen, in der ihr seelische und körperliche Qualen nichts mehr anhaben konnten. Eine Weile sträubte sie sich gegen die Rückkehr in die Wirklichkeit, wie es diese vertraute Stimme der Liebe forderte. Warum sollte sie einem Hirngespinst trauen?

»Sophie.« Er küßte ihren Mund in einer federleichten Berührung, die ihre Verletzungen nicht verschlimmern konnte. »Wach auf, Liebste. Du bist jetzt in Sicherheit.«

»Sascha?« fragte sie mit klarer Stimme.

»Er ist hier, Liebling. Gesund und wohlbehalten. Öffne die Augen. Bitte«, flehte er.

Die dunklen Augen öffneten sich in Reaktion auf die Bitte. Sophie versuchte zu lächeln und zuckte vor Schmerz zusammen. Aber Adam sah, wie ihr Bewußtsein in die Realität zurückkehrte, sah wieder ein Fünkchen Leben in ihren Augen erwachen. »Ist mein Ehemann tot?«

»Ja.«

Sie schloß erneut die Augen, diesmal jedoch nicht, um sich in ihre innere Welt zurückzuziehen. Als sie sie wieder aufschlug, war Sophia Alexejewna im vollen Besitz ihrer Sinne. »Mir tut alles so weh«, sagte sie leise. »Bis auf meine Arme und Hände.« Sie blickte hinunter auf ihre Hände, als gehörten sie ihr nicht. »Ich kann sie nicht mehr fühlen.«

»Das wirst du bald wieder«, erwiderte Adam zuversichtlich. »Du bist nicht lange genug auf diese Weise gefesselt gewesen, um sie nicht mehr gebrauchen zu können. Ich werde dich jetzt nach Mogilew bringen. Wir sind näher an Mogilew als an Berkholzskoje.« Er massierte ihre Hände, während er sprach. »Meine Mutter ist vielleicht kein vollwertiger Ersatz für Tanja Feodorowna, aber sie ist freundlich und eine geschickte Pflegerin.«

»*Grandpère* ...?«

»Er wird leben«, sagte Adam tröstlich, weiter ihre wunden Hände reibend. »Die Verletzung hat ihn geschwächt, doch er hat nicht den Eindruck gemacht, als wäre er schon bereit, den Geist aufzugeben.« Es war unter diesen Umständen fast unvorstellbar schwierig zu lächeln, aber Adam zwang sich dazu.

Jemand klopfte an die Tür, und Boris' Kopf erschien im Kutschenfenster. Ohne seinen stützenden Griff um Sophie zu lösen, lehnte Adam sich seitwärts, um die Tür zu öffnen. »Dachte, die Prinzessin wäre vielleicht froh, das Kind zu sehen«, erklärte Boris. »Scheint schon wieder hungrig zu sein.«

Adam nahm das Baby und legte es in Sophies Schoß. Ihr Gesicht war von glückseliger Erleichterung verklärt. »Ich habe mich so danach gesehnt, ihn zu stillen«, sagte sie sanft. »Bitte knöpf mein Kleid auf, Adam. Meine Hände wollen mir noch nicht richtig gehorchen.«

Er tat es, hob dann das Baby an ihre Brust, das einen kleinen glucksenden Schluchzer ausstieß, als es fand, was es so lange vermißt hatte. Adam legte behutsam Sophies Arme um das Kind, und sie nickte. »Ich kann ihn jetzt halten.«

Eine tiefe Stille der Erneuerung erfüllte das Innere der Kutsche. Adam hielt sie beide mit seinen Armen umschlungen, während er sich mit aller Macht zwang, von seiner Rachsucht und Verbitterung abzulassen. Der Alptraum war jetzt vorbei, und sich ständig mit düsteren Bildern dessen zu befassen, was hätte passieren können, würde nur den Frieden zerstören, auf den sie jetzt ein Recht hatten.

»Was wird deine Mutter nur denken?« fragte Sophie plötzlich, als sie das Baby an ihre andere Brust verlagerte. Es war eine ungeschickte Bewegung, doch sie brachte sie ohne Hilfe zustande. »Wie kannst du einfach ohne Vorwarnung dort erscheinen mit solch... solch außergewöhnlichen Anhängseln? Ich brauche keinen Spiegel, um zu wissen, wie ich aussehen muß.«

»Ich weiß nicht, was sie denken wird«, erwiderte Adam, und dieses Mal fiel ihm das Lächeln schon leichter. »Denken gehört nicht zu ihren großen Stärken. Aber es ist auch nicht ihre Art, andere zu verurteilen. Sie ist ein sehr gelassener Mensch, der die Dinge akzeptiert, wie sie nun einmal sind, und sie wird die Frau, die meine Ehefrau werden wird, mit der liebevollen Wärme willkommen heißen, mit der sie in reichem Maße gesegnet ist.«

»Boris muß zu *Grandpère* zurückkehren...«

»Das wird er. Und sobald dein Großvater wieder so weit bei Kräften ist, daß er reisen kann, muß er zur Hochzeit nach Mogilew kommen.«

»Aber sollten wir nicht besser in Berkholzskoje heiraten?«

Adam stöhnte. »Liebling, ich glaube wirklich, der Ort ist unwesentlich.«

»Ich nehme an, du hast recht. Und ich sollte deine Mutter kennenlernen Es wäre sonst ausgesprochen unhöflich.«

»Ja«, gab er ernst zu. »Und ich bedaure die Demütigung sehr, mein Schatz, aber du wirst vor mir nach Mogilew reisen müssen.«

»Habt ihr kein überzähliges Pferd?« Die dunklen Augen blickten entgeistert.

»Nein«, sagte er friedfertig. »Doch selbst wenn wir eins hätten... du bist noch nicht stark genug.«

»Na schön. Ich kann mir schlimmere Ausreden für Verzärtelung vorstellen.« Sophie kapitulierte mit wundersamer Unbekümmertheit. Wenn man vom Schicksal gerade sein Leben und seine Liebe zurückerhalten hatte, dann verblaßte alles andere neben solch kostbaren Geschenken.

# Epilog

»Hältst du es für eine gute Idee, daß er Würmer ißt?« erkundigte Adam sich im Tonfall milder Verwunderung. Er schlenderte durch den Garten, der in den sanften Schein der Aprilsonne getaucht war.

»Ich habe nicht bemerkt, daß er sie *ißt.*« Sophie richtete sich aus ihrer gebückten Haltung auf und betrachtete Sascha, der mit der Hingabe eines sechs Monate alten Kindes in ihrem Kielwasser krabbelte und schlängelnde Würmer von der Erde aufhob, gerade frisch umgegraben von Sophies Hacke. »Ich dachte, er wollte sie nur in die Hand nehmen.«

»Der Weg von der Hand in den Mund ist kurz und unausweichlich«, erinnerte Adam sie mit einem Grinsen. Wie zur Bestätigung ließ sich der Kleine mit einem Plumps auf sein windelgepolstertes Hinterteil fallen und stopfte eine mollige, mit Erde gefüllte Faust in den Mund.

»Ich nehme nicht an, daß es ihm schaden wird. Es ist schließlich Gottes gute Erde«, erwiderte Sophie ungerührt und fuhr fort, Unkraut zu jäten. »Außerdem fängt er nur an zu schreien, wenn wir versuchen, ihn daran zu hindern.«

Adam setzte sich auf eine niedrige Steinbank und streckte mit einem wohligen Seufzer seine langen Beine von sich. »Meinst du nicht, er ist eine Spur verwöhnt, Sophie?«

Sie warf ihm einen überraschten Blick über ihre Schulter zu. »Natürlich ist er das. Alle Babies sollten verwöhnt sein, sagt Tanja. Ich war es schließlich auch, und es hat mir kein bißchen geschadet.«

Adams graue Augen verengten sich gegen das helle Sonnenlicht, als er leicht herausfordernd zurückgab: »Ich glaube, mich an ein oder zwei Gelegenheiten zu erinnern, als ich allen Anlaß hatte, dieser Schlußfolgerung zu widersprechen.«

Sophie warf lachend eine Handvoll Erde nach ihm, und Sascha bemühte sich mit einem fröhlichen Glucksen, es ihr nachzutun.

»Du bist eine höchst unverantwortliche Mutter«, erklärte Adam streng, während er den Schmutz von seinem Ärmel abbürstete. »Du gibst wirklich ein schreckliches Beispiel.«

Sophie kicherte, rutschte auf ihren Knien über den Rasen zu der Stelle, wo Adam saß. »Wie das hier, meinst du wohl.« Sie legte ihre Unterarme auf seinen Schoß und zog seinen Kopf zu sich herunter, um seinen Mund zu küssen.

Ihr Haar, immer noch kurz, aber inzwischen wieder voll und üppig, duftete nach Sonnenschein, ihre Haut nach Lavendel und der guten, fruchtbaren Erde, die unter ihren Fingernägeln haftete. Adam nahm ihr Gesicht zwischen beide Hände und kostete hungrig von ihrer zarten, zerbrechlichen Süße, schwelgte innerlich jubelnd in der Tatsache, daß sie nun seine Ehefrau war.

»O nein, Sophie, Sascha ißt Würmer!« Die erschrockene Stimme der älteren Gräfin Danilewski durchbrach den Bannkreis zärtlicher Verzauberung, als diese in würdevoller Manier den Weg hinunter auf sie zuglitt, während ihr Reifrock aus türkisfarbener Seide hin und her schwang und die Bänder an ihrer Spitzenhaube in der milden Frühlingsbrise flatterten.

»Ich weiß, *chère Madame*.« Sophie, immer noch auf den Knien liegend, drehte sich halb herum und lächelte der Frau zu, die ohne zu fragen das gedemütigte, mißhandelte Stück menschlichen Treibguts bei sich aufgenommen hatte, das ihr Sohn ihr sechs Monate zuvor ins Haus gebracht hatte. Sie hatte ihre zukünftige russische Schwiegertochter an ihren üppigen Busen gedrückt und nur leicht überrascht dreingeblickt, als man ihr mitteilte, ihr Enkel, so eindeutig das Kind ihres Sohnes, hieße Prinz Alexander Dmitriew – obwohl er aus Gründen, die niemand zu erklären geruhte, nicht den Vatersnamen trug. Mit derselben unerschütterlichen Gelassenheit hatte sie über all die Kuriositäten hinweggesehen, die mit der Wahl der Ehefrau, für die ihr Sohn sich entschieden hatte, verbunden waren. Sie hatte die Ankunft eines leicht aufbrausenden Prinzen Golitskow begrüßt, einer weinenden, doch eindeutig kompetenten Tanja Feodorowna, eines gigantischen Muzhiks und eines Kosakenpferdes, das ihre eigenen Stallburschen in Angst und Schrecken versetzt hatte. Sie hatte die Hochzeit arrangiert, war mühelos mit allen kritteligen Einwänden, die der alte Prinz gegen die Vorbereitungen äußerte, fertiggeworden, indem sie sie schlichtweg ignorierte, während sie ihm lächelnd Wodka einschenkte – und erlebte die unaussprechliche Freude, ihren geliebten Sohn offensichtlich glücklich verheiratet zu sehen.

»Ich frage mich, ob es gut für ihn ist«, sagte sie jetzt, ihren schmuddeligen Enkelsohn musternd, der sie mit seinem schmutzverkrusteten Gesicht voller Stolz anstrahlte. »Was würde Tanja Feodorowna wohl dazu sagen?«

»Daß das, was oben hineingeht, unten wieder herauskommen muß«, erwiderte Sophie prompt. »*Méchant!*« Sie sprang auf die Füße, stürzte sich auf den Kleinen und hob ihn so schwungvoll in die Luft, daß er fröhlich aufjauchzte und begeistert mit seinen molligen Füßchen zappelte.

»Hast du Sophie von dem kaiserlichen Boten erzählt, Adam?« fragte die Gräfin.

»Ich war gerade im Begriff, es zu tun, *Maman*, aber Saschas gastronomische Vorlieben haben mich abgelenkt«, erklärte Adam.

Sophie versteifte sich unwillkürlich und blickte ihren Ehemann an, unfähig, das Aufflackern von Angst in ihren Augen zu verbergen. »Ein Brief von der Zarin?«

»Gib mir den Kleinen, *ma chère*. Ich werde ihn zu Tanja Feodorowna bringen, damit sie ihn gründlich säubert.« Ihre Schwiegermutter nahm Sascha aus ihren Armen. »Sein Urgroßvater hat nach ihm gefragt, aber er wird ihn nicht willkommen heißen, so schmutzig, wie er ist.« Sie kitzelte das Baby am Bauch, bis es vor Lachen kreischte, während sie mit ihm zu dem niedrigen, langgestreckten Haus davoneilte.

»*Grandpère* kann es kaum erwarten, nach Berkholzskoje zurückzukehren«, sagte Sophie abgelenkt. »Ich würde ihn gerne begleiten. Wir könnten vielleicht den Sommer dort verbringen, wenn deine Mutter keine Einwände hat.« Ihre Stimme brach. »Was schreibt die Kaiserin?«

Adam klopfte neben sich auf die Bank und griff mit seiner anderen Hand in seine Brusttasche. Er zog zwei Schriftstücke heraus, beide mit dem kaiserlichen Siegel versehen. »Hier ist auch eines für dich.«

Sophie setzte sich und nahm ihm das Dokument aus der Hand. »Jedesmal, wenn ich eines dieser Schreiben bekommen habe, hat es Unglück bedeutet«, sagte sie langsam. »Ich kann nichts dagegen tun, Adam, aber mir ist ganz elend zumute. Würdest du es für mich öffnen?«

»Laß dir zuerst erzählen, was in meinem Brief steht«, sagte er. »Danach wird dir vielleicht nicht mehr so elend zumute sein.« Er faltete ihn sorgfältig auseinander, dann legte er ihn auf seinen Schoß und ließ seinen Blick über den Garten schweifen, als wüßte er den Inhalt des Schreibens auswendig. Er lächelte reuig. »Als erstes werde ich gründlich ausgescholten, weil ich mich nicht zu Beginn des Jahres in St. Petersburg zurückgemeldet habe, wie die Kaiserin mir befohlen hatte. Danach dankt die Zarin mir für meinen Bericht anläßlich meiner Mission in Warschau.«

Er bückte sich und pflückte einen Krokus, der zwischen den Grashalmen zu seinen Füßen hervorlugte. Er steckte die Blüte in Sophies volles dunkles Haar, das an seiner Schulter ruhte. »Ich erinnere mich an einen anderen Anlaß mit Blumen...«, meinte er versonnen.

Sophie verschluckte sich fast vor Lachen, trotz ihrer Angst. »O ja, ich erinnere mich ebenfalls sehr gut. Du hast dich damals als höchst geschickter Gärtner erwiesen! Und jetzt spann mich nicht länger auf die Folter. Die wichtigen Teile hast du noch gar nicht erwähnt.«

»Meinem Ersuchen, aus dem Dienst im Preobrazhensky-Regiment ausscheiden zu dürfen, ist stattgegeben worden.« Sophie stieß einen freudigen Juchzer aus. »Obwohl mit einigem Widerstreben«, fuhr er fort. »Ihre Kaiserliche Majestät erkennt zwar an, daß ich jetzt andere Verpflichtungen habe, und zwar solche, die unausweichlich mit dem unbeirrbaren Streben eines Berufsoffiziers kollidieren würden, verlangt aber, daß ich mich bereithalte, um meinem Land im Falle eines Krieges zu dienen.«

Sophie fröstelte unwillkürlich. »Ich nehme an, eine solche Auflage war wohl nur zu erwarten.«

»Natürlich war sie zu erwarten«, erwiderte er brüsk, tat den Vorbehalt als nicht weiter wichtig ab. »Und schließlich erteilt mir Ihre Kaiserliche Majestät die Erlaubnis, mich acht Monate im Jahr auf meine Familiengüter zurückzuziehen. Die restlichen vier Monate – in der Zeit von Ende November bis Ende März – soll ich mit meiner Frau und meiner Familie am Hof verbringen.«

»Vier Monate!« Sophie stöhnte. »Na schön, ich nehme an, ich werde es überleben.«

»Sophia Alexejewna, du undankbares Monster!« rief Adam. »Begreifst du denn nicht, wie nachsichtig die Zarin ist?«

»Ich will alles«, erklärte Sophie seufzend.

»Verwöhnte Göre! Jetzt öffne deinen Brief.«

Ihre Finger zitterten leicht, obwohl sie jetzt wußte, daß ihre eigene Mitteilung nichts allzu Schlimmes enthalten konnte. Sie las das Schreiben schweigend durch, dann lehnte sie sich zurück und blickte in das frühlingshaft-silbrige Laubwerk einer Weide hinauf. Warme Sonnenstrahlen massierten ihre Augenlider, und ein großer innerer Frieden erfüllte sie.

»Nun?« fragte Adam drängend. »Wirst du ebenfalls gegeißelt?«

»Nur milde«, erwiderte Sophie. »Wegen Nichteinhaltung der üblichen Trauerzeit, bevor ich eine neue Ehe eingegangen bin. Die Kaiserin lobt mich jedoch, weil ich diese Indiskretion sehr diskret begangen habe, falls du verstehst, was ich meine.«

Adam nickte. »Sie teilt mir mit, daß sie Prinz Alexander Dmitriew als rechtmäßigen Erben der Güter von General Prinz Paul Dmitriew, seinem Vater, anerkennt. Die Zarin beklagt zutiefst die unglücklichen Umstände von Dmitriews Tod, der durch die Hand von Briganten ums Leben kam, und schreibt, daß Briganten eine der größten Heimsuchungen ihres Imperiums bleiben.«

Sie saßen eine Weile schweigend in der Nachmittagssonne da, während sich der letzte düstere Schatten von der kleinen Welt der Glückseligkeit hob, die sie in den letzten Monaten bewohnt hatten. Der Makel der Unehelichkeit würde nicht an ihrem Sohn haften, der das riesige Vermögen Dmitriews erben würde, das durch das seiner Mutter vergrößert worden war.

»Die Kaiserin, die mit der Knute in der einen Hand und der Waage der Gerechtigkeit in der anderen herrscht«, stellte Adam fest.

»Sie hat ein weiches Herz für Liebende«, sagte Sophie, ihren Kopf an seine Schulter lehnend. Sie hob eine Hand, um das starke Profil zu liebkosen, mit der Fingerspitze zärtlich über jenen schönen, sinnlichen, lächelnden Mund zu streichen. »Hätten wir irgend etwas tun können, Liebster, um den Verlauf der Dinge zu ändern? Manchmal frage ich mich, ob wir nicht irgend etwas hätten tun... hätten sagen können... um zu verhindern, daß... Ach, ich weiß nicht, was ich zu sagen versuche.«

Adam umfing ihr Kinn. »Ich weiß, was du zu sagen versuchst. Und die Antwort lautet nein. Wir hätten nichts, gar nichts tun können. Dmitriew hatte seine eigene Tagesordnung, seine eigenen Pläne, die Kaiserin hatte ihre, und eine Weile waren wir in beiden rettungslos verstrickt. Verstrickt, bis...« Lächelnd berührte er ihre Lippen mit dem Finger.

»›Bis ich dem Himmel bekannte meines Blutes sünd'ge Fehle, so getreulich meld' ich euerm ernsten Ohr, wie ich gewann der schönen Jungfrau Herz. Und sie das meine.‹«

Sophie runzelte einen Moment die Stirn, dann begann sie zu lachen. »›Ein Mädchen, schüchtern, von Geist so still und sanft, daß jede Regung errötend schwieg.‹ Nein, Adam, ich werde nicht die Desdemona für deinen Othello spielen. Es wäre eine schreckliche Fehlbesetzung.«

»Ich habe den Rest des Textes vergessen«, gestand Adam, in Sophies Lachen einstimmend. Dann erstarb sein Lachen abrupt. »Und ich werde niemals den Othello für deine Desdemona spielen, meine Liebste.«

»Dazu wirst du auch niemals Grund haben«, erwiderte sie. Plötzlich funkelten ihre Augen schelmisch, vertrieben den kurzen Augenblick des Ernstes. »Othello hatte ja auch keinen, nicht wahr?«

Schweigen breitete sich einen Moment aus, dann sagte sie mit ruhiger Überlegung: »Ich kann dir versprechen, daß du niemals den Adam für meine Eva spielen müssen wirst. Die Vergangenheit liegt hinter uns – deine, meine und unsere. Alles das ist durch kaiserlichen Erlaß völlig bedeutungslos geworden!« Sophie sprang auf die Füße, ergriff seine Hände und zog ihn mit sich hoch. »Komm, ich möchte Khan zur Feier des Tages reiten.«

Adam stemmte die Hände in die Hüften und sagte langsam und mit Nachdruck: »Du möchtest *was* zur Feier des Tages tun?«

»Nur ein Versprecher«, erwiderte Sophie hastig.